U0927603

山东地方史文库（第二辑）

韩寓群 主编

山东文学史

李伯齐 王勇 徐文军 著

山东人民出版社

孔子燕居像

孟子像

荀子像

王羲之像

王羲之《兰亭集序》书影

王献之《中秋帖》书影

李清照故居（济南趵突泉公园内）

李清照塑像

辛弃疾纪念馆（济南大明湖公园内）

张养浩墓（济南柳云村）

白雪楼（济南趵突泉公园内）

李攀龙塑像

滄溟先生集卷之一

濟南李攀龍于鱗撰

古樂府

胡寬營新豐士女老幼相攜路首各知其室放犬羊雞鶩於通塗亦競識其家此善用其擬者也至伯樂論天下之馬則若臧若没若亡若失觀天機也得其精而忘其麤在其內而忘其外色物牝牡一弗敢知斯又當其無有擬之用矣古之爲樂府者無慮數百家各與之爭片語之間使雖復起各厭其意是故必有以當其無有

《沧溟先生集》清道光年间刻本书影

華泉先生集舊序

余讀華泉先生集葢有世道之感焉昔者孔子曰先進於禮樂野人也後進於禮樂君子也如用之則吾從先進文勝之獘人至以先進爲野人此其已溺而不可返孔子豈不知之而猶力爲之辨曰吾從先進云云聖人固以爲文質彬彬吾志誠在斯焉已且安知斯人之果不吾從也我明當孝廟之世皇運熙宏人文朴茂學古之士並軫而翔關西則李獻吉汝南則何仲默吳中則徐昌穀歷下則邊庭實庭實先生字也獻吉之詞雄仲默之詞

華泉集舊序　一

逸昌穀之詞蒼先生之詞温然粹然即人自爲家究之緣情示志體物敘倫動軌自然不殊也雖其人已往間嘗諷其詞猶足以想見其人與夫當時政治風俗之盛今之學士大夫文非左國遷固雄向則亡稱詩非丕植明遠靈運甫白則亡稱然其氣飄忽迅激驟而睹之色驚稍扣之汨汨乎無餘味焉何者數先生一於鑱古人之精而世學士大夫猶未免掇古人之華也鑱精者盛世之文掇華者季世之文今之文吾何敢以季世待之然其視盛世何如哉故曰余讀華泉先生集而有世道之

《华泉先生集选》清康熙年间刻本书影

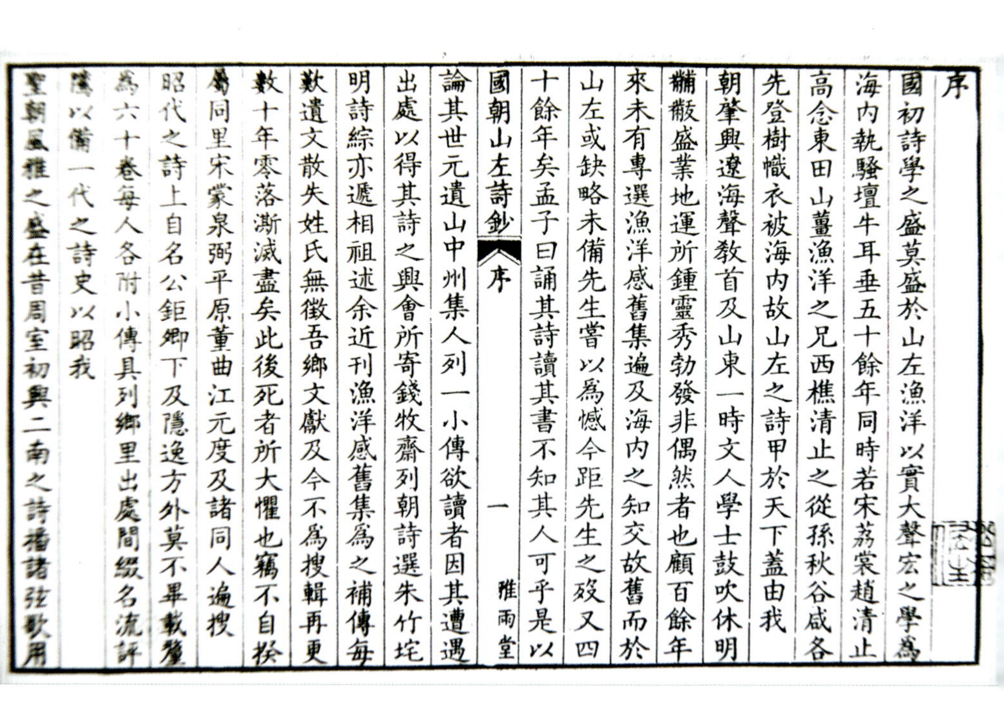

序

國初詩學之盛莫盛於山左漁洋以實大聲宏之學爲海内執騷壇牛耳垂五十餘年同時若宋荔裳趙清止高念東田山薑漁洋之兄西樵清止之從孫秋谷咸各先登樹幟衣被海内故山左之詩甲於天下蓋由我
朝肇興遼海聲教首及山東一時文人學士鼓吹休明黼黻盛業地運所鍾靈秀勃發非偶然者也顧百餘年來未有專選漁洋感舊集遍及海内之知交故舊而於山左或缺略未備先生嘗以爲憾今距先生之歿又四十餘年矣孟子曰誦其詩讀其書不知其人可乎是以

國朝山左詩鈔　序　一　雅雨堂

論其世元遺山中州集人列一小傳欲讀者因其遭遇出處以得其詩之興會所寄錢牧齋列朝詩選朱竹垞明詩綜亦遞相祖述余近刊漁洋感舊集爲之補傳每歎遺文散失姓氏無徵吾鄉文獻及今不爲搜輯再更數十年零落澌滅盡矣此後死者所大懼也竊不自揆爰同里宋蒙泉弼平原董曲江元度及諸同人遍搜
昭代之詩上自名公鉅卿下及隱逸方外莫不畢載釐爲六十卷每人各附小傳具列鄉里出處間綴名流評隲以備一代之詩史以昭我
聖朝風雅之盛在昔周室初興二南之詩播諸弦歌用

《国朝山左诗钞》清乾隆二十三年（1758年）刻本书影

大明湖公园内历下亭（杜甫与李邕宴集处）

秋柳园（大明湖公园内王士禛秋柳诗社所在地）

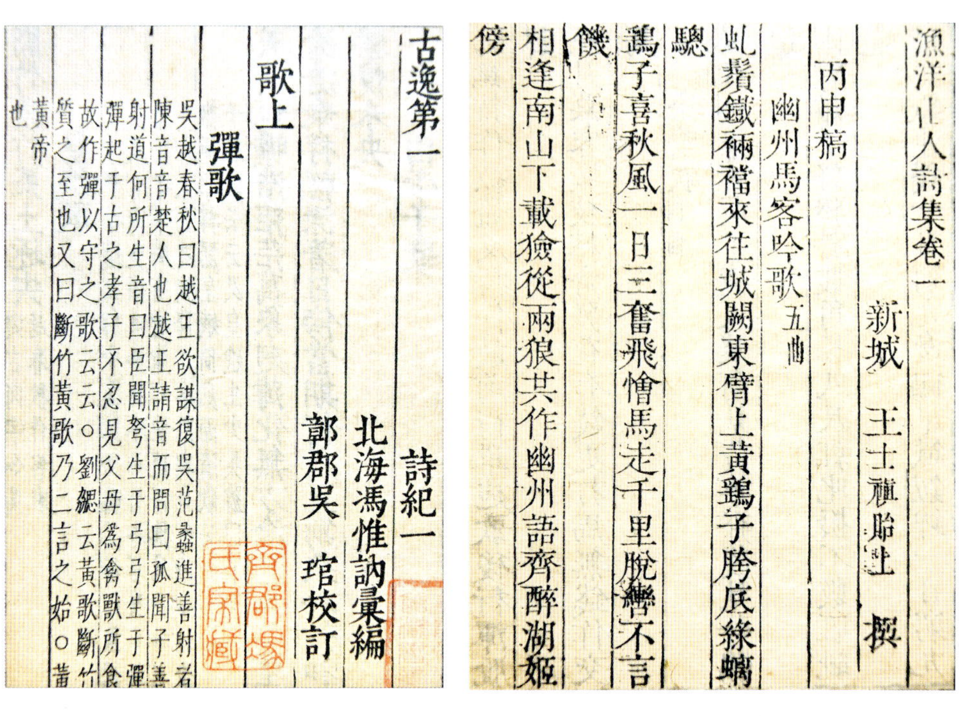
古逸第一　　詩紀一
北海馮惟訥彙編
鄣郡吳　琯校訂
歌上
彈歌
吳越春秋曰越王欲謀復吳范蠡進善射者
陳音音楚人也越王請音而問曰孤聞子善
射道何所生音曰臣聞弩生于弓弓生于彈
彈起于古之孝子不忍見父母爲禽獸所食
故作彈以守之歌云云○劉勰云黃歌斷竹
質之至也又曰斷竹黃歌乃二言之始○黃
黃帝
也

漁洋山人詩集卷一
新城　王士禛貽上　撰
丙申稿
幽州馬客吟歌五曲
虬鬚鐵裲襠來往城闕東臂上黃鷂子胯底綠螭
驄
鷂子喜秋風一日三奮飛儈馬走千里脫轡不言
饑
相逢南山下載獫從兩狼共作幽州語齊醉湖姬
傍

《诗纪》明万历年间刻本书影　　《渔洋山人诗集》清康熙年间刻本书影

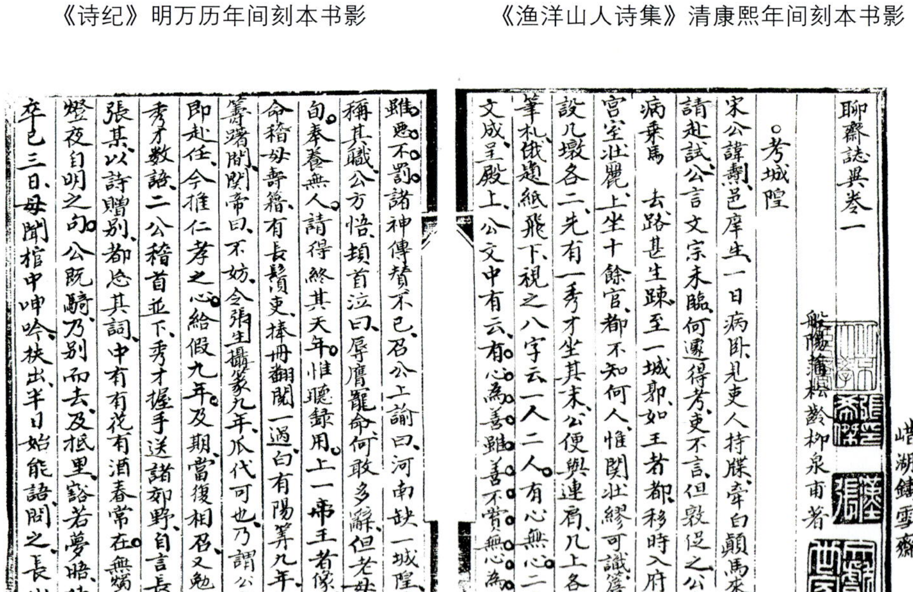
聊齋誌異卷一
般陽蒲松齡柳泉甫著
[illegible]湖鑄雪齋
○考城隍
宋公諱燾邑廩生一日病卧見吏人持牒牽白顛馬來云
請赴試公言文宗未臨何遽得考吏不言但敦促之公力
病乘馬　去路甚生踈至一城郭如王者都移時入府廨
宮室壯麗上坐十餘官都不知何人惟關壯繆可識簷下
設几墩各二先有一秀才坐其末公便與連肩几上各有
筆札俄題紙飛下視之八字云一人二人有心無心二公
文成呈殿上公文中有云有心爲善雖善不賞無心爲惡
雖惡不罰諸神傳贊不已召公上諭曰河南缺一城隍君
稱其職公方悟頓首泣曰辱膺寵命何敢多辭但老母七
旬奉養無人請得終其天年惟聽錄用上一帝王者像即
命稽母壽籍有長鬚吏捧冊翻閱一過白有陽算九年共
躊躇間關帝曰不妨令張生攝篆九年瓜代可也乃謂公應
即赴任今推仁孝之心給假九年及期當復相召又勉勵
秀才數語二公稽首並下秀才握手送諸郊野自言長山
張某以詩贈別都忘其詞中有有花有酒春常在無燭無
燈夜自明之句公既騎乃別而去及抵里豁若夢寤時
卒已三日母聞棺中呻吟扶出半日始能語問之長山

《聊斋志异》铸雪斋抄本（影印本）书影

（图片均为王玮琦摄影）

《山东地方史文库》总序

《山东地方史文库》历经三年多努力，终于正式付梓，这是一件可喜可贺的事情。

山东是中华文明的发源地之一。根据考古发现，距今四五十万年前，我们的祖先就在今山东沂源一带劳动、生息、繁衍，过着原始社会的生活。大约在四五千年前的虞舜时代，相当于考古学上的龙山文化后期，山东地区即已进入了人类的文明时代。山东历史悠久，文化灿烂，名人辈出。在这里曾产生许多伟大的思想家、政治家、军事家、科学家、发明家、文学家和艺术家，其中最著名的有：思想家和教育家孔子，思想家墨子、孟子、庄子、荀子，政治家管仲、晏婴、诸葛亮、房玄龄、刘晏，军事家孙武、吴起、孙膑、戚继光，科学家和发明家扁鹊、鲁班、氾胜之、贾思勰、燕肃、王祯，文学家和艺术家王羲之、刘勰、颜真卿、李清照、辛弃疾、蒲松龄、孔尚任，以及中国共产党山东党组织的创始人王尽美、邓恩铭等，其余多如璀璨明星，不可胜数。这些先贤们的思想和业绩都已载入史册，成为中国优秀传统文化的一个重要组成部分。时至今日，仍具有广泛而深远的影响。

山东的历史，是一部丰富多彩的历史，是一部灿烂辉煌的历史。山东人民在历史上所创造的物质文明和精神文明值得后人去发掘、探讨、借鉴和发扬光大。自上世纪80年代以来，在中共山东省委、省政府的大力支持下，省内从事社会科学研究工作的专家学者在山东地方史的研究方面做了许多卓有成效的工作，编写出版了包括《山东通史》在内的一批研究地方史的著作,为后人探讨和研究山东历史奠定了很好的基础。

新编《山东地方史文库》,包括新增订的《山东通史》和初步计划编写的10部《山东专史》。《山东通史》从纵的方面记述山东自远古至近现代的历史发展进程,包括山东社会形态的变化、重大历史事件、重要典章制度和重要历史人物的传记;《山东专史》则是从横的方面研究山东历代政治、经济、军事、文化、教育、科技、社会风俗、中外交往等方方面面的历史。采取这样纵横交错、互为补充的研究方法,可以让人们更加全面和系统地了解和认识山东历史,更能领悟到我们的先人所创造的博大精深的思想、灿烂辉煌的文化以及多姿多彩的社会生活,也可以从中总结和吸取先辈们给我们留下的宝贵而丰富的经验教训。毛泽东同志曾说过:"历史的经验值得注意。"邓小平同志也说:"历史上成功的经验是宝贵财富,错误的经验、失败的经验,也是宝贵财富。"他还有一句名言:"总结历史,是为了开辟未来。"研究和学习山东的历史,可以使我们更加深入认识山东的昨天,更好地把握今天,从而创造出更加美好的明天。

盛世修史,是我国的一个优良传统。多年来,中共山东省委、省政府在党中央领导下,以邓小平理论和"三个代表"重要思想为指导,深入贯彻落实科学发展观,带领山东人民沿着中国特色社会主义道路奋发前进,无论是在发展经济还是提高人民群众的生活水平上,都取得了突出的成就,进入了山东历史上发展最好、较快的又一个历史时期。《山东地方史文库》的编写出版,不仅继承和弘扬了山东悠久而丰厚的历史文化,而且有助于我们吸取前人的经验和智慧,为社会主义和谐社会建设提供有益的历史借鉴。

编写《山东地方史文库》的动议酝酿于2006年3月,当时担任省长的我意识到自己有义不容辞的责任。这个想法得到了山东师范大学以及省内从事山东地方史研究的专家教授的热烈响应和支持,尤其是安作璋教授,不顾年事已高,担任《文库》学术顾问,尽心竭力做了大量的组织工作、领导工作,山东师范大学的领导同志以及山东地方史研究所为此《文库》的编纂作出了很大贡献。作为主编,我感谢来自省内有关高等学校、科研院所的各位主编、作者和出版社的编辑同志为编写出版这一套高质量、高品位的《山东地方史文库》付出的辛勤劳动,感谢省党史委、史志办等有关部门领导的大力支持和帮助。《文库》的编写出版,仅是一个良好的开端,希望同志们在此基础上总结经验,再接再厉,为今后编写好出版好《文库》中的其他各类专史继续努力。

是为序。

韩寓群

2009 年 7 月

序

山东自古号称“齐鲁文明礼仪之邦”，历史悠久，文化灿烂。在这块雄踞陆海、美丽而富饶的祖国大地上，曾培育出许多伟大的思想家、科学家、发明家、政治家、军事家、文学家和艺术家。他们以博大精深的思想和智慧，与广大劳动人民一起共同创造了大量造福于人类的精神财富和物质财富，推动了生产力的发展和社会的进步，从而构成了山东历史丰厚而富有特色的内容，谱写了山东历史绚丽多彩的篇章。

本次编写出版的《山东专史》系列，为《山东地方史文库》的第二辑，包括《山东政治史》、《山东经济史》、《山东军事史》、《山东思想文化史》、《山东科学技术史》、《山东教育史》、《山东文学史》、《山东社会风俗史》、《山东移民史》、《山东对外交往史》等10部著作，较全面地研究和反映了山东古代至新中国成立前的政治、经济、军事、思想、科技、教育、文学、风俗、移民、外交等领域发展、变化的历程。《山东专史》系列和已出版的《山东通史》一样，在编写思路和结构上都采取纵横相结合的方法，不同的是，《山东通史》以纵带横，纵中有横；《山东专史》系列则是以横带纵，横中有纵。如果说《山东通史》是从纵的方面系统地探讨山东历史各个领域的发展演变，《山东专史》系列则是从横的方面对山东历史不同领域进行重点的研究，也可以说《山东专史》系列是对《山东通史》中一些重要领域的细化和补充，这两部著作相得益彰、交相辉映，比较系统全面地体现了《山东地方史文库》丰富的内容及厚重的文化积淀。

《山东专史》系列各卷的作者，均是山东省高校和科研机构中多年从事有关领域研究的教授、研究员等专家学者，他们在山东历史的研究方面均有较高的理论水平、丰富的资料积累和写作经验，因此对其撰写的书稿都能做到比较深入的研究。每卷作者在撰稿中都注意吸取当今学术界最新研究成果，并在此基础上，力求有所创新；对有争议的问题则采取了比较客观的立场和实事求是的态度。10部专史大都具有资料翔实、内容丰富、思路清晰、系统条理、文字流畅、深入浅出等优点；另附有与文中内容相关的多种图表，以便于读者更好地阅读和理解。

近年来，山东学者对于山东历史的研究取得了长足进步，先后推出了《山东通史》、《齐鲁文化通史》、《济南通史》、《齐鲁历史文化丛书》、《山东革命文化丛书》、《山东当代文化丛书》、《齐鲁诸子名家志》、《山左名贤遗书》、《齐鲁文化经典文库》、《山东文献集成》等多部大型系列著作（省直各部门、各地市县的研究成果尚未包括在内），表明了山东地方史的研究已走在全国各省地方史研究的前列，对于研究山东、宣传山东、存史资政育人起到了重要作用。本次《山东地方史文库》中10部《山东专史》的出版，对山东地方史研究来说，无论从深度还是广度上看，都有新的开拓，也是山东省文化建设工程的又一项重大成果。对于当前和今后建设社会主义和谐山东，推进山东社会主义政治文明、精神文明、物质文明、生态文明建设，都具有重要的现实意义。

我衷心希望参加编写的作者和出版社的同志们，在老省长、《山东地方史文库》总主编韩寓群同志的领导和山东师范大学校领导的支持下，善始善终地继续做好《山东专史》系列第三辑、第四辑的编写和出版工作，并预祝这项艰巨而光荣的历史任务圆满成功。

安作璋

2011年5月

前 言

文化的地域性，已为人们普遍重视，近年来也有不少研究成果，地方文学的研究，以及地方文学史的出现，即是证明。文学是文化的一部分，一个民族的文学，是民族文化最为直接、最为生动的反映。因此，文化的地域性，必然影响到文学。中国文化的地域性主要表现在先秦时期，秦汉统一之后，统一的中华文化逐渐形成，地域文化的界限亦渐趋消泯，其独立形态已不复存在。但是，以儒为宗，兼容道、法、阴阳的汉文化，就其基本内容而言，主体是先秦的齐鲁文化，在其形成的山东地区的影响长期存在，是极其自然的事。因为在一定历史时期存在于某一地域的文化，已渗透到该地域社会生活的方方面面，并在其绵延期间形成某些传统，浸渍而形成当地的风俗习惯，尤其是浸渍和沉淀在生活习俗和心灵深处的文化精神，仍然在相当长的历史时期内对生活在该地区人们的生活方式、思维方式及行为规范，乃至人生价值取向产生重要而深刻的影响。一般说来，这种影响比较集中地表现在民间习俗和文化教育两个方面。民间习俗是社会性的，其影响较为普遍，它主要表现为人们日常生活习惯和行为方式，而文化教育则涉及人们的精神、心理方面，其内容和方式常常是个人气质、人格精神形成的直接因素。因此，接受教育者，亦即知识分子，在某种意义上说，便成为这类文化的传承与体现者。由此而言，出生和生活在齐鲁故地的诗文作家，他们先天禀受及其后天所受教育，耳濡目染的当地风习及其父母体现其文化价值观念的言行举止，都在齐鲁文化的氛围之中，其创作活动及其作品与齐鲁文化的关系自然密不可分。因此，我们编撰《山东文学史》，从地域文化角度，探讨文学生成及其发展，对文学研究也便有了特殊意义。

一

齐鲁自古为文学之邦，是中国文化学术的重要发源地。先秦时代，齐鲁特别是邹鲁一带，人文荟萃，是我国散文最为发达的地区。中国奠基时期的作品，作者大都为齐鲁人。就史传散文而言，第一部编年史《春秋》，相传为孔子编定；为传述《春秋》而作的《春秋左氏传》，相传作者为鲁国左丘明；第一部国别史《国语》的作者，据司马迁说，也是左丘明；第一部史传文学作品《晏子春秋》，作者是齐国人。诸子散文，如影响较大的《论语》、《孟子》、《庄子》与《墨子》，及编辑管仲言论的《管子》，以及《汉书·艺文志》著录的《晏子》、《邹奭子》、《田俅子》、《尹文子》、《鲁仲连子》、《芈子》、《田子》、《黔娄子》等，编著者都是齐鲁人。荀子虽非齐鲁人，而其学术思想形成于齐国稷下，其生活及著述活动亦均在齐鲁地区，死葬兰陵，终老未回故乡。这些散文作品，不只对齐鲁地区，也对我国传统文学思想、文学观念的形成，以及散文体制、语言风格，都曾产生重要影响。譬如《论语》、《孟子》两书中记载的孔子和孟子有关文学的言论，以及孔孟学说，经过后学的补充、阐发，成为中国传统文化思想的主体，对我国民族文化和民族精神的形成，曾产生巨大而深远的影响。其中，有关文学艺术的言论，则是形成我国早期文学理论的基础。儒家重视文化传承，因而重视历史。面对社会变动，儒家重史的着眼点，一是总结历史教训，警诫当世，一是为自己的政治主张提供历史依据。这种重视现实、讲求实际的态度，就要求记述历史文字质朴、简洁。着眼于社会政治现实，以及对文字风格的要求，对齐鲁乃至全国文风都曾产生重要影响。而庄子对理想人格与生命境界的追求，及其想象丰富、意境开阔的散文艺术，与屈原所创制的《楚辞》，共同形成我国文学浪漫主义的滥觞。

齐鲁也是我国诗歌理论的发源地。被朱自清先生称为“中国诗歌的开山纲领”的“诗言志”①，最早见于《尚书·虞书》，是虞舜任命夔为乐官时所说的话。而“舜生于诸冯，迁于负夏，卒于鸣条，东夷之人也”②。诸冯据考证为今山东诸城市；东夷是今山东地区上古时期的土著居民，而舜则为东夷

①《诗言志辩·序》，古籍出版社 1956 年版，第 9 页。
②《孟子·离娄下》。

文化的代表。中国诗歌理论发轫于《尚书·虞书》,而奠基于孔子。《论语》中有关诗歌本质特征及其社会功用的论述,奠定了我国古代传统诗歌理论的基础。自汉至南北朝,籍出山东的郑玄、刘桢、颜延之、檀道鸾、王筠、任昉、徐陵、颜之推有关文学批评的言论,特别是刘勰体大思精的《文心雕龙》,使我国文学理论获得重大发展。唐宋时期,籍出山东的崔融、王禹偁、穆修、石介;明清时期的李开先、李攀龙、谢榛、王士禛、赵执信等,他们有关诗文创作的论述,都曾对当时文坛风气产生重要影响。另外,在汉魏之际,以籍出山东为主体的建安诗人群体所形成的"建安风骨";魏晋时期以左思为代表的"左思风力",对我国诗风的影响极其深远;南北朝时期王融与沈约等倡导的"永明体"诗,以及何逊、徐陵等人的创作实践,对古体诗向近体诗的转变,则具有重要意义。唐宋古文运动,山东作家孙逖、吕才揭橥于前,王禹偁、穆修、石介等发扬于后,对于推动散文革新也曾起到重要作用。宋元之际,东平一度成为北方的文化中心,也成为我国戏曲创作中心。明清时期,边贡、李攀龙等前后七子的诗文革新运动与济南诗派,王士禛的"神韵"诗论与康熙诗坛的王派诗人;明清小说、戏曲,如东平罗贯中的《三国演义》、《水浒传》,淄川蒲松龄的《聊斋志异》、《醒世姻缘传》,孔尚任的《桃花扇》等等,其影响所及,亦非山东一地。而山东籍的诗文批评,就其基本倾向而言,大都以儒家为指归,其与齐鲁文化的影响自不待言。

二

秦汉以来,山东地区的诗文作家灿若群星,其中不少是当代文坛领袖或代表性作家。如在文人作家群体出现的建安时代,就有孔融、王粲、刘桢、徐幹;王粲被誉为"七子之冠冕",刘桢后来有人与曹操并称。他们有的跌宕放言,有的不遵礼法,有的志意高迈,有的胸怀淡泊,在诗歌文人化的过程中,他们代表了诗歌抒情化、个性化的发展趋势,对我国诗歌的发展作出重要贡献。西晋的左思,东晋的王羲之;南朝的颜延之、鲍照、王融、刘勰、何逊、徐陵等,北朝的温子升、王褒、颜之推等;唐五代的崔融、孙逖、刘沧、羊士谔、段成式、和凝等,以及诗僧善导、义净、义玄等,宋元时期的王禹偁、穆修、晁补之、李清照、辛弃疾、高文秀、杜仁杰、张养浩等,以及道教诗人丘处机,明清时期的边贡、李开先、李攀龙、谢榛、王象春、宋琬、王士禛、赵执信、田雯、曹贞吉、孔尚任,以及罗贯中、蒲松龄等小说名家,近现代傅斯年、王统照、李广田、臧克家等诗文名家,他们的诗、文、小说、戏曲创作的艺术成就,及其文学主张与理论,都在全国具有广泛影响。

唐宋以来,特别是明清时期,山东地区除了影响全国的大家之外,在全省各地还活跃着一批地方作家。他们有的是活跃在某一地区的作家群体,如李白寓居山东期间的"竹溪六逸",北宋时期以范讽为领袖的"东州逸党",金、元之际东平杂剧作家群,明代李开先在家乡章丘组织民间剧团,李攀龙影响所及形成的济南诗派,王士禛影响所及形成的王派诗人群等。有的与世隔绝,其诗文成就身后才为人所知,如明代以石存礼、冯裕为代表的海岱诗人;有的偏居一隅,而与文坛呼吸相通,如清代以李怀民(宪噩)为代表的高密诗派;也有不少隐居诗人,如新城徐夜,虽其诗歌艺术成就很高,却因远离政治文化中心长期隐而不彰。至于下层文人的诗文、小说创作活动,或因无力印行,或因成就不高,常常为文学研究者所忽略;清代以来各地诗文集,搜集了他们的作品,在文坛主流之外,在其家乡也自成一道风景。

同时,家族文学也是值得注意的一个文化现象。由于长期形成的、以家族为本位的教育方式,以及重视家族传承的文化传统,在今山东境内,历代都有若干文化家族。除曲阜的孔、颜二姓外,魏晋南北朝时期,如琅邪(今临沂)王氏和颜氏、泰山(今新泰)羊氏、平昌(今安丘)伏氏、东海(今郯城)徐氏和何氏等;唐代如齐州(济南)崔氏、武水(今聊城)孙氏、临淄(今邹平)段氏等;宋代如巨野晁氏、三槐(本籍莘县)王氏;明清时期,新城(今桓台)王氏、临朐冯氏、德州田氏、益都(今青州)赵氏等等,大都形成家族文学群体,有的如琅邪王氏,在魏晋南北朝时期几乎代有名家。

总之,山东文学是中国文学的重要组成部分,山东诗人、文学家为中国文学的发展曾经作出重大贡献。自清代康、乾之后,重视地方文学文献的山东学者宋弼、卢见曾等,曾对明清以来的山东作家作品进行整理、编选,如《山左明诗钞》、《国朝山左诗钞》、《山左古文钞》、《山左人词》等。诗文作家较为集中的地区,如曲阜、济南等地,或世代有诗文作家的家族,如临朐冯氏、高密李氏等,都有地区或家族诗文集出现。如孔宪彝编集的《阙里孔氏诗钞》和《曲阜诗钞》,前者收录孔氏诗人 120 人,后者收录曲阜诗人 52 人。

另如《冯氏五先生集》(临朐)、《李氏三先生诗钞》(高密)、《济南朱氏诗文汇编》(济南)、《安丘曹氏家集》(安丘)、《绣水诗钞》(章丘)等等。著名学者王绍曾先生主编的《山东文献书目》,搜辑山东文学文献较为详备。

每一个时代的诗文主流,都反映着那个时代文学发展的方向,代表着那个时代诗文的主要艺术成就,而作为旁系支流的地方文学,有的汇入主流在全国产生影响,有的则在自己的流域浮泛着特异的光彩。从古至今,热爱祖国,关爱人民,关心现实,奋发向上的精神,构成了这些作家作品的主旋律及其深厚的文化底蕴,而于诗文作家鲜明的个性及其独特的风格之中,也分明有着地域文化精神的积淀与影响。因此,我们研究地方诗文发展状况,必将文学研究引向深入。

李伯齐

2010 年 4 月于山东师范大学

目　录

第一章　先秦山东文学

先秦今山东地区的政治文化中心，春秋时期在鲁，战国时期在齐。因此，春秋时期，邹鲁便成为“先秦时期一个人文荟萃之地，而北方文学之质朴亦即发源于此”①。至战国时期，稷下学宫招揽文士，学者云集，齐国都城临淄亦成为文人荟萃之所；先秦文人大都集中在齐、鲁两国都城及其附近地区。如邹鲁地区的孔子、墨子、孟子、曾子、左丘明、谷梁赤，齐地的孙武、晏婴、邹衍、淳于髡、孙膑、鲁仲连，时属宋而今属山东的庄子，以及长期生活在齐鲁地区的荀子等。

齐、鲁文化形成于先秦时期，两地文化精神影响到作家的思想风貌、学风和文风，并形成一种传统。大致说来，先秦时期，邹鲁地区多注重历史传承的思想家、史学家，燕齐地区多面对现实的政治家、具有侠义性格的文学家与兵家。即使同是思想家，其文化品格也明显不同。如鲁国出了大家熟知的孔子、孟子，他们的思想与殷周文化思想一脉相承，是我国春秋时期古代文化的传承者。而齐国则出现了其语“闳大不经”的阴阳家的代表人物“谈天衍”(邹衍)。孔子、孟子观察历史的方法，是从古代文化发展中寻绎和探究社会发展的某些规律，并通过对古代圣君贤臣的理想化来宣传自己的思想主张，所谓言必称尧舜，宪章文武。而邹衍却是为未来创造一种理论，对现实社会加以解说。从文章的风格看，鲁人质朴、典雅，齐人则较为注重辞采。战国时期，稷下学风影响所及，使两地文风有所融合，但仍保持着某些差异。如孟子散文，善辩、善喻，富有辞采，如同鲁仲连的《遗燕将书》

①袁行霈：《中国文学概论》，高等教育出版社1990年版，第41页。

相比，则可看出后者更具有纵横家的风格。

一、齐鲁神话与传说

齐鲁大地是中华民族发祥地之一，产生于原始时代的许多神话传说都肇始于此。譬如伏羲、女娲的神话，炎黄神话，以及尧舜禹的传说等。但远古各部族生活在不同的区域，因其所处的自然和社会环境不同，所创造的神话也表现出不同的面貌。每一种神话，都产生于某一部族活动的特定区域之内；神话传说是有地域性的。在远古时代，这里的原始居民是东夷人。他们生活在大海和泰山之间。缥缈无际、神秘莫测的大海，高耸入云、绝地通天的大山，都使他们产生丰富的想象，创造出许多关于大海和大山的神话传说。

（一）关于大海、鸟及东夷祖先的神话

齐鲁地濒东海、渤海，大海与人们的生活密切相关。生活在沿海的早期居民东夷人，以渔猎为生。缥缈无际的大海，既给他们提供了丰富的生活资料，海啸风暴也给他们带来巨大的灾难。当风平浪静之时，人们偶尔还可看到海市蜃楼的幻景，就更增加了他们对大海的神秘之感，引发出人们丰富的想象。山东半岛原始居民夷人是以鸟为图腾的部族，因此许多关于大海的神话传说都与鸟有关系。他们认为大海原本是他们部族的发源之地，其祖先在海中建有鸟国，主宰大海的神灵自然也是他们部族的先人。《山海经》一书中关于大海的神话传说，许多都与东夷人有关。其中最著名的有“海神传说”、“少昊鸟国”、“归墟神话”、“海中神山”、“帝俊神话”等。

1. 海神传说

濒海的夷人认为主宰大海的是海神，而海神都属于他们的部族：

> 东海之渚中，有神，人面鸟身，珥两黄蛇，践两黄蛇，名曰禺虢。黄帝生禺虢，禺虢生禺京，禺京处北海，禺虢处东海，是为海神。①
>
> 西海渚中，有神，人面鸟身，珥两青蛇，践两赤蛇，名曰弇兹。②

①《山海经·大荒东经》袁珂校注本，上海古籍出版社1980版，第350页。下引《山海经》版本同。
②《山海经·大荒西经》袁珂校注本，第401页。

北海之渚中，有神，人面鸟身，珥两青蛇，践两赤蛇，名曰禺强。①

这几位海神从血缘上看，是中国人文初祖黄帝的儿子，在他身上有着中华民族早期的印记。他们人面鸟身，显然属于以鸟为图腾的东夷族；珥、践黄、青、赤蛇，又与以龙为图腾的部族有着联系。在他们身上，融合着中国远古时期两大部族的图腾标记。值得注意的是，这几位海神都是"人面鸟身"。从有关历史文献看，以龙为图腾的西方部族与以鸟（凤）为图腾东方的部族的融合，是以黄帝为代表的西方部族战胜以夷人为代表的东方部族而实现的，所以我国远古传说中的"神"、"神人"大都是"人首蛇身"。这几位海神既然是黄帝的儿子，照常理也应该是"人首蛇身"，而他们偏偏是"人面鸟身"，这说明这几位海神是属于东夷人的。

2. 关于太昊、少昊的神话传说

远古时期，在今山东境内，以鸟为图腾崇拜的东夷部族，其领袖人物是太昊和少昊。相传太昊就是伏羲氏，风姓，生于雷泽（在今菏泽境内），风姓，"蛇身人首"②，为凤鸟部落的始祖。在先秦及其后的文献里，关于伏羲氏的神话甚为丰富，其中尤以伏羲和女娲的故事更为集中。相传女娲"亦风姓"，"亦蛇身人首"③，与伏羲本为兄妹，在人类遭受毁灭性浩劫之后，世上只有他们兄妹二人，为传留后代不得已结为夫妇。至今山东嘉祥武梁祠汉画石像存有伏羲、女娲人首蛇身交尾图。相传伏羲"始作八卦"，"并结绳为网罟，以畋以渔"④，说明东夷族是从事农业和渔业的部族。其后裔遍布齐鲁地区，直至春秋时期，在今山东境内尚残存任（今济宁一带）、宿、须句（今东平境内）、颛臾（今平邑境内）等几个小国。⑤

少昊，名鸷，号金天氏，相传为黄帝的后裔，因其"宗师太昊之道"，即接受并传承太昊文化，而称为少昊。⑥ 王嘉《拾遗记·少昊》记载有少昊降生时的神话。相传少昊部落都曲阜⑦，其各个氏族部落都以鸟命名。而在神

①《山海经·大荒北经》袁珂校注本，第248页。

②《帝王世纪》："太昊帝，庖牺氏，风姓也。燧人之世，有巨人迹出于雷泽，华胥以足履之，有娠，生伏羲于成纪，蛇首人身，有圣德。"

③《帝王世纪》。

④《易·系辞下》。

⑤见《左传·僖公十一年》。

⑥详见谯周《古史考》。

⑦见《帝王世纪》、《左传·定公四年》。

话中，少昊所建之国却在茫茫大海之中。《山海经·大荒东经》："东海之外大壑，少昊之国。"那浩渺无际、神秘莫测的大海，原本是东夷人的生息之地，所以他们认为祖先曾经在海中建国。那么，"东海之外大壑"在哪里呢？

> 渤海之东不知几亿万里，有大壑焉，实惟无底之谷，其下无底，名曰归墟。八紘九野之水，天汉之流，莫不注之，而无增无减焉。①

这个大壑是一个无底深谷，大地上所有的水，天河里的水，都流向这里。这样的深谷怎么能有人居住呢？《列子·汤问篇》又说：

> 其（按：指归墟）中有五山焉：一曰岱舆，二曰员峤，三曰方壶，四曰瀛洲，五曰蓬莱。其山高下周旋三万里，其顶平处九千里。山之中间相去七万里，以为邻居焉。……所居之人皆仙圣之种；一日一夕飞相往来者，不可数焉。而五山之根无所连箸，常随潮波上下往还，不得暂峙焉。

原来大海之中有五座大山，山上居住着"仙圣之种"，他们往来都是"飞"，是有翼的，显然与"鸟"也是有渊源关系的。在殷墟卜辞中，有殷人祭祀"五山"的记载，所指众说不一。从"又（侑）于五山，在佳"的说法看，这"五山"与鸟图腾有关。佳为象形字，为鸟之短尾者的总称。这海中的"五山"，后来演化为海中"三神山"。《史记·封禅书》载：

> 自威、宣、燕昭使人入海求蓬莱、方丈、瀛洲。此三神山者，其傅在勃海中，去人不远；患且至，则船风引而去。盖尝有至者，诸仙人及不死之药皆在焉。其物禽兽尽白，而黄金银为宫阙。未至，望之如云，及到，三神山反居水下。临之，风辄引去，终莫能至云。世主莫不甘心焉。及至秦始皇并天下，至海上，则方士言之不可胜数。始皇自以为至海上而恐不及矣，使人乃赍童男女入海求之。

威即齐威王，宣即齐宣王，燕昭即燕昭王。这说明三神山的传说流传于燕齐之地。另据《史记·秦始皇本纪》载，秦始皇曾听信方士的传言派方士徐福入海求不死之药，为今传徐福东渡所本。而徐福为今山东滨海地区人，在今

---

①杨伯峻：《列子集释·汤问》，《新编诸子集成》本，中华书局1985版，第151页。

山东龙口、荣成等滨海地区及日本尚存有徐福东渡的许多遗迹。

3. 关于帝俊的神话传说

帝俊是殷民族所奉祀的始祖神，也是他们奉祀的上帝。或云帝俊即舜，舜、俊通。① 在甲骨文中他的形象像只鸟。殷商是东夷人的后裔。《诗经·商颂》说："天命玄鸟，降而生商。"帝俊本是一只玄鸟（燕子），所以他乐以鸟为友。《山海经·大荒东经》说：

> 有五采之鸟，相乡弃沙。惟帝俊下友。帝下两坛，采鸟是司。

《山海经·大荒西经》："有五采鸟三名：一曰皇鸟，一曰鸾鸟，一曰凤鸟。"帝俊与鸾凤一类鸟儿相友善，玄鸟也逐渐演化为鸾凤一类的鸟，为东夷族以凤为图腾所本。帝俊与大海的关系也十分密切。《山海经·大荒南经》：

> 东南海之外，甘水之间，有羲和之国。有女子名曰羲和，方日浴于甘渊。羲和者，帝俊之妻，生十日。

在神话中，日神是一只三足乌，他原来是帝俊（玄鸟）的儿子。袁珂先生谓羲和所浴之甘渊，其地就是汤谷扶桑，也就是少昊鸟国建都之地。至于帝俊与少昊的关系，神话传说中说法不一，但有一点是可以肯定的，即东夷人认为自己的祖先来自大海，所以海神以及主宰大海的都是他们的祖先。大约日神是帝俊之妻所生，东夷人崇拜太阳。在大汶口出土的文物中，有绘有鸟与太阳相结合图案的陶器。《山海经·大荒东经》说："汤谷（日出之地）上有扶木，一日方至，一日方出，皆载于乌。"《山海经·大荒西经》又说，帝俊另一个妻子常羲"生十有二月"。则日月都是帝俊的子女。

大海为东夷人带来福祉，也带来灾祸。他们凭借原始的船舶出海捕鱼，不知多少人被大海吞噬；海啸、飓风，也给沿海居民造成巨大的灾难。因此，他们在对大海充满向往的同时，也希望能征服大海。"精卫填海"的神话，应是这一愿望的反映：

---

①《山海经·大荒东经》袁珂校注本，第345页，注引郭璞注："俊亦舜字假借音也。"

又北二百里,曰发鸠之山,其上多柘木。有鸟焉,其状如乌,文首、白喙、赤足,名曰精卫,其鸣自詨。是炎帝之少女曰女娃,女娃游于东海,溺而不返,故为精卫,常衔西山之木石,以堙于东海。①

炎帝即传说中的神农氏,本居西方,殷周之际其后裔东至齐地。其女女娃游东海溺死化为鸟的故事,应是流传于这一地区的神话传说。

帝俊即舜。② 帝俊是神话中的舜,传说中的舜则是远古东夷人的领袖,是东夷文化的代表。传说中的"三代"即尧、舜、禹时代,是人们理想的"盛世",而实际上是原始社会末期,而舜是代尧称帝的部落联盟领袖,因又称帝舜。舜号有虞氏,也称虞舜。孟子说:"舜生于诸冯,迁于负夏,卒于鸣条,东夷之人也。"③朱熹引汉人赵歧注云:"诸冯、负夏、鸣条,皆地名,在东方夷服之地。"据学者考证,诸冯即今山东诸城。④ 传说他曾耕于历山之阳。历山即今济南千佛山。⑤ 以大舜为领袖的夷人部族,活动于今山东地区,逐渐西移,到达今河南一带。

关于舜的事迹,载录于《尚书》、《论语》、《孟子》、《墨子》及汉代《孝子传》和《列女传》。传说舜是大孝子。舜的母亲早死,继母生有一子名象。象与其母合伙怂恿他的父亲瞽叟用各种办法虐待、迫害舜,并多次想把他害死。而舜却不记恨他们,依旧孝顺父母,友爱弟弟、妹妹,以自己的孝行感化他们,使他们改恶从善。据说尧对舜进行各种考验后,决定把两个女儿即娥皇、女英嫁给他,并把帝位禅让给他。舜接受帝位后,举贤任能,制礼作乐,赏善罚罪,祭山治水,巡行全国各地,成为爱民、奉公、无私的一代圣明君主。

在山东,到处有舜的遗迹,而以济南最为集中。舜早年所耕的历山在济南,继承帝位之后,"东巡守,至于岱宗"进行祭祀。⑥ 千佛山上建有舜庙;济南旧城南门南望千佛山(即历山),称为舜田门;其北趵突泉有娥皇、女英祠,约创建于2000年前⑦;泉水北流绕城,在北魏以前称为娥英水;旧城南

①《山海经·北山经》袁珂校注本,第92页。
②见袁珂:《中国神话史》,重庆出版社2007年版,第25页。
③《孟子·离娄下》。
④见焦循:《孟子正义》引赵佑《温故录》。
⑤见曾巩:《齐州二堂记》,载《曾巩集》陈杏珍等点校本,中华书局1984年版,第307页。
⑥见《尚书·舜典》。
⑦《水经注·济水》:"《春秋》桓公十八年,公会齐侯于泺是也,俗谓之娥姜(一作英)水也,以泉源有舜妃娥英庙故也。城南对山,山上有舜祠,山下有大穴,谓之舜井,抑亦茅山禹井之比矣。"

门里有舜井(也称舜泉,据说是大舜锁水怪巫支祈的地方),街因以名为舜井街。唐宋以来,历代宦游济南的文人,留有许多凭吊大舜遗迹的诗文。

关于大海与鸟、与帝俊的神话及关于舜的传说,反映了齐鲁先人的寻根意识,并企图对自己的历史及生存状态作出解释。它以其特有的方式,唤起人们对往古时代的遥远记忆,激发人们对英雄先祖的敬仰和崇拜之情。辽阔无际的大海,虚无缥缈的神山,表现出初民丰富的想象力。这一切对后世齐鲁人的心理、精神以及思维方式,都曾产生深远影响。

(二)关于羿、蚩尤等的神话传说

关于羿的神话,是流传于齐地的英雄神话之一。相传尧治理天下的时候,十日并出,“焦禾稼,杀草木,而民无所食。猰貐、鑿齿、九婴、大风、封豨、修蛇,皆为民害。尧乃使羿诛鑿齿于畴华之野,杀九婴于凶水之上,缴大风于青丘之泽,上射十日而下杀猰貐,断修蛇于洞庭,禽封豨于桑林。万民皆喜,置尧以为天子。”①羿在传说中是弓箭的创始人,以善射著称。后来又有羿的妻子偷窃西王母给羿的不死之药飞升为月殿嫦娥的故事。在传说中,神话中的羿又常常与夏代有穷国君后羿相混,演绎出一段后羿篡夏的故事。

蚩尤是古齐地所祠八神之一“兵主”,即战神。② 相传蚩尤姜姓,为炎帝的后裔,夷人九黎部落的领袖,曾与黄帝在涿鹿大战,战败被杀。而《史记·五帝本纪》《正义》引《龙鱼河图》云:

> 黄帝摄政,有蚩尤兄弟八十一人,并兽身人语,铜头铁额,食沙石子,造立兵仗刀戟大弩,威振天下,诛杀无道,不慈仁。万民欲令黄帝行天子事,黄帝以仁义不能禁止蚩尤,乃仰天而叹。天遣玄女下授黄帝兵信神符,制伏蚩尤,帝因使之主兵,以制八方。蚩尤没后,天下复扰乱,黄帝遂画蚩尤形像以威天下,天下咸谓蚩尤不死,八方万邦皆为弭服。

《山海经·大荒北经》亦云:

---

①《淮南子·本经训》,《诸子集成》本,中华书局1986版,第117—118页。
②见《史记·封禅书》。

> 蚩尤作兵伐黄帝，黄帝乃令应龙攻之冀州之野。应龙畜水，蚩尤请风伯雨师，纵大风雨。黄帝乃下天女曰魃，雨止，遂杀蚩尤。

传说蚩尤与黄帝的战争非常惨烈，结果是代表东夷族的蚩尤被黄帝收服，并为其主兵，成为威震天下的战神。《史记集解》引《皇览》说："蚩尤冢在东平郡寿张县阚乡城中，高七丈，民常十月祀之。"可见直至魏晋时期尚存有祭祀蚩尤的风俗。寿张阚乡已沉入河中，今山东阳谷有蚩尤墓。

（三）泰山神话

泰山，本作大山、太山、岱山，为五岳之首，又称岱宗、岱岳。泰山与东海之间，即海岱地区，是远古夷人的生息之地。在这里他们创造了北辛文化、大汶口文化和龙山文化，形成泰山文化圈，并成为华夏文明肇源地区之一。泰山崇拜，源自远古，并伴随夷人外迁而向全国辐射，"以致在共和国建立前，泰山行宫几乎遍布全国，在穷乡僻壤中还到处竖立着石碣，上刻'泰山石敢当'字样以求神的保护。这说明泰山崇拜的深厚根源，充分证明泰山文化圈是中华民族的重要发祥地（民族故乡）之一。《舜典》等古籍称泰山为'岱宗'的原因，到此已很明显，即岱（泰山）是各地居民的归宗之神山，各地居民的祖宗之山。"①

泰山绝地通天，是神祇所居之地。在古人看来，它与天帝相通，也与地祇相接，所以殷商甲骨卜辞中就有关于祭祀大（太）山的记载。相传古代帝王即位，或在治理国家方面取得巨大成功之时，都要封禅泰山，祭告天神，《史记·封禅书》曾有所记述。春秋时期的齐、鲁两国以泰山为界，齐在北，鲁在南；泰山成为齐鲁人心目中的圣地。泰山是鲁国人的骄傲，所谓"泰山岩岩，鲁邦是瞻"②，齐人则把它看做天地神祇所居之地，因有地主之祠。齐地先民设"八祠"，主祀"八神"，即天主、地主、兵主、阴主、阳主、月主、日主、四时主。《史记·封禅书》云："八神将自古而有之，或曰太公以来作之。齐所以为齐，以天齐也。其祀绝莫知起时。八神：一曰天主，祠天齐。……二曰地主，祠泰山梁父。盖天好阴，祠之必于高山之下，小山之上，命曰'畤'；

---

①徐北文：《泰山崇拜与封禅大典》，载《徐北文文集》，济南出版社 1996 版，第 7 页。
②《诗经·鲁颂·閟宫》。

地贵阳，祭之必于泽中圜丘云。三曰兵主，祠蚩尤。蚩尤在东平陆监乡，齐之西境也。四曰阴主，祠三山。五曰阳主……六曰月主……七曰日主……八曰四时主……皆各用一牢具祠，而巫祝所损益，珪币杂异焉。”关于“八神”之祠，是自古就有，还是自太公始设，司马迁已说不清楚，而从所祠诸神的情况看，应是在齐建国之初，太公因依夷人习俗所设。总之，远古以来，东夷的泰山崇拜，演化为齐地以泰山为大地之主，并为先民归宗泰山所本。这种对泰山的崇拜，一直延续至今；先民的灵魂归依，已沉淀在中华民族心灵深处，并已成为民族精神所系，成为整个中华民族之“根”。因此，自古以来，人们登临泰山，与游览其他自然景观不同；今天海外游子对泰山的向往，也常常含有寻根认祖的意义。

泰山本是道教名山，自魏晋而后，也为佛教传布的中心之一。其所祀神祇，玉皇、王母、泰山神、碧霞元君而外，还有青帝（太昊）、泰山石敢当、释迦牟尼等。泰山神即东岳大帝，据说主管人间生死寿算、贵贱尊卑。晋张华《博物志》云：“泰山一曰天孙，言为天帝之孙也。主召人魂魄。东方万物始成，知人生命之长短。”

自汉代以来，文人骚客登临泰山，留有优美的诗文，如马第伯的《封禅泰山记》，曹植、陆机、谢灵运、李白、元好问、张养浩、乾隆皇帝等的诗歌都曾涉及泰山的神话传说。

（四）关于姜太公的传说

齐国的开国君主姜尚，字子牙。因其先祖封于吕，也以吕为姓，称吕尚。东海海滨（或谓即今山东日照）人。相传他是炎帝的后裔，其先祖因掌四岳有功，在虞夏之际封于吕。① 姜尚是一位传奇人物，关于他的传说甚多。《史记·齐太公世家》、《六韬》、《太公金匮》、《搜神记》等处根据传说载录了他的一些事迹。

吕尚是一位传奇式的人物，他的事迹大都带有传说成分。据《史记》所

①《史记·齐太公世家》：“太公望吕尚者，东海上人。其先祖尝为四岳，佐禹平水有功，虞夏之际封于吕，或封于申，姓姜氏。夏商之时，申吕或封枝庶子孙，或为庶人，尚其苗裔也，本姓姜氏，以其封姓，故曰吕尚。”《索隐》引谯周《古史考》云：“姜姓，名牙，炎帝之裔、伯夷之后，掌四岳有功，封于吕，子孙从其封姓，尚其后也。”

载，姜尚曾在商都朝歌屠牛，在孟津卖水，十分穷困。当他听说周西伯即周文王尊贤任能，于垂老之年远赴周地，在渭水岸边垂钓，希望引起西伯的注意。西伯要出外打猎，让人卜卦，看看能够捕获什么，而卦者却说："所获非龙非彨，非虎非罴；所获霸王之辅。"西伯莫名其妙，在渭水北岸打猎时不期然遇见姜尚。一交谈，知其为非常人，便说："自吾先君太公曰'当有圣人适周，周以兴'。子真是邪？吾太公望之久矣。"于是，西伯与姜尚同车而归，并"立为师"，从此姜尚便被人称为太公望。关于太公垂钓，《史记正义》引《说苑》、《六韬》说法不同。《说苑》云："吕望年七十钓于渭渚，三日三夜鱼无食者，望即忿，脱其衣冠。上有农人者，古之异人，谓望曰：'子姑复钓，必细其纶，芳其饵，徐徐而投，无令鱼骇。'望如其言，初下得鲋，次得鲤。刺鱼腹得书，书文曰'吕望封于齐'。望知其异。"

据载，周的势力逐渐壮大，引起商纣王的惊惧，遂借故将文王拘禁在羑里。太公用计谋使纣王把文王放回，并与文王谋划如何颠覆商朝政权。姜尚入周之初，还有一些传说。《搜神记》云："文王以太公为灌坛令。期年，风不鸣条。文王梦一妇人，甚丽，当道而哭。问其故，曰：'吾泰山之女，嫁为东海妇。欲归，今为灌坛令当道有德，废我行。我行必有大风疾雨。大风疾雨，是毁其德也。'文王觉，召太公问之。是日果有疾风暴雨，从太公邑外而过。文王乃拜太公为大司马。"文王死后，太公被武王尊为尚父，并佐武王率军伐纣，其用兵如神，多奇计谲谋，故后被尊为兵家之祖。周朝初建，分封诸侯，太公封于齐，都营丘。当时齐国封域内都是夷人，他们对周曾经进行抵抗。"太公至国，修政，因其俗，简其礼，通商工之业，便鱼盐之利，而人民多归齐，齐为大国。"①

关于姜尚的民间传说很多，经过神魔小说《封神演义》的渲染描绘，更成为驱神使鬼的神仙人物。以往山东农村盖新房，在双梁上贴"太公在此，诸神退位"，据说可以驱鬼避邪。姜尚善计谋，通兵法，在齐地颇有影响。先秦兵家大都出于齐地，如著名军事家孙武、孙膑、司马穰苴、田单；孙武所著《孙子兵法》，至今仍是兵家圣典，享誉中外。至于将姜尚神化，为其经历染上一层神秘色彩，本为先祖崇拜的一种表现，而这却对齐地神仙方士的盛

---

①《史记·齐太公世家》。

行,以及后世神魔小说产生影响。

(五) 孟姜女的传说

孟姜女,与牛郎织女、梁山伯与祝英台、白蛇传,都是我国流传最为广泛的民间传说故事。在两千多年的流传过程中,有关故事情节虽然不断演变,而其基本内容及其所蕴含的文化精神却并未改变。孟姜女的故事起源于春秋时期的齐国,其原型为齐国杞梁之妻。

据《左传·襄公二十三年》载,齐庄公从晋国返国途中袭击莒国,遇到莒人的坚决抵抗,因腿受伤而退兵。第二天,齐大夫杞梁、华还与莒国国君率领的大军相遇。莒君请和遭拒,遂亲自击鼓进军,齐军溃败,杞梁战死。齐君在返国途中,遇到扶柩而归的杞梁之妻,便派人前往吊唁,因不合礼数而遭到杞梁妻的拒绝。后来,齐君按照大夫之礼"吊诸其室"。在这里,杞梁妻是一个知礼而有尊严的女性。

后来对《左传》记载杞梁妻的故事不断丰富、演化。《礼记·檀弓下》说:"齐庄公袭莒于夺,杞梁死焉,其妻迎其柩于路而哭之哀。"增加了"哭"的情节。《孟子·告子下》又把杞梁妻的"哭"与齐国风俗联系起来:"昔者王豹处于淇,而河西善讴;绵驹处于高唐,而齐右善歌;华周、杞梁之妻善哭其夫,而变国俗。"及至汉代,又演绎出哭倒城墙(或山)的情节:杞梁妻到丈夫战死的城墙下痛哭,城墙为之倒塌,她背负着丈夫的尸体投缁水而死,表现出惊天动地的真情和贞烈。及至唐代以后,又演化出孟姜女哭倒长城的情节:秦始皇暴虐无道,为防匈奴北筑长城,杞梁服役累死城下,孟姜女万里寻夫,滴血认骨,哭倒长城,反映繁重的徭役给人民带来沉重的苦难,以及反对暴政、渴望安定和平生活的愿望。这时杞梁妻有了名字即孟姜女,而后孟姜女的丈夫也变为范杞梁、范喜良等。今山东淄博有孟姜女剧,长清万德建有孟姜女庙。最近在莱芜莱城区发现明洪武戊申(1368 年)所立的石碑,碑阴刻有《孟姜女记铭》,据载该处曾建有孟姜女庙、孟姜女坟和衣冠冢。孟姜女的故事起源于山东,她自然是山东人,至于她的居里就难以详考了。

孟姜女的故事起源于齐地,最初流传的范围也大致是齐鲁地区。至今在山东各地仍然熟知孟姜女的故事,只是她哭倒的莒国城墙变为山东境内的齐长城而已。至于她的"善哭",与至今在山东地区仍然流行的"哭调"习俗有无关系,就难以考究了。

齐鲁神话传说极其丰富,除以上所述外,还有关于玄女、伊尹、傅说、徐福、八仙等。齐鲁神话大部分流行于先秦齐地,齐人常常把人变成神,如姜太公等,而鲁文化则重视理性精神,常常把神改造成人。发源于鲁地的儒家学派强调面对人生,重视现世,常对神话加以改造,使之成为历史传说。齐鲁对待神话的不同态度,表现出不同的文化意识及其价值取向,这也是齐鲁两地早期文化面貌不同的原因之一。例如关于鸟的神话,原本为东夷人图腾崇拜的表现,而《左传·昭公十七年》所载郯子的话,鸟却变为官名;"夔一足"的神话,经孔子解释,夔由鸟变成了人名,并说成是帝尧的乐正官;夔一足,也不是夔鸟只有一只脚,而是尧因夔能干认为有一而足。孔子等人以哲学家的理性,把神话解释成历史,把神话人物纳入历史系列的做法,促使远古神话的消亡,也促使史官文化的早熟,从而对中国文学的发展产生极为深远的影响。

二、原始歌谣与《诗经》

(一)原始歌谣

诗歌是文学史上最早出现的一种艺术形式,其源头应追溯到原始歌谣。在遥远的上古时代,山东地区生活着一个古老的民族即东夷人,相传他们的领袖就是大舜。传说舜的父亲瞽叟发明了琴和瑟,舜通晓音律。《孔子家语·辨乐》等处记载,"舜弹五弦之琴,歌《南风》之诗"①。《尚书大传》载:"舜将禅禹,于是俊乂百工,相和而歌《卿云》。"《南风》、《卿云》两诗形式整齐,韵律和谐,不会是原始时代舜的作品盖可论定,但它却可说明舜与诗歌的发源的确有密切的联系。在中国最为古老的文献《尚书·尧典》里,记载着舜命夔主持乐官,其中涉及诗歌声律,说:"诗言志,歌永言,声依永,律和声。八音克谐,无相夺伦,神人以和。"这段文字产生于何时,以及它是否出自大舜之口,因受史料的限制,已很难作出确切的判断,然"其为远古遗留下的史实,大致可信"②。而东夷是我国文化最早的发达地区,这一"遗留下

①《史记·乐书》《集解》、《礼·乐记》《疏》引《尸子》等处,均引有此诗。
②范文澜:《中国通史简编》(修订本),人民出版社1958年版,第92页。

的史实"与舜联系起来,似非无故。现代文学家、著名学者朱自清认为"诗言志"是我国诗歌"开山的纲领"①,对我国诗歌的发展具有极为深远的影响。

东夷人的歌谣已经失传,相传为远古时代的诗歌也无明确记载。《吕氏春秋·音初篇》论述原始歌谣的产生,把涂山氏之女盼禹归来所作"候人兮猗"看做南方歌谣之始,而将有娀氏二女所作"燕燕往飞"看做北方歌谣之始:"有娀氏有二佚女,为之九成之台,饮食必以鼓。帝令燕往视之。鸣若谥隘;二女爱而争搏之,覆以玉筐。少选,发而视之,燕遗二卵,北飞,遂不反。二女作歌,一终曰:'燕燕往飞。'实始作为北音。"据此,我们把"候人兮猗"叫做《候人歌》,把"燕燕往飞"叫做《燕燕歌》。

《诗经·商颂·玄鸟》云:"天命玄鸟,降而生商,宅殷土芒芒。"《长发》则云:"有娀方将,帝立子生商。"《玄鸟》和《长发》是商后裔歌颂祖先的诗歌。《史记·殷本纪》、《礼记·月令》郑玄注等文献记载了商民族祖先诞生的神话传说:有娀氏之女简狄吞玄鸟卵而生商始祖契。玄鸟即黑色的燕子。玄鸟被商民族视为祖先神和保护神,并被奉为图腾加以崇拜。有娀氏盖为商族母系氏族时期的始祖,不少学者据此推定商族来自东夷。② 因此,我们可以把《燕燕歌》看做夷人的原始歌谣。

原始歌谣与初民的劳动、生活息息相关,最初的功用只是为了协调劳动动作或者减轻疲劳、调节劳动情绪,较多体现其实用性。而希图祖先保护所进行的祭祀活动,以及宗教色彩浓厚的图腾崇拜,则反映了人们控制自然、避祸祈福的良好愿望,带有人们表达自己感情的诉求,其歌舞活动已孕育了人们的审美意识和艺术创作的萌芽。因此,从以生产劳动过程为内容的诗歌,到以颂扬或怀念图腾祖先的宗教性诗歌,是原始诗歌的重要发展。《燕燕歌》与夷族的图腾崇拜有关,表现先民对向北飞翔的燕子的依依惜别之情,亦即表现人们对祖先的深切怀念。据载,商周时期民间对春天北归的燕子表现出欢欣喜悦之情。其实,直到今天,齐鲁地区的人们与燕子仍有极为深厚的感情。这里的人们,每到春天,都眼巴巴地盼望燕子归来;燕子在谁家垒窝筑巢,被认为是一年吉祥的征兆;凡有燕窝的家庭,也都对其百般呵

①朱自清:《诗言志辨·序》,上海古籍出版社 1997 年版,第 4 页。
②田昌五:《中国古代社会发展史论·先商文化探索》,齐鲁书社 1992 年版,第 197—198 页。

护，只是其中深潜的祖先崇拜的情结，已很少有人意识到了。如今民居房屋的檩樑都被水泥预制板所取代，燕子失去了栖息处所，已很难看到它的身影了。

《吕氏春秋·音初篇》的作者认为音乐关乎国家命运的盛衰和风俗人情以及精神风貌的变化，也由此把《燕燕歌》看做“北音”之始。我们认为，《燕燕歌》是北方见诸记载的最早的歌谣，可以看做北方诗歌艺术的起点。诗歌作为一种艺术，是一个民族艺术精神最为生动的体现，它的产生受到时代环境、社会文化，以及民族、地域等诸因素的影响和制约。这首歌谣的写实性，以及文字表述的质朴无华，都可看做齐鲁诗风的发端。

《吕氏春秋·古乐篇》记载：“昔葛天氏之乐，三人操牛尾，投足以歌八阙：一曰‘载民’，二曰‘玄鸟’，三曰‘遂草木’，四曰‘奋五谷’，五曰‘敬天常’，六曰‘达帝功’，七曰‘依地德’，八曰‘总禽兽之极’。”但流传至今的《葛天氏之乐》却有题而无词，有的学者认为这是八阙原始史诗①，而一般论者则认为是远古的一个大型图腾歌舞。从“载民”、“玄鸟”看，这应是东夷人的歌舞，很可能是初民为歌颂祖先神，表达自己对农牧生产丰收的期待，而举行的娱乐活动。原始歌舞起源于原始宗教的娱神活动，都是歌、乐、舞三位一体的，惜乎歌词失传，我们很难说明其具体情形了。

（二）《诗经》中的齐鲁诗歌

《诗经》是我国最早的诗歌总集，相传曾经孔子编订，并作为他教育学生的教材之一。其中产生于齐鲁地区的诗歌，有《齐风》、《曹风》和《鲁颂》。关于《商颂》产生的年代和地域，古今学者尚有不同认识，但其与东夷文化的关系却是公认的。其他，《诗经·小雅·大东》篇，《毛诗小序》说作者是谭大夫。谭国的故址在今山东济南章丘境内，则这位谭大夫也应是山东人。

1.《诗经》中的《齐风》

《诗经·国风》是各地风谣，《齐风》则是产生于齐地的诗歌。《齐风》今存 11 篇，大都为春秋时期的作品。这些诗歌的内容，大致可分为三个方

---

①赵霈霖：《兴的起源》，中国社会科学出版社 1987 年版，第 141 页。

面：一是反映齐地婚恋风情，如《鸡鸣》、《著》、《东方之日》、《东方未明》、《甫田》等；一是反映齐地狩猎生活和尚武精神，如《还》、《卢令》等；一是讽刺齐国上层淫乱，如《南山》、《敝笱》、《载驱》等。各国《国风》中也有以上这类内容的诗歌，而反映的各地风情、民俗却有不同，互相比照，即可看出地域文化的影响。

婚恋与习俗的关系最为密切，从如何处理和对待两性关系，即可观察一个民族或一个地域的文化风貌。《齐风》三部分诗歌，有两部分可归于此类，约占全部诗歌的百分之七十以上。论及齐地的婚恋风情的诗歌，自然联系到齐地的民风民俗。周初在今山东境内，齐与鲁同时建国。齐、鲁两地的原居住民都是夷人，为实行周制，两国对当地的土著文化都进行过改造，但方针不同。鲁国是“变其政，革其礼”①，把周文化移植过来，用周文化改造和代替夷文化；而齐的统治者则因其俗而简其礼，保留了较多的“夷俗”。在这些保留的“夷俗”中，有的属于原始婚俗的遗留，禁忌较少。如周实行同姓不婚的制度，而齐人则可变通；周伦理禁忌甚严，而齐人则存在近亲通婚的现象。因此，齐地对待两性关系的态度较为开放。在有关婚恋诗歌中，有的写一般恋情，如《甫田》写一怀春少女暗恋一位少男，彼此难以相会，时隔很久，心目中的“他”已长大成人：“未几见兮，突而弁兮！”其惊喜之情难以名状。而《东方之日》则以男子的口吻写一女子主动到其家幽会：

东方之日兮，彼姝者子，在我室兮。在我室兮，履我即兮。东方之月兮，彼姝者子，在我闼兮。在我闼兮，履我发兮。

朱熹《诗集传》解释这首诗的第一章说：“兴也。履，蹑。即，就也。言此女蹑我之迹而相就也。”即是说，这位女子追随她所爱的男子，主动表露爱意，并到他家幽会。不管白天黑夜，也不管什么社会舆论，爱得无所顾忌，其大胆追求爱情的表现，连《诗经·郑风·将仲子》都相形逊色。《著》则生动地反映了齐地的婚俗：

俟我于著乎而，充耳以素乎而，尚之以琼华乎而。俟我乎庭乎而，

①《史记·鲁周公世家》。

> 充耳以青乎而，尚之以琼莹乎而。俟我乎堂乎而，充耳以黄乎而，尚之以琼英乎而。

按照婚礼，婿须往女家亲迎，送达彩礼后，先回到自家门前，女至揖而迎入。而当时婿不亲迎，所以女至婿门才见他在等待自己。《鸡鸣》一诗，写齐国上层社会的一对夫妇床第之上的对话，谑浪恣肆，活灵活现，从一个侧面也可见齐地婚姻生活之一斑。

齐地婚恋虽比较自由，对待两性关系也持较为开放的态度，但却反对男女之间苟且和淫乱的行为。因此，《南山》、《敝笱》、《载驱》三首诗，对齐上层统治者兄妹通奸的淫乱行为表示了极端的厌恶和蔑弃，并进行了辛辣的讽刺。有的学者从文化的角度，以东夷保留原始婚俗为说，认为齐襄公与其异母妹通奸的行为是“夷俗”的遗留，这与当时齐人从伦理道德的角度对其加以讽刺，两者之间并不矛盾。从《南山》诗中“取妻如之何？必告父母”、“取妻如之何？匪媒不得”的责问来看，东夷人在接受周文化后，对原始婚俗中某些落后成分已有所摒弃。

《齐风》中咏歌齐人狩猎的诗歌，是齐地传统与现实生活的生动反映。古夷人是一个以善射著称、富有尚武精神的民族，相传他们首先发明了弓箭，并出现了羿射日救世的神话传说和对羿的英雄崇拜。齐地狩猎习俗延续了几千年，习武善射也长期成为当地青年值得夸耀的技艺。《还》、《卢令》二诗，旧解以为齐人荒于游猎，表现“其俗之不美”，其实不然。《还》写两个猎人在临淄附近的猱山间协同追逐猎物，轻捷勇武，相互赞美彼此高超的技艺。《卢令》则写猎人带着猎犬追逐猎物的情景：猎犬脖颈上栓系着大小环扣在一起的铃铛，跑起来发出叮当悦耳的声响；猎人英武和善，头发卷曲，那一部络腮胡子，更展现出男性壮美的风采。这两首诗生活气息浓郁，形象鲜活生动。

据《毛诗序》说，《诗经 · 小雅 · 大东》篇的作者是谭大夫。春秋以前，谭国在今山东济南章丘境内，原为周在东方的一个小国，后沦为齐地。《毛诗序》说，周王朝加给谭国的赋税和徭役都很繁重，人民不堪重负，引起富有正义感的谭大夫的不满，写了《大东》这首诗。诗同情人民，怨刺统治者，爱憎鲜明。委婉而深沉的倾诉，犀利而深刻的讽刺，生动而形象的比喻，在艺术上取得较高成就，成为《诗经》中的名篇。

2.《诗经》中的《鲁颂》

在《诗经》中，鲁国有“颂”而无“风”，对此前人曾做过解释。① 从《左传》中偶尔见到的鲁地民谣，可证鲁地当时并不是没有民歌民谣，只是由于鲁国地位特殊，负责收集诗歌的太师没有去收集而已。周公姬旦是文王之子、武王之弟，并曾在周初摄政，在周王朝具有崇高的地位。鲁国国君为周公之后而享有天子礼乐，使其在周王朝具有特殊的政治地位，为周在东方的政治和文化的代表，使鲁国成为宗周在东方政治文化中心。从鲁与周王朝的关系看，《鲁颂》可以看做《周颂》的补充。因此，《诗经》的编者把《鲁颂》列于《周颂》之后、《商颂》之前。源于殷周文化的儒家及其创始人孔子，对《鲁颂》也另眼相看。朱熹认为，孔子本人为鲁人，他把《鲁颂》视同“列国之风”，因其“所歌者，乃当时之事”，或可补充“‘鲁风’之阙”②。

《鲁颂》四篇，其写作时间及作者，尚有争议，人们一般从朱熹《诗集传》的说法。③ 这四篇的内容，据朱熹《诗集传》的解说，《駉》“言僖公牧马之盛”；《有駜》为“燕饮而颂祷之辞”；《駉宫》是诗人歌咏修建鲁国宗庙，“以为颂祷之辞”。总之，《鲁颂》四篇都是鲁国宗庙的祭祀乐歌，是歌颂周天子和鲁国先祖勋业的贵族诗篇，它与《周颂》并为我国庙堂文学的滥觞。

在解说《鲁颂》时，孔子曾引用《駉》的末章“思无邪”，对《诗经》进行概括，说：“诗三百，一言以蔽之，曰‘思无邪’。”④诗写“牧于坰野”的情景，并无其他意涵，而孔子断章取义，取“思无邪”的字面意义，当做解说《诗经》内容的“总纲”，以强调《诗经》内容的纯正，其中自然含有推崇《鲁颂》的深意。

3.《诗经》中的《曹风》

春秋时期以前，今山东境内，除齐、鲁而外，还有若干小的诸侯国，周边

---

①朱熹《诗集传》说：“先儒以为时王褒周公之后，比于先代，故巡守不陈其诗，而其篇第不列于太师之职，是以宋、鲁无‘风’。其或然欤？或谓夫子有所讳而削之，则左氏所记当时列国大夫赋诗，及吴季子观周乐，皆无曰‘鲁风’者，其说不得通矣。”

②《诗集传》，上海古籍出版社，1980 年版，第 257 页。

③朱熹《诗集传》认为：“成王以周公有大勋劳于天下，故赐伯禽以天子之礼乐，鲁于是乎有‘颂’，以为庙乐。其后又自作诗以美其君，亦谓之‘颂’。旧说皆以为伯禽十九世孙僖公申之诗，今无所考。独《閟宫》一篇，为僖公之诗无疑耳。”

④《论语·为政》。

也与宋、卫、燕、晋、赵、楚等犬牙交错。在《诗经·国风》中，与今山东有关的，主要是《曹风》。

曹国建都于陶丘，即今山东定陶西南，其地大部在今山东西部，当时与鲁国接壤。朱熹《诗集传》说“其地在《禹贡》兖州陶丘之北、雷夏菏泽之野，周武王以封其弟振铎。今之曹州，即其地也。”宋之曹州，辖境相当于今菏泽市的菏泽、曹县、成武、东明及河南省的兰考、民权等县市。

《曹风》今存诗四首：《蜉蝣》、《候人》、《鸤鸠》、《下泉》。《蜉蝣》云：

> 蜉蝣之羽，衣裳楚楚。心之忧矣，于我归处。蜉蝣之翼，采采衣服。心之忧矣，于我归息。蜉蝣掘阅，麻衣如雪。心之忧矣，于我归说。

旧说此诗以朝生暮死的蜉蝣为喻，讽刺只顾眼前享乐而忘忧将来的贵游子弟。而闻一多先生则认为是少女怀春诗，以蜉蝣羽翼比喻少女所爱慕者的衣服，“心之忧矣，于我归处”二句所抒写的是少女本能的性冲动和性饥渴，而其粗朴、坦率的态度，则表现这类诗歌的原始性。①《候人》一诗，朱熹《诗集传》说为“刺其君远君子而近小人之词”，而闻一多则认为是“刺曹女”，所候者不来，故“不遂其媾”②。《鸤鸠》一诗，朱熹《诗集传》解释为“美君子之用心专一”，为国法式，而使国运绵长。《下泉》是诗人目睹周室凌夷，而忆念西周盛时，表达其对太平盛世的向往之情：

> 洌彼下泉，浸彼苞稂。忾我寤叹，念彼周京。洌彼下泉，浸彼苞萧。忾我寤叹，念彼京周。洌彼下泉，浸彼苞蓍。忾我寤叹，念彼京师。芃芃黍苗，阴雨膏之。四国有王，郇伯劳之。

建安诗人王粲《七哀诗》写其目睹丧乱而思及清明政治，有“悟彼下泉人，喟然伤心肝”之句。

（三）春秋战国之际的齐鲁歌谣

人们一向认为，从春秋中叶到战国中叶，这三百年间，诸子登上历史舞

①见闻一多：《诗选与校笺》，古籍出版社 1956 年版，第 11—12 页。
②闻一多：《诗选与校笺》，第 75 页。

台，散文得到发展，而诗歌则消歇停滞了，即所谓“王者之迹熄而诗亡”。而近年诗歌研究者发现，这期间诗歌并未衰微。据初步统计，这期间幸存下来的诗歌、谣谚有百余首①，而其中就有齐鲁诗歌。

春秋战国之际，今存齐鲁地区的歌谣，散见于《左传》、《吕氏春秋》、《晏子春秋》以及汉人编撰的诗文集中。齐地歌谣主要见于《左传》和《晏子春秋》，与《诗经·齐风》内容的写实性及大胆表露感情的特点一脉相承。《晏子春秋·内谏下》记载晏婴歌诗三首，其中两首是规劝齐景公的。齐景公为满足其奢侈享乐的需要，让农民停止农业生产去修筑大台，直到寒冬腊月也不让回家。齐人希望晏子劝谏齐公，晏子也对此不满，而又无法阻止。一次，景公赐酒予他，他就用“庶民之言”规劝景公。这“庶民之言”是一首民歌，歌曰：“冻水洗，我若之何？太上靡散，我若之何！”意思是说，天寒地冻数九天，役夫难以劳作，国君的劳役没完没了，让人没法活。晏子“歌终喟然叹而流涕”，景公感动，“速罢之”。后来，景公又想要建宫舍，在其宴集大臣争取支持时，晏子借酒作歌。歌曰：“穗兮不得获，秋风至兮殚零落。风雨之拂杀也，太上之靡弊也。”歌罢，“顾而流涕，张躬而舞”。景公听后，遂罢是役。这两首歌都是晏子为谏止齐景公贪图享乐而唱的；前一首反映民意，后一首是有感即兴演唱，现实针对性都很强。还有一首《莱人歌》。据《左传·哀公六年》记载，景公嫡夫人燕姬所生的儿子未成年而死，在其临终前命大臣辅佐其宠妾所生之子荼继公位，而将其他几个公子安置到莱地。景公死后，诸公子恐怕受到迫害，纷纷出奔他国。莱人歌之曰：“景公死乎不与理，三军之事乎不与谋，师乎师乎，何党之乎？”莱人同情诸公子，而对齐国上层统治者为争权夺利以致骨肉相残表示愤慨和厌恶。

《左传》记载鲁地歌谣三首，内容都与当时鲁国发生的事情有关。一首是在鲁、邾之战后，鲁人对臧纥出战不利表示怨恨：“臧之狐裘，败我于狐骀。我君小子，朱儒是使。朱儒，朱儒，使我败于邾！”意思是说，臧纥穿着狐裘率兵出征，在骀一败涂地。我君那个小子不懂事，竟然派臧纥这样的朱儒去指挥。就是这个朱儒，使我们败于小小的邾国！据《左传·襄公四年》记载，这年十月，邾、莒两国伐鄫。鄫是鲁国的附庸国，鲁君派臧纥前往救

①见赵明主编：《先秦大文学史》，吉林大学出版社1993年版，第319页。

援，在郲国的骀被打败，损失惨重，以致鲁因战士死亡太多连丧服都来不及准备，鲁人十分怨愤。一首费人之歌。据《左传・昭公十二年》记载，鲁国由代表新兴势力的鲁国贵族季氏执政，费邑宰南蒯想联合公子慭推翻季氏以恢复鲁公的地位，据费邑发动叛乱，失败后逃亡齐国。在其发动叛乱前，南蒯为争取费人的支持，宴请当地人，而费人看穿了南蒯的用意，席间一人唱道："我有圃，生之杞乎！从我者子乎，去我者鄙乎，倍其邻者耻乎！已乎已乎，非吾党之士乎！"歌谣以园中枸杞为喻，明确表示反对叛乱的态度，并斥其"非吾党之士"，即非我同乡。后来南蒯众叛亲离，被费人拘执，交季氏处置。《左传・昭公二十五年》载有《鸜鹆谣》：

> 鸜之鹆之，公出辱之。鸜鹆之羽，公在外野，往馈之马。鸜鹆跦跦，公在乾侯，征褰与襦。鸜鹆之巢，远哉遥遥，稠父丧劳，宋父以骄。鸜鹆鸜鹆，往歌来哭。

这首童谣中的"公"指鲁昭公，昭公名稠。宋父指代昭公而立的定公。史载，不得人心的昭公被代表新兴势力的季氏三家赶下台，出奔齐国，到死也未能回国。童谣以鸜鹆起兴，大意是昭公出奔，受人凌辱，住在野外，无马骑，少衣穿，以致死在异国他乡，而定公却因此获得做国公的荣耀。当时晋大臣赵简子对此大惑不解，问历史学家史墨：季氏放逐其君，鲁国人民却服从他，而诸侯也表示赞同；国君死在外国，也没有谁去怪罪他，这是为什么？史墨以新旧两种势力的表现，以及民心归向加以说明。《鸜鹆谣》反映了当时鲁国民心相背及新兴势力取代没落势力的必然趋势。

《齐风》、《鲁颂》及齐鲁民间歌谣的作者对现实、对国计民生的深切关注，以及质朴无华的语言风格，对齐鲁诗风的形成有重要影响。

三、历史散文

我国设置史官很早，刘勰说"史肇轩黄"①，于史无征，而记载夏商周之事的《尚书》，则是今存最早的历史文献。殷周之际，由敬天事鬼向戡天重民转变，表现出新的文化取向。作为殷周文化的传承者，以孔子为代表的儒

①《文心雕龙・史传》黄叔琳注本，中华书局1961年版，第112页。下所引版本同。

家学派在鲁国形成。儒家重视文化传承，因而重视历史。面对社会变动，儒家重史的着眼点，一方面是总结历史教训，警诫当世，一方面是为自己的政治主张提供历史依据。这种重视现实、讲求实用的价值取向，就要求记述史实的文字质朴简洁，辞达而已。着眼于社会政治，以及对记述文字的要求，对齐鲁文风的形成也产生了重要影响。

先秦时代，齐鲁人文荟萃，是我国散文最为发达的地区。中国散文奠基时期的作品，作者大都为齐鲁人。就史传散文而言，第一部编年史《春秋》，相传为孔子编定；相传为传述《春秋》而作的《春秋左氏传》，作者左丘明为鲁国人；第一部国别史《国语》的作者，据司马迁的说法也是左丘明。题名晏婴的《晏子春秋》，是齐人编著的一部史传文学作品。先秦史籍的编著者大都为齐鲁人，显然与齐鲁文化（尤其是原始鲁文化）中的重史意识有关。

（一）《春秋》

《春秋》是鲁国的编年史，也是我国最早的一部编年史，记载了鲁隐公元年（前722年）至鲁哀公十四年（前481年）242年间鲁国的史事，其中涉及政治、外交、战争，及自然灾异，国家大典，以及国君嗣立、婚丧等各个方面。相传为孔子据鲁史修订而成，汉以后列入儒家经典，为“六经”（《诗》、《书》、《礼》、《易》、《乐》、《春秋》）之一。司马迁认为，《春秋》“上明三王之道，下辨人事之纪，别嫌疑，明是非，定犹豫，善善恶恶，贤贤贱不肖，存亡国，继绝世，补敝起废，王道之大者”。孔子所以编订《春秋》，是因其目睹天下礼崩乐坏、诸侯篡弑相继的混乱局面，“知言之不用，道之不行”，无法在现实政治中推行自己的主张，就通过修史向人们提出辨别是非善恶的准则，通过对历史人、事的褒贬评价，惩恶劝善，警戒当世，从而达到“拨乱反之正”，即恢复和维护社会秩序的目的。

《春秋》记事谨严，文字精练，因传为孔子编定，而受到历代文人的推崇，对后世史学、文学创作都有重要影响。论者认为《春秋》“约其文辞而指博”①，即是说文辞简约而寓意深刻。如隐公元年载：“夏五月，郑伯克段于鄢。”作为历史事件，时间、地点、人物以及所发生之事，都很完整，文字非常

①《史记·太史公自序》。

简约。一个“克”字,表明了编者对这一事件的道德评价。郑伯指郑庄公,段指庄公之弟共叔段。段受其母溺爱,并在其母的支持下,想要篡夺公位。庄公知情,本应正面劝导,避免悲剧的发生,而他却欲擒故纵,陷段于罪,然后追杀,并幽禁其母。此本为统治者同室操戈,骨肉相残,而用战胜敌国的用语“克”,就蕴含着对庄公蔑弃亲情、阴狠狡诈性格的揭露和批判。因此,《春秋》简约的文辞还具有寓褒贬、别善恶的感情色彩,内中寄寓作者对历史事件的评价。如桓公二年载:“春,王正月,戊申,宋督弑其君与夷及其大夫孔父。”隐公四年,卫公子州吁弑其君完而自立,虽其成为国君,却不具备君德,卫人杀州吁,《春秋》曰“卫人杀州吁于濮”,而不书“弑”。一字之别,而寓褒贬之深意。《春秋》虽非文学作品,而其遣词造句及其用语注重意涵,以及通过史实叙述寄寓褒贬、表达爱憎等方面,却对后世诗文创作,尤其是史传文学具有深远影响。

(二)《春秋三传》

《春秋三传》即《春秋左氏传》(又称《左氏春秋》,简称《左传》)、《春秋公羊传》(简称《公羊传》)、《春秋穀梁传》(简称《穀梁传》)。

1.《左传》

《左传》成书于春秋、战国之际,作者相传为春秋末期的左丘明。左丘明,鲁国史官,生平行事、生卒居里均不详①。据《论语·公冶长》所载,孔子曾提及,知其约生活在春秋战国之际。司马迁说,在孔子作《春秋》之后,“鲁君子左丘明惧人人异端,各安其意,失其真,故因孔子史记具论其语,成《左氏春秋》”②。因此,《左传》对历史人物和事件的评价,体现出儒家思想倾向。其中,重视人的作用,视人事重于天命,及治国重视民心向背等,所反映出的民本思想,以及歌颂爱国人物、推崇维护一统的霸主等,都具有进步意义。

《左传》以《春秋》记事为纲,对自鲁隐公元年(前722年)至鲁哀公二十七年(前476年)间的历史事件进行传述,十分生动、形象地展现了事件的

---

①据《山东通志》载,左丘明墓在今山东肥城,今学者一般认为左丘明是肥城人。
②《史记·十二诸侯年表序》。

发生、发展和结果的全过程，有感人的情节，有鲜活的人物，有细节的细腻描写，也有人物性格的生动刻画；叙述中寄寓褒贬，赞评时表明爱憎。总之，《左传》是一部富有文学价值的历史散文著作，其高度的叙事艺术，使其成为我国史传文学的奠基之作。

首先，《左传》叙事，有头有尾，通过对事件过程的生动叙述，展现人物的精神面貌，揭示人物性格，寄寓作者的道德评价。如《郑伯克段于鄢》：

初，郑武公娶于申，曰武姜，生庄公及共叔段。庄公寤生，惊姜氏，故名曰寤生，遂恶之。爱共叔段，欲立之。亟请于武公，公弗许。及庄公即位，为之请制。公曰："制，岩邑也，虢叔死焉。他邑唯命。"请京，使居之，谓之"京城大叔"。祭仲曰："都，城过百雉，国之害也。先王之制：大都，不过参国之一；中，五之一；小，九之一。今京不度，非制也，君将不堪。"公曰："姜氏欲之，焉辟害？"对曰："姜氏何厌之有！不如早为之所，无使滋蔓！蔓，难图也。蔓草犹不可除，况君之宠弟乎？"公曰："多行不义，必自毙，子姑待之。"

既而大叔命西鄙、北鄙贰于己。公子吕曰："国不堪贰，君将若之何？欲与大叔，臣请事之；若弗与，则请除之，无生民心。"公曰："无庸，将自及。"大叔又收贰以为己邑，至于廪延。子封曰："可矣。厚将得众。"公曰："不义，不暱，厚将崩。"

大叔完聚，缮甲兵，具卒乘，将袭郑，夫人将启之。公闻其期，曰："可矣。"命子封帅车二百乘以伐京。京叛大叔。段入于鄢。公伐诸鄢。五月辛丑，大叔出奔共。……

遂置姜氏于城颍，而誓之曰："不及黄泉，无相见也！"既而悔之。颍考叔为颍谷封人，闻之，有献于公，公赐之食。食舍肉。公问之。对曰："小人有母，皆尝小人之食矣，未尝君之羹，请以遗之。"公曰："尔有母遗，繄我独无！"颍考叔曰："敢问何谓也？"公语之故，且告之悔。对曰："君何患焉？若阙地及泉，隧而相见，其谁曰不然？"公从之。公入而赋："大隧之中，其乐也融融。"姜出而赋："大隧之外，其乐也泄泄。"遂为母子如初。

这是春秋初期发生在郑国的一个历史事件，《春秋》只用一句话记其事，而

《左传》则记载了事情发生、发展和结果的全过程，剪裁繁简适当，叙事委婉生动，人物情态活灵活现，体现了《左传》叙事的风格特点。文章着重刻画郑庄公这个人物，整个事件也紧紧围绕庄公的言行展开。庄公之母武姜厌恶庄公而偏爱次子段，并曾想立段为太子，使事情一开始即带有权位之争的性质。庄公即位后，姜氏仍扶持段，并支持其谋夺公位。庄公已看出母亲的用意，本应讲明利害，安抚母亲，教育弟弟，而他却伪装顺从，暗中实施欲擒故纵之计，陷段于罪，然后除之。段依仗母亲支持，不断扩张势力，给庄公讨伐以合理的借口。于是，兄弟之间刀兵相见；段大败出逃，其母被逐出都城。郑庄公与其弟段之间的矛盾冲突，是由其母偏爱引起的，而发展为上层统治者的权位之争。作者通过叙事意在揭露庄公的虚伪、阴狠和狡诈，寄寓其道德评价，感情倾向是十分鲜明的。

《左传》叙事之中，涉及众多人物。其中，有各国诸侯如齐桓公、晋文公、宋襄公、秦穆公、楚庄王、鲁昭公、夫差、勾践等，也有国相、执政等卿大夫如管仲、子产、令尹子文、伍子胥等；有王公贵族，也有平民百姓。《左传》通过人物的言行，以生动的笔触展现了各种人物的精神风貌。如庄公二年，齐鲁长勺之战中，写曹刿鄙视“肉食者”，而以其智勇使鲁国获胜，表现其远见卓识；僖公三十年，郑国商人弦高，在经商途中不期与偷袭郑国的秦军相遇，为稳住秦军，他便假扮为郑国使者，以自己的牛羊犒劳秦军，一面派人将军情报告郑君，使郑国早做准备，而得以保全，表现其机智及爱国精神。

《左传》叙事，尤善于描述战争。全书记载了大小几百次战争，诸如殽之战、鞌之战、城濮之战、邲之战、鄢陵之战、清之战、柏举之战等，对纷繁的战事叙述得条理分明，委曲婉转而文笔简洁；对战争场面的描写都精彩生动，各具特色。成公二年齐晋鞌之战：

> 癸酉，师陈于鞌。邴夏御齐侯，逢丑父为右。晋解张御郤克，郑丘缓为右。齐侯曰：“余姑翦灭此而朝食。”不介马而驰之。郤克伤于矢，流血及屦，未绝鼓音，曰：“余病矣！”张侯曰：“自始合，而矢贯余手及肘，余折以御。左轮朱殷，岂敢言病？吾子忍之！”缓曰：“自始合，苟有险，余必下推车，子岂识之？然子病矣！”张侯曰：“师之耳目，在吾旗鼓，进退从之。此车一人殿之，可以集事。若之何其以病败君之大事

也？擐甲执兵，固即死也，病未及死，吾子勉之！”左并辔，右援枹而鼓。马逸不能止，师从之。齐师败绩。逐之，三周华不注。

由于齐师骄傲轻敌，晋师勇猛劲健，齐师大败，晋获全胜。齐侯“姑翦灭此而朝食”趾高气扬的骄矜情态；两军厮杀，晋将郤克“流血及屦，未绝鼓音”的酷烈场面，齐侯以及逃窜时“三周华不注”侥幸逃脱的狼狈之状，都有声有色，令人如临其境。《左传》在生动地展现战争场景的同时，也着力描绘和刻画了战争谋划、指挥者、参加者等各类人物的性格及精神面貌，充分揭示人的因素在战争中的重要作用。

其次，《左传》记言，“文典而美”，“语博而奥”①，突出表现在行人辞令。如《烛之武退秦师》：

晋侯、秦伯围郑，以其无礼于晋，且贰于楚也。晋军函陵，秦军氾南。

佚之狐言于郑伯曰：“国危矣，若使烛之武见秦君，师必退。”公从之。辞曰：“臣之壮也，犹不如人；今老矣，无能为也已。”公曰：“吾不能早用子，今急而求子，是寡人之过也。然郑亡，子亦有不利焉。”许之。

夜，缒而出。见秦伯曰：“秦、晋围郑，郑既知亡矣。若亡郑而有益于君，敢以烦执事。越国以鄙远，君知其难也，焉用亡郑以倍邻？邻之厚，君之薄也。若舍郑以为东道主，行李之往来，共其乏困，君亦无所害。且君尝为晋君赐矣，许君焦、瑕，朝济而夕设版焉，君之所知也。夫晋，何厌之有？既东封郑，又欲肆其西封。不阙秦，将焉取之？阙秦以利晋，惟君图之。”

秦伯说，与郑人盟，使杞子、逢孙、杨孙戍之，乃还。

鲁僖公三十年，秦晋联军围攻郑国，烛之武临危受命，作为郑使去说服秦伯。他首先说明，秦晋围郑，郑知必亡，接着一转，从灭郑对秦的利弊得失说开去。先说即使灭郑，秦也无法隔着晋国来实施统治，只能扩大晋国的势力，“亡郑以倍邻，邻之厚，君之薄也。”再列举史实，说明晋本来不可靠，并从列

①浦起龙：《史通通释·申左》，上海书店1988年版，《外篇》第80页。

国争霸的角度指出晋必定与秦相争，待其出而争霸时，“若不阙秦，将焉取之?”从而把灭郑的利害摆在秦伯面前。本为郑国游说，而处处却为秦国考虑，有理有据，委婉入情，遂令秦伯信服，达到了分化秦晋、解除郑国危难的日的。其他如隐公三年石碏谏宠州吁，僖公五年宫之奇谏假道，僖公二十六年展喜犒师，成公三十年吕相绝秦等，都情理相胜，委婉有致。

总之，《左传》虽为编年史而具有文学价值，其叙事艺术的高度成就，对后世史学、文学，《史记》而后，唐宋及至明清叙事体散文都曾产生重要影响。

2.《公羊传》、《穀梁传》

《公羊传》(也称《公羊春秋》)的作者，相传为齐人公羊高；《穀梁传》(也称《穀梁春秋》)的作者，相传为鲁人穀梁赤。与《左传》相比，两书成书较晚，文字也比较简略，大多为解经之语，文学价值不高。但也载有与解经相联系的历史故事，如《公羊传》载宣公十五年“宋人及楚人平”，以及《公羊》、《穀梁》二传所载僖公二年“虞师、晋师灭夏阳”，都委婉有致，生动可读，与《左传》相较，自有特色。如《穀梁传·成公元年》：

> 冬，十月，季孙行父秃，晋郤克眇，卫孙良夫跛，曹公子首偻，同时而聘于齐。齐使秃者御秃者，使眇者御眇者，使跛者御跛者，使偻者御偻者。萧同侄子处台上而笑之。闻于客，客不说而去，相与立胥闾而语，移日不解。齐人有知之者，曰：“齐之患，必自此始矣。”

据《左传》载，成公二年，季孙行父、卫孙良夫、曹公子首帅师会晋郤克，与齐侯战于鞌，齐师大败。齐人的故意，以及萧同侄子的轻薄，终于造成齐国的灾难。这段文字，详细描述了齐人故意侮辱使者的做法、情态，形象、生动，有别于一般记载。

(三)《国语》

《国语》是我国第一部国别史，偏重于记言。关于本书的作者，说法不一，司马迁说“左丘失明，厥有《国语》”①，有的学者遂据此认为与《左传》的

---

①《史记·太史公自序》。

作者为同一人。

《国语》全书21篇，记载上自周穆王，下至周定王（约前990—前453年）间周、鲁、齐、晋、郑、楚、吴、越八国的史事片段，不系统，不连贯，各篇之间彼此也无密切联系；时代断限不齐，文字风格、记事繁简也不统一。如《齐语》着重记载管仲辅佐齐桓公称霸过程，《晋语》则侧重公子重耳出亡及争霸的始末，《吴语》、《越语》侧重吴越争霸及其兴亡过程等。《左传》以记事为主，《国语》以记言为主，文字朴实、简练。所记内容，大都是知名士大夫的言论和行为，其中体现"重民"即重视人民的地位和作用的民本思想，具有进步意义。如《周语上》"厉王虐"一段：

> 厉王虐，国人谤王。邵公告王曰："民不堪命矣！"王怒，得卫巫，使监谤者，以告，则杀之。国人莫敢言，道路以目。
>
> 王喜，告邵公曰："吾能弭谤矣，乃不敢言。"邵公曰："是障之也。防民之口，甚于防川。川壅而溃，伤人必多。民亦如之。是故为川者决之使导，为民者宣之使言。故天子听政，使公卿至于列士献诗，瞽献曲，史献书，师箴，瞍赋，矇诵，百工谏，庶人传语，近臣尽规，亲戚补察，瞽史教诲，耆艾修之，而后王斟酌焉，是以事行而不悖。民之有口也，犹土之有山川也，财用于是乎出；犹其有原隰衍沃也。衣食于是乎生。口之宣言也，善败于是乎兴。行善而备败，其所以阜财用衣食者也。夫民虑之于心而宣之于口，成而行之，胡可壅也？若壅其口，其与能几何！"
>
> 王不听。于是国人莫敢出言，三年乃流王于彘。

写周厉王不听邵公的劝谏，对"国人"批评时政采取高压政策，终于造成被流放的结局，引发出"防民之口，甚于防川"的教训，从而告诫当权者要尊重民意。《鲁语》"长勺之役"，也见于《左传·庄公十年》，文字略有差异，但都表现出以民为主的思想倾向。

《国语》虽以记言为主，但也记述了近百个人物，如《齐语》中的管仲、齐桓公，《晋语》中的重耳，《越语》中的勾践、范蠡等，大都性格鲜明，形象生动，颇有可取之处。《齐语》、《越语》、《吴语》所记史实，如齐桓公称霸、勾践灭吴兴霸、重耳出亡等都有头有尾，委婉有致，其中有色彩浓烈的场景，也有说理缜密、分析精辟的议论，以及善于雄辩、辞采富丽的外交辞令，使其具有文学价值而为后世重视。如《吴语》写吴挑战晋军的场面：

> 吴王昏乃戒，令秣马食士。夜中，乃令服兵擐甲，系马舌，出火灶，陈士卒百人，以为彻行百行，行头皆官师，拥铎拱稽，建肥胡，奉文犀之渠。十行一嬖大夫，建旌提鼓，挟经秉枹。十旌一将军，载常建鼓，挟经秉枹。万人以为方阵，皆白裳、白旂、素甲、白羽之矰，望之如荼。王亲秉钺，载白旗以中陈而立。左军亦如之，皆赤裳、赤旟、丹甲、朱羽之矰，望之如火。右军亦如之，皆玄裳、玄旗、黑甲、乌羽之矰，望之如墨。为带甲三万，以势攻，鸡鸣乃定。既陈，去晋军一里，昧明，王乃秉枹，亲就鸣钟鼓、丁宁、錞于，振铎，勇怯尽应，三军皆哗釦以振旅，其声震动天地。晋师大骇不出。

吴王听到越军袭其后的消息，急于结束战事，为威慑晋军，大肆炫耀武力。场面阔大，有声有色，惊动心神。

从文学角度看，《国语》的成就不如《左传》，但在叙事、人物描写、语言等方面，也表现出某些特色，与《左传》并为后世所重视。

（四）《晏子春秋》

《晏子春秋》是记述齐相晏婴言行的散文作品。晏婴死后不久，姜齐即为田齐所取代；他所生活的时代，正当新兴的封建势力逐渐取代旧的奴隶制度之际。晏子主张省刑薄敛，提倡节俭，反对统治者奢侈、纵欲、残暴，虽不能解决当时社会的根本问题，但从减轻人民的负担、保全人民生命来看，还是有积极意义的。正是由于如此，晏子事迹在民间广为流传。

关于《晏子春秋》的作者与成书时间，大家认识尚不一致，而认为作者为齐人，成书过程较长，则是相同的。书中记述了晏子许多轶事，如为人所熟知的“晏子使楚”：

> 晏子使楚，以晏子短，楚人为小门于大门之侧而延晏子。晏子不入，曰：“使狗国者，从狗门入；今臣使楚，不当从此门入。”傧者更道从大门入，见楚王。王曰：“齐无人耶？”晏子对曰：“临淄三百闾，张袂成阴，挥汗成雨，比肩继踵而在，何为无人？”王曰：“然则子何为使乎？”晏

子对曰:"齐命使,各有所主,其贤者使使贤王,不肖者使使不肖王。婴最不肖,故直使楚矣。"

晏子将至楚,楚闻之,谓左右曰:"晏婴,齐之习辞者也,今方来,吾欲辱之,何以也?"左右对曰:"为其来也,臣请缚一人,过王而行,王曰:'何为者也?'对曰:'齐人也。'王曰:'何坐?'曰:'坐盗。'"

晏子至,楚王赐晏子酒,酒酣,吏二缚一人诣王。王曰:"缚者曷为者也?"对曰:"齐人也,坐盗。"王视晏子曰:"齐人固善盗乎?"晏子避席对曰:"婴闻之,橘生淮南则为橘,生于淮北则为枳,叶徒相似,其实味不同。所以然者何?水土异也。今民生长于齐不盗,入楚则盗,得无楚之水土使民善盗耶?"王笑曰:"圣人非所与熙也,寡人反取病焉。"

对楚王的戏弄与侮辱,晏子针锋相对,应对裕如,既回击了楚王的骄慢,也维护了国家与个人的尊严,表现晏子的才智及不畏强御、临危不惧的精神。书中记载了晏子大量的谏言,同时也描述了当时的环境、有关人事,既有饱含情感的歌舞,也有谈言微中的讽刺和幽默。无论记述故事,还是历史事件,都与塑造晏子形象有关。

总之,它与《左传》不同。《左传》虽然也把传说融进历史记叙之中,增强了历史事件的故事性,但它仍然是历史。而《晏子春秋》一书中,既有晏子身世事迹的真实记述,也有关于晏子的传闻轶事,后人演绎附会的成分比较多,不少篇章富有文学色彩。因此,把它看做传记文学作品似乎更为恰当。《四库全书总目提要》说:"《晏子》一书,由后人摭其轶事为之,虽无传记之名,实传记之祖也。"这充分说明它对后世传记文学的影响。

四、诸子散文

春秋以前,鲁君享有天子礼乐,并保存有周的礼器法物和文化典籍,使其成为宗周在东方的代表;平王东迁洛邑,鲁国更是保有周文物制度最为完备的地方。所以直到春秋晚期,鲁国仍是周典章文物的荟萃之地,从而使其成为周王朝在东方的学术文化中心。正是在这样的文化氛围之中,形成了早期的儒学、墨学,培育了孔子、墨子等一代文化伟人,从而对中国传统文化产生深远影响。齐国自姜太公以来,利用濒海擅有鱼盐之利的优势,实行通商惠工、尊贤尚功的政策，使经济得到较快发展，后经齐桓公和管仲的改革，便成为春秋五霸之首。殆至战国时期，齐国实行比较开放的文化政策，吸纳不同流派的思想，稷下学宫集中了各家各派的代表人物，他们著书立说，议论时政，彼此切磋、辩论，又使稷下成为东方的学术文化中心。因此，春秋战国时期，齐鲁地区出现了儒家、墨家、道家、兵家、阴阳家等诸多学派，以及孔子、墨子、孙子、孟子、庄子等一大批在中国文化史上影响深远的大家。

春秋战国处于社会变革之际，精神解放，思想活跃，或编史以为借鉴，或立说以宣扬自己的思想主张，形成百家争鸣的生动局面。诸子为了宣扬自己的思想主张，阐明自己的观点，让人接受，让人信服，都极力展示语言技巧，表现出善于议论、善于说理的特点。而由于他们的哲学观念及观察事物的方法不同，在表达方式、行文风格等方面，又表现出各自的特点。齐鲁诸子散文主要有《论语》、《墨子》、《孙子》、《孟子》、《庄子》、《荀子》与辑录管仲言论的《管子》，以及稷下诸子的作品。

（一）《论语》

1. 孔子与《论语》

《论语》是记载孔子及其弟子言行的语录体散文，成书于春秋战国之际。《汉书·艺文志》说："《论语》者，孔子应答弟子、时人及弟子相与言而接闻于夫子之语也。当时弟子各有所记。夫子既卒，门人相与辑而论纂，故谓之《论语》。"《论语》在汉代流传三种本子，即《鲁论语》、《齐论语》以及由张禹据《鲁论语》考订的《张侯论》。东汉末年，高密（今属山东）郑玄以《张侯论》为依据，参照《齐论语》、《古论语》，为之作注，遂成定本，流传至今。今传有《十三经注疏》本、宋朱熹《论语集注》、清刘宝楠《论语正义》及近人程树德《论语集释》、杨树达《论语疏证》及杨伯峻《论语译注》。孔子一生"述而不作"，只有他的门人通过编纂《论语》记载下来的言行片段。这些片段，为其门人耳闻手记，十分真实。因此，《论语》一书，是我们今天了解和研究孔子思想最为可靠的材料。

孔子（前551—前479年），名丘，字仲尼，春秋末期鲁国陬（今山东曲阜）人。先代本殷商后裔，世为宋国贵族。其五世祖防叔移居鲁国，至其父叔梁纥（或称孔纥），即已破落，至孔子已降为平民，所以孔子说他少时"贫且贱”①,为了谋生,他不得不去学习某些技艺去从事某些卑贱的职役,如做鲁国贵族季氏的“委吏”(管理仓库)、“乘田”(管理牛羊)一类的小官。孔子虽然失去贵族地位,但由于家世影响,自幼好学,并习礼仪,受到较好的教育。50岁后任中都宰,并曾一度任大司寇摄行相事。后离开鲁国,周游列国,宣传自己的政治主张,前后14年,但终未被任用。晚年回到鲁国,致力于教育和古代文献的整理,为我国的教育事业和传承商周文化作出卓越贡献。他首开私人讲学之风,打破贵族垄断,将文化传布到社会下层。孔子的言论,凝聚了前人的智慧和他对历史及人生的感悟;他的思想经过后学的补充、阐发,成为中国传统思想的主体部分,对我国民族文化和民族精神的形成,影响巨大而深远。汉魏以后,《论语》首先传入朝鲜、日本、越南及其他东亚国家,宋明以后又传入欧美诸国,在全球产生巨大影响。因此,孔子不仅是我国古代伟大的教育家、思想家、哲学家,是古代世界东方的圣哲,同时也是具有世界影响的文化巨人。

2.《论语》与孔子的文学思想

孔子的思想内容丰富,博大精深,涵盖诸多领域,是一个完整的思想体系,其核心是“仁”。“仁”是理想人格,是人们应追求的最高道德境界,又是处理和协调人际之间、君臣之间、父子兄弟之间关系的道德准则。他曾谈到仁者“爱人”②,“己欲立而立人,己欲达而达人”、“己所不欲,勿施于人”③,强调处理好人际关系,并由此推及到政治上,要求统治者“敬事而信,节用而爱人,使民以时”④。主张实行仁政,反对苛政。以“仁”为核心,孔子对人性、人道、人生价值、人格尊严,以及天人关系、知行关系等一系列问题进行了探索,提出“修齐治平(修身、齐家、治国、平天下)”和“内圣外王”以及礼治、德治等一整套伦理政治学说。孔子一生关心现实,直面人生,以拯世济时为己任;他追求真理,具有“朝闻夕死”、“杀身成仁”的献身精神。他“发愤忘食,乐以忘忧,不知老之将至”⑤,乐观自信,自强不息:这一切就构成了孔子的伟大人格。孔子及其思想,影响着历代政治、哲学、文化教育、文

---

①《史记·孔子世家》。
②《论语·颜渊》。
③《论语·雍也》。
④《论语·学而》。
⑤《论语·述而》。

学艺术,影响着整个社会思想和人们的精神风貌,以致形成我国历代知识分子的人格内蕴、价值观念、行为准则和道德规范。在文学方面,则表现为对我国传统文学观念的形成、对我国历代文学家人格精神的塑造,以及对我国文学艺术精神的培育的重要影响。

孔子关于文学艺术的言论,主要见于《论语》。他所谓"文"与后世的"文章"、"文学"的概念并不一致,而是包括文学在内的文化学术的总称。这并不妨碍人们从文学角度去理解和认识。在孔子教育学生的内容中,"文"是从属于"行、忠、信"等行为道德规范的。他说:"入则孝,出则悌,谨而信,泛爱众,而亲仁。行有余力,则以学文。"①孔子首先强调"行",重视人的社会实践活动及其合乎道德的表现,然后才可学"文"。孔子这一思想,对后世重视作家个体人格以及思想品德的修养,曾产生积极影响。

孔子论文,重视"文"与"道"的关系,强调诗文为礼教政治服务。譬如《诗经》本是一部文学作品,而孔子却把它看做进行礼乐教育的教科书,要求弟子着眼于《诗经》的政治效用。他认为学《诗》可以提高个人品德修养,是其从事政治活动的依据。他说,学诗"迩之事父,远之事君"②,"诵《诗》三百,授之以政,不达;使于四方,不能专对;虽多,亦奚以为?"③他认为诗与礼乐的关系不可分割:"兴于《诗》,立于礼,成于乐。"④孔子重视文道关系的思想,成为后世批判和抵制形式主义文风的思想武器,而也因过分强调文学与政治的关系而忽略文艺本身的特征与规律,产生消极影响。

孔子论文,十分重视文学的社会作用。他说:"诗可以兴,可以观,可以群,可以怨。"⑤所谓"兴",是指文学的联想能力和感染力量;"观",是观察社会,亦即认识社会的作用;"群",即群居切磋,互相砥砺,是互相感发、互相影响的作用;"怨"为怨刺时政,即对现行政治得失有限度的批评。在孔子看来,诗的这些作用,都与"仁"、"礼"不可分割,但却注意到文学的艺术特征及其社会功用,使后世文学理论家和关心现实的作家反对文艺脱离现实,反对诗文缺乏社会内容,其影响基本上是积极的。

---

①《论语·学而》。
②⑤《论语·阳货》。
③《论语·子路》。
④《论语·泰伯》。

孔子论文，强调内容，也认为形式应与内容配合适当。他曾说："质胜文则野，文胜质则史；文质彬彬，然后君子。"①提倡"情欲信，辞欲巧"②，要求在重视文学内容的前提下，也要重视文采辞藻。

在孔子思想中，"中庸"是一个哲学范畴，它既是世界观，也是方法论，是孔子处理问题的基本方法。作为一种处世哲学，其影响极其深远。如在人际之间，要讲求恕道，即要求对人宽容；要求推己及人，做到"不欲人之加诸我也，吾亦欲无加诸人"③。在诗文创作上，则要求对立因素在审美对象中达到和谐、统一。如评价《诗经》说"《关雎》乐而不淫，哀而不伤"，即是说《关雎》表现爱情恰如其分地给人以审美享受，欢乐以"不淫"为限度，悲哀以"不伤"为前提。这种以中和为美、以和谐为美的思想，形成中国古典美学思想的基调。

3.《论语》的文学价值

《论语》为语录体散文，所记为孔子与弟子及时人的对话、交谈，口吻逼肖，情态宛然，令人如闻如睹，十分亲切生动。如《论语·先进》篇的"子路、曾皙、冉有、公西华侍坐"章，记述孔子诱导弟子们"各言尔志"，即让他们发表自己的政治理想和政治抱负，言谈中表现出他们不同的个性。子路的直率，冉有的自负，曾皙的潇洒，都跃然纸上。

《论语》中也有的章节颇成片段，可视为早期的政论文。如《论语·季氏》篇的"季氏将伐颛臾"章：

> 季氏将伐颛臾。冉有、季路见于孔子曰："季氏将有事于颛臾。"孔子曰："求！无乃尔是过与？夫颛臾，昔者先王以为东蒙主，且在邦域之中矣，是社稷之臣也。何以伐为？"
>
> 冉有曰："夫子欲之，吾二臣者皆不欲也。"孔子曰："求！周任有言曰：'陈力就列，不能者止。'危而不持，颠而不扶，则将焉用彼相矣？且尔言过矣。虎兕出于柙，龟玉毁于椟中，是谁之过与？"
>
> 冉有曰："今夫颛臾，固而近费。今不取，后世必为子孙忧。"孔子

---

①《论语·雍也》。

②《礼记正义·表记》，《十三经注疏》本，中华书局1986年版，第315页。以下凡引《十三经注疏》本，同此。

③《论语·公冶长》。

曰:"求!君子疾夫舍曰欲之而必为之辞。丘也闻有国有家者,不患寡而患不均,不患贫而患不安。盖均无贫,和无寡,安无倾。夫如是,故远人不服,则修文德以来之。既来之,则安之。今由与求也,相夫子,远人不服,而不能来也;邦分崩离析,而不能守也;而谋动干戈于邦内。吾恐季孙之忧,不在颛臾,而在萧墙之内也。"

孔子反对季氏伐颛臾。他认为一个国家的忧患,不在于人民和财富的多寡,而在于政治是否公平,社会是否安定。政治公平,社会安定,修文德以徕远人,就是孔子的政治理想。这段文字虽然为语录体散文的一种体式,但却有一个中心论题,而且说理很有层次。首先从颛臾在鲁国所处的地位与表现说明不当伐,然后批评冉有、季路作为季氏家臣不能阻止其凶暴行为是严重失职,最后指出治理国家在于政治的公平与社会的安定,以文德令人信服。

《论语》的语言艺术成就值得重视。孔子与弟子们的交谈,大都为当时的口头语言,通俗、平易、简约、形象、生动,而因融进书面语言的整练,又意蕴深厚、意味隽永。许多语句,在流传过程中,已成为民族语言的精华,成为凝聚前人智慧的格言,至今仍活在人们的口头和诗文之中。如"三人行必有我师"、"见贤思齐"、"过则勿惮改"、"温故而知新"、"和为贵"、"逝者如斯"、"岁寒然后知松柏之后凋"、"知之为知之,不知为不知"等等。

(二)《孟子》

1. 孟子与孟子思想

孟子(约前372—前289年),名轲,邹国(今山东邹城)人。战国时期杰出的思想家、哲学家和教育家,是继孔子之后的一代儒学大师。孔、孟前后相继,形成儒学的正统派,并成为影响中国几千年的"孔孟之道"。关于孟子的生平,史传记载都十分简略。《史记·孟子荀卿列传》说他"受业子思之门人",《荀子·非十二子》把子思、孟轲归为一派,认为孟子的学说出自子思,史称"思孟学派"。相传幼年的孟子受其母的教育,发愤苦读;孟母教子的故事,至今流传。成年后,他以孔子为榜样,热心教育,在故乡有很高的声望。中年之后,他离家出游,首先到达齐国,在那里停留时间最长,发表言论也最多,大抵集中在仁政王道问题。后曾赴宋、滕、梁等国,宣传其政治主张，但未被采用。晚年回到故里，教书授徒，与弟子万章等“序《诗》、《书》，述仲尼之意，作《孟子》七篇”①，编为今所见《孟子》一书。今传有宋朱熹《孟子集注》、清焦循《孟子正义》及今人杨伯峻的《孟子译注》。

孟子“道性善，言必称尧舜”②，祖述孔子而又有新的发展。“道性善”是其伦理学说和仁政思想的基础，而“称尧舜”则是他为其仁政理想虚拟的最高政治目标。孟子发展了孔子的民本思想，主张“保民而王”，要求统治者“乐民之乐”、“忧民之忧”，“使民养生丧死无憾”。其仁政的具体内容就是“制民之产”，即让人民有上可赡养父母，下可抚养妻子，“乐岁终身饱，凶年免于死亡”的土地。③ 孟子批评梁惠王只想争王图霸，醉心战争，不顾人民的死活，自己“庖有肥肉，厩有肥马”，而“民有饥色，野有饿殍”是“率兽而食人”。他说：“桀纣之失天下也，失其民也；失其民者，失其心也。得天下有道，得其民，斯得天下矣；得其民有道，得其心，斯得民矣。”④可见孟子对民心向背及人民在政治生活中的地位的重视。他甚至说：“民为贵，社稷次之，君为轻。”⑤认为像殷纣王那样害民的统治者为“独夫”，人民可以把它推翻。这种民贵君轻的思想，是孟子思想中最为闪光的部分，是民主性的精华。

孔子谈“仁”，孟子加以发挥，讲“仁义”；孔子以“仁”为最高道德准则，孟子以“义”作为实现“仁”的正确途径。孔子说“好仁者无以尚之”⑥，“仁”是最高的道德追求。孟子说：“仁，人心也；义，人路也；舍其路弗由，放其心而不知求，哀哉！”⑦他认为“仁”就是人应有之良心，“义”则为人应走之正路；心良而行正，就是“仁义”。又说：“人皆有所不忍，达之于其所忍，仁也；人皆有所不为，达之于其所为，义也。”⑧“恻隐之心，仁之端也；羞恶之心，义之端也。”⑨就是说人人都要有同情弱小之心，行事要有是非标准。孟子讲道德，说仁义，是与其政治思想紧密结合的，即由“仁心”推导出“仁政”，是

---

①《史记·孟子荀卿列传》。
②《孟子·滕文公上》。
③见《孟子·梁惠王上》。
④《孟子·离娄上》。
⑤⑧《孟子·尽心下》。
⑥《论语·里仁》。
⑦《孟子·告子上》。
⑨《孟子·公孙丑上》。

孔子"修齐治平"思想的发展。但从伦理角度讲,是讲如何做人的,是讲人内在品质和为人处世的。孔子的"仁"和孟子的"义",都讲道德价值;孔子说"仁者安仁"①,孟子讲"人皆有所不为,达之于所为,义也",都认为道德价值是一种内在的崇高的精神品格。他们认为,具备了这一品格,就能做到"富贵不能淫,贫贱不能移,威武不能屈"②。为了求仁取义,甚至不惜牺牲生命。孔、孟从哲学角度,把人的生死看做一个自然过程,而从伦理角度则赋予人的生死以道德内涵。孔子说:"志士仁人,无求生以害仁,有杀身以成仁。"③孟子说:"生亦我所欲也,义亦我所欲也:二者不可得兼,舍生而取义也。"④"杀身成仁"、"舍生取义",为道德理想而不惜牺牲个人生命,是对人生价值的一种选择。所谓人生有重于泰山,有轻于鸿毛;在孔孟看来,为仁义而死就重于泰山。人生价值的实现,并不固定为某一种方式,可有多种选择。孔孟所说的仁义,也是一个历史范畴,有其特定的思想内涵。在中国几千年的历史上,有无数"仁人志士",为国家,为民族,为实现美好的社会理想,不畏艰难,不怕牺牲,前仆后继,勇往直前。这种为国家民族的献身精神,已形成中华民族最可宝贵的民族精神,直到今天仍有其积极意义。

孔孟讲道德说仁义,重视和强调人的内在品质的修养,又注重个人行为的道德规范。他们肯定个人价值,尊重人的个性。不过,他们是在群体中肯定个人的价值。他们反对私利而崇尚维护公利的道德,认为在个人与道德理想发生矛盾时,个人的一切应服从于道德理想的实现。儒家这一价值观念,影响到传统的文学观念。如在历代文学批评中,论文先论人;文品、人品,首重人品。而评论人品,最重要的是看其人格精神和道德理想,其中尤重其对国家民族命运和前途的态度。屈原、司马迁、陶渊明、李白、杜甫等等,正是由于他们品格高尚才受到历代人们的尊崇、景仰。

孟子所处的战国时代,处士横议,诸子蜂起,士人不再成为统治阶级的附庸,而追求独立人格,保持个人尊严。他认为士人与君王处于同等地位,只有在受到尊重和信任的情况下,士人才会为其所用。他与当时力图取悦

---

①《论语·里仁》。
②《孟子·滕文公下》。
③《论语·卫灵公》。
④《孟子·告子上》。

人主、谋取富贵利达的策士不同，他刚正、狷介，具有济世救民的用世精神，具有“见大人则藐之”的气概，具有崇高道德追求的人生境界。这一切就构成孟子的人格特质，从而对我国历代知识分子产生极为深远的影响。

2.《孟子》与文学批评

孟子不是文学家，也不是文学批评家；他的言论录《孟子》七篇也不是着眼于文学创作，而是为了宣扬他的思想主张，但因为他在中国文化史上的特殊地位，他的文章及其思想学说对我国文学的发展却曾产生过重大影响。孟子思想对文学的影响，主要表现在文学批评领域。一是养气说，一是知人论世。

孟子说：“我知言，我善养我浩然之气。”“其为气也，至大至刚，以直养而无害，则塞于天地之间。其为气也，配义与道；无是，馁也。是集义所生者，非义袭而取之也。行有不慊于心，则馁矣。”又说：“夫志，气之帅也。”①所谓“浩然之气”，就是正大之气，是就意气感情而言，表现为人的正义感。具有这种“气”，便凛然不可侵犯，就可以战胜邪恶，战胜一切艰难险阻。而这种“气”是“集义所生”，即由“义”的长期积累所产生，也就是长期坚持“配义与道”，即坚持道德修养而逐渐形成的，而不是偶尔一次合乎道德的行为所能取得。在这里，孟子强调了“气”与“养”即“浩然正气”与思想道德修养的关系。

集义养气，是孟子的修养论，属于哲学范畴，与文学并无直接关系。但是，孟子把“知言”与“养气”联系起来，就被后世引申为“文”与“气”的关系，自曹丕《典论·论文》始，经过历代文学理论家的发挥就成为我国文学批评理论中的一个重要范畴。曹丕提出“文以气为主”，所指为作家的禀赋与作品的风格，著名文学理论家刘勰则把“文气”发展为“风骨”，唐宋古文家韩愈、苏轼等则认为写文章讲究文气，而“气”之为义，指正义之气。文章有了正气，才会产生气势。而文章的正气，来源于作家的正义感。这样，从孟子的养气说发展而来的文气，就把作家的情感志意与文章风格联系在一起，而强调作家情感的美质。我们如果从一般意义上理解孟子所提倡的“浩然正气”和作家的“正义感”，联系历代优秀作品来看，其影响的主导面

①《孟子·公孙丑上》。

是积极的。

孟子说:“颂其诗,读其书,不知其人可乎?是以论其世也。”①朱自清先生认为这不是说诗的方法,而是修养的方法,“原来三件事平列都是成人的道理,也就是尚友的道理”②,而后人则把它引发开去,理解为要正确理解某一篇或某一部作品,应该首先来了解作者的生平行事及其所处的时代环境,即所谓“知人论世”的读书和批评的方法。这一方法,引导人们以历史的眼光看待作品,引导人们探求文学演变的历史过程,从而总结出某些带有规律性的东西,因而为历代文学理论家所重视。作为一种认识方法,直至今天它仍然具有借鉴价值。鲁迅曾说:“倘要论文,最好顾及全篇,并且顾及作者的全人,以及他所处的社会状态,这才较为确凿。要不然,是很容易近乎说梦的。”③

与“知人论世”相联系的,便是孟子的“以意逆志”说。孟子说:“说诗者不以文害辞,不以辞害志。以意逆志,是为得之。”④孟子所说是正确解读诗的方法。意思是说,解说诗的人,不要拘泥于个别文字而领会错了诗的词句,也不要拘泥于个别词句而领会错了整篇诗的意旨;只有根据作品的实际内容去探索作者的创作意图,分析诗的内容,才能正确理解这首诗。孟子列举《诗经·大雅·云汉》篇的“周余黎民,靡有孑遗”说,这是艺术夸张,不能只从字面意义,当作事实去理解,不然就曲解了诗的原意。这种认识是正确的。孟子与其弟子论诗,便运用这种方法。如他与公孙丑讨论《诗经·小雅·小弁》,便从诗的具体内容,联系其写作背景,通过比较,做出大体合乎诗歌本义的解释。孟子所据以论诗的背景是不足据的,其论诗的理论标准也为其思想观念所制约,无可取法,但他评论诗歌,能就其不同的社会背景,对诗内容近似的作品做出不同的分析,在当时“赋诗言志”的社会风气下,还是具有重要理论意义的。正由于如此,孟子提出的有关诗歌批评的方法,在此后的《诗经》研究中,对于推求诗的本义,有着积极影响。当然,孟子用儒家的思想观念去解读诗意,就不可能建立在对作品客观分析的基础上,因

---

①《孟子·万章下》。

②朱自清:《诗言志辩》,古籍出版社1956年版,第22页。

③鲁迅:《且介亭杂文二集·题未定草(六至九)(1935)》,《鲁迅全集》人民文学出版社1981年版,第430页。

④《孟子·万章上》。

而常常“以意解诗”，曲解诗的本义。这是我们应该注意的。

3.《孟子》散文艺术

《孟子》与《论语》一样，都是语录体散文，而更富有文学价值。《孟子》较多颇成片段的篇章，如《梁惠王上》“齐桓晋文之事”；有的则为寓言故事，如《离娄下》“齐人有一妻一妾”；有的是结构完整的论述，如《公孙丑下》“天时不如地利”。孟子善于辞辩，在阐明自己的主张时，倾注自己的感情，意气风发，慷慨激昂；说理善用比喻，把抽象的道理说得形象、生动。由于善辩，其文章读来浩浩如江河，气势磅礴，沛然而下，加以辞气锋利，笔挟风霜，常常令人为其风神所动，于不自觉中折服其结论。

因此，善于论辩成为孟子文章最为突出的特色。如《齐桓晋文之事》，孟子借齐宣王问“齐桓晋文之事”，提出自己“保民而王”和“制民之产”的政治主张，企图说服宣王放弃图霸，实行王道，而充分展示了他的论辩技巧。宣王提为霸，他却提为王，诱使宣王提问，并借机提出“保民而王”的仁政主张。然后以“以羊易牛”这一偶然事例，诱导宣王对仁政的兴趣。待其入彀，便撇开正题，两次取譬，申论宣王之“不王”是“不为”非“不能”。先擒后纵，层层进逼，从而抓住宣王企图称霸诸侯的要害，痛下针砭，以“缘木求鱼”给以当头棒喝，使之猛醒，接着更甚其辞，说明霸道行不通，只有实行王道。待其表示接受后，就具体阐述实行仁政的具体措施。文章千曲百折，如波滚浪激，婉转而下，层层深入，结论水到渠成。

论辩而富有感情色彩，言辞锋利，咄咄逼人，使文章如风刀霜剑，气势凌厉，是孟子散文的另一特点。如《梁惠王上》孟子见梁襄王：

> 孟子见梁襄王，出，语人曰：“望之不似人君，就之而不见所畏焉。卒然问曰：‘天下恶乎定？’吾对曰：‘定于一。’‘孰能一之？’对曰：‘不嗜杀人者能一之。’‘孰能与之？’对曰：‘天下莫不与也。王知夫苗乎？七八月之间旱，则苗槁矣。天油然作云，沛然下雨，则苗浡然兴之矣。其如是，孰能御之？今夫天下之人牧，未有不嗜杀人者也。如有不嗜杀人者，则天下之民皆引领而望之矣。诚如是也，民归之，由水之就下，沛然谁能御之？’”

在孟子的眼里，梁襄王的气度不像个国君，也缺乏国君的威仪，劈头就问天下如何安定，其藐视、嫌恶之情溢于言表。

取譬善喻，也是孟子散文的特点。孟子常常借用人们熟悉的、切近的事例，把抽象的道理讲说得形象、生动。如梁惠王好战，不关心民瘼，而与情况相同的邻国相比，以问孟子。孟子说“王好战，请以战喻。填然鼓之，兵刃既接，弃甲曳兵而走。或百步而后止，或五十步而后止。以五十步笑百步，则何如？”梁惠王说：“不可；直不百步耳，是亦走也。”①孟子用“五十步笑百步”比喻，说明梁惠王与邻国国君的德行并无不同，没有资格嘲笑别人。再如《滕文公下》：

> 戴盈之曰：“什一，去关市之征，今兹未能，请轻之，以待来年，然后已，何如？”
>
> 孟子曰：“今有人日攘其邻之鸡者，或告之曰：‘是非君子之道。’曰：‘请损之，月攘一鸡，以待来年，然后已。’如知其非义，斯速已矣，何待来年？”

关市之征是损害人民的不义行为。既然知错就要立即改正，不然就像偷鸡人的表现那样可笑。

《孟子》中的寓言故事，有人物，有情节，生动形象，幽默风趣，发人深省。其中，如人们熟知的《公孙丑上》所载“揠苗助长”与《离娄下》所载“齐人有一妻一妾”的故事等。前者，孟子本来要说明“义”的品德是在心中逐渐培养出来的，是内在的，而不是靠外来力量助长的，否则适得其反；后者，孟子对以无耻手段谋求富贵利达之徒，进行了辛辣地讽刺。这类故事不仅加深了理论的说服力，也都富有感染力量，增加了孟子散文的文学价值。

（三）《墨子》

1. 墨子、墨家学派与墨子思想

墨子（约前468—前376年），名翟，战国初期鲁国（今山东滕州）人。关于墨子的生平，在《墨子》及先秦典籍中记载较为零散。墨子自称“上无君

---

①《孟子·梁惠王上》。

上之事，下无耕农之难”①，既不做官，又不务农，或出身平民。《史记·孟子荀卿列传》载墨子曾为“宋大夫，善守御，为节用”，早曾学习儒学，后尊崇夏禹，创立墨家学派。墨家学派组织严密，带有宗教色彩；门徒众多，遍及全国，与儒学同称显学。孟子曾说当时“墨翟之言盈天下”，“天下之言不归杨，则归墨”②，可见当时墨家影响之大。墨家重视下层人民的利益，生活俭朴，富于实践精神，后期墨家对科学的重视尤为可贵。墨家在战国后期分为相里氏、相夫氏、邓陵氏三派，秦汉时期沦为游侠，此后逐渐衰微。

《墨子》一书，不是墨子个人著述，而是他的门人及后学言论的汇编，其写定及集结成书当在《孟子》之后。全书共有53篇，而《尚贤》、《尚同》、《兼爱》、《节用》、《节葬》、《天志》、《明鬼》、《非攻》、《非乐》、《非命》等10篇，阐述了墨子思想的主要内容。《墨子·鲁问》是墨家思想的纲领，其中说：“凡入国，必择务而从事焉。国家昏乱，则语之尚贤、尚同。国家贫，则语之节用、节葬。国家喜音湛湎，则语之非乐、非命。国家淫僻无礼，则语之尊天、事鬼。国家务夺侵凌，则语之兼爱、非攻。”即要求其徒属针对不同国家的政治、社会现实，采取与之相适应的措施，如选贤任能、节用节葬，以及反对战争、反对奢侈浪费等等。《墨子》原书久散佚，清代学者孙诒让始进行全面整理，著有《墨子閒诂》；近人王焕镳有《墨子校释》等。

墨子学说以“兼爱”、“非攻”为核心，反映了战国中、后期小手工业者阶层的要求。墨子认为社会昏乱、人民困苦的根源在于“不相爱”，所以他提倡“兼爱”。墨子的“兼爱”，与孔、孟的“爱人”不同，是无差等的普遍之爱，即所谓“兼爱天下之博大也，譬之日月兼照天下之无私有也”③。《兼爱上》说：

> 圣人以治天下为事者也，必知乱之所自起，焉能治之。不知乱之所自起，则不能治。……察此何自起，皆起不相爱。……若使天下兼相爱，国与国不相攻，家与家不相乱，盗贼无有，君臣父子皆能孝慈。若此则天下治。……故天下兼相爱则治，交相恶则乱。故子墨子曰：“不可

①孙诒让：《墨子閒古·贵义篇》，《诸子集成》本，1986年版，第269页。下引版本同。
②《孟子·滕文公下》。
③《墨子·兼爱下》。

以不劝爱人者,此也。”

为了做到“兼爱”,统治者治理国家要“尚贤事能”,即选贤任能。为此,天子、诸侯要“选择其国之贤者”而立之,“天下百姓上同于天子”①,天子再顺从无私的天意,就能兼爱天下。他认为人与人之间皆相爱,“强不执弱,众不劫寡,富不侮贫,贵不敖贱,诈不欺愚”,即可使“天下祸篡怨恨”不会发生,因为“爱人者人必从而爱之,利人者人必从而利之”,因此,“欲天下之治,而恶天下之乱,当兼相爱,交相利”。② 而诸侯之间的兼并战争,则是亏人以自利,不仁不义,所以他坚决反对,而主张“非攻”。

墨子思想及墨家学派受到孟子及儒家学派的激烈攻击,自汉而后,长期湮没无闻。近代以来,因其组织带有宗教色彩,以及尊天事鬼的神道迷信,而受到批判。近来对墨子及其思想的研究逐渐深入,评价也比较客观,在指出墨子思想局限的同时,充分肯定了墨子在中国思想史、科技史的地位。

2.《墨子》文学思想

《墨子》文章注重论证的方法,提出所谓“三表”或“三法”。《非命上》说:

言必有三表。何谓三表?子墨子言曰:有本之者,有原之者,有用之者。于何本之?上本之于古者圣王之事。于何原之?下原察百姓耳目之实。于何用之?废(发)以为刑政,观其中国家百姓人民之利。此所谓言有三表也。

在这里,“三表”指论证问题时要有三方面的根据:“本之”者为有关古代圣王治理国家的经验,即古代文献记载;“原之”者为百姓的见闻,即百姓耳闻目睹的现状;“用之”者为政治措施能否使百姓得利,即政治实践的效验。《非命下》说:“凡出言谈,则必可而不先立仪而言。”“三表”法,就是墨子的论辩方法,也是做论辩文章的方法,即要求文章立论有根据,要以历史经验和社会实践为依据。《墨子》的许多文章都是遵照这种论证方法撰写的,因此,他的文章条理、严谨,成为逻辑性强、富有说服力的论文。如《非攻上》:

①《墨子·尚同上》。
②《墨子·兼爱中》。

今有一人,入人园圃,窃其桃李,众闻则非之,上为政者得则罚之。此何也?以亏人自利也。至攘人犬豕鸡豚者,其不义又甚入人园圃窃桃李。是何故也?以亏人愈多,其不仁兹甚,罪益厚。至入人栏厩,取人马牛者,其不仁义又甚攘人犬豕鸡豚。此何故也?以其亏人愈多。苟亏人愈多,其不仁兹甚,罪益厚。至杀不辜人也,抴其衣裘,取戈剑者,其不义又甚入栏厩取人牛马。此何故也?以其亏人愈多。苟亏人愈多,其不仁兹甚矣,罪益厚。当此,天下之君子皆知而非之,谓之不义。今至大为攻国,则弗知非,从而誉之,谓之义。此可谓知义与不义之别乎?

从“入人园圃”到“杀不辜人”等一系列不仁不义的行为,论及“大为攻国”,诸侯为争城略地所进行的不义战争,都是“以亏人自利”,而不义战争更是“大为不义”,指出“君子”应分辨义与不义的区别。论证由小及大,层层深入,从而揭示诸侯互相攻伐是“亏人自利”,是“不义”的。

《墨子》文章不重文采,而注重论辩的逻辑,论辩的散文就是由《墨子》开始的,他的论证方法对当时各派也有重要影响。从文体角度看,《墨子》文章是语录体向专论体的过渡,在哲理散文发展过程中也具有重要地位。

(四)《庄子》

1. 庄子与庄子学派

庄子,名周,战国时期蒙(今山东东明)人。其生卒年,《史记》本传并无明确记载,只说与梁惠王、齐宣王同时(约前369年至前286年之间)。[①] 庄子生平事迹附载《史记·老子韩非列传》,十分简略。庄子曾为蒙地的漆园吏,生活相当贫苦,《庄子》中有不少篇章记载他生活困窘的情形。相传楚威王听说庄子贤德,曾派使节带着丰厚的礼品聘请他为国相,被他婉言拒

①庄子据《史记》本传说他是蒙人,而蒙的地理方位,自汉代以来即有多种说法。旧说在曹州冤句(今山东菏泽)北,或今河南商丘西北。今人冯友兰先生认为在今山东曹县(见《中国哲学史简编》)。唐代尊崇道家,曾经考定将庄子居里为今山东东明县,并将其改为南华县。今县内庄寨为庄子后裔聚居地,清乾隆五十五年(1790年)大名府正堂在此立有“先贤庄子例应优免差徭碑”。关于庄子生卒年,任继愈先生归纳为5种说法(见《庄子探源》,载《哲学研究》1961年第6期56页),这些说法的大体年代范围,都在公元前375—前275年之间。

绝。庄子学识渊博，司马迁说他“其学无所不窥，然其要本归于老子之言。故其著书十余万言，大抵率寓言也”①。今传《庄子》33 篇，其中《内篇》7 篇，《外篇》15 篇，《杂篇》11 篇。历代研究者都认为《内篇》为庄子作品，《外篇》、《杂篇》却颇有异议。自魏晋后解说《庄子》的著作甚多，今传王孝鱼点校的郭庆藩《庄子集释》收录了晋郭象《庄子注》及唐成玄英《疏》、陆德明《音义》，并引述清人的考证，为集大成之作，有中华书局《新编诸子集成》本。今人注本，有陈鼓应《庄子今注今译》、王世舜《庄子译注》等。

庄子约与孟子同时，他们属于先秦时期儒家与道家这两大哲学流派。孟子继承和发展了孔子思想，世称“孔孟”；庄子则继承发展了老子的思想，世称“老庄”。原始的儒家和道家，面对动荡混乱的社会现实，采取不同的态度，有不同的价值追求。儒家主张直面现实，济世救人，为国家民族的利益和实现自己的理想牺牲自己，直至生命，即所谓“杀身成仁”、“舍生取义”。而道家则不同。庄子对现实持批判态度，认为人性被丑恶的现实以及功名、利禄、权势、名位所扭曲，主张人们回归自然本性而完成生命的自然过程，摆脱世俗名利的束缚而追求自由独立的人格。庄子哲学，其关注点是人、人生及人与社会的关系。其对历史的反思，及其对现实中人的异化现象的思考，使其对社会人生充满焦虑，而深潜着忧患意识。但他对人生的忧患意识，最终引向个体人生，以及对人的生命的终极关注。他所追求的理想人格与生命境界，具有积极意义，而其避世全身的处世态度却有消极影响。

庄子学识渊博，“其学无所不窥”②。他的思想与文章都丰富多彩，其影响也涉及思想、文化、哲学、文学艺术等诸多领域。庄子的审美观、文学思想，具体到他“大美不言”、“法天贵真”及“言不尽意”与“得意忘言”等提法，对后世文学批评及美学思想的发展都曾产生深远影响。庄子文章汪洋恣肆，想象丰富，与屈原并为中国浪漫主义文学的滥觞；其反人类异化的呼声，对现实社会的批判，以及反抗权势、追求个性独立的思想，对历代文人内在人格、文学创作及文学思想的影响是极为深远的。著名诗人，如嵇康、阮籍、陶渊明、李白、苏轼、屈大均、龚自珍等，在他们为人、创作中，都体现着

①②《史记·老子韩非列传》附《庄周列传》。

庄子哲学精神。

2. 庄子散文艺术

《庄子·天下》篇说:“庄周……以天下为沉浊,不可与庄语,以卮言为曼衍,以重言谓真,以寓言为广。”这“三言”即《庄子》说理的方法,在具体运用中交互为用,而“寓言十九”①,亦即寓言是其主要表现方式。

庄子说理不是通过逻辑推理和严密论述来表达,而是通过虚设的人物和物象,即通过虚构的、带有象征性的形象令人感受、体悟。因此,用艺术形象来阐述哲理是庄子散文的突出特点。《庄子》中的若干篇章,都是由寓言、神话传说、虚构的人物故事构成,结构似散乱无序,而实则以意脉相连。如《逍遥游》,通过大量寓言、重言、故事,铺张渲染;鱼化而为鹏,蜩与鸠的对话,神人、圣贤,都汇集到庄子笔下,迷离倘恍,“意出尘外,怪生笔端”②,构成想象奇特、瑰丽怪异的艺术境界:

> 北冥有鱼,其名为鲲。鲲之大,不知其几千里也。化而为鸟,其名为鹏。鹏之背不知其几千里也;怒而飞,其翼若垂天之云。是鸟也,海运则将徙于南冥。南冥者,天池也。《齐谐》者,志怪者也。《谐》之言曰:“鹏之徙于南冥也,水击三千里,抟扶摇而上者九万里。去以六月息者也。野马也,尘埃也,生物之以息相吹也。天之苍苍,其正色邪?其远无所至极邪?其视下也,亦若是则已矣。……”
>
> 蜩与学鸠笑之曰:“我决起而飞,抢榆枋而止。时则不至而控于地而已矣,奚以之九万里而南为?适莽苍苍者,三飡而反,腹犹果然;适百里者,宿舂粮;适千里者,三月聚粮。之二虫又何知!”

庄子所追求的逍遥游,即绝对自由,其实那只是一种无拘无碍、物我为一的精神境界,是庄子所追求的理想人格和生命境界。文章借助寓言的形式,运用拟人、比喻、夸张等手法,文笔恣肆,形象生动,给人以富有诗意的美感,又能让人深切感悟其中所寓含的哲理。

庄子的人生悲剧意识,及其文章中常常溢荡着的感伤情绪,使其散文富

---

①《庄子·寓言》。

②刘熙载:《艺概·文概》,上海古籍出版社 1992 年版,第 8 页。下引本书版本同。

于抒情性;行文汪洋恣肆,变化无端,使其散文结构奇特,富于独创性;句式错落有致,挥洒自如,行文如江河奔流,触动人们的心灵;铺陈渲染,辞采飞扬,语言极富表现力等等,都使庄子散文极富文学价值,而取得先秦散文的最高成就。

(五)《管子》

1.《管子》

管子(?—前645年),名夷吾,字仲,又字敬仲,颍上(今属安徽)人。著名政治家。生平事迹详见《史记·管晏列传》。少时与齐人鲍叔牙交好,并受其知遇。在齐国争夺君位的斗争中,他支持公子纠,而鲍叔牙支持公子小白即齐桓公。鲁国保护公子纠入侵齐国,被齐军击败,被迫杀公子纠,囚解管仲,让齐处置。齐桓公必欲杀之而后快,鲍叔牙加以劝阻,并推荐他为相。"管仲既用,任政于齐,齐桓公以霸。九合诸侯,一匡天下,管仲之谋也。"管仲辅佐齐桓公实行军政、经济改革,富国强兵,使齐国成为春秋五霸之首。

《管子》一书非其自著,而是管子后学搜集管仲的佚文遗事,杂取齐国官私记闻,假托管仲的名义以成书,因此内容驳杂,《汉书·艺文志》著录于道家,《隋书·经籍志》则改入法家。据1972年山东临沂银雀山汉墓出土的《管子》残卷,该书大部分完成于先秦,秦汉之际尚有补充增益。西汉末年,刘向整理时,得86篇,与今本篇数相同,而除去有目无文的10篇,实存76篇。《管子》流传版本甚多,以清戴望《管子校正》(《诸子集成》本)、今人郭沫若《管子集校》较为可读。

就先秦诸家而言,管子思想以法家为主,兼有道家、兵家、名家及儒、墨等思想成分。从齐鲁文化的角度看,管子是齐文化的代表。孔子、管子都是殷周文化的优秀继承者,他们的思想有相同或相通之处,而又有价值取向的差异。譬如以人为本的民本思想,《管子·霸言》篇说:"夫霸王之所始也,以人为本。本理则国固,本乱则国危。……亲仁则上不危,任贤则诸侯服。"认为"以人为本"是称霸和统一天下的前提和基础。"以人为本"就是"以民为本",《管子》一书明确提出的民本思想,与孔孟的人本取向及其重民言论基本一致。但是,《管子》书中所讲爱民是为了用民,即所谓"计上之所以爱民者,为用之爱之也”①。他强调“法重于民”,在他看来“治人如治水潦,养人如养六畜,用人如用草木”②,人民根本无尊严可言。孔孟讲爱民,也有为统治者着想的一面,也认为爱民是为政的前提和基础,但其所具有的道德含义,却与《管子》表现出不同的价值取向。孔子讲“仁”,其根本意义是“爱人”,爱人之道是推己及人,是所谓“亲亲而仁民,仁民而爱物”③,是一种道德境界,具有规范人道德行为的意味。孟子解释说:“仁,人心也。”④认为仁爱之心出自人的本性。孟子又说:“仁者,人也;合而言之,道也。”⑤即是说“仁”就是人道,就是做人的全部道德。孔、孟与《管子》视人民为“六畜”、“草木”不同,他们强调个体人格的尊严。孔子说:“三军可夺帅也,匹夫不可夺志也。”⑥至于君臣之间,孟子说:“君视臣如手足,则臣视君如腹心;君视臣如犬马,则臣视君如国人;君视臣如土芥,则臣视君如寇雠。”⑦彼此是对待关系,人格是平等的。总之,《管子》书中重法轻德、崇势尚智,以及注重变通、开放变革的倾向,与孔、孟为代表的鲁文化表现出不同的价值观念及取向。

2.《管子》的文学价值

《管子》文章的文体、风格、写法很不一致。就文体而言,有议论文、说明文、记叙文。大部分为散句单行,也有少数用韵;有一题一文,也有分题复合为一篇的。甚至一篇文章的写法也不尽相同,如《牧民》篇,第四章与前三章就有不同。

《管子》中数量最多的是议论文。这类文章,大都有中心论题,论述层次清楚,结构也较完整,其中以《牧民》篇最有代表性。“牧民”就是统治和管理人民,《牧民》论述的就是统治者应如何治国和统治人民。全文共分五部分。第一部分“国颂”为全文的总纲,以下则从“四维”、“四顺”、“士经”、“六亲五法”四个方面展开论述,层次分明,析理深透。如“国颂”云:

---

①戴望:《管子校正》,《诸子集成》本,1986 年版,第 90 页。下引版本同。
②戴望:《管子校正》,第 30 页。
③《孟子·尽心上》。
④《孟子·告子上》。
⑤《孟子·尽心下》。
⑥《论语·子罕》。
⑦《孟子·离娄下》。

> 凡有地牧民者，务在四时，守在仓廪。国多财，则远者来；地辟举，则民留处。仓廪实，则知礼节；衣食足，则知荣辱。上服度，则六亲固；四维张，则君令行。故省刑之要，在禁文巧；守国之度，在饰四维；顺民之经，在明鬼神，祗山川，敬宗庙，恭祖旧。不务天时，则财不生；不务地利，则仓廪不盈。野芜旷，则民乃营。上无量，则民乃妄。文巧不禁，则民乃淫。不璋两原，则刑乃繁。不明鬼神，则陋民不悟。不祗山川，则威令不闻。不敬宗庙，则民乃上校。不恭祖旧，则孝悌不备。四维不张，国乃灭亡。

指出治理国家之要，是在国家“仓廪实”而人民“衣食足”的前提下，让人民懂得“四维”即礼义廉耻。“四维不张，国乃灭亡”，强调了“四维”对于治理国家的重要性。在论述中运用了排比、对比等修辞手法，增强了文章的说服力量。

《管子》中的记叙性散文，如《大匡》、《中匡》、《小匡》、《霸形》、《戒第》等篇记载齐桓公任用管仲成就霸业的事迹，或叙写某一事件的发展过程，或为历史传说故事，较富有文学色彩。其中有的吸收了《左传》、《国语》的某些情节，但较二书更加具体、系统、生动。如《中匡》记载齐桓公召请管仲一节：

> 公与管仲父而将饮之，掘新井而柴焉。十日斋戒，召管仲。管仲至，公执爵，夫人执尊，觞三行，管仲趋出。公怒曰：“寡人斋戒十日而饮仲父，寡人自以为修矣。仲父不告寡人而出，其故何也？”……管仲反，入，倍屏而立，公不与言。少进中庭，公不与言。少进傅堂，公曰：“寡人斋戒十日而饮仲父，自以为脱于罪矣。仲父不告寡人而出，未知其故也。”对曰：“臣闻之：沉于乐者治于忧，厚于味者薄于行，慢于朝者缓于政，害于国家者危于社稷。臣是以敢出也。”公遽下堂曰：“寡人非敢自为修也。仲父年长，虽寡人亦衰矣。吾愿一朝安仲父也。”

齐桓公对管仲的敬重、信任，管仲直言敢谏的品格，以及君臣之间不存芥蒂的关系，都得到十分生动的表现。

在《管子》的文章中，常常穿插一些传说、故事。如《封禅》篇关于古代

封禅的传说,《小问》篇关于"登山之神"的传说,其中管仲婢妾的故事尤其有趣:

> 桓公使管仲求宁戚。宁戚应之曰:"浩浩乎?"管仲不知。至中食而虑之。婢子曰:"公何虑?"管仲曰:"非婢子之所知也。"婢子曰:"公其毋少少,毋贱贱。昔者吴干战,未龀不得入军门。国子摘其齿,遂入,为干国多。百里奚,秦国之贩牛者也,穆公举而相之,遂霸诸侯。由是观之,贱岂可贱,少岂可少哉!"管仲曰:"然。公使我求宁戚,宁戚应我曰'浩浩乎'。吾不识。"婢子曰:"《诗》有之:'浩浩者水,育育者鱼。未有室家,而安召我居。'宁子其欲室乎?"

(六)《荀子》与稷下诸子散文

1. 荀子与《荀子》

荀子(约前313—前238年),名况,时人尊称为"卿",因又称荀卿,汉代为避文帝讳改称孙卿。战国赵(今河北南部及山西一带)人。荀子一生,曾游历楚、赵、秦等国,但时间都十分短暂,而居齐时间最长,老居楚兰陵(今山东苍山县兰陵镇),著书而死,葬于兰陵。

荀子大约在15岁时即来齐游学,长期居住稷下,在稷下学宫"三为祭酒","最为老师"①,成为稷下学宫最负盛名和最受尊重的领袖人物。齐国自齐桓公"厚招游学",建稷下学宫,历威、宣之世而大盛。荀子游齐在齐宣王末年,当时著名学者如孟轲、宋钘、慎到、环渊、田骈、接予、淳于髡、鲁仲连、尹文、邹衍等都先后会集于此,"皆赐列第,为上大夫,不治而议论","各著书言治乱之事"②,从而使稷下成为当时的学术文化中心。荀子在这里广泛接触了诸子百家的学说,并对各家学说有所批判,有所继承,使其成为先秦时代杰出的思想家、哲学家和教育家。著有《荀子》一书,流传至今。今传唐杨倞《荀子注》、清王先谦《荀子集解》及近人梁启雄《荀子简释》。

荀子生活的战国末期,大一统的封建帝国即将诞生。与之相适应,便是

---

①《史记·孟轲荀卿列传》。
②《史记·田敬完世家》。

意识形态领域的百家争鸣,儒、道、名、法、阴阳、纵横等各学派互争雄长,而荀子批判吸收诸家学说,并集儒家之大成,成为继孔子、孟子之后的一代儒学大师。

孔子提出"性相近""习相远"的命题,孟子加以发挥,提出"性善论"。荀子认为人性是与生俱来的自然本性,主张"性恶论"。孟子道性善,从道德角度着眼,注重个人的自我完善;荀子主性恶,是将其自然观引申到人性和社会领域,而强调社会环境的教育作用。《天论》、《王制》、《强国》、《礼论》、《性恶》、《劝学》等篇,对荀子的思想进行了系统地阐述。

在先秦诸子中,荀子是一个具有明确社会观念的思想家。他在"明于天人之分"的自然观中,既把人看做自然界的一部分,又强调人必胜天、人能役物;在其人性论方面,既把人性看做自然本性,又强调人为教育、社会环境的影响可以"化性"。他认为人之所以不同于其他自然生物,就在于人"能群",即组织社会,并能按等级名分遵守一定的道德规范,从而建立一个"明群使分"、"群居如一"的社会。而这个社会,要尊君,"君主正则百姓平"①,即主张君主专制。荀子所尊之"君"能把"礼"与"法"结合起来,他既批判地继承了儒家关于王道及礼治的思想,又批判地总结和吸取了法家实行霸道和法治的主张,把王道和霸道、礼治与法治、法先王与法后王结合起来,提出了"隆礼""重法"的政治理论,从而为统一的封建国家政权的建立做了理论上的准备。

《荀子》现存32篇,以体裁可分为三类,而以论说文为主。荀子的论说文,有的直接以"论"命题,如《天论》、《礼论》、《乐论》等。荀子这类文章,是论说文的形成的标志。从《荀子》开始,议论散文才作为一个独立文体,并成为文学散文的一个部类。因此,《荀子》在中国文学史上具有重要地位。

荀子散文,中心明确,并能围绕一个中心论题展开论述。如《性恶》篇,劈头就提出"人之性恶,其善者伪也",然后以"今人之性"为据,说明其论点的正确性,并以耳闻目睹之人性表现,批驳孟子的性善论,说明人世间的礼义法度,就是因为人性本恶而加以约束。

---

①《荀子·王制》,梁启雄简释本,中华书局1983年版。下引版本同。

荀子散文,注意谋篇布局,结构完整。如《劝学》,一开始就从总体上说明学习的重要性,然后分四部分系统阐述学习的重要性、学习内容、学习方法和学习目的。全文层次清晰,逻辑严密、论析十分深入。再如《不苟》篇,文章开头就提出总的论点:“君子行不贵苟难,说不贵苟察,名不贵苟传,惟其当之为贵。”然后从“行”、“说”、“名”三个方面进行论证,回应总的论点,逻辑严密,脉络清晰,结构完整。

荀子散文,议论中常常以类比排列的方式,引物连类,取譬设喻,生动形象地说明道理,不仅使其议论风生,文采焕然,也使抽象理论具体化,易于接受。如《劝学》开头一段,说明学习的重要性:

> 君子曰:学不可以已。青,取之于蓝,而青于蓝;冰,水为之,而寒于水。木直中绳,輮以为轮,其曲中规,虽有槁暴,不复挺者,輮使之然也。故木受绳则直,金就砺则利,君子博学而日参乎己,则知明行无过矣。

并通过一系列比喻,说明学习必须心志专一:

> 故不积跬步,无以至千里;不积小流,无以成江海。麒骥一跃,不能十步;驽马十驾,功在不舍。锲而舍之,朽木不折;锲而不舍,金石可镂。螾无爪牙之利,筋骨之强,上食埃土,下饮黄泉,用心一也。蟹六跪而二螯,非蛇蟺之穴无可寄托者,用心躁也。

其次,大量运用排比、蝉联句式,以增强文章的气势。如《天论》篇:

> 天行有常,不为尧存,不为桀亡。应之以治则吉,应之以乱则凶。强本而节用,则天不能贫。养备而动时,则天不能病。修道而不贰,则天不能祸。故水旱不能使之饥,寒暑不能使之疾,妖怪不能使之凶。本荒而用侈,则天不能使之富。养略而动罕,则天不能使之全。背道而妄行,则天不能使之吉。故水旱未至而饥,寒暑未薄而疾,妖怪未至而凶。受时与治世同,而殃祸与治世异,不可以怨天,其道然也。

除议论文之外,《荀子》一书中还有《成相》、《赋》这类文学作品。据梁启雄考证,《成相》是一篇采用古代民间舂米歌的形式,表达荀子政治思想的通俗文学作品①。《汉书·艺文志》载录"孙卿赋十篇",今《赋》篇中存《礼》、《知》、《云》、《蚕》、《箴》五篇,篇末附有《佹诗》和《小歌》。其体例是:"先敛藏起谜底,用隐语说出谜面,随后指出谜底;与'遁词以隐意,谲譬以指事'的'隐'或略同。赋字含义有二:(1)敛藏。(2)敷布。荀子《赋篇》似兼而用之。"②"敛藏"就是把要表达的意思寓含在所描写的事物之中,"敷布"就是铺陈描写。荀子采取借物寓意及铺陈描写的表现方法,对后世赋体文学的发展有较大影响。

2. 稷下诸子散文

除孟子、荀子外,稷下诸子大都有著作传世。见诸《汉书·艺文志》等史书著录的就有《慎子》、《邹子》、《鲁仲连子》、《尹文子》、《接子》、《环渊》、《邹奭子》、《田子》等,涉及儒、道、名、法、阴阳诸家,以及政治、经济、军事、文化教育等各领域,对当时及秦汉学术都曾产生重要影响。惜乎除《孟子》、《荀子》等保存较为完整外,大都散佚,今仅能从后人辑录的佚文中窥见其学说之一斑。

(1)《尹文子》

尹文(约前350—前270年),齐(今山东淄博市临淄一带)人,约在齐宣王、闵王时期游学稷下,与宋钘、彭蒙、田骈、慎到等思想相近,为道家向名、法家转变的代表人物。春秋战国处于社会变革时期,新旧交替,许多事物出现了名实不符的现象,因此引起诸多思想家的注意。尹文在名实问题的探讨上,早于名家公孙龙,主张以"实"务"名",反对"刑(形)名异充",对名实关系做出比较切合实际的解释。《汉书·艺文志》把他归入名家,著录其《尹文子》一篇。今本《尹文子》分《大道》上、下两篇,《诸子集成》载有钱熙祚校本。他所谓的"大道"本于老子之"道",其中杂有儒、法、墨、名诸家的思想观点。哲学史家冯友兰认为《尹文子》为伪作,并据《庄子·天下》篇有关宋钘、尹文的论述,认为他的社会理想属于墨家③。

今传本《尹文子》善于用历史和寓言故事说明某些道理,形象、生动,让

①《荀子·成相》篇题注,梁启雄简释本,第342页。
②《荀子·赋》篇题注,梁启雄简释本,第355页。
③《中国哲学史新编》,人民出版社1984年版第2册,第95页。

人易于接受，具有一定的文学价值。如为了说明“世有因名以得实，亦以因名而失实”，便讲了两个故事：

> 宣王好射，说人之谓己能用强也，其实所用不过三石。以示左右，左右皆引试之，中关而止。皆曰：“不下九石，非大王孰能用是？”宣王悦之。然则宣王用不过三石，而终身自以为九石。三石，实也；九石，名也。宣王悦其名而丧其实。
>
> 齐有黄公者，好谦卑。有二女，皆国色。以其美也，常谦辞毁之，以为丑恶。丑恶之名远布，年过而一国无聘者。卫有鳏夫，时冒娶之，果国色，然后曰：“黄公好谦，故毁其子不姝美。”于是争礼之，亦国色也。国色，实也；丑恶，名也。此违名而得实矣。

(2)淳于髡

淳于髡(约前386—前310年)，齐国(今山东茌平)人，出身贫贱，“齐之赘婿也。长不满七尺，滑稽多辩，数使诸侯，未尝屈辱”①，是一位博学多智、富有辩才的学者，曾仕于齐威王、齐宣王之朝，为稷下早期学士之一。从有关记载看，他不满儒家拘泥于礼法，主张变通，但其思想驳杂，不成体系。

淳于髡的辩才，所以为人称道，是因为其“谈言微中”，以其滑稽多智解决政治难题。据《史记·滑稽列传》载：

> 齐威王之时喜隐，好为长夜之饮，沉湎不治，委政卿大夫。百官荒乱，诸侯并侵，国且危亡，在于旦暮，左右莫敢谏。淳于髡说之以隐曰：“国中有大鸟，止王之庭，三年不蜚又不鸣，王知此鸟何也？”王曰：“此鸟不飞则已，一飞冲天；不鸣则已，一鸣惊人。”于是乃朝诸侯县令长七十二人，赏一人，诛一人，奋兵而出。诸侯振惊，皆还齐侵地。威行三十六年。

“隐”，就是隐语，即不直接表达本意，而借用其他词语或事物进行暗示，是一种委婉表达的方式，也是一种语言艺术。齐威王好隐语，淳于髡投其所好，就用隐语进行劝谏，而使威王振奋起来，说明他善于揣摩说服对象的心

---

①《史记·滑稽列传》。

理，又善于运用语言艺术。同时，他还善于用寓言故事来隐喻某种道理，如威王八年，楚发兵进攻齐国，齐王派他到赵国求救兵，给他准备了“金百斤，车马十四驷”的礼品。他觉得让人出兵，这些礼品太少，但又不便明言，先是“仰天大笑，冠缨索绝”引齐王发问，然后说：“今者臣从东方来，见道傍有禳田者，操一豚蹄，酒一盂，祝曰：‘瓯窭满篝，污邪满车，五谷蕃熟，穰穰满家。’臣见其所持者狭而所欲者奢，故笑之。”齐王听出他的意思，增加了礼品，终于使赵派出精兵十万，解除了齐国的危难。为此，威王“置酒后宫，召髡赐之酒”，于是他又借酒劝谏威王“罢长夜之饮”。威王问他能饮多少酒，他说饮一斗也醉，饮一石也醉，威王问为什么，他说：

> 赐酒大王之前，执法在傍，御史在后，髡恐惧俯伏而饮，不过一斗径醉矣。若亲有严客，髡帣鞲鞠䐑，侍酒于前，时赐余沥，奉觞上寿，数起，饮不过二斗径醉矣。若朋友交游，久不相见，卒然相睹，欢然道故，私情相语，饮可五六斗径醉矣。若乃州闾之会，男女杂坐，行酒稽留，六博投壶，相引为曹，握手无罚，目眙不禁，前有堕珥，后有遗簪，髡窃乐此，饮可八斗而醉二参。日暮酒阑，合尊促坐，男女同席，履舄交错，杯盘狼藉，堂上烛灭，主人留髡而送客，罗襦襟解，微闻芗泽，当此之时，髡心最欢，能饮一石。故曰酒极则乱，乐极则悲；万事尽然，言不可极，极之而衰。

齐王听后，认为很有道理，“乃罢长夜之饮”。齐国想伐魏国，淳于髡用“疾犬”逐“狡兔”做比，说明齐、魏相争会使强大的秦、楚得利，终使齐王“谢将休士”，取消了军事行动。① 但他也有遇到对手的时候。《孟子·离娄上》记载他在稷下与孟子的一次辩论：

> 淳于髡曰：“男女授受不亲，礼与？”
>
> 孟子曰：“礼也。”
>
> 曰：“嫂溺，则援之以手乎？”
>
> 曰：“嫂溺不援，是豺狼也。男女授受不亲，礼也；嫂溺，援之以手

---

①《战国策·齐策三》，上海古籍出版社 1988 年版，第 390 页。

者，权也。”

曰：“今天下溺矣，夫子之不援，何也？”

曰：“天下溺，援之以道；嫂溺，援之以手——子欲手援天下乎？”

淳于髡从孟子拘礼与其性善论的矛盾提出“嫂溺”的问题，孟子则以“权”（权变）来回答，而髡却偷换概念，责问孟子“天下溺”而不救，被孟子驳得无言以对。

（3）鲁仲连

鲁仲连，或称鲁连，战国末期齐国（今山东茌平）人。在列国纷争的战国末期，他以一介布衣，东西游走，“释难解纷，辞禄肆志”①成为中国历史上“奇伟俶傥”“好持高节”的“高士”，受到历代文人的推重与颂扬，从而在中国文化思想史上具有特殊地位。

鲁仲连一生，最为人们所推重的，主要有两件事：一是“义不帝秦”，一是“封书下聊城”。战国后期，秦、楚称强，出现了“纵”则楚王，“横”则秦帝的局面。赵孝成王时，秦大将白起在长平坑杀赵军40万后，兵临赵都邯郸城下，各国援军惧怕秦国，坐视观望，援而不击，赵国情势危若累卵。这时，魏安厘王派客将军辛垣衍，通过权臣平原君赵胜劝说赵王屈服，向秦称臣，尊秦为帝。而这时鲁仲连恰在赵国，听说这一消息后，随即求见平原君，并要求会见辛垣衍。他向辛指陈帝秦对赵、乃至对魏的危害，使其折服。适逢魏公子无忌率军救赵，击退秦军，邯郸之围遂解。事后，赵要以高官厚禄封赏他，他笑着说：“所贵于为天下之士者，为人排患释难解纷乱而无所取也。即有取者，是商贾之事也，而连不忍为也。”②鲁仲连论帝秦危害，不足为训，后人所以称扬他，在于他以布衣之士同情弱小、不畏强暴的精神，以及不贪事功、不计名利的高贵品质。

此后十余年，燕将占领齐地聊城之后，齐将田单率大军将其团团包围。而燕将因受燕王猜忌，不敢撤军归国，就拼死守卫，不肯投降。围城年余，城内居民食人炊骨，死亡相藉；城外齐军也疲于战事，伤亡惨重。鲁仲连为结束这场旷日持久的战争，主动致书燕将，分析形势，指陈利害，劝其及早决

①《史记·鲁仲连邹阳列传》司马贞《索隐》。

②引自《史记·鲁仲连邹阳列传》。

断，即为人传诵的《遗燕将书》。开头一段云：

> 吾闻之，智者不倍时而弃利，勇士不却死而灭名，忠臣不先身而后君。今公行一朝之忿，不顾燕王之无臣，非忠也；杀身亡聊城，而威不信于齐，非勇也；功败名灭，后世无称焉，非智也。三者世主不臣，说士不载，故智者不再计，勇士不怯死。今死生荣辱，贵贱尊卑，此时不再至，愿公详计而无与俗同。

这封书信针对燕将的政治处境，及其两难心理，很有说服力，燕将读罢，“泣三日，犹豫不能自决。欲归燕，已有隙，恐诛；欲降齐，所杀虏于齐甚重，恐已降而后见辱。……乃自杀。”①于是，聊城复归齐国。田单为其请功、请赏，鲁仲连拒不接受，逃隐海上。聊城人为纪念鲁仲连之功，曾在其向城内射书处修建鲁仲连射箭台。

鲁仲连既非官场的仕禄之徒，也不是避世隐居的隐士，而以平民身份，为当世释难解纷，言行皆合乎正义，所以为历代文人所仰慕。历代志行高洁的诗文大家，如左思、李白、屈大均等，都曾著文赞扬。作为一种心理积淀，他对我国文人心理素质的形成，有着不容忽视的影响。

（七）《孙子》与《孙膑兵法》

先秦齐国是一个军事思想发达的国家，其开国君主姜太公就是一位著名的军事家，司马迁说他“阴谋修德以倾商政，其事多兵权与奇计，故后世之言兵及周之阴权皆宗太公为本谋”②。《汉书·艺文志》著录后世附其名下的著作就有《太公》、《谋》、《言》、《兵》以及《六韬》等。辅佐齐桓公称霸的管仲，其军事思想也值得重视。春秋末期，出现了杰出军事家孙武，百年后其后裔孙膑也以军事著名。齐景公时，又出了著名军事家司马穰苴，齐威王时命人将其兵法整理成书，定名《司马穰苴兵法》，也称《司马法》。孙武、孙膑和司马穰苴都是齐国人，一个地区接连出现了孙武、孙膑、司马穰苴这样三位军事家，也算得上中国历史文化的特异景观。

---

①《史记·鲁仲连邹阳列传》。
②《史记·齐太公世家》。

1.《孙子》

《孙子》,即《孙子兵法》,传为孙武所著,是我国现存最早的,也是最为系统、完整的军事著作,至今仍受到世界诸多军事家所重视,被誉为“兵家圣典”而广为流传。

孙武,字长卿,春秋末期齐国人①,约与孔子同时,早年居吴,并以兵法与善于用兵,被吴王任以为将,吴王“西破强楚,入郢,北威齐晋,显名诸侯,孙子与有力焉”②。《孙子》传为孙武所著,今传《孙子》共13篇,与《史记》所说相合。今有《孙子兵法》(银雀山汉简)、曹操注《孙子》、宋吉天保《孙子十家注》及今人郭化若《孙子今译》等。

《孙子》为军事著作,其在中国军事史上的地位自不待言,仅就文章而论,其文学价值也可与诸子之文相媲美,而为历代文人所重视。曹操、杜牧、梅尧臣都曾为其作注。《孙子》文章词约义丰,结构缜密,如《计篇》。其首段云:

> 孙子曰:兵者,国之大事,死生之地,存亡之道,不可不察也。故经之以五校之计而索其情。一曰道,二曰天,三曰地,四曰将,五曰法。道者,令民与上同意也。故可与之死,可与之生,而民不畏危。天者,阴阳寒暑时制也。地者,远近险易广狭死生也。将者,智、信、仁、勇、严也。法者,曲制官道主用也。凡此五者,将莫不闻。知之者胜,不知者不胜。故校之以计而索其情。

《孙子》句法整饬,常运用排比、对偶句式。如《谋攻篇》:“凡用兵之法,全国为上,破国次之;全军为上,破军次之;全旅为上,破旅次之;全卒为上,破卒次之;全伍为上,破伍次之。是故百战百胜,非善之善者也;不战而屈人之兵,善之善者也。”双句排比,上策下策对照,道理自明。有的如《行军篇》“敌近而静者,恃其险也;远而挑战者,欲人之进也;其所居者,易利也。众树动者,来也;众草多障者,疑也;鸟起者,伏也;兽骇者,覆也”,采用三或四句排比,反复强调,以加深人的印象。

---

①关于孙武的里籍向有争议,今山东滨州、广饶均说该地为孙子故里。

②《史记·孙子吴起列传》。

《孙子》为使其所讲道理通俗易懂，常常采用生动具体的比喻，令人易于接受。如“故善出奇者，无穷如天地，不竭如江河。终而复始，日月是也；死而复生，四时是也”①，以自然界的千变万化，生动而形象地说明出奇制胜的策略是变化无穷的。“兵以诈立，以利动，以分合为变者也。故其疾如风，其徐如林，侵掠如火，不动如山，难知如阴，动如雷霆”②则将军队的攻、守、进退做了形象地说明。

2.《孙膑兵法》

孙膑，孙武的后裔，生于阿、鄄之间（约当今山东阳谷一带），约与孟子同时。《史记·孙子吴起列传》云：

> 孙膑尝与庞涓俱学兵法。庞涓既事魏，得为惠王将军，而自以为能不及孙膑，乃阴使召孙膑。膑至，庞涓恐其贤于己，疾之，则以法刑断其两足而黥之，欲隐勿见。齐使者如梁，孙膑以刑徒阴见，说齐使。齐使以为奇，窃载与之齐。齐将田忌善而客待之。……威王问兵法，遂以为师。

在为齐军师之后，曾采取围魏救赵的策略，大败魏军于桂陵。后为救韩，又以“添兵减灶”的办法，诱使庞涓误入埋伏，在马陵全歼魏军，逼使庞涓自杀。“孙膑以此名显天下，世传其兵法”。《汉书·艺文志》著录称《齐孙子》，以与《孙子》（称《吴孙子》）相区别。汉以后即失传。1972 年在山东临沂银雀山汉墓竹简中发现 16 篇，其军事思想与孙武有继承关系，而文体稍有不同。如第一篇《禽庞涓》为记叙文，主要情节与《史记》、《战国策》略同，只是庞涓的结局不同：《史记》说庞涓自刭，简本说生擒庞涓。其余或为对话体，或为语录体，不甚一致。其行文清晰，结构紧凑，注意语言的修饰，但其文学价值则逊于《孙子》。

---

①《孙子·势篇》，《诸子集成》本，中华书局 1986 年版，下同。
②《孙子·军争》。

第二章　汉魏晋南北朝时期的山东文学

秦汉统一，齐鲁及各地域文化逐渐融合；随着中央集权制的确立，文化思想亦渐趋整合。自从汉武帝接受董仲舒独尊儒术的建议，董氏所代表的儒家学说便成为指导国家政治和文化学术的官方哲学。自此之后，士人所受的也主要是经学教育，通经致仕也便成为汉代士人的必经之路。因此，汉代士人接受文学教育，常常是由读经而及的。汉代散文较为发达，散文家大多也都是经学家。两汉经学的创始者及其传人，大多为齐鲁人；两汉经学，实则齐鲁经学。齐鲁地区多通经致仕的卿相，他们大多都有诗文传世。又由于两汉经学在齐鲁，齐鲁经学家有关文学艺术的言论，便成为两汉文学理论、美学理论的重要组成部分。其中影响最大的是卫宏的《毛诗序》和郑玄的《诗谱叙》。

两汉时期，随着文化的高度繁荣，先秦时期出现及萌生的各种文学样式，都有所发展。乐府民歌继承《诗经·国风》的传统，继骚体辞赋之后汉大赋兴隆一时，史传散文及各体散文取得极其辉煌的成就，以《古诗十九首》为代表的文人诗的出现则是文人成为文坛主角的标志。山东士人在散文、辞赋、诗歌等领域，都取得不同的成就。

魏晋南北朝时期，战乱频仍，篡弑相继，中国长期处于分裂、动荡之中。山东自先秦即为经济文化发达地区，每当战乱即为兵家必争之地；三国时期属魏，后为西晋所统辖。晋室南迁，北方沦为“五胡”统治区，历经十六国、北魏、东魏、北齐，而后入隋。山东地区归属无常，政区屡变。西晋末年，胡族初起，冀州（今山东西北部及河北大部）以北地区，为避乱南迁至今山东中部青（青州）、齐（济南）一带，而永嘉之乱后，山东本土居民又大量南迁至长江沿岸。这一时期，汉魏之际的作家，大都分布在社会较为安定的鲁中、南部，魏晋而后，则大都集中在世家大族。这一时期，魏晋玄学这一社会思潮以及佛教的传入，对士人的思想观念以及文学的发展也产生了深刻影响。

自魏晋始，文学渐与经史分离，诗、文、赋等各种文体竞相发展，并取得极其璀璨的成就。自汉魏之际至南朝陈的四百年间，山东士人活跃在各个历史时期的文坛，出现了诸多领袖一代文风的人物，“建安七子”中的孔融、王粲、刘桢、徐幹，太康作家之一的左思，东晋的王羲之，“元嘉三大家”之中的颜延之、鲍照，齐梁陈文坛的王融、何逊、徐陵，以及文学理论家刘勰，他们在中国文学史上都占有重要地位。

一、汉代山东作家及其主要诗文成就

汉初，刘邦封其子刘肥为齐王，领属原齐国的大部分地区。高后元年置鲁国，统辖六县，大致为今曲阜、邹城、枣庄一带。后经吴楚七国之乱，在齐、鲁封地又分割出几个诸侯国。武帝接受主父偃的“推恩”建议，齐、鲁两国遂遭分割，两地原有的地域文化色彩也逐渐淡化。齐鲁文化的逐渐融合，与汉帝国统一文化形态的形成大体同步。先秦齐鲁两国的文风各有特点，也有共同点。鲁国重史、重传统、重理性精神，文风偏于朴实；齐国讲实际，重通变，文风偏于华采。而重视文章与现实的关系，则是齐鲁文风的核心，并作为文化积淀，在齐鲁地区产生长远影响。因此，西汉前期，齐鲁地域文化的影响在各类作品中随处可见，而在西汉中期之后，则可看到齐鲁文化融合之后的文学面貌。从文体看，山东作家的主要成就是散文，其次是辞赋。

（一）邹阳等西汉散文作家

1. 邹阳

邹阳（生卒年未详），齐（今临淄辛店街）人，里居不详。西汉前期散文家，以文辩著称。为人有智谋，慷慨不苟合。一生往来于藩国之间，在错综复杂的政治形势中，骋其才辩，表现出不同凡俗的识见与辞采。初仕吴。吴王刘濞是汉高祖刘邦之侄，初封3郡53城，具有豫章铜山，可即山铸钱，并兼擅鱼盐之利，国富兵强，因招致流亡，延揽贤达，久蓄异志、谋夺帝位。邹阳对此微有察觉，遂上书劝谏。因事属隐秘，不便直言，他便引史设譬，委婉陈词。文章指出吴王如不听从劝告，轻举妄动，必然身死国除，一败涂地。而刘濞利令智昏，一意孤行，后来联合吴、楚等七国发动叛乱，不到一月即众叛亲离。身死国破。邹阳的《谏吴王书》表现了他维护汉王朝统一的立场及其见微知著的政治远见。文载《汉书》本传。

吴王不听劝谏，不久他即与枚乘、严忌离开吴国，前往投奔招揽人才的梁国。梁王为景帝的异母弟，受窦太后宠爱，恃宠骄恣，谋为帝嗣，凡持异见者均遭杀害。邹阳义不苟合，持反对态度，因遭谗害，下狱论死。为剖白心迹，辨明自己无罪，写下著名的《狱中上梁王书》。文载《史记》本传。

《狱中上梁王书》是一篇含冤申辩的文章，自然应明辨是非，洗刷冤屈，还自己以清白。但如直陈冤情，就等于说梁王昏聩，岂不使自己的处境更糟！如不将其偏听谗言点明，又岂能辩白自己的无辜？文章之妙，就在于他避开正面指斥，而列举历史上大量忠而被谤、信而见疑的事例，痛切陈述历史教训，把自己满腔悲愤融入其中，委婉深致，动人肺腑；有剖明心迹之意，而无乞怜苟活、追求富贵之心，表现了一个才识之士的磊落胸怀和人格尊严。这正是司马迁推重其为人并称誉其文"比物连类，有足悲者"的原因①。也因此终于感动了梁王，将其释放，并尊为上宾。这篇文章被认为是汉初受纵横家文风影响的代表作之一，历来评价较高，或说此文为"言情之善者"②，或称为"千古奇作"③，成为历代传诵不衰的名文。今天看来，文章所论忠信、士为知己者死，都属陈旧观念，而文章博引史实，铺张扬厉，情意恳恳，反复申说，如悬崖断涧之瀑，断而复续，一气呵下，读之令人回肠荡气，确有战国纵横家的韵致，而志意慷慨，节慨凛然，又显然具有儒士之风骨。如写自己忠信而获罪以及获罪之由：

> 臣闻忠无不报，信不见疑，臣常以为然，徒虚语耳。昔者荆轲慕燕丹之义，白虹贯日，太子畏之；卫先生为秦画长平之事，太白食昴，而昭王疑之。夫精变天地而信不喻两主，岂不哀哉！今臣尽忠竭诚，毕议愿知，左右不明，卒从吏讯，为世所疑，是使荆轲、卫先生复起，而燕、秦不

①《史记·邹阳列传》。
②李兆洛：《骈体文钞》卷十六。
③于光华：《文选集评》卷九引孙月峰语。

> 悟也。愿大王孰察之。
>
> 昔卞和献宝,楚王刖之;李斯竭忠,胡亥极刑。是以箕子详狂,接舆辟世,恐遭此患也。愿大王孰察卞和、李斯之意,而后楚王、胡亥之听,无使臣为箕子、接舆所笑。臣闻比干剖心,子胥鸱夷,臣始不信,乃今知之。愿大王孰察,少加怜焉!
>
> 谚曰:"有白头如新,倾盖如故。"何则?知与不知也。故樊於期逃秦之燕,藉荆轲首已奉丹之事;王奢去齐之魏,临城自刭以却齐而存魏。夫王奢、樊於期非新于齐、秦而故于燕、魏也,所以去二国死两君者,行合于志而慕义无穷也。是以苏秦不信于天下,而为燕尾生;白圭战亡六城,为魏取中山。何则?诚有以相知也。苏秦相燕,燕人恶之于王,王按剑而怒,食以駃騠;白圭显于中山,中山人恶之魏文侯,文侯投之以夜光之璧。何则?两主二臣,剖心坼肝相信,岂移于浮辞哉!

历史事典,顺手拈来,入情入理,颇能动人。句式错落,偶句、散句相间,行文富有变化,读来富有节奏感。文中不少句意凝练的精警名句,如"白头如新,倾盖如故"、"众口铄金,积毁销骨"等,至今仍鲜活如新。

2. 主父偃　严安

主父偃(?—前126年),齐国临淄(今属山东)人。"学长短纵横术,晚乃学《易》、《春秋》、百家之言。"①因其思想驳杂,受到齐地儒生的排斥。曾先后游说燕、赵等诸侯国,未被重用,遂西入关投奔大将军卫青。后来,他直接上书武帝,所言九事,其一谏伐匈奴,其八为律令,当天即被召见,任为郎中,一年之中升为中大夫。

主父偃针对汉帝国郡国各半的政治现状,主张削弱地方王侯的势力,巩固和加强中央集权,提出"诸侯得推恩分子弟"的建议。武帝采纳了他的建议,下达"推恩令",遂使诸侯封地逐渐缩小,失去与中央抗衡的力量,从而为汉帝国的统一和巩固作出贡献。元朔中,任齐相,以胁迫齐王自杀,下狱论死,灭族。

《汉书·艺文志》著录《主父偃》28篇,已散佚。今有马国翰辑本,存文

---

①《汉书·主父偃传》。

3篇，即《谏伐匈奴书》、《请令诸侯得分封子弟疏》、《请徙豪杰茂陵疏》，见《玉函山房辑佚书》。其文针对现实问题，辨明利害得失；文字简约，析理透辟，颇有纵横家遗风。如《请令诸侯得分封子弟疏》：

> 古者诸侯地不过百里，强弱之形易制。今诸侯或连城数十，地方千里，缓则骄奢易为淫乱，急则阻其强而合从以逆京师。今以法割削，则逆节萌起，前日晁错是也。今诸侯子弟或十数，而适嗣代立，余虽骨肉，无尺地之封，则仁孝之道不宣，愿陛下令诸侯得推恩分子弟，以地侯之。彼人人喜得所愿，上以德施，实分其国，必稍自销弱矣。

与主父偃大约同时的严安，也是临淄人。本姓庄，东汉为避明帝讳，改姓严。《汉书》本传说他以故丞相史上书，后以为骑马令。《汉书·艺文志》著录有纵横家《庄安》一篇，即《言世务书》。文章针对汉武帝穷兵黩武与世风奢靡的社会现实，希望统治者吸取周、秦兴衰的历史教训，改变现行政策，休兵重农，省刑薄敛，以使国泰民安。其中，对秦之所以衰败以及汉穷兵黩武所造成的危害，论述尤为充分。贾谊处于汉初，其《过秦论》意在提醒统治者施行仁义，安定人民，而严安看到汉武穷兵黩武的危害，把秦亡归结为"穷兵之祸"；其共同特点是论史喻今。所以在论秦因"穷兵"而亡之后，便直陈对时政的看法：

> 今徇南夷，朝夜郎，降羌僰，略薉州，建城邑，深入匈奴，燔其龙域，议者美之。此人臣之利，非天下之长策也。今中国无狗吠之警，而外累于远方之备，靡敝国家，非所以子民也。行无穷之欲，甘心快意，结怨于匈奴，非所以安边也。祸挐而不解，兵休而复起，近者愁苦，远者惊骇，非所以持久也。今天下锻甲磨剑，矫箭控弦，转输军粮，未见休时，此天下所共忧也。

3. 终军

终军（？—前112年），字子云，济南（今济南仲宫）人。"少好学，以辩博能属文闻于郡中"，18岁选为博士弟子。至长安上书言事，武帝奇其文，任以为谒者给事中。从武帝至雍（今陕西凤翔南）祠五畤，获白麟，又得奇木，遂上《白麟奇木对》，武帝因改元"元狩"（前122年）。终军支持武帝加强和巩固国家统一、削弱地方割据势力的政策措施,曾自请往使匈奴,擢为谏议大夫。其一生最重大的事件,是为国请缨,出使南越。武帝为杜绝边患,要派使节说服南越王及其太后入朝。但汉、越关系一直不大稳定,出使须冒风险。终军为国家的安定、统一,甘冒风险,挺身而出,自请往使,表示:“愿受长缨,必羁南越王而致之阙下。”终军至南越,顺利完成使命,并奉命暂留镇抚。不幸其间遭遇南越内乱而被害,时年仅 20 余岁,时人尊称为“终童”。终军请缨报国的精神历为人所称颂,“请缨”一词也成为历代为国勇担重任的代用语,至今沿用,说明终军请缨报国精神的深远影响。

终军著述,《汉书·艺文志》著录 8 篇,今存 4 篇,均见《汉书》本传。其中,以《获白麟奇木对》最著名。据载,武帝到雍去祭祀五畤时,随从人员捕获一只白麟,一角而五蹄,同时又见到一棵奇树,树枝旁出而又回合覆盖于树上。武帝问群臣这是什么征兆,终军回答说是国家统一、人民安泰的吉兆,“若此之应,殆将有解编发,削左衽,袭冠带,要衣裳,而蒙化者焉”。武帝听后十分高兴,“由是改元为元狩”。碰巧,数月之后,越地及匈奴各王有率众来归降者,时人即认为终军言中了。其实,终军不过借武帝发问,即兴称颂武帝的功绩而已,而文中尽情颂扬大汉声威,歌颂“六合同风,九州共贯”大一统的政治局面①,也反映了那个时代的士人对国家前途充满自信及其昂扬向上的时代精神。

4. 王吉　贡禹

王吉(？—前 48 年),字子阳,琅邪皋虞(今山东青岛市即墨东)人。他生于汉武帝时代,从小受到时代精神的感召和激励,勤奋好学,以通晓儒家经典著闻乡里,以郡吏举孝廉为郎,补若卢右丞,迁云阳县令。昭帝时举贤良,为昌邑中尉,宣帝征为博士谏大夫,历官益州刺史,终官谏大夫。《汉书》本传说他“兼通《五经》,能为《驺氏春秋》,以《诗》、《论语》教授,好梁丘贺说《易》”,是西汉著名经学家、政治家和散文家,琅邪王氏的始祖。

王吉文章今存 6 篇,均见《汉书》本传。其中,有两篇是谏止昌邑王游猎淫乐的。昌邑王刘贺为汉武之孙,封地昌邑在今山东金乡一带。王吉为昌邑国中尉,负责地方治安。他见刘贺“好游猎,驱驰国中,动作亡节”②,遂

①《汉书·终军传》。
②《汉书·王吉传》。

上疏谏诤。昭帝无后,由贺入继帝位。在朝廷使节到昌邑迎接时,王吉奏书,劝告刘贺遵从礼法,对昭帝尽哀,尊重大臣。情意恳恳,其文可读。其《言婚嫁不宜太早疏》,主张晚婚;《言宜明选求贤除任子之令疏》,反对高级官员子弟世袭官职,在当时都有一定现实意义。在做谏大夫期间,所作《上言政事得失疏》提出要重视民意、明察左右,其民本思想及贤明政治的理念,颇有可取:

臣闻圣王宣德流化,必自近始。朝廷不备,难以言治;左右不正,难以化远。民者,弱而不可胜,愚而不可欺也。圣主独行于深宫,得则天下称诵之,失则天下咸言之。行发于近,必见于远,故谨选左右,审择所使;左右所以正身也,所使所以宣德也。《诗》云:"济济多士,文王以宁。"此其本也。

王吉的儿子王骏,官至丞相,也有文名,今存《谕指淮阳王钦》一文。

王吉与著名政治家禹贡为友,有"王阳在位,贡禹弹冠"的说法①,意思是只要王子阳在位,贡禹就乐意出仕为官。贡禹是位敢于批评时政的政治家,王吉也以直言敢谏著闻当时。

贡禹(前124—前44年),字少翁,琅邪(今山东诸城)人。以明经洁行著闻,宣帝、元帝间征为博士,出为凉州刺史,因病去官。又举为贤良,出为河南令。元帝初年,征为谏大夫,迁光禄大夫,官至御史大夫。目睹朝政腐败、人民困苦,深以素餐尸位为耻,曾多次上书,揭露朝廷贪图享乐造成人民贫苦、死亡的罪恶,抨击武帝以来所实行的"重赋于民"的政策,"把汉代封建的政治和礼法,形容成了中世纪的黑暗","对于宗法礼教的批判,同时包含着对于法律政治的批判"②。同时,他还建议元帝选贤任能,诛除奸佞,戒奢修俭,减轻农民赋役。是一位铁骨铮铮的儒者,也是一位直言敢谏极富责任感的政治家。今存文8篇,其中以《宜除赎罪之法议》较著名:

武帝始临天下,尊贤用士,辟地广境数千里,自见功大威行,遂从者

①《汉书·王吉传》。
②侯外庐等:《中国思想通史》第2卷《西汉中叶的社会危机和社会批判思想·贡禹的社会批判》,人民出版社,1957年版,第188—190页。

欲,用度不足,乃行一切之变,使犯法者赎罪,入谷者补吏,是以天下奢侈,官乱民贫,盗贼并起,亡命者众。郡国恐伏其诛,则择便巧史书习于计簿能欺上府者,以为右职;奸轨不胜,则取勇猛能操切百姓者,以苛暴威服下者,使居大位。故亡义而有财者显于世,欺谩而善书者尊于朝,悖逆而勇猛者贵于官。故俗皆曰:"何以孝弟为?财多而光荣;何以礼义为?史书而仕宦。何以谨慎为?勇猛而临官。"故黥劓而髡钳者犹复攘臂为政于世,行虽犬彘,家富势足,目指气使,是为贤耳。故谓居官而置富者为雄桀,处奸而得利者为壮士,兄劝其弟,父勉其子,俗之败坏,乃至于是!

政治腐败,官场黑暗,作者感如切肤之痛,愤激之情溢于言表。其文疏直急切,与汉初贾谊《陈政事疏》一脉相承。

5. 魏相　郑昌

魏相(? —前59年),字弱翁,济阴定陶(今属山东)人,徙居平陵(今陕西咸阳西北)。少学《易》,为郡卒史,举贤良,以对策高第,为茂陵令。后迁河南太守,禁止奸邪,豪强畏服。以事获罪,下廷尉狱。遇赦,不久复为茂陵令,迁扬州刺史。后为谏大夫,复为河南太守。宣帝即位,征为大司农,迁御史大夫,后位至丞相,封高平侯。《隋书·经籍志》载录《魏相集》2卷,已佚,今存文7篇,载《汉书》本传及《韩延寿传》、《张汤传》、《赵广汉传》。《条奏便宜》要宣帝"惟民终始","忧水旱之灾,为民贫穷发仓廪,赈乏馁","省诸用,宽租赋",以"慰安元元",表现出关心民瘼、为政重民的民本思想。宣帝时,汉朝与匈奴之间大体保持和好的关系,偶或发生冲突。元康年间,匈奴派兵攻击汉屯田车师的军队,宣帝与大将军即主张乘匈奴虚弱立即出兵略取其西部的领土,以示吓阻。魏相从汉匈关系大局出发,认为"发兵报纤介之忿于远夷",即便取胜也会对友好相处的边境人民造成极大损害,因此上书谏止①。《谏击匈奴书》有云:

臣闻之,救乱诛暴,谓之义兵,兵义者王;敌加于己,不得已而起者,谓之应兵,兵应者胜;争恨小故,不忍愤怒者,谓之忿兵,兵忿者败;利人

①《汉书·魏相传》。

> 土地货宝者，谓之贪兵，兵贪者破；恃国家之大，矜民人之众，欲见威于敌者，谓之骄兵，兵骄者灭：此五者，非但人事，乃天道也。间者匈奴尝有善意，所得汉民辄奉归之，未有犯于边境，虽争屯田车师，不足致意中。今闻诸将军欲兴兵入其地，臣愚不知此兵何名者也。今边郡困乏，父子共犬羊之裘，食草莱之食，常恐不能自存，难以动兵。……出兵虽胜，犹有后忧，恐灾害之变因此以生。

文章从战争的性质及其结果说起，论及与匈奴的关系，说明对匈奴的战争师出无名，以及汉匈战争的危害，辨析事理，权衡利弊，层层递进，条理清晰，表现汉代奏疏文朴实无华、重于实用的特点。

郑昌（生卒年未详），字次卿，泰山刚（今山东宁阳东北）人。好学，明经，通法律政事。宣帝时为太原、涿郡太守，颇著治绩，入为谏大夫。宣帝即位，接受廷史路温舒的建议，省法制，宽刑罚，废治狱，设置廷尉平负责谳狱事宜。郑昌主张法治，反对人治，认为置廷尉平而由人治狱，定会遗留后患，只有删定律令，使民知法而执法之吏难以为奸，上《删定律令疏》。盖宽饶居官清正，举劾不避权贵，“刚直高节，志在奉公”，自然得罪权贵，甚至皇上。宣帝认为他怨谤而不知改悔，让大臣议其罪。当时执金吾认为宽饶“大逆不道”①。时任谏大夫的郑昌，同情盖氏忠直忧国，而因直言敢谏而被诋毁，上《为盖宽饶上书》，为其辩解：

> 臣闻山有猛兽，藜藿为之不采；国有忠臣，奸邪为之不起。司隶校尉宽饶居不求安，食不求饱，进有忧国之心，退有死节之义，上无许、史之属，下无金、张之托，职在司察，直道而行，多仇少与，上书陈国事，有司劾以大辟，臣幸得从大夫之后，官以谏为名，不敢不言。

面对皇帝与权贵，郑昌敢于仗义执言，为盖宽饶辩解，表现出古代谏官铁骨铮铮的品格。文章简短，感情激切，行文注意排偶对仗，可视为骈俪之渐。

6. 萧望之　匡衡　师丹

萧望之（？—前47年），字长倩，东海兰陵（今山东苍山、峄城之间）人，

①《汉书·盖宽饶传》。

徙居杜陵(今陕西西安东南)。家世务农,至望之好学尚儒,研治《齐诗》,师从博士白奇,又从博士夏侯胜学习《论语》、《礼·丧服》,受到京师诸儒的称赏。宣帝时,选博士、谏议大夫通政事者补郡国守相,以望之为平原太守。历官左冯翊、大鸿胪、御史大夫,终官太子太傅。甘露三年(前51年),主持石渠阁会议,评议儒生对五经同异的意见。元帝即位,因曾为师傅,甚受尊重,后遭宦官弘恭、石显谗毁,被迫自杀。

萧望之历官通显,且在诸儒中有较高地位,其论议自然受到朝廷的重视,又因其长期任太子太傅,在宣、元两朝的政治生活中有较大影响。《汉书·艺文志》载录《萧望之赋》4篇,已佚。其文多为奏疏,今存12篇,载《汉书》本传及《石显传》、《食货志》、《冯奉世传》,其中有借谈灾异抨击大臣专权的《雨雹对》,有反对入谷赎罪致使贫富异刑的《驳张敞入谷赎罪议》,以及关于如何处理与匈奴关系的《对诏问因乱灭匈奴议》、《匈奴单于朝仪议》等,从中可见萧望之主张选贤任能,反对宦官干政,以及维护国家法制、绥靖四夷的政治思想。萧氏直言敢谏,所论都有现实针对性,文字朴实简洁,并能运用对比、引喻等手法进行说理。如《驳张敞入谷赎罪议》有云:

> 尧在上,不能去民欲利之心,而能令其欲利不胜其好义也;虽桀在上,不能去民好义之心,而能令其好义不胜其欲利也。故尧、桀之分,在于义利而已,道民不可不慎也。今欲令民量粟以赎罪,如此则富者得生,贫者独死,是贫富异刑而法不一也。人情,贫穷,父兄囚执闻出财得以生活,为人子弟将不顾死亡之患,败乱之行,以赴财利,求救亲戚。一人得生,十人以丧,如此,伯夷之行坏,公绰之名灭。政教一倾,虽有周召之佐,恐不能复。

匡衡(生卒年未详),字稚圭,东海承(今山东枣庄市峄城区)人。家世务农,至匡衡好学不辍。家境贫寒,无力供学资,便为人佣工。据刘歆《西京杂记》记载,匡衡"勤学而无烛,邻舍有烛而不逮。衡乃穿壁引其光,以书映光而读之"。后来,"凿壁偷光"就成为贫而好学的典故。少从博士后苍受《齐诗》,并著闻当时。诸儒之间互相传告:"无说《诗》,匡鼎来;匡说《诗》,解人颐。"初衡以射策甲科,由太常掌故调补平原文学,学者多上书以明经推荐,宣帝命经学家萧望之、梁丘贺考察,给予较高评价,但因宣帝不重儒,未得重用。元帝即位,任为郎中,历官博士、给事中、太子少傅,位至丞相,封乐安侯。成帝建始四年(前 29 年),以专地盗土失侯免官,终于家。匡衡以儒宗而居相位,“服儒衣冠,传先王语,其酝藉可也,然皆持禄保位,被阿谀之讥”①。匡衡值元帝重用儒生,经学大行的时期,其上书含蓄蕴藉,已没有王吉的直言敢谏的品格,更没有贡禹那样批判时政的锋芒,其文温柔敦厚,引经据典,雍容啴缓,但其注意文字修饰,较多运用排句、对仗等手法,仍对散文的发展具有积极影响。今存文 16 篇,载《汉书》本传及《郊祀志》、《韦玄成传》、《朱云传》。其文多为奏疏,《言政治得失疏》涉及时政及社会问题,为匡氏的代表作。文章第二段云:

> 臣愚以为宜壹旷然大变其俗。孔子曰:“能以礼让为国乎,何有?”朝廷者,天下之桢干也。公卿大夫相与循礼恭让,则民不争;好仁乐施,则下不暴;上义高节,则民兴行;宽柔和惠,则众相爱。四者,明王之所以不严而成化也。何者?朝有变色之言,则下有争斗之患;上有自专之士,则下有不让之人;上有克胜之佐,则下有伤害之心;上有好利之臣,则下有盗窃之民:次其本也。今俗吏之治,皆不本礼让,而上克暴,或忮害好陷人于罪,贪财而慕势,故犯法者众,奸邪不止,虽严刑峻法,犹不为变。此非其天性,有由然也。

师丹(? —公元 3 年),字仲公,琅邪东武(今山东诸城)人。师事匡衡,为《齐诗》传人。元帝末年,曾为博士。成帝建始年间,州举茂才,复补博士,出为东平王太傅。由丞相翟方进、御史大夫孔光推荐,征入为光禄大夫、丞相司直,历官光禄勋、侍中、太子太傅,哀帝时官至大司空,封高乐侯。师丹以哀帝师傅而居三公之位,深得哀帝信任,对现行政策,屡屡上书,多切直之言。哀帝即位之初,为缓和因土地高度集中而日趋激化的社会矛盾,师丹提出限制贵族、官僚及富豪占田和占有奴婢的数额,即《汉书・食货志》载《言限民田奴婢疏》:

---

①《汉书・匡张孔马传传赞》。

古之圣王莫不设井田，然后治乃可平。孝文皇帝承亡周乱秦兵革之后，天下空虚，故务劝农桑，帅以节俭。民始充实，未有并兼之害，故不为民田及奴婢为限。今累世承平，豪富吏民訾数巨万，而贫弱俞困。盖君子为政，贵因循而重改作，然所以有改者，将以救急也。亦未可详，宜略为限。

这一提议，因遭外戚及佞臣的反对，未能付诸实行。《隋书·经籍志》载《师丹集》1 卷，今存文 4 篇，载《汉书》本传及《食货志》。

（二）东方朔、孔臧等西汉辞赋作家

1. 东方朔

东方朔（前 161—？年），字曼倩，平原厌次（今山东乐陵县神头镇）人。少失父母，由兄嫂抚养成人。武帝时，历官常侍郎、大中大夫，因醉入殿中，小遗殿上，被免为庶人，待诏宦官署。不久，又被任为中郎，终于官。在当时他的言行有许多不同于常人之处：在思想趋于统一的时代，他无所宗尚；学书，学剑，学兵法，也读《诗》、《书》，是位杂家。出身平民，有志报国，诏举贤良文学，他不待举荐，至京都上书自荐；官职卑微，而忧国事，以其诙谐多智，婉言谲谏；身为弄臣，类乎俳优，而又狂放倨傲，极富正义感和自尊心。应该说，东方朔是西汉中期颇有代表性的一类文人。他较少受到儒家正统教育，表现出较多的齐人气质；从思想角度看，他接受楚文化的影响，而又保持了齐人注重实际的文化精神；他接受了儒家学说，而又掺杂进道家某些思想成分。因此，他的思想与社会主流不合拍，其言行也不合时宜，不被统治者重用是必然的。东方朔学属杂家，一生依隐玩世，诡时不逢，诙谐调笑，以滑稽著闻，司马迁将其载入《滑稽列传》。而其直言敢谏的品格，及其诸多著述，却对后世都曾产生重要影响。因其言行特异，后世或传为仙人，并将杂有神仙志怪的小说、杂记如《十洲记》、《神异经》之类归于他的名下。其实，他是西汉以辞赋著称的著名文学家，其文学成就是多方面的。刘勰《文心雕龙》论及他的文体有 10 种之多。今存明人张溥辑录的《东方大中集》（《汉魏六朝百三家集》本），除存疑的《十洲记序》外，有 8 种文体，14 篇作品。

东方朔现存文章大体可分为两类，一类是散文，一类是辞赋。前者以

《谏起上林苑疏》与《化民有道对》为代表，后者以《答客难》、《非有先生论》较具代表性。据《汉书》本传载，武帝为满足其游猎的需要，欲把长安以南至终南山的大片土地选作猎场，侍从文人吾丘寿王等竭力营办，而东方朔却大拂其意，当即上书谏止。疏文引述历史教训，力陈这样做对国家和人民造成的危害，感情激扬，言辞急切，其中对南山一带地势、物产的铺张写法，以及排比句的运用，都与赋体近似。西汉中期，汉大赋的兴盛，对诗文都产生影响，东方朔的散文表现出辞赋化的倾向比较突出。

东方朔曾多次当面指斥武帝过失。譬如武帝宠幸其姑窦太主的男宠董偃，以致使董偃招摇过市，天下莫不闻。有一次，武帝置酒宣室，令谒者引纳董偃，持戟列于殿下的东方朔忍不住上了斥责、声讨董偃的奏议，说："董偃有斩罪三，安得入乎？偃以人臣私侍公主，其罪一也。败男女之化，而乱婚姻之礼，伤王制，其罪二也。陛下富于春秋，方积思于《六经》，留神于王事，驰骛于唐虞，折节于三代，偃不遵经劝学，反以靡丽为右，奢侈为务，尽狗马之乐，极耳目之欲，行邪枉之道，径淫辟之路，是乃国家之大贼，人主之大蜮。偃为淫首，其罪三也。昔伯姬燔而诸侯惮，奈何乎陛下？"①真是声色俱厉，毫不留情。武帝认为他说得有理，改由置酒北宫，此后也不再公开召见董偃。《化民有道对》则为直斥武帝奢侈过度的当庭答问。武帝针对当时崇尚奢侈浪费，百姓多离农亩的社会风气，问应如何教化民众，东方朔借以发出这篇"化民"的高论。他认为正是武帝自己好尚奢侈带坏了社会风气：

> 今陛下以城中为小，图起建章，左凤阙，右神明，号称千门万户；木土衣绮绣，狗马被缋罽；宫人簪瑁，垂珠玑；设戏车，教驰逐，饰文采，丛珍怪；撞万石之钟，击雷霆之鼓，作俳优，舞郑女。上为淫侈如此，而欲使民独不奢侈失农，事之难者也。

对于武帝这样的皇帝，敢于犯颜直谏，当面指斥，是需要胆识和勇气的。

《答客难》虚设问难而加以辩解，借以抒发个人的不满和牢骚：

> 客难东方朔曰："苏秦、张仪，一当万乘之主，而都卿相之位，泽及

---

①《汉书·东方朔传》。

后世。今子大夫修先王之术,慕圣人之义,讽诵《诗》《书》百家之言,不可胜数,著于竹帛,唇腐齿落,服膺而不释。好学乐道之效,明白甚矣;自以为智能海内无双,则可谓博闻辩智矣。然悉力尽忠以事圣帝,旷日持久,官不过侍郎,位不过执戟。意者尚有遗行邪?同胞之徒无所容居,其何故也?"

这里"客难东方朔"的人,其实是他自己;借客难来抒发自己对官小位卑、怀才不遇的牢骚。他不正面说不得志、得不到重用,而是借客人发难,表达心中的郁愤。此下"答难"云:

东方先生喟然长息,仰而应之曰:"是固非子之所能备也。彼一时也,此一时也,岂可同哉?夫苏秦、张仪之时,周室大坏,诸侯不朝,力政争权,相禽以兵,并为十二国,未有雌雄,得士者强,失士者亡,故谈说行焉。身处尊位,珍宝充内,外有廪仓,泽及后世,子孙长享。今则不然。圣帝流德,天下震慑,诸侯宾服,连四海之外以为带,安于覆盂,动犹运之掌,贤不肖何以异哉?遵天之道,顺地之理,物无不得其所;故绥之则安,动之则苦;尊之则为将,卑之则为虏;抗之则在青云之上,抑之则在深泉之下;用之则为虎,不用则为鼠;虽欲尽节效情,安知前后?夫天地之大,士民之众,竭精谈说,并进辐凑者不可胜数,悉力慕之,困于衣食,或失门户。使苏秦、张仪与仆并生于今之世,曾不得掌故,安敢望常侍郎乎!故曰时异事异。"

作者把大一统的汉朝与列国纷争的战国做了鲜明的对比,说明战国纵横家与中央专制制度之下文人处境的不同,揭露了封建专制制度下文人不得不听任帝王随意摆布的命运。"为虎"、"为鼠"的比喻,生动贴切;以"时异事异"把他不得重用的原因说得很清楚。东方朔的这一心态,以及这类委婉表达的方式,在知识分子极易引起共鸣,因此,以后的仿作甚多,如扬雄的《解嘲》,班固的《答宾戏》,以及崔骃的《达旨》、蔡邕的《释悔》、韩愈的《进学解》等。

《非有先生论》假托非有先生进谏吴王的故事,论述进谏难而纳谏更难的道理,以及察言纳谏的重要性。该文应是东方朔晚年的作品,内中融进他历经仕途坎坷的深切体会。文中所举邪主昏君杀戮忠谏之士、亲信谗佞之臣的事实，对我们认识封建专制制度的黑暗和帝王的昏暴具有较高的认识价值。

2. 孔臧

孔臧（生卒年未详），孔子后裔，曲阜人。父聚，从汉高帝起事，封蓼夷侯。臧少以才博知名。文帝九年（前 171 年），臧嗣爵。武帝元朔二年（前 127 年），为太常。第二年，因事免官失爵。《汉书·艺文志·诸子略》“儒家”载录“太常蓼侯孔臧十篇”，《诗赋略》载录“太常蓼侯孔臧赋二十篇”。《隋书·经籍志》载有《孔臧集》。今存文 2 篇，即《与侍中从弟安国书》、《与子琳书》，赋 4 篇，即《谏格虎赋》、《杨柳赋》、《鸮赋》、《蓼虫赋》，均见《孔丛子·连丛上》，后两篇赋及《与子琳书》又见《艺文类聚》。

孔臧《谏格虎赋》，谏游猎而望帝王与百姓同乐，为同一题旨较早的赋作。《杨柳》等三篇为咏物赋，俱无深意，或为赋物自娱，或借咏物而阐发人生哲理，寄寓警戒之意。所以赋杨柳，自云是因为“内荫我宇，外及有生”，觉得可贵；赋蓼虫，是为“寤物托事，推况乎人”：

> 幼长斯蓼，莫或知辛。膏粱之子，岂曰不云：苟非德义，不以为家。安逸无心，如禽兽何？逸必致骄，骄必致亡；匪唯辛苦，乃丁大殃。

《鸮赋》则因有鸮飞集屋隅，联想到贾谊《鹏鸟赋》，有所感悟：

> 季夏庚子，思道静居。爰有飞鸮，集我屋隅。异物之来，吉凶之符，观之欢然，览考经书。在德为常，弃常为妖，寻气而应，天道不逾。昔在贾生，有志之士，忌兹鹏鸟，卒用丧己。咨我令考，信道秉真。变怪生家，谓之天神。修德灭邪，化及其邻。祸福无门，唯人所求。听天任命，慎厥所修。栖迟养志，老氏之畴。爵禄之来，只增我忧。时去不索，时来不逆，庶几中庸，仁义之宅。何思何虑，自令勤剧。

其《与子琳书》，为诫子一类书信较早的作品。据《文选·两都赋序注》，武帝曾要任孔臧为御史大夫，而他以“代以经学为家”推辞，请求任其为太常，“专修家业”，可见孔臧十分重视家族文化的传承。汉代王修、郑玄，皆有这类书信。

西汉曲阜孔氏，有文名的，还有孔安国、孔衍、孔光。孔安国，臧从弟，武帝时为谏议大夫，迁侍中、博士，出为临淮太守，经学家，今存文两篇，《尚书序》，载《文选》；《古文孝经训传序》，载日本国本《古文孝经》。安国孙孔衍，成帝时博士，今存文《上成帝书辩家语宜记录》1 篇。安国从曾孙孔光，元帝时官至丞相，封博山侯，今存文 16 篇，分别载录《汉书》本传、《礼乐志》、《哀帝纪》、《韦玄成传》、《王嘉传》、《毋将隆传》、《孝元冯昭仪传》等处，全为奏议，或借灾异论政，或举贤斥佞，或奏限制豪富、贵族名田奴婢，大都以儒学为旨归。

3. 兒宽

兒宽（生卒年未详），千乘（今山东高青县高苑镇北）人。师事欧阳生，研治《尚书》，为《尚书》欧阳氏传人。后由郡国推选，赴博士，受业于孔安国。为汉武帝说《尚书》一篇，擢为中大夫，迁左内史，官至御史大夫。当时与公孙弘、董仲舒并称“儒雅”。《汉书》本传称：“宽既治民，劝农业，缓刑罚，理狱讼，卑体下士，务在于得人心；择用仁厚士，推情舆下，不求名誉，吏民大信爱之。”并曾奏请开渠、减赋，诸多利民之举；曾与议封禅，从武帝封禅泰山；后与太史令司马迁共定《太初历》。《汉书・艺文志》“诗赋略”载录《兒宽赋》2 篇，已佚；“诸子略”载录《兒宽》5 篇，已佚，马国翰有辑本，见《玉函山房辑佚书》。今仅存文 3 篇，即《议封禅对》、《封泰山还登明堂上寿》和《改正朔议》，见《汉书》本传。

此外，尚有羊胜、公孙诡、延年、眭弘等。羊胜（？—前 149 年）、公孙诡（？—前 149 年），都是齐人，与邹阳同时事梁王，他们都是善纵横之术的辞赋家，他们因参加梁王谋求嗣位的阴谋活动而被迫自杀。羊胜今存《屏风赋》，公孙诡存有《文鹿赋》。

延年，齐人，姓字未详，武帝时曾上书言水利之事。《汉书・艺文志》。载录《东暆令延年赋》7 篇，已佚，今存《为黄河改道上书》一文，载《汉书・沟洫志》。

眭弘（？—前 78 年），字孟，鲁国蕃（今山东滕州）人。少好侠，长学《春秋》，以明经为议郎，官至符节令。后传言泰山莱芜山南大石自立，劝帝让位，下狱论死。《汉书・艺文志》载录《眭弘赋》1 篇，已佚。

（三）韦孟等西汉诗人

西汉初年，所谓“大汉初定，日不暇给。至于武宣之世，乃崇礼官，考文章，内设金马、石渠之署，外兴乐府协律之事，以兴废继绝，润色鸿业”①。武帝时“立乐府而采歌谣”②文人亦间有乐府之作。而言语侍从之臣，如司马相如、东方朔、枚乘等，大都写赋，赋体文学呈一时之盛，诗歌创作则甚为寥落。“骚”一变而为赋，《诗》的写实传统，则在乐府民歌中得到继承。《汉书·艺文志》载录“齐郑歌诗”4篇，属乐府民歌，已佚，山东民歌的面貌已不得而知。今存有诗歌作品的诗人有戚夫人、韦孟、韦玄成、东方朔等，影响较大的是“二韦”诗。在这几位诗人的诗作中，我们仍可看到齐、鲁地域文化的影响。

1. 戚夫人的骚体诗歌

戚夫人（生卒年未详），定陶（今属山东）人。汉高帝姬妾，为高帝所爱幸，生赵王如意。高帝认为太子刘盈太仁弱，常欲废之而立如意。时楚汉相争，戚大人常随从高帝转战关东各地，日夜啼泣，请求立其子为太子。公卿大臣为国家稳定，坚决反对。高帝死后，刘盈即位，吕后为皇太后。当年吕后因戚夫人受宠而被疏远，此时便施加报复，“乃令永巷囚戚夫人，髡钳衣赭衣，令舂。”③戚夫人一边舂米，一边唱歌，因名《舂歌》，也叫《永巷歌》。即景而歌，感情朴质，不加修饰，凄恻感人：

> 子为王，母为虏，终日舂薄暮，常与死为伍！相离三千里，当谁使告女？

吕后听到大怒，随即召赵王鸩杀之，并断戚夫人手足，去眼熏耳，饮以瘖药，使居鞠室（地穴）之中，名曰“人彘”，情景十分悲惨。

汉初统治者起于楚地，多乐楚声。项羽的《垓下歌》，刘邦的《大风歌》，都是楚声短歌，戚夫人之诗，盖受这一风气的影响。

2. 东方朔

东方朔以辞赋著闻，其诗也值得重视。与赋作《答客难》可以并读的，

---

①《文选》班孟坚（固）《西都赋序》。
②《汉书·艺文志》。
③《汉书·外戚传上》。

是他的骚体短歌《据地歌》。《史记·滑稽列传》载：

> 朔行殿中，郎谓之曰："人皆以先生为狂。"朔曰："如朔等，所谓避世于朝廷间者也。古之人，乃避世于深山中。"时坐席中，酒酣，据地歌曰："陆沉于俗，避世金马门。宫殿中可以避世全身，何必深山之中，蒿庐之下。"

这是东方朔自我解嘲的诗，自称是隐于朝的"大隐"，借以抒发其不得重用的愤懑。其语近谐，而悲意颇深。在专制制度下，正直而失意的文人无代无之，所以他颇能引起后世文人的共鸣。《北堂书钞》卷58所载《嗟伯夷》则更表示要仿效伯夷，而持志不移了：

> 穷隐处兮窟穴自藏，与其随佞而得志兮，不若从孤竹于首阳。

东方朔本集所载四言体《诫子诗》，被刘勰称之为"顾命之作"①：

> 明者处世，莫尚于中；优哉游哉，与道相从。首阳为拙，柳惠为工。饱食安步，以仕代农。依隐玩世，诡时不逢。才尽身危，好名得华；有群累生，孤贵失和；遗余不迁，自尽无多。圣人之道，一龙一蛇；形现神藏，与物变化；随时之宜，无有常家。

东方朔以自己对人生的体悟，来告诫儿子，处世要崇尚中庸，随顺自然，不要学伯夷、叔齐弟兄，为高节而饿死，要学柳下惠，居官而有操守；要"以仕代农"，与时变化。这体现了东方朔依隐玩世、避祸全身的人生哲学，带有一定的消极因素。临终以前，以诗文的形式告诫子孙，是汉代以来齐鲁文人的传统，也是传承家族文化的重要方式。

3. 二韦诗

"二韦"即韦孟、韦玄成，玄成为韦孟的六世孙。韦孟、韦玄成前后相继，所作诗的内容与风格也一脉相承，因并称"二韦"。

韦孟，家本彭城（今江苏徐州），徙居于邹（今山东邹城），其后遂为邹人。汉初为楚王交傅，后傅元王子夷王及孙戊王。戊王荒淫无道，作诗讽

---

①刘勰：《文心雕龙·诏策》："戒者，慎也，禹称戒之用休。……东方朔之《戒子》，亦顾命之作也。"

谏。去职后，徙家于邹，又作一篇，即今传《讽谏诗》和《在邹诗》。二诗均载于《汉书》本传。韦孟在位时所作讽谏诗，未见载录，其内容不得而知。迁邹之后，心忧王事，所作的《讽谏诗》，首先叙述楚国祖先的历史，次叙元王受封后恭俭爱民，及夷王“克奉厥绪”的美德，批评戊王不“继祖考”，荒废国事，“逸游是娱”，偏信谄谀之徒，如不改过，即会削地或被废黜。然后说明汉朝廷虽关爱宗亲，但执法不避亲贵，此应引起王的警惕。最后希望戊王改过自新，振作图强。其中对戊王的批评是十分尖锐的：

如何我王，不思守保；不惟履冰，以继祖考！邦事是废，逸游是娱，犬马繇繇，是放是驱。务彼鸟兽，忽此稼苗，烝民以匮，我王以愉。所弘非德，所亲非俊，唯囿是恢，唯谀是信。睮睮谄夫，咢咢黄发，如何我王，曾不是察！既藐下臣，追欲从逸，嫚彼显祖，轻兹削黜。

《在邹诗》是说明迁邹的用意，及在邹对王国的牵挂。说自己因年老请于天子而退休，虽眷恋故土，“庶我王寤，越迁于鲁”，而心仍难割舍：

我既迁逝，心存我旧，梦我渎上，立于王朝。其梦如何？梦争王室。其争如何？梦王我弼。寤其外邦，叹其喟然，念我祖考，泣涕其涟。微微老夫，咨既迁绝，洋洋仲尼，视我遗烈。济济邹鲁，礼义唯恭，诵习弦歌，于异他邦。我虽鄙耇，心其好而，我徒侃尔，乐亦在而。

韦玄成（？—前36年），字少翁。其父韦贤，是位兼通《礼》、《尚书》，以《诗》教授的经学家，号称邹鲁大儒。曾为昭帝师，宣帝时位至丞相，封扶阳侯。有四子，玄成为其少子。玄成以父任为郎，少好学，以明经擢为谏大夫，迁大河都尉。后袭父爵。元帝时，官至丞相。《隋书·经籍志》载录《韦玄成集》2卷，已佚。所作诗2首，均载《汉书》本传。

据《汉书》本传载，宣帝时，玄成以列侯侍祀孝惠庙，应当早晨入庙，因下雨道路泥泞，不驾驷马车而骑马至庙下，“有司劾奏，等辈数人皆削爵为关内侯。玄成自伤贬黜父爵”，“作诗自劾责”：

赫赫显爵，自我队（坠）之；微微附庸，自我招之。谁能忍愧，寄之我颜；谁将遐征，从之夷蛮。于赫三事，匪俊匪作，于蔑小子，终焉其度。

> 谁谓华高，企其齐而；谁谓德难，厉其庶而。嗟我小子，于贰其尤，队彼令声，申此择辞。四方群后，我监我视，威仪车服，唯肃是履！

元帝永光年间，玄成代于定国为丞相。“贬黜十年之间，遂继父相位，封侯故国，荣当世焉。玄成复作诗，自著复玷之艰难，因以戒示子孙”。诗首先说如不修德，官爵就难以维持，次言天子让我列于九卿之位，夙夜警惕，勤恳奉事，爵位才失而复得。再说自己与父亲先后登于相位，唯恐不能胜任，常戒慎恐惧，因此：

> 嗟我后人，命其靡常，靖享尔位，瞻仰靡荒。慎尔会同，戒尔车服，无惰尔仪，以保尔域。尔无我视，不慎不整；我之此复，惟禄之幸。于戏后人，惟肃惟栗。无忝显祖，以蕃汉室！

二韦诗或讽谏藩王，或训诫子孙，内容无甚特别之处，其所以受到重视，是因为其诗体形式及其体现出来的文化精神。刘勰说：“汉初四言，韦孟首倡。匡谏之意，继轨周人。”①就是说，二韦在汉初首倡四言诗体，其诗体现了《诗经》雅诗的讽谏精神。明人胡应麟、清人沈德潜与刘勰认识相同②。清人刘熙载评二韦诗云：“质而文，直而婉，雅之善也。汉诗风与颂多，而雅少，雅之义，非韦傅《讽谏》，其孰存之？”③除此而外，二韦诗篇制较长，明人谢榛称《讽谏诗》为“四言长篇之祖”④，显然受到赋体影响。

（四）伏湛、刘梁等东汉诗文作家

1. 伏湛　伏隆

伏湛（？—公元37年），字惠公，琅邪东武（今山东诸城）人，汉初经学大师伏生九世孙。父伏理，为当世名儒，以《诗》授成帝，为高密王太傅。湛少传父业，教授数百人。成帝时，以父任为博士弟子。王莽时，为绣衣执法，迁后队属正。更始立（公元23年），任平原太守。光武帝刘秀即位，征拜尚

---

①刘勰：《文心雕龙·明诗》，黄叔琳注本，第34页。

②沈德潜：《古诗源》诗评，中华书局1978年版，第44页；胡应麟：《诗薮·内编》，上海古籍出版社1979年版，第8页。

③刘熙载：《艺概·诗概》，上海古籍出版社1992年版，第52页。

④谢榛：《诗家直说》，《谢榛全集》，朱其铠点校本，齐鲁书社2000年版，第719页。

书。大司徒邓禹西征关中时，光武帝认为湛才能可任宰相，拜为司直，行大司徒事。帝每出征，常留镇守，总摄群司。建武三年（公元27年），代邓禹为大司徒，封阳都侯，后徙封不其侯。

伏湛生于诗礼仕宦之家，自幼受到经学的熏陶，“造次必于文德，以为礼乐政化之首，颠沛犹不可违”①，是东汉初年有影响的学者和政治家。其文今存《谏伐彭宠疏》，载《后汉书》本传。据载，光武帝即位后，建忠侯彭宠在渔阳发兵反，帝欲亲征，伏湛上疏劝谏。疏文深入分析了敌我双方的形势及征讨利弊，颇有说服力：

> 陛下承大乱之极，受命而帝，兴明祖宗，出入四年，而灭檀乡，制五校，降铜马，破赤眉，诛邓奉之属，不为无功。今京师空匮，资用不足，未能服近而先事边外，且渔阳之地，逼近北狄，黠虏困迫，必求其助。又今所过县邑，尤为困乏。种麦之家，多在城郭，闻官兵将至，当已收之矣。大军远涉二千余里，士马罢劳，转粮艰阻。今兖、豫、青、冀，中国之都，而寇贼从横，未及从化。渔阳以东，本备边塞，地接外虏，贡税微薄。安平之时，尚资内郡，况今荒耗，岂足先图？而陛下舍近务远，弃易求难，四方疑怪，百姓恐惧。诚臣之所惑也。

伏隆（？—公元26年），字伯文，伏湛之子。仕郡督邮。当时张步兄弟拥兵割据，占有齐地。光武帝拜隆为太中大夫，持节出使青、徐二州，招降郡国，撰写并发布《告郡国檄文》，讲说形势，晓以利害，“青、徐群盗得此惶怖，获索贼右师郎等六校即时皆降”，张步也“遣使随隆，诣阙上书”②，青徐一带迅速平定。这篇檄文，宣扬朝廷荡平各地割据势力的威势，笔势凌厉雄健，文字简洁明快，为后世檄文所取法：

> 乃者，猾臣王莽，杀帝盗位。宗室兴兵，除乱诛莽，故群下推立圣公，以主宗庙。而任用贼臣，杀戮贤良，三王作乱，盗贼纵横，忤逆天心，卒为赤眉所害，皇天祐汉，圣哲应期，陛下神武奋发，以少制众。故寻、邑以百万之军，溃散于昆阳，王郎以全赵之师，土崩于邯郸，大彤、高胡

①《后汉书·伏湛传》。
②《后汉书·伏湛传》附《伏隆传》。

望旗消靡，铁胫、五校莫不摧破。梁王刘永，幸以宗室属籍，爵为侯王，不知厌足，自求祸弃，遂封爵牧守，造为诈逆。今虎牙大将军屯营十万，已拔睢阳，刘永奔进，家已族矣。此诸君所闻也。不先自图，后悔何及？

此后，伏隆仍奉命招怀绥辑，多来降附。张步本已表示归附，后又谋叛，将伏隆拘执。隆乘间上书光武帝，表示誓死效忠朝廷，帝称其有苏武之节。即今存《被执遣间使上书》。后终为张步所杀。

2. 卫宏　牟融

卫宏（生卒年未详），字敬仲，东海（今山东郯城西南）人。光武帝时，任议郎。东海著名学者、经学家。少与河南郑兴俱好古文经学，后从九江谢曼卿受《毛诗》，因作《毛诗序》。后又从大司空杜林受《古文尚书》，为作《训旨》。《隋书・经籍志》著录卫宏《汉旧仪》4 卷，原书已佚，今有辑本。又著赋、颂、诔 7 篇，均佚。今仅存《诏定古文尚书序》一文，清人严可均辑入《全上古三代秦汉三国六朝文・全后汉文》①。

牟融（？—76 年），字子优，北海安丘（今属山东）人。少博学，以《大夏侯尚书》教授，门徒数百人，名称州里。初以司徒茂才为丰令，永平五年（62 年），入代鲍昱为司隶校尉，历大鸿胪、大司农、司空，官至太尉。南朝梁僧祐《弘明集》有汉牟融《理惑论》37 篇。《隋书・经籍志》著录所著《牟子》2 卷。今存《牟子》1 卷，一名《理惑论》，或疑为伪托。

3. 郎顗　襄楷

郎顗（生卒年未详），字稚光，北海安丘（今属山东）人。父郎宗，研习《京氏易》，善天文术数，安帝征拜吴令。顗少传父业，兼明经典，隐居海畔，招收学徒常数百人。州郡征召，荐举有道、方正，皆不就。后特诏拜郎中，也以病为由辞不就。今存文 4 篇，均见《后汉书》本传。

东汉后期，外戚宦官交相执政，彼此倾轧，政治日趋黑暗，社会批判思潮再度兴起。郎顗隐居不仕，拒绝与当权者合作，成为在野的“遗贤”，就已表明他的政治态度。顺帝阳嘉二年（133 年）正月，公车征至朝廷咨询灾异。郎顗遂借言灾异，揭露时弊，对当时吏治腐败、上层奢侈淫佚，以及当朝权贵

①《全上古三代秦汉三国六朝文》一书，依时代编列，以下但称某代全文，以避繁复。如此处但称《全后汉文》。

提出尖锐批评；在对状尚书时，条陈便宜七事，对朝廷七个方面的弊政又提出批评建议。在《诣阙拜章》一文中，他指出“灾异所生，各以其政”，认为造成“方今时俗奢佚”，“事不在下”，“风行草从”，关键是统治者身体力行，“诸所缮修，事可省减，犒恤贫人，赈赡孤寡”，做到“应天养人，为仁为俭”，焉有“不降福者哉”？尤其是吏治腐败：

> 而今之在位，竞托高虚，纳累钟之奉，忘天下之忧，栖迟偃仰，寝疾自逸，被策文，得赐钱，即复起矣。何疾之易而愈之速？以此消伏灾眚，兴致升平，其可得乎？今选举牧守，委任三府。长吏不良，既咎州郡，州郡有失，岂得不归责举者？而陛下崇之弥优，自下慢事愈甚，所谓大纲疏，小纲数。

其批评的矛头直指皇帝及三公，这在当时是需要胆识和勇气的。他依仗自己的平民身份，说自己“禀性愚悫，不识忌讳，故出死忘命，恳恳重言”，是冒死陈奏的。在《对状尚书条便宜七事》一文中，指出皇室贪图享乐、不选贤任能、赋税徭役繁重、后宫人侍御众多等是灾异频发的原因，建议朝廷罢负责宫殿修缮的将作之官，“减凋文之饰，损庖厨之馔，退宴私之乐”，“宜宣告诸郡，使敬授人时，轻徭役，薄赋敛”，“虚己进贤”，广开言路，“博采异谋”等，虽都为维护汉室而发，而亦表现了他骨鲠正直的儒士品格。同时，他还上书举荐黄琼、李固；黄、李二人，都是东汉名臣。黄琼在桓帝时，官至太尉，封邟乡侯；李固在冲帝时官至太尉。

襄楷（生卒年未详），字公矩，平原隰阴（今山东济南市济阳）人。好学博古，善天文阴阳之术。桓帝时，宦官专权，政刑酷滥，自然灾异频频发生。延熹九年（166 年），襄楷自其家诣阙上疏，借言灾异谴告，批评时政。未见答复，十日后复上书，即被召尚书问状，加以“诬罔上事”的罪名，免死系狱。灵帝即位，认为他的上书有可取之处。举方正，不就。灵帝中平年间，与荀爽、郑玄俱以博士征，亦不就。卒于家。今存文 3 篇，均见《后汉书》本传。

襄楷同郎𫖮一样，隐居而关心国事，非仕禄之徒可比。他们不顾忌名位，甚至不顾忌生命危险，冒死陈词，表现了儒者关心现实、直面人生的精神。他们虽居草野，而难以坐视朝廷腐败，以平民身份诣阙上书，希望革除弊政。襄楷之文，较之郎𫖮更为尖锐、激烈，直指桓帝“受阉竖之谮”，而残害忠良：

> 臣闻杀无罪，诛贤者，祸及三世。自陛下即位以来，频行诛伐，梁、寇、孙、邓，并见族灭，其从坐者，又非其数。李云上书，明主所不当讳，杜众乞死，谅以感动圣朝，曾无赦宥，而并残戮，天下之人，咸知其冤。汉兴以来，未有拒谏诛贤，用刑太深如今者也。

在《复上书》文中又说：

> 又闻宫中立黄老、浮屠之祠。此道清虚，贵尚无为，好生恶杀，省欲去奢。今陛下嗜欲不去，杀伐过理，既乖其道，岂获其祚哉！……今陛下淫女艳妇，极天下之丽，甘肥饮美，单（殚）天下之味，奈何欲如黄老乎？

《对尚书问状》文中，指斥桓帝宠幸宦官，封官加爵，十倍于前朝，甚至说：桓帝“至今无继嗣者，岂独好之而使之然乎？”用近乎嘲弄的口气，如此尖锐地直击桓帝无嗣的痛处，无怪乎要给他加上“诬上罔事”的罪名，免死论刑了。

4. 刘梁　谢弼

刘梁（生卒年未详），字曼山，一名岑，东平宁阳（今属山东）人。少时孤贫，卖书自给。桓帝时，举孝廉，授北新城长，曾作《告县人书》。在任内兴建学校，聚徒讲学，生徒数百人，“朝夕自往劝诫，身执经卷，试策殿最，儒化大行。此邑至后犹称其教焉”①。特召入京，拜尚书郎。累迁，后出为野王令，未行。灵帝光和中（178—183 年），病卒。《隋书·经籍志》著录《刘梁集》3 卷，已佚。今存文 3 篇，见《全后汉文》，其中《七举》为残篇。

刘梁目睹汉末社会世态，常痛恨世俗多以利交，以邪曲相党，曾著《破群论》。当时读过此文的人，以为“仲尼作《春秋》，乱臣知惧，今此论之作，俗士岂不愧心”②。其文已佚。又作《辩和同之论》，并因此著闻。文末段云：

> 故君子之行，动则思义，不为利回，不为义疚，进退周旋，唯道是务。

---

①②《后汉书·文苑·刘梁传》。

苟失其道，则兄弟不阿；苟得其义，虽仇雠不废。故解狐蒙祁奚之荐，二叔被周公之害，勃鞮以逆文为成，傅瑕以顺厉为败，管苏以憎忤取进，申侯以爱从见退，考之以义也。故曰："不在逆顺，以义为断；不在憎爱，以道为贵。"《礼记》曰："爱而知其恶，憎而知其善。"考义之谓也。

文章以孔子"君子和而不同"①立论，以大量的历史事例为根据，对"和"与"同"的是非进行辨析，指出君子之交当顺其美而匡救其恶，不得知其非而同之。有理有据，论析周严，颇有说服力。

谢弼（生卒年未详），字辅宣，东郡武阳（今山东莘县朝城）人。谢承《后汉书》谓谢弼字辅鸾，东郡濮阳（今属河南）人②。"中直方正，为乡邑所宗师"③。灵帝建宁二年（169年），诏举有道之士，谢弼对策，除郎中。当时在前殿出现一条青蛇，凑巧刮了一场大风，灵帝诏公卿以下议论与政事的关系，谢弼即借此上封事，陈得失。他说"和气应于有德，妖异生乎失政"，青蛇出现、大风拔木，都是"上天告谴"，所指乃宦官擅权及党锢之祸。这触动了灵帝左右的宦官及亲信，遂贬出为广陵丞。去官归家。后宦官中常侍曹节从子曹绍为东郡太守，罗织罪名，收考掠按，死于狱中。其文首段云：

臣闻和气应于有德，妖异生乎失政。上天告谴，则王者思其愆；政道或亏，则奸臣当其罚。夫蛇者，阴气所生；鳞者，甲兵之符也。《洪范传》曰："厥极弱，时则有蛇龙之孽。"又荧惑守亢，裴回不去，法有近臣谋乱，发于左右。不知陛下所与从容帷幄之内，亲信者为谁。宜急斥黜，以消天戒。臣又闻"惟虺惟蛇，女子之祥"。伏惟皇太后定策宫闱，援立圣明，《书》云："父子兄弟，罪不相及。"窦氏之诛，岂宜咎延太后？幽隔空宫，愁感天心，如有雾露之疾，陛下当何面目以见天下？……方今边境日蹙，兵革蜂起，自非孝道，何以济之！

5. 郑玄　何休

郑玄（127—200年），字康成，北海高密（今属山东）人。少为乡啬夫，

①《论语·子路》。
②《文选》李贤注引。
③《后汉书·谢弼传》。

不乐仕进,赴洛阳太学,学习儒学经典。曾师事著名经学家第五元先,研习今文《易》和《公羊春秋》;从张恭祖习《周礼》、《礼记》、《左氏春秋》、古文《尚书》等;从马融学古文经学。后辞马融东归,又游学于幽、并、兖、豫诸州,42岁回到故乡高密。郑玄转益多师,博取各派学说,虽以古学为宗,却不拘经今古文派别门户之见,成为综今古文经学的一代大师。当时慕名而从学者羸粮而至,多达万人。灵帝建宁二年(169年),遭"党锢之祸",前后禁锢14年。其间,隐居山中,授徒著书。党锢解除之后,朝廷、州郡屡有征辟,皆不就,终生以讲经、注经为务,曾注疏《诗》、《书》、《易》、《礼》、《春秋》、《论语》等60余种,280余卷,凡百余万言。其门人弟子依《论语》体例,编集其言论,作《郑志》8篇。在汉学衰微之际,郑注一出,他注皆废,其为儒学的研究与传布,贡献巨大。今传《十三经注疏》,其中郑注有4部之多。因在当时及后世受到历代王朝的封赠、旌表,唐、宋之后,即诏配孔庙。即今看来,郑学融今古文为一体,注重名物训诂,对于我们了解汉学面貌,研究古代文献,仍具有重要意义。除注经而外,据说还有赋7篇①。文今存7篇,《诗谱叙》对研究汉代《诗经学》颇有价值,《后汉书》本传所载《戒子益恩疏》则兼具有文学和思想意义:

> 吾家旧贫,〔不〕为父母群弟所容,去厮役之吏,游学周、秦之都,往来幽、并、兖、豫之域,获觐乎在位通人,处逸大儒,得意者咸从捧手,有所受焉。遂博稽《六艺》,粗览传记,时睹秘书纬术之奥。年过四十,乃归供养,假田播殖,以娱朝夕。遇阉尹擅势,坐党禁锢,十有四年,而蒙赦令,举贤良方正有道,辟大将军三司府。公车再召,比牒并名,早为宰相。惟彼数公,懿德大雅,克堪王臣,故宜式序。吾自忖度,无任于此,但念述先圣之元意,思整百家之不齐,亦庶几以竭吾才,故闻命罔从。而黄巾为害,浮萍南北,复归邦乡。入此岁来,已七十矣。宿素衰落,仍有失误,案之礼典,便合传家。今我告尔以老,归尔以事,将闲居以安性,覃思以终业。自非拜国君之命,问族亲之忧,展敬坟墓,观省野物,胡尝扶杖出门乎?家事大小,汝一承之。咨尔茕茕一夫,曾无同生相

①王鸣盛:《蛾术编》卷五十八。王云雅雨堂本《郑玄集》有赋7篇。

依。其勖求君子之道，研钻勿替，敬慎威仪，以近有德。显誉成于僚友，德行立于己志。若致声称，亦有荣于所生，可不深念邪！可不深念邪！吾虽无绂冕之绪，颇有让爵之高。自乐以论赞之功，庶不遗后人羞。末所愤愤者，徒以亡亲坟垄未成，所好群书率皆腐敝，不得于礼堂写定，传与其人。日西方暮，其可图乎？家今差多于昔，勤力务时，无恤饥寒。菲饮食，薄衣服，节夫二者，尚令吾寡恨。若忽忘不识，亦已焉哉！

此文首先讲述自己的经历及志向，情意恳恳，谆谆告诫儿子毋贪富贵，但求立德，所谓留德于后人，对后世学者有深远影响。

何休（129—182 年），字邵公，任城樊（今山东曲阜）人。父豹，官少府。初以列卿子诏拜郎中，推辞不就，也不仕州郡。太傅陈蕃辟之，与参政事。陈蕃罹党锢，受牵连而坐废。党禁解除，又辟司徒，拜议郎，再迁谏议大夫，卒官。研治今文经，为“春秋公羊学”传人。历 17 年，撰就《春秋公羊解诂》。“又注训《孝经》、《论语》、风角七分，皆经纬典谟，不与守文同说。又以《春秋》驳汉事六百余条，妙得《公羊》本意。休善历算，与其师博士羊弼，追述李育意以难二传，作《公羊墨守》、《左氏膏肓》、《穀梁废疾》”①。《隋书·经籍志》著录《春秋公羊解诂》11 卷，今存。“难二传”的著作已佚，清王谟《汉魏遗书钞》辑有佚文。

二、汉魏之际的诗文作家

汉魏之际，即汉献帝建安及三国时期。东汉末年，军阀割据，天下大乱。殆至建安时期，东汉政权已名存实亡。曹操挟天子以令诸侯，成为北方事实上的统治者。随着东汉政权的崩溃，统治两汉的官方哲学经学也随之衰微，而出现了儒道融合的趋势，从而影响到文学观念的转变。由于北方相对安定，大批文人麇集在曹氏父子周围，形成“邺下文人集团”。山东文人如孔融、王粲、徐幹、刘桢、仲长统、吴质、任嘏等等，都曾先后归附曹氏。在群星璀璨的诗坛上，出现了以“建安七子”为代表的诗人群体，使中国文学进入一个新的阶段。在这一时期，“建安七子”中山东籍诗人就有孔融、王粲、刘

①《后汉书·儒林·何休传》。

桢、徐幹四位。他们有的慷慨任气,有的跌宕俊逸,有的志意高迈,有的胸怀淡泊,在诗歌文人化的过程中,代表了汉魏之际诗歌抒情化、个性化的发展趋势,对我国诗歌的发展作出重要贡献。

(一) 孔融 祢衡

孔融(153—208年),字文举,鲁国(今山东曲阜)人。孔子二十世孙。一生经历桓、灵、少、献四朝,官至九卿,在汉末有较大影响。自从曹丕《典论·论文》一出,他便被列入"建安七子"。而如以其卒年,他应属于汉人;如从思想倾向,或从文学发展的角度看,他都属于汉魏之际的过渡人物。

孔融幼有异才,受到汉末名士、河南尹李膺的赏识,称其"必为伟器"①。16岁时,山阳名士张俭受到宦官中常侍侯览的迫害,逃到融家,融冒死收留,由此而名震远近,成为汉末名士。后举高第,为侍御史,兼虎贲中郎将。献帝初,因忤董卓,出为北海相。在北海任上,他立学校,表显儒术,举荐经学大师郑玄、邴原等。献帝都许,征融为将作大将,迁少府,官列九卿。性刚直,重名节,疏简狂傲,不拘礼法,宽容少忌,喜诱益后进,闻人之善,若出诸己,荐达贤士,多所奖进,受到士林的赞誉。他维护汉室,反对割据一方的军阀袁绍等。早期曾经颂扬过曹操讨伐董卓、迎献帝都许的功绩,而后曹操觊觎汉室的野心逐渐显露,孔融"既见操雄诈渐著,数不能堪,故发辞偏宕,多致乖忤"②,常常对曹操的行为冷嘲热讽,并多侮慢之辞,以致引起曹操的恐惧,生怕他揭露其擅权谋汉的阴谋,遂罗织罪名将其杀害。

孔融生于汉末经学衰微之际,作为"圣裔",他自然以推崇儒学为职任,但其思想作风则与不知通变的腐儒不同。据《后汉书》本传载,曹操令人罗织孔融的罪名有三条,其中"招令徒众,欲规不轨"纯属欲加之罪,而其他两条则是事出有因,只是路粹等阿附曹操无限上纲而已。一曰"融为九列,不遵朝仪,秃巾微行,唐突宫掖";一曰"与白衣祢衡跌荡放言,云'父之于子,当有何亲?论其本意,实为情欲发耳。子之于母,亦复奚为?譬如寄物瓶中,出则离矣"。这两条罪状,恰好说明孔融是汉末新的社会思潮中弄潮

---

①②《后汉书·孔融传》。

儿。他不拘礼法,言论离经叛道;祢衡说他"仲尼不死",他就说衡为"颜回复生",可谓狂傲。而冲破礼法的束缚,适情任性,正是孔融张扬性情、反叛传统的表现。而其狂傲任性、纵放自适的个性,体现在文学创作上,便是通脱、自然,意到笔随,畅所欲言。而注重文辞之美,自觉追求文章的审美价值,则体现出汉魏之际文学发展的总体趋势。

孔融的文学成就,主要是散文。曹丕深好孔融的文辞,称其文"体气高妙",赞叹为"扬(雄)、班(固)俦也","募天下有上融之文章者,辄赏以金帛。所著诗、颂、碑文、论、议、六言、策文、表、檄、教、令、书、记,凡二十五篇"①。《隋书·经籍志》、《旧唐书·经籍志》均曾著录,明人辑有《孔少府集》(《汉魏六朝百三家集》本)、《孔文举集》1卷(《汉魏六朝名家集》本),今有《孔融集》(中华书局《建安七子集》本)及吴云主编《建安七子集校注》所含《孔融集》,文40篇(含残篇),诗9首(含残句)。

孔融文历来评价较高,清人刘熙载谓"遒文壮节,于汉季得两人焉:孔文举、臧子源是也",甚至认为"曹子建、陈孔璋文为建安之杰,然尚非其伦比"②。可谓推崇备至。其代表作为《论盛孝章书》、《荐祢衡表》,均为传诵名篇。《论盛孝章书》是孔融为救友人请求曹操援救而写的书信。盛孝章是吴地名人,曾为吴郡太守,"孙策平定吴会诛其英豪。宪(孝章名)素有名,策深忌之"③,孔融担心他被杀害,不得已向当时执掌朝政的曹操求救。因为在各地名义上推尊汉室的情况下,只有以朝廷征聘的名义,盛孝章才有可能得到解救。其文云:

> 岁月不居,时节如流,五十之年,忽焉已至;公为始满,融又过二。海内知识,零落殆尽。惟有会籍盛孝章尚存。其人困于孙氏,妻孥湮没,单孑独立,孤危愁苦。若忧能伤人,此子不得永年矣。

首先以饱含感情的笔触,伤逝感时,提及孝章的困境,以情打动曹操。接着晓之以理,说明曹操援救孝章乃弘扬友道、尊贤重士之义举,事关匡复汉室:

---

①《后汉书·孔融传》。
②《艺概·文概》,第16—17页。
③《文选》李善注引虞预《会籍典录》。

> 《春秋传》曰：诸侯有相灭者，桓公不能救，则桓公耻之。今孝章，实丈夫之雄也。天下谈士，依以扬声，而身不免于幽絷，命不期于旦夕，吾祖不当复论损益之友，而朱穆所以绝交也。公诚能驰一介之使，加咫尺之书，则孝章可致，友道可弘矣。……惟公匡复汉室，宗社将绝，又能正之。正之之术，实须得贤。珠玉无胫而自至者，以人好之也，况贤者之有足乎？昭王筑台以尊郭隗，隗虽小才，而逢大遇，竟能发明主之至心，故乐毅自魏往，剧辛自赵往，邹衍自齐往。向使郭隗倒悬而王不解，临难而王不拯，则士亦将高翔远引，莫有北首燕路者矣。

文章先叙对友人危难处境的忧虑，从弘扬友道提出援救的请求，再从国事的角度论说拯救孝章的意义，于公于私，利害攸关，写来恳切周详，入情入理，不能不使曹操为之感动。但令人遗憾的是，当曹操以朝廷的名义征聘盛孝章时，孝章已为孙权所杀。此文文句整饬，有明显骈俪化倾向，而与散行单句相结合，便形成错落有致、起伏跌宕的气势，读来铿锵有力，打动人心，体现了孔融文章的风格及以情辞见长的特点。

孔融诗今存 7 首，或写时事，或抒情志，大都平易质朴，较少藻饰。就体制而言，有四言，有五言，也有六言。其中六言诗 3 首，为中国诗史上最早的完整的六言诗；《杂诗》之二悼念儿子夭亡，哀痛欲绝，为抒情佳作：

> 远送新行客，岁暮乃来归。入门望爱子，妻妾向我悲。闻子不可见，日已潜光辉。孤坟在西北，常念君来迟。褰裳上墟丘，但见蒿与薇。白骨归黄泉，肌体乘尘飞。生时不识父，死后知我谁！孤魂游穷暮，飘摇安所依？人生图嗣息，尔死我念追。俯仰内伤心，不觉泪沾衣。人生自有命，但恨生日希。

朱嘉征评论此诗谓“至哀无声，为曹（植）、王（粲）《七哀》所祖”①陈祚明谓“至性，极悲”②都指出其抒情特点，从而肯定了此诗在汉魏之际由反映动乱现实到抒写个人情志转变过程中的地位。

祢衡（173—198 年），字正平，平原般（今山东临邑东北）人。“少有才

---

①《诗集广序》集考。
②《采菽堂古诗选》卷七，清乾隆十三年（1748）刻本。下引版本同。

辩,而尚气刚傲,好矫时慢物。”①献帝兴平年间,避难荆州。建安初年,游于许昌,与孔融、杨修相友善,认为除此二人,余皆碌碌,没有值得称道的。孔融也十分赞赏他的才能,并向曹操推荐,说他“淑质贞亮,英才卓砾”,“性与道合,思若有神”,“忠果正直,志怀霜雪”。“见善若惊,疾恶如仇。……使衡立朝,必有可观。”②曹操欲见而祢衡却自称狂病,不肯往。操怀忿而忌其才名,闻衡善击鼓,遂召为鼓吏而辱之。不料衡借改装,当众裸衣击鼓,羞辱曹操。后再召见,衡便坐在大营门,以杖捶地大骂。曹操不欲蒙杀士之名,便派人将其送到荆州刘表处,再转送至江夏太守黄祖处。起初,刘表、黄祖都欣赏他的才能,甚见宾礼,而祢衡狂放不羁,出言不逊,侮慢于表、祖,遂遭黄祖杀害。在祢衡身上集中了汉末名士的狂傲、抗节、疾恶以及蔑弃权威的精神,但其蔑弃一切,却使其走向极端,而无法适应社会,终于被害。《后汉书·文苑》本传谓其文多亡佚,《隋书·经籍志》谓梁有《祢衡集》2卷,录1卷。今存赋1篇,文3篇,载《文选》及严可均辑《全后汉文》。

据《后汉书·文苑》本传及赋序,黄祖的儿子射与衡友善,射时大会宾客,有人献上一只鹦鹉,射请衡赋之以娱嘉宾,“衡揽笔而作,文无加点,辞采甚丽”,写就著名的《鹦鹉赋》。此赋名为咏物,而实借以言志,所不同者,在于作者把鹦鹉高度拟人化,物我一体;写鸟,实则写人,在艺术上取得很高的成就。赋先写鹦鹉的“妙质”、“辩慧”、“聪明”的材质,及其“嬉游高峻,栖峙幽深。飞不妄集,翔必择林”的节操:

> 惟西域之灵鸟兮,挺自然之奇姿。体金精之妙质兮,合火德之明煇。性辩慧而能言兮,才聪明以识机。故其嬉游高峻,栖峙幽深。飞不妄集,翔必择林。绀趾丹觜,绿衣翠衿。采采丽容,咬咬好音。虽同族于羽毛,固殊智而异心。配鸾皇而等美,焉比德于众禽?

继借叙写鹦鹉的遭际,而寄寓自己流落异乡、寄人篱下的身世之悲与忧生之嗟,凄恻哀苦,动人肺腑:

> 尔乃归穷委命,离群丧侣;闭以雕笼,剪其翅羽;流飘万里,崎岖重

①《后汉书·文苑·祢衡传》。
②《后汉书·文苑·祢衡传》,载孔融:《荐祢衡表》。

阻；逾岷越障，载罹寒暑。女辞家以适人，臣出身而事主；彼贤哲之逢患，犹栖迟以羁旅。矧禽鸟之微物，能驯扰以安处！眷西路而长怀，望故乡而延伫。忖陋体之腥臊，亦何劳于鼎俎？嗟禄命之衰薄，奚遭时之险巇？岂言语以阶乱？将不密以致危？痛母子之永隔，哀伉俪之生离。匪余年之足惜，慜众雏之无知。背蛮夷之下国，侍君子之光仪。惧名实之不副，耻才能之无奇。羡西都之沃壤，识苦乐之异宜。怀代越之悠思，故每言而称斯。

若乃少昊司辰，蓐收整辔。严霜初降，凉风萧瑟。长吟远慕，哀鸣感类。音声凄以激扬，容貌惨以憔悴。闻之者悲伤，见之者陨泪。放臣为之屡叹，弃妻为之歔欷。感平生之游处，若壎篪之相须；何今日之两绝，若胡越之异区？顺笼槛以俯仰，窥户牖以踟蹰；想昆山之高岳，思邓林之扶疏；顾六翮之残毁，虽奋迅其焉如？心怀归而弗果，徒怨毒于一隅。苟竭心于所事，敢背惠而忘初？托轻鄙之微命，委陋贱之薄躯；期守死以报德，甘尽辞以效愚；恃隆恩于既往，庶弥久而不渝。

在祢衡之前，咏物赋有贾谊的《鹏鸟赋》，赵壹的《穷鸟赋》等，与《鹦鹉赋》都是借咏鸟寄寓忧生之嗟，而《鹏鸟赋》中的鹏鸟只是触发作者情思的客观事物，而所述则为老庄哲理，《穷鸟赋》作者以穷鸟自况，文辞过于简单，它们也都缺乏具体物象的描绘。而“此赋不出传统咏物写法，以描绘鹦鹉资质诸方面特征为主，寓含作者特定寄托。其精彩之处，则在能够巧妙把握所写物象与托意之间关系，语含双关，匠心独运，做到了刘勰所谓：‘草区禽族，庶品杂类，则触兴致情，因变取会。’（《文心雕龙·诠赋》）总之显示了祢衡的文学才情，成为汉魏间抒情小赋的代表作之一。”①

祢衡文章，真情流泻，慷慨任气，亦为人称道。如《吊张衡文》：

南岳有精，君诞其姿；清和有理，君达其机；故能下笔绣辞，扬手文飞。昔伊尹值汤，吕尚遇旦，嗟矣君生，而独值汉。苍蝇争飞，凤凰已散，元龟可羁，河龙可绊。石坚而朽，星华而灭，唯道兴隆，悠悠永绝。□□靡滞，君音与浮，河水有竭，君声永流。周旦先没，发梦孔丘；余生

①徐公持：《魏晋文学史》，人民文学出版社1999年版，第139页。

虽后，身亦存游，士贵知己，君其勿忧。

近人刘师培在引录祢衡《鲁夫子碑》、《吊张衡文》二文后说："东汉之文，均尚和缓，其奋笔直书，以气运词，实自衡始。……是以汉魏文士，多尚骋辞，或慷慨高厉，或溢气坌涌，此皆衡文开其先也。"①给予极高评价。

孔融放诞，祢衡狂放。孔融的放诞，表现为言论恣肆，不遵礼法，而骨子里却执着于儒家的本真；祢衡的狂放，则是蔑弃所有权势者及现存秩序，表现为行为上的桀骜不驯，轻狂自大。两人所同者，都以才学自高，崇尚名节，轻蔑权贵；他们既继承了汉末清流重名节、婞直不屈的精神，又开启了魏晋名士放诞风气。其文慷慨任气，也开一代风气。

（二）徐幹　刘桢

1. 徐幹

徐幹（170—217 年），字伟长，北海（今山东潍坊市寒亭区）人。建安初为司空军谋祭酒掾属，五官将文学，除上艾长，以疾不行。一生淡泊名利，清正自守。诗文除《中论》外，大部分散佚。《隋书・经籍志》著录有集 5 卷，今有明人辑本《徐伟长集》，收入《汉魏六朝百三家集》和《汉魏六朝名家集》，以及今人张玉书等《徐幹集校注》、中华书局《建安七子集》与吴云主编《建安七子集校注》所含《徐幹集》。

徐幹以辞赋见称，但大部分散佚。曹丕说："王粲长于辞赋，徐幹时有齐气，然粲之匹也。如粲之《初征》、《登楼》、《槐赋》、《征思》，幹之《玄猿》、《漏卮》、《圆扇》、《橘赋》，虽张（衡）蔡（邕）不过也。"②今仅存《圆扇》残篇，已难窥见其赋作全貌，但从王粲现存诸赋，尚约略可知其赋所取得的艺术成就。至于曹丕所提到的"齐气"，历来有不同的解释。后世评论家则常以"齐气"评议山东籍作家，认为是指其具有地域文化色彩的诗文风格及其特有的气质。

徐幹诗今存 9 首，与建安诗人大多写功业抱负不同，而多写思亲离别之

---

①孔融《荐祢衡疏》语，见《中国中古文学史・概论》，人民文学出版社 1984 年版，第 24 页。
②《典论・论文》，载郭绍虞：《中国历代文论选》上册，中华书局 1963 年版，第 123 页。

情，文辞清丽自然，别具一格，所谓“文情生动，独绝之笔”①。钟惺认为他的诗与《古诗十九首》系于一脉，“宛有《十九首》风骨”②，是颇有见地的。《古诗十九首》生动地反映了处于汉末动乱现实中的中下层知识分子的不满和愤慨、追求的幻灭与悲伤，以及心灵的觉醒与人生迁逝的痛苦，其共同之处，便是诗人所关注的只是自我存在，或物欲享受，或个人前途、生命价值。徐幹诗的内容、格调，的确与之相近。如《于清河见挽船士新婚与妻别诗》：

与君结新婚，宿昔当别离。凉风动秋草，蟋蟀鸣相随。洌洌寒蝉吟，蝉吟抱枯枝。枯枝时飞扬，身体忽迁移。不悲身迁移，但惜岁月驰。岁月无穷极，会合安可知？愿为双黄鹄，比翼戏清池。

新婚夫妇，当秋惜别，景物萧索，心情凄凉，而会合无期，更令人悲伤。只有怀着美好的愿望，期待来日重聚。生离死别，是动乱年代极为普遍的现象；常人常情，却能动人心扉。其代表作《室思》六首，写闺中少妇难以排遣的离思愁苦。其三云：

浮云何洋洋，愿因通我辞。飘飖不可寄，徙倚徒相思。人离皆复会，君独无反期。自君之出矣，明镜暗不治。思君如流水，何有穷已时！

亲人相离，聚会无期，而思将相思之情寄托浮云带至远方；又觉得浮云飘浮不定，难以致远，反而更增惆怅，以致容颜憔悴。想象奇特，情致缱绻，文辞清丽淡雅，颇为感人。

2. 刘桢

刘桢（？—217年），字公幹，东平宁阳（今属山东）人。文学家刘梁之孙。少以才学知名，年八九岁，能诵《论语》、诗、论及辞赋数万言，警悟辩捷，应答如响。后以文名被曹操辟为掾属。建安十六年（211年），出任平原侯曹植庶子，不久改任五官中郎将曹丕文学，随侍曹丕。性耿介，虽得曹丕、曹植兄弟亲近，但从不阿谀奉承。曹丕宴请诸文学，酒酣，命夫人甄氏出拜，

①陈祚明：《采菽堂古诗选》卷七。
②《古诗归》卷七。

坐中人全都俯伏，惟独刘桢平视。曹操听说后，以不敬罪收治，减死输作，罚为小吏。建安二十二年，北方瘟疫流行，与徐幹、陈琳、应瑒等俱染疫而逝。所著诗文，《隋书·经籍志》著录有集4卷，明人辑本《刘公幹集》有《汉魏六朝百三名家集》本、《汇刻建安七子集》本，以及近代《汉魏六朝名家集选》本。今有中华书局出版《建安七子集》所收《刘桢集》，吴云主编《建安七子集校注》中的《刘桢集》。

刘桢诗文兼善，而以诗称。今存15首，均为五言。其诗与王粲并称，刘熙载所谓"公幹气胜，仲宣情胜"①。"气"应指志意贞刚，注重气势。钟嵘称其诗"仗气爱奇，动多振绝，真骨凌霜，高风跨俗"，亦兼言诗品与人品。而说"陈思以下，桢称独步"②，则对其诗歌在当时的地位给予高度评价。刘勰谓曹丕、曹植与"王徐应刘"并"慷慨以任气，磊落以使才"③，而刘桢诗最重气骨，是最具"慷慨以任气"的特色。其代表作为《赠从弟三首》：

泛泛东流水，磷磷水中石。蘋藻生其涯，华叶纷扰溺。采之荐宗庙，可以羞嘉客。岂无园中葵，懿此出深泽。（其一）

亭亭山上松，瑟瑟谷中风。风声一何盛，松枝一何劲。冰霜正惨凄，终岁常端正。岂不罹凝寒，松柏有本性。（其二）

凤凰集南岳，徘徊孤竹根。于心有不厌，奋翅凌紫氛。岂不常勤苦，羞与黄雀群。何时当来仪，将须圣明君。（其三）

三首通用比兴手法，咏物寓志，分别借咏写蘋藻的高洁、松柏的坚贞、凤凰志意高远，来勉励从弟，亦将自己的理想与追求寄寓其中。诗质直刚劲，充溢着凛然正气，表现了诗人不同流俗的独特精神风貌。即如《赠五官中郎将》一类应酬之作，也没有当时一般文人阿谀逢迎的庸俗之气。而其《公宴诗》，虽也属"狎池苑，叙酣宴"之作，但却无一句谀辞，而是一首清新秀丽的园游诗：

永日行游戏，欢乐犹未央。遗思在玄夜，相与复翱翔。辇车飞素

---

①《艺概·诗概》，第5页。
②《诗品》，陈延杰注本，人民文学出版社1983年版，第49页。下引版本同。
③《文心雕龙·明诗》，黄叔琳注本，第35页。

盖,从者盈路旁。月出照园中,珍木郁苍苍。清川过石渠,流波为鱼防。芙蓉散其华,菡萏溢金塘。灵鸟宿水裔,仁兽游飞梁。华馆寄流波,豁达来风凉。生平未始闻,歌之安能详?投翰长叹息,绮丽不可忘!

在这里诗人已不完全把自然景物当作外在的愉悦对象,而开始把它作为审美对象加以描写。这类诗歌标志着汉魏之际的诗人对自然认识的重大转变,从而对纪游山水诗的形成产生重要影响。

刘桢的文章,刘勰称赏其笺记①,但大都散佚,今所存为残篇。如被称道的《谏平原侯曹植书》、《答魏太子书》等。如《答魏太子书》:

桢闻荆山之璞,曜元后之宝;隋侯之珠,烛众人之好;南垠之金,登窈窕之首;鼲貂之尾,缀侍臣之帻。此四宝者,伏朽石之下,潜污泥之中,而扬光千载之上,发彩畴昔之外,亦皆未能初接于至尊也。夫尊者所服,卑者所修也;贵者所御,贱者所先也。故夏屋初成而大匠先立其下,嘉禾始熟而农夫先尝其粒。恨桢所带,无他妙饰;若实殊异,尚可纳也。

这是一段嘲戏文字。据《三国志》刘桢本传注引《典略》说:"文帝尝赐桢廓落带,其后师死,欲借取以为像,因书嘲桢云:'夫物因人为贵。故在贱者之手,不御至尊之侧。今虽取之,勿嫌其不反也。'"这是刘桢的答书。虽系嘲戏,而寓有正论,所谓寓庄于谐。无卑者则无以成就尊者;尊卑之间,并无不可逾越的鸿沟。这一认识,无疑正是刘桢傲岸刚直,追求独立人格的思想基础。文章排比对仗,句式工整,刘勰以"丽"许之,颇为中肯。

(三)仲长统　任嘏

仲长统(180—220年),字公理,山阳高平(今山东微山西北)人。少好学,博涉群书,赡于文辞。二十余岁时,游学青、徐、并、冀诸州之间,以有知人之鉴著闻。《后汉书》本传称:"性倜傥,敢直言,不矜小节,默语无常,时人或谓之狂生。"州郡征辟,皆不就。献帝时,尚书令荀彧闻其名,荐为尚书

---

①《文心雕龙·书记》:"公干笺记,丽而规益。子桓弗论,故世所共遗。若略名取实,则有美于为诗矣。"

郎,后参丞相曹操军事。不满现实,常发愤叹息。曾说:“使居有良田广宅,背山临流,沟池环匝,竹木周布,场圃筑前,果园树后。……蹰躇畦苑,游戏平林,濯清水,追凉风,钓游鲤,弋高鸿,讽于舞雩之下,咏归高堂之上。安神闺房,思老氏之玄虚;呼吸精和,求至人之仿佛。……消摇一世之上,睥睨天地之间。不受当时之责,永保性命之期。如是,则可以陵霄汉,出宇宙之外矣。岂羡夫入帝王之门哉!”他追求一种优游自适的生活,要求尊重个人意志,表现出独立不移的品格。他的思想情趣,已冲破经学的藩篱,而接近于道家,反映出汉末儒道融合的发展趋势。时人缪袭认为,仲长统的文才,可继贾谊、董仲舒、刘向之后。清刘熙载亦谓“《昌言》俊发,略近贾长沙”①。著《昌言》34 篇,10 余万言。此书已佚,惟《后汉书》本传载有《理乱》、《损益》、《法诫》3 篇,《群书治要》、《抱朴子·内篇》等处引有部分文字。今有清人马国翰《玉函山房辑佚书》本,清严可均《全后汉文》辑存两卷。另有《述志诗》2 首,载《后汉书》本传。

仲长统生活的东汉末年,外戚、宦官交互执政,政治极端腐败,致使社会危机四伏,动乱迭起,东汉政权处于风雨飘摇之中。此时仲氏的心情是复杂的,惋惜、忧虑、愤慨,从而促使他对有汉 400 年的统治,以及有史以来的历代动乱兴衰的思考。因此,他能以宏阔的历史视野,审视现实及历史。《昌言》一书,涉及两汉 400 余年的统治的诸多方面。有的揭露专制制度压抑和扼杀人才;有的揭露现实政治的黑暗腐败,认为贪官污吏“熬天下之脂膏,斫生人之骨髓”,对人民残酷剥削和压榨,是造成社会动乱的根源;有的反对谶纬迷信,也有的论述外戚宦官专权的罪恶。其中有的批判天命有常的观念,认为那些宣传天命所归的统治者,不过是在实力争夺之中的胜利者。他们一旦取得全国政权,就认为“贵有常家,尊在一人”,认为自己“恩同天地,威侔鬼神”。而其专制统治,必然导致奢侈淫佚、腐化堕落,导致天下大乱,使其走向衰亡。《理乱》篇云:

> 彼后嗣之愚主,见天下莫敢与之违,自谓若天地之不可亡也,乃奔其私嗜,骋其邪欲,君臣宣淫,上下同恶。目极角觝之观,耳穷郑、卫之

①《艺概·文概》,第 16 页。

声。入则耽于妇人，出则驰于田猎。荒废庶政，弃亡人物，澶漫弥流，无所底极。信任亲爱者，尽佞谄容说之人也；宠贵隆丰者，尽后妃姬妾之家也。使饿狼守庖厨，饥虎牧牢豚，遂至熬天下之脂膏，斫生人之骨髓。怨毒无聊，祸乱并起，中国扰攘，四夷侵畔，土崩瓦解，一朝而去。昔之为我哺乳之子孙，今尽是我饮血之寇雠也。至于运徙势去，犹不觉悟者，岂非富贵生不仁，沉溺致愚疾邪？存亡以之迭代，政乱从此周复，天道常然之大数也。

而对汉末世风的揭露尤为具体深刻：

汉兴以来，相与同为编户齐民，而以财力相君长者，世无数焉。而清洁之士，徒自苦于茨棘之间，无所益损于风俗也。豪人之室，连栋数百，膏田满野，奴婢千群，徒附万计。船车贾贩，周于四方；废居积贮，满于都城。琦赂宝货，巨室不能容；马牛羊豕，山谷不能受。妖童美妾，填乎绮室；倡讴伎乐，列乎深堂。宾客待见而不敢去，车骑交错而不敢进。三牲之肉，臭而不可食；清醇之酎，败而不可饮。睇盼则人从其目之所视，喜怒则人随其心之所虑。此皆公侯之广乐、君长之厚实也。苟能运智诈者，则得之焉；苟能得之者，人不以为罪焉。源发而横流，路开而四通矣。求士舍荣乐而居穷苦，弃放逸而赴束缚，夫谁肯为之邪！

夫乱世长而化世短。乱世则小人贵宠，君子困贱。当君子困贱之时，跼高天，蹐厚地，犹恐有镇压之祸也。逮至清世，则复入于矫枉过正之检。老者耄矣，不能及宽饶之俗；少者方壮，将复困于衰乱之时。是使奸人擅无穷之福利，而善士挂不赦之罪辜。苟目能辩色，耳能辩声，口能辩味，体能辩寒温者，将皆以修洁为讳恶，设智巧以避之焉，况肯有安而乐之者邪？斯下世人主一切之愆也。

造成这种恶劣风气的原因，都是“下世人主”即末世皇帝的罪责。其批判、谴责的矛头，直接指向当代皇帝，愤激之情可以概见。同时，在文章末尾，仲长统对三代以来历代治乱兴衰的规律进行了总结。他认为国家兴衰不在天命，而在于人事，“人事为本，天道为末”，如“信天道而背人事”，必致败亡。自秦以来，“不及五百年，大难三起，中间之乱尚不数焉。变而弥精，下而加酷，推此以往，可及于尽矣”。他对乱世灾难愈演愈烈，发出无可奈何的慨叹，流露出悲观情绪，并引发其逃避现实的思想，但在当时能有如此宏观的历史视野，见解如此深刻而精辟，已是难能可贵了。

东汉末年，政局混乱，朝廷腐败，议政之风盛行，仲长统与王符、崔寔即所谓“汉末三子”，他们的散文与贾谊、晁错、桓宽等一脉相承，抨击时政，论说哲理，都取得一定成就。仲氏积愤于中，发而为文，情真意切，文辞骏发，泼辣生动，而骈散相间的句式，诘问、排比修辞手法的运用，更增加了文章的气势，读来虎虎有生气，“笔致骏发腾踔，在桓宽、王符之上”①。

《后汉书》本传载仲长统《见志诗》2 首，抒写自己的心志。他看到东汉王朝的衰亡，以及统治阶级内部争权夺利的斗争，使其对传统的儒家思想产生了怀疑，也对封建统治的前途失去信心，而现实中又找不到出路，于是便想超拔时俗，避世高蹈。其一云：

> 飞鸟遗迹，蝉蜕亡壳。腾蛇弃鳞，神龙丧角。至人能变，达士拔俗。乘云无辔，骋风无足。垂露成帏，张霄成幄。沆瀣当餐，九阳代烛。恒星艳珠，朝霞润玉。六合之内，恣心所欲。人事可遗，何为局促？

其二云：

> 大道虽夷，见几者寡。任意无非，适物无可。古来绕绕，委曲如琐。百虑何为？至要在我。寄愁天上，埋忧地下。叛散《五经》，灭弃风雅。百家杂碎，请用从火。抗志山栖，游心海左。元气为舟，微风为柁。敖游太清，纵意容冶。

其所述盖为老庄的道家思想，可以看做玄言诗的前驱。

任嘏（生卒年未详），字昭先，乐安博昌（今山东博兴）人。少聪慧，以孝著闻，曾受到大儒郑玄的称赏。年十四，始志于学，三年之中读毕《五经》，并通晓其义，时号神童。汉献帝建安年间，曹操下令求贤，嘏应举入邺，为临淄侯曹植庶子，转相国东曹属、尚书郎。魏文帝黄初年间，为黄门侍郎，多进谏。历东郡、赵郡、河东太守，所至有声。其人品为时人所重，司空王昶曾在

---

①钱钟书：《管锥编》，中华书局 1986 年版，第 1031 页。

《家诫》告诫儿子将其与徐幹、刘桢并作为效法的榜样，谓"乐安任昭先，淳粹履道，内敏外恕，推逊恭让，处不避洿，怯而义勇，在朝忘身。吾友之善之，愿儿子遵之"①。著有文38篇，4万余言，即《隋书·经籍志》著录的《任子道德论》10卷，已佚。清人严可均《全三国文》辑录若干条，从中约略窥见其文的风貌。如《初学记》所载：

夫贤人者，至德以为己心，行道以为己任；处则不求私名，仕则不求私宠。不为其身，不阿其君；积礼义于朝，播仁风于野。使天下之人，翼翼焉向戴其君之尊，欣欣焉歌舞其君之德。

《太平御览》所载：

以义事主，不私其己；以仁接人，不私其欲。火佚焚家，家不罪己；食过伤人，人不罪食。以其积之于仁义，无私害也。伊尹放太甲，太甲无怨心；管仲黜伯氏，伯氏无怨言，以其积之于公正，无私恶也。

其行文整饬，讲究排偶、比喻，风格与徐幹《中论》相近。严可均疑徐幹《中论》任氏注及《中论序》都是任嘏所作。

（四）王粲（附王弼）

王粲(177—217年)，字仲宣，山阳高平(今山东金乡)人。出身官僚世家，曾祖龚为汉太尉，祖畅为司空，父谦为大将军何进长史。献帝西迁，粲徙长安，受到学界泰斗蔡邕的赏识。17岁时，应司徒王允征辟，诏除黄门侍郎，因逢董卓部将李傕、郭汜作乱，皆不就，而往荆州南投刘表，希望能在恢复国家统一局面中有所作为。刘表亦为汉末名士，初尚给予王粲礼遇，后以粲貌寝体弱，作风通脱，不甚器重。客居荆州16年，郁郁不得志。表卒，粲劝其子琮降曹操，遂被辟为丞相掾，赐爵关内侯，后迁军师祭酒。魏国既建，拜侍中。粲博学多识，问无不对。"时旧仪废弛，兴造制度，粲恒典之。"②建安二十二年，在征吴途中病逝。所著诗、赋、论、议多篇。《隋书·经籍

①《三国志·魏书·王昶传》。
②《三国志·王粲传》。

志》著录有集 11 卷,《汉末英雄记》10 卷,《去伐论集》3 卷,均散佚。今有明人辑本《王侍中集》1 卷(《汉魏六朝百三家集》本),杨德明收录《王仲宣集》4 卷(《汇刻建安七子集》本),以及今人俞绍初校点本《王粲集》、吴云主编《建安七子集校注》所含《王粲集》等。

王粲是“建安七子”中最负盛名的作家,今存诗 27 首,多为五言,其诗以抒情见长,刘熙载所谓“仲宣情胜”①。他的诗可以建安十三年为界,分为前后两期。前期经历汉末战乱及流寓荆州,其诗感时伤乱,忧国忧民,格调苍凉,代表作即著名的《七哀诗》。第一首云:

> 西京乱无象,豺虎方构患。复弃中国去,委身适荆蛮。亲戚对我悲,朋友相追攀。出门无所见,白骨蔽平原。路有饥妇人,抱子弃草间。顾闻号泣声,挥涕独不还;未知身死处,何能两相完?驱马弃之去,不忍听此言。南登霸陵岸,回首望长安。悟彼《下泉》人,喟然伤心肝!

“出门无所见,白骨蔽平原”二句,是对汉末动乱现实的高度概括,而饥妇弃子又为人间最悲哀之事。残酷的景象,典型的事件,描画出惨不忍睹的社会现实。诗融乐府叙事艺术于抒情之中,“乱世之苦,言之真切”②,令人如闻如睹。又“直抒胸情,非傍经史”③,以发自心灵深处的真挚感情去感染读者,表达自己关心人民命运及企望贤明政治的强烈愿望。这首诗,既与曹操乐府诗那样体现了以旧题写时事的精神,又表现出文人为抒发主观情志的需要而自创体式的努力。钟嵘列《七哀》为五言“警策”之作④,良有以也。《七哀诗》第二首,写久客荆州,心情郁闷,以及思归不得的愁苦;第三首写边地自然环境的恶劣及人民生活的困苦,似是归曹后的纪行之作。

总体而言,其前期深受颠沛流离之苦,诗作多关注人民命运及国家前途,而后期为曹氏幕僚,或从征参谋军事,或随从游宴唱酬,诗则多歌功颂德之什。其中,《从军行》五首,是其从军纪实之作,报国之志,行役之苦,以及民生凋敝,尽在其中,亦兼有颂美曹操之辞,风格劲健,文笔清丽,艺术上有

①《艺概·诗概》,第 53 页。
②陈祚明:《采菽堂古诗选》卷七。
③南朝梁沈约:《宋书·谢灵运传论》。
④《诗品序》,陈延杰注本,人民文学出版社 1980 年版,第 5 页。

可取之处。王粲“述恩荣，叙酣宴”一类诗作，格调不高，颂而近于谀。但从总体来看，王粲诗在建安时期“方陈思不足，比魏文有余”①，有着崇高的地位，对后世有深远影响。

刘勰称王粲“文多兼善，辞少瑕累，摘其诗赋，则七子之冠冕”②，又称他为“魏晋之赋首”③。王粲赋今存27篇（包括《七释》、《吊夷齐文》及3篇赋序），题材广泛，大多为抒情短赋，体现了汉赋到魏晋赋的发展趋势。其中，以《登楼赋》最为著名。此赋写于滞留荆州之时，开篇即以眼前之景与思归不得的忧思联系起来：

> 登兹楼以四望兮，聊暇日以销忧。览斯宇之所处兮，实显敞而寡仇。挟清漳之通浦兮，倚曲沮之长洲。背坟衍之广陆兮，临皋隰之沃流。北弥陶牧，西接昭丘。华实蔽野，黍稷盈畴。虽信美而非吾土兮，曾何足以少留！遭纷浊而迁逝兮，漫逾纪以迄今。情眷眷而怀归兮，孰忧思之可任？凭轩槛以遥望兮，向北风而开襟。平原远而极目兮，蔽荆山之高岑。路逶迤而修迥兮，川既漾而济深。悲旧乡之壅隔兮，涕横坠而弗禁。昔尼父之在陈兮，有“归欤”之叹音。钟仪幽而楚奏兮，庄舄显而越吟。人情同于怀土兮，岂穷达而异心！

刘勰说：“仲宣靡密，发篇必遒。”④赋即景抒情，当秋怀乡，忧思郁结，苍凉悲壮。接着抒发其抱负无法施展的愤懑，及其为恢复王朝秩序、实现清明政治的强烈愿望：

> 惟日月之逾迈兮，俟河清其未极。冀王道之一平兮，假高衢而骋力。惧匏瓜之徒悬兮，畏井渫之莫食。步栖迟以徙倚兮，白日忽其将匿。风萧瑟而并兴兮，天惨惨而无色。兽狂顾以求群兮，鸟相鸣以举翼。原野阒其无人兮，征夫行而未息。心凄怆以感发兮，意忉怛而憯恻。循阶除而下降兮，气交愤于胸臆。夜参半而不寐兮，怅盘桓以反侧。

---

①钟嵘：《诗品》，陈延杰注本，第22页。
②《文心雕龙·才略》，黄叔琳注本，第299—300页。
③④《文心雕龙·诠赋》，黄叔琳注本，第51页。

为抒忧而登楼,而登楼之后反倒更加愁闷,前后照应,构思缜密。景物萧索,意绪悲凉;以凄凉景物,衬托出内心的痛苦,即景抒情,达到情景交融的境界。说"魏赋极此"①,不免溢美,而其艺术上的确可以体现汉魏之际抒情小赋所取得的成就。

王粲散文,为人所称道的,还有书信、议论文等。如为刘表所写《与袁尚书书》、《谏袁谭书》,以及《难钟荀太平论》、《安身论》等。

王弼(226—249年),字辅嗣。父业,王粲族兄凯子,官至谒者仆射。以粲二子被诛,弼入嗣为粲后。弼幼而聪慧,年十余,好《老子》,通辩能言,受吏部尚书何晏赏识,用为尚书郎。为人通脱简易,乐游宴,解音律。与何晏、夏侯玄等同开清谈风气,后人称为"正始名士"。何晏以为圣人无喜怒哀乐,弼则以为圣人喜怒哀乐之情与常人同,惟应物而无累于物。而二人所论本旨都是援道入儒,倡宇宙"以无为本"之说。正始十年(249年)秋,染疠疾卒,年仅24岁。《隋书·经籍志》著录王弼著作有《周易注》10卷、《论语释疑》3卷、《老子道德经注》2卷、《王弼集》5卷、《录》1卷等。今有楼宇烈《王弼集校释》(中华书局排印本),搜辑较为完备。

王弼早慧早卒,文章又多散佚,今仅见其注疏中的论述文字,如《周易略例》、《老子指略》等,虽谈玄论道,却明白晓畅。

(五)吴质、缪袭等曹魏作家

1. 吴质

吴质(178—230年),字季重,济阴(今山东鄄城)人。初为曹操幕僚,以文才为曹丕、曹植所重。建安十年(205年)夏,曹丕与诸僚属文士大会于南皮,高谈畅论,弹棋博弈,开邺下游宴论文之风,质亦参与。建安十六年,出为朝歌长,迁元城令。曹丕代汉称帝,迁都洛阳,征质入都,拜北中郎将,封列侯,持节都督河北军事。明帝太和四年(225年),召质入为侍中,夺其兵权。同年卒。谥丑侯。有集5卷,已佚。今存文7篇,见《全三国文》。其中保存完整者,为《文选》收录的《答魏太子笺》、《在元城与魏太子笺》及

①宋朱熹《楚辞后语》引晁补之说,上海古籍出版社1987年版,第261页。

《答东阿王书》。诗1首，见今人逯钦立《先秦汉魏晋南北朝诗》①。

吴质大半生周旋于曹氏兄弟之间，关系密切。在丕、植争夺嫡嗣的斗争中，质暗中助丕谋画，成为丕的心腹。但在邺下文人圈中，吴质的文学活动，特别是与丕、植的交往，还是值得重视的。其中，今存与丕、植来往的三封书信，亦可见他的文才。吴质任朝歌长及迁元城令前后，丕、植与质均有书信来往。建安二十二年，曹丕立为魏太子，并成为邺下文人集团的核心。而这一年，建安文人刘桢、徐幹、应玚、陈琳却均染瘟疫，一时俱逝。曹丕《与吴质书》中忆述往日游宴赋诗的欢乐，抒发了故交零落、人生无常的哀伤，评价了建安诸子的文学才能，最后自伤自勉，表达思念之情。吴质复信，即《答魏太子笺》，先叙"昔侍左右，厕坐众贤；出有微行之游，入有管弦之欢，置酒乐饮，赋诗称寿"相聚的欢乐，接着抒发友朋"数年之间，死丧略尽"的感伤及对早逝诸子才学的评价：

> 自谓可终始相保，并骋材力，效节明主，何意数年之间，死丧略尽！臣独何德，以堪久长？陈、徐、刘、应，才学所著，诚如来命，惜其不遂，可为痛切！凡此数子，于雍容侍从，实其人也。若乃边境有虞，群下鼎沸，军书辐至，羽檄交驰，于彼诸贤，非其任也。

文末称颂曹丕的文才，以及表示自己"触胸奋首，展其割裂之用"报效曹魏的心志。吴质迁元城令途中，经过邺城，向曹丕辞行，到任后与曹丕书简，《文选》题名《在元城与魏太子笺》。笺文首先谢赐宴之厚："前蒙延纳，侍宴终日，曜灵匿景，继以华灯。虽虞卿适赵，平原入秦，受赠千金，浮觞旬日，无以过也。"以致酣饮沉醉，醒酒之后，感激莫名。以下写到官所见元城地理形势，说明自己不具备地方官的才干，治理元城惟在奉令守法而已：

> 即以五日到官，初至承前，未知深浅。然观地形，察土宜，西带常山，连冈平代；北邻柏人，乃高帝之所忌也。重以泜水，渐渍疆宇，喟然叹息，思淮阴之奇谲，亮成安之失策。南望邯郸，想廉、蔺之风；东接巨鹿，存李、齐之流。都人士女，服习礼教，皆怀慷慨之节，包左车之计。

---

①《先秦汉魏晋南北朝诗》，为今人逯钦立编辑，为学界所熟知，下凡引用此书，省去编辑者姓名，以避繁复。

而质暗弱，无以莅之。若乃迈德种恩，树之风声，使农夫逸豫于疆畔，女工吟咏于机杼，固非质之所能也。至于奉遵科教，班扬明令，下无威福之吏，邑无豪侠之杰，赋事行刑，资于故实，抑亦懔懔有庶几之心。

首段感谢赐宴，为书简旧格，而中段铺写元城地理形势，“兴会标举，俯仰凭吊，极淋漓之概”①，末段引征事典，委婉表达自己的心情，均清丽典雅，文采斐然。其《答东阿王书》讲究用事，注意翰藻，刘师培认为“词浮于意，足以考文体恢张之渐”②，即注重修饰，讲究文辞之美，反映了汉魏之际文章由尚质到尚文的发展趋势。

2. 缪袭

缪袭(186—245 年)，字熙伯，东海兰陵(今山东苍山西南)人。建安中，辟御史大夫府，历事魏四世，明帝时官至尚书、光禄勋，转散骑常侍。与仲长统友善，曾撰《上仲长统昌言表》。有才学，多所著述，但多散佚。有集5卷，已佚。今存文14篇，见《全三国文》。其中《喜霁赋》写夏粮登场而雨潦成灾，给人民带来灾难，“览唐氏之洪流兮，怅侘傺以长怀。日黄昏而不寐兮，思达曙以独哀”，表达了对“下民”的深切同情。其《上仲长统昌言表》，是今研究仲长统生平的重要资料。诗存《魏鼓吹曲辞》12 篇，载《宋书·乐志》；《挽歌辞》1 首，载《文选》。另，《初学记》、《北堂书钞》等处辑录《挽歌辞》2 首残篇。《魏鼓吹曲辞》为改汉乐府十二曲而成，由缪袭作词，歌颂曹操、曹丕、曹睿的功业，质木无文，缺乏个性。其《挽歌辞》颇为后人称道，其中完整的一首云：

> 生时游国都，死没弃中野。朝发高堂上，暮宿黄泉下。白日入虞渊，悬车息驷马。造化虽神明，安能复存我？形容稍歇灭，齿发行当堕。自古皆有然，谁能离此者！

动乱时世，人常怀忧生之嗟，为汉魏之际的诗文中所经见。乐府古辞中，也有《薤露》、《蒿里》等挽歌，而此诗却为自挽，则自成一格，有开启的意义。此后有晋代陆机《挽歌》、陶渊明的《挽歌辞》，以及唐代白居易、宋代秦观等

①高步瀛《魏晋文举要》注引何焯《何义门读书记》语，中华书局 1995 年版，第 64 页。
②《中国中古文学史·概论》，人民文学出版社 1984 年版，第 28 页。

文人的自挽之作。诗抒发了人生无常的感慨及人生短促的感伤，最后以却勘破生死的达观态度作结，词极峻急，亦淡亦悲。

3. 华歆　王朗　附王肃

华歆（157—231 年），字子鱼，平原高唐（今属山东）人。汉末入仕，初举孝廉，除郎中。以病去官。献帝初，应征为尚书郎。董卓擅权，挟持献帝迁都长安，歆见祸乱将起，借机逃离。后随太傅马日磾安集关东，任以为豫章太守。政务清静，吏民爱之。建安五年（200 年），曹操以天子命征其入朝，拜为议郎，参司空军事。入为尚书，转侍中，代荀彧为尚书令。曹操征孙权，歆为军师。曹操封魏王，歆为魏御史大夫；曹丕即王位，拜相国，封安乐乡侯；丕代汉称帝，"以形色忤时，徙为司徒" ①。明帝即位，进封博平侯，转拜太尉，位列三公，爵位子孙世袭。歆长期追随曹氏父子，所以"形色忤时"，是因曾臣事汉朝，对曹魏代汉"心虽悦喜，义形于色"，以表"臣节"而已。有人以封建正统观念看待易代之际的所谓"臣节"，议论"忠"、"奸"，或受《三国志通俗演义》的影响，把华歆看做所谓"奸臣"，都是不适当的。华歆为人谨慎，淡于财利，身为宰相，不置产业，"家无担石之储"，文帝因其"蔬食"而赐"御衣"，"为其妻子男女皆作衣服" ②；在其官运亨通之际，举贤自代，屡屡恳辞，以"清德高行"誉满当世，是一位廉洁自律、关心国家利益的官吏。其过分谨慎、随顺旨意，是其在复杂、险恶的政治环境中的自处之道，人或以此讥之，表现出人们对正直官吏的渴求。在华歆主政期间，反对仅凭所谓"德行"选拔官吏，而主张"务存立""崇王道"，坚持考试儒家经典，发展儒学教育，对魏初尊儒倾向的形成有直接影响。

华歆有集 30 卷，已佚。今存文 4 篇，见《全三国文》。《请叙郑小同表》一文，请叙用大儒郑玄之子小同，实则请求曹丕尊儒；《谏伐蜀疏》一文，请求丕"先留心于治道"，指出"为国者以民为基，民以衣食为本。使中国无饥寒之患，百姓无离土之心"，则蜀、吴之民"怀德"，"将襁负而至"，不主张立即征伐蜀汉，有利于安定战乱不休、生灵涂炭的北方，使人民获得休养生息的机会。而黄初三年所写的《奏讨孙吴》一文，则主张进讨孙吴，似与其谏伐蜀汉不协。其实不然。当时曹魏与孙吴的关系与蜀汉不同。曹丕代汉之

①《三国志·魏书·华歆传》裴松之注引华峤《谱叙》。
②《三国志·魏书·华歆传》。

后，刘备即在蜀称帝，而孙权至黄初三年才称帝。孙吴为曹魏腹心之患，是对其统治的直接威胁。所以《奏讨孙吴》文先讲强干弱枝的道理，指出“枝大者披心，尾大者不掉”，并以汉初未重视藩王“臣节未尽”，而招致吴楚之乱。前事不忘，后事之师，而今孙吴不臣，魏应汲取历史教训，及早予以制服。奏文针对魏、吴关系及现状，引征故实，分析形势，权衡利害，论析伐吴之必要。与一般奏议不同，此文感情激扬，颇具辞采。

王朗（？—228年），字景兴。初名严。东海郯（今山东郯城）人。灵帝时，以通经拜郎中，出为淄丘长，因为其师杨赐行服去官。后徐州刺史陶谦举荐为茂才。董卓挟持献帝迁都长安，朗劝说陶谦起兵勤王，拜会稽太守。居郡四年，惠爱在民。建安三年（198年），时任司空的曹操征其入朝，授谏议大夫、司空参军。后历官御史大夫，封安陵亭侯。曹丕代汉，改司空，进封乐平乡侯。明帝即位，进封兰陵侯，转司徒。著有《易》、《春秋》、《孝经》、《周官》诸书传注及《左氏驳议》，以及奏议、论记，有集34卷。已佚。今存文32篇，见《全三国文》。

王朗为刘勰称道的序、铭①，早已散佚，今存大都为奏疏、论议。其所论议大都属于儒家仁政、德治一类内容，对魏初政治有一定影响。如曹丕即王位之后，王朗针对汉魏之际战乱不止，“四海荡覆，万国殄瘁”的现实，上《劝育民省刑疏》，希望统治者“扶育孤弱”、“慎法狱”，指出如使“丁壮者得尽地力，则无饥馑之民；穷老者得仰食仓廪，则无馁饿之殍；嫁娶以时，则男女无怨旷之恨；胎养必全，则孕者无自伤之哀；新生必复，则孩者无不育之累；壮而后役，则幼者无离家之思；二毛不戎，则老者无顿伏之患。医药以疗其疾，宽繇以乐其业，威罚以抑其强，恩仁以济其弱，赈贷以赡其乏。十年之后，既笄者必盈巷。二十年之后，胜兵者必满野矣”。《三国志·魏书·王朗传》裴松之注引《魏名臣奏》载朗《奏宜节省》，刘勰称为“尽节而知治”②。此文批评东汉祭祀“威仪繁富”，极为奢侈，“既违茧栗悫诚之本，扫地简易之指，又失替质而损文、避秦而从约之趣”，不可为法式。明帝初年，朗奉使到邺探视文昭皇后陵，见有的百姓饥寒，而当时洛阳正营建宫室，遂上疏谏止。疏文以大禹、勾践、汉之文、景二帝、霍去病为例，说明要把国家治理好，

①《文心雕龙·才略》：“王朗发奋以托志，亦致美于序、铭。”
②《文心雕龙·奏启》，黄叔琳注本，第168页。

必“先卑宫室,俭其衣食”方能成就治国大业。总之,王朗关切时事,直言敢谏,其奏疏繁征博引,说理委婉入情,其“奏议论记,咸传于世”①,就很自然了。

其子肃(195—256年),字子雍,以经学著闻。黄初中,为散骑、黄门侍郎。太和中,拜散骑常侍。曾谏止伐蜀,上《陈政本疏》。后以常侍领秘书监,兼崇文观祭酒。景初间,“宫室盛兴,民失农业,期信不敦,刑杀仓卒”②,肃上疏请恤役平刑。齐王芳正始初,出为广平太守。征还,拜议郎,为侍中,迁太常、中领军,加散骑常侍,徙为河南尹。嘉平六年(254年),参与废齐王芳,并持节兼太常,至元城迎高贵乡公。卒赠卫将军,谥景侯。

王肃为曹魏后期儒宗,崇尚贾逵、马融之学而反郑玄,作《圣证论》,又搜采异同,为《尚书》、《诗经》、《论语》、《左传》以及“三礼”等作传注,与其订定的其父朗所作《易传》,皆列于学官。好作伪书,今传《孔子家语》、《孔丛子》等或出于其伪托。有集5卷,已佚。今存文35篇,多为奏疏、论议,见《全三国文》。其中,《陈政本疏》、《请恤役平刑疏》为其代表作。《陈政本疏》请求裁撤冗员,“除无事之位,捐不急之禄,止浮食之费,并从容之官。使官必有职,职任其事;事必受禄,禄代其耕”。指出只有精简官员,才能做到“官寡而禄厚,则公家之费鲜,进仕之志劝;各展才力,莫相依仗”。而且要防止欺瞒,“明试以功,能之与否,简在帝心”。《请恤役平刑疏》则从战乱未平、生民流离的现状出发,提出“省徭役而勤稼穑”以“安静遐迩”;慎刑重杀,使执法吏对犯人“暴其罪,钧其死”,避免冤杀无辜。其选贤任能、慎刑及轻徭薄赋的主张,皆有可取。其文切中时弊,质朴无华,而颇有说服力。

4. 高堂隆

高堂隆(生卒年未详),字升平,泰山平阳(今山东新泰)人。少为诸生,泰山太守薛悌命为督邮,以义勇见称。建安十八年(213年),曹操召为丞相军议掾,后为历城侯徽文学,转为相。黄初中,为堂阳长,以选为平原王傅。明帝即位,以隆为给事中、博士、驸马都尉,迁陈留太守,入为散骑常侍,赐爵关内侯。青龙中,帝大治宫殿,隆上疏切谏。后迁侍中,犹领太史令。景初初,迁光禄勋。有集10卷,已佚。今存文27篇,见《全三国文》。其文多为

---

①《三国志·魏书·王朗传》。
②《三国志·魏书·王朗传》附《王肃传》。

诏对、奏疏、论议，论说中引述史实，运用对比、比喻等手法进行说理，有一定文学价值，如《切谏增崇宫室疏》、《疾笃口占上疏》等。明帝时，北方相对稳定，而吴、蜀国力渐衰，曹魏当权者均希望由其实现全国的统一。而明帝却志在享乐，沉湎于宫苑美色，以致大权旁落，司马氏权势渐重，使高堂隆等深为忧虑。《切谏增崇宫室疏》即是针对明帝“增崇宫殿，雕饰观阁”而“百役繁兴”而发。疏文首先指出士民为国家根本，而今“上下劳役，疾病凶荒，耕稼者寡，饥馑荐臻，无以卒岁”，皇帝“宜加愍恤，以救其困”。接着从“天道”、“人道”两个方面说明放纵情欲的危害，并以并立之蜀、吴为说，如不警戒，将“难讨卒灭”，使魏处于不利地位。再次，引秦修长城、建阿房宫而使“天下倾覆”，及贾谊在贤君文帝之时痛陈时弊的史实，说明自己对现状的深切忧虑。言辞剀切，事理鲜明，使明帝览奏警惧。在其病重时所上《疾笃口占上疏》，更表现他“将死不忘社稷”的精神：

> 臣常疾世主莫不思绍尧、舜、汤、武之治，而蹈踵桀、纣、幽、厉之迹，莫不蚩笑季世惑乱亡国之主，而不登践虞、夏、殷、周之轨。悲夫！以若所为，求若所致，犹缘木求鱼，煎水作冰，其不可得，明矣。寻观三代之有天下也，圣贤相承，历载数百，尽土莫非其有，一民莫非其臣，万国咸宁，九有有截；鹿台之金，巨桥之粟，无所用之，仍旧南面，夫何为哉！然癸、辛之徒，恃其旅力，知足以拒谏，才足以饰非，谄谀是尚，台观是崇，淫乐是好，倡优是说，作靡靡之乐，安濮上之音。上天不蠲，眷然回顾，宗国为墟……且当六国之时，天下殷炽，秦既兼之，不修圣道，乃构阿房之宫，筑长城之守，矜夸中国，威服百蛮，天下震竦，道路以目；自谓本枝百叶，永垂洪晖，岂寤二世而灭，社稷崩圮哉？近汉孝武乘文、景之福，外攘夷狄，内兴宫殿……千门万户，卒致江充妖蛊之变，至于宫室乖离，父子相残，殃咎之毒，祸流数世。

5. 卞兰、程晓等其他诗文作家

卞兰（生卒年未详），琅邪开阳（今山东临沂）人，曹操的内侄，少有才学，历官奉车都尉、游击将军，加散骑常侍。曾作《赞太子赋》赞颂曹丕诗文及品德，得到丕的亲敬。明帝奢侈无度，留意于兴建宫室，兰常侍从，屡屡切谏。明帝虽不能从，但却赞赏他的忠诚。后苦酒消渴，明帝信女巫用水方，使人赐水于兰，兰不肯饮，言治病当以方药，遂因渴甚而卒。有集 2 卷，已佚。今存文 3 篇，见《全三国文》。卞兰好直言说论，行似儒者，而其思想已渐渍老庄。其《座右铭》云：

> 重阶连栋，必浊汝真；金宝满室，将乱汝神。厚味来殃，艳色危身；求高反坠，务厚更贫。闲情塞欲，老氏所珍；周庙之铭，仲尼是遵。审慎汝口，戒无失人。从容顺时，和光同尘。无谓冥漠，人不汝闻；无谓幽冥，处独若群。不为福先，不与祸邻，守玄执素，无乱大伦。常若临深，终始惟纯。

《赞述太子赋》赞颂曹丕《典论》及诸赋颂"逸句烂然，沉思泉涌，华藻云浮，听之忘味"，反映了当时文人文学观念的演变及对华丽文风的追求。《许昌宫赋》沿袭两汉写京都、宫殿的题材，文辞华美，写法却了无新意。

程晓（生卒年未详），字季明，东郡东阿（今属山东）人。魏卫尉程昱之孙。魏文帝黄初中，程昱封安乡侯，其孙晓亦封为列侯。齐王芳嘉平中，晓为黄门侍郎。时校事无定职，"上察宫庙，下摄众司，官无局业，职无分限，随意任情，唯心所适"①，晓上疏，遂罢校事之官。刘勰称程晓驳校事"事实允当，可谓达议体矣"②。后迁汝南太守，卒官。有集 2 卷，已佚。所著诗文，大多散佚，今存文 3 篇，见《全三国文》；诗 3 首，见《先秦汉魏晋南北朝诗》。其《嘲热客》诗，讥讽好交游驰逐之辈"触热到人家"，诙谐调笑，颇有特色，因为《文苑英华》、《古今岁时杂咏》、《诗纪》等收录：

> 平生三伏时，道路无行车。闭门避暑卧，出入不相过。今世褦襶子，触热到人家。主人闻客来，颦蹙奈此何？谓当起行去，安坐正跘跨。所说无一急，嗒啥一何多！疲瘠向之久，甫问君极那。摇扇臂中疼，流汗正滂沱。莫谓此小事，亦是人一瑕。传戒诸高朋，热行宜见呵。

孙该（？—261 年），字公达，任城（今山东济宁）人。据《三国志，王粲传》注引《文章叙录》，知该强志好学，年二十，上计掾吏，召为郎中。参与撰

---

①《三国志・魏书・程昱传》附《程晓传》。
②《文心雕龙・议对》，黄叔琳注本，第 176 页。

写《魏书》。迁博士、司徒右长史，复还入为著作郎。官至任城太守。《隋书·经籍志》载录其集2卷。已佚。今存《三公山下神祠赋》、《琵琶赋》两篇，见《全三国文》。《神祠赋》颂神佑民，没有多少特色；《琵琶赋》写琵琶的制作及弹奏，绘形绘声，尚可一读。

王基（？—261年），字伯舆，东莱曲城（今山东招远）人。年十七，郡召为吏，非其所好，不就，入琅邪游学。黄初中，举孝廉，授郎中，青州刺史王凌表请为别驾，后召为秘书郎，凌复请还。司徒王朗征辟，凌不遣；大将军司马懿辟，擢为中书侍郎。明帝大修宫室，百姓劳瘁，基上疏以水喻民，引水能载舟亦能覆舟进行谏诤。迁历安平、曹爽大将军从事中郎、安丰太守。曹爽专擅朝政，风气败坏，著《时要论》。以疾征还，起为河南尹，未拜，爽被诛，以曾为爽官属例罢。其年为尚书，出为荆州刺史，随王昶击吴，有功，赐爵关内侯。司马师执政，基致书戒之。高贵乡公即位，封安乐亭侯。从司马师平叛，有功，迁镇南将军，都督豫州诸军事，领豫州刺史，转征东将军，都督扬州诸军事，进封东武侯。甘露四年（259年），为征南将军，都督荆州诸军事。卒赠司空，谥景。

王基学宗郑玄，学行坚白，王肃改易郑玄旧说，基常与抗衡。著有《毛诗驳》5卷、《东莱耆旧传》1卷、《新书》5卷，并佚。今存文8篇，见《全三国文》。

（六）诸葛亮等吴蜀诗文作家

诸葛亮（181—234年），字孔明，琅邪阳都（今山东沂南）人。父珪，汉末为泰山郡丞，早卒。亮为避难，往依叔父玄；玄卒，遂居荆襄。亮本怀大志，常自比于管仲、乐毅，因逢丧乱，而躬耕陇亩。刘备屯兵新野，闻名往访，三顾茅庐，遂答应出山相助。后辅佐刘备夺取荆州，进军益州，建立蜀汉政权。继辅刘禅，总理内外事务，任丞相，领益州牧，封武乡侯。后六出祁山，病卒于北伐途中。生平事迹详见《三国志·蜀书》本传。著有《诸葛亮集》，今有中华书局整理校点本，另有王瑞功主编《诸葛亮研究集成》。

诸葛亮是中国历史上的著名政治家，同时也是汉魏之际的著名散文家。其散文主要有表、教、书信、论、奏疏等，体裁多样，各有所长，均务去虚浮，言简意赅，理切辞畅。如集中有《与群下教》、《与参军掾属教》等多篇告诫属下忠于国事的文告，情意恳恳，苦口婆心；《诫子书》、《诫外生书》，教导子辈志存高远，“静以修身，俭以养德”，“慕先贤，绝情欲”，要淡泊以明志，宁静而致远，珍惜少年时光，不然“年与时驰，意与日去”，后悔就来不及了。情意殷切，有望于后辈；文辞简洁，实能发人深省。其论议如《正议》针对曹魏华歆、王朗等劝其“举国称藩”进行批驳，事理明晰，文笔犀利；书信《答法正书》，对法正以其“刑法峻急”、劝其“缓刑弛禁”作答，说明针对刘焉、刘璋治下的益州“德政不举，威刑不肃”的实际状况，只能“威之以法”和“限之以爵”，采取“恩荣并济”的政策，才能使“上下有节”，形成秩序井然的政治局面。文以秦汉用法的历史背景，历数益州弊端，说明自己所以实行刑法赏罚的原因，条理分明，极富说服力。

《出师表》是诸葛亮的代表作，也是千古传诵的名文，刘勰谓称之为“表之英”①。蜀汉建国之初，刘备伐吴，兵败彝陵，在白帝城临死托孤，诸葛亮誓死报效。后主刘禅胸无大志，苟且偷安，又昏庸无能，亲近奸佞。诸葛亮为报答刘备知遇之恩，抚内安外，穷尽心力，所谓鞠躬尽瘁，死而后已。蜀汉后主建兴五年(227 年)，诸葛亮乘魏曹丕病亡，决心率军北伐。当其率兵北伐之际，上表后主刘禅。文章以“先帝创业未半而中道崩殂”领起，以期激励后主追怀并继承其父遗志。接着分析天下大势，指出蜀汉“危急存亡”的处境，令后主警觉；随之告诫后主继承其父遗志，广开言路，赏罚分明，近贤臣，远奸佞，从各方面叮嘱告诫。既动之以情，又晓之以理；既恳切周详，又严格君臣分际，志尽文畅，思致缜密。为说明率师北伐的决策及意义，回顾自接受刘备托孤以来，所“夙夜忧叹”者，惟有担心实现不了先帝遗志。今南方平定，已无后顾之忧，“当奖率三军，北定中原”，以“报先帝，而忠陛下”。“今当远离，临表涕零，不知所言”，并非一般套语，而是发自肺腑。诸葛亮内忧朝政，而为北伐又不得不离开，忧思百结，情难自已，言之哽咽。千百年后读之，仍能令人感到他忠贞亮直之情。

作为政治家，诸葛亮并非欲以文传世者，而其文终为后人所重视的原因，就是他贞亮高洁的人格及其朴实无华而又富有表现力的语言风格。宋代文豪苏轼说：“诸葛孔明不以文章自名，而开物成务之姿，综练名实之意，

①《文心雕龙·章表》，黄叔琳注本，第 163 页。

自见于言语。至《出师表》，简而尽，直而不肆。大哉言乎，与《伊训》、《说命》相表里，非秦汉以来事君为悦者所能至也。”①

其兄瑾及其侄恪，仕吴，亦有文名。诸葛瑾文已佚，《全三国文》辑存两篇；诸葛恪著有《诸葛子集》5 卷，已佚，《全三国文》辑录 6 篇；《艺文类聚》载诗 1 首。

（七）客籍作家曹植

曹植（192—232 年），字子建，沛国谯（今安徽亳州）人，曹操第四子。他生于黄巾起事之际、曹操转战今山东东部地区之时。有的学者考证，他的出生地为今山东莘县朝城②。夫人为著名学者、清河武城（今属山东）崔琰的侄女。受封以来，建安十六年（211 年）封平原侯，十九年徙封临淄侯，曹丕代汉称帝，改封鄄城侯，黄初三年（222 年）封鄄城王。魏明帝太和三年（229 年），徙封东阿；中间除封地在河南雍丘、浚仪、陈留外，其地都在山东。曹植徙封东阿时，“登鱼山，临东阿，喟然有终焉之心，遂营为墓”③，死于陈留，归葬东阿。曹植一生，大半是在山东度过的，与山东有不解之缘。曹植志在“戮力上国，流惠下民”，在政治上有所建树，本不以诗文为念。即便屡屡遭受迫害之后，他仍一再上《求自试表》，说明自己志在报国，而不甘心于“禽息鸟视，终于白首”。但是，自曹操去世，却受到曹丕、曹睿父子的猜忌、迫害，献身国家的功业抱负无由施展，郁郁而终。

曹植是建安时期的杰出诗人，也是继屈原之后最重要的诗人，在我国文学史上具有崇高地位。曹植诗歌艺术沾溉哺育了我国历代诗人，促进了中国诗歌艺术的发展，其诗文所表现出来的关心国家命运、执着追求美好生活理想的精神和高尚情操，也深刻影响了历代文人的人生价值取向，并早已融入我国优秀的文化传统之中。自本世纪初，伴随着诗歌的译介，曹植诗歌也译为俄、法等多国语言，成为世界关注的诗人之一。

曹植虽有封地，但在曹操生前他并未就国。黄初元年（220 年），曹丕代汉称帝，曹植改封鄄城，方始与诸侯并就国。曹植在山东封地的行迹，据

---

①《经进东坡文集事略》，文学古籍刊行社 1957 年版，第 909 页。
②《鲁西文博论丛》，载刘玉新：《曹植出生在莘县朝城考》，齐鲁书社 2000 年版，第 398—399 页。
③《三国志 · 魏书 · 曹植传》，下引未注明者，均引自此文。

《三国志》本传载,黄初四年,在赴徙封地雍丘之前,曾朝京师,渡洛川,作《洛神赋》,返程途中作《赠白马王彪》;或赋或诗,都是曹植代表性作品。魏明帝太和三年(229 年),徙封东阿。此时曹植已身心劳瘁,步入晚年。东阿濒临黄河,物阜民丰,是他受封以来最为富庶的地方。《迁都赋序》云:"余初封平原,转出临淄,中命鄄城,改邑浚仪,而末将适东阿。号则六易,居实三迁,连遇瘠土,衣食不继。"因此他对明帝十分感激。当其"登鱼山,临东阿",山水环绕的自然形势,山清水秀的优美景色,以及有关鱼山的美丽传说,自然会激起这位极富浪漫气质的诗人的情兴,其"终焉之心"便油然而生。相传曹植曾在鱼山上空听闻梵乐,从而得到启发而创始佛教音乐"鱼山呗",有关情况见之于诸多佛教文献 ①,并有学者对此进行探讨 ②。由此可见,曹植的生活、创作与山东的关系至为密切。

曹植在其父生前未曾赴所封国,曹丕即王位后,改封鄄城,4 年之后,徙封雍丘。直到 38 岁,转封东阿;3 年后徙封陈,不久病死,还葬东阿。曹植在山东期间的诗文创作状况,已难确切考定,作于黄初三年的《洛神赋》与黄初四年的《赠白马王彪》,则可确定为这一时期的作品。《洛神赋》所塑造的、感人至深的洛神形象,飘忽绰约、韵致细腻的艺术境界,以及高超的表现技巧,为历代文人所倾倒,历为传诵名篇。《赠白马王彪》是曹植后期的代表作品,诗的结构与委曲婉转的抒情方式,情景交融的手法与深厚的意蕴,使事用典与辞藻华美流动,感情真挚与文采缤纷相映衬,标志着五言诗艺术的成熟,为历代人们击节赞赏。总之,曹植在山东期间,其诗歌艺术走向成熟;其与齐鲁文化的关系,尚待深入研究。

三、晋南北朝时期的文学家族(上)

晋南北朝时期,世族门阀居于统治地位,他们在政治、经济、文化教育以及文学艺术等各个领域具有极大优势,并取得突出成就。这一时期,著名诗人、文学家大都为世族文人。他们凭借其优越的政治地位和文化优势,形成

---

①《法苑珠林》卷四:植"尝游鱼山,忽听空中梵天之响,清雅哀婉,其声动心……植深感神理,弥悟法应,及摹其声节,写为梵呗,撰文制音,传为后式。梵声显世,始于此焉。其所传梵呗。凡有六契"。《广弘明集》、释慧皎《高僧传》均有同类记载。

②见刘玉新:《曹植墓及佛教音乐》,载曲绪宏、董尚峰主编:《东阿王曹植》,山东友谊出版社 2000 年版,第 47—58 页。

不少世代相传的文学家族。东晋以降，今山东境内的南迁世族，大都保留其原有的文化传统，又不同程度地受到侨居地文化风习得浸染，在漫长的历史发展过程中，逐渐与南方文化相融合。滞留原籍的士人，经历了五胡十六国、北朝各代，为我国北方文化及文学艺术的发展也做出积极贡献。

西晋短暂统一，经济、文化一度繁荣。汉魏之际文学的嬗变，特别是诗歌文人化的进程，至太康、元康年间大致完成，出现了“二陆”、“两潘”、“一左”作家群，标志着文学发展进入一个新的阶段。在这一时期，今山东境内的作家分布较为分散，除左思、左棻兄妹外，文学家族惟泰山羊氏较为突出。

晋室南迁，今山东境内的世家大族多随从渡江。其中较为著名的有琅邪王氏和颜氏、平昌伏氏、东海徐氏、平原刘氏、清河崔氏和张氏等。他们既是官僚世家，也是文学世家。

（一）泰山羊氏文学

泰山羊氏是汉代以来的官僚世家，“世吏二千石，至祜九世”①，而自祜始以文名世。

羊氏籍贯为泰山南城，而关于南城的地理位置，人们一向认为是汉之南成（城）县故地，即今费县西南、平邑东南。史书、地志及各家注释几无异词。而在新泰羊流镇一带陆续出土的羊氏墓志碑刻，无可辩驳地说明泰山羊氏为今新泰人②。《元和郡县志》说：“新泰县，鲁平阳邑也。晋武帝泰始中镇南将军羊祜，此县人也。表改为新泰县。”

1. 羊祜

羊祜（221—278年），字叔子，汉太常羊续之孙、著名文学家蔡邕外孙。为人谦退，博学善属文。其姊徽瑜嫁司马师（后追封为景献皇后），于晋室为“皇亲”。初仕魏，官至中领军。司马氏取代曹魏，羊氏兄弟有“佐命之勋”，入晋，进位中军将军，加散骑常侍，改封郡公，封邑三千户。羊祜坚拒郡公封号，遂进本爵为侯。泰始初，迁尚书左仆射、卫将军。泰始五年（269

---

①《晋书·羊祜传》。

②新泰有《任城太守夫人孙氏之碑》为晋初任城太守羊某夫人之碑，立于西晋泰始八年（公元272年），今存泰山岱庙。此外，尚有为宋金石学家著录的《兖州刺史羊使君（灵引）碑》，以及北朝羊祉夫妇、羊深夫妇、羊烈夫妇碑刻出土。详见王尹成主编：《新泰文化大观》，齐鲁书社1999年版。

年),出为都督荆州诸军事、假节,散骑常侍、卫将军如故,奉命为灭吴做准备。在任善抚士卒,绥德抚远,深得人心。后加车骑将军,开府仪同三司,上表固让。咸宁二年(276 年),加征南大将军。"其后,诏以泰山之南武阳、牟、南城、梁父、平阳五县为南城郡,封祜为南城侯,置相,与郡公同"。病中举杜预自代,卒赠太傅。祜居官正直无私,疾恶奸佞,即与吴军交往亦重信义,使吴人翕然悦服。"祜立身清俭,被服率素,禄俸所资,皆以赡给九族,赏赐军士,家无余财。""性乐山水,每当良辰美景,必到岘山,置酒言咏,终日不倦。"尝慨然兴叹,对从事中郎邹湛说:"自有宇宙,便有此山。由来贤达胜士,登此远望,如我与卿者多矣!皆湮灭无闻,使人悲伤。如百岁后有知,魂魄犹应登此也。"及其卒,"南州人征市日闻祜丧,莫不号恸,罢市,巷哭者相接。吴守边将士亦为之泣。"襄阳百姓为悼念羊祜"于岘山祜游憩之所建碑立庙,岁时享祭焉。望其碑者莫不流涕,杜预因名堕泪碑"①。可见百姓对这位品德高尚,并为国家统一做出重要贡献的官吏的怀念之情。后人登临,悼思立碑,《隋书·经籍志》著录《羊祜堕泪碑》1 卷。有集 2 卷,及所撰《老子注》2 卷、《老子解释》4 卷,并佚。《全晋文》辑录其文 7 篇,其中赋 1 篇,表 2 篇,奏疏 1 篇,书信 3 封。

羊祜存《雁赋》1 篇,写雁"鸣则相和,行则接武"的协作精神,"当其赴节,则万里不能足其路"目标专一的品质,以及"浮若漂舟乎江之涛,色若委雪于岩之阿"的高洁形象,象物喻人,文辞清丽,有可读者。《请伐吴疏》分析当时形势,劝谕晋帝以完成"一统"为己任,并通过吴、蜀对比,力陈平吴之可行:"今江淮之难,不过剑阁;山川之险,不过岷汉;孙皓之暴,侈于刘禅;吴人之困,甚于巴蜀。而大晋兵众,多于前世;资储器械,盛于往时。今不于此伐吴,而更阻兵相守,征夫苦役,日寻干戈,经历盛衰,不可长久。宜当时定,以一四海。"疏文热情洋溢,文采斐然;对偶句、排比句,参差错落,如岩间飞瀑,倾泻而下,自然能打动人心。当时为晋帝采纳,却未得迅即实行。后羊祜又复上表,晋帝始决心出兵灭吴,终于完成了统一大业。《与从弟琇书》表明自己决不尸位素餐,而要恪尽人臣之责,在"毕力吴会"即完成统一大业之后,便学习汉代疏广,功成身退,还归乡里。羊祜处世谦抑,淡泊

①引文均见《晋书·羊祜传》。

名利是一贯的。晋初受封“固让封不受”；后加车骑将军，开府仪同三司，“上表固让”；封南城侯，又“固辞不拜”；讨吴有功，“将进爵土，乞以赐舅子蔡袭”。为国尽责，淡泊名利，表现出一位富有责任感的政治家的高尚情怀。《晋书》本传所载《让开府表》是历代传诵的名文，也是他高尚品德的集中表现：

> 臣伏闻恩诏，拔臣使同台司。臣自出身以来，適十数年，受任外内，每极显重之任。常以智力不可顿进，恩宠不可久谬，夙夜战悚，以荣为忧。臣闻古人之言，德未为人所服而受高爵，则使才臣不进；功未为人所归而荷厚禄，则使劳臣不劝。今臣身讬外戚，事连运会，诫在过宠，不患见遗。而猥降发中之诏，加非次之荣。臣有何功可以堪之？何心可以安之？身辱高位，倾覆寻至，原复守先人弊庐，岂可得哉！违命诚忤天威，曲从即复若此。盖闻古人申于见知，大臣之节，不可则止。臣虽小人，敢缘所蒙，念存斯义。
>
> 今天下自服化以来，方渐八年，虽侧席求贤，不遗幽贱，然臣不能推有德，达有功，使圣听知胜臣者多，未达者不少。假令有遗德於版筑之下，有隐才於屠钓之间，而朝议用臣不以为非，臣处之不以为愧，所失岂不大哉！
>
> 且臣忝窃虽久，未若今日兼文武之极宠，等宰辅之高位也。且臣虽所见者狭，据今光禄大夫李熹执节高亮，在公正色；光禄大夫鲁芝洁身寡欲，和而不同；光禄大夫李胤清亮简素，立身在朝，皆服事华发，以礼终始。虽历外内之宠，不异寒贱之家，而犹未蒙此选，臣更越之，何以塞天下之望，少益日月！是以誓心守节，无苟进之志。今道路行通，方隅多事，乞留前恩，使臣得速还屯。不尔留连，必于外虞有阙。匹夫之志，有不可夺。

表文语言平实，情意恳切，尤其他不慕虚荣，处处为国家利益着想的高贵品质，历为人们所称赏。西晋文学家孙楚称羊祜“文为辞宗，行作世表”①，李充称

---

①《故太傅羊祜碑》，载《艺文类聚》卷四十六，上海古籍出版社 1982 年版，第 825 页。

《让开府表》为“德音”①,因此刘勰说“羊公之辞开府,有誉于前谈”②。

羊祜还是著名书法家,南朝梁的庾肩吾《书品》说他的书法“动成楷则,殆逼前良”。羊氏书法世家,由羊祜奠基。

2. 羊欣　羊徽

羊欣(370—442 年),字敬元,羊权之孙。羊权(生卒年未详),字道舆。简文帝时为黄门郎。今存《萼绿华赠诗》3 首,载《诗纪外集一》。羊欣“少靖默,无兢于人,美言笑,善容止。泛览经籍,尤长隶书”③,受到著名书法家王献之的知赏,以书法著闻晋、宋间。起家辅国参军,府解还家,后因世乱未仕。桓玄辅政,以欣为平西主簿,参与机要。晋末,刘裕以欣为刘藩司马,出为新安太守,在郡四年,以简惠称。刘裕代晋,以其为临川王刘义庆辅国长史、庐陵王刘义真谘议参军,并不就。文帝即位,又以为新安太守。在郡13 年,乐其山水;转义兴太守,称病归。除中散大夫。羊欣生性耿介,淡泊名利,不为权贵所屈。会稽王世子元显每使书扇,常不奉命,遭到元显的报复。居官时以不堪拜伏,辞不朝觐,宋武帝、文帝并以不识其面为憾。王僧虔《论书》、庾肩吾《书品》均谓欣得王献之真传,最得王体。有文集 7 卷、《药方》数十卷(《隋书·经籍志》著录 30 卷),并佚。今存书柬 1 封,见《淳化阁帖》卷 3。所撰《古来能书人名》,录载自秦至晋书法家 69 人,为我国较早的书法史性质的著作。今有《书法要录》本、《书苑精华》本。传世草书墨迹有《笔精帖》。

羊徽(生卒年未详),字敬猷,羊欣之弟。诗人。晋末安帝义熙初年,刘裕镇京口,以徽为记室参军掌事;刘裕为太尉,徽亦为参军。义熙八年(412年),迁中书郎,值西省。义熙末,刘裕子义隆为西中郎将,徽为西中郎长史、河东太守。《隋书·经籍志》载录有《羊徽集》10 卷,已佚。今存文仅《木槿赋》,载《艺文类聚》;四言诗 2 首,载《文馆词林》。

3. 羊璿之

羊璿之(?—459 年),字曜璠,南朝宋诗人。与谢灵运、谢惠连、何长瑜、荀雍游处,以文章赏会,时号为“四友”。后为临川内史,为竟陵王刘诞

---

①《翰林论》,见《太平御览》卷五九四引文。
②《文心雕龙·章表》,黄叔琳注本,第 163 页。
③《南史·羊欣传》。

所赏识。宋孝武帝大明三年(459 年),刘诞据广陵反,兵败被杀;羊璿之受牵连,也被杀害。钟嵘《诗品》将其诗列入下品,云:“才难,信矣! 以康乐与羊、何若此,而二人文辞,殆不足奇。”其诗不存。

(二) 琅邪王氏文学

琅邪王氏的远祖王吉是琅邪皋虞(今青岛市即墨)人,后移家琅邪临沂(今属山东),自此琅邪临沂即成为琅邪王氏的郡望。王吉是西汉著名经学家和散文家,其子王骏亦有文名,子孙贵显,至魏晋时期已成为影响一方的大族。王祥由魏入晋,位至国公;竹林名士王戎与王衍在西晋都位至宰相。王祥临终训诫子孙的《遗令》,虽无文采,却成为王氏历代遵循的祖训,形成王氏家族文化的特色;王戎为竹林名士,王衍为清谈名家,他们均无作品传世。永嘉之乱后,晋室南迁,王导辅佐司马睿在建康(今江苏南京)称帝,成为东晋的开国元勋,历元、明、成三帝,为三朝宰辅,自此琅邪王氏成为南迁世族之首,簪缨蝉联,冠冕不替,绵延数百年。王氏是以儒学传家的文化家族,自汉魏至南北朝,几乎代有名家,在政治、经济、文化教育、文学艺术等各个领域都曾做出卓越的贡献。

1. 东晋时期琅邪王氏家族的诗文作家

东晋南北朝为山东世族文人文学创作的繁盛时期,其中最突出的就是琅邪王氏家族。琅邪王氏不仅在政治上居门阀之首,而且因其家族素有文化传统出现了众多诗文作家。其中王导因为三朝宰辅而开一代风气,王敦、王峤、王廙、王旷、王洽、王谧、王珣、王珉、王诞、王胡之、王羲之、王彪之、王肃之、王徽之、王献之等均有文集,见于《隋书·经籍志》著录。其中,王珣时誉称“大手笔”,书圣王羲之则为一代文坛领袖。

(1)王导　王敦　王廙

王导(276—339 年),字茂弘。“少有风鉴,识量清远”,司马睿“为琅邪王,与导素相亲善。导知天下已乱,遂倾心推奉,潜有兴复之志”,司马睿“亦雅相器重,契同友执”①。永嘉元年(307 年)九月,司马睿以安东将军都督扬州诸军事出镇建康,王导追随南渡;太兴元年(318 年),司马睿称帝,

①《晋书·王导传》。

以导为丞相，开府仪同三司，总枢机要，坐镇建康；其族兄、征南大将军王敦以江州牧掌控长江中上游及荆襄地区；王氏家族及其近属分掌内外，职居显要。他们团结南迁世族，联合江南世族，稳定了东晋王朝的统治。以王导、王敦为代表的王氏家族成为支撑东晋政权的主要政治力量，形成“王与马，共天下”的局面，从而使以琅邪王氏为代表的齐鲁世族主导了文化发展方向。王导一生，拥戴晋室，辅佐元、明、成三朝，思建克复之功虽未实现，而其竭力稳定东晋政权，开设学校，弘扬传统文化，对于齐鲁文化之传播、民族文化之延续和发展，做出极其巨大的贡献。就其家族而言，他继承王祥以来的家族传统，以儒学为宗，又能与时推移，具有较开放的文化观念和较为宽容的文化态度，使其家族濡染佛教、玄学，开南渡王氏的家教门风，影响也极其深远。王导能文善书，有集 11 卷，已佚。《全晋文》辑录近 20 篇，有奏议、章表、书启等。其中，《请修学校疏》、《遗王含书》较有代表性。

永嘉乱后，北方战乱不休，文教失坠已久。晋室南迁，是政治中心的转移，也是文化中心的转移。富有战略眼光的王导，在东晋开国之前、军旅未息之时，首先考虑兴复教育，上《请修学校疏》，冀望接续失坠已久的“文统”，亦即确立司马氏政权的正统地位。疏文前半论述兴学立教对于巩固政权的重要意义，后半讲要使礼教传统得以恢复只有“隆教贵道”：

夫风化之本在于正人伦，人伦之正存乎设庠序。庠序设，五教明，德礼洽通，彝伦攸叙，而有耻且格，父子兄弟夫妇长幼之序顺，而君臣之义固矣。《易》所谓“正家而天下定”者也。故圣王蒙以养正，少而教之，使化沾肌骨，习以成性，迁善远罪而不自知，行成德立，然后裁之以位。虽王之世子，犹与国子齿，使知道而后贵。其取才用士，咸先本之于学。故《周礼》，卿大夫献贤能之书于王，王拜而受之，所以尊道而贵士也。人知士之贵由道存，则退而修其身以及家，正其家以及乡，学于乡以登朝，反本复始，各求诸己，敦朴之业著，浮伪之竞息，教使然也。故以之事君则忠，用之莅下则仁。孟轲所谓“未有仁而遗其亲，义而后其君者也”。

自顷皇纲失统，颂声不兴，于今将二纪矣。传曰“三年不为礼，礼必坏；三年不为乐，乐必崩”，而况如此之久乎！先进忘揖让之容，后生惟金鼓是闻,干戈日寻,俎豆不设,先王之道弥远,华伪之俗遂滋,非所以端本靖末之谓也。殿下以命世之资,属阳九之运,礼乐征伐,翼成中兴。诚宜经纶稽古,建明学业,以训后生,渐之教义,使文武之道坠而复兴,俎豆之仪幽而更彰。方今戎虏扇炽,国耻未雪,忠臣义夫所以扼腕拊心。苟礼仪胶固,淳风渐著,则化之所感者深而德之所被者大。使帝典阙而复补,皇纲弛而更张,兽心革面,饕餮检情,揖让而服四夷,缓带而天下从。得乎其道,岂难也乎哉!故有虞舞干戚而化三苗,鲁僖作泮宫而服淮夷。桓文之霸,皆先教而后战。今若聿尊前典,兴复道教,择朝之子弟入于学,选明博修礼之士而为之师,化成俗定,莫尚于斯。

疏文前半论述兴学立教对于巩固东晋政权的重要意义,后半指出要使礼教传统得以恢复,只有"隆教贵道",形成良好的社会风气。文章层次清晰,说理透彻,质朴无华。王导上疏之后,太常荀崧等又上疏,支持王导的主张,提出尊经,增设经学博士,被元帝采纳。王导等人的建议得以实施,使中断很久的文化传统得以接续,不仅使东晋初年出现儒学复兴的气象,同时也奠定了晋南北朝文化思想的基本方向。而较有文采的是《遗王含书》。王含为王敦之兄,于王导为从兄弟。王敦举兵,欲行废置,敦病重,以王含为元帅,王导遂致书王含,既讲清其必败之势,也以保护家族荣誉为劝,并表明自己忠于晋室的坚定态度:

导门户小大受国厚恩,兄弟显宠,可谓隆矣。导虽不武,情在宁国。今日之事,明目张胆为六军之首,宁忠臣而死,不无赖而生矣。但恨大将军桓文之勋不遂,而兄一旦为逆节之臣,负先人平素之志,既没之日,何颜见诸父于黄泉,谒先帝于地下邪?执省来告,为兄羞之,且悲且惭。愿速建大计,惟取钱凤一人,使天下获安,家国有福,故是竹素之事,非惟免祸而已。

王敦(266—324 年),字处仲,为王导叔父基之子,比导大 10 岁。因其踏入仕途较早,在两晋之际其地位、名望都在导之上。他学通《左传》,口不言财利,少年时代即深受晋武帝的赏识,而尚武帝之女襄城公主,拜驸马都尉,授太子舍人,迁黄门侍郎。惠帝时因护驾有功,迁散骑常侍、左卫将军、大鸿胪、侍中，出授广武将军、青州刺史。永嘉初年，外族入侵，晋室内讧，王敦散尽家财，单车奔赴洛阳，支持东海王司马越掌管朝政，被任为扬州刺史，执掌东南一方的军政大权，成为两晋之际一支举足轻重的力量。在琅邪王氏家族内，王敦在王衍死后也成为家族的代表。司马睿初镇江东，人心不服，王敦配合王导，利用手中的军权，先后消灭了阴谋对抗的钱璯和不服从司马睿号令的江州刺史华轶，因而成为司马睿的心腹股肱之一。司马睿称帝，拜侍中、大将军、江州牧，加荆州牧。至此，王导主内，总枢机要；王敦主外，掌控荆襄，兄弟二人共同支撑着新生的东晋政权，形成名副其实的"王与马，共天下"的局面。由于王敦"手控强兵，群从贵显，威权莫贰，遂欲专制朝廷，有问鼎之心。帝畏而恶之，遂引刘隗、刁协等以为心膂。敦益不能平，于是嫌隙始构矣。"①永昌元年(322 年)，王敦以讨刘隗为名，率兵沿江而下，直逼建康。而元帝委派王导为前锋大都督，亲率六军抵御，将其置于两难境地。王导为维护大局，也为了维护其家族的根本利益，反对王敦废置晋帝，采取拥戴司马睿的立场，使江左刚刚稳定下来的局面得以维护，功在国家，利在民族。

司马睿死后，明帝即位，王敦又举兵内向，本拟夺取建康，不料半途病死。当时王敦前锋王含率三万大军抵达江宁，时王导代明帝出征，都督诸军，与王含两军对垒。一边是朝廷，是大局，也是王氏根本利益所在，一边是从兄，是叛逆，也是家族的害群之马。如何说服王含退兵，避免互相伤害、维护国家大局，是王导无奈的选择。在致王含书中，他陈说利害，表明自己"情在宁国"的决心，规劝其效忠朝廷。他首先将敦、含的叛逆归于听信幕僚的钱凤等人的挑唆，从而为其开脱罪责，次言朝廷及诸将抵御决心，说明"先帝(元帝)中兴，遗爱在人"，而明帝聪明，"德洽朝野"，对其起兵"凡在人臣"无不愤叹，已引发众怒，何况王氏"受国厚恩，兄弟显宠"，表明"导虽不武，情在宁国""宁忠臣而死，不无赖而生"，劝其认清形势，退"还武昌，尽力藩任"，使"天下获安，家国有福"。动之以情，晓之以理；委婉曲折，情理兼胜。

王敦虽为武将，却颇有文名。有集 10 卷，已佚。《全晋文》辑录其文较

①《晋书·王敦传》。

完整的有9篇，其中《上疏言王导》、《上疏罪状刘隗》、《与刘隗书》等均事理明畅，行文简洁，有可取之处。

王廙(276—322年)，字世将，王导从弟。自云少好文学，志在史籍，博学多通，书法、绘画、音乐、文学皆为名家。西晋末年，辟为掾，转参军，以迎惠帝于长安之功，封武陵县侯。后拜尚书郎，出为濮阳太守。怀帝永嘉初，弃官随同琅邪王司马睿渡江，领司马睿丞相军谘祭酒，后官至平南将军、荆州刺史。

王廙以书画著闻当时；绘画称江东第一，书法工于飞白。绘画作品《畏兽图》等为《历代名画记》所著录，书法《昨表帖》等收入《淳化阁帖》。书圣王羲之曾直接受到王廙的指导，对王氏以书法传世有重要影响。有集34卷。已佚。《全晋文》辑录其文10篇，多残缺不全。其中，有赋4篇，《笙赋》、《白兔赋》两篇咏物赋较为完整。《笙赋》从笙的取材、制作到吹奏，归结到乐教，略无新意。《白兔赋》则为司马睿移镇建康而获白兔，以为晋的复兴之祥端而加以歌颂，表达了南渡士人渴望恢复故地的强烈愿望："曰皇大晋，祖宗重光。固坤厚以为基兮，廓乾维以为纲。方将朝服济江，传檄旧国，反梓宫于旧茔兮，奉圣帝乎洛阳。建中兴之遐祚兮，与二仪乎比长。"《春可乐》应为骚体诗，见《先秦汉魏晋南北朝诗》。诗写春暖花开的景象，以及给人带来的欢乐，情融景中，颇有文采："春可乐兮，乐孟月之初阳。冰泮涣以微流，土冒橛而解刚。野暄卉以挥绿，山蔥蒨以发苍。"《妇德箴》也是一篇妙文："团团明月，魄满则缺。亭亭阳晖，曜过则逝。天地犹有盈亏，况华艳之浮孽！是以淑女鉴之，战战乾乾。相彼七出，顺此话言。惧兹屋漏，畏斯新垣。在昧无愧，幽不改虔。"将道德说教写得如此形象生动，亦为箴文之一例。

(2)王洽　王珣　王珉

由于琅邪王氏世代业儒，重视家族文化的传承及对子女的教育，其后裔在文学艺术领域十分活跃。王导六子，洽最知名；洽子珣、珉，都是诗人、书法家。

王洽(323—358年)，字敬和。年满二十，即历官散骑、中书郎、中军长史、司徒左长史、建武将军、吴郡内史。后征拜领军，寻加中书令，坚辞不受。升平二年(358年)，卒于官。年仅36岁。有集5卷，已佚。严可均《全晋文》辑录6篇。其中《临吴郡上表》写由于天灾人祸，致使“瓜麦荡尽，编户僵尸，葬埋无主；阖门饿馁，烟火不举”，请求朝廷关心民瘼，表现出施政重民的民本取向。

琅邪王氏以孝传家，重视亲情。王导长子悦事亲色养，深得王导喜爱，而早死。王洽与其手足情深，悦死后他哀痛欲绝，致其父《书》云：

> 洽顿首言：不孝祸深，备纷婴荼毒。荫恃亡兄仁爱之训，冀终百年，永有凭奉。何图慈兄一旦背弃，悲号哀摧，肝心如抽，痛毒烦冤，不自堪忍。酷当奈何！痛当奈何！重告恻至，感增断绝。执笔哽咽，不知所言！洽顿首言。

文辞朴实，而一往情深。王氏以儒学立身，信仰道教，而又与世推移，对玄学、佛教兼收并蓄。自王导始，王氏子弟与僧徒多有来往。王洽曾向僧人林法师致书问疑，即《广弘明集》所载《与林法师书》。虽涉佛理，而颇具文采：

> 夫教之所由，必畅物之所未悟；物之所以通，亦得之于师资。虽玄宗冲缅，妙言幽深，然所以会之者，固亦简而易矣。是以致虽远，必假近言以明之；理虽昧，必借朗喻以征之。故夫殆坠之旨，略可得之于千载；将绝之趣，可悟之于一朝。今本无之谈旨，略例坦然，每经明之，可谓众矣。然造精之言，诚难为允；理诣其极，通之未易。岂可以通之不易，因广同异之说，遂令空有之谈，纷然大殊？后学迟疑，莫知所拟，今道行指归，通叙色空，甚有清致。然未详经文为有明旨邪？或得之于象外，触类而长之乎？……故谘其数事，思闻嘉诲，以启其疑。

王珣（349—400年），字元琳。弱冠，为桓温掾属，与谢玄并为温所敬重。从讨袁真，以功封东亭侯，历官至尚书左仆射。孝武帝雅好典籍，珣与殷仲堪、徐邈等并以才学文章见知。孝武帝卒，哀册谥议，皆出珣手，时人目为大手笔。今存《孝武帝哀策文》颂扬孝武帝威德，内容虽无可取，而文辞雅洁、流畅，亦为可读。安帝即位，迁尚书令。王恭举兵叛乱，假节，进卫将军、都督琅邪水陆军事，事平，加散骑常侍。卒赠车骑将军、开府，谥曰献穆。珣经史明彻，颇具才情。有集11卷，已佚。《全晋文》载其文数篇，多残缺不全；存《秋怀》诗2残句，载《北堂书钞》。其中《林法师墓下诗序》较为完整可读：

> 余以宁康二年，命驾之剡石城山，即法师之丘也。高坟郁为荒楚，丘陇化为宿莽；遗迹未灭，而其人已远。感想平昔，触物悽怀。

序文雅洁，语短情长。《祭徐聘士文》情融文中，简短、凝练，亦祭文之优秀篇章：

> 豫章徐先生，陶精太和，诞膺一德，藏器高栖，确尔特立；贞一足以制群动，纯本足以息浮末。宣尼有言，不事王侯，高尚其事。若先生者，抑亦当之矣。限兹遐路，无由造敬，系伫灵宇，乃情依依。故贡薄祀，昭述宿心，神而有灵，傥垂尚飨！

王珉（351—388 年），字季琰，小字僧弥，洽次子。少有才艺，善行书，“风情秀发，才辞富赡”①，名在珣上。《世说新语·赏誉》载珉“风神清令，言语如流，陈说古今，无不贯悉”。太元八年（383 年）十月，与谢玄、桓伊涉肥水与苻坚决战，大破秦军。历官著作郎、散骑郎、国子博士、黄门侍郎、侍中。孝武帝太元十一年（386 年），代王献之为中书令。二人素齐名，世谓献之为“大令”，珉为“小令”。卒赠太常。有集 10 卷，已佚。《全晋文》辑录文 3 篇，杂帖 3 条；残诗 2 句，见《初学记》。其杂帖都是书信，文不修饰，而情深意切，较著名的是《论序高座师帛尸梨密多罗》：

> 春秋吴楚称子，传者以为先中国而后四夷，岂不以三代之胤，行乎殊俗之礼，以戎狄贪婪，无仁让之性乎？然而卓世之秀，时生于彼，逸群之才，或侔于兹，故知天授英伟，岂俟于华戎。自此已来，唯汉世有金日磾。然日磾之贤，尽于仁孝忠诚，德信纯至，非为明达足论。高座心造峰极，交俊以神，风领朗越，过之远矣！

帛尸梨密多罗，简称尸梨密，西域僧人，受到王导的赏识，被认为是释家中可以进行清谈的名士，时人呼为“高座”。王导及其后裔大都濡染佛教，其子孙与高僧尸梨密等关系密切。王珉曾师事尸梨密，在其卒后写了这篇序。

---

①余嘉锡《世说新语笺疏》注引檀道鸾《续晋阳秋》，中华书局 1983 年版，第 495 页。

王珉认为杰出人才的产生，与其族属没有关系。他把尸梨密与汉武帝时代仕汉的匈奴人金日磾相比较，认为尸高于金。因为尸不只表现在服膺华夏传统道德，而在于他高超的思想境界，及蕴涵深厚的俊逸风神，如同清风朗月，广被人间，其为中外文化思想的融合作出的贡献，远远超出金日磾。

(3)王羲之　王献之

王羲之与王献之父子，是王氏书法的代表，也是中国书法史上的两座高峰。王羲之书法艺术成就最高，被誉称为“书圣”，与其子献之史称“二王”，为历代所崇尚。至今在其原籍山东临沂及其侨居地浙江绍兴等处都建有纪念其行踪书迹的亭馆，供人凭吊、瞻仰。羲之亦是东晋一代文坛领袖，但其文名却常为其书法所掩。

王羲之(303—361 年)，字逸少，官至右军将军、会稽内史，世称王右军。其父旷，与王导为从兄弟，惠帝时官侍中，出为丹杨太守、淮南太守，曾从著名书法家卫夫人学到蔡邕书法，并传授给儿子羲之。羲之幼讷于言，及长，善辩，以正直敢言、不阿附世俗为人所称。其才学、书法，深为王敦、王导所器重。起家秘书郎，迁宁远将军、江州刺史。公卿大臣爱其才屡向朝廷推荐；朝廷一再召其回朝任侍中、吏部尚书，而他一再拒绝赴任。后拜护国将军，又求外放，乃以为右军将军、会稽内史。羲之以书法名世，真、草、隶、行，诸体皆善，而其诗文，亦享誉当时。有集 10 卷，已佚。明张溥辑有《王右军集》(《汉魏六朝百家集》本)，《全晋文》辑其文为 5 卷。

依其出身，王羲之本可一路升迁，跻身廊庙，而他却不乐为官，说自己没有立朝为官的大志，但又十分关心国事。譬如当时桓温手握重兵，掌控长江中下游军事，威震朝廷；扬州刺史殷浩名气很大，朝野都推重敬服。简文帝倚重殷浩对抗桓温；桓、殷两人互相猜忌。羲之从国家大局出发，致书殷浩，劝其与桓温讲和，而殷浩不听。后来简文帝乘后赵内乱，任命殷浩为中军将军、假节，都督扬、豫、徐、兖、青五州诸军事，率军北伐。羲之分析当时形势，认为北伐必败，又致书殷浩，十分诚恳地提出自己的意见；浩不听，遂为姚襄所败。复图再举，羲之又致书殷浩，并与会稽王笺，陈述浩不宜北伐的理由，首先指出东晋立足未稳，内忧重于外患；远途奔袭，供给靡费，势必加重人民赋税负担，是自取败亡之道：

古人耻其君不为尧舜，北面之道，岂不愿尊其所事，比隆往代，况遇千载一时之运？顾智力屈于当年，何得不权轻重而处之也。今虽有可欣之会，内求诸己，而所忧乃重于所欣。《传》云：“自非圣人，外宁必有内忧。”今外不宁，内忧已深。……

夫庙算决胜，必宜审量彼我，万全而后动。功就之日，便当因其众而即其实。今功未可期，而遗黎歼尽，万不余一。且千里馈粮，自古为难，况今转运供继，西输许洛，北入黄河。虽秦政之弊，未至于此，而十室之忧，便以交至。今运无还期，征求日重，以区区吴越经纬天下十分之九，不亡何待！而不度德量力，不弊不已，此封内所痛心叹悼而莫敢吐诚。

以下接着提出具体建议，说明自己所以贸然陈辞，是因国家存亡所系，希望会稽王当机立断。所谓不在其位，不谋其政，看到北伐必败的形势，王羲之本可冷眼旁观，而他却一再致函恳切陈辞，忧以国家，情不能已。当会稽郡闹饥荒之时，他随即开仓放赈；朝廷赋税繁重，他就上书尚书仆射谢安，提出惩治贪官污吏、赈济贫穷的建议。他关注现实，视民如伤，说明他具有儒家以民为本的精神和济世救民的情怀。而其不乐为官，以隐逸为高，爱好自然，钟情山水，又表现出道家的生活情趣。

羲之一生最重要的文学活动就是兰亭诗会，其最为后世传诵的也是《兰亭集序》与《兰亭诗》。永和九年(353 年)，羲之在会稽内史任上，邀集谢安、孙绰、支遁等 41 人，在兰亭组织了东晋时期规模最大的一次诗歌盛会。会间，赋诗者 26 人，得诗 41 首，羲之以《兰亭集序》一文记述这次文学集会的盛况及与会者的观感。同题赋诗，为古代文人常有之事。有的是某一诗人群体宴集赋诗，如建安时期的邺下文人；有的如西晋石崇，邀集文人学士到风景秀美的金谷园，以金谷为题作诗，而其规模与影响，都不能与兰亭雅集相比。羲之作为雅集的东道主、诗坛领袖，编集兰亭诗，并为之作序：

永和九年，岁在癸丑，暮春之初，会于会稽山阴之兰亭，修禊事也。群贤毕至，少长咸集。此地有崇山峻岭，茂林修竹，又有清流激湍，映带左右，引以为流觞曲水，列坐其次。虽无丝竹管弦之盛，一觞一咏，亦足以畅叙幽情。

是日也，天朗气清，惠风和畅，仰观宇宙之大，俯察品类之盛，所以游目骋怀，足以极视听之娱，信可乐也。

夫人之相与，俯仰一世，或取诸怀抱，悟言一室之内；或因寄所托，放浪形骸之外。虽趋舍万殊，静躁不同，当其欣于所遇，暂得于己，快然自足，不知老之将至。及其所之既倦，情随事迁，感慨系之矣。向之所欣，俯仰之间，已为陈迹，犹不能不以之兴怀。况修短随化，终期于尽。古人云："死生亦大矣。"岂不痛哉！

每览昔人兴感之由，若合一契，未尝不临文嗟悼，不能喻之于怀。固知一死生为虚诞，齐彭殇为妄作。后之视今，亦犹今之视昔，悲夫！故列叙时人，录其所述，虽世殊事异，所以兴怀，其致一也。后之览者，亦将有感于斯文。

为诗集作序，不写诗集的编集过程以及所收录诗的情况，却记述游乐及观感，构思命意都别具一格。这是因为"所以兴怀，其致一也"。诗人宴集兰亭，即景兴怀，并由眼前景物而阐发人生哲理。兰亭诗大多涉及老庄的哲理，抒发人生感慨，但大多为无病呻吟，空洞无物。而"一死生"、"齐彭觞"，是他们谈论最多的内容，并由此引发出隐遁避世或放浪自恣的消极情绪。王羲之从游乐尽兴引发出死生的感慨，批驳老庄等死生、齐寿夭的观点，认为生即是生，死就是死，虽有对人生短暂的感叹，但却表现出旷达的胸怀，其思想境界显然高过时人。序文写宴游盛况，描写兰亭一带景物，着墨不多，而情景鲜活、生动；文字朴素自然，如浑金璞玉。序文笔致优雅，音调铿锵，读来如行云流水，令人获得无限美感。文的形式，诗的韵味，确为散文精品。

羲之好山水之游，在会稽内史任内，遍游境内名胜，今存其《兰亭诗》二首，一为四言，一为五言，都是玄言诗。五言有云：

三春启群品，寄畅在所因。仰望碧天际，俯磐绿水滨。寥朗无厓观，寓目理自陈。大矣造化功，万殊莫不均。群籁虽参差，适我无非新。猗与二三子，莫匪齐所托。……合散固其常，修短定无始。造新不暂停，一往不再起。于今为神奇，信宿同尘滓。谁能无此慨，散之在推理。言立同不朽，河清非所俟。

游目骋怀,借景谈玄,是当时玄言诗的共同特点。就内容而言,诗与序文的情致是一致的。诗人达观的人生态度,及其对物我关系的深切体悟,都能令读者得到启发。

羲之大量书信、杂帖依其书法流传至今,其内容为亲朋之间吊丧问疾,或互通讯问,或表达对时事的关切,文字简短,情感真切:

> 日月如驰,一嫂弃背再周。去月穆松大祥,奉瞻廓然,永惟悲摧,情如切割。汝亦增慕,省疏酸感。
>
> 庾新妇入门未几,岂图奄至此祸?情愿不遂,缅然永绝。痛之深至,情不能已。况汝岂可胜任?奈何,奈何!无由叙哀,悲酸!
>
> 年荒,百姓之命倒悬,吾夙夜忧此。时既不能开仓庾赈之,因断酒以救民命,有何不可?而刑犹至此,使人叹息!

这类作品,正如宋代文学家欧阳修所言,“盖其初非用意,而逸笔余兴,淋漓挥洒,或妍或丑,百态横生。披卷发函,烂然在目,使骤见惊绝;徐而视之,其意态如无穷尽”①,其文学价值应予充分重视。

王羲之有七个儿子,六个擅长书法,五个有诗文传世。长子玄之,善草书,早死,今存《兰亭诗》。次子凝之,官左将军、会稽内史,其妻即著名才女谢道韫。工草隶,今存文3篇,《兰亭诗》2首。道韫工诗文,有集3卷,已佚,今存诗三首,《泰山吟》、《咏雪联句》较著名。次涣之,有《二嫂帖》、《兰亭诗》传世。次肃之,有集3卷,已佚,今存《兰亭诗》2首。次徽之,官至黄门侍郎,善正草书,兼擅诗文,有集8卷,已佚,今存诗2首、文1篇。次操之,官至侍中尚书、豫章太守,善正行书,有《嫂书帖》传世。献之为羲之少子,最有名,书法史上父子并称“二王”。

王献之(344—386年),字子敬,工书善画,兼擅诗文。七八岁即跟随其父学习书法,少年时代即小有名气。入仕为州主簿,召为秘书郎,迁秘书丞,历官建威将军、吴兴太守,至中书令。他少时学无旁骛,精神专注。相传在其专心练字时,羲之乘其不备,猛掣其手中的毛笔,他纹丝不动,握之如初。从此,身后掣笔,便成为书师考察生徒是否专注的方法。献之为人高傲,不

①欧阳修:《集古录跋尾》卷四。

媚俗，不阿贵，率性自然，颇有父风。一次，他路过吴郡（治所在今江苏苏州），听说顾辟疆有座名园，而他与主人素不相识，要进去自然应先征得主人同意，但他却乘坐二人小轿，径直进入，游览尽兴，旁若无人。主人斥责，他不予理会，自管大摇大摆地离去。尚书谢安历为其上司，欲请献之题匾，作为书法瑰宝传之后世，却遭到婉拒。有集10卷，已佚，明张溥辑有《王大令集》（《汉魏六朝百三家集》本）。其杂帖为与亲人、友人往来书信，嘘寒问暖，吊丧问疾，情至文生，简洁隽雅：

相过终无服日，悽切在心，未尝暂掇。一日临坐，目想胜风，但有感恸，当复如何？常谓人之相得，古今洞尽，此处殆无恨于怀，但痛神理与此而穷耳。尽此感深，殆无置处，常恨，况相遇之难，而乖其所同？省告，不觉灌流。既已往矣，亦复何言！

思恋，无往不慰。省告，对之悲塞。未知何日复得奉见，何以喻此心？惟愿尽珍重理。迟此信反，复知动静。

不审阿姨所患得差否？极令悬恻。想东阳诸妹当复平安，不审顷者情事渐差耶？彼郡今载甚不能佳，不知早晚至，当遂至郡。深相望。

今存献之诗四首，以《桃叶歌》三首最著名：

桃叶复桃叶，渡江不用楫。但渡无所苦，我自迎接汝。
桃叶复桃叶，桃叶连桃根。相怜两乐事，独使我殷勤。
桃叶映花红，无风自婀娜。春花映何限，感郎独采我。

桃叶是献之小妾的名字，两情相悦，所以歌之。此诗民歌风味浓郁。献之长期居住在吴地，颇受吴声歌曲的影响。

（4）王彪之　王胡之

王彪之（305—377年），王廙弟彬之次子，字叔虎，唐人避讳作叔武。年二十而须鬓皆白，人称王白须。依例，彪之作为世族子弟，入仕即为郎官，破例提拔则可别授官职。而彪之不愿破例，即任著作佐郎。后从武陵王司马迁尚书左丞，御史中丞、廷尉，进入朝廷上层。在廷尉任上，因执法严明，被人比作西汉文帝时廷尉、以执法名世的张释之。后转吏部尚书，掌管选任官吏，任人唯才，不屈从权贵，并提议精简臃肿的官僚机构，认为“为政之道，以得贤为急”,“职事之修,在于省官;朝风之澄,在于并职。官省则选清而得久,职并则吏简而俗静”,并提出具体考察、裁减冗员以及提高行政效率的办法。穆帝永和末年,彪之多病,国家大事仍赖其策划。后转领军将军,迁尚书仆射。一度出任镇军将军、会稽内史,在郡八年,抑制豪强,招抚流亡,颇有政绩。孝武帝时,官至尚书令,与谢安同执朝政。晚年加光禄大夫、仪同三司,未受。卒谥“简”。有集20卷,已佚。《全晋文》辑录文40篇。

王胡之(320? —349年?),字修龄,王廙次子。好为玄言,诙谐、幽默,善于赋诗属文,20岁即成为当时名士,与著名政治家、玄学家兼诗人谢安相友善。历官吴兴太守、侍中、丹杨尹,迁西中郎将、平北将军、司州刺史,未行而卒。有集10卷,已佚。《全晋文》辑其文4篇,《先秦汉魏晋南北朝诗》辑其诗两首16章。其文清丽简洁,意味隽永。如《与庾安西笺》:

> 此间万顷江湖,挠之不浊,澄之不清,而百姓投一纶、下一筌者,皆夺其鱼器,不输十疋,则不得放。不知漆园吏何得持竿不顾,渔父鼓枻而歌沧浪也?

诗均为四言,大都为玄言诗,除阐释哲理外,或叙友情,或抒发人生感慨,也有特色。

2. 南北朝时期的琅邪王氏诗文作家

东晋时期为门阀政治,王、谢为代表的世家大族左右着当时的政局,而至刘宋皇权得到加强,世族门阀虽也据有较高的政治地位,但必须附皇权以行。因此,琅邪王氏的威势虽已不能与昔日同日而语,而其文化优势仍存,在南北朝文学艺术领域出现了诸多名家。

(1)王弘　王僧达　王微

王弘(378—432年),字休元,王导曾孙。父珣,官至司徒。自幼好学,以清恬知名。晋末,年二十为会稽王司马道子幕僚,而不愿与其同流合污,屡次拒绝其推荐,以清正自守、不依附权贵、不受利禄诱惑,受到人们的赞扬。他像其曾祖一样,俭约自律,不吝钱财。其父王珣好积聚,他则把钱财借贷给百姓,并在王珣死后,将债券统统烧掉,不向借贷者要一分钱,其余家产也全部交付弟弟们。晋、宋之际,王弘审时度势,不受士庶界限的束缚,追随庶族将领刘裕,后以拥戴之功,于宋初官江州刺史,加散骑常侍,封华容县公。永初三年(422年),进号卫将军、开府仪同三司。文帝即位,要授予他司空之职,封建安郡公,而他以与功勋不副为由坚决推辞,文帝即另授加使持节、侍中,改监为都督,进号车骑大将军,开府、刺史如故。后征为侍中、司徒、扬州刺史,录尚书事,成为南朝时期琅邪王氏家族中权位最高的一个人。元嘉五年(428年)春,全国大旱歉收,王弘自认为作为司徒(宰相)负有责任,遂引咎辞职。文帝不得已而降其职,但仍领司徒事。后请求退休,未准。元嘉九年,进位太保,领中书监,卒于官。王弘继承家学家风,熟悉法律制度,在宋初为三朝宰相,廉洁奉公,从不谋求财利,受到朝野的拥戴。及死之后,家无余财,以致家人食用匮乏,文帝特命赐钱、米周济其家人。有集20卷,已佚,《全宋文》辑录其文11篇,多为奏议。

王弘不以文名,而文辞清俊、畅达,亦有可取之处。其《辞建安郡公封邑表》、《因大旱引咎逊位》、《又上表逊位》、《又表逊位》诸文,不仅表现其不恋禄位、耻尸位素餐的品德,其文恳切周详,亦可一读。如《引咎逊位》一文首先说明宰相之职责:“台辅之职,论道赞契,上佐人主,燮理阴阳;位以德授,则和气淳穆,寇窃非据,则谴见于天。”次举陈平、邴吉,说明先贤有引咎辞职之例,再言天象异常、大旱歉收,是自己不称职所致。而当初所以接受任命,“属值时艰,六戎亲戒,忧及社稷,诚是臣下致节忘身之时,当有何心,尘挠圣听,所以黾勉从事,循墙驰驱,志在宣力,虑不及远”,及至天下平定,就应“避贤谢拙”,而“荏苒推迁,忽及三载,遂令负乘之衅,彰著幽明,愆伏之灾,患缠氓庶,上缺皇朝缉熙之美,下增官谤覆折之灾,伏念惶赧,五情飞散,虽曰厚颜,何以宁处!”因此恳辞逊位。情意恳切,质朴无华,并非官样文章。

王僧达(423—458年),王弘少子,临川王刘义庆之婿。少好学,聪敏强记,善属文。初为太子舍人,迁太子洗马,后任宣城、吴郡太守。孝武帝即位,授尚书右仆射、征虏将军,迁太常。大明二年(458年),迁中书令。僧达与其父作风不同,自恃门第,望为司徒,未得满足,即心生怨诽。僧达以门第自高,鄙薄太后出身微贱的内孙琼之,遭太后厌恶,后遂借故被杀。僧达工诗善文,有集10卷,已佚。《全宋文》辑录其文5篇,《先秦汉魏晋南北朝诗》辑录其诗5首。

僧达以诗著称,《诗品》将其诗与谢瞻、谢混、袁淑、王微诸人同列入中品，谓其诗“才力苦弱，故务其清浅，殊得风流媚趣”，而“卓卓殆欲度骅骝前”，成就略高于前四人。《文选》载录其诗《答颜延年》、《和琅琊王依古》2首、《祭颜光禄文》1篇。与著名诗人颜延之为忘年交，有《赠王太常》诗①，僧达《答颜延年》云：

长卿冠华阳，仲连擅海阴；珪璋既文府，精理亦道心。君子耸高驾，尘轨实为林。崇情符远迹，清风溢素襟。结游略年义，笃顾弃浮沉。寒荣共偃曝，春酝时献斟。聿来岁序暄，轻云出东岑。麦垄多秀色，杨园流好音。欢此乘日暇，忽忘逝景侵。幽衷何用慰，翰墨久谣吟。栖凤难为条，淑贶非所临。诵以永周旋，匣以代兼金。

此诗也载入《古诗源》，沈德潜评谓“亦著意追琢，答颜诗与颜体相似”。

王微(415—453年)，字景玄，王弘弟孺之子，诗人、散文家。“少好学，无不通览，善属文，能书画，兼解音律、医方、阴阳术数。……起家司徒祭酒，转主簿，始兴王浚后军功曹记室参军，太子中舍人，始兴王友。父忧去官。”②微淡于名利，不乐居官，除中书侍郎、拟拜南琅邪、义兴太守，并固辞不就。吏部尚书江湛要举荐他为吏部郎，他致函委婉拒绝，先是说明作为吏部尚书，江应选贤任能，而不应像他这样“疹废”之人；次责其“欲高学山公，而以仲容见处”，表示无论什么说辞都不会使其出仕，将学“汝、颍余彦”，“拂衣而不朝”。虽云“非敢叨拟中散”，而与嵇康《与山巨源绝交书》却同一辞气。在《与从弟僧绰书》说“文词不怨思抑扬，则流澹无味。文好古，贵能连类可悲”，《宋书》本传说他“为文古甚，颇抑扬”，于此文可见一斑。有集10卷，已佚。所著《鸿宝》10卷，亦佚。《全宋文》辑录其文9篇，《先秦汉魏晋南北朝诗》辑录其诗5首。其《杂诗》1首为《文选》所录，诗云：

思妇临高台，长想凭华轩。弄弦不成曲，哀歌送苦言。箕帚留江介，良人处雁门。讵忆无衣苦，但知狐白温。日暗牛羊下，野雀满空园。孟冬寒风起，东壁正中昏。朱火独照人，抱景自愁怨。谁知心思乱，所思不可论。

---

①二诗同见《文选》卷二十六。
②《宋书·王微传》，下引同。

王微从子僧祐，字胤宗，亦以文著名。有集 10 卷，已佚。今存诗 1 首，见《南史》本传。僧祐子籍（480—550 年?），字文海，七岁能属文，博览群书，有才气，为当时文坛名流任昉、沈约等知赏。由齐入梁，历任王府主簿、谘议参军。在湘东王谘议参军任，随府会稽，乐游境内云门、天柱山水。至若耶溪赋诗，有“蝉噪林逾静，鸟鸣山更幽”之句，时以为文外独绝，广为传诵。有集 10 卷，已佚。今存诗 2 首，见《先秦汉魏晋南北朝诗》。

（2）王僧绰　王僧虔　王俭

王弘诸弟中，昙首及其子孙世代贵显，其子僧绰、僧虔及僧绰子俭及其孙骞、暕等，均都熟悉朝廷律法及典章制度，文雅儒素，传承家风，为诗文名家。

王僧绰（423—453 年），《宋书》本传说他“幼有大成之度，弱年众以国器许之。好学有理思，练悉朝典”，“沈深有局度，不以才能高人”。袭父爵封豫章县侯，尚武帝刘裕长女东阳献公主。初为江夏王义恭司徒参军，转始兴王濬文学，秘书丞，司徒左长史，太子中庶子。元嘉二十六年（449 年），徙尚书吏部郎，参掌大选。后迁侍中，任以机密，甚得文帝宠信。因曾参与废太子劭之议，而为劭所杀。有集 1 卷，及所编《颂集》20 卷，均佚。子俭。

王俭（452—489 年），字仲宝，著名学者、文学家和目录学家。刚出生，其父僧绰遇害，由其叔父僧虔收养。少有大志，悉心向学，手不释卷，被人誉为栋梁之才。经著名文人袁粲推荐，尚宋明帝阳羡公主，拜驸马都尉。年十八，入仕为秘书郎、太子舍人，破格提拔为秘书丞，历司徒左长史、义兴太守。宋末依附权臣萧道成，官至尚书右仆射，领吏部。萧道成代宋称帝，以拥戴之功，改封南昌县公。历官左仆射、太子詹事、丹阳尹、国子祭酒、太子少傅，永明六年（488 年），以本官开府仪同三司；七年改领中书监，参掌吏部选官事。卒赠太尉，谥文宪。王俭继承家风，无不良嗜好，不慕荣利，惟以治理国家为务。一生俭朴，车马无藻饰，死后家无余财，为当时所称道。

王俭历宋、齐两朝，在齐官至宰相（中书监），其政治方面的贡献主要是礼仪制度的建设。而因其学识渊博，在文学、经学、目录学诸多方面都有突出贡献。王俭能诗善文，其诗，钟嵘《诗品》列入下品，今存 8 首，见《先秦汉魏晋南北朝诗》。俭擅长骈文，宋、齐易代之际的文告，多出自其手，《文选》所载《褚渊碑》，尤为著名。《全齐文》辑其文为 3 卷。在经学方面，王俭弱年便留意“三礼”，发言吐论，必据儒学，与其子暕、孙承，都曾任国子祭酒，史称三世为国师，前代所未有。于目录学，王俭的贡献尤为突出。在其任秘书丞期间，曾依汉代刘向《七略》撰《七志》40 卷，又撰《元徽元年秘阁四部书目录》，凡著录书籍 2020 帙，15074 卷，对后世目录学的发展颇有影响。诗以《春诗》二首最为人称道：

兰生已匝苑，萍开欲半池。轻风摇杂蘤，细雨乱丛枝。
风光承露照，雾色点兰晖。青荑结翠藻，黄鸟弄春飞。

二诗描写春景颇有特色，王夫之谓第二首“二十字如一片云，因日成彩”，“允为绝句元声”①。

王暕（477—523 年），字思晦，王俭子。弱冠，选尚淮南长公主，拜驸马都尉。授晋安王文学，迁庐陵王友、秘书丞。明帝诏求奇才异能之士，始安王萧遥光表荐王暕及王僧孺，称暕“辞赋清新，属言玄远”，授骠骑从事中郎。梁武帝天监元年（502 年），由太子中庶子，领骁骑将军，入为侍中。受敕与谢览为诗赠答，并受武帝称赏，赐诗云：“双文既后进，二少实名家。岂伊尔栋隆，信乃俱国华。”历宁朔将军、中军长史、射声校尉、五兵尚书，出为晋陵太守。十年，征为吏部尚书，领国子祭酒，迁尚书左仆射。卒赠中书令，谥靖。有集 21 卷，已佚。今存诗 2 首，见《先秦汉魏晋南北朝诗》。其子训（510—535 年），字怀范，诗人。16 岁即受到梁武帝的赏识，初授秘书郎，迁萧统太子舍人、秘书丞，后转太子中庶子，掌书记。《梁书》本传称训“文章之美，为后进领袖”，惜其因病早卒，年仅 26 岁。

王僧虔（426—485 年），为宋、齐大臣，政治地位甚高。有文名，而其高超的书法艺术，与同宗王羲之、王献之一样彪炳史册。为人宽厚，有气度，谦抑寡言，交接甚少。其兄僧绰遇害，他待侄如子。初授秘书郎，太子舍人，转义阳王文学，太子洗马。孝武帝初年，出为武陵太守，还为中书郎，转黄门郎，太子中庶子。宋时历官侍中、御史中丞、吴兴太守、会稽太守，元徽间（473—476 年），为吏部尚书，加散骑常侍，转右仆射。昇明二年（478 年），由尚书仆射、中书令迁尚书令。曾用飞白题尚书省壁云：“圆行方止，物之

①《古诗评选》卷三。

定质,修之不已则溢,高之不已则慄,驰之不已则踬,引之不已则迭,是故去之宜疾。”既说书法,也谓为人处世,内中隐含书法与做人一致之意,为人赞叹,并作为座右铭。齐初迁持节、都督湘州诸军事、征南将军、湘州刺史,侍中如故。在郡清廉,不谋私利,境内百姓安居乐业。武帝即位,迁侍中、左光禄大夫、开府仪同三司,因其侄王俭亦享受这种待遇,固辞不拜,改授侍中、特进、左光禄大夫。卒赠司空,谥简穆。所著《论书》为书话一类作品,评骘汉晋以来的书法家,颇有中肯之见;《书赋》一文,不仅对书法艺术的特点进行了高度概括,也将书家运笔及书写过程形象生动地描绘出来。说书法是一种抽象艺术,他要书写者把自己的情思落实到挥洒的线条上。他认为书写者要先存规矩于心,然后把自己的思想、情志表现出来;看去赏心悦目,给人以美感。认为书法是自己情志抒发及表达的一种方式,只有“手以心麾,毫(毛笔)以手从”,才能意到笔随,达到崇高的境界;认为书法家情趣高尚,其书法才有价值,书品与人品是一致的。其侄王俭曾为《书赋》作注并序,可惜已散佚了。他曾将汉、三国、晋以来张芝、索靖、王导等人的书迹,编为11卷,上奏齐高帝,使汉以来书法家的事迹得以保存。其诗文未见载录,《全齐文》辑录文15篇。

僧虔好文史,解音律,曾上书请正音律,并曾致书王俭,希望令使者于北地访求江南所失遗曲。曾作《技录》,已佚,其残文常为陈释智匠《古今乐录》称引,今散见于《乐府诗集》中。子寂、孙泰、筠,均有文名。王泰,南朝梁诗人,其诗今存《赋得巫山高》一首。

(3)王融　王筠　王胄

王融(467—493年),字元长,宋司徒王弘曾孙,诗人僧达之孙。幼孤,由母谢氏教养成人。融博涉有文才,齐武帝永明初年举秀才,入竟陵王幕府后,与谢朓、范云、沈约、萧衍、任昉、陆倕等都是竟陵王西邸文人,号“竟陵八友”。融以父官未达,弱年便欲振兴王氏家声,曾上书武帝求自试,书奏,迁秘书丞,寻迁丹阳丞,中书郎。北魏遣使求书籍,朝议不给,融上书主张给予,以促使北魏接受“汉家轨仪”,加速汉化。武帝也同意他的看法,但却未能施行。永明末年,武帝欲北伐,命毛惠秀绘制《汉武北伐图》,令融掌其事,融因上疏,表达“执殳先迈”为王前驱之意,深为武帝嘉赏。永明九年(491年)三月三日,武帝于芳林园禊宴朝臣,命群臣作诗,令融为《曲水诗序》，文藻富丽，受到时人的激赏，并名噪一时。融自恃人地，三十内望为公辅。适逢朝廷讨伐雍州刺史王奂，融又上疏陈述伐魏之计，且请自效。竟陵王萧子良受命招募兵勇，以融为宁朔将军、军主，招集楚人数百，并有干用。武帝病笃，融欲拥立萧子良而拒太孙郁林王萧昭业，郁林王立，遂下狱赐死。有集 10 卷，已佚。明人张溥辑有《王宁朔集》1 卷，所存诗 70 余首，见《先秦汉魏晋南北朝诗》。其文《曲水诗序》及永明九年、十一年策秀才文，早被《文选》选录，今存文 60 余篇，见《全齐文》。

王融的主要贡献，是与谢朓、沈约创始"永明体"诗。王融精于音律，首倡声病之说，虽其诗歌艺术成就不高，而其创始的"永明体"却对于诗歌由古体向近体的转变，以及格律诗的形成有重要影响。《诗品》谓融等所创诗体"文多拘忌，伤其真美"，列融诗为下品，但也说他与刘绘"并有盛才，词美省净"。今存融诗，有不少清新可读之作。小诗如《江皋曲》："林断山更续，洲尽江复开。云峰帝乡起，水源桐柏来。"《思公子》云："春尽风飒飒，兰凋木脩脩。王孙久为客，思君徒自忧。"再如《古意》二首：

游禽暮知反，行人独未归。坐销芳草气，空度月明辉。嚬容入朝镜，思泪点春衣。巫山彩云没，淇上绿条稀，待君竟不至，秋雁双双飞。

霜气下孟津，秋风度函谷。念君凄以寒，当轩卷罗縠。纤手废裁缝，曲鬓罢膏沐。千里不相闻，寸心郁纷蕴。况复飞萤夜，木叶乱纷纷。

此诗为唐释皎然推许为齐梁佳作，明人许学夷《诗源辩体》亦谓"霜气下孟津，秋风度函谷"之句，"求之永明，殆不多得"。再如《饯谢文学离夜》云：

所知共歌笑，谁忍别笑歌？离轩思黄鸟，分渚菱青莎。翻情结远旆，洒泪与行波。春江夜明月，还望情如何？

诗写离情别绪，风格略与谢朓相近。"翻情结远旆，洒泪与行波。春江夜月明，还望情如何"，写月夜惜别之情，情景交融。"花树杂为锦"①、"芳春照

①《别王丞僧孺》。

流雪，深夕映繁星”①等，写景明丽可爱。宋人陆时雍谓“王融好为艳句，然多语不成章”②，确为的评。

在南朝齐，除王融外，出自王廙一系的王晏、王思远、王德元及王秀之，出自王彬一系的王逡之，以及王智深、王巾、王珪之等均有文名，诗文大都散佚。王巾所著《头陀寺碑》一文，被《文选》选录。

王筠（481—549 年），字元礼，一字德柔，小字养。王僧虔孙。南朝梁诗人。筠幼警悟，七岁能属文。年十六，所作《芍药赋》，文辞华美。起家临川王行参军，迁太子舍人，除尚书殿中郎。文坛领袖沈约每见筠文，咨嗟吟咏，自以为不如，并以汉末蔡邕之见王粲相比，认为筠是与谢朓一样富有才华的诗人。沈约晚年，在郊居宅邸建造阁斋，筠为草木十咏，约命人书之于壁，不加篇题，对人说此诗指物成形，一看便知所写内容，无须题署。沈约作《郊居赋》，示以草稿，其中名句，筠击节称赞，约以为知音。筠将所作诗呈阅，沈约读后，致书云：“览所示诗，实为丽则，声和被纸，光影盈字，夔、牙接响，顾有余惭；孔翠群翔，岂不多愧。”可见筠所作为新体诗，即永明体诗。沈约对梁武帝说：“晚来名家，唯见王筠独步。”给予很高的评价。累迁太子洗马，中舍人，掌东宫管记。昭明太子爱文学士，刘孝绰、陆倕、殷芸、到洽等大批文人集聚东宫，而筠与孝绰最为昭明倚重。出为丹阳尹丞，迁中书郎。奉敕撰《开善寺宝志大师碑文》，词甚丽逸。又敕撰《中书表奏》30 卷，及所上赋颂，编为一集。中大通二年（530），迁司徒左长史。三年，昭明太子卒，敕撰哀策文，为人叹赏。寻出为临海太守，在郡被讼，不调累年。后迁秘书监、度支尚书，终官太子詹事。侯景之乱，宅第为乱兵所焚，避国子祭酒萧子云宅，夜闻盗，惊惧投井而死。晚年自编所著诗文，以一官为一集，自洗马、中书、中庶子、吏部、左佐、临海、太府各 10 卷，《尚书》30 卷，凡 100 卷，行于世。已佚，明张溥《汉魏六朝百三家集》辑有《王詹事集》，《全梁文》、《先秦汉魏晋南北朝诗》续有辑补。

王胄（生卒年未详），字承基，王筠孙。由陈入隋，为晋王杨广学士。大业初，为著作佐郎，所作五言诗，深为炀帝称赏。与杨玄感为友，玄感反，罚徙边，逃还江南，被吏捕杀。年五十六。胄工诗，《隋书·经籍志》著录 10

---

①《咏池上莲花》。
②《诗镜总论》，载丁福保：《历代诗话续编》下，中华书局 1983 年版，第 1407 页。

卷,已佚。今存诗20首,见《先秦汉魏晋南北朝诗》。

(4)王褒　王肃

王褒(511? —574年?),字子渊,王俭曾孙。祖骞、父规,仕梁,并有文名。褒美风仪,善谈笑,博览史传,七岁即能属文。弱冠,举秀才,除秘书郎,转太子舍人,袭封南昌侯。迁司徒属,秘书丞。侯景之乱,褒在安成据郡拒守。大宝二年(552年),湘东王萧绎承制,征褒至江陵,授忠武将军、南平内史,俄迁吏部尚书、侍中。承圣二年(553年),迁尚书右仆射,仍参掌选事,又加侍中;年内再迁左仆射,宠遇日隆。及西魏攻江陵,元帝命其都督江陵城西诸军事。褒本一介书生,难副其任,兵败,城陷,随同元帝出降。褒至长安,以门第才情,颇受礼遇,授车骑大将军、仪同三司。及周代魏,封褒为石泉县子。明帝笃好文学,褒与庾信才名最高,随侍游宴,赋诗谈论,常在左右。武帝作《象经》,命褒注之,引据博洽,为时称赏。建德元年(572年)以后,诏诰典册皆由褒具草。后为太子少保、小司空,出为宜州刺史,卒于官。《隋书·经籍志》著录有《后周小司空王褒集》21卷,已佚。今存诗48首,见《先秦汉魏晋南北朝诗》;文26篇,见《全后周文》。

王褒诗文兼善,而以诗著闻。入北之前,褒为宫廷诗人,诗风柔靡,而至北方后,诗多写边塞风光和家国之思,诗风转为刚劲苍凉。如《渡河北》:

> 秋风吹木叶,还似洞庭波。常山临代郡,亭障绕黄河。心悲异方乐,肠断陇头歌。薄暮临征马,失道北山阿。

此诗为江陵陷落,北行途中所作。秋风落叶,与亡国之后的悲凉心境相映衬;渡河而北,所闻见皆为胡人、胡乐,不禁伤怀。其对故国的眷恋,及去国怀乡的悲伤,尽在诗中。这类诗,格调苍凉,笔力刚健,为其代表性作品。有的写边塞风光,如《出塞》:

> 飞蓬似征客,千里自长驱。寒禽唯有雁,关树但生榆。背山看故垒,系马识余蒲。还因麾下骑,来送月支图。

《出塞》为乐府古曲名,属汉横吹曲,多用来写边塞景象及征人思乡之情。褒诗以飞蓬为喻,写征人漂泊无定的生活及其想要建功立业的热情,以及荒无人烟的边塞景象,苍凉豪壮。

王褒擅长各类应用骈体文,《与周弘让书》即为骈文佳什。褒在梁时与弘让相善,及弘让兄弘正出使北周,与褒相见。褒思念旧友,赠弘让诗并致书,有云:"视阴愒日,犹赵孟之徂年;负杖行吟,同刘琨之积惨。河阳北临,空思巩县;霸陵南望,还见长安。所冀书生之魂,来依旧壤;射声之鬼,无恨他乡!白云在天,长离别矣!会见之期,邈无日矣!"羁留异乡之悲,眷恋故国之痛;怀乡思友,感慨交集。所谓"酸凄入骨"①,所谓"情文相生,俯仰欲绝"②,对该文给予高度评价。

王肃(464—501年),字恭懿。父奂,王导裔孙,南朝齐尚书左仆射,为齐武帝所杀。肃仕齐,历著作郎、太子舍人、秘书丞等职,于孝文帝太和十七年(493年)奔魏,深得孝文帝器重,官至尚书令,开府仪同三司。今存诗《悲平城》,见《魏书·祖莹传》。存文多为表章,见《魏书》本传。其兄子翊、从孙诵、诵子俊康等,均有文名。

四、晋南北朝时期的文学家族(下)

(一)清河崔氏文学

清河东武城(今山东武城)崔氏家族兴起于汉末,为三国魏的显贵。始兴祖崔琰与其从弟崔林,于汉末知名。崔琰官至中尉,其女嫁曹植,与曹操为儿女亲家。崔林在曹丕代汉后,官至司空。入晋之后,崔氏子孙仍簪缨蝉联,历世通显。永嘉乱后,崔琰、崔林的嫡系子孙因故未能南迁,成为滞留北方的大族。在五胡十六国时期,崔氏子孙先后仕用于后赵、前燕、苻秦、西凉、后燕,后入北魏,并大都以才学而受到统治者的赏识,官居显要,成为北朝第一盛门。自十六国至隋统一,崔氏代有以诗文传世的名家;南迁者中,也有崔慰祖那样的著名史学家。

1. 崔宏 崔浩

崔宏(?—418年),字玄伯。少有俊才,号曰冀州神童(时清河属冀州)。父潜,祖悦,并有才学之称。玄伯以才学受到苻秦冀州牧苻融的赏识,拜阳平公侍郎,领冀州从事,管征东记室,总揽冀州政务,征为太子舍人,

①许槤评选、黎经浩笺注:《六朝文絜笺注》,上海古籍出版社1982年版,第129页。
②高步瀛选注:《南北朝文举要》,中华书局1998年版,第678页。

未就，左迁著作佐郎。苻秦亡，本欲率领家人南投东晋，途中被执，不得已而仕后燕慕容垂，历官至吏部郎、高阳内史。“所历著称，立身雅正，与世不群，虽在兵乱，犹励志笃学，不以资产为意”①，保持着崔氏家族的文化传统，受到人们的尊敬。据《魏书》本传载，魏道武帝素闻玄伯之名，在征讨慕容宝时，听说玄伯逃往海滨，遂派人追回，强令仕魏。初为黄门侍郎，与张衮对总机要，草创制度，后迁吏部尚书，职权渐重，总掌和裁定朝仪、律令、礼乐等制度，并“以为永式”。玄伯于北魏初年，在确立国家体制，制定礼仪制度，以及向北魏统治者灌输以儒学为主体的社会政治思想等方面，为北魏政权的巩固做出重要贡献，也为拓跋氏鲜卑皇族的汉化及胡汉融合奠定了基础。玄伯以其学识深为道武帝所宠信，势倾朝廷，但却俭约自居，不营产业，家徒四壁，出无车乘，步行上朝。“母年七十，供养无重膳”，表现出儒者道德自主的品格。卒赠司空，谥文贞公，并以先朝功臣，配享庙庭。玄伯生居显要，死备哀荣，是北朝崔氏家族中贵显而得善终者，也是武城崔氏家族在北朝的奠基者。

《魏书》本传称，玄伯“自非朝廷文诰，四方书檄，初不染翰”。又在其南奔途中，曾作诗自伤，惧罪不行于世。及其子浩被诛，抄没其家，始见此诗。高允孙绰曾录入《高允集》中，今已亡佚。其文今亦无存。

崔浩（？—450 年），字伯渊，崔宏长子。“少好文学，博览经史，玄象阴阳，百家之言，无不窥；综研精义理，时人莫及”，然“性不好老庄之书”②，其立身行事，一尊儒学，在北方“为旧儒家之领袖”③。道武帝天兴年间（398—403 年），由给事秘书转著作郎，道武帝以其善书，常使侍奉左右。明元帝初，拜博士祭酒，曾授太子经书，并常与军国大谋，举凡迁都、征伐等，帝均与浩议而后行，“朝廷礼仪，优文策诏，军国书记，尽关于浩”④。同时，崔浩也像他的父亲那样，留心于制度科律，对北魏典章制度的建设做出重要贡献。太武帝始光年间（424—427 年），进爵东郡公，拜太常卿。神䴥三年（430 年），迁司徒。太平真君十一年（450 年），为太武帝所杀，灭族。崔浩

①《魏书·崔玄伯传》。

②④《魏书·崔浩传》。

③陈寅恪：《金明馆丛编初编·崔浩与寇谦之》，生活·读书·新知三联书店 2001 年版，第 149 页。

对魏帝竭尽忠诚，而不免于灭族之祸，史家有诸多解释 ①，而其实质则为胡汉文化冲突的结果。

崔浩历仕魏道武、明元、太武三朝，官至司徒，为北魏著名政治家、学者、书法家、赋家，著述颇丰。据《魏书》本传载，浩曾著《食经》、《家祭法》，训释《急就章》及《孝经》、《论语》、《尚书》、《春秋》、《礼记》等儒家经典，编写《五寅元历》。曾与同僚论五等封爵与郡县制之得失，寇谦之劝其“撰列王治典，并论其大要”，浩遂撰书 20 余篇。奉太武帝之命，于神䴥二年撰述《国史》30 卷。《隋书·经籍志》著录崔浩《赋集》86 卷，已佚。今仅见存于《魏书》本传之文，大多为应用文字。

2. 崔光　崔鸿

崔光（451—523 年），本名孝伯，字长仁，魏孝文帝时改名光。东清河鄃（今山东高唐北）人。与东武城崔氏为同宗 ②。其祖父旷随南燕慕容德渡河，侨居于青州之时水 ③。晋末刘裕北伐，灭南燕，崔旷遂仕刘宋，为乐陵太守。其子灵延仕宋为龙骧将军、长广太守，曾与崔道固同拒魏，兵败，与其子光被徙往代地。崔光家贫好学，博学多才。魏孝文帝太和六年（482 年），拜中书博士，转著作郎，迁中书侍郎、给事黄门侍郎。孝文帝赏其才，说他“浩浩如黄河东注，固今日之文宗也” ④。历中书令、中书监、太子太傅，官至车骑大将军，仪同三司，封博平县开国公。

据《魏书》本传载，孝文帝时，奉命巡察陕西，所经述叙古事，赋诗 38 首。太和中，依宫商角徵羽本音，而为《五韵诗》，赠李彪；李彪答诗，光又作《百三郡国诗》以答。“凡所为诗、赋、铭、赞、诔、颂、表、启数百篇，五十余卷，别有集”，均已佚，今仅见《魏书》本传所载表章。

---

①据《魏书》本传载，崔浩被灭族的直接原因是主持撰修国史，为求是“实录”，叙述拓跋氏兴起时有不雅驯的内容。今人陈寅恪认为是因为崔浩想借“鲜卑统治力以施行其高官与博学合一之贵族政治”，而遭到鲜卑贵族的反对，见《金明馆丛稿初编·崔浩与寇谦之》。唐长孺的看法与陈氏相近，认为崔浩因想要恢复士族门阀的政治地位，得罪了鲜卑贵族而被杀。见《魏晋南北朝隋唐史三论·南北朝门阀士族的差异》。而吕思勉则认为崔浩虽事鲜卑，而心实存汉族，其为北朝划策，而实为南朝考虑。见《吕思勉读史札记》下《崔浩论》。牟润孙则认为，崔浩帮助太武帝推行汉化，而遭到政敌的反对，见《注史斋丛稿·崔浩与其政敌》。

②《北史·崔亮传》叙亮的家事，谓亮以崔道固为其叔祖，而崔光又为其族兄。道固为崔琰七世孙，亮为道固兄之孙。

③今在山东淄博临淄区发现崔光子崔鸿及其家族墓葬群，载《考古学报》1984 年第 2 期，第 221—243 页。

④《魏书·崔光传》。

崔鸿（？—526年），字彦鸾，崔光弟敬友之子。北魏著名史学家。少好读书，博综经史。太和二十一年（497年），拜彭城王国侍郎。景明三年（502年），迁员外郎兼尚书虞曹郎中，敕撰《起居注》，迁给事中、尚书都兵郎中。永平初（508年），随邢峦讨叛，由镇南行台长史徙三公郎中，加轻车将军，迁员外散骑常侍、司徒长史。正光元年（520年），加前将军，敕修《高祖世宗起居注》。崔光曾撰《魏史》，而只存卷目，初未考正，缺略尤多，临终瞩鸿继其事。孝昌初，拜给事黄门侍郎，加散骑常侍、齐州大中正。寻卒。

崔鸿弱冠便有著述之志，“见晋、魏前史皆成一家，无所措意，以刘渊、石勒、慕容儁、苻健、慕容垂、姚苌……并因世故跨僭一方，各有国书，未有统一，鸿乃撰《十六国春秋》，勒成百卷”①。此书已散佚，明人辑录为16卷本，清汤球有《十六国春秋辑补》。

崔氏族人在北朝者，如崔逞、崔（悛）、崔瞻、崔光韶、崔叔仁、崔儦等，均有文名。崔逞曾著《燕记》；崔夌（悛）、崔瞻父子并仕北齐，崔夌（悛）以辞藻称，崔瞻被誉为“诗人之冠”；崔儦为隋代文学家，事迹入《隋书·文学传》。

3. 崔祖思　崔慰祖　崔灵恩

崔祖思（440？—480年），字敬元。崔琰七世孙。少有志气，好读书史。初州辟主簿，萧道成封齐公，为齐国内史。萧道成代宋称帝，转长兼给事黄门侍郎。上书陈政事，提出立国当“以教学为先”，提倡节俭，明慎用刑，正乐定员，明赏罚，抑兼并，以及纳谏求贤，齐高帝萧道成均“优诏报答”②。寻迁宁朔将军、冠军司马，以本官领齐郡太守。建元二年（480年），进号征虏将军，仍迁假节、督青、冀二州刺史。卒于官。有集20卷，已佚。今存文3篇，见《全齐文》。其子元祖，有学行，好属文。

崔慰祖（465—499年），字悦宗。著名史学家。好学，积聚图书至万卷。齐明帝建武中（494—497年），为始安王萧遥光抚军墨曹行参军，转刑狱，兼记室。建武中，诏举士，从兄崔慧景举慰祖及刘孝标，明帝欲用为县令，辞不就。时文坛大家沈约、谢朓在吏部省会集宾友，“各问慰祖地理中所不悉十

①《魏书·崔光传》附《崔鸿传》。
②《南齐书·崔祖思传》。

余事,慰祖口吃,无华辞,而酬据精悉,一座称服之”①。永元元年(499年),萧遥光据东府反,慰祖在城内,出则自首,系狱,病卒。著有《海岱志》,起自太公迄西晋人物,为40卷,半未成。《隋书·经籍志》著录20卷,今佚。

崔氏在南朝有文名者,尚有梁代学者崔灵恩。灵恩少笃学,遍习《五经》,尤精《三礼》、《三传》。仕魏为太常博士,天监十三年(514年)归梁,累迁步兵校尉,兼国子博士,官至桂州刺史。集注《毛诗》22卷,集注《周礼》40卷。制《三礼义宗》30卷,《左氏经传义》22卷,《左氏条例》10卷,《公羊》、《穀梁文句义》10卷,今均佚。清马国翰《玉函山房辑佚书》辑有佚文。

(二)清河张氏文学

东武城张氏为晋以后出现的世家大族,以文学著名的人物有张正见、张讥、张彝、张始均等。

1. 张正见　张讥

张正见(生卒年未详),字见赜。祖盖之仕魏,官散骑常侍、渤海长乐二郡太守,父修礼初仕魏,后归梁。正见幼好学,有清才。梁简文帝为太子时,正见年十三,献颂,简文深为赞赏。太清初(547年),射策高第,除邵陵王左常侍。梁元帝即位,拜通直散骑侍郎,迁彭泽令。梁末丧乱,避地匡俗山。陈霸先代梁称帝,诏正见还都。陈宣帝太建初(569年),与当时名士褚玠、马枢、阴铿、徐伯阳、刘删、祖孙登等,俱为司空侯安都宾客,游宴赋诗,勒成卷轴,伯阳为其集序,在社会上广泛流传。累迁尚书度支郎,撰史著士,卒。有集14卷,已佚。明人张溥辑有《张散骑集》1卷(《汉魏六朝百三家集》本),存赋3篇,文1篇,诗80余首。

张正见是陈代著名诗人,《陈书》本传说他“五言诗尤善,大行于世”。其为人称道的诗,多有写景佳句。如《秋日别庾正员》:

> 征途愁转旆,连骑骖同镳。朔气凌疏木,江风送上潮。青雀离帆远,朱鸢别路遥。唯有当秋月,夜夜上河桥。

---

①《南齐书·崔慰祖传》。

“朔气凌疏木，江风送上潮”为写景名句，对仗工整，声调铿锵，颇有刚健之气，在陈代纤弱的诗风中自成一格。有的认为“唯有当秋月，夜夜上河桥”二句的意境，“从六朝到唐人得诗中一再出现，无非是利用月与人、无情与有情的反差对比来加强艺术效果。……实则即景生情，自然含蓄，可以推为佳句”①。另如《游龙首城》：

关外山川阔，城隅尘雾浮。白云凝绝岭，沧波间断洲。四面观长薄，千里眺平丘。河津无桂树，樽酒自淹留。

龙首城，即龙首关，在浙江景宁县境，悬崖绝壑；水流峡中，两岸陡绝，十分险要。张氏诗写登城眺望之景，山水相映，境界开阔，令人如临其境。《秋河曙耿耿》、《赋得佳期竟不归》也较著名。《秋河曙耿耿》云：

耿耿长河曙，滥滥宿云浮。天路横秋水，星衡转夜流。月下姮娥落，风惊织女秋。德星犹可见，仙槎不复留。

《赋得佳期竟不归》云：

良人万里向河源，娼妇三秋思柳园。路远寄诗空织锦，宵长梦返欲惊魂。飞蛾屡绕帷前烛，衰草还侵阶上玉。衔啼拂镜不成妆，促柱繁弦还乱曲。时分年移竟不归，偏憎寒急夜缝衣。流萤映月明空帐，疏叶从风入断机。自对孤鸾向影绝，终无一雁带书回。

《秋河曙耿耿》诗题用谢朓《暂使下都夜为新林至京邑赠西府同僚》中的诗句，而写天将黎明时的夜空：银河即将消失，月落星隐。而在诗人笔下，如绘如画；静止的景物，都获得生命，展现着不同的风姿。“天路”二句最为后人欣赏，明人陆时雍甚至认为“唐诗无此境界”。并认为“《赋得白云临浦》‘疏叶临嵇竹，轻鳞入郑船’，唐人无此想象。《泛舟后湖》‘残虹收度雨，缺岸上新流’，唐人无此景色”。认为“此皆得意象先，神行语外，非区区模仿推敲之可得者”②。对张氏写景名句给予充分肯定，虽有溢美之辞，也可见

①曹道衡、沈玉成：《南北朝文学史》，人民文学出版社 1991 年版，第 286 页。
②《诗镜总论》，载《历代诗话续编》，中华书局 1983 年版，第 1409 页。

其此类诗作的影响。《赋得佳期竟不归》由庾信《赋得有所思》“佳期竟不归,春日生芳菲”铺衍成篇,为七言思妇诗,四句一换韵,平仄谐和,婉转深致,已是成熟的歌行体式,超出时人,而可与唐人歌行媲美。

张正见诗乐府居多。他的这类诗传统的抒情、叙事等民歌因素减少,而文人雕琢成分如用典、对仗等却有所增加。如为人称道的《关山月》,与同时代诗人徐陵的同题作品相比,也缺乏鲜活的生活气。陆时雍说诗中“晕逐连城璧,轮随出塞车”“唐人无此映带”①,不免称誉过当。

张正见的诗歌重声律,工偶精对,富有辞藻,在古体向近体转变的过程中,自应有一定位置,而因其诗内容空泛,缺乏真情实感,也颇为诗评家所诟病。清人陈祚明评论较为中肯:“张见赜诗,才气络绎奔赴,使气搴花应手成来,惜少流逸之致。如馆驿庖人,肴羞兰桂,咄嗟立办,乍可适口,不名珍错。”“多无为而作,中少性情也。”②“中少性情”,是当时诗人的通病,也是末世世风使然。

张讥(514—589年),字直言。幼聪俊,有思理,年十四,通《孝经》、《论语》。笃好玄言,受学于学者、诗人周弘正。梁武帝大同中(535—545年),召补国子《正言》生。曾预武帝论议《易》的《乾》、《坤》、《文言》,受到赏识。后召补湘东王国常侍,历官临安令。入陈,除太常丞,历官至国子博士。陈亡,入隋,卒于长安。著有《周易义》30卷,《尚书义》15卷,《毛诗义》20卷,《孝经义》8卷,《论语义》20卷,《老子义》11卷,《庄子内篇义》12卷,《外篇义》20卷,《杂篇义》10卷。《玄部通义》12卷。又撰《游玄桂林》24卷。后主曾派人就其家写入秘阁。今均散佚。

2. 张彝　张始均

张彝(461—519年),字庆宾。仕魏,与书法家庐渊及李安民为友。在孝文帝时,袭祖侯爵,历官至秦州刺史、抚军将军,“号为良牧”,“民庶爱仰之”。宣武帝时,曾上表献《历帝图》5卷,“起自庖牺,终于晋末,凡十六代,百二十八帝,历三千二百七年,杂事五百八十九”,供魏帝“置御坐侧,时复披览”,作为历史借鉴。又曾奉孝文帝之命,“周历于齐鲁之间,遍驰于梁宋

①《诗镜总论》,载《历代诗话续编》,中华书局1983年版,第1409页。
②《采菽堂古诗选》卷二十九。

之域，询采诗颂，研检狱情实，庶片言之不遗，美刺之俱显”①，采诗凡7卷。孝明帝神龟二年(519年)，彝次子仲瑀上封事，提议铨选中不使武人预在清品，招致羽林虎賁之士纵火焚烧其宅，捶殴彝及长子始均；始均烧死，彝重伤，亦死。彝所进《历帝图》及所采诗，并佚。所作章表，见《魏书》本传。

张始均(？—519年)，字子衡。张彝之子。学者、辞赋家。端洁好学，有文才。初为司徒行参军，迁著作佐郎、员外常侍。曾改陈寿《三国志》为编年体，增广异闻，共30卷。又著《冠带录》及诗赋数十篇，魏时即已亡佚。

(三) 平原刘氏、华氏、明氏文学

汉胶东王的后裔刘植任平原太守，遂落籍平原(今属山东)，其后裔以诗文名世的有刘怀珍一支的刘峻、刘霁、刘杳、刘歊、刘訏，以及刘怀慰，刘怀珍族弟刘善明等。“怀珍宗族文质斌斌，自宋至梁，时移三代，或以隐节取高，或以文雅见重”②。十六国时期，刘怀珍之祖昶，从南燕主慕容德南渡黄河，移家于北海都昌(在今山东昌乐境)，后归宋。

1. 刘善明　刘怀慰

刘善明(432—480年)，其父怀民，宋时为齐、北海二郡太守。少而静处读书，青、冀二州刺史杜骥闻名前往相约，辞不见。宋孝武帝时，徐、青、冀三州刺史刘道隆辟为治中从事，随后举秀才。明帝泰始二年(466年)，徐州刺史薛安都反，青州刺史沈文秀响应。时青州治东阳，善明家在城内。善明秘密收集门宗部曲三千人，夜斩关奔北海。明帝以善明为宁朔长史、北海太守，除尚书金部郎。后迁绥远将军、冀州刺史。后历屯骑校尉、海陵太守、巴西梓潼二郡太守、西海太守、行青冀二州刺史，宋末迁散骑常侍，领长水校尉，黄门郎，领后将军、太尉右司马。入齐，为淮南、宣城二郡太守，封新淦伯。卒赠左将军、豫州刺史，谥烈伯。善明卒后，家无遗储，唯有书八千卷。曾著《圣贤杂语》，有集10卷，并佚。今存文5篇，见《全齐文》。

刘怀慰(447—491年)，字彦泰，善明族兄乘民子。本名闻慰，齐武帝以与舅氏名同，命其改之。初为桂阳王休范征北板行参军，宋时历官至步兵校

---

①《魏书·张彝传》。
②《南史·刘怀珍传》。

尉。萧道成封齐公，乃以怀慰为辅国将军、齐郡太守。在郡修城安民，不受礼谒，作《廉吏论》。后迁正员外郎，领青冀二州中正。武帝时，出监东阳郡，还兼安陆王中郎司马。永明初，献《皇德论》，九年卒。《南齐书》本传称："怀慰与济阳江淹、陈郡袁彖善，亦著文翰。"有集10卷，已佚。

2. 刘峻

刘峻(462—521年)，字孝标。原名法虎，唐人避祖讳，改法武。生于建康，期月而父卒，母即携其回归故里①。宋泰始五年(469年)，北魏攻陷青州，峻被略卖至中山为奴，富人刘实将其赎出，并教以书学。"魏人闻其江南有戚属，更徙之桑乾。峻好学，家贫，寄人庑下，自课读书，常燎麻炬，从夕达旦，时或昏睡，爇其发，既觉复读，终夜不寐，其精力如此。"②齐永明四年(486年)，得还江南，改名峻。自谓所见不博，闻有异书，必往祈借，友人崔慰祖称其为"书淫"。于是博极群书，文藻秀出。明帝时，出为豫州刺史萧遥欣刑狱参军，礼遇甚厚。入梁，天监初召入西省，典校秘书。武帝曾召集文士策经史事，沈约、范云等皆引短推长，取悦武帝，而峻恃才疏事，令武帝嫌恶，不久即因事免官。安成王萧秀赏识峻的学问，及迁荆州，引为户曹参军，给其书籍，使抄录事类，名曰《类苑》，未及完成，又以疾离职。素性高傲，不能随俗浮沉，终未被任用。普通二年卒，门人谥曰玄靖先生。有集6卷，已佚。明人张溥辑有《刘秘书集》(《汉魏六朝百三家集》本)。另著有《汉书注》、《文德殿四部目录》，已佚。又曾为陆机《演连珠》、刘义庆《世说新语》作注，今并存。其中尤以《世说新语注》引据博洽，涉及四百余种书籍，后人将其与《三国志》裴松之注、《文选》李善注相提并论。诗存4首，辑入《先秦汉魏晋南北朝诗》。今有罗国威《刘孝标集校注》，上海古籍出版社1988年排印本。

刘峻以骈文、诗歌著称。据《梁书》本传载，刘峻"率性而动，不能随众浮沉，高祖颇嫌之，故不任用。乃著《辨命论》以寄其怀。论成，中山刘沼致

---

①此指平原故地，在今山东平原县南。罗国威《刘孝标集校注·前言》谓平原为山东淄博市，不知所据。汉、晋平原属青州，魏时青州治张公树(今县南)。《梁书》、《南史》本传均言青州陷没为奴。此青州应是魏置青州，即今县。更有以孝标为益都(今山东青州)人者，盖以《宋书·地理志》载晋安帝义熙五年(409年)，平广固，北青州刺史治东阳，即今山东青州(旧益都县)。后曾移治历城(今山东济南)，又还治东阳。

②《梁书·文学·刘峻传》。

书以难之,凡再反,峻并为申析以答之。会沼卒,不见峻后报者,峻乃为书以序之”。《辨命论》、《答刘秣陵诏书》及《广绝交论》三文为《文选》选录,历为传诵名篇。《辨命论》有为而发,借论性命穷通而寄托自己对现实的不满,慷慨淋漓,辞多愤激:

> 臣观管辂天才英伟,珪璋特秀,实海内之髦杰,岂日者卜祝之流。而官止少府丞,年终四十八,天之报施,何其寡欤?然则高才而无贵仕,饕餮而居大位,自古所叹,焉独公明而已哉。故性命之道,穷通之数,夭阏纷纶,莫知其辨。……近世有沛国刘瓛,瓛弟琎,并一时之秀士也。瓛则关西孔子,通涉《六经》,循循善诱,服膺儒行。琎则志烈秋霜,心贞昆玉,亭亭高竦,不杂风尘。皆毓德于衡门,并驰声于天地。而官有微于侍郎,位不登于执戟,相继徂落,宗祀无享。因斯两贤,以言古则,昔之玉质金相,英髦秀达,皆摈斥于当年,韫奇才而莫用,候草木以共凋,与麋鹿而同死,膏涂平原,骨填川谷,湮灭而无闻者,岂可胜道哉!

文章甚长,不能全录。论事析理,气骨铮铮,取譬连类,文采斐然。《答刘秣陵诏书》先说刘氏有书因守丧而未见,而见书时其人已亡,次言如死而有知,希望能达此情。为报致书辩难之意,而答死者,“情词悱恻,使人味之不尽”①。

《广绝交论》一文尤为慷慨激昂。据《文选》卷55,李善注引刘璠《梁典》,此文是为任昉而发。任昉卒后,诸子流离,而生平旧交,没有谁加以顾恤,“峻泫然矜之,乃广朱公叔《绝交论》”。文章由朱穆《绝交论》引入,说贤达之交,后世不易见,而世俗之交有五,一曰“势交”,二曰“贿交”,三曰“谈交”,四曰“穷交”,五曰“量交”。“凡斯五交,义同贾鬻”,“因此五交,是生三衅”。一是“败德殄义,禽兽相若”,二是“难固易携,雠讼所聚”,三是“名陷饕餮,贞介所羞”。然后云:

> 近世有乐安任昉,海内髦杰,早绾银黄,夙昭民誉。遒文丽藻,方驾曹、王;英跱俊迈,联横许、郭。类田文之爱客,同郑庄之好贤。见一善则盱衡扼腕,遇一才则扬眉抵掌。雌黄出其唇吻,朱紫由其月旦。于是

①高步瀛:《南北朝文举要》上,中华书局1998年版,第448页。

冠盖辐凑，衣裳云合，辎軿击轊，坐客恒满。蹈其阃阈，若升阙里之堂；入其隩隅，谓登龙门之阪。至于顾眄增其倍价，剪拂使其长鸣，影组云台者摩肩，趋走丹墀者叠迹。莫不缔恩狎，结绸缪，想惠、庄之清尘，庶羊、左之徽烈。

及瞑目东粤，归骸洛浦。繐帐犹悬，门罕渍酒之彦；坟未宿草，野绝动轮之宾。藐尔诸孤，朝不谋夕，流离大海之南，寄命嶂疠之地。自昔把臂之英，金兰之友，曾无羊舌下泣之仁，宁慕郈成分宅之德？呜呼！世路险巇，一至于此！太行、孟门，岂云嶄绝。是以耿介之士，疾其若斯，裂裳裹足，弃之长骛。独立高山之顶，欢与麋鹿同群，皦皦然绝其雰浊，诚耻之也。

据载，任昉的朋友到溉看到这篇文章后，“抵几于地，终身恨之”①。其笔锋之犀利，讽刺之辛辣，情绪之激烈，令人不觉情动。其实，刘峻文章锋芒所向，绝非任氏友人，而是上层社会的虚诈及浅薄的世情，其社会意义更为深远。

《梁书》本传说，刘峻游东阳紫岩山，筑室而居，曾作《山栖志》，“其文甚美”。此文载《广弘明集》，自叙情志，文情并茂。其他诸文，大抵有为而发，文采焕发而气骨自具，在士族文人华靡文风盛行之际，刘峻之文独具一格。

3. 刘霁　刘杳

刘霁（478—529 年），字士烜。怀慰长子。家贫，与弟杳、歊励志勤学。及长，博涉多通。梁天监中，起家奉朝请，历官西昌相、尚书主客侍郎，出为海盐令。著有《释俗语》8 卷，有集 10 卷，均佚。

刘杳（479—536 年），字士深。刘霁弟、刘歊兄。梁天监初，为太学博士，后为豫章王萧综行参军，寻佐周舍撰国史。出为临津令，有政绩。天监十五年（516 年），由徐勉推荐，与顾协等入华林，奉敕撰《遍略》。书成，以晋安王府参军兼廷尉正，足疾免官。后历尚书仪曹郎、步兵校尉、中书侍郎，至尚书左丞。杳博学渊通，举凡经、史、子、集，地理、风物，无不通晓，为当时著名学者沈约、任昉等所叹赏。其居官清廉，为人重孝，立身清俭，惟以著述

①《文选》卷五十五，李善注引刘璠《梁典》，中华书局 1981 年影印胡克家本。

为务。临终令子薄葬。著《要雅》5卷,《楚辞草木疏》1卷,《高士传》2卷,《东宫新旧记》30卷,《古今四部书目》5卷。文集15卷,已佚。

4. 刘歊　刘訏

刘歊(488—519年),字士光。4岁丧父,即知哀戚。6岁通《论语》、《毛诗》,意所不解,便能问难。12岁读《庄子·逍遥游》篇,客人问难,随问而答,皆有情理。及长,博学有文才,不娶不仕,与族弟訏一同隐居,以山水书籍相娱乐,登高履险,一定要达到最深远处。兄二人与隐士阮孝绪日夕相处,过从密切,都中称为“三隐”。奉母事兄,以孝悌称。少时好施,务周人之急。天监十七年(518年),刘訏卒于歊的住处,歊哀伤不已,为之诔,又著《悲友赋》以抒发哀伤之情。著《革终论》,论形神关系,认为“形之于神,逆旅之馆”,人死“神去”,“速朽得理”,因而主张薄葬。次年卒,年仅32岁。谥贞节处士。著有《古今文字序》1卷,文集8卷,已佚。

刘訏(488—518年),字彦度,怀珍从孙。父早卒,由伯父抚养。性纯正,笃孝道。齐末,本州刺史张稷辟为主簿,不就;书檄召之,即挂檄文于树而逃。善玄言,尤精佛典,与歊精心学佛,曾与歊听讲钟山寺,因筑室于宋熙寺东涧,思欲终老于此。家甚贫苦,并日而食,隆冬而无毡絮,处之晏然。其族祖刘峻与书称之云:“訏超超越俗,如半天朱霞;歊矫矫出尘,如云中白鹤。皆俭岁之粱稷,寒年之纤纩。”①卒谥玄贞处士。有集1卷,已佚。

5. 刘寔

平原高唐刘氏,为汉济北惠王落籍高唐(今属山东)者的后裔,其以诗文名世的有刘寔、刘彤、刘昭、刘縚、刘缓等。

刘寔(220—311年),字子真。父广曾任斥丘令,至寔已沦落为平民。《晋书》本传说,他少时贫苦,靠卖蓑衣维持生计,“然好学,手约绳,口诵书,博古通今,清身洁己,行无瑕玷。郡察孝廉,州举秀才,皆不行。”后以计吏入洛,调为河南尹丞,迁尚书郎、廷尉正,历吏部郎,参文帝军事,封循阳子。晋武帝泰始初,进爵为伯。咸宁中为太常,转尚书。历大司农、国子祭酒、散骑常侍,元康初,进爵为侯,累迁太子太保,加侍中、特进、右光禄大夫,开府仪同三司,领冀州都督。九年,策拜司空,迁太保,转太傅。太安初,以年老

①见《南史·刘訏传》。

逊位,怀帝即位,又强起为太尉。永嘉三年(309 年)退休,岁余卒。寔自少及老,好学笃行,手不释卷,精于《春秋三传》,其辨证《公羊传》的著述,以及《春秋条例》20 卷,以及《崇让论》,在当时都有一定影响。其弟智,字子房,官至侍中、尚书、太常,以儒行称,著有《丧服释疑论》。

刘昭(生卒年未详),字宣卿。刘寔九世孙。幼聪警,通《老》、《庄》。及长,勤学善属文,受到其外兄、著名诗人江淹的赏识。梁天监中,累迁中军临川王记室。昭伯父彤,曾集各家《晋书》注干宝《晋纪》为 40 卷,至昭集《后汉》同异以注范晔《后汉书》,成集注《后汉书》130 卷,另有《幼童传》1 卷,文集 10 卷,均佚。子縚,亦好学能文,著有《先圣本纪》10 卷,已佚。子缓,字含度,南朝梁诗人。有集 4 卷,已佚。今存诗 12 首,除《游仙》一首外均为宫体,辑入《先秦汉魏晋南北朝诗》。

6. 华峤

平原高唐华氏,为汉魏望族。华歆汉末拜豫州太守,入魏官至太尉。孙峤(? —293 年),字叔骏,平原高唐(今属山东)人。魏司徒华歆之孙,晋太子太傅华表之子。才学深博,少有令闻。魏末,为大将军司马昭掾属,补尚书郎,转车骑从事中郎。入晋,泰始初,赐爵关内侯。历太子中庶子、安平太守,太康中为散骑常侍,典中书著作,领国子博士,迁侍中。元康初,封宜昌亭侯。惠帝即位,改封乐乡侯,迁尚书。后以峤博闻多识,属书典实,有良史之志,转秘书监,加散骑常侍,班同中书,"中书、散骑、著作及治礼音律,天文术数,南省文章,门下撰集,皆典统之"①。卒赠少府。谥简。

华峤于魏末为尚书郎,得观宫中所藏秘籍,认为《汉纪》繁杂,即有改作之意。后典著作,得遂其愿。所改撰之书称《汉后书》(也称《后汉书》),起于光武,终于献帝,为帝纪、皇后纪、十典、传及三谱、序传、目录,凡 97 卷。时张华等认为华书文质事核,有司马迁、班固的规则,实录之风,建议藏之秘府,惜乎在永嘉之乱中散佚。《晋书》本传说,峤书存 30 余卷,《隋书·经籍志》著录 17 卷,已佚。佚文辑入《全晋文》。

华峤生前未能完成《后汉书》中"十典",次子彻继任佐著作郎,续之未竟卒,幼子畅,又继任佐著作郎,克成十典。畅有才思,所著文章数万言,均

①《晋书·华表传》附《华峤传》。

已散佚。

7. 明僧绍　明克让　明余庆

明僧绍(生卒年未详),字承烈,平原鬲(今山东平原)人。宋元嘉中再举秀才,明经有儒术。永光中,隐居长广郡崂山,聚徒立学。明帝初,淮北为北魏占领,乃南渡江。宋末几次征辟,均不就。齐初,其弟庆符为青州刺史,僧绍随之,隐于郁州;庆符离任,僧绍亦南还,隐摄山。齐高帝欲见,武帝敕召,均加辞绝。征国子博士,不就,卒。

时太学博士顾欢作《夷夏论》,说老子西行入天竺而佛道兴,认为道则佛,佛则道,"佛教文而博,道教质而精","器既殊用,教亦异施"。僧绍作《正二教论》,驳斥老子西行化佛之说,认为"佛明其宗,老全其生。守生者蔽,明宗者通。今道家称长生不死,名补天曹,大乖老、庄立言本理"。文载《弘明集》卷6,严可均辑入《全齐文》。

明克让(525—594年),平原鬲(今山东陵县北)人。初仕梁,官至中书侍郎。梁亡,入周,累迁司调大夫,赐爵历城县伯。由周入隋,为太子内舍人,转率更令,进爵为侯。曾受诏与牛弘等修订礼乐及朝廷典章制度。开皇十四年(594年),以疾去官,加通直散骑常侍。克让博览群书,尤善《三礼》、《论语》,通晓龟策历象,工诗能文。著有《孝经义疏》1卷、《古今帝代纪》1卷、《文类》4卷、《续名僧记》1卷,另有文集20卷,均佚。

明余庆,克让子。诗人。大业十四年(618年),越王杨侗称帝,为国子祭酒。今存诗2首,以《乐府诗集》所载《从军行》较著名。

(四)东海何氏文学

何氏家族,世居东海郯(今山东郯城西南),侨居京口(今江苏镇江),为崇尚儒学的官僚世家,而非门阀士族。晋以后出现了何承天、何逊、何思澄、何子朗及何长瑜、何僩等诗文名家。

1. 何承天

何承天(370—447年),南朝宋著名天文学家、文学家、诗人。5岁丧父,在其博学的母亲指导下,儒史百家,莫不该览。晋末为南蛮校尉桓伟参军、太尉刘裕行参军、太学博士,至西中郎中军参军、钱塘令。宋武帝永初末,补南台治书侍御史。谢晦镇江陵,请为南蛮长史,转谘议参军,领记室。

元嘉三年(426 年),文帝讨晦,晦举兵抗拒,承天曾预谋画;晦败,承天自谒请罪,以其心诚,使行南蛮府事。从到彦之北伐,补尚书殿中郎,兼左丞。以其性刚直,不能屈事权贵,且以所长轻侮同僚,出为衡阳内史。元嘉十六年(439 年),除著作佐郎,撰国史。十九年,立国子学,以本官领国子博士,顷迁御史中丞。二十四年,迁廷尉,未拜,又欲以为吏部郎,因泄露密旨免官,卒于家。

何承天博学多识,天文、历算、史学及诗文兼擅。所撰《元嘉历》为文帝采纳,颁为官历。奉诏所撰《宋书》,为沈约《宋书》多所采纳。又著有《春秋前传》10 卷、《春秋前传杂语》9 卷,有集 32 卷,均佚。明人张溥辑有《何衡阳集》(《汉魏六朝百三家集》本)。其诗,晋义熙中所作《鼓吹铙歌》15 首,载《宋书·乐志》,今存。其文今存 3 卷,见《全宋文》。

何承天所作《鼓吹铙歌》为拟乐府诗,被认为是仿效魏诗。东晋以降,玄言诗盛行。晋宋之际,文人通过各种艺术形式努力改变和扭转这一风气,力图恢复汉魏诗歌抒情言志的传统,大量写作拟古诗或拟乐府诗,即其途径之一。何承天是这一时期较早写作拟乐府诗的作家,其影响自不应忽视。在南北对峙,战争不断的情势下,其《朱路篇》、《雍离篇》、《战城南篇》、《巫山高篇》等,写从军将士奋战沙场、为国立功的豪情壮志,所向披靡、威震九遐的气概,以及对制胜强敌获致太平的期待,都深得汉魏乐府的旨趣。如《巫山高篇》:

巫山高,三峡峻。青壁千寻,深谷万仞。崇岩冠灵,林冥冥。山禽夜响,晨猿相和鸣。洪波迅澓,载逝载停。悽悽商旅之客,怀苦情。在昔阳九,皇纲微。李氏窃命,宣武燿灵威。蠢尔逆纵,复践乱机。王旅薄伐,传首来至京师。古之为国,惟德是贵。力战而虐民,鲜不颠坠。矧乃叛戾,伊胡能遂?咨尔巴子,无放肆!

李氏指割据巴蜀的成汉国,晋穆帝时被桓温灭掉。诗以巴蜀险恶的自然环境及商旅悲情,写讨平李氏政权的正义性,并说明凭险而无德就不能保有政权,具有较强的写实性。《战城南篇》沿袭汉乐府传统,写战斗的激烈场面,士卒舍生忘死的献身精神,以及胜利的欢欣,绘形绘声,动人心魄。总之,何承天的拟乐府诗,或讥刺统治者"疲民甘藜藿,厩马患盈肥",而同情民生疾苦，如《君马黄篇》；或抒发岁月流逝、人生短促的哀伤，如《上陵者篇》等，内容或贴近现实，或抒发个人情志，都反映了诗歌发展的新的趋势。

2. 何逊

何逊（466—519年）①，字仲言。何承天曾孙。少年知名，约在齐武帝永明四年（486年），即在其20岁时，州举秀才，显露出超异的才华，受到当时文坛名家沈约、范云的称赏，与当时号称“神童”的刘孝绰并称“何刘”。但终齐之世，何逊却未入仕。其原因，一是按照齐“后门”（即寒族）“以过立（30岁以上）试吏”的规定，受门第限制；一是至其入仕年龄，齐皇室内讧，政情险恶。萧衍代齐称帝时，何逊已36岁。何逊非一般仕禄之徒，而是希图在政治上有所建树。齐梁易代，梁武帝诸多举措，如遣放宫人，“访贤举滞”②，广开言路等，颇有革除弊政、励精图治的气象，给何逊等下层士人在政治上带来新的希望。同时，为其所崇敬的沈约、范云并因拥立之功，官在尚书，位为列侯。这都促使何逊入梁出仕。但是，他仕梁之后的经历，及其所目睹的政治现实，却很快使其陷入苦恼与失望之中。梁朝与齐时一样，为巩固自己的统治，采取优容士族的政策。士族子弟一登仕，即位著作郎或秘书郎，并可很快升迁，而寒门子弟入仕，一开始只能做州县佐吏，大都沉沦下僚。因此，出身士族的刘孝绰，起家即为著作佐郎，而何逊起家奉朝请这样的闲职，已属额外优宠。他一生除曾一度受武帝信幸外，大部分时间辗转于诸王藩邸之间，职不过记室，位不过幕僚，落拓失意，郁郁而终。卒后，由王僧孺集其诗文为8卷，已佚。明人张絋辑有《何水部集》（《汉魏六朝七十二家集》本）、张溥辑有《何记室集》（《汉魏六朝百三家集》本），今有李伯齐《何逊集校注》，中华书局2010年排印本。

何逊仕途失意，未能跻身上层，反倒使其摆脱了齐梁绮靡诗风，成就了

---

①何逊生卒年迄无定说。其生年，史无记载；其卒年，或云梁武帝天监十六年（517年），见《辞海》修订稿，文学分册。或云中大通二年（530年），见陆侃如、冯沅君《中国诗史》，人民文学出版社1983年版。1980年中华书局《何逊集》出版说明则认为其生卒年为480—520年。近来有的学者认为何逊生于480年，而卒于普通六年（525年），见赵以武《阴铿与近体诗》，黑龙江教育出版社1998年版。而据何逊《梁书》本传载，在其卒后，由东海王僧孺整理其文集，而王氏卒于普通三年（522年），何逊卒年不得晚于此年可知。曹道衡先生认为何逊生于公元5世纪70年代的前半期，而卒于天监十七至十八年（518—519年），见《中古文学论文集》，中华书局1986年版。根据何逊诗文及有关资料，他大约生于宋明帝泰始二年（466年），卒于梁武帝天监十八年（519年），终年约53岁。见李伯齐《何逊集校注》中华书局2010年版附录《何逊行年考》。

②引见《梁书·武帝纪》。

一代诗人。何逊虽以诗名,而诗作并不多。梁元帝萧绎说:“诗多而能者沈约,少而能者何逊。”①今本集所收加上佚诗共110余首,其中齐末10余首,余为入梁以后的作品,内容除少量咏怀言志的作品外,多为抒发对游宦生活的厌倦及由此产生的羁旅乡愁,以及同僚、友朋间的酬答、伤别之作,反映社会生活面较为狭窄。如入仕之初,于天监初年写的《扬州法曹梅花盛开》(又题《咏早梅》):

兔园标物序,惊时最是梅。衔霜当路发,映雪拟寒开。枝横却月观,花绕凌风台。朝洒长门泣,夕驻临邛杯。应知早飘落,故逐上春来。

诗咏物寄怀,通过赞美梅花迎春报时、凌雪傲霜的品格,抒发了自己希望及时建立功业及孤洁自守的情怀。因其为最早咏梅的诗篇,对后世有较大影响,杜甫、苏轼等诗人都曾用其事。不少诗歌与其经历有关,生动展示了他的心理路程,“桃李尔繁荣,松柏有本性”②,表示自己在污浊现实中不随波逐流的人生态度;“危樯迥不进,沓浪高难举”③,则喻指其险恶的处境。《临行与故游夜别》是其晚年离家、勉强赴庐陵王记室任所时所写:

历稔共追随,一旦辞群匹。复如东注水,未有西归日。夜雨滴空阶,晓灯暗离室。相悲各罢酒,何时更促膝!

何逊晚年身体病弱,意绪徂谢,离家外任,与老友离别之情,尤觉难堪。“夜雨滴空阶,晓灯暗离室”二句,造语精工,吐情能尽,自然清醇,而无斧凿痕迹。深夜与老友默然相对,淅沥之雨声可辨;天已破晓,室内之灯光转显暗淡,由夜至晓,终不忍言离。以致“相悲各罢酒”,惨然相对。老友之间的真挚情谊,与诗人悲凉、凄苦的情怀,在这凝重的氛围中,表达得淋漓尽致。

何逊是南朝深受“永明体”影响,诗歌成就较为突出的作家。自沈约等人倡导声病之说,王融、范云、谢朓、吴均等竞为新体诗,即所谓“永明体”。这种诗体讲求对偶、声律,反映了诗歌向格律发展的趋势。谢朓之后,在声韵之道大行的风气影响下,何逊的诗歌重视审音炼字、工偶精对,对诗歌古

---

①《南史·何承天传》附《何逊传》。
②《暮秋答朱记室》。
③《初发新林》。

体向近体的转变及至对近体诗的形成和发展，有着不容忽视的影响。

在何逊诗歌中，对后世影响较大的是他描写山水景物的作品，即所谓山水诗。南朝以来，谢灵运、谢朓均以描摹山水著称。谢灵运首以山水为独立的审美对象，对山水诗有开创之功，名篇佳什，所在多有，而其作品未能完全摆脱玄言诗的影响，且过于追求形式美，失之雕琢晦涩。谢朓对山水诗有所发展，风格清丽俊逸，已开唐人先声。何逊诗风格与谢朓相近，语言清新、生净，意象自然、浑朴，风格清简、婉丽，在自然景物的描写上，更加注重情景交融。因此，在诗风日渐绮靡之际，其描写山水景物的清新之作，令人耳目一新。如《酬范记室云》：

林密户稍阴，草滋阶欲暗。风光蕊上轻，日色花中乱。相思不独欢，伫立空为叹。清谈莫共理，繁文徒可玩。高唱子自轻，继音予可惮。

范云为何逊的忘年交，时在齐竟陵王萧子良记室任所，有《贻何秀才》诗，此为答诗。诗前四句写景，为传唱佳句。窗前树影扶疏，阶下花草繁茂；娇美的花儿在微风中震颤，日光闪烁中更显得缤纷绚烂。面对一片烂漫春景，诗人无心观赏，却倒勾起对远方老友的思念之情。林密草滋，风摇花颤，景物清新明丽；以“轻”形容花蕊微颤之状，以“乱”状五彩缤纷之景，体物入微，生动、贴切，见其经营匠心及炼字之功。其伤别之作，情意真切，情景交融，尤具特色。如《胡兴安夜别》：

居人行转轼，客子暂维舟。念此一筵笑，分为两地愁。露湿寒塘草，月映清淮流。方抱新离恨，独守故园秋。

老友远来探望，暂聚之后倏又离别。送行者归而复返，怅望江舟；行者欲行又止，系船登岸：二人依依江边，不忍分离。只因此处一别，彼此都要受相思的煎熬。草戴寒露，已是深秋；江浸冷月，舟已远行。友人远去，帆影消失在茫茫夜色之中，惟见“月映江淮流”。其望望不已、留恋难舍之情，及内心之孤凄、惆怅，溢于言表。凄寒景色，与离别的哀伤交织在一起，“语气悠柔，读之殊不尽缠绵之致”①。“露湿”二句，为杜甫“星垂平野阔，月涌大江流”

①陆雍时：《诗镜总论》，《历代诗话续编》中华书局 1983 年版，第 1409 页。

所本，前后相映，有异曲同工之妙。有的情寓景中、情景相生。达到浑然一体的境界。如《相送》：

客心已百念，孤游重千里。江暗雨欲来，浪白风初起。

雨欲来而江暗，风乍起而浪白，景色凄寒、苍茫，寓含旅途艰险、凄苦之意。情景融合，造语精工，酷似唐人绝句。他如《伤徐主簿》类似截取中间两联的律绝，全部对仗，且合乎平仄；《送司马长沙》则为截取首尾两联的律绝，完全不对仗。宋人洪迈将《送司马长沙》一诗误收入《万首唐人绝句》，“亦其声调酷类，遂成后世笑端”①。

何逊为梁代的代表诗人，后来受到唐代大诗人杜甫的推重，并为历代诗人、诗评家所重视，在中国诗歌史上具有深远影响。

生当齐、梁时代，何逊也在一定程度上受到当时绮靡诗风的影响。徐陵《玉台新咏》收录何逊有关女性的诗作16首，其中除《嘲刘谘议》写其留恋床第稍涉色情外，或写思妇闺怨，或写舞娘身姿，或抒发离情别绪，均能给人以审美愉悦，虽为宫体之渐，而无碍于何诗的总体评价。

何僩(生卒年未详)，字彦夷。何逊从叔。以才著闻。宦游不达，曾作《拍张赋》，末云：“东方曼倩发愤于侏儒，遂与火头食子禀赐不殊。”官至尚书郎。《隋书·经籍志》于《任昉集》下著录“义兴丞《何僩集》三卷”，今佚。

3. 何长瑜、何思澄等其他何氏诗人

何长瑜(?—446年?)，有文才，为谢灵运知赏，誉为“当今仲宣(王粲)”。灵运罢官居始宁，与族弟惠连、何长瑜、荀雍、羊璿之共游山泽，以文章赏会，时人谓之“四友”。长瑜才不如惠连，而雍、璿之则不及。临川王刘义庆招集文士，长瑜由国侍郎至记室参军。因作诗讥讽同僚，出为广州曾城令。后庐陵王刘绍为江州刺史，召长瑜为南中郎行参军，掌记室。行至板桥，遇暴风溺死。有集8卷，已佚。《诗品》将其诗录列下品。今存诗2首，见《先秦汉魏六朝诗》。

何思澄(483?—534年?)，字元静。少勤学，工文辞。起家为南康王侍郎，迁安成王左常侍，兼太学博士，平南安成王行参军，兼记室，随府江州。

①胡应麟：《诗数·外编》，上海古籍出版社1979年版，第155页。

作《游庐山诗》,受到沈约称赏,并命人将诗题之于壁。傅昭曾请思澄作《释奠诗》,辞文典丽。除廷尉正。天监十五年(516 年),敕撰《遍略》,徐勉举荐思澄等 5 人应选。迁治书侍御史。后迁秣陵令,入兼东宫通事舍人。除安西湘东王录事参军,兼舍人如故。中大通三年(531 年),昭明太子卒,出为黟县令。迁武陵王中录事参军,卒官。有集 15 卷。已佚。今存诗 3 首,风格近宫体,见《先秦汉魏六朝诗》。

何思澄与宗人逊、子朗俱擅文名,当时人说:“东海三何,子朗最多。”思澄认为传言有误,说:“如其不然,故当归逊。”子朗,字世明,早有才思,工清言。曾作《败家赋》,拟庄周马棰,其文甚工。人们传言:“人中爽爽何子朗。”历官员外散骑侍郎,出为国山令,卒。时年二十四。有集,已佚。今存诗 3 首,见《玉台新咏》卷 5。

五、左思、鲍照及其他山东作家

(一) 左思、左棻等两晋作家

1. 左思　左棻

左思(252—306 年?),字太冲,齐国临淄(今属山东)人。祖先为齐公族后裔,父官殿中侍御史。世习儒学,而思博览百家,兼善阴阳之术,继承着齐地儒者博杂的学风。出身寒微,貌寝口讷,早年赋闲家居,以著述为务,曾用一年时间写成《齐都赋》,表现出不同凡俗的文才。泰始八年(272 年),妹棻以文名被选入宫为晋武帝嫔妃,遂移家洛阳,官秘书郎。此后构思十年,完成《魏都赋》、《吴都赋》和《蜀都赋》等“三都赋”,受到时有高誉的皇甫谧的称赏,并为其赋作序。同时,著名诗人张载、著名史学家刘逵“并以经学博洽,才章茂美,咸皆悦玩,为之训诂”,文坛泰斗张华读后,叹为“班(固)、张(衡)之流”,“于是豪贵之家竞相传写,洛阳为之纸贵”①,使之名噪京师。但因出身寒微,而不得重用。惠帝时,曾预佞臣贾谧“二十四友”之列。永康元年(300 年),谧被诛,乃退居洛阳宜春里,专意典籍。齐王冏命为记室,辞不就。太安中(302—303 年),张方作乱,遂移居冀州,病卒。

西晋太康、元康时期,以陆机、潘岳为代表的士族文人主盟文坛,自汉魏

①《晋书·文苑·左思传》。

之际开始的诗歌文人化至此完成。在诗风“稍入轻绮”之际，陆机、潘岳等士族文人受其生活视野及艺术情趣的限制，形式上雕琢藻饰，而内容渐趋空洞贫乏，而出身寒族的左思继承“建安风骨”，却以贴近现实的诗作，唱出时代的强音，成为那个时代最具代表性的歌手。其《咏史诗》抒发寒士的不平，在当时独树一帜，其高亢激越的格调，被后世称为“左思风力”。

左思今存诗14首，《咏史》八首为其代表作。“咏史”一题，始自班固，而借史咏怀的体式，则由左思创始。所谓“创成一体，垂式千秋”①，所谓“咏古人而己之性情俱见，此千秋绝唱也”②，影响极其深远。《咏史》咏史抒怀，借咏古人史实，抒发自己的现实感受，抨击门阀制度对人才的压抑。诗人本来怀有报国的壮志，如第一首云：

> 弱冠弄柔翰，卓荦观群书。著论准《过秦》，作赋拟《子虚》。边城苦鸣镝，羽檄飞京都。虽非甲胄士，畴昔览穰苴。长啸激清风，志若无东吴。铅刀贵一割，梦想骋良图。左眄澄江湘，右盼定羌胡。功成不受爵，长揖归田庐。

但因出身低微而有志不获骋，其二云：

> 郁郁涧底松，离离山上苗。以彼径寸茎，荫此百尺条。世胄蹑高位，英俊沉下僚。地势使之然，由来非一朝。金张藉旧业，七叶珥汉貂。冯公岂不伟，白首不见招。

诗以“涧底松”和“山上苗”为喻，抨击门阀制度对人才的压抑，倾诉寒族士人怀才不遇、报国无门的愤懑。诗如从胸中倾泻而出，溢荡着郁勃不平之气。

《咏史》而外，左思的《招隐诗》、《杂诗》、《娇女诗》，也为人所称道。《招隐诗》抒发诗人不与污浊现实同流合污的高洁志趣，“非必丝与竹，山水有清音”的自然之趣；《杂诗》抒发诗人身处凄凉晚秋，有志不获骋的迁逝之感，都令人感受到诗人心灵深处涌动着的愤激之情。而《娇女诗》写其二女

---

①陈祚明：《采菽堂古诗选》卷十一。
②沈德潜：《古诗源》卷七，中华书局1978年版，第166页。

天真烂漫的娇痴情态，以及父母的矜惜之情，语朴情真，诙谐多趣，此后陶渊明的《责子》诗、李商隐的《骄儿诗》等，都曾受其影响。

左思之妹棻（256？—300 年），是我国早期著名女性文学家，名声略亚于乃兄。虽为贵嫔，却因姿陋而无宠，仅以才德受到礼遇，这对于好文多情的女性无疑是很残酷的。《晋书》本传载有左棻奉诏所作赋、颂、诔文 3 篇，另有答兄诗、书及杂赋数十篇，均佚。今存诗 2 首，见《先秦汉魏南北朝诗》；存文 24 篇，见《全晋文》。

2. 吴隐之

吴隐之（？—413 年），字处默，小字附子。濮阳鄄城（今属山东）人。晋诗人。魏侍中质六世孙。隐之美姿容，善谈论，博涉经史，以儒雅著闻。性耿介，有清操。为礼部尚书韩康伯荐拔，初任辅国功曹，转参征虏军事。后为桓温知赏，累迁晋陵太守。在郡清俭，妻自负薪。入为中书侍郎、国子博士，转散骑常侍，领著作郎。寻迁廷尉、秘书监、御史中丞，领著作如故。安帝隆安中（397—401 年），以隐之为龙骧将军、广州刺史、假节、领平越中郎将。时广州多珍宝，官多贪黩。离州城二十里有水名贪泉，传说饮其水则贪得无厌。隐之谓"不见可欲，使心不乱"，至泉酌而饮之，赋诗云："古人云此水，一歃怀千金。试使夷齐饮，终当不易心。"及到任，"清操逾厉"，受到朝廷嘉奖①。还，拜度支尚书、太常，迁中领军。今存诗 1 首，见《先秦汉魏南北朝诗》。

3. 郗昙、郗超等高平作家（附檀超）

郗昙（320—361 年），字重熙，高平金乡（今属山东）人。高平郗氏是汉末兴起的世家大族。昙父鉴，东晋初年官至太尉，封南昌公。昙少赐爵东安县开国伯，司徒王导辟为秘书郎。年三十，拜通直散骑侍郎，迁中书侍郎。历尚书吏部郎、御史中丞，穆帝升平中（357—361 年），至北中郎将、都督徐兖青幽扬州之晋陵诸军事、领徐兖二州刺史、假节，镇下邳。卒赠北中郎，谥简。昙曾预永和九年（353 年）王羲之倡导的兰亭诗会，作五言诗 1 首，见《先秦汉魏南北朝诗》。

郗超（333—375 年），字景兴，一字嘉宾。昙兄愔之子。诗人。少卓荦

①《晋书·良吏·吴隐之传》。

不羁，风度脱落不群。其父事天师道，而他奉佛；父好聚敛，而他好施。初为桓温掾属，受到推重和礼遇。桓温用其谋，废海西公，立简文帝，迁中书侍郎，转司徒左长史，以母丧去职。服阕，除散骑常侍，不起。以为临海太守，加宣威将军，不拜。诗僧支遁以清谈著称于时，常推重超，以为一时之俊。有集10卷，已佚。今存文4篇，辑入《全晋文》；诗1首，见《文馆词林》卷157。继子僧施，亦能诗。

张湛（生卒年未详），字处度，小字麟。高平（今山东鱼台）人。晋散文家。晋孝武帝时，以才学官中书侍郎、光禄勋。一生勤于著述，其主要贡献是撰著《列子注》8卷。此外，有《养生要集》10卷、《古今箴铭集》13卷、《养性集》2卷、《古今九代歌诗》7卷，均佚。其《列子序》云，所注《列子》得之于王粲、王弼的后人，自唐而后，不少学者认为此书出自魏晋间人，或即张湛伪作。但其注释保留大量古籍资料，并对研究魏晋玄学具有重要意义。

王沈（生卒年未详），字彦伯，高平（今济宁南）人。散文家。少有俊才，出身寒素，又不能随俗浮沉，受到当时豪门的压抑。仕为郡文学掾，郁郁不得志，乃作《释时论》，假设东野丈人与冰氏之子的问答，抨击时政、门阀，嬉笑怒骂，文笔恣肆。有云：

> 今则不然。……多士丰于贵族，爵命不出闺庭。……贱有常辱，贵有常荣，肉食继踵于华屋，疏饭袭迹于耨耕。谈名位者以谄媚附势，举高誉者因资而随形。……凡兹流也，视其用心，察其所安，责人必急，于己恒宽。德无厚而自贵，位未高而自尊……忌恶君子，悦媚小人，敖蔑道素，慑吁权门。心以利倾，智以势惛，姻党相扇，毁誉交纷。

《释时论》与鲁褒《钱神论》被认为是惠帝时的①“疾时之作”，全文今存，见《晋书》本传。

虞溥（生卒年未详），字允源，高平昌邑（今山东金乡）人。史学家。父祕，为偏将军，镇陇西。溥从父赴任，专心坟籍。郡察举孝廉，除郎中，补尚书都令史。稍迁公车司马令，除鄱阳内史。在郡大修学校，广招学徒，至者七百余人。卒于洛阳。著述颇丰，曾注《春秋》经、传，撰《江表传》及文章诗

①《晋书·惠帝纪》。

赋数十篇。《隋书·经籍志》著录其集2卷。均佚。今存文4篇,见《全晋文》。

檀超(生卒年未详),字悦祖,高平金乡(今属山东)人。《南齐书》本传称,超"少好文学,放诞任气","嗜酒,好言咏",自比同乡郗超,谓为"高平二超"。举秀才,仕至司徒右长史。齐高帝建元二年(480年),初置史官,以超与著名文学家江淹同掌史职,因所立体例遭到左仆射王俭的反对,史功未就。超叔父道鸾,字万安,位国子博士、永嘉太守,亦以文学知名。撰《续晋阳秋》20卷,已佚。《世说新语·文学篇》注引《续晋阳秋》的一段文字,"对汉魏两晋文学的发展历史的概括及分析是值得注意的,它具有开创的意义,后来沈约《宋书·谢灵运传论》、刘勰《文心雕龙·明诗》、《时序》、钟嵘《诗品序》显然均受其影响"①。

4. 杨苕华与竺僧度

杨苕华是东晋左棻之外的另一位女诗人,竺僧度是支遁之外的诗僧,他们都是东莞(今山东莒县)人,并且是未婚夫妇。竺僧度,姓王名晞,字玄宗,出身微贱,而天姿秀发,与母独居,孝事尽礼。年十六,求婚于杨氏女苕华。苕华容貌端庄,又善坟籍。二人未及成婚,苕华父母相继亡故,度母亦卒。"度遂睹世代无常,忽然感悟,乃舍俗出家,改名僧度"②。苕华除服,向度致诗5首,度亦报诗5首。诗今存《高僧传》,辑入《先秦汉魏南北朝诗》。

(二)鲍照与南朝东海作家

1. 鲍照　鲍令晖

鲍照(?—466年),字明远,东海(今山东郯城一带)人,南朝宋著名诗人、骈文家。诗与谢灵运、颜延之齐名,史称"元嘉三大家"。出身寒微,仕途蹭蹬,一生辗转藩邸,郁郁不得志。宋文帝元嘉年间(424—453年),初曾谒见临川王刘义庆,以"辞章之美",以为国侍郎③,迁秣陵令。其间,河、济俱清,当时以为祥瑞,照作《河清颂》,文虽精工,却不过是歌功颂德之作,不料竟被宋文帝所赏识,任以为中书舍人。文帝好为文章,自以为人莫能及,

①王运熙、杨明:《魏晋南北朝文学批评史》,上海古籍出版社1999年版,第218—219页。
②释慧皎:《高僧传》,汤用彤校注本,中华书局1996年版,第173页。
③《宋书·宗室·临川王刘义庆传》附《鲍照传》。

照为此而属文多鄙言累句。临海王子顼出镇荆州，照为前军参军，掌书记。后子顼支持晋安王叛乱，被赐死，照也为乱兵所杀，其文亦多散佚。南朝齐时，虞炎奉文惠太子萧长懋之命，编集其遗文曰《鲍氏集》。《隋书经籍志》著录 10 卷，今存。今有钱仲联《鲍参军集注》。

鲍照的出身及经历，使其对社会现实的认识较为清醒，因能较为深刻地体会下层人民生活的痛苦。因此，他与士族出身的谢灵运、颜延之走着完全不同的创作道路。鲍照的文学成就主要是乐府诗。他融汉魏乐府反映现实的精神与南朝乐府民歌艺术为一体，使文人诗歌与民歌艺术浑融无间。其代表作品《拟行路难》18 首，抨击门阀制度，抒发自己备受压抑的愤懑，如火山爆发，如泉水喷涌，感情激扬，动人心魄，是南朝文学珍品。如：

泻水置平地，各自东西南北流。人生亦有命，安能行叹复坐愁！酌酒以自宽，举杯断绝歌《路难》。心非木石岂无感，吞声踯躅不敢言！

对案不能食，拔剑击柱长叹息。丈夫生世会几时，安能蹀躞垂羽翼！弃置罢官去，还家自休息。朝出与亲辞，暮还在亲侧。弄儿床前戏，看妇机中织。自古圣贤尽贫贱，何况我辈孤且直！

诗以水的流向不同起兴，喻指因人的出身门第不同而生来遭遇及命运即各自差异。既然如此，人无法改变自己的出身，又怎能只是愁苦、叹息？以酒解愁，而愁苦却无法排解。“心非木石岂无感，吞声踯躅不敢言”，受压抑的痛苦，在现实中又无处申说、倾诉，可见其悲愤之深。鲍照还写有大量描写边塞战争、反映征戍生活的诗歌，如《代出自蓟北门行》，表现前方将士视死如归的气概和为国建功的抱负；《代东武吟》则借征战一生、还家仍然过着“腰镰刈葵藿，倚仗牧鸡豚”的生活，抒发退伍士卒对统治者的怨愤之情。同时，鲍照吸收民歌艺术，发展了诗的七言形式，自唐而后成为我国古典诗歌的主要形式之一。

在宋、齐之际，汤惠休与鲍照并称“休鲍”。汤氏学习南朝民歌而渐写艳情，鲍照融汉魏乐府之艺术而贯注激情，使文人诗与民歌重新结合。休、鲍之诗雅俗相融，开艳情诗之先河；齐梁间沈约沿波逐流，萧梁诸帝和而同之，遂形成绮靡诗风。鲍照反映现实、发唱惊挺、风骨遒劲的乐府诗，受到唐代大诗人杜甫的推崇，对后世影响深远。而其艳情诗，对齐梁诗风的影响也不应忽视。

鲍照也是著名骈文家，所作《登大雷岸与妹书》、《芜城赋》等，均为传诵名篇。《登大雷岸与妹书》是写给其妹的家书，"在六朝人书信中颇具特色。六朝人的书信，凡是写给地位较尊贵和一般朋友的信，大抵用较华丽的骈文，至于家信，则多用接近口语的文学。唯独此文遣词古奥，文气雄浑，在骈俪中带着汉赋的清刚之气"①。如描写庐山一段：

> 西南望庐山，又特惊异，基献江潮，峰与辰汉连接。上常积云霞，雕锦缛。若华夕曜，严泽气通，传明散綵，赫似绛天。左右青靄，表里紫霄。从岭而上，气尽金光，半山以下，纯为黛色。信可以神居帝郊，镇控湘汉者也。若潨洞所积，溪壑所射，鼓怒之所豗击，涌澓之所宕涤，则上穷狄浦，下至狶洲，南薄燕辰，北极雷澱。削长埤短，可数百里。其中腾波触天，高浪灌日，吞吐百川，写泻万壑。轻烟不流，华鼎振沓，弱草朱靡，洪涟陇蹙，散涣长惊，电透箭疾，穹溘崩聚，坻飞岭覆，回沫冠山，奔涛空谷。碪石为之摧碎，碕岸为之齑落。仰视大火，俯听波声，愁魄胁息，心惊慄矣。

山下江水汹涌，峰上直插云霄，夕阳云靄，五彩缤纷，山水相映，生动地勾画出庐山绚烂壮丽的夕景。而铺张扬厉，对仗排比，则杂取汉赋的表现手法；句式整齐，文气高古，在南朝骈文中独树一帜。《芜城赋》以广陵从繁盛到荒芜的巨变，感慨王朝兴亡，说明武力和险胜之不足恃。赋极力渲染广陵繁盛时的景象，与后来的荒废形成鲜明的对照；采用汉赋铺陈渲染的手法，而有浓烈的抒情气氛，或用排比加强气势，或用巧喻勾画阴森的图景，文辞精工而富丽，确为不可多得的文学珍品。

鲍照之妹令晖，也是著名女诗人。今存诗 7 首，见《先秦汉魏六朝诗》。

2. 鲍机　鲍泉　鲍宏

鲍机（生卒年未详），字景玄。与鲍照同里。齐末曾任春陵令，入梁为太常丞、尚书郎。后入湘东王萧绎幕府，为书记、谘议参军。今存诗 2 首，辑入《先秦汉魏六朝诗》。其子泉、宏，均以诗文著闻。

---

①曹道衡：《汉魏六朝文精选・登大雷岸与妹书》品评，江苏古籍出版社 1995 年版，第 299 页。

鲍泉（？—551年），字润岳。南朝梁诗人、学者。少与父机均事湘东王萧绎，为国常侍，受到萧绎的称赏。后为通直侍郎。萧绎即帝位，迁信州刺史。后迁郢州萧方诸长史。侯景破郢州，被杀。泉博涉经史，兼有文笔。精于《仪礼》，著有《新仪》40卷。已佚。今存诗9首，见《先秦汉魏六朝诗》。

鲍宏（生卒年未详），字润身。初仕梁，入湘东王幕府，官至通直散骑侍郎。江陵陷落后入周，由周入隋，终官均州刺史。有集10卷，已佚。

3. 王僧孺　丘巨源

王僧孺（463？—522年），东海郯（今山东郯城西南）人。魏著名学者王肃八世孙。梁代诗人、骈文家、谱学家。6岁能属文，及长好文学。家贫，常以为人抄书来供养母亲；抄过即能记诵。初仕齐，起家王国左常侍、太学博士。深得尚书仆射王晏赏识，晏为丹阳尹，召补郡功曹，使撰《东宫新记》。迁大司马豫章王行参军。司徒竟陵王萧子良开西邸，僧孺与虞羲、江洪等预游，与任昉等友善，受到友人的推重。入梁，除临川王萧宏记室参军，待诏文德省。寻出为南海太守，居官清廉，受到百姓的拥戴。视事周年，诏还，拜中书郎、领著作，撰《中表簿》、《起居注》。迁尚书左丞、御史中丞。梁武帝作《春景明志诗》五百字，敕在朝官员沈约以下同作，认为僧孺之作最工。迁少府卿，出监吴郡，还除尚书吏部郎。出为南康王长史，行府、州、国事。与南康王昵臣、典签汤道愍不和，遂为所诬，免官。复起为安成、始兴、南康诸王参军、记室，入直西省，知撰谱事。其间，与何逊交游、友善。何逊卒，为其编定文集。著有《十八州谱》710卷，《百家谱集》15卷，《东南谱集抄》10卷，《两台弹事》5卷。另有文集30卷。均佚。今存文20篇，见《全梁文》；存诗39首，见《先秦汉魏晋南北朝诗》。其诗写景、抒情，亦有特色。如《至牛渚忆魏少英》：

> 枫林暧似画，沙岸净如扫。空笼望悬石，回斜见危岛。绿草闲游蜂，青葭集轻鸨。徘徊洞初月，浸淫溃春潦。非愿岁物华，徒用风光好。

诗写牛渚春光，沙岸林木掩映、沙碛澄净，岩岸陡峭、横空斜出，以及绿草、青葭，初月、春潦，都鲜丽、活脱，令人如临如睹。

僧孺爱好典籍，藏书至万余卷，多为异本，与沈约、任昉为梁代三大藏书家。又笃志力学，于书无所不窥。《梁书》本传称：“其文丽逸，多用新事，人所未见者，世重其富。”

丘巨源（？—485年），兰陵（今属山东）人[①]。少举孝廉，为宋孝武帝所知。大明五年（461），敕助徐爰撰国史。明帝即位，使参诏诰，引在左右。自南台御史为王景文参军，服丧还家。复起，历诸王府，转羽林监。入齐，初为尚书主客郎，领军司马，越骑校尉，除武昌太守，未行，乃改授余姚令。因其对赏赐屡有不满，武帝永明初，又作《秋胡诗》语含讥刺，遂被杀。有集10卷，已佚。今存诗2首，见《先秦汉魏南北朝诗》；文3篇，见《全齐文》。

（三）刘勰与南朝东莞作家

1. 刘勰

刘勰（？—532年），字彦和，东莞莒（今山东莒县）人。《梁书》本传载，勰出身世家而早孤，“笃志好学，家贫不婚娶”，依沙门僧祐，十数年间，博通经纶，协助僧祐整理了定林寺藏经。在“齿在逾立”之年，开始撰著《文心雕龙》，齐末完稿。因出身寒微，使此书长期未受到重视。为让人们了解这部精心结撰的文学批评论著，他背负书稿，于途中挡住文坛领袖沈约的车乘，将书献上。沈约取读之后，“大重之，谓为深得文理，常陈诸几案”，由此而为世人所知。入梁，起家奉朝请，后为东宫通事舍人，受到爱好文学的昭明太子萧统的赏识。后奉命与僧慧震在定林寺整理佛经，遂弃官出家为僧，法名慧地。未及一年，病卒。他一生的主要贡献，是在文学创作空前繁荣的形势下，吸取前人有关研究成果，创作了文学批评巨著《文心雕龙》。《文心雕龙》今有中华书局1961年黄叔琳注、李详补注、杨明照校注拾遗本，人民文学出版社1960年范文澜注本、1983年周振甫注释本。另有所著《刘子》一书，今有上海古籍出版社1985年林其锬、陈凤金集校本。

《文心雕龙》全书10卷、50篇，由总论、文体论、创作论、文学史论及文学批评论几个部分组成。自《原道》至《辨骚》五篇为第一部分，明确地提出了指导写作的总原则。刘勰的思想兼综儒佛，而《文心雕龙》却是在儒家思想指导下写作的。《序志》篇说：“盖《文心》之作也，本乎道，师乎圣，酌乎

---

①兰陵，汉属东海郡，晋置兰陵郡。其地在今山东临沂、枣庄两市之间。今山东苍山县有兰陵镇。

纬，变乎骚，文之枢纽，亦云极矣。”认为文章本源于儒家经典，而服务于政治，宗经明圣的思想贯穿全书。自《明诗》至《书记》为第二部分，分论各体文章，指明写作各体文章的体制特色和规格要求。自《神思》至《总术》为第三部分，论述各体文章的创作方法。自《时序》以下为第四部分，论述历代文学与时代的关系，各时期文学发展的特色，以及文学批评的态度和方法等。全书结构严密，体大思精，是我国最早、最为完备的一部文学理论批评专著，在中国文学批评史上具有崇高的地位，历来评价较高。今研究《文心雕龙》，已成为专门学问，称“龙学”。

2. 臧荣绪　臧严

臧荣绪（415—488 年），东莞莒（今山东莒县）人。自号“被褐先生”。宋、齐之际的史学家。幼丧父，亲自灌园劳作。母丧后，著《嫡寝论》，守孝笃诚。州郡征辟，不就。与关康之隐居京口，世号为“二隐”。荣绪隐居教授，灌蔬终老，一生未曾出仕。喜爱《五经》，著《拜五经序论》，常以孔子生日，陈列《五经》礼拜。撰《晋书》“括东西晋为一书，纪、录、志、传百一十卷”①。已佚，今存汤球辑本。

臧严（生卒年未详），字彦威。东莞莒（今山东莒县）人。南朝梁文学家。幼丧父，家贫，勤学，行止书卷不离于手。梁初为安成王侍郎，转常侍。从叔未甄出为江夏太守，携严赴任。严于途中作《屯游赋》，受到任昉的称赏。又作《七算》，辞亦富丽。性孤介，从不谒见、请托权贵，仆射徐勉想要结识他，而严终不往谒。后累迁湘东王宣惠轻车府参军，兼记室。王迁荆州，随府转西中郎安西录事参军。历监义阳、武宁郡等蛮荒地区，民人悦服。卒官镇南谘议参军。严于学熟记成诵，尤精《汉书》。湘东王曾亲自以四部书目试之，严自甲部至丁卷，各对一事，并作者姓名，无一遗漏。有集 10 卷，《隋书经籍志》著录《栖凤春秋》5 卷，均佚。

3. 刘祥

刘祥（451—489 年?），字显微，东莞莒（今山东莒县）人。南朝宋开国功臣刘穆之曾孙。宋末为太尉萧道成东阁祭酒、骠骑主簿。入齐，入武陵王萧晔幕，除正员外郎。“少好文学，性韵刚疏，轻言肆行，不避高下。”②司徒

①《南齐书 · 高逸 · 臧荣绪传》。
②《南史 · 刘穆之传》附《刘祥传》。

褚渊入朝以腰扇遮蔽日光，祥见而讥之："作如此举止，羞面见人，扇障何益。"隐刺其附萧道成篡宋事。渊说："寒士不逊。"祥则说："不能杀袁（粲）刘（秉），安得免寒士。"永明初，迁长沙王谘议参军，撰《宋书》，讥斥齐高帝萧道成篡宋，高帝嫉恨未问。后辗转诸王幕府，自以不得志，作《连珠》15首以寄托怨愤，有云："盖闻理定于心，不期俗赏；情贯于时，无悲世辱。故芬芳各性，不待汨渚之哀；明白为宝，无假荆南之哭。"以含恨自投汨罗的屈原自喻，而以献宝被刖的卞和自解，于是有人即将所作《连珠》事报告齐武帝，遂付廷尉，发配广州，终日纵酒，少时病卒。祥能诗善文。其诗，钟嵘《诗品》谓其学颜延之，与谢超宗同列于下品。有集10卷，已佚。存文2篇，见《全齐文》。

（四）任昉等乐安作家

1. 任昉

任昉（460—508年），字彦升，小字阿堆。乐安博昌（今山东博兴）人。幼而好学，早年知名。年十六，为宋丹阳尹刘秉辟为主簿。入齐为奉朝请，举兖州秀才，拜太常博士，迁征北行参军。永明初，为卫将军、丹阳尹王俭主簿，受到王俭的钦重。王俭为当时文学大家，"每见其文，必三复殷勤，以为当时无辈"，并出自作之文令昉点定。迁司徒刑狱参军，入为尚书殿中郎，转司徒竟陵王萧子良记室参军，为"竟陵八友"之一。齐末，入萧衍幕为记室参军，专掌文字书记。萧梁代齐，拜黄门侍郎，迁吏部郎中，不久以本官掌著作。天监二年（503年），出为义兴太守。在郡清廉，俸禄多周济贫民，妻儿但食麦而已。历吏部郎、御史中丞、秘书监，六年（507年）出为宁朔将军、新安太守。"在郡不事边幅，率然曳杖，徒行邑郭，民通辞讼者，就路决焉。为政清省，吏民便之。视事期岁，卒于官。时年四十九。阖境痛惜，百姓共立祠堂于城南。"昉好交结，奖进士友，凡得其延誉者，如陆倕、到溉、到洽、王僧孺等，均得提拔任用，"故衣冠贵游，莫不争与交好"①。及至去世，诸子皆幼，而所交罕有赡恤者，刘峻愤而著《广绝交论》以讽之。有集33卷，已佚。明人张溥辑有《任彦升集》（《汉魏六朝百三家集》本）。另有《地记》

①《梁书·任昉传》。

252卷、《杂传》247卷，均佚。今存文64篇，见《全梁文》；存诗21首，见《先秦汉魏六朝诗》。

任昉为齐梁间著名诗文作家，尤长于诏册、章奏、碑传，时有“任笔沈（约）诗”之誉。今存任昉文绝大部分是应用文。因任昉与萧衍曾同游竟陵王西邸，并支持萧衍代齐称帝，所以自萧衍称公及至代齐的文诰，大多出自任昉手笔。这类文章，内容无非歌功颂德，自不免夸张渲染，而任昉夸张有度，“无伤逸气”①，尚有可取，并在此后有一定影响。《文选》收录任昉文数量最多，共17篇，有表、启、弹事、笺、序、墓志、行状、策文、令等各种体裁，可见当时对其文章的重视。

任昉诗不如文。钟嵘《诗品》将任诗列入中品，说：“昉既博物，动辄用事，所以诗不得奇。”是说他的诗才博而缺乏情韵。然而任昉也有情韵兼至的诗作，如《出郡传舍哭范仆射》：

> 与子别几辰，经途不盈旬。弗睹朱颜改，徒想平生人。宁知安歌日，非君撤瑟晨？已矣余何叹，辍舂哀国均。

诗悼念亡友范云，情辞婉转，哀切动人。别不盈旬，宛然眼前，而凶信突至，痛感意外。为友叹惋，自不待言，而国人皆哀，则可见其人在人们心目中的地位。语言凝练，朴质无华，却很感人。

2. 蒋少游

蒋少游（？—501年），乐安博昌（今山东博兴）人。北朝魏画家、建筑家和诗文作家。据《魏书》本传载，魏献文帝攻掠青州时，将少游掳掠到魏都平城。少游“性机巧，颇能画刻，有文思”，受到大臣高允的赏识，被举荐为中书博士，而以雕刻、绘画为务。孝文帝元宏推行汉化政策，尚书李冲等改定衣冠服饰，少游曾参与其事。为营建魏都，曾考察魏晋故都遗址，并出使江南“摹写宫掖”，“带图而归”。他曾参与营建魏太庙、太极庙，以及洛阳华林园与金墉门楼，皆构思精巧。官至太常少卿。虽其倾心于建筑、工艺、雕刻和绘画艺术，却未曾忘记吟咏，有诗文集10卷，已佚。

---

①张溥：《任彦升集题辞》，殷孟伦注本，人民文学出版社1960年版，第230页。

（五）温子升等济阴作家

汉置济阴郡，治所在定陶，辖有今山东菏泽部分县市。魏晋因之。在这一时期，济阴出现了温子升、卞范之、卞彬、鹿悆等诗文作家。

1. 温子升

温子升（496—547年），字鹏举，济阴冤句（今山东菏泽西南）人。祖籍太原，为东晋文学家温峤的后裔。世居江南，祖恭之仕南朝宋，避难归魏，家于冤句，遂落籍济阴。子升自幼勤学好读，博览诸子百家，工诗善文，为文学家常景所赏识，渐知名。孝明帝熙平二年（517年），东平王元匡试选御史，应试者八百，独子升中选，由此文名大著。历任诸王僚属，执掌文翰。孝武帝永熙中，为侍读兼舍人，迁散骑常侍、中军大将军。东魏末年，高澄引为大将军谘议参军，因故被铺，入狱饿死。

温子升是北朝魏成就较高的诗人、文学家，与邢劭齐名，并称"温邢"。又与邢劭、魏收合称"北地三才"。子升诗文，当时就传入南朝及吐谷浑，梁武帝谓"曹植、陆机复生于北土"①。有文集35卷，另著有《永安记》3卷，均佚。明张溥辑有《温侍读集》（《汉魏六朝百三家集》本）。文今存29篇，见《全北魏文》，多骈体章表碑志。其中《寒陵山寺碑》较著名，庾信"读而写其本"，并说在北朝"唯有寒陵山一片石，堪共语"②。碑文是为高欢纪功之作，内容多无可取，而辞藻富丽，风格近似庾信、徐陵。其诗今存11首，见《先秦汉魏晋南北朝诗》。其中，《捣衣》诗较著名：

> 长安城中秋夜长，佳人锦石捣流黄。香杵纹砧知远近，传声递响何凄凉。七夕长河烂，中秋明月光。蠮螉塞边绝候雁，鸳鸯楼上望天狼。

诗写思妇念远，虽未直说征戍，而处处表现出对征夫的思念。风格清丽，哀婉动人，开唐人闺怨诗之先河。

2. 卞范之　卞承之　卞彬

卞范之（？—404年），字敬祖，济阴冤句（今山东菏泽西南）人。晋散文家。孝武帝太元中，自丹阳丞为始安太守。《晋书》本传载，范之少曾与

---

①《魏书·文苑·温子升传》。
②唐张鷟：《朝野佥载》卷六。"寒"，原作"韩"。

桓玄交游，及玄领荆、江二州刺史，遂“委以心膂之任，潜谋密计，莫不决之”。玄篡晋，有关策命及晋安帝禅位诏，均出自范之之手。玄败，被杀。有集5卷，已佚。今存文2篇，见《全晋文》。

卞承之（？—403年），范之族人。与范之同事桓玄，玄篡位时，承之为秘书监。玄败，承之又与殷仲文等暗通关节，欲反刘裕，遂为刘裕所杀。有集10卷，已佚。今存文6篇，见《全晋文》。

卞彬（生卒年未详），字士蔚，济阴冤句（今山东菏泽西南）人。《南齐书》本传称，彬“才操不群，文多指刺”。宋元徽末，袁粲、褚渊、刘秉与萧道成辅政，袁、刘为萧所杀，彬作童谣加以讥刺。及萧道成封齐公，又以“谁谓宋远，跂予望之”讽之。因此不得重用，仕途蹭蹬，作《枯鱼赋》以自况。后出为南康郡丞，生活困窘，作《蚤虱赋》，兼有刺世之意。又作《禽兽决录》，把当时幸臣吕文显、朱隆之、潘敞、吕文度比作羊、诸、鹅、狗，而其《蛤蟆赋》则用蛤蟆比喻贵显的尚书令及仆射等。这些作品，当时广泛传播，颇有影响。今存文3篇，见《全齐文》。

3. 鹿悆

鹿悆（生卒年未详），字永吉，济阴（今山东定陶）人。北朝魏诗人。东魏时官至梁州刺史，以城降西魏。据《魏书》本传载，悆好兵书、阴阳、释氏之学，在真定公元子直中尉时，曾赋诗进行讽谏。今存诗2首，见《魏书》本传。

（六）王猛等北海作家

1. 王猛

王猛（325—375年），字景略，北海剧（今山东寿光）人，家于魏郡（今河北大名）。少贫贱，而博学好兵书。氐族人苻坚建国，历官至丞相。王猛主政期间，推行封建教化，使苻秦成为北方国力最为强大的政权。猛为政治家、军事家，也是著名文人，在胡汉文化的交流、融合过程中，也作出积极贡献。王猛本为齐地人，其言论行事体现了齐人的文化素养和齐地教育的特点。如严刑峻法抑制豪强，“拔幽滞，显贤才，外修兵戈，内崇儒学，劝课农桑，教以廉耻”①等。临终嘱苻坚勿攻东晋，坚未从，终于败亡。有集9卷，

①《晋书·载记·苻坚下》。

已佚。今存文 9 篇，皆应用文字，见《全晋文》。

2. 王昕　王晞

王昕（？—559 年），字元景；王晞（511—581 年），字叔朗，均为王猛六世孙。昕初仕魏，历官秘书监。入齐，除银紫光禄大夫，因比齐文宣帝为桀纣，被杀。有集 20 卷，已佚。晞初仕魏，入齐，历东徐州刺史、秘书监，迁大鸿胪，加仪同三司。齐亡，入周，后入隋。曾游太原晋祠，赋诗 2 句，见《北齐书》本传。

第三章　隋唐五代时期的山东文学

从汉代末年到南朝陈,中国长期处于动荡、分裂的状态。隋文帝统一了中国,却因社会矛盾的迅速激化而很快灭亡。其后,唐王朝将中国古代的政治、经济、军事和文化推向鼎盛。国家的统一,促进了南北文化的融合,但这一进程是曲折的,渐进的,隋前南北对峙所造成的南北文化发展的失衡状态仍然延续了相当长的时间。晋南北朝时期,以司马氏等为代表的汉族政权南下,使长江中下游地区发展为政治文化中心。与之相应,北方士人大批南下,又在江南侨居地形成了诸多文化家族,江、浙、皖、鄂、赣等地都形成了文化繁荣的景象。而北方在相对落后的少数民族政权统治下,经济、文化的发展比较缓慢,且不平衡。因此,作为文化重要组成部分的文学,南方远比北方发达。隋唐统治者及其上层人物大多起于北方,唐王朝又建都长安(今陕西西安),并以洛阳(今属河南)为东都,这就恢复了北方作为中国政治文化中心的地位,也影响到全国文化分布的格局。

一、隋唐五代时期山东文学的发展状况及特点

(一)作家里籍分布的变化

隋唐五代时期,山东作家众多,里籍分布也发生了重大变化:第一,随着世家大族的衰落,原来处于文化中心的王、颜后裔逐渐式微,且多未再回到山东原籍。他们或定居在侨居地,或因宦游而再迁他处,居住相当分散,不复为聚居的族群。这些人与其南迁祖先不同,他们虽然也沿袭祖上署郡望的习惯,而实际上已经落籍外地,成为居住地之人,郡望只能标明他们的祖籍,而不再具有原来的文化意义。既已脱离家族,家族文化对他们的影响自

然也就逐渐减弱。如南北朝后期的颜之推籍属琅邪临沂(今山东费县),其后裔颜允南、颜真卿、颜须、颜项等则定居京兆长安;颜之推至颜真卿已五代。虽然颜氏后裔每每追忆祖德,说明家族文化传统对他们仍有影响,而与齐鲁地域的文化已基本失去联系,因此他们的籍贯应是京兆长安,郡望只能作为研究这类作家的参考。同样,东晋南北朝累朝簪缨的琅邪王氏,其后裔虽仍称郡望,但隋唐以后也已散居各地,传统的家族文化不复存在。如唐代著名诗人王昌龄籍出琅邪王氏,而实居长安,应为长安人。只有清河(今山东武城)崔氏青州房、清河房氏济南房、清河东武城张氏、曹州南华(今山东东明)刘氏、兖州曲阜(今属山东)孔氏等,或因族人原居北方,或一直未曾落籍于侨居地,仍保持着世家地位及其文化传统。但是,除了曲阜孔氏外,他们的政治、经济、文化地位也与此前难以相提并论。同时,隋唐开国之际,或因立有军功,或因文才卓著,部分家族又跻身上层,成为新的世家大族,如济南崔氏、段氏等。第二,随着北方传统文化区的复兴,齐州(今山东济南)、兖州(今山东兖州、曲阜)、青州(今山东青州、淄博)一带以及博州(今山东聊城)、郓州(今山东东平)、德州(今属山东)等地,也出现了不少作家。以诗词为例,现在山东的17个城市中,有12个城市的作家留下了作品,作者的分布还是较为广泛的。唐代以后,齐州更成为山东的政治、经济与文化中心。第三,唐代政治中心的变迁以及唐代中央与地方的关系,也对文化格局产生了一定影响。唐代后期政治中心逐渐东移,靠近汴(今河南开封)、洛(今河南洛阳)的山东西部作家偏多,而山东东部(今淄博以东)作家则偏少。从政区划分来看,唐初在兖州置中都督府,在齐州置下都督府,由中央统辖;而肃宗至德(756—758年)后,山东地区分别隶属淄青平卢军、天平军、泰宁军三镇,又为义昌、天雄、昭义、宣武、武宁五镇地。也就是说,“安史之乱”前,今山东地区直接隶属于唐王朝中央,经济、文化由复苏逐渐走向繁荣;“安史之乱”后,今山东地域成为割据政权藩镇的统治区。因此,从时间上看,唐前期山东籍的作家多,而后期则偏少;五代时期,山东作家又有所增加。这也从一个侧面反映了唐五代政治局势变化对各地文化发展状况的影响。

（二）世族的衰落对山东家族文学的影响

晋南北朝时期，山东境内的世族大部南迁，侨居长江中下游的荆州、江州及吴越地区。其中，琅邪王氏、颜氏、徐氏，东海徐氏，兰陵萧氏，泰山羊氏，清河崔氏等都是著名的文化家族，他们对晋南北朝文化（包括文学）的发展都曾作出重要贡献。东晋末年开始，寒族、寒士逐渐崛起，有的还在刘宋以后入掌机要；皇权不断加强，世族逐渐衰落。直到隋唐时期，山东境内的旧世族又遭到新的打击。隋唐最高统治者是自北周以来形成的关陇军事贵族，其先人多在平定北齐、推翻南朝陈的战争中立下赫赫战功。于是，在他们取得全国政权后，往往依靠关陇新贵，打击崤山以东世族，以提高其社会政治地位。为此，唐太宗和武则天还重修氏族志；唐太宗所修以李姓居首而使当朝大臣居次，武则天所修则以武姓居首且对氏族谱重新编排。同时，又从制度上取消世族仕进特权。隋文帝时废除了凭门第选官的九品中正制，对任官制度进行变革，“炀帝嗣兴，又变前法，置进士等科”①，从而打破了门阀大族把持官吏选举的局面。唐朝继承并完善了隋朝的科举制度，士人也由重门第而转为重科举：“进士科始于隋大业中，盛于贞观、永徽之际；缙绅虽位极人臣，不由进士者，终不为美，以至岁贡常不减八九百人。其推重谓之‘白衣公卿’，又曰‘一品白衫’；其艰难谓之‘三十老明经，五十少进士’。……其有老死于文场者，亦所无恨。”②任用官吏的权力也由此而集中于中央，皇权得到进一步的加强。同时，实行科举制度，又使社会各阶层的士人能够通过考试参与政治，以门第为凭借的世族受到压抑而日趋衰落。自此，山东境内的文人成分发生了较大的变化。

魏晋以来山东的南迁世族，多在隋唐以后落籍江南，而罕有回迁者。只有南北朝时期，因各种原因北归及少数当年未南迁者，或因仕用北朝而保持世家地位者，如清河崔氏、琅邪王氏、兰陵萧氏等仍为望族。而唐初勋贵房玄龄、段志玄等，或为旧门阀世族又效忠于新王朝而重新贵显，或为庶族而因战功、文才等致使政治地位迅速提高；由科举入仕的士人，如马周、孙逖等，也以才学蜚声文坛。于是，在山东形成了一批新的文学家族。同时，隋

---

①《旧唐书·薛登传》。

②王定保：《唐摭言》，上海古籍出版社1978年版，第4—5页。

唐实行科举制度也使社会各阶层的士人都有介入现实政治的机会,激发了他们参加科举考试的热情,因而士人队伍的成分发生了较大变化,改变了世族文人独霸文坛的局面。

(三)山东作家对隋唐五代文学的主要贡献

隋唐五代时期,山东作家在诗歌、散文、小说等领域笔耕不断,对中国文学的发展作出了积极贡献。隋代诗人崔信明以一句迥别于殆同类书的流行诗风的“枫落吴江冷”,赢得了后人的推崇。净辩的小说,也在隋代文学史上占有一席地位。

初唐作家崔融系“文章四友”①之一,徐彦伯为天下“文辞士”②之首,马周、吕才之文誉满朝野,都为诗文风气的新变准备了条件。盛唐作家孙逖号称“人文之宗师”③,卢象“与王维、崔颢比肩骧首”④,则为“盛唐气象”的形成作出了贡献。任华及任希古、王无竞、梁载言、周思钧、于季子、李伯鱼、东方虬、张锡、刘晏、庄若讷、魏万、南巨川等,也推动了初盛唐诗文的发展。中唐作家羊士谔被视为白居易的“入室”⑤弟子,孟迟“风流妩媚”⑥,又为诗文风气的再变付出了努力。晚唐作家刘沧长于怀古,段成式所著《酉阳杂俎》被推为“小说之翘楚”⑦,亦为临近黄昏的落日增添了光彩。吕向、孙棨及吕牧、皇甫彻、蔡京、孔温业、赵璜、崔铉、路单、孔仲良、张道古、路德延、张直、黄巢与段成式、赵璘、王涣等,更推动了中晚唐诗、词、文与小说的发展。

五代作家和凝“长于短歌艳曲”⑧,所著《宫词百首》亦不乏佳构;韩熙载精通音律,擅长诗文与书画:他们都自具特色,名震文坛。他如高辇、田敏、李愚、刘保乂等,也对五代文学的发展作大贡献。

---

①《新唐书·杜审言传》。

②《新唐书·徐彦伯传》。

③颜真卿:《尚书刑部侍郎赠尚书右仆射孙逖文公集序》,载董诰等编:《全唐文》第2册,上海古籍出版社1990年版,第1510页。以下唐文,除另标注者外,版本俱同。

④刘禹锡:《唐故尚书主客员外郎卢公集纪》。

⑤张为:《诗人主客图》,载丁福保辑:《历代诗话续编》,中华书局1983年版,第73页。

⑥辛文房:《唐才子传》卷五,载傅璇琮主编:《唐才子传校笺》第3册,中华书局1990年版,第345页。以下版本俱同。

⑦永瑢等:《四库全书总目》下册,中华书局1965年版,第1214页。以下版本俱同。

⑧《旧五代史·和凝传》。

（四）李白、杜甫等文学大家与山东关系密切

隋唐五代时期是客游山东作家最多的时期之一，唐代伟大诗人李白、杜甫，著名文学家、书法家李邕与诗人王维、李之芳、刘叉，以及“竹溪六逸”中的外籍作家等，都在山东留下了足迹。他们在山东的文学活动，是山东古代文学的一个重要组成部分，也是中国古代文学史上的佳话。

玄宗开元二十四年（736 年），李白移家山东，直到肃宗乾元二年（759 年）才迁居楚地，家居山东长达 23 年。他寓居任城（今山东济宁）、沙丘（今山东新泰），游历济南、泰安、金乡、单县、苍山、博平（今山东高唐、临清一带）、聊城、曲阜、益都（今山东青州）等地，留下了大量诗篇与遗迹。李白熟悉“鲁缟”的织作：“五月梅始黄，蚕凋桑柘空。鲁人重织作，机杼鸣帘栊。”①喜爱兰陵的美酒：“兰陵美酒郁金香，玉碗盛来琥珀光。但使主人能醉客，不知何处是他乡。”②曾与孔巢父、韩准、裴政、张叔明、陶沔同隐于徂徕山，“时号竹溪六逸”③。玄宗天宝三载（744 年），李白自京归鲁途中往访河南采访大使李彦允，并经其介绍至齐州紫极宫（玄元庙）请高天师（如贵）授道箓，加入道士籍，写下《奉饯高尊师如贵道士传道箓毕归北海》一诗记录其事。李白的行踪诗迹已经成为后世瞻仰、咏歌的胜地，如唐代以后济宁“太白楼”成为来鲁文人的登临凭吊之所。

开元二十四年（736 年），杜甫游历齐赵一带，写下了著名的《壮游》诗。天宝三载（744 年），杜甫启程到山东看望时任兖州司马的父亲杜闲与时任临邑主簿的弟弟杜颖，途中在洛阳结识了李白，二人又与高适同游梁宋（今河南开封、商丘一带）。其后，杜甫到兖州省父，李白往任城探家。次年，自春及秋，李、杜同游齐鲁，“醉眠秋共被，携手日同行”④，传为文坛佳话。后在曲阜东北的石门山分手，李白作有《鲁郡东石门送杜二甫》记载其事。杜甫在山东期间，创作了千古名篇《望岳》以及《登兖州城楼》、《暂如临邑至鹊山湖亭奉怀李员外率尔成兴》等诗。

李邕担任北海太守（北海郡治益都，即今青州）时，李白曾去拜访，并呈

---

①李白：《五月东鲁行答汶上君》，载陈贻焮主编：《增订注释全唐诗》第 1 册，文化艺术出版社 2001 年版，第 1410 页。以下唐诗，除另标注者外，版本俱同。

②李白：《客中行》。

③《旧唐书·孔巢父传》。

④杜甫：《与李十二白同寻范十隐居》。

《上李邕》诗。杜甫看望杜颖后，曾拜访时任齐州司马的李邕从孙李之芳，李邕恰在齐州，于是同游历下亭、新亭等。杜甫有《陪李北海宴历下亭》记其事，诗中的名句“海右此亭古，济南名士多”至今仍为历下亭楹联。

二、山东世族后裔在隋唐五代的文学成就

（一）琅邪王氏

琅邪王氏是汉魏之际形成的名门望族，簪缨蝉联，诗书继世。隋唐五代时期，家族成员散居全国各地，以文学名世者首推王昌龄，还有王綝、王德俭、王公亮、王柷、王继勋等。①

1. 王昌龄

王昌龄（690？—756 年？），字少伯，落籍京兆长安（今陕西西安）。开元十五年（727 年）进士及第，任秘书省校书郎。二十二年又登博学宏词科，授汜水（今河南巩义东北）县尉。二十七年因事贬谪岭南。次年北返长安，冬授江宁（今江苏南京）县丞，世称王江宁。数年后又受毁谤，被贬龙标（今湖南黔阳）县尉，世称王龙标。安史之乱爆发后，王昌龄由贬所赴江宁，为濠州刺史闾丘晓所杀。

王昌龄与孟浩然、李白等都有密切交往，是盛唐的代表诗人之一。现存诗 180 多首，尤善七言绝句。它们以写从军与边塞生活著称，如《从军行》（青海长云暗雪山）、《出塞》（秦时明月汉时关）等，境界壮阔，情调激昂。即使抒发戍卒与闺妇的两地相思，也多深沉含蓄，苍凉沉郁。另有部分表现妇女生活的作品，如《越女》、《采莲曲》等，描绘少年民女的天真烂漫，清新流畅；又如《长信秋词》、《西宫春怨》等，刻画宫中女子的备受冷落，沉郁哀婉。这些作品立意雅正，感情真挚。此外，五言古诗《代扶风主人答》深刻揭露社会矛盾，《芙蓉楼送辛渐》深情送别知心朋友，也都情真意切，动人心魄。

2. 琅邪王氏的其他作家

王綝（？—702 年），字方庆，以字行，王褒曾孙。年十六，起家越王府参军。武则天万岁通天元年（696 年）九月，迁鸾台侍郎、同凤阁鸾台平章事（宰相）。著作有《礼记正义》10 卷、《礼杂问答》10 卷（门人编次）、《文贞公

---

①参见李伯齐：《簪缨世家琅邪王氏家族》，山东文艺出版社 2004 年版。

事录》、《谏林》20 卷、《续世说新语》10 卷等 20 余种。

王德俭，字守节。高宗时任中书舍人，官至御史中丞。有《王德俭集》10 卷，已散佚。

王公亮，唐德宗贞元六年（790 年）进士，穆宗长庆元年（821 年）自尚书司门郎中出为商州刺史，进新撰《兵书》18 卷，迁右金吾大将军。文宗大和元年（827 年）出为潭州刺史、湖南观察使。《增订注释全唐诗》收其《鱼上冰》诗 1 首。①

王枧，字不耀，王绑五世孙。父源植，官福建观察使。僖宗广明元年（880 年）以前，曾任常州刺史，后避乱流寓江湖。昭宗光化元年（898 年），召为给事中，赴任过陕，节度使王珙延极其敬奉，执子侄之礼。枧固辞，珙怒，遂杀之，全家被投于黄河。今存《和三乡诗》1 首。

王继勋（912—956 年），字绍元，光州固始（今属河南）人。闽王审知族孙。后晋开运元年（944 年），为泉州刺史。二年，归降南唐，拜侍中。南唐保大五年（947 年），为池州刺史。拜左威卫大将军而卒。能诗善书，《唐诗纪事》存其《赠和龙妙空禅师》诗 1 首。②

（二）琅邪颜氏

琅邪颜氏，据颜之推说，其先“本乎邹鲁”，“世以儒雅为业”③，是孔子弟子颜渊的后裔。隋唐五代时期，家族成员散居全国各地，以文学名世者首推颜真卿，还有颜师古、颜允南、颜舒等。

1. 颜真卿

颜真卿（生卒年未详），字清臣，落籍京兆长安（今陕西西安）。玄宗开元二十二年（734 年），登进士第。天宝元年（742 年），中文词秀逸科，历仕秘书省校书郎、醴泉尉、监察御史。八载（749 年），迁殿中侍御史，忤宰相杨国忠，出为平原太守。安禄山反，河朔尽陷，唯独平原固守。肃宗至德元载（756 年），拜宪部尚书，出为同、蒲、饶、昇四州刺史。代宗广德二年（764

①李昉等编：《文苑英华》卷一八五作纪元皋诗，中华书局 1966 年版，第 905 页。以下版本俱同。

②一说此诗作者“恐非仕南唐之王继勋”。见《增订注释全唐诗》第 5 册，第 90 页。

③《颜氏家训·诫兵》，载王利器：《颜氏家训集解》（增补本），中华书局 1993 年版，第 348 页。

年),迁刑部尚书,封鲁郡公,历抚、湖二州刺史。大历十二年(777 年),入为刑部侍郎。德宗建中三年(782 年),改太子太师,充淮宁军宣慰使。兴元元年(784 年),为李希烈所害。赠司徒,谥文忠。颜真卿正色立朝,刚直不阿,为世所称。工书,笔力遒婉,世称颜体。有《颜鲁公集》。

颜真卿诗现存 7 首,代表作是《赠裴将军》。作品刻画裴旻"入阵破骄虏,威名雄震雷"的英雄形象,豪情万丈,气势夺人。《全唐文》收颜真卿文 9 卷,其中不乏佳作。议论文如《让宪部尚书表》力陈固守城池为人臣本分,不该擢赏;诸郡陷没乃愚懦所致,应当贬罚。通篇严于律己,宽以待人,辞气极其恳切。《论百官论事疏》抨击元载钳制人臣议政、屏塞天子耳目,呼吁皇帝尽早觉悟、励精图治,亦显示了国家诤臣的刚正品格。碑志文如《开府仪同三司太尉兼侍中河南副元帅都知河南淮南淮西荆南山南东五道节度行营事东都留守上柱国赠太保临淮武穆王李公神道碑铭》描绘李光弼大义凛然的果敢精神、《摄常山郡太守卫尉卿兼御史中丞赠太子太保谥忠节京兆颜公神道碑铭》刻画颜杲卿视死如归的壮烈气概,都饱含深情,生动感人。①

2. 琅邪颜氏的其他作家

颜师古(581—645 年),字籀,落籍雍州万年(今陕西西安)。仕隋为安养县尉,坐事被免。入唐,授朝散大夫,拜敦煌公府文学,转起居舍人,再迁中书舍人。太宗即位,擢拜中书侍郎,封琅邪县男。贞观七年(633 年),拜秘书少监。十一年,进封琅邪县子。十五年,迁秘书监、弘文馆学士。卒谥戴。颜师古著述甚丰,《新唐书 · 艺文志》所载 10 种,《汉书注》、《急就章注》、《匡谬正俗》今仍行世。有集 60 卷,已佚。今存《奉和正日临朝》诗,系奉和唐太宗《正日临朝》之作。

颜允南(694—762 年),字去惑,落籍京兆长安(今陕西西安)。颜真卿之兄。开元十五年(727 年)以挽郎应吏部试,判入高等,授鹑觚尉。历仕左补阙、殿中侍御史、襄阳丞、京兆士曹。天宝十五载(756 年)随玄宗奔蜀,拜屯田员外郎。肃宗朝迁司膳郎中,封金乡男,进国子司业。《增订注释全唐诗》收其《侍宴》诗残篇。

颜舒(生卒年未详),曲阜(今属山东)人。唐玄宗天宝年间(742—756

①参见王琳主编:《山东分体文学史》(散文卷),齐鲁书社 2005 年版。以下版本俱同。

年）曾应制举。《全唐诗》存其《凤楼怨》诗1首，写闺怨。

（三）清河崔氏

崔姓本出姜姓。《新唐书·宰相世系表》载："齐丁公伋嫡子季子让国叔乙，食采于崔，遂为崔氏。"后来，崔氏分为清河、博陵两支，清河崔氏又分为大房、小房、青州房及齐州房等①。其中，除齐州崔融外，以文学名世者有崔信明、崔邠，以及崔尚、崔珪、崔惠童、崔敏童、崔咸、崔郾、崔铉、崔安潜、崔璞、崔君实等。

1. 崔信明

崔信明（生卒年未详），青州益都（今山东青州）人。自幼英敏，成年后博闻强记，下笔成章。隋炀帝大业（605—618年）中，任尧城令。时族弟在窦建德军中，劝其归之反隋，不肯相从，逾城而走，隐于太行山。唐太宗贞观六年（632年）应诏举，授兴势丞，迁秦川令而卒。

崔信明生当隋唐易代之际，仕途不济，被迫隐居。他"颇蹇傲自伐，常赋诗吟啸，自谓过于李百药，时人多不许之"②。《旧唐书·崔信明传》云："信明欣然示[诗]百余篇。"但其诗仅存1首，另有1句。诗是《送金竟陵入蜀》，表达了惜别友人的感情，也流露了归隐山林的志趣。通篇对仗工稳，风格朴实，显出与王绩诗相近的特点。然而，人们认识崔信明，主要还不是因为这首诗，而是其名句"枫落吴江冷"。闻一多先生说："《旧唐书·文苑传》里所收的作家，虽有着不少的诗人，但除了崔信明的一句'枫落吴江冷'是类书的范围所容纳不下的，其余作家的产品不干脆就是变相的类书吗？"③此句与上述诗中的"月彩落江寒"对照，"则能窥见其构思造境的一贯特点，也就是以有色的物体（红色的枫叶或白色的月光）与寒冷静寂的江面（江冷、江寒）的直接接触映照（落），构成一种清远静谧的境界，在这一境界的构成过程中，其避世隐逸的主观意绪无疑有着重要的作用"④。

2. 崔邠

---

①参见安作璋、王志民主编：《齐鲁文化通史》（隋唐五代卷），中华书局2004年版，第47—98页。以下版本俱同。

②《旧唐书·郑世翼传》。

③《唐诗杂论·类书与诗》，载《闻一多全集》第6册，湖北人民出版社1993年版，第7页。

④许总：《唐诗史》，江苏教育出版社1994年版，第131页。

崔邠(757—818 年),字处仁,贝州武城(今属山东)人。进士及第,又登贤良方正科。曾任渭南尉、拾遗、补阙,上疏论裴延龄奸恶,以鲠亮知名。后任中书舍人七年,迁吏部侍郎。历久为太常卿,知吏部尚书铨事。

崔邠诗今存 2 首。《享文敬太子庙乐章 · 亚献终献》是郊庙歌辞,系祭祀唐顺宗李诵子李謜之作。《礼部权侍郎阁老、史馆张秘监阁老有离合酬赠之什,宿值吟玩,聊继此章》是一首酬答的离合诗。离合诗是杂体诗的一种,通常将诗句第一个字的字形拆开,取其一部分,再与另一诗句第一字的一部分拼合成其他文字,先离后合,是一种文字游戏。本诗云:"脉脉羡佳期,月夜吟丽词。谏垣则随步,东观方承顾。林雪消艳阳,简(疑为木)册漏华光。坐更芝兰室,千载各芬芳。节苦文俱盛,即时人并命。翩翻紫霄中,羽翩相辉映。"此诗离合为"咏来篇"三字。前头四句,第一句取"脉"字,第二句去掉"脉"字之"月"字部分,剩下"永";第三句取"谏"字,第四句去掉"谏"字之"柬"(东)字部分,剩下"言";"永"与"言"即合为"詠"(咏的异体)字。中间四句,第五句取"林"字,第六句去掉"林"字之"木"字部分,剩下"木";第七句取"坐"字,第八句去掉"坐"字之"千"(土)字部分,剩下"从";"木"与"从"即合为"來"(来的繁体)字。后头四句,第九句取"節"(节的繁体)字,第十句去掉"節"字之"即"字部分,剩下"竹";十一句取"翩"字,十二句去掉"翩"字之"羽"字部分,剩下"扁";"竹"与"扁"即合为"篇"字。离合诗难出佳作,但却从一个侧面反映出诗人的学养与功力,本篇也不例外。

3. 清河崔氏的其他作家

崔尚(生卒年未详),齐州全节(今山东济南)人。武则天久视元年(700 年)进士。唐玄宗开元十四年(726 年)前后,任郑州刺史,称赞少年杜甫文似班固、扬雄。天宝元年(742 年),为太中大夫、祠部郎中、上柱国。曾著《无鬼论》,现已散佚。《全唐诗》存其写于开元十四年(726 年)二月的《奉和圣制同二相以下群臣乐游园宴》一诗,系宴饮之作。

崔珪(生卒年未详),贝州武城(今属山东)人。开元年间(713—741 年),历任主客员外郎、怀州刺史、太子詹事、太子左庶子、太子少保等。与兄中书舍人琳、弟光禄卿瑶俱列棨戟,时号"三戟崔家"。《全唐诗》存其《孤寝怨》1 首,写闺怨。

崔惠童(生卒年未详),博州(今山东聊城)人。右骁卫将军、冀州刺史崔庭玉子,尚玄宗女晋国公主(始封高都公主),为驸马都尉。《全唐诗》存其伤春叹逝的《宴城东庄》诗。

崔敏童(生卒年未详),崔惠童昆弟,《全唐诗》存其《宴城东庄》1 首,内容、风格与崔惠童诗相近。

崔咸(?—831 年),字重易,博州博平(今山东高唐)人。唐宪宗元和二年(807 年)进士,又中博学鸿词科。历官至秘书监。《旧唐书》本传称其"长于歌诗",每逢佳日良辰,"朗吟意惬,必凄怆沾襟,旨趣高奇,名流嗟挹"。《新唐书·艺文志》著录《崔咸集》20 卷,已佚。

崔郾(768—836 年),字广路,崔邠之弟。唐德宗贞元十二年(796 年)进士,累迁吏部员外郎。宪宗元和十三年(818 年)任司封郎中,十五年迁谏议大夫。穆宗长庆四年(824 年)以给事中充翰林侍讲学士,改中书舍人。敬宗宝历二年(826 年)拜礼部侍郎。文宗大和元年至二年(827—828 年)两知贡举。四年出任陕虢观察使,五年徙镇鄂岳,九年改浙西。封清河郡公,卒谥德。《全唐诗》存其《赠毛仙翁》诗 1 首,或称伪作。

崔铉(?—869 年),字台硕,博州(今山东聊城)人。唐文宗大和元年(827 年)进士。开成(836—840 年)末任左拾遗,迁司勋员外郎,召充翰林学士。武宗会昌二年(842 年)任司封郎中,知制诰,翰林学士承旨,迁中书舍人。三年拜中书侍郎,同平章事。五年罢知政事,出为陕虢观察使。宣宗(846—859 年在位)初,任河东节度使,召为御史大夫,复任相七年。后出为淮南、山南东道二镇节度使。懿宗咸通六年(865 年),徙为荆南节度使,封魏国公。《全唐诗》存诗 2 首。《咏架上鹰》写于儿时,是其成名之作。诗云:"天边心胆架头身,欲拟飞腾未有因。万里碧霄终一去,不知谁是解绦人。"

崔安潜(生卒年未详),字进之,齐州全节(今山东济南)人。唐宣宗大中三年(849 年)进士。懿宗咸通年间(860—874 年)历任江西观察使、忠武节度使。僖宗乾符年间(874—879 年)因抵御王仙芝有功,代高骈领西川节度使,位终太子太傅。《全唐诗》存其《报何泽》1 首,系寄赠友人之作。

崔璞(生卒年未详),清河东武城(今属山东)人。曾任户部郎中。唐懿宗咸通年间(860—874 年)为谏议大夫,十年(869 年)出为苏州刺史,十二年春离任归京，后任同州刺史。僖宗乾符元年（874 年），授右散骑常侍。《全唐诗》存诗 2 首。《奉酬皮先辈霜菊见赠》是酬答皮日休之作，《蒙恩除替将还京洛，偶叙所怀，因成六韵，呈军事院诸公郡中一二秀才》写政治失意与思念故乡之情。

崔君实（生卒年未详），《旧唐书·经籍志》著录《崔君实集》10 卷，已佚。

（四）兰陵萧氏

兰陵萧氏世居兰陵（今属山东苍山），于刘宋时期崛起。后分为皇舅房、齐梁房，齐梁房又分为梁武帝萧衍兄萧懿一支、萧衍子萧统一支①。其中，隋唐五代时期以文学名世者主要有萧颖士、萧祐等。

1. 萧颖士

萧颖士（716—768 年），字茂挺，落籍颍川（今河南许昌）。开元二十三年（735 年）进士及第，对策第一。历任秘书正字、集贤校理、广陵参军、史馆待诏等，均因不合时而罢去。安史之乱中，曾为地方守臣献策防备，气节与谋略为人称道。后授扬州功曹参军，又弃官而去。最终客死汝南。著有《游梁新集》3 卷，又文集 10 卷，均佚。今存《萧茂挺文集》1 卷，系后人辑录。

萧颖士是唐代古文运动的先驱。曾广招门生，被称“萧夫子”，声名远播朝鲜、日本等地。他重视道德、文章两个方面的修养，认为“学也者”，“所务乎宪章典法，膏腴德义而已”，反对“征辨说，摭文字”的浮夸学风；“文也者”，“所务乎激扬雅训，彰宣事实而已”，反对“尚形似，牵比类”的骈丽文风。② 自己“平生属文，格不近俗，凡所拟议，必希古人，魏、晋以来，未尝留意”；“经术之外，略不撄心”③。同时，又推崇屈原、宋玉、贾谊、枚乘、司马相如、扬雄、曹植、陈子昂等人的文章。萧颖士的文章基本上实践了他的理论主张，如《赠韦司业书》，洋洋洒洒 4000 余字，就被视为“激扬雅训，彰宣事实”的佳构。其诗多写怀才不遇的感慨，善用古体，并仿《诗经》作四言，

---

①《齐鲁文化通史》（隋唐五代卷）。
②《送刘太真诗序》。
③《赠韦司业书》。

写小序。

2. 萧祜

萧祜（？—828年），一作萧祐，字祐之，兰陵（今属山东苍山）人。初以隐士征拜左拾遗，累迁至考功郎中。唐宪宗元和（806—820年）末年，授兵部郎中，出为虢州刺史。后入为太常少卿，转谏议大夫。一月后又出为桂州刺史、桂管防御观察使。卒赠右散骑常侍。

萧祜诗今存2首。《奉陪武相公西亭夜宴陆郎中》是宴饮诗，无甚新意。《游石堂观》是纪游诗，却颇生动，饮茶、品瓜的感受，漫游山间的见闻，一一写来，沁人心脾。

（五）泰山羊氏

泰山羊氏是汉代以来的官僚世家，"世吏二千石，至祜九世，并以清德闻"①，自羊祜始以文名世。隋唐五代时期以文学名世者有羊士谔，还有羊滔等。

1. 羊士谔

羊士谔（762？—822年？），字谏卿，泰山（今山东新泰）人，家于洛阳。唐德宗贞元元年（785年）进士。初授义兴尉。贞元三年，皇甫政任浙东观察使时延为左威卫兵曹参军。十二年，崔衍任宣歙观察使时辟为巡官。顺宗永贞（805年）时，因反对王叔文被贬汀州宁化县尉。宪宗即位后，福建观察使阎济美表为大理评事，不久征为监察御史。又经御史中丞窦群上荐，擢为侍御史。元和三年（808年），因与窦群、吕温谋劾宰相李吉甫，被贬资州刺史，中途又改巴州。四五年后，移至资州。元和十年移洋州，十二年移睦州。十四年罢郡，入为户部郎中。羊士谔关心国事，同情人民，所历各职多有政声。

《全唐诗》收羊士谔诗102首（其中3首或为他人之作），有些作品体现了诗人忧国爱民的高尚情操。如《送张郎中副使自南省赴凤翔府幕》是一首送别诗，但不言个人私情，而以西汉军令严整的名将周亚夫与大破匈奴的名将赵充国鼓励张氏，字里行间洋溢着杀敌报国、收复故土的壮志豪情。《城隍庙赛雨二首》则记录了作者求雨、谢雨的过程，抒发了他关心民瘼的

①《晋书·羊祜传》。

思想感情。安史之乱后,社会矛盾日趋尖锐,唐朝国势逐渐衰弱。所以,尽管羊士谔以“气直惭龙剑,心清爱玉壶”的“循吏”自勉①,结果还是屡遭打击,志业难成。写于贬谪时期的大量作品,就展现了他艰难的处境,吐露了他痛苦的心声。像“日日山城守,淹留岩桂丛”②的久处荒远,“含情非迟客,悬榻但生尘”③的知音难觅,“无能愧陈力,惆怅拂瑶琴”④的报国无门,“东山自有计,蓬鬓莫先秋”⑤的岁月蹉跎,“壮龄非济物,柔翰误为儒”⑥的自我懊悔,都饱蘸泪水,情真意切。他的那些谪地思乡甚至打算离京归里的诗歌,也就分外感人。兹以《登楼》为例:

> 槐柳萧疏绕郡城,夜添山雨作江声。秋风南陌无车马,独上高楼故国情。

诗的前三句写景,后一句点题,声色俱佳,情景交融。清王士禛辑、宋顾乐评《万首唐人绝句选评》云:“见闻如此,摇落萧飒甚矣。此际登楼,那能无故国之思!”纪行写景诗在羊士谔的集子里也占有相当的比重,代表作是《南池晨望》,作品写诗人早晨独行的见闻,生动形象,历历在目。记录行程的《泛舟入后溪》之一,题咏亭园的《酬卢司门晚夏过永宁里弊居林亭见寄》,题咏佛寺的《西郊兰若》,都自具面貌。羊士谔的怀古诗《和李都官郎中经宫人斜》、《书楼怀古》、《资阳郡中咏怀》,咏物诗《郡中即事三首》之二、《题枇杷树》、《东渡早梅一树岁华如雪酣赏成咏》,也值得一读。

羊士谔是一位以五言律诗、七言绝句见长的诗人,在其现存的102首诗歌中,五律多达50首,七绝亦有31首。但是,他也兼善其他诗体,今传七律8首、五古6首、五排4首、五绝3首,其中不乏佳作。如《郡中言怀寄西川萧员外》:

> 功名无力愧勤王,已近终南得草堂。身外尽归天竺偈,腰间唯有会稽章。何时腊酒逢山客,可惜梅枝亚石床。岁晚我知仙客意,悬心应在

---

①《守郡累年,俄及知命,聊以言志》。
②《在郡三年,今秋见白发,聊以书事》。
③《早春对雨》。
④《乾元初,严黄门自京兆少尹贬牧巴郡……》。
⑤《晚夏郡中卧疾》。
⑥《郡斋读经》。

白云乡。

这是一首寄赠诗,颂美友人而不流于谄媚,自言怀抱而不至于浅露。加之工整的对仗、恰当的用典,更增添了它的艺术魅力。唐张为《诗人主客图》云:“广大教化主:白居易。……入室三人:张祜、羊士谔、元稹。”他注意到羊士谔追步白居易的一些特点,是慧眼独具的。二人都忧国爱民,宏图难展,无力兼善天下,则求独善其身,且与僧人交往密切;其诗多贴近现实,直抒情怀,由他人引入自身,善用俗语和比喻,呈现出内容充实、情感真挚、语言晓畅、风格明快的特色。如《夜听琵琶三首》之三:“破拨声繁恨已长,低鬟敛眉更摧藏。潺湲陇水听难尽,并觉风沙绕杏梁。”明人周珽评曰:“弹琵琶者,不胜柔情惨戚;听琵琶者,更多转意深沉;诵琵琶诗者,又不禁幽念凄楚。”①它与白居易的《琵琶行》固然有小大之别,但由人及己、以物状声的构思方式与表现手法却是并无两样的。

2. 羊滔

羊滔(生卒年未详),泰山(今山东新泰)人。唐代宗大历年间(766—779 年)宏词及第。《全唐诗》存《游烂柯山》组诗 4 首,系纪游写景之作。代表作是其二:“石梁耸千尺,高盼出林领。亘壑蹑丹虹,排云弄清影。路期访道客,游衍空井井。”

三、隋与初盛唐的山东诗文

(一)“文章四友”之一崔融

1. 崔融的生平与交往

崔融(653—706 年),字安成,一作文成,齐州全节(今山东济南)人。唐高宗上元三年(676 年),登词殚文律科,后补宫门丞,兼直崇文馆学士。李显(后为唐中宗)为太子时任侍读,典东宫章疏,深得武则天赏识。武则天圣历(698—700 年)中,授著作佐郎,迁右史,进凤阁舍人。久视元年(700 年),坐忤张昌宗,贬婺州长史。长安二年(702 年),再迁凤阁舍人,三年兼修国史。中宗神龙元年(705 年),坐附张易之兄弟,自司礼少卿贬袁州刺

---

①转引自陈伯海主编:《唐诗汇评》中册,浙江教育出版社 1995 年版,第 1580 页。以下版本俱同。

史，又召拜国子司业，兼修国史。次年五月，以预修《则天实录》成，被封为清河县子。“融为文典丽，当时罕有其比。朝廷所须《洛出宝图颂》、《则天哀册文》及诸大手笔，并手敕付融。撰哀册文用思精苦，遂发病卒。”[①]谥文。

崔融与杜审言、李峤、苏味道为“文章四友”，与张说、宋之问、沈佺期、戴叔伦、陈子昂等著名诗人也有交往。张说有《崔司业挽歌二首》，宋之问有《途中寒食题黄梅临江驿寄崔融》，沈佺期有《哭苏眉州、崔司业二公》，戴叔伦有《送崔融》，陈子昂有《咏主人壁上画鹤寄乔主簿、崔著作》、《送著作佐郎崔融等从梁王东征》、《登蓟城西北楼送崔著作融入都》。它们或伤悼，或寄赠，或送行，对研究崔融乃至初唐诗人的活动都有重要价值。

2. 崔融的“十体”说

日本高僧空海[②]著有《文镜秘府论》6 卷。其《地卷》中有“十体”一节，即崔融的《唐朝新定诗格》。这“十体”是：

(1)形似体。“形似体者，得貌其形而得其似，可以妙求，难以粗测者是。”指的是诗人不能停留于描写对象的外形，还应致力于描写对象的精神。

(2)质气体。“质气体者，谓其质骨而作志气者是。”指的是诗歌要讲究气质。

(3)情理体。“情理体者，谓抒情以入理者是。”指的是诗歌在抒情之中还要恰当地涉及事理。

(4)直置体。“直置体者，谓直书其事置之于句者是。”“直置”也称“直致”，是“本来”的意思，这里指的是自然而然、不事雕琢的意思。

(5)雕藻体。“雕藻体者，谓以凡事理而雕藻之，成于妍丽，如丝彩之错综、金铁之砥炼是。”此体与“直置体”相对，指的是诗歌还应以华丽字眼为雕饰。

(6)映带体。“映带体者，谓以事意相惬，复而用之者是。”这是一种双关的手法，就是让读者在诗句正意之外，又联想到另一事典。正意与复意相映，但二者并无必然的联系。

(7)飞动体。“飞动体者，谓词若飞腾而动是。”指的是诗歌要给读者以强烈的动感。

---

①《旧唐书·崔融传》。

②空海(774—835 年)，法号遍照金刚，卒后追封弘法大师。

(8)婉转体。“婉转体者,谓屈曲其词,婉转成句是。”这里指的大概是诗歌的词序、句法,运用得当,可使诗歌重点突出,劲挺老苍。

(9)清切体。“清切体者,谓词清而切者是。”指的是诗歌要给读者以清凛萧瑟之感。

(10)菁华体。“菁华体者,得其精而忘其粗者是。”这里指的是诗歌的借代、借喻手法。

以上“十体”,或指诗歌的风貌特征,如质气、飞动、清切等;或指诗歌的表现手法与修辞手法,如映带、婉转、菁华等。专就诗歌创作的艺术进行如此细致的论述,既标志着初唐诗歌已日益成熟,也反映了当时诗歌理论的研究正不断深入。①

3. 崔融的诗歌

据《新唐书·艺文志》记载,崔融原有集60卷,现已散佚。《全唐诗》录其诗1卷,计18首(其中2首或为他人之作);童养年《全唐诗续补遗》又辑2首。崔融以边塞军旅诗成就最高,其《西征军行遇风》从“夙龄慕忠义,雅尚存孤直。览史怀浸骄,读诗叹孔棘”的往事,写到“及兹戎旅地,忝从书记职。兵气腾北荒,军声振西极”的现实,结尾直抒胸臆:“愚臣何以报?倚马申微力!”《从军行》写匈奴入寇之际,唐军将士同仇敌忾,奋起迎击,充满必胜的信念与豪迈的激情。明唐汝询辑释《唐诗解》评曰:“音调谐,用事化。”②二诗刻画西北边塞的独特景色,也生动逼真,为人称道。

崔融的思亲念乡诗颇有特色。如《拟古》写诗人对妻子的思念、关爱之情,真挚而又感人。同类诗歌中的《塞上寄内》,更以奇特的幻想抒发作者的一片痴情。《和宋之问寒食题黄梅临江驿》写自己“遥思故园陌,桃李正酣酣”的遐想,亦颇耐读。

崔融的怀友伤悼诗也很动人。如其被迫离开洛阳时写下的《留别杜审言并呈洛中旧游》,可谓怨而不怒,含蓄蕴藉。“杜审言为融所奖引,为服缌麻”③,相知真情,于此亦可见一斑。崔融有5首伤悼诗传世,《则天皇后挽

---

①参见王运熙、顾易生主编:《中国文学批评通史》(隋唐五代卷),上海古籍出版社1996年版。以下版本俱同。

②转引自《唐诗汇评》上册,第134页。

③计有功:《唐诗纪事》,上海古籍出版社1987年版,第109页。

歌二首》悼武则天,《哭蒋詹事俨》悼蒋俨,《韦长使挽词》悼韦长使,都情真词切。《户部尚书崔公挽歌》悼崔知悌,尤为人们称道。明人周珽说:“挽诗乃碑、铭、表、诔余词也,须摹肖其人,得真始妙。古来作者填实病板,虚模病肤。如此篇,述崔之位高责尽,忠贞德泽,素孚上下,而没后君民思念不忘。用事融化恰当,措调悲切感人,故是有唐巨笔。”①可谓慧眼独具。

崔融还有写景、咏物、应制之作。其写景诗以《登东阳沈隐侯八咏楼》为代表,咏物诗以《咏宝剑》为代表,应制诗则以《嵩山石淙侍宴应制》为代表。

崔融是初唐最著名的山东诗人之一,也是整个初唐诗坛的优秀诗人。他的作品已颇有合乎律体粘对规则者,风格或清新淡逸,或雄浑劲健,对盛唐诗歌尤其是边塞诗产生了不小的影响。兹以《关山月》为例:

> 月生西海上,气逐边风壮。万里度关山,苍茫非一状。汉兵开郡国,胡马窥亭障。夜夜闻悲笳,征人起南望。

通篇景象开阔,气魄宏大,“这样的诗,是能使人联想起李白的‘明月出天山,苍茫云海间。长风几万里,吹度玉门关’(《关山月》)来的”②。

4. 崔融的散文

《全唐文》录存崔融散文4卷,多为歌功颂德之作,如《为韦右相贺平贼表》歌颂韦丞相清荡“妖氛”的功德,《瓦松赋》表达自己依附“圣皇”的心愿,都辞采艳丽,气势充畅。《拔四镇议》将近2000字,力陈拔四镇之不宜。文章在追溯华夏与少数民族交往史后写道:

> 小慈者大慈之贼,前事者后事之师,奈何不图也。四镇无守,则狂胡益瞻,必兵加西域,诸蕃气羸,恐不能当长蛇之口。西域既动,自然威临南羌,南羌乐祸,必以封豕助虐,蛇豕交连,则河西危……而议者但忧其劳费,念其远征,曾不知其蹙国减土,《春秋》所讥,杜渐防萌,安危之计……顷者若兵稍迟留,贼先据要害,则河西四郡,已非国家之有,今复安得而拔之乎?

---

①周珽补辑、陈继儒评点、周敬编:《删补唐诗选脉笺释会通评林》,转引自《唐诗汇评》上册,第135页。以下版本俱同。

②傅璇琮:《唐代诗人丛考·杜审言考》,中华书局1980年版,第30页。

纵横捭阖，剀切明畅，确非一般御用文人所能及。

5. 崔融之子崔禹锡、崔翘

崔融之子崔禹锡与崔翘也都能诗，且有作品传世。崔禹锡（生卒年未详），字洪范，唐高宗显庆三年（658 年）进士，玄宗开元（713—741 年）中为中书舍人，卒赠定州刺史，谥贞。其诗仅存《奉和圣制送张说巡边》1 首，是开元十年（722 年）闰五月二日兵部尚书张说奉诏赴朔方军巡边前的送别之作。诗中的“炎景宁云惮，神谋肃所将。旌摇天月迥，骑入塞云长。赫赫皇威振，油油圣泽滂。非惟按车甲，兼以正封疆。叱咤阴山道，澄清翰海阳”境界阔大，格调雄壮，已显盛唐气象，也见乃父影响。

崔翘（生卒年未详），武则天大足元年（701 年）与唐玄宗开元二年（714 年）先后登拔萃、良才异等科。开元年间（713—741 年）任中书舍人、礼部侍郎等，天宝（742—756 年）初年由河南郡太守、本道采访使入迁尚书右丞，转尚书左丞，后任礼部尚书兼东京留守。卒赠荆州大都督，谥成。崔翘的诗今存 3 首，《奉和圣制答张说南出雀鼠谷》系开元十一年（723 年）二月玄宗自并州南归长安途经雀鼠谷（在今山西介休）所作，《送友人使夷陵》写“独有幽庭桂，年年空自芳”的伤感，都颇见功力。《郑郎中山亭》更是一篇佳作，山亭周围的景色、声音、气味与主人的活动一一写来，读者仿佛置身其间，富有神清气爽之感。

（二）天下“文辞士”之首徐彦伯

1. 徐彦伯的生平

徐彦伯（？—714 年），名洪，以字行，兖州瑕丘（今山东兖州）人。少年即有文名，经河北道安抚大使薛元超上表举荐，对策擢以高第。初为永寿尉，后转蒲州司兵参军。时值司户韦暠善判，司士李亘工书，而徐彦伯文辞雅美，人称“河东三绝”。武则天圣历年间（698—700 年），自职方员外郎累迁给事中。“武后撰《三教珠英》，取文辞士，皆天下选，而彦伯、李峤居首。”①历宗正卿、齐州刺史。唐中宗神龙元年（705 年），迁太常少卿，兼修国史。后因预修《则天实录》有功，封高平县子。不久，出任卫州刺史，转蒲

①《新唐书·徐彦伯传》。

州刺史。景龙三年(709 年),中宗亲拜南郊,徐彦伯献《南郊赋》,擢修文馆学士、工部侍郎。睿宗景云(710—711 年)初,迁右散骑常侍、太子宾客。景云二年,天台山道士司马承祯奉诏入京,还山时,朝士 300 余人赠诗,徐彦伯将其编为《白云记》,盛传一时。

2. 徐彦伯的诗歌

《旧唐书·经籍志》、《新唐书·艺文志》著录《徐彦伯前集》10 卷、《后集》10 卷,现已散佚。《全唐诗》录其诗 1 卷,计 34 首(其中 2 首或为他人之作)。徐彦伯的诗歌,以应制之作数量最多,写得最好的,当属《奉和送金城公主适西蕃应制》:

> 凤扆怜箫曲,鸾闺念掌珍。羌庭遥筑馆,庙策重和亲。星转银河夕,花移玉树春。圣心凄送远,留跸望征尘。

金城公主是雍王守礼的女儿。神龙三年(707 年)四月十四日,册封金城公主,许嫁吐蕃。景龙四年(710 年)正月廿七日,中宗幸始平县,送公主入蕃。本篇即写"掌珍"远赴西蕃之时,中宗凄然"送远"的情景,典故运用纯熟、自然,心理刻画生动、细致。除了这类题目注明"应制"的应制诗外,还有《仪坤庙乐章·永和》、《侍宴桃花园》、《石淙》等。它们或颂扬皇后,或记录宴饮,或描绘见闻,也都属于应制诗的范畴。其中影响最大的是《侍宴桃花园》:"源水丛花无数开,丹跗红萼间青梅。从今结子三千岁,预喜仙游复摘来。"明人杨慎将其列为"神品",称赞道:"余见中宗赏桃花应制凡十余人,此诗一出,群作皆废。中宗令宫人唱之,号为《桃花行》。"①

徐彦伯的诗歌,以闺怨之作成就最高。代表作是《孤烛叹》:

> 切切夜闺冷,微微孤烛然。玉盘红泪滴,金烬彩光圆。暖手缝轻素,颦蛾续断弦。相思咽不语,回向锦屏眠。

诗"以'切切'、'微微'出题,便不胜凄咽。次写孤烛景况可悲。三即烛下情思难释。至不语背烛而眠,一种无聊态衷,只自知耳。通篇不作愤憾语,而

①《删补唐诗选脉笺释会通评林》。

令人自见,与‘虚牖风惊梦,空床月厌人’,同得悲调之妙。”①此外,《闺怨》写闺妇“征客戍金微,愁闺独掩扉。尘埃生半榻,花絮落残机。褪暖蚕初卧,巢昏燕欲归。春风日向尽,衔涕作征衣”的孤独,《倢伃》写班婕妤“巾栉不可见,枕席空余香。窗暗网罗白,阶秋苔藓黄”的寂寞,也都凄婉感人。

徐彦伯还有一些咏史、述怀、咏物、赠答、饯别、伤悼的诗作。如《比干墓》赞扬殷纣王叔父比干“之子弥忠谠,愤然更勇进。抚膺誓陨越,知死故不吝”的节操,说明“大位天下宝,维贤国之镇”的道理;《淮亭吟》抒发“崩湍委咽日夜流,孤客危坐心自愁”的感慨;《雪》在描绘了“洒空纷似露”、“宛转玉阶树”的雪景后,表达了闺妇对“愁坐北庭阴”的游子的思念;《赠刘舍人古意》赞美凤阁舍人刘知几“文章世所希”的卓越才华和“浩歌在西省”的显赫地位;《题东山子李适碑阴二首》(其二)寄托对李适“危光迅风烛”的伤悼之情。《饯唐州高使君赴任》妙用比兴,移情于物,渲染与高询的依依惜别,亦颇有特色。徐彦伯学习乐府民歌写下的《采莲曲》,在其现存作品中别具一格。诗写女子对爱情的渴望与追求,以“莲”双关“怜”、以“藕”双关“偶”、以“丝”双关“思”,清新明快,活泼动人。

徐彦伯在继承前人创作经验的基础上形成了自己独特的诗风。清宋育仁《三唐诗品》曰:“其源出于沈休文,古体亦托傅咸遗咏,错彩镂金,端可宝。《唐书》称其典缛,可谓知音。虽谢风雅之清尘,亦修文之嚆矢也。”这种诗风,被称为“徐涩体”。宋计有功《唐诗纪事》卷九云:“彦伯为文,多变易求新,以‘凤阁’为‘鹓阁’,‘龙门’为‘虬户’,‘金谷’为‘铣溪’,‘玉山’为‘琼岳’,‘竹马’为‘篆骖’,‘月兔’为‘魄兔’,进士效之,谓之‘徐涩体’。”

徐彦伯是初唐最丰产的山东诗人。他没有崔融那样的边塞经历,自也不会有边塞名作,却以一批闺怨名作填补了崔融留下的一项空白。他不像崔融那样擅长五言律诗(崔氏可信的19首诗歌中有9首五律,徐氏可信的32首诗歌中也只有9首五律),亦未尝试崔融尝试过的五言绝句,却以1首四言诗、4首七言绝句填补了崔融留下的另外两项空白。两人的互补性显而易见,在山东古代文学史上的地位也难分高下。

①周斑语,转引自《唐诗汇评》上册,第146页。

3. 徐彦伯的散文

徐彦伯的散文现存6篇,代表作是《登长城赋》。它抨击了秦朝的暴虐,描绘了边塞的景观,抒发了作者的情怀:

> 呜呼!长城之设,载逾九百,古往今来,岿然陈迹。穷海战士,孤亭戍客,登峻墉,陟穷石,嗟故里而不见,感殊方以陨魄者,亦何可胜道哉!嗟我羁沦,南庭苦辛,长怀壮士,永慕忠臣,经百战之戎俗,对三边之鬼磷。徐乐则燕北书生,开伟词而喻汉;贾谊则洛阳才子,飞雄论以过秦。岁峥嵘而将暮,实慷慨于穷尘。

视域开阔,韵味十足,"可比南朝'江鲍'及'初唐四杰'之作。"①

(三)马周、吕才及隋与初唐的其他山东诗文作家

1. 马周

马周(601—648年),字宾王,博州茌平(今属山东)人。自幼孤贫,好学不倦,精通《诗经》、《春秋》,长期落拓无闻。唐高祖武德(618—626年)中,补博州助教。后因仕途困顿而游长安,为中郎将常何门客。其间代常条陈二十余事,皆能切中时政,得到太宗赏识,授官监察御史。后历侍御史、给事中、中书舍人、中书侍郎兼太子右庶子等。太宗贞观十八年(644年)迁中书令,又以本官摄吏部尚书。卒赠幽州都督。

《旧唐书·经籍志》、《新唐书·艺文志》著录《马周集》10卷,现已散佚。马周能诗,《全唐诗》存其《凌朝浮江旅思》1首,但又作韦承庆诗,作者归属尚待考证。《全唐文》存其散文5篇,代表作是贞观十一年(637年)所写的《陈时政疏》。文章首先对比分析夏、商、周、汉等长寿王朝"皆为积德累业,恩结于人心",魏、晋、南北朝、隋等短命王朝"良由创业之君,不务广恩化,当时仅能自守,后无遗德可思,故传嗣之王,政教少衰";然后殷切规劝唐太宗广施德化,"节俭于身,恩加于人",以免遗憾终生:

> 臣窃寻往代以来成败之事,但有黎庶怨叛,聚为盗贼,其国无不灭

①《山东分体文学史》(散文卷),第361页。

> 亡，人主虽欲改悔，未有重能安全者。凡修政教，当修之于可修之时，若事变一起，而后悔之，则无益也。故人主每见前代之亡，则知其政教之所由丧，而皆不知其身之失。是殷纣笑夏桀之亡，幽厉亦笑殷纣之灭，隋炀帝大业之后，又笑齐魏之失国，今之视炀帝，亦犹炀帝之视齐魏也。

其理至真，其情至纯，行文亦不求骈俪，挥洒自如，真如当头棒喝，振聋发聩！唐太宗是中国历史上最为开明的君主之一，除了时代与自身的因素之外，也与马周等一大批敢于进谏、善于进谏的臣子不无关系。

2. 吕才

吕才（？—665年），博州清平（今山东高唐）人。自幼好学，博闻多识，通晓天文、乐律、医学、哲学等。贞观三年（629年），由温彦博、魏征等推荐，征直弘文馆，累迁太常博士，终官太子司更大夫。

吕才的散文今存8篇，代表作是《东皋子后序》（一作《王无功文集序》）。其中利用细节生动刻画"五斗先生"王绩不拘礼法、嗜酒如命的性格，至今仍为论者称道：

> 贞观中，以家贫赴选。时太学有府史焦革，家善酝酒，冠绝当时。君苦求为太乐丞，选司以非士职不授，君再三请曰："此中有深意。且士庶清浊，天下所安，不闻庄周避漆园，老聃耻柱下。"卒授焉。数月而焦革死，妻袁氏时送美酒。岁余，袁又死。君叹曰："天乃不令吾饱美酒。"遂挂冠归田。

此外，《因明注解立破义图序》叙及初唐国力渐盛，对外交流频繁，文辞典丽，亦较出色。吕才文风与唐初文风异趣，被视为首开唐代古文运动端绪的文学家。

3. 隋与初唐的其他山东诗文作家

任希古（生卒年未详），名敬臣，棣州（今山东阳信）人。五岁丧母，刻苦读书。十六岁时，刺史崔枢拟荐举为秀才，他却自以学识未博而离去。后举孝廉，授著作局正字，迁秘书郎。虞世南重其才华，召为弘文馆学士，又授越王府西阁祭酒。唐高宗永徽（650—655年）初年，与郭正一、崔融等同为薛元超所荐，应制科试，擢许王文学。复为弘文馆学士，终太子舍人。《全唐诗》录其诗6首，全是和作。《和东观群贤七夕临泛昆明池》记录七夕临泛昆明池的见闻，是一篇写景的佳作："秋风始摇落，秋水正澄鲜。飞眺牵牛渚，激赏镂鲸川。岸珠沦晓魄，池灰敛曙烟。泛查分写汉，仪星别构天。云光波处动，日影浪中悬。惊鸿絓蒲弋，游鲤入庄筌。萍叶疑江上，菱花似镜前。长林代轻幄，细草即芳筵。文峰开翠潋，笔海控清涟。不挹兰尊圣，空仰桂舟仙。"

王无竞(652—705年)，字仲烈，一作仲列，排行第二，东莱(今山东莱州)人。性情豪纵，善于为文。唐高宗仪凤二年(677年)，登下笔成章科，授栾城县尉，迁监察御史。武则天垂拱二年(686年)，曾与陈子昂随乔知之征同罗、仆固，后擢殿中侍御史。因弹纠宰相宗楚客等殿前失仪，转太子舍人，预修《三教珠英》，徙太子舍人。唐中宗神龙(705—707年)初年，坐诃诋权幸，出为苏州司马。张易之等败，又坐与其交往，再贬岭南，为仇家矫制榜杀。《全唐诗》存诗5首(其中1首或为他人之作)，王重民《补全唐诗》又辑4首，它们多是咏史怀古之作，也有记录游程之作。《和宋之问下山歌》用骚体纪游，移步换景，触景生情，较有特色："日云暮兮下嵩山，路连绵兮树石间。出谷口兮见明月，心裴回兮不能还。"

梁载言(生卒年未详)，博州聊城(今属山东)人。唐高宗上元二年(675年)进士。历任侍御史、员外郎、凤阁舍人，转知制诰。中宗景龙年间(707—710年)为怀州刺史，后迁太常卿。《全唐诗》存其讽刺傅岩的《咏傅岩监祠》诗1首："闻道监中霤，初言是大祠。狼傍索传马，偬动出安徽。卫司无帟幕，供膳乏鲜肥。形容消瘦尽，空往复空归。"据说，傅岩"尝在左台，监察中霤。而中霤小祠，无牺牲之礼。比回，怅望曰：'初一为大祠，乃全疏薄。'"①

周思均(生卒年未详)，贝州漳南(今山东武城)人。曾任太子文学。武则天垂拱三年(687年)，坐刘祎事贬播州司仓参军。官终中书舍人。《全唐诗》存诗2首，均写宴饮。《晦日宴高氏林亭》云："早春惊柳毽，初晦掩蓂华。骑出平阳里，筵开卫尉家。竹影含云密，池纹带雨斜。重惜林亭晚，上路满烟霞。"全篇从前往写到返回，叙次分明，历历在目，首联与颈联的景物

①李昉等编：《太平广记》卷二五五引《御史台记》，中华书局1961年版，第6册，第1983页。

描写尤为动人。《晦日重宴》中间两联的“濯雨梅香散,含风柳色移。轻尘依扇落,流水入弦危”也为人们称道。

于季子(生卒年未详),齐郡历城(今山东济南)人。唐高宗咸亨年间(670—674年)进士。曾任侍御史,预修《三教珠英》。武则天久视元年(700年),任司封员外郎,累官至中书舍人。《全唐诗》存诗7首(其中1首或为他人之作)。《早春洛阳答杜审言》用典稳当,写景生动,是一首较具特色的诗歌:“梓泽年光往复来,杜霸游人去不回。若非载笔登麟阁,定是吹箫伴凤台。路傍桃李花犹嫩,波上芙蕖叶未开。分明寄语长安道,莫教留滞洛阳才。”

李伯鱼(生卒年未详),临淄(今属山东)人。张说姐夫。进士及第。武则天永昌元年(689年),任校书郎,与陈子昂、魏知古、马怀素、王无竞等交游。后出为青州司功而卒。《全唐诗》存其《桐竹赠张燕公》一诗,系借物述怀之作:“北竹青桐北,南桐绿竹南。竹林君早爱,桐树我初贪。凤栖桐不愧,凤食竹何惭。栖食更如此,余非凤所堪。”

东方虬(生卒年未详),平原厌次(今山东陵县)人。武周朝任左史。武后游龙门时,曾令从官赋诗,东方虬诗先成,得赐锦袍;宋之问诗后成而更妙,乃夺袍穿之。官终礼部员外郎。陈子昂《与东方左史虬〈修竹篇〉书》称其《孤桐篇》“骨气端翔,音情顿挫,光英朗练,有金石声”,现已散佚。《全唐诗》存诗4首,王重民《补全唐诗》又辑1首。其《春雪》即景赋咏:“春雪满空来,触处似花开。不知园里树,若个是真梅?”对岑参创作《白雪歌送武判官归京》或许曾有启发。清黄周星辑评《唐诗快》称其“只似口头语耳,然拈来自妙”,可谓的评。

张锡(生卒年未详),贝州武城(今属山东)人。武后时任户部员外郎、郎中,迁天官侍郎。武则天久视元年(700年)拜相,次年坐赃流放循州。唐中宗时任尚书左丞,迁工部尚书,兼东都留守,预修《氏族志》。景龙四年(710年)六月,韦后临朝,诏同中书门下三品,留守东都。七月,贬为绛州刺史。累封平原郡公,后以年老致仕而卒。《全唐诗》存诗2首。一篇为21人在高正臣林亭宴集时写下的《晦日宴高文学林亭》,是宴饮诗:“雪尽铜驼路,花照石崇家。年光开柳色,池影泛云华。赏洽情方远,春归景未赊。欲知多暇日,尊酒渍澄霞。”21人之作后结专集,陈子昂为之作序。

(四)“人文之宗师”孙逖

1. 孙逖的生平

孙逖(696—761年),博州武水(今山东聊城)人。武水孙氏,系北朝以来的官僚世家。孙逖先祖惠蔚仕北魏,官至光禄大夫。祖希庄,为韩王府点签。父嘉之,于武则天垂拱年间(685—688年)进士及第,终官襄邑令。嘉之早孤,曾依外祖家,客居涉(今河北涉县)、巩(今河南巩义)间。孙逖"幼而英俊,文思敏速。始年十五,谒雍州长史崔日用,日用小之,令为《土火炉赋》。逖握翰即成,词理典赡,日用览之骇然,遂为忘年之交,以是价誉益重。"①唐玄宗开元二年(714年),举哲人奇士等科,授山阴尉。后迁秘书正字。十年,登文藻宏丽科,拜左拾遗。中书令张说赏识其才,荐为左补阙。十五年以后,任李暠太原幕府属吏。十八年,转任考功员外郎,选拔贡士两年,多得俊才,颜真卿、李华、萧颖士等皆出其门下。二十四年(736年),迁中书舍人,"掌诰八年,制敕所出,为时流叹服。"②天宝三载(744年),授刑部侍郎。五载,因病求散秩,改为太子左庶子,又徙太子詹事。卒赠尚书右仆射,谥文。原集20卷,今已散佚。

2. 孙逖的诗歌

孙逖的诗歌今存64首(其中4首或为他人之作),数量最多的是送别诗。它们不仅表达了诗人惜别朋友的拳拳之心,而且抒发了他热爱祖国、关心人民的赤子之情,如《送李补阙摄御史充河西节度判官》:

> 昔年叨补衮,边地亦埋轮。官序惭先达,才名畏后人。西戎虽献款,上策耻和亲。早赴前军幕,长清外域尘。

作者首先回顾了自己供职太原幕府的经历,然后殷切嘱咐李氏为抵御外寇、捍卫主权而努力。清人贺裳对此诗有一段精彩的评语:"古人饯别,如《烝民》、《韩奕》,皆因事赠言,辞不妄发。陈子昂《送崔著作融从梁王东征》曰:'王师非乐战,之子慎佳兵',为黩武之时言也。孙逖《送李补阙充河西节度判官》曰:'西戎虽献款,上策耻和亲',为忘战之时言也。唐诗送人之塞下

---

①②《旧唐书·孙逖传》。

者多矣，惟此二篇，缓私情，急公义，深合古意。”①此外，《送魏骑曹充宇文侍御判官分按山南》勉励魏骑曹“劝农开梦土，恤隐惠荆人”，《送赵大夫护边》鞭策赵大夫“果持文武术，还继杜当阳”，也都与此同调。

写景诗在孙逖的作品中也占有较大比重，写山景的《和登会稽山》、写湖塘景的《晦日湖塘》、写潭景的《葛山潭》都自具特色。孙逖还有一些感叹漂泊、思念故乡的诗歌，代表作是《淮阴夜宿二首》、《山阴县西楼》、《宴越府陈法曹西亭》。孙逖的咏史怀古、咏物寄情之作，也有可称道者。咏史怀古诗的代表作是《丹阳行》，这首七言歌行洋洋200余言，围绕丹阳追忆了西晋以来300余年的史实，寄托了诗人的深刻思索。咏物寄情之作以《和咏廨署有樱桃》为代表，诗人不但刻画了樱桃的“香”、“色”，更赞美了它“羞与众同荣”的高洁品性，寄托了自己的人生追求。

元人辛文房称孙逖“善诗，古调今格，悉其所长”②，今已难窥全貌。在孙逖现存的64首诗歌中，五言律诗41首，五言排律11首，五言古诗、七言古诗各4首，七言律诗2首，五言绝句、七言绝句各1首。虽然诗兼众体，却以五律与五排为主。他的五律立意新颖而妥帖，结构严密而多变，如《宿云门寺阁》：

> 香阁东山下，烟花象外幽。悬灯千嶂夕，卷幔五湖秋。画壁余鸿雁，纱窗宿斗牛。更疑天路近，梦与白云游。

云门寺在山阴云门山上，本篇当作于山阴县尉任上。诗人尽兴登临，湖光山色映入眼帘；纵情遐想，似与白云一起飘飞。佚名辑《唐诗从绳》曰：“此尾联进步格。中二联分承‘象外幽’说。结更进一步，便有呼吸通帝座之意。中二联写景分远近。前六句是写寺阁之高，乃梦也，直与白云为侣，更疑天路从此可升至，高更何如！”③壮阔的境界、跳跃的结构，既透露出青年诗人的乐观豪情，又显示了他的想象与谋篇才力。这种才力，在他的五排中表现得也相当充分，如《送新罗法师还国》、《登越州城》、《江行有怀》等，都堪称

---

①《载酒园诗话又编》，载郭绍虞编选：《清诗话续编》，上海古籍出版社1983年版，第306页。以下版本俱同。

②《唐才子传校笺》第1册，第173页。

③转引自《唐诗汇评》上册，第267页。

佳作。

唐人颜真卿说:“其(指孙逖)为诗也,必有逸韵佳对,冠绝当时,布在人口。”①此言甚当,像《酬万八、贺九云门下归溪中作》所云“稍觉清溪尽,回瞻画刹微”,《寻龙湍》所云“溪流一曲尽,山路九峰长”,《下京口埭夜行》所云“孤帆度绿氛,寒浦落红曛”等都可为证,它们又体现了孙逖驾驭语言的高超能力。

(五)“名高天下”的卢象

1. 卢象的生平与交往

卢象(700—764 年?),字纬卿,汶上(今属山东)人。排行第八,时称卢八。青年时期曾携家至江东,隐于田园。后返故里,又曾一度入蜀。唐玄宗开元年间(713—741 年),卢象进士及第,任秘书省校书郎、右卫仓曹掾。二十一年(733 年)十二月,张九龄为相,器重其才华,擢为左补阙、河南府司录。天宝三载(744 年)正月,贺知章离京还乡前夕,玄宗君臣作诗送别,时任司勋员外郎的卢象写下《送贺秘监归会稽歌序》。不久,卢象“为飞语所中,左迁齐、汾、郑三郡司马,入为膳部员外郎”②。安史之乱中,为叛军所执,被迫接受伪职。两京收复后,卢象被贬果州长史,再贬永州司户,又移吉州长史。后被擢为主客员外郎,卒于赴京就任途中。

卢象与李白、王维、贺知章、崔颢、李颀、裴迪、祖咏、綦毋潜、崔兴宗、王缙等人都有交往,并有酬答、寄赠之作。卢象有《送祖咏》、《送綦毋潜》等诗,李白有《赠卢司户》诗,王维有《与卢员外象过崔处士兴宗林亭》、《与卢象集朱家》、《过卢四员外宅看饭僧共题七韵》、《与苏、卢二员外期游方丈寺而苏不至,因有是作》、《青雀歌》等诗,崔颢有《赠卢八象》诗,李颀有《寄司勋卢员外》诗,裴迪有《与卢员外象过崔处士兴宗林亭》诗,祖咏有《归汝坟山庄留别卢象》、《长乐驿留别卢象、裴总》等诗,崔兴宗有《酬王维、卢象见过林亭》诗,王缙有《与卢员外象过崔处士兴宗林亭》诗。

2. 卢象的诗歌

---

①《尚书刑部侍郎赠尚书右仆射孙逖文公集序》。
②刘禹锡:《唐故尚书主客员外郎卢公集纪》。

据刘禹锡《唐故尚书主客员外郎卢公集记》载，卢象有集12卷，现已散佚。《全唐诗》录其诗1卷，计28首（其中7首或为他人之作）；童养年《全唐诗续补遗》、陈尚君《全唐诗续拾》又各辑1首。卢象在盛唐即享有盛誉。刘禹锡《唐故尚书主客员外郎卢公集记》云："妍词一发，乐府传贵。"李华（卢象的外甥）也称赞他"名高天下"①。唐殷璠《河岳英灵集》选卢象诗7首，这固然比王维的15首、李白的13首要少，却比孟浩然、祖咏的各6首要多。

描绘山水风光与田园生活，是卢象诗歌的重要内容。如颇负盛名的山水诗《峡中作》：

> 高唐几百里，树色接阳台。晚见江山霁，宵闻风雨来。云从三峡起，天向数峰开。灵镜信难见，轻舟那可回！

通篇视野开阔，用典巧妙，画面雄奇，色彩瑰丽。此外，《竹里馆》写江南春景，《永城使风》写永城秋色，《追凉历下古城西北隅，此地有清泉乔木》写济南古韵，也都形象生动，灵活多变。卢象田园诗的代表作是《同王维过崔处士林亭》，写崔兴宗的居所，并借以刻画"高卧""老儒"的形象，可谓一幅传神的隐士图。

抒发隐逸志趣与怨愤情怀，是卢象诗歌的又一重要内容。卢象的叔父卢鸿（一作卢鸿一），是开元初年的著名隐士。玄宗曾备礼再三征召，他均谢而不至。后诏赴洛阳谒见，并授谏议大夫，又坚辞不受。玄宗亲赐隐居服饰，并庐山草堂一所。卢鸿的立身行事，对卢象颇有影响。他曾写下《家叔征君东溪草堂二首》组诗，吟咏卢鸿嵩山隐居，其二云：

> 今朝共游者，得性闲未归。已到仙人家，莫惊鸥鸟飞。水深严子钓，松挂巢父衣。云气转幽寂，溪流无是非。名理未足羡，腥臊讵所希。自惟负贞意，何岁当食薇？

对古代高士的敬仰，对当世"仙人"的羡慕，对没有是非与名利的隐居生活的眷恋，都洋溢笔端。但是，卢象的隐逸，并非与生俱来的嗜好，而是万般无

①《登头陀寺东楼诗序》。

奈的选择。在《送赵都护赴安西》一诗中,诗人称赏“不应行万里,明主寄安危”的赵都护;《赠程秘书》诗中赞美“殷勤拯黎庶,感激论诸公”的程秘书,都是忧国念民情感的体现。只是由于仕途失意,才悟出“死生在片议,穷达由一言。须识苦寒士,莫矜狐白温”①的道理,走上“浮名知何用,岁晏不成欢。置酒共君饮,当歌聊自宽”②的道路。卢象的隐逸诗,正是对“野无遗贤”的盛唐政治的嘲讽。卢象的《驾幸温泉》,并非“颂圣”之什,而是怨愤之作。作品写玄宗游幸骊山温泉,千官扈从,万国来朝,细草、垂杨也纷纷趋奉,恢弘气象下掩盖着堕落的实质。《杂诗二首》(其一)写一位老将“死生辽海战,雨雪蓟门行。诸将封侯尽,论功独不成”的身世,揭露无功受禄、有功不赏的黑暗现象。元人方回云:“感慨有味。”③明人周珽曰:“激激烈烈,酸酸楚楚,欲读不得,欲不读不得,令人挥戈而击壶。”④他们都是产生了共鸣效应的知音。

思亲、念友、咏物、怀古,也是卢象诗歌的内容。如《八月十五日,象自江东止田园移庄庆会。未几归汶上,小弟、幼妹尤嗟其别,兼赋是诗三首》之一写“入门乍如客,休骑非便止。中饮顾王程,离忧从此始”的眷恋之情,《赠广川马先生》写“愿接诸生礼,三年事马融”的仰慕之情,《青雀歌》写“逍遥饮啄安涯分,何假扶摇九万为”的翻然之悟,《寒食》写“可叹文公霸,平生负此臣”的深沉感慨。

卢象以山水田园诗蜚声文坛,它们多用五言,清新淡雅,一如王维、孟浩然等人。其《八月十五日……》曾被误收王维集中,《寄河上段十六》、《叹白发》或作王维诗,《早秋》或作孟浩然诗。殷璠说:“[卢]象雅而平,素有大体,得国士之风。”⑤这是对卢象诗风的总结,也是对其贡献的肯定。卢象的诗感情真挚而深厚,语言雅洁而自然。如《八月十五日,象自江东止田园移庄庆会。未几归汶上,小弟、幼妹尤嗟其别,兼赋是诗三首》之二、三:

> 两妹日长成,双鬟将及人。已能持宝瑟,自解掩罗巾。念昔别时

①《杂诗二首》之二。
②《乡试后自巩还田家,因谢邻友见过之作》。
③《瀛奎律髓汇评》下册,方回选评、李庆甲集评校点,上海古籍出版社1986年版,第1317页。以下版本俱同。
④转引自《唐诗汇评》上册,第275页。
⑤《河岳英灵集》卷下,载《唐人选唐诗》(十种)上册,上海古籍出版社1958年版,第111页。

小，未知疏与亲。今来识离恨，掩泪方殷勤。

小弟更孩幼，归来不相识。同居虽渐惯，见人犹默默。宛作越人言，殊甘水乡食。别此最为难，泪尽有余忆。

明钟惺、谭元春辑《唐诗归》卷12评点说："古人作弟妹诗易于妙绝，惟真乃妙。"清贺裳《载酒园诗话》总评卢象诗"情深"，都是中肯的。卢象的《紫阳真人歌》，写"不以年，不以位"而与自己"相知"的贺知章，也十分动人："君不见先生耳鼻有仙骨，自号狂生中有物。金华侍讲三十年，儿戏公卿与簪笏。青门抗行谢客儿，健笔连羁王献之。长安素绢书欲遍，主人爱惜常保持。每叹二疏不足道，复言四皓常枯槁。"寥寥数语，把个"神气有异"的"真人"写得活灵活现。

（六）任华及盛唐的其他山东诗文作家

1. 任华

任华（生卒年未详），乐安（今山东博兴）人。早年隐居山林，自称"野人"。为人狷介，傲岸不羁。唐玄宗天宝五载（746年）赴长安访李白，未得相见。后任太常寺属吏。肃宗即位后，任秘书省校书郎。乾元（758—760年）中，以监察御史佐兴平军节度使李奂幕。代宗朝曾干谒御史中丞庾准、京兆尹严武、贾至、杜济，均无结果。大历（766—779年）末年，入桂管观察使李昌巙幕，高适有诗相赠。

《全唐诗》录任华诗3首，《寄李白》云：

古来文章有能奔逸气，耸高格，清人心神，惊人魂魄。我闻当今有李白，大猎赋，鸿猷文，嗤长卿，笑子云。班张所作琐细不入耳，未知卿云得在嗤笑限否？登庐山，观瀑布，海风吹不断，江月照还空，余爱此两句；登天台，望渤海，云垂大鹏飞，山压巨鳌背，斯言亦好在。至于他作多不拘常律，振摆超腾，既俊且逸。或醉中操纸，或兴来走笔。手下忽然片云飞，眼前划见孤峰出。而我有时白日忽欲睡，睡觉欻然起攘臂。任生知有君，君也知有任生未？中间闻道在长安，及余戾止，君已江东访元丹。邂逅不得见君面，每常把酒，向东望良久。见说往年在翰林，胸中矛戟何森森。新诗传在宫人口，佳句不离明主心。身骑天马多意

> 气，目送飞鸿对豪贵。承恩诏入凡几回，待诏归来仍半醉。权臣妒盛名，群犬多吠声。有敕放君却归隐沦处，高歌大笑出关去。且向东山为外臣，诸侯交迓驰朱轮。白璧一双买交者，黄金百镒相知人。平生傲岸其志不可测，数十年为客，未尝一日低颜色。八咏楼中坦腹眠，五侯门下无心忆。繁花越台上，细柳吴宫侧。绿水青山知有君，白云明月偏相识。养高兼养闲，可望不可攀。庄周万物外，范蠡五湖间。人传访道沧海上，丁令、王乔每往还。蓬莱径是曾到来，方丈岂唯方一丈。伊余每欲乘兴往相寻，江湖拥隔劳寸心。今朝忽遇东飞翼，寄此一章表胸臆。倘能报我一片言，但访任华有人识。

诗中结合李白的大量作品，总结了他纵逸不羁的诗风。殷璠《河岳英灵集》评李白“其为文章，率皆纵逸”；杜甫称李白诗“笔落惊风雨，诗成泣鬼神”①，又赞其“俊逸鲍参军”②也即诗似鲍照。任华称道李白诗有“奔逸气”，能“惊人魂魄”、“振摆超腾，既俊且逸”等等，正与殷璠、杜甫英雄所见略同。所以，明钟惺、谭元春辑《唐诗归》有“词赋中旷世老识”的评语。任华的《寄杜拾遗》、《怀素上人草书歌》，风格也与此诗相似。

《全唐文》录任华文20余篇，以赠序为主。它们大都格调高昂，境界阔大，从一个侧面反映了盛唐气象的特点，如《送宗判官归滑台序》：

> 大丈夫其谁不有四方志，则仆与宗衮，二年之间，会而离，离而会，经途所亘，凡三万里。何以言之？去年春，会于京师，是时仆如桂林，衮如滑台；今年秋，乃不期而会于桂林，居无何，又归滑台，王事故也。舟车往返，岂止三万里乎？人生几何，而倏聚忽散，辽敻若此！抑知己难遇，亦复何辞！岁十有一月，二三子出饯于野。霜天如扫，低向朱崖，加以尖山万重，平地卓立。黑似铁色，锐如笔锋。复有阳江、桂江，略军城而南走，喷入沧海，横浸三山，则中朝群公，岂知遐荒之外有如是山水？山水既尔，人亦其然。衮乎对此，与我分手，忘我尚可，岂得忘此山水哉？

①《寄李十二白二十韵》。
②《春日忆李白》。

虽是送别，却不感伤，充满旷达、乐观的情怀。《送李审秀才归湖南序》等，亦与此同调。任华还有少量书信，意在干谒，而不失自尊，甚至态度狂放，也体现出盛唐文风，如《告辞京尹贾大夫书》、《与京兆杜中丞书》、《上严大夫笺》等。

2. 盛唐的其他山东诗文作家

刘晏（715—780 年），字士安，曹州南华（今山东东明）人。7 岁即举神童。初授秘书省正字。唐玄宗开元（713—741 年）末为洛阳尉。天宝年间（742—756 年），任夏县令，累迁殿中侍御史、度支郎中与杭、陇、华三州刺史。上元（760—762 年）中，迁河南尹，入为京兆尹，再拜户部侍郎、判度支。代宗广德元年（763 年）拜吏部尚书、平章事，领度支、盐铁、转运、租庸使。大历十三年（778 年），为尚书左仆射。刘晏以重俭约、善理财著称，掌管漕运时，曾岁运米数百万石接济关中，被代宗比为萧何。著名诗人刘长卿、张继、戴叔伦、顾况、包佶等，均曾入其转运盐铁幕中。德宗建中元年（780 年）七月，为执政杨炎诬构，贬忠州刺史，又被赐死。《全唐诗》存诗 2 首。《咏王大娘戴竿》写杂技表演，是儿时的作品，诗云："楼前百戏竞争新，唯有长竿妙入神。谁谓绮罗翻有力，犹自嫌轻更著人。"《太平御览》卷五六五引《明皇杂录》曰："明皇御勤政楼，大张乐，罗列百技。时教坊有王大娘者，戴百尺竿，竿上施木山，状瀛洲、方丈，命小儿持绛节出入于其间，歌舞不辍。时晏以神童为秘书正字，方十岁。帝召之，贵妃置之膝上，为施粉黛，与之巾栉。令咏王大娘戴竿，晏应声而作，因命牙笏及黄纹袍赐之。"

庄若讷（生卒年未详），密州莒县（今属山东）人。唐玄宗天宝十载（751 年）进士。《全唐诗》存其《湘灵鼓瑟》一诗，系怀古之作："帝子鸣金瑟，余声自抑扬。悲风丝上断，流水曲中长。出没游鱼听，逶迤彩凤翔。微音时扣徵，雅韵乍含商。神理诚难测，幽情讵可量？至今闻古调，应恨滞三湘。"

魏万（生卒年未详），后改名炎，又改名颢，博州摄城（今山东聊城）人。曾在王屋山隐居，自号王屋山人。唐玄宗天宝十三载（754 年），在广陵见到李白，同游金陵。李白尽出诗文，命为集，作诗送其回归，并称赞他"爱文好古"①。魏万还与李颀友善，李氏有《送魏万之京》诗。上元元年（760 年）进

①李白：《送王屋山人魏万还王屋》。

士及第。次年整理战乱后幸存的部分李白诗文，编成《李翰林集》2 卷，并为之作序。后官终兼御使中丞。《全唐诗》存诗 1 首，《增订注释全唐诗》新补 3 首。《金陵酬李翰林谪仙子》反映了诗人与李白的深厚交谊，对研究李白的行踪与交往也有一定价值。《题历山舜井三首》写历山（指今山东济南）舜井，亦较生动。

南巨川（生卒年未详），鲁郡（今山东兖州）人。唐玄宗开元二十九年（739 年）进士。肃宗至德二载（757 年）任给事中，奉命出使吐蕃。后贬谪崖州。《全唐诗》存其《美玉》一诗，系咏物述怀之作："抱玉将何适？良工正在斯。有瑕宁自掩，匪石幸君知。雕琢嗟成器，缁磷志不移。饰樽光宴赏，入珮奉威仪。象德曾留记，如虹窃可奇。终希逢善价，还得桂林枝。"

林氏（生卒年未详），济南（今属山东）人。唐玄宗时隰城丞薛元暧之妻。丈夫早逝，她教育子侄薛元福、薛元国等并登进士第，且以文学知名。《全唐诗》存其《送男左贬诗》1 首："他日初投杼，勤王在饮冰。有辞期不罚，积毁竟相仍。谪宦今何在，衔冤犹未胜。天涯分越徼，驿骑速毗陵。肠断腹非苦，书传写岂能。泪添江水远，心剧海云蒸。明月珠难识，甘泉赋可称。但将忠报主，何惧点青蝇。"作品不仅表达了诗人对君王的赤胆忠心，而且体现了母亲对儿子的殷切期望，感情真挚，十分动人。

四、中晚唐与五代的山东诗、词、文

（一）"风流妩媚"的孟迟

孟迟（生卒年未详），字迟之，一作叔之，平昌（今山东商河）人。唐文宗开成三年（838 年）至宣城，拜访杜牧。武宗会昌五年（845 年）进士及第，又往池州拜访杜牧。宣宗大中年间（847—859 年）为浙西掌书记，遭谗罢职。约于大中九年（855 年）入淮南节度使崔郸幕，为掌书记。《全唐诗》存诗 17 首（其中 5 首或为他人之作）。

孟迟游历过不少地方，行迹所至，往往发而为诗。这些作品，有的以写景取胜，如《发蕙风馆遇阴不见九华山有作》：

我来淮阴城，千江万山无不经。山青水碧千万丈，奇峰急派何纵横。又闻九华山，山顶连青冥。太白有遗韵，使我西南行。一步一攀策,前行正鸡鸣。阴云冉冉忽飞起,千里万里危峥嵘。譬如天之有日蚀,使我昏沉犹不明。人家敲镜救不得,光阴却属贪狼星。恨亦不能通,言亦不足听。长鞭挥马出门去,是以九华为不平。

全篇顺序而写,移步换景,场面阔大,情景交融。此外,《徐波渡》中的"晓月千重树,春烟十里溪",《题嘉祥驿》中的"树顶烟微绿,山根菊暗香",也都鲜明生动。但是,孟迟更多的作品则是即地怀古,如《新安故关》咏汉武帝徙函谷关于新安的故事,《兰昌宫》忆陈阿娇失宠后居长门宫的旧情,《宫人斜》慨叹无数宫女空寄香魂的不幸遭遇。《乌江》阐述谋事在人、成事在天的道理,亦令人信服。

孟迟有几首寄赠诗。《寄浙右旧幕僚》写无端被谗的怨愤,颇为感人。诗云:"由来恶舌驷难追,自古无媒谤所归。勾践岂能容范蠡,李斯何暇救韩非。巨拳岂为鸡挥肋,强弩那因鼠发机。惭愧故人同鲍叔,此心江柳尚依依。"全篇八句,有六句用典:首句用《论语·颜渊》"驷不及舌"语,表示谗言诽谤难以消除;三句用范蠡助勾践灭吴后乘舟离去事,表示勾践可与同患而不可共安;四句用李斯加害同学韩非事,表示小人的嫉妒与狠毒;五、六两句分别用刘伶将遭人痛打时的"鸡肋不足以安尊拳"语与《淮南子·说林》"设鼠者机动"语,表示自己不值得人们谗害;七句用鲍叔牙帮助管仲事,表示浙右旧幕僚对自己的关照。它们自然妥帖,浑化无迹。此外,《怀郑洎》、《还淮却寄睢阳》写对友人的思念,也都充满真情。

孟迟以绝句而著称,元人辛文房《唐才子传》卷五称其作品"皆宫商金石之声"。张为的《诗人主客图》曾将其列为"高古奥逸主"之升堂者。他的绝句含蓄凝练,意味深长,代表作是《闺情》。明谢榛《四溟诗话》云:"淮南王曰:'王孙游兮不归,春草生兮萋萋。'陆机曰:'芳草久已茂,佳人竟不归。'谢朓曰:'春草秋更绿,公子未西归。'王维曰:'春草年年绿,王孙归不归?'诗人往往沿袭淮南之语,而无新意。孟迟曰:'蘼芜亦是王孙草,莫送春香入客衣。'此作点化而有余味。"

孟迟的诗,深为杜牧称赏,其《池州送迟》诗生动地描绘了孟迟诗歌的风格特色,真实地表达了作者对孟诗的由衷喜爱。

（二）吕向及中唐的其他山东诗、词、文作家

1. 吕向

吕向（生卒年未详），字子回，东平（今属山东）人。少孤，寄居外祖家。早年与房琯友善，隐居于陆浑山中。开元十年（722 年），召入翰林，兼集贤院校理，侍太子及诸王为文章。因献《美人赋》讽谏采选美女，擢左拾遗。又献诗规谏玄宗游猎渭川，进左补阙。后历任起居舍人、主客郎中、中书舍人，官至工部侍郎。卒赠华阴太守。

吕向曾与吕延济、刘良、张先、李周翰重注《文选》，世称“五臣注”，后与李善注并为文选学的重要文献。《全唐文》辑录吕向文 3 篇，代表作是《美人赋》。作品在极力描绘宫女色貌之美、技艺之高后，假借“有美一人”之口讽刺皇帝沉湎女色，贻误国政：

> 有美一人，激愤含颦，凛若秋霜，肃然寒筠，乃徐进而前止，遂抗词而外陈曰：“众妾面谀，不可侍君之侧。指适背意，委曲顺色，故毁妍而成鄙，自崇谬而破直。妾异尔情，敢对以臆。若彼之来，违所亲，离厥夫，别兄弟，弃舅姑，戚族愧羞，邻里嗟吁，气哽咽以填塞，涕流离以沾濡，心绝瑶台之表，目断层城之隅。人知君命乃天不可雠，尚惧盗有移国，水或覆舟。伊自古之亡主，莫不耽此漫游。借为元龟，鉴在宗周。众以为喜，妾以为忧。”

措辞虽然委婉，主旨却极鲜明。最后，皇帝幡然醒悟，励精图治。本赋在唐代即已产生广泛影响，如白居易《上阳白发人》诗云：“君不见昔时吕向《美人赋》，又不见今日上阳宫人白发歌。”

2. 中唐的其他山东诗、词、文作家

吕牧（生卒年未详），东平（今属山东）人。唐代宗永泰二年（766 年）进士。后由库部郎中出为泽州刺史，卒于任上。《全唐诗》存其《泾渭扬清浊》一诗：“泾渭横秦野，逶迤近帝城。二渠通作润，万户映皆清。明晦看殊色，潺湲听一声。岸虚深草掩，波动晓烟轻。御猎思投钓，渔歌好濯缨。合流知禹力，同共到沧瀛。”作品由景到情，从古至今，过渡自然，言之成理。

皇甫彻（生卒年未详），乐陵（今属山东）人。曾任仓部员外郎。唐德宗贞元十四年（798 年）为蜀州刺史。《全唐诗》存《赋四相诗》组诗 4 首，写于

贞元十四年（798 年）蜀州刺史任上。《中书令汉阳王张柬之》歌颂张柬之诛杀武则天宠臣张易之、张昌宗兄弟，辅佐唐中宗恢复唐室的事迹："周历革元命，天步值艰阻。烈烈张汉阳，左袒清诸武。休明神器正，文物旧仪睹。南向翊大君，西宫朝圣母。茂勋镂钟鼎，鸿劳食茅土。至今称五王，卓立迈万古。"另外三篇与上述之诗相似，都是贤相的赞歌。

蔡京（？—863 年），郓州（今山东东平）人。早年为僧，令狐楚镇郓州时令其还俗，并伴子弟读书。唐文宗开成元年（836 年）进士，开成五年（840 年）前又登学究科。历任畿县尉、监察御史，至殿中侍御史。宣宗大中二年（848 年）贬澧州司马，后迁抚州刺史、饶州刺史。懿宗咸通三年（862 年）任岭南西道节度使，为军所逐，贬官崖州，不肯赴任，敕令自尽。《全唐诗》存诗 3 首。《咏子规》云："千年冤魂化为禽，永逐悲风叫远林。愁血滴花春艳死，月明飘浪冷光沉。凝成紫塞风前泪，惊破红楼梦里心。肠断楚词归不得，剑门迢递蜀江深。"其中的"红楼梦"，"很可能是著名小说《红楼梦》书名的最早出处"①。

孔温业（生卒年未详），字逊志，兖州曲阜（今属山东）人。唐穆宗长庆元年（821 年）进士。文宗大和六年（832 年）任御史，历礼部、吏部员外郎。开成元年（836 年）兼知制诰，二年参预校正石经。宣宗大中（847—859 年）初任御史中丞，四年任吏部侍郎，五年出任宣歙观察使。八年入朝，历检校户部尚书，兼太子宾客。十一年分司东都。《全唐诗》存其《鸟散余花落》诗 1 首："美景春堪赏，芳园白日斜。共看飞好鸟，复见落余花。来往惊翻电，经过想散霞。雨余飘处处，风送满家家。求友声初去，离枝色可嗟。从兹时节换，谁为惜年华？"这是长庆元年省试的答卷，虽系命题制作，却也别出心裁。其族人孔颙、孔纾、孔仲良亦能诗。

赵璜（804—862 年），字祥牙，先世居宛县（今河南南阳），后迁居平原（今属山东）。唐文宗开成三年（838 年）进士。武宗会昌（841—846 年）末授校书郎，后迁鄠县尉，佐韦损武昌幕，为掌书记。入朝任大理正、秘书丞、吏部员外郎。又出为处州刺史，卒于任上。《全唐诗》存诗 5 首。《七夕诗》写牛郎、织女的七夕聚会："乌鹊桥头双扇开，年年一度过河来。莫嫌天上

---

①吴汝煜主编：《唐五代人交往诗索引・前言》，上海古籍出版社 1993 年版。

稀相见,犹胜人间去不回。欲减烟花饶俗世,暂烦云月掩楼台。别时旧路长清浅,岂肯离情似死灰。”对秦观创作《鹊桥仙》(纤云弄巧)词,或许曾有启发。

路单(生卒年未详),阳平冠氏(今山东冠县)人。唐宪宗元和十五年(820 年)进士。武宗会昌年间(841—846 年),为桂管观察副使。《全唐诗》存其《和元常侍除浙东留题》诗 1 首,系和答送友之作:“谢安致理逾三载,黄霸清声彻九重。犹辍珮环归凤阙,且将仁政到稽峰。林间立马罗千骑,池上开筵醉一钟。共喜甘棠有新咏,独惭霜鬓又攀龙。”

(三)晚唐最丰产的山东诗人刘沧

刘沧(生卒年未详),字蕴灵,鲁(今山东西南部)人。自青年时屡试进士不第,漫游齐鲁、吴越、荆楚、巴蜀等地。唐宣宗大中八年(854 年)进士及第,时已老大,白发苍苍。初调华原尉,后迁龙门令。平生好游历,尚气节,体貌魁伟,喜谈古今。

刘沧是晚唐最丰产的山东诗人,《全唐诗》存其诗 1 卷,计 101 首。纪游写景是其重要内容,无论是北方的敬亭山①、龙门寺②、秦女楼③,还是南国的嘉陵江④、沧浪峡⑤、苍溪馆⑥,都触动了诗人的情思。代表作是《下第东归途中书事》,它记录了诗人西去赴考、落第东归的行程,也寄托了他的身世之感。

思亲盼归是刘沧诗歌的又一重要内容。《怀汶阳兄弟》、《旅馆书怀》写对同胞的思念,《寄远》则表达对妻子的一片深情。刘沧游宦四方,饱尝羁旅行役之苦,切盼回归故里,写尽思念家乡之情。如《深愁喜友人至》慨叹自己“此身未遂归休计,一半生涯寄岳阳”,《春日旅游》描写自己“花开忽忆故山树,月上自登临水楼”,《秋夕山斋即事》则抒发他无以回家的悲哀:

---

①《题敬亭山庙》。
②《题龙门僧房》。
③《题秦女楼》。
④《春日游嘉陵江》。
⑤《过沧浪峡》。
⑥《宿苍溪馆》。

衡门无事闭苍苔，篱下萧疏野菊开。半夜秋风江色动，满山寒叶雨声来。雁飞关塞霜初落，书寄乡闾人未回。独坐高窗此时节，一弹瑶瑟自成哀。

诗将萧瑟的景色与深沉的乡思水乳般交融在一起，使情景相生相映，赢得了论者的称道。清金人瑞选评《贯华堂选批唐才子诗》云："无事闭门，只加'苍苔'二字，便知不是以无事故偶闭门，直是以无人故特不开门也。再写篱下野菊，极诉其更无相对。三、四半夜风动，满山雨来，于遥遥异乡，兀兀独住人分中，真为极大不堪也。……五，雁飞关塞，是今年新雁；六，书寄乡山，是去年旧书，言见新雁又欲寄新书，而忆旧书尚未接旧雁，此时此情真成独坐，何暇更弹别鹄等曲耶？"

怀古伤逝也是刘沧诗歌的重要内容。从传说中的神仙王母、麻姑、洛神，到历史上的帝王黄帝、秦始皇、隋炀帝，诗人都有题咏。写得最好的，当属《长洲怀古》：

野烧原空尽荻灰，吴王此地有楼台。千年事往人何在，半夜月明潮自来。白鸟影从江树没，清猿声入楚云哀。停车日晚荐蘋藻，风静寒塘花正开。

长洲即长洲苑，在今江苏苏州西南、太湖以北，春秋时为吴王阖闾的游猎之所。诗人通过长洲苑物是人非场景的描绘，表达了历史兴亡之感。这类作品不但突出了所咏古迹的特征，而且抒发了富有共性的感慨，往往对仗工稳，韵调和谐。刘沧本有强烈的进取之心，《早行》云："当自勉行役，终期功业齐。"但是，残酷的现实却给了他无情的打击。他为久困科场而失意，《下第后怀旧居》云："几到青门未立名，芳时多负故乡情。"《罢华原尉上座主尚书》、《秋日旅途即事》等，或写为无端免官而苦闷，或写为岁月虚掷而神伤，都是其真情的自然流露。

刘沧还有友情诗、隐逸诗。他的《赠颢项山人》，规劝"济世有长策"的山人"莫问沧浪有钓矶"，《秋日山寺怀友人》表达对"不见又经岁"的友人的"相思"之情，《匡城寻薛闵秀才不遇》吐露"不见故人劳梦寐，独吟风月过南燕"的心声，《龙门留别道友》抒发与道友的惜别之情，都较真挚。《赠隐者》羡慕隐者"临水静闻灵鹤语,隔原时有至人来"的生活,《过沧浪峡》抒发自己"远入虚明思白帝,寒生浩景想沧洲"的挚情,《题王校书山斋》表达他那"栖迟惯得沧浪思,云阁还应梦钓矶"的遐想,也都亲切感人。

刘沧的诗,以"崇尚景物"①、"清丽"②、"自然顿挫"③取胜。但其局限也是显而易见的:就内容说,它们多写个人感慨,"缺乏思想深度和警策之言,也就缺少震撼人心的力量和启智益慧的作用"④;就形式说,现存诗歌只有两首五律,其余全是七律,体式相当单一。所以,读得多了就乏新鲜之感。用语雷同,亦其瑕累。《秋日山斋书怀》说"浩渺蒹葭连夕照,萧疏杨柳隔沙洲",《秋日望西阳》又说"风入蒹葭秋色动,雨余杨柳暮烟凝",就是一个突出的例子。

(四)段成式、孙棨及晚唐的其他山东作家

1. 段成式

段成式(803—863 年),字柯古,临淄邹平(今属山东)人。七世祖段志玄,从唐太宗征战立功,陪葬昭陵,图形凌烟阁。父段文昌,官至穆宗、文宗朝宰相。段成式自幼苦学,长成以荫入官,为秘书省校书郎,累迁至吉州刺史,终太常少卿。他与李商隐、温庭筠均擅长以四六体写章奏等公文,排行又皆第十六,故时号"三十六体"。著有《酉阳杂俎》、《新纂异要》(又题《渐纂异要》)、《庐陵官下记》、《锦里新闻》等。

段成式的诗歌今存 31 题 57 首(另有与张希复、郑符的联句 19 首)⑤,它们多写作者与友人的宴饮、酬唱、狎妓等生活,内容无甚新意,笔调比较轻松。少数悼友、纪游、怀古的篇什,倒值得注意。如《哭李群玉》:

> 酒里诗中三十年,纵横唐突世喧喧。明时不作祢衡死,傲尽公卿归九泉。

---

①《全唐刘氏诗》,转引自《唐诗汇评》下册,第 2646 页。

②晁公武:《郡斋读书志》卷四中,载孙猛校证:《郡斋读书志校证》,上海古籍出版社 1990 年版,第 920 页。

③《瀛奎律髓汇评》上册,第 115 页。

④吴庚舜、董乃斌主编:《唐代文学史》下册,人民文学出版社 1995 年版,第 424 页。

⑤参见元锋、煙照编注:《段成式诗文辑注》,济南出版社 1995 年版。

李群玉是作者的挚友，性格旷逸，裴休为相时曾荐任弘文馆校书郎，不久便辞归。诗人饱含深情，寄托哀思，并赞美其傲岸不凡的高尚人格，深沉而又悲凉。清人黄周星《唐诗快》评曰："昔人持忠入地，此乃持傲入地。语特挺倔有生气。"此外，《观山灯献徐尚书》刻画燃放山灯的元宵之景，《题谷隐兰若三首》表现秋日岘山的村情野趣，《题商山庙》抒发怀才不遇的满腹牢骚，或豪或婉，清新流畅，也较为出色。段成式的诗体，多是七言绝句，共49首；另有五言律诗、五言排律各3首，七言律诗、五言绝句各1首。

段成式的散文今存21篇，其中有9篇是写给温庭筠的书信。它们极力称赞温氏的才华，大多采用骈体的形式，对偶工整，用典繁密。段成式的序、记、碑、传之文，基本采用散体的形式，亦常间以骈语，灵活多变，挥洒自如，如《寺塔记序》、《好道庙记》、《寂照和尚碑》、《韦斌传》等。

2. 孙棨

孙棨（生卒年未详），字文威，自号无为子，博州武水（今山东聊城）人。唐僖宗（873—888年在位）时，屡试不第，狎游北里。中和四年（884年），撰《北里志》。昭宗乾宁（894—898年）初年，任拾遗，后迁侍御史，官至翰林学士、中书舍人。《全唐诗》存诗6首，《增订注释全唐诗》新补1首。

艳情是孙棨现存诗歌的唯一内容。他的《题刘泰娘舍》一出，"诣之（指妓女刘泰娘）者结驷于门"①。《赠妓人王福娘》描绘长安妓女王福娘的衣容举止，更可谓细致入微：

> 彩翠仙衣红玉肤，轻盈年在破瓜初。霞杯醉劝刘郎赌，云髻慵邀阿母梳。不怕寒侵缘带宝，每忧风举倩持裾。谩图西子晨妆样，西子元来未得知。

据《北里志·王团儿》记载：王福娘得到孙棨的这首诗非常高兴，请求孙棨把它写到窗左的红墙上。孙棨写罢，红墙未满，王福娘再请题诗，孙棨又即兴题写七绝三首（今本题为《题妓王福娘墙》），也皆描写王福娘的青楼生活。

①孙棨：《北里志·刘泰娘》，载《教坊记·北里志·青楼集》，古典文学出版社1957年版，第37页。

不只是题赠诗，孙棨的戏谑、和答之作，也概莫能外。《戏李文远》嘲讽举子李文远狎妓（俞洛真），《和王福娘红笺题诗》则明确拒绝王福娘从良相嫁的请求，我们从这里可以清楚地看到王福娘这类被侮辱、被损害的青楼女子的命运是何等不幸！

3. 晚唐的其他山东诗、词、文作家

张道古（生卒年未详），一名眈，字子美，临淄（今属山东）人。唐昭宗景福二年（893 年）进士，累官至右拾遗。乾宁四年（897 年）上《五危二乱表》，被贬为施州司户。后入蜀，卖卜于导江青城市中。王建据蜀称帝，召为武司郎中，不久被贬而死。《全唐诗》存诗 2 首。《上蜀王》云："封章才达冕旒前，黜诏俄离玉座端。二乱岂由明主用，五危终被佞臣弹。西巡凤府非为固，东播銮舆卒未安。谏疏至今如可在，谁能更与读来看？"据后蜀何光远《鉴戒录》卷一记载："初，拾遗张道古贡《五危二乱表》，黜居于蜀。后闻驾走西岐，又迁东洛，皆契《五危》之事，悉归《二乱》之源，因吟一章上蜀王云云。"

路德延（生卒年未详），字昌远，魏州冠氏（今山东冠县）人。唐昭宗光化元年（898 年）进士。天祐二年（905 年）为右拾遗，赐绯。河中节度使朱友谦辟为掌书记，后将其沉杀于黄河。《全唐诗》存诗 3 首。《小儿诗》是其代表作。该诗为五言古诗，长达五十韵、五百字，是隋唐五代山东诗歌中最长的一篇，也是整个隋唐五代诗歌中最长的作品之一。据《太平广记·路德延》记载："会河中节度使朱友谦领镇，辟掌书记。友谦初颇礼待之，然德延浮薄骄慢，动多忤物。友谦稍解体，德延乃作《孩儿诗》五十韵以刺友谦。友谦闻而大怒，有以掇祸，乃因醉沉之黄河。诗实佳作也，尔后虽继有和者，皆去德延远矣。"

张直（生卒年未详），号逍遥先生，濮州（今山东鄄城）人。唐昭宗（888—904 年在位）时，曾为平卢节度使王师范幕吏。《全唐诗》存《宿顾城二首》，写落宿顾城友人家的见闻与感受。其一云："绿草展青茵，樾影连春树。茅屋八九家，农器六七具。主人有好怀，搴衣留我住。春酒新泼醅，香美连糟滤。一醉卧花阴，明朝送君去。"

黄巢（？—884 年），曹州冤句（今山东菏泽）人。出身盐商家庭。曾举进士不第。唐僖宗乾符二年（875 年），聚众响应王仙芝起义。王仙芝死后，被推为起义军首领，号称“冲天大将军”，建元王霸。广明元年（880 年），率军攻入长安并称帝，国号大齐，年号金统。中和四年（884 年）兵败，自杀于泰山狼虎谷。《全唐诗》存诗 3 首。《题菊花》云：“飒飒西风满院栽，蕊寒香冷蝶难来。他年我若为青帝，报与桃花一处开。”据宋张端义《贵耳集》记载：巢五岁时，侍其翁与父为菊花诗。翁未就，巢信口曰：“堪与百花为总首，自然天赐赭黄衣。”父怪，欲击之。翁曰：“可令再赋。”巢应声云云。《不第后赋菊》云：“待到秋来九月八，我花开后百花杀。冲天香阵透长安，满城尽带黄金甲。”

（五）五代诗词名家和凝

1. 和凝的生平与著述

和凝（898—955 年），字成绩，郓州须昌（今山东东平）人。自幼聪敏。后梁末帝乾化四年（914 年）明经及第，贞明三年（917 年）进士及第。初任后梁义成军节度使贺瑰从事。又仕后唐，明宗（926—933 年在位）时拜殿中侍御史，累迁主客员外郎、知制诰，又充翰林学士、知贡举。后晋高祖天福五年（940 年），拜中书侍郎、同中书门下平章事。出帝（942—946 年在位）时罢为左仆射。后汉高祖（947—948 年在位）时拜太子太保，封鲁国公。后周太祖（951—954 年在位）时为太子太傅。

和凝原有集百余卷，曾自行刻板印刷数百套，并分赠于人，现已散佚。《全唐诗》存诗 104 首，《全唐五代词》存词 27 首（其中 2 首或为他人之作）。

2. 和凝的诗文

和凝的诗，主要是《宫词百首》。其基本内容是歌颂皇恩圣寿，抒发宫怨幽情。而最具生气的，当属反映大内活动的作品。如其五十五：

> 阑珊星斗缀珠光，七夕宫嫔乞巧忙。总上穿针楼上去，竞看银汉洒琼浆。

据南朝梁宗懔《荆楚岁时记》记载：“七月七日为牵牛、织女聚会之时。是夕，人家妇女结彩缕，穿七孔针，或以金银石为针，陈瓜果于庭中以乞巧。”唐代宫廷沿袭此习，且有发展。后周王仁裕《开元天宝遗事 · 乞巧楼》云：“宫中以锦结成楼殿，高百尺，上可以胜数十人，陈以瓜果酒炙，设坐具，以祀牛女二星。”本篇即写七月七日的乞巧活动。天上与地下并举，仙界与人间共生，景物与动作交融，使得作品境界开阔，妙趣横生。其四十四写打球之戏、其七十二写宫女采花、其七十七写戴竿或爬竿艺人的杂技表演，也很传神。清丁仪《诗学渊源》云："凝宫词百首，不减王建，风华绮丽，后人殆难为继矣。"

《宫词百首》之外，和凝的诗还存 4 首。较有特色的是五言律诗《题鹰猎兔画》。这是一首题画诗，表达了同情弱者的思想，也寄寓了作者的身世之感。

和凝的文传世不多，代表作是《吴越文穆王钱元瓘碑铭》。作品洋洋洒洒三千余言，铺叙了吴越的地理与钱氏的世系，气势壮大，富于文采。

3. 和凝的词

和凝少年时即长于短歌艳曲，不仅称雄后晋，而且名扬海外。契丹入洛时，曾讥称他为"曲子相公"。入拜晋相后，"悔其少作"，对影响声誉的艳词"专托人收拾焚毁不暇"①。

描绘春思艳情是和凝词的主要内容。他的《天仙子》二首，分别写闺中女子"一片春愁谁与共"的寂寞与"阮郎何事不归来"的疑虑，《春光好》（蘋叶软）写送行女子"红粉相随南浦晚"的离愁，《薄命女》写的却是宫中女子的怨恨：

> 天欲晓，宫漏穿花声缭绕。窗里星光少。冷霞寒侵帐额，残月光沉树杪。梦断锦帏空悄悄，强起愁眉小。

作品内容无甚新意，但"冲寂自妍②"，"明艳似飞卿"③。和凝的《临江仙》（海棠香老春江晚）写情人的"小楼"幽会，《山花子》二首分别写恋人的"笑偎"与"尝酒"，《柳枝》（瑟瑟罗裙金缕腰）写女子"醉来咬损新花子，拽住仙郎尽放娇"的情态，都较细腻。

和凝还有几首写景咏物词，如《小重山》：

> 春入神京万木芳。禁林莺语滑，蝶飞狂。晓花擎露妒啼妆。红日

①孙光宪：《北梦琐言》卷六，上海古籍出版社 1981 年版，第 47 页。
②明沈际飞语，转引自《全唐五代词》，第 332 页。
③栩庄主人：《栩庄漫记》，转引自《全唐五代词》，第 332 页。

> 永，风和百花香。　烟锁柳丝长。御沟澄碧水，转池塘。时时微雨洗风光。天衢远，到处引笙簧。

作品写京城的春景，有静景，有动景，有色彩，有声响，“藻丽有富贵气”①。

和凝是《花间集》的作者之一，作品风格也与温、韦等花间派词人相似。明人汤显祖称其《临江仙》（披袍窣地红宫锦）“精工宕丽，足分温韦半席”②，可谓灼见。其中有的以秾丽取胜，如《采桑子》被陈廷焯誉为“以婉雅之笔绘秾丽之词，耐人寻味”③。有的以清秀见长，如《渔父》被陈廷焯誉为“遣词琢句，清秀绝伦”④。更为人们称道的则是秾丽与清秀结合、二者有机交融的作品，如陈廷焯许为“联章之祖”⑤的《江城子》五首，就被《栩庄漫记》誉为“介在清与艳之间”⑥。

和凝善于捕捉女性心理的微妙变化，用笔细腻，“小语致巧”⑦。其词突出特点是状物描情，颇多意态，如《何满子》在逐层倾诉了女子的怨情后，以“却爱熏香小鸭，羡他长在屏帏”抒发离人无可奈何的悲感，真挚而又传神，素为后世推重。在词的纤巧与浅近上，和凝词都较晚唐更进了一步。

（六）韩熙载及五代的其他山东作家

1. 韩熙载

韩熙载（902—970 年），字叔言，潍州北海（今山东潍坊）人。后唐庄宗同光四年（926 年）进士。因其父韩光嗣为后唐明宗李嗣远所杀，于是南奔投吴，补校书郎。后为滁、和、常三州从事。南唐时（937—975 年），历任秘书郎、虞部员外郎、史馆修撰、中书舍人、户部侍郎、吏部侍郎、秘书监、兵部尚书，官终中书侍郎、充光政殿学士承旨。卒谥文靖。他懂音律，善书画，工文辞。宋晁公武《郡斋读书志》著录《韩熙载集》5 卷，现已散佚。《全唐诗》存诗 5 首（其中 1 首或为他人之作），孙望《全唐诗补逸》又辑 1 首。

韩熙载的感怀诗颇为动人。公元 954—959 年间，他自南唐出使后周。

---

①明杨慎语，转引自《全唐五代词》，第 326 页。
②汤显祖评点：《花间集》卷三，转引自《全唐五代词》，第 328 页。
③④陈廷焯评选：《闲情集》卷一，转引自《全唐五代词》，第 328、第 336 页。
⑤《闲情集》卷一，转引自《全唐五代词》，第 340 页。
⑥转引自《全唐五代词》，第 340 页。
⑦明沈际飞评“花间词”语，转引自《全唐五代词》，第 326 页。

目睹故乡的沧桑巨变,不禁忧从中来,写下了《感怀诗二章》。漂泊的苦痛,回乡的失望,非亲历者不能道出。韩熙载的赠别诗也有情趣。他的《漂水无相寺赠僧》设想自己“挂冠”后“药为依时采,松宜绕舍栽”的“林泉”生活,《赠陈郎》嘲讽陈致尧妻妾成群的“宫观老都监”似的生活环境。写得最好的当属《送徐铉流舒州》:

昔年凄断此江湄,风满征帆泪满衣。今日重怜鹡鸰羽,不堪波上又分飞。

南唐李璟保大十一年(953 年)十二月,徐铉被流舒州,其弟徐锴也被贬为校书郎、分司东都。韩熙载有感于此,写下是诗。作品表达了对徐氏兄弟的同情,也寄寓了自己的身世之痛。

韩熙载的散文以《真风观碑》、《上睿宗行止状》为代表。前者描写真风观的自然环境,铺陈夸张,辞藻华美。后者抒发作者的抱负,意气风发,不落俗套:

某爰思幼稚,便异诸童,竹马蒿弓,固罔亲于好弄;杏坛槐里,能不倦于修身。但励志以为文,每栖身以学武。得麟经于泗水,宁怯异图;授豹略于圯垠,方酣永战。占唯奇骨,梦以生松。敢期堕之文,尚愧担簦之路。于是攫龙颌,编虎须,缮献捷之师徒,修受降之城垒。争雄笔阵,决胜词锋。运陈平之六奇,飞鲁连之一箭。场中勍敌,不攻而自立降旗;天下鸿儒,遥望而尽摧坚垒。横行四海,高步出群,姓名遽列于烟霄,行止遂离于尘俗。且口有舌而手有笔,腰有剑而袖有锤。时方乱离,迹犹飘泛,徒以术精韬略,气激云霓,箕口张而阴电摇,怒呼发而晴雷动。

旗帜鲜明,一气直下,“这样的文章,在唐末五代,是比较独特的”①。

2. 五代的其他山东诗、词、文作家

高辇(生卒年未详),青州益都(今山东青州)人。进士及第。后唐明宗天成年间(926—930 年),被秦王李从容辟为推官,迁谘议参军。长兴四年

---

①郭预衡:《中国散文史》,上海古籍出版社 1986 年版,第 356 页。

(933 年)参与秦王叛乱,结果兵败逃亡,削发为僧,后被擒伏诛。《全唐诗》存其《棋》诗 1 首,写下棋的情景与观棋的感受:"野客围棋坐,支颐向暮秋。不言如守默,设计似平仇。决胜虽关勇,防危亦合忧。看他终一局,白却少年头。"

田敏(880—971 年),淄州邹平(今属山东)人。后梁末帝贞明年间(915—921 年)登科,任国子四门博士。后唐明宗天成(926—930 年)初年,为尚书博士,改国子博士,转屯田员外郎,兼太常博士,又改户部员外郎。末帝清泰(934—936 年)初年,迁国子司业。后晋高祖天福四年(939 年)授祭酒、检校工部尚书,兼户部侍郎。出帝开运(944—946 年)初年,迁兵部侍郎、充弘文馆学士,改授检校右仆射,复为祭酒。后汉高祖乾祐(948 年)起拜尚书右丞、判国子监。后周太祖广顺(951—954 年)初年,改左丞,遣使契丹。世宗即位(955 年)后,拜太常卿、检校左仆射,加司空。显德五年(958 年),上章请老,迁工部尚书,改太子少保致仕,归淄州别墅。恭帝即位(959 年)后,加少傅。《全唐诗》存其《明德舞》四言诗 1 首,系后周太祖庙堂乐舞辞。

李愚(? —935 年),字子晦,渤海无棣(今属山东)人。唐哀帝天祐三年(906 年)进士,又登宏词科,授河南府参军。后梁初年避地河朔,后被末帝召为左拾遗,累迁司勋员外郎。后唐庄宗(923—926 年在位)时,为翰林学士。明宗长兴(930—933 年)初年,拜中书侍郎平章事,修成《创业功臣传》30 卷。著有《白沙集》10 卷、《五书》1 卷,现已散佚。陈尚君《全唐诗续拾》辑录《述怀》诗 1 首,写作者恪尽职守的态度与回归家园的打算:"奉职常如履薄冰,屡看斜日下觚棱。盐梅且让当朝杰,粥饭甘为退院僧。虚负紫宸思宠渥,自伤白发病侵凌。明年便向燕南去,竹坞云庵独枕肱。"

刘保乂(生卒年未详),一作刘保义,青州(今属山东)人。后蜀孟昶广政(938—965 年)初年,官户部郎中,充诸王宫侍读。《全唐五代词》收《生查子》词 1 首:"深秋更漏长,滴尽银台烛。独步出幽闺,月晃波澄绿。菱荷风乍触,一对鸳鸯宿。虚棹玉钗惊,惊起还相续。"

五、隋唐五代的山东小说

(一) 笔记小说

隋唐五代的山东笔记小说主要有释净辩的志怪小说《感应传》和赵璘

的《因话录》、史虚白的《钓矶立谈》两部志人小说。《感应传》后文介绍，这里先简要介绍《因话录》和《钓矶立谈》。

1. 赵璘的《因话录》

赵璘，字泽章，平原（今属山东）人。唐文宗大和八年（834 年）进士及第。开成三年（838 年）登博学鸿词科。宣宗大中七年（853 年）任左补阙。后官衢州刺史。著有《因话录》。该书所记，均为唐代之事。全书共 6 卷，分为 5 部：卷一宫部为君，记帝王；卷二、卷三商部为臣，记公卿；卷四角部为人，记不出仕者，并附以谐戏；卷五徵部为事，多记典故；卷六羽部为物，记无所归附的见闻杂事等。赵璘是唐德宗朝宰相赵宗儒的侄孙、关中贵族柳氏的外孙，家世显赫，多识朝廷旧典，故其所记多为第一手资料。《四库全书总目》称此书"虽体近小说，而往往足与史传相参"。书中叙及元和以后文坛情况（卷三）以及文淑僧讲经（卷四）、女优弄假官戏（卷一）等事，都可供研究文学史、戏曲史的学者参考。但其中也有失实之处，如卷一记刘禹锡除播州刺史一条，细节即与史实有较大出入，为司马光《通鉴考异》所指摘。

2. 史虚白的《钓矶立谈》

史虚白（895？—961 年？），字畏名，北海（今山东潍坊一带）人。初隐嵩山，中原遭战乱，与韩熙载南渡，从李昪任校书郎。后辞隐庐山。李璟曾数次召见。著有《钓矶立谈》①。

《钓矶立谈》序称全书 120 许条，现已散佚大半，仅存 30 条。作品记南唐轶事，事后均附议论，议论皆以"叟曰"开头。尤为小说史家看重的是以下两点：第一，作品不止一次地征引当时流传的民谣，既便于考察南唐的民间传说，又发展了中国小说穿插诗歌的艺术传统。如"黄冠道人"中的"盟津鲤鱼肉为角，濠梁鲤鱼金刻鳞。盟津鲤鱼死欲尽，濠梁鲤鱼始惊人"，以"鲤"、"李"同音，预言烈祖立唐。第二，部分作品注意运用典型情节和语言塑造人物形象，以彰显人物个性。如"高审思"条，写高审思驻守寿春，晨夕出号，刁斗相属，亲率士卒缮城池、完楼橹。当一掾吏质问其行时，高审思笑而答曰："君以老兵为怯耶？夫兵固多变，不可以不惧。过而防之，策之上者。君但治曹事，看老兵格虏如何尔？"后来，敌军围城，久攻不下，只得收

①《钓矶立谈》一作《钓矶立谈记》。清人鲍廷博据龙兖《江南野史》称《钓矶立谈》作者当为史虚白次子。

兵撤退。此时,高审思出兵地道,与城内守军夹击敌寇,大获全胜。那位质问者由衷拜谢曰:“将军天也,愚不能及矣!”

(二)传奇小说

隋唐五代的山东传奇小说主要是王洙的《东阳夜怪录》。王洙,字学源,其先琅邪(今山东临沂)人。唐宪宗元和十三年(818年)进士及第。曾居邹鲁名山习业,著有《东阳夜怪录》。该书显然受唐代韩愈《毛颖传》之类谐隐散文和李公佐《南柯太守传》之类寓言小说的影响,而直接从牛僧孺《玄怪录》中的《元无有》篇演变而来。作品写成自虚遇骆驼、驴、鸡、猫、猬、牛、犬诸怪事,情节曲折,结构严谨,形象鲜明,寓意深刻,富有诗化特征,语言雅洁优美。①

(三)杂俎小说

隋唐五代的山东杂俎小说主要是段成式的《酉阳杂俎》。酉阳,指小酉山(在今湖南沅陵),传说山下有一石穴,其中藏书千卷,秦代曾有人在此读书。梁元帝萧绎为湘东王时,镇守荆州,广搜图书,赋有“访酉阳之逸典”语。《新唐书·段成式传》称段成式“博学强记,多奇篇秘籍”,故以家藏秘籍类比酉阳逸典;加之全书内容广泛而驳杂,因以《酉阳杂俎》为名。

《酉阳杂俎》前集20卷,共30篇;续集10卷,共6篇。它们或采辑旧闻,或作者新撰,涉及中外仙佛、鬼怪、人事、动物、植物、酒食、寺庙等,杂糅儒释道及阴阳五行等各家思想,还首设“盗侠”一类,具有一种开拓意义。佳作如《京西店老人》:

> 唐韦行规自言少时游京西,暮止店中。更欲前进,店有老人方工作,谓曰:“客勿夜行,此中多盗。”韦曰:“某留心弧矢,无所患也。”因行数十里。天黑,有人起草中尾之,韦叱不应。连发矢中之,复不退。矢尽,韦惧奔马。有顷,风雷总至。韦下马,负一大树,见空中有电光相逐,如鞠杖势,渐逼树杪。规乃投弓矢,仰空乞命,拜数十。电光渐高而

①参见王恒展主编:《山东分体文学史》(小说卷),齐鲁书社2005年版。以下版本俱同。

> 灭，风雷亦息。韦顾大树，枝干尽矣。鞭驮已失，遂返前店。见老人方箍桶，韦意其异人也，拜而且谢。老人笑曰："客勿恃弓矢，须知剑术。"引韦入后院，指鞭驮言："却领取，聊相试耳。"又出桶板一片，昨夜之箭悉中其上。韦请役力承事，不许。微露击剑事，韦亦得一二焉。

寥寥200余字，讲述了一个生动有趣的故事，刻画了两位武林侠士的形象。

《酉阳杂俎》兼容笔记小说、传奇小说、杂史小说、别传小说等，对不同小说体式的相互借鉴与融合作出了积极贡献。如《语资》篇之"历城房家园"：

> 历城房家园，齐博陵君豹之山池。其中杂树森疏，泉石崇邃，历中祓禊之胜也。曾有人折其桐枝者，公曰："何谓伤吾凤条！"自后人不复敢折。公语参军尹孝逸曰："昔季伦金谷山泉，何必逾此？"孝逸对曰："曾诣洛西，游其故所。彼此相方，诚如明教。"孝逸常欲还邺，词人饯宿于此。豹为诗曰："风淤历城水，月倚华山树。"时人以此两句，比谢灵运"池塘"十字焉。

"虽为志人类笔记小说，然描写委曲，叙次井然，诚用传奇法而以志人者也"①。全书分类叙事，秩序井然，且多穿插诗歌，富有抒情色彩，取得了较高的艺术成就。

《酉阳杂俎》是中国古代杂俎小说的代表之作，在中国杂俎小说史乃至中国小说史上都占有重要地位。《四库全书总目》云："其书多诡怪不经之谈，荒渺无稽之物，而遗文秘籍，亦往往错出其中。故论者虽病其浮夸，而不能不相征引。自唐以来，推为小说之翘楚，莫或废也。"②《酉阳杂俎》对中国古代小说乃至中国古代文学的影响也是显而易见的，宁稼雨就称"书中能以故事性和传说性见长，故其内容多为后世小说戏曲所取"③，并列举前集卷2《玉格》为明代邓志谟、冯梦龙作品本事等数例。

除了《酉阳杂俎》，段成式还著有《庐陵官下记》、《新纂异要》、《锦里新闻》等小说。《庐陵官下记》作于吉州刺史任上，原书失传，仅存佚文数条，

---

①《山东分体文学史》（小说卷），第254页。
②《四库全书总目》下册，第1214页。
③宁稼雨：《中国文言小说总目提要》，齐鲁书社1996年版，第132页。以下版本俱同。

且多见于今本《酉阳杂俎》续集。《新纂异要》又题《渐纂异要》，迄今未见传本，据《通志·艺文略》等可大致推断为传奇小说。《锦里新闻》也已散佚，据《宋史·艺文志》可知为段成式所著小说。

六、著名客籍作家

（一）王维

王维（701？—761年），字摩诘，先世太原祁（今山西祁县）人，其父迁居蒲州（今山西永济）。唐玄宗开元年间（713—741年）进士。后累官至给事中。安禄山军陷长安时曾受伪职，乱平降为太子中允。官至尚书右丞，故世称王右丞。中年后居蓝田辋川，过着亦官亦隐的优游生活。王维精通音乐，擅长绘画，尤以诗歌著称于世，被称为"诗佛"，是唐代最著名的诗人之一。有《王右丞集》。

开元九年（721年），王维出任济州（治碻磝城，在今山东茌平高垣墙）司仓参军。其间写下了《济上四贤咏》组诗3首，其一《崔录事》云：

> 解印归田里，贤哉此丈夫！少年曾任侠，晚节更为儒。遁迹东山下，因家沧海隅。已闻能狎鸟，余欲共乘桴。

作品赞美了崔氏进退皆宜的处世态度，抒发了诗人政治失意的悲愁之情。王维后来亦官亦隐的生活方式，于此已见端倪。王维的《赠祖三咏》、《济州过赵叟家宴》、《齐州送祖三》，也是在山东创作的优秀诗歌。

（二）李白

李白（701—762年），字太白，号青莲居士，自称祖籍陇西成纪（今甘肃静宁）。先人在隋末流寓碎叶（今吉尔吉斯斯坦托克马克附近），他即出生于此。幼时随父迁居绵州昌隆（今四川江油）青莲乡。25岁开始漫游各地。唐玄宗天宝（742—756年）初年供奉翰林，但因政治失意，一年多后就离开长安。安史之乱中，曾怀着平叛的志愿，为永王李璘幕僚。又因璘败牵累，流放夜郎，中途遇赦东还。晚年漂泊困苦，卒于当涂（今属安徽）。李白被称为"诗仙"，是中国文学史上最伟大的诗人之一。有《李太白全集》。

李白于开元二十三年（735年）35岁时，移家东鲁，寓居任城（今山东济宁)，与孔巢父、韩准等诗酒酣游于徂徕山，号“竹溪六逸”。此后十几年，往来齐鲁间兖州、汶上、曲阜、泰安、济南、聊城、曹县、单县、金乡、青州、兰陵等地。他纵酒徂徕，畅游泰山，泛舟鹊山湖(今大明湖)，登临鲁仲连射箭台……到处有其游踪诗迹。他与这里的地方官、诗文作家、道士、隐士等交往，写下了许多动人篇章，如《梦游天姥吟留别》(一题《别东鲁诸公》)、《金乡送韦八之西京》、《沙丘城下寄杜甫》、《鲁郡东石门送杜二甫》、《南陵别儿童入京》、《游泰山六首》、《古风》(昔我游齐都)、《陪从祖济南太守泛鹊山湖》等。他热爱朴素勤劳的山东人民，热爱这里的自然风光。《答汶上翁》写鲁缟的织作，《客中作》写畅饮兰陵美酒，及其宾至如归之感。粗略统计，在《李太白全集》中标明与山东有关的诗歌就有 60 余首。其间所作《梦游天姥吟留别》，为传唱名篇；李、杜在东鲁相会同游，更是文学史上的佳话。其写与杜甫畅游，以及与地方友人的交往的诗篇，都情真意切，辞采焕发，历为人们传诵。其《古风》(昔我游齐都)，为最早描写华不注的诗歌，《陪从祖济南太守泛鹊山湖》也是写鹊山湖最早的诗篇。

(三) 杜甫

杜甫(712—770 年)，字子美，自称少陵野老，祖籍襄阳(今属湖北)，曾祖时迁居巩县(今河南巩义)。杜审言之孙。唐玄宗开元(713—741 年)后期，曾举进士不第，而后漫游各地。天宝年间(742—756 年)寓居长安近十年，未能施展政治抱负。后靠献赋得官。安禄山军陷长安时逃至凤翔，谒见肃宗，被任为左拾遗。长安收复后，随肃宗还京，不久出为华州司功参军。后又弃官往秦州、同谷，移家成都。其间一度在剑南节度使严武幕中任参谋，严氏表为检校工部员外郎，故世称杜工部。晚年携家出蜀，病死湘江途中。杜甫被称为“诗圣”，是中国文学史上最伟大的诗人之一。杜诗广泛而深刻地反映了唐代的社会现实，被称为“诗史”。有《杜工部集》。

开元二十四年(736 年)，杜甫首次到山东，其间写下了千古传诵的《望岳》(岱宗夫如何)诗。这是现存杜诗中创作时间最早的一首，通篇充溢着青年杜甫的豪情壮志。天宝三载(744 年)，杜甫再次到山东，写下了名作《陪李北海宴历下亭》：

东藩驻皂盖，北渚凌清河。海右此亭古，济南名士多。云山已发兴，玉珮仍当歌。修竹不受暑，交流空涌波。蕴真惬所遇，落日将如何。贵贱俱物役，从公难重过。

李北海指李邕，时任北海郡（治今山东青州）太守。作者描绘了宴饮的环境，抒发了对李邕的眷恋之情。诗的三、四两句高度概括，对仗工稳，至今广为传诵。杜甫的《登兖州城楼》、《与任城许主簿游南池》、《昔游》，也是在山东写下或反映山东生活的优秀诗歌。

（四）刘叉

刘叉（生卒年未详），河朔（黄河以北地区）人。郡望彭城（今江苏徐州），故自号彭城子。又自称“老叉”、“野夫”。家境贫寒，任气重义，被称为“节士”。早年居魏（今河南），曾因酒醉杀人，幸而遇赦。后入齐鲁（今山东），折节读书。游历足迹西至巴蜀，北到桑干。唐宪宗元和年间（806—820 年），为韩愈门客。因与其他门客不合，手持韩愈墓志铭润笔金数斤离去。复归齐鲁，不知所终。刘叉的诗篇当以百计①，但多已散佚。《全唐诗》存诗 1 卷，计 27 首；陈尚君《全唐诗续拾》又辑 1 首。

针砭时弊、同情民瘼，悲慨身世、放歌真情，以及咏史怀古、赠答酬唱，是刘叉诗歌的基本内容，代表作有《雪车》、《偶书》、《嘲荆卿》、《答孟东野》等。作为韩孟诗派的成员，刘叉的诗也多用古体，善用赋法，气势雄大，意象怪奇。如《冰柱》：

师干久不息，农为兵兮民重嗟。骤然县宇，土崩水溃，畹中无熟谷，垅上无桑麻。王春判序，百卉茁甲含葩。有客避兵奔游僻，跋履险阨至三巴。貂裘蒙茸已敝缕，鬓发蓬舥。雀惊鼠伏，宁遑安处。独卧旅社无好梦，更堪走风沙。天人一夜剪瑛球，诘旦都成六出花。南亩未盈尺，纤片乱舞空纷挐，旋落旋逐朝暾化。檐间冰柱若削出交加，或低或昂，小大莹洁，随势无等差。始疑玉龙下界来人世，齐向茅檐布爪牙。又疑汉高帝，西方未斩蛇，人不识，谁为当风杖莫邪。铿镗冰有韵，的皪玉无

---

①刘叉《答孟东野》诗自称“生涩有百篇”。

瑕。不为四时雨，徒于道路成泥柤。不为九江浪，徒为汩没天之涯。不为双井水，满瓯泛泛烹春茶。不为中山浆，清新馥鼻盈百车。不为池与沼，养鱼种芰成霪霪。不为醴泉与甘露，使名异瑞世俗夸。特禀朝澈气，洁然自许靡间其迩遐。森然气结一千里，滴沥声沉十万家。明也虽小，暗之大不可遮。勿被曲瓦，直下不能抑群邪。奈何时逼，不得时在我目中，倏然漂去无余些。自是成毁任天理，天于此物岂宜有忒赊。反令井蛙壁虫变容易，背人缩首竞呀呀。我愿天子回造化，藏之韫椟玩之生光华。

作品极力铺排，毫不含蓄，奇谲奔放，劲气直下，颇具韩诗的特点。本篇与《雪车》是刘叉的成名作。据李商隐《纪事·齐鲁二生·刘叉》记载："闻韩愈善接天下士，步行归之。既至，赋《冰柱》、《雪车》二诗，一旦居卢仝、孟郊之上。樊宗师以文自任，见叉拜之。"

此外，李邕的《登历下古城员外新亭》、高适的《东平路中大水》、刘长卿的《灵岩寺西入石路》、戴叔伦的《宿灵岩寺》等，也是唐代山东客籍诗人的优秀作品。①

①参见张传实、李伯齐选注：《济南诗文选》，齐鲁书社1982年版；山东社会科学院语言文学研究所主编：《咏鲁诗选注》，山东人民出版社1983年版。以下版本俱同。

第四章　宋金元时期的山东文学

宋金之际，山东处于动荡与战乱之中。宋末先后有郓州宋江和齐州孙列领导的农民起义，波及山东大部。山东沦陷后，济南一带民众又起兵勤王抗金，表现出极大的爱国热情。但济南知府刘豫则卖国求荣，叛宋降金，并建立了傀儡政权齐国。金人废刘豫后，又将今山东大部地区划归山东东路、山东西路；另有部分地区划归大名路、南京路和河北西路。山东东路治益都，即今青州；山东西路治须城，即今东平。另外，金置山东东西路提刑司，治历城，即今济南。因此，益都、须城、历城三地便是当时山东政治、经济和文化的中心。在金人统治下，山东地区民族矛盾不断激化，人民的反抗斗争时有发生。如兴起于益都、泰安一带的红袄军起义，以及济南府民耿京的反金起义等。著名爱国词人辛弃疾即参与耿京义军，任掌书记，后来归宋。当然，与战乱频仍的中原地区相较，山东还是较为安定的地区，济南、益都和东平等地自也比较繁荣。这一时期，文人学士部分南迁，其余大部则集中在济南一带。如济南的辛弃疾、杜仁杰，泰安的党怀英，以及《中州集》所列的部分作家。与其他时代不同的是，金代文人的政治态度、文学情趣各不相同，在山东没有形成统一的文风。除少数作家外，大多数人在全国影响较小。

金元之际，山东出现了三大地方势力，即东平严实、济南张荣、益都李璮。其中，除李璮在归附宋元之间反复无常外，严实和张荣都是接受元授官爵的地方势力。据《元史》本传载，严实为泰安长清（今属山东济南）人，金末乘乱而起，“戊寅（1218 年）权长清令”。后降宋，“为济南治中，分兵四出，于是太行以东，皆受其节制”。他以济南治中的身份，扩大自己的势力范围，占据了今河北、山东和河南的五十多个州县，后又降元，在东平建立了地方政权。严实死后，其子忠济、忠范相继嗣位，父子两代盘踞东平一带将近半个世纪。张荣为济南历城人，金末起兵，割据一方，后来投靠成吉思汗，直至其孙张宏仍袭爵济南公，前后也达数十年。兵戈扰攘的金元之际，济南、东平一带在地方豪强的统治下，倒成为比较安定的地区。尤其是严实父子统治的东平，一时成为北方的文化中心。严实喜欢招揽文人学士，"四方之士，闻风而至"。金元之际著名学者王磐，著名文学批评家王若虚，著名文学家元好问、杜仁杰以及商挺等，都曾经在东平任职、讲学或居住、游历过。严实主政东平，崇儒学，兴礼乐，重学术，倡戏曲。至元三年（1266年），朝廷征用东平乐师400余人，还迁东平乐户92家移居京城。"严氏重振东平府学，延请海内学者文人荟萃于此，其见于史传之学者如王磐、宋子贞、胡祗遹、王桢、杨奂、商挺、孟琪、李昶等，文学家如王若虚、元好问、王恽、杜仁杰等。东平府社会安定，商业繁荣，其城市生活亦如北宋之开封、南宋之杭州。戏场、青楼均盛。宋金院本与元代杂剧之交替发展，东平府实为关键，为当时戏剧活动中心"①。由此可见，当时的东平既保存了传统礼乐，也发展了民间文艺，使之成为戏剧创作与演出的中心，对元代文学的发展产生了重大影响。

元朝建立后，东平既是戏剧活动的中心，也是儒学传播的基地。东平学者非常活跃，不论在学术界，还是在文学界，都有重要影响。如商挺入元，曾会同曹州东明人、著名作家王鹗等编纂《五经要语》，而王鹗又推荐山东学者李昶、王磐等为翰林院学士。李昶为东平人，"杜门教授，一时名士若李谦、马绍、吴衍辈，皆出其门"②。李谦为郓州东阿人，曾做过东平府教授，为学者所宗，与著名学者高唐阎复齐名，其弟子李之绍（今山东平阴人）为当时著名教育家。他如学者、教育家张特立、李好文（均为东明人）以及学者、政治家张昉（今山东汶上人）等，大都曾为严实父子的幕僚。

元代山东东西道均归中书省直接统辖，另在益都设山东东西道宣慰司，在济南设山东东西道肃政廉访司，东平仍在严氏统治之下。因此，益都、济南、东平仍然是元代的文化中心。济南杜仁杰、刘敏中、张养浩、康进之、武汉臣、岳伯川，东平高文秀、李好古、张寿卿等，都在中国文学史上占有一定

①徐北文：《济南竹枝词·严实》，济南出版社1999年版，第244页。
②《元史·李昶传》。

地位。

宋金元时期，山东作家除在诗歌、散文、小说领域深入开掘外，还在戏曲领域奋力探索，对中国文学的发展作出了较大贡献。北宋文学家王禹偁“主盟一时”①，首开一代诗文风气。穆修、石介力倡韩柳古文，也为欧阳修领导的诗文革新导夫先路。李之仪与晁补之诗、词、文兼善，深得苏轼欣赏，俱为文坛名家。晁氏家族中的晁端友、晁公为、晁冲之、晁公休、晁公武、晁公遡、晁端礼、晁说之以及张詠、李师中、商倚、李元膺、李昭玘、吕颐浩、李质与上官融、王曾、王辟之、王巩等，亦为北宋诗、文、词与小说的发展作出了积极贡献。南宋文学家李清照被视为古代创造力最强、艺术成就最高的女性作家，辛弃疾更被推为两宋词人创作数量、质量之首，他们在中国文学史上都占有极其重要的地位。綦崇礼、李邴、张表臣、卫博、吕同老、侯寘、王千秋、赵闻礼与王质等，则为南宋诗、文、词与小说的发展作出了积极贡献。上述作家，均在宋代文学史上占有一定地位。

唐宋元时期，山东宗教文学发展迅猛。佛教作家以义净为代表，还有善导、智闲、义玄、福全、义青等。全真教作家以丘处机为领袖，以孙不二、马钰、谭处端、郝大通、王处一、刘处玄、于道显、尹志平、长筌子等为羽翼。他们为中国古代文学尤其是古代宗教文学的发展，作出了可贵的贡献。

一、北宋的山东诗、词、文

北宋统一后，定都于开封，政治中心逐渐东移中原地区。与此相关，全国文化格局亦产生较大变化，这在山东表现得尤为突出。

宋太宗至道三年(997 年)，将全国行政区分为十五路，今山东一带属京东路。宋神宗熙宁七年(1074 年)，又把京东路分为京东东路和京东西路；东路大致为今青州以东地区，西路大致为今济南以西地区。此后时分时合。从政区的名称即可看出，山东大部为宋京都的东翼，而西部则为近畿地区。当时曹州(今曹县一带)、东明属开封府，就在京畿之内。而山东中部和东部的济南、青州，就成为山东东部的政治文化中心。宋金时代山东作家比较集中地分布在今鲁西的菏泽、聊城、德州与济南、泰安一带，应与当时山东所

①《蔡宽夫诗话》，载郭绍虞辑:《宋诗话辑佚》，中华书局 1980 年版，第 398 页。

处的地理位置有关。宋代菏泽作家最多，金代济南、德州、聊城作家则较集中。如元好问《中州集》所选山东诗人21位，其中济南6人，德州6人，聊城5人，东平4人。

北宋统治者鉴于唐末藩镇割据造成五代十国纷争不断的历史教训，采取了一系列措施，以加强中央集权。为了防止军事叛乱，有宋一代始终执行“重文轻武”亦即“兴文教，抑武事”的政策，除京师国子监外，在州府县大量兴办学校。影响所及，就是私人讲学风气盛行，各地私人举办的书院成为当地士人文化活动的中心。例如宋代济南建有至道书院（在今大明湖边）、历山书院（在今趵突泉边），郓城除县学外也建有岳麓书院等。当时影响最大的是泰山书院，著名教育家孙复、石介等都曾在此主讲，祖无择、马默、姜潜、杜默、龚鼎臣、徐遁等都曾在此学习，形成了著名的泰山学派。孙复、石介都是宋代的著名学者，并都曾师从著名政治家、文学家范仲淹。泰山学派政治上支持朝廷革新，维护国家统一；思想上主张继承和发扬儒家道统，提出以仁义礼乐为学；文学上反对西昆体等浮艳文风，主张“文以载道”、经世致用等：这实际上是范仲淹改革思想的具体表现。宋初著名文学家王禹偁和济南学者、诗人田浩及徐铉交游，与山东儒学传统有很深的渊源。著名学者、文学家石介本泰山学派中人，著名文学家穆修也是“齐鲁经行之士”，当时的文坛名宿欧阳修、尹洙等都与石介、穆修密切交往。泰山学派是宋代传播儒学的骨干，其学说开宋代理学先河。《宋史·儒林传》列25人，今山东籍的有9人，占36%。国家的统一，山东儒学的复兴，特别是泰山学派的形成，对山东乃至全国的文风都有重要影响。

（一）首开宋调的王禹偁

1. 王禹偁的生平、思想与著述

王禹偁（954—1001年），字元之，济州巨野（今属山东）人。“其家以磨面为生”①。他“九岁能文”②，“总角之岁，就学于乡先生”③。宋太宗太平

---

①邵博：《邵氏闻见后录》卷十七，中华书局1983年版，第133页。

②《宋史·王禹偁传》。

③王禹偁：《孟水部诗集序》，载曾枣庄、刘琳主编：《全宋文》第8册，上海辞书出版社、安徽教育出版社2006年版，第29页。以下宋文，除另标注者外，版本俱同。

兴国五年(980 年),王禹偁徒步赴京应举。初试列为甲科,但因殿试不中上旨,遭到黜落。八年(983 年)再试,登进士第,授成武主簿。次年授大理评事,移知长洲县。端拱元年(988 年),太宗闻其盛名,召试中书,擢右拾遗直史馆。王禹偁趁机献《端拱箴》,寄寓规讽。次年初,又上《御戎十策》,主张加强兵力,抵御辽兵侵扰。三月,升为左司谏知制诰。适值京郊天旱,粮食歉收,王禹偁疏请削减百官俸禄。淳化二年(991 年),庐州尼姑道安诬陷左散骑常侍徐铉与妻甥姜氏(道安之嫂)奸,王禹偁抗疏为其雪诬,触怒皇帝;部分朝臣又乘机谗陷,结果被贬商州团练副使。四年四月,王禹偁量移解州。不久,又召还京师,拜右正言直史馆。为了便于赡养,他请求调知单州。但就职仅 15 天,就回京任礼部员外郎知制诰。至道元年(995 年),王禹偁拜翰林学士。四月,太宗赵炅的嫂子孝章皇后病逝,群臣却不成服。王禹偁以为有乖旧礼,上疏论谏,结果被控讪谤朝廷,复以工部郎中出知滁州。至道二年十二月,王禹偁移任扬州。三年三月,太宗病逝,真宗即位。五月,诏求直言,王禹偁上陈五条政见,回京复知制诰,预修《太祖实录》,直书其事。但时相张齐贤、李沆不协,王禹偁受到疑忌,又于咸平元年(998 年)除夕贬知黄州。次年闰三月,他到达黄州。咸平四年,王禹偁奉命移任蕲州,但到郡尚未逾月即病逝。世称王黄州。

王禹偁的思想比较复杂。大致说来,以儒家为主而又兼容佛道。他一生历尽升沉,自悲怀才不遇,甚至喊出"久为俗吏殊无味"①的口号,走上仕途后却又始终不肯离去。他的"达则为鲲鹏,穷则为鷦鷯"②的诗句,正是儒家"穷则独善其身,达则兼善天下"思想的形象阐释。他曾激烈抨击佛教东传后"周家子孙何不肖,奢淫惛乱隳王道"③,却又常与僧人往来,声称"莫怪相看总无语,坐禅为政一般心"④。而"莫问穷通求季主,自齐生死学庄周"⑤等诗句,则又见出道家思想的影响。

王禹偁一生著述颇多,历史著作有《建隆遗事》、《五代史阙文》等,文学作品有《小畜集》。《小畜集》自序云:"因阅平生所为文,散失焚弃之外,类

①《贺柴舍人新入西掖》。
②《酬杨遂》。
③《酬处才上人》。
④《赠草庵禅师》。
⑤《正月尽偶题》。

而第之,得三十卷。将名其集,以《周易》筮之。”遇“小畜”卦,因以为名。后来,曾孙王汾又收集遗篇,编为《小畜外集》13 卷(今残)。

2. 王禹偁的学诗门径

王禹偁不满当世文风,曾叹惜道:“可怜诗道日已替,风骚委地何人收”①。他重视文学的功能,也深知“不平则鸣”的道理,曾说:“圣人忧患方演易,贤者穷愁始著书。”②他强调诗歌创作的质量,反对无病呻吟、粗制滥造,一针见血地指出:“劳将诗什比兵权,兵数虽多气不全。”③在诗歌创作上,王禹偁初学白居易,进而学习杜甫、李白、王维等,同时注意学习民歌。

北宋初期,诗坛风行白居易体,王禹偁也不例外。他的《酬安秘丞见赠长歌》“还同白傅苏杭日,歌诗落笔人争传”以白居易任杭州、苏州刺史时创作诗歌的情景自比,《送刘职方》“西掖替左司,刘白形诗章”以刘禹锡、白居易比自己与友人,而《仲咸以予编成商于唱和集,以二十韵诗相赠,依韵和之》诗“诗战虽非敌,吟多偶自编”又与白居易《刘白唱和集解》“为文友诗敌”、元稹《上令狐相公诗启》“名为次韵相酬,盖欲以难相挑耳”何其相似!

据《蔡宽夫诗话·王元之春日杂兴诗》记载,“元之本学白乐天诗,在商州尝赋《春日杂兴》云:‘两株桃杏映篱斜,装点商州副使家。何事春风容不得?和莺吹折数枝花。’其子嘉祐云:‘老杜尝有“恰似春风相欺得,夜来吹折数枝花”之句,语颇相近。’因请易之。王元之忻然曰:‘吾诗精诣,遂能暗合子美邪?’更为诗曰:‘本与乐天为后进,敢期杜甫是前身!’卒不复易。”所谓“暗合”,正是作者涵泳于杜诗而潜移默化的结果。王禹偁的《日长简仲咸》赞美“子美集开诗世界”,充分肯定了杜甫在诗歌发展史上的巨大创造,这在杜诗不为世人所重的宋初,是尤为可贵的。他还有意模仿杜诗,如杜甫有《八哀》,他就仿而写下《五哀诗》等。此外,王禹偁还学习李白、王维等。《酬安秘丞歌诗集》就明确宣称:“李白王维并杜甫,诗颠酒狂振寰宇。”

王禹偁对民歌的学习态度,也为论者称道。其《畲田词》序明确说明民歌鼓励劳动的精神感动了他,于是仿作以促进此风,并期有助政治:“欲采诗官闻之,传于执政者。”而《唱山歌》对民间歌舞情景的评述也颇为精当:

---

①《还扬州许书记家集》。
②《还杨遂蜀中集》。
③《仲咸见予一百六十韵,赋诗相赠,因以四韵答之》。

“滁民带楚俗，下俚同巴音。岁稔又时安，春来恣歌吟。接臂转若环，聚首丛如林。男女互相调，其词非奔淫。修教不易俗，吾亦弗之禁。夜阑尚未阕，其乐何愔愔。用此散楚兵，子房谋计深。乃知国家事，成败因人心。”

3. 王禹偁的诗歌

王禹偁诗现存625首①，主要包括以下内容：

第一，抒发诗人忧国忧民的真挚感情。诗人既有《应制皇帝亲试贡士歌》一类歌颂皇帝“大张珠网罗群英”的诗作，又有为贤相赵普去世而伤悼的挽诗；既在《射弩》中“痛念边事艰”，表达自己为边疆的安危而焦虑，又在《战城南》中为当政者黩武而揪心。他关心农事，既为淫雨的肆虐而不安，如《秋霖二首》之一，又为好雨的适时而高兴，如《和杨遂贺雨》；既为人民的困苦而惆怅，又为自己的无奈而惭愧，如《对雪》。这些诗作，与杜甫“生常免租税，名不隶征伐。抚迹犹酸辛，平人固骚屑”②和白居易“褐裘覆絁被，坐卧有余温；幸免饥冻苦，又无垅亩勤：念彼深可愧，自问是何人”③之类诗歌一脉相承，同情民间疾苦，视民如伤，实属难能可贵。

第二，抒发诗人怀才不遇的郁闷情怀。王禹偁素有大志，并在诗中表达兼善天下的抱负：“吾生非不辰，吾志复不卑。致君望尧舜，学业根孔姬。自为志得行，功业如皋夔”④。为了实现这一抱负，他主动向当政干谒：“荐雄如有便，还解杀身酬。”⑤正如李白一样，王禹偁的理想也是功成身退。然而，岁月虚掷，却百无一就，“围棋知日影，理发见霜华”⑥，甚至生活困顿到“妻病无医药”⑦的地步。见年轻人升迁，他以汉代老于宫中的冯唐自比，如《送礼部苏侍郎赴南阳》；对贬谪的友人，他则同病相怜，如《寄田舍人》。但因对现状不满，他又在仕隐之间徘徊；在官而称“吏隐”，闲暇而叹知音难寻，以致盼望及早归田，全家团聚了。

第三，抒发诗人寻幽探胜、躬耕田园的独特感受。王禹偁本就喜欢游历，钟情山水。多次遭贬，又为他寻幽探胜、赋咏诗篇创造了条件，正如诗人

①傅璇琮等主编：《全宋诗》，北京大学出版社1998年版。以下宋诗，除另标注者外，版本俱同。
②《自京赴奉先县咏怀五百字》。
③《村居苦寒》。
④《吾志》。
⑤《赠采访使阁门穆舍人》。
⑥《秋居幽兴》之一。
⑦《身世》。

所说："平生诗句多山水，谪宦谁知是胜游。"①写于长洲任上的《游虎丘寺》、《再泛吴江》、《洞庭山》，写于商州任上的《游四皓庙》、《仙娥峰》，写于滁州任上的《八绝诗》、《琅邪山》等，都是优秀的山水景物诗。又如《春郊寓目》，全篇一句一个画面，连接既紧，转换也快，令人目不暇接。加之声音、气味的渲染，更加吸引读者恍入其境，流连忘返。王禹偁的田园生活诗以《种菜了雨下》为代表，作品写于商州任上，语言通俗朴素，诗风平易晓畅。成武任上所作的《寄宁陵陈长官》，商州任上所作的《携稚子东园刈菜，因书触目，兼寄均州宋四阁长》、《偶置小园因题》，自扬州归阙途中所作的《次韵和丁学士途中偶作》，也都是优秀的田园生活诗。

此外，王禹偁还有一些咏史怀古、咏物述志、悼亡伤逝以及表现闲适隐逸情趣的诗歌。他的《荥阳怀古》追忆"纪信生降为沛公"的往事，对"却道萧何第一功"的史书提出质疑；《读汉文纪》前半称赞汉文帝"霸业固以盛"，后半则批评他"帝道或未全"；《四皓庙二首》羡慕"拂衣归重峦"的四皓，讽刺"拔剑各争功"的群小。它们大都识见精辟，言简意赅。王禹偁的咏物述志诗，取材既广，旨趣也新。如《橄榄》把"良久有回味"的橄榄喻作"直道逆君耳"的忠臣之词，此后人们竟称橄榄为"谏果"②。悼亡伤逝是中国诗歌的传统题材，也是王禹偁诗歌的题材之一。像悼念宋太宗的《太宗皇帝挽歌》，悼念翟使君的《翟使君挽歌》，都情真词切。白居易有不少闲适诗，王禹偁也不例外。它们表现了作者闲适隐逸的情趣，如《酬种放征君》对不就朝廷征聘、隐居于终南山的种放表示羡慕，作者把它编于卷首，自注曰："此篇命为首，重高士也。"

王禹偁的诗歌，也取得了较高的艺术成就，它们主要体现在以下四个方面。

第一，继承并发展了《诗经》、汉乐府尤其是杜甫、白居易以来诗歌反映现实的创作传统。作者感于哀乐，缘事而发，既忠于生活，又善于对现实生活作典型的艺术概括。如《感流亡》通过长安老翁、病妪等人物形象的描绘及其流亡背景的介绍，集中展现了饥寒交迫之下民不聊生、四处逃亡的悲惨画卷。所以王延梯先生称赞道："此篇为'即事名篇'之作，极似杜甫的《三

①《听泉》。
②李时珍：《本草纲目》卷三十一引王祯语，人民卫生出版社1982年版，第1821页。

史》、《三别》，白居易的《新乐府》、《秦中吟》。”①

第二，善于以文字为诗，以才学为诗，以议论为诗。“以文字为诗，以才学为诗，以议论为诗”是宋人严羽在《沧浪诗话》中对宋诗特征的概括，广为学人征引。宋代首开此种风气的，就是王禹偁。如《送晁监丞赴婺州关市之役》采取散文笔法，大量用典，议论风生，纵横捭阖，一气贯注。可谓上乘“韩孟诗派”之风，下开“江西诗派”先河。

第三，众体兼备，各体俱工。在王禹偁现存625首诗歌中，七言律诗282首，七言绝句106首，五言律诗87首，五言古诗75首，五言排律41首，七言古诗25首，五言绝句7首，七言排律2首，包括了各种主要诗体，且各体均有佳作。五言排律《谪居感事》长达160韵、1600字，是现存王禹偁诗歌中篇幅最长的作品，也是现存宋诗中篇幅最长的作品之一。宋严羽《沧浪诗话·诗体》云：“少陵有百韵律诗，白乐天亦有之，而本朝王黄州有百五十韵五言律。”这是王禹偁学习杜甫、白居易的一个缩影。

第四，风格多样，尤以平易、晓畅见长。对于王禹偁的诗，前人有不少评论。宋人许顗称其“语迫切而意雍容”②，雪帆称其“清深警秀”，《载酒诗话》称其“秀韵天成，虽学乐天，得其清不得其俗”。如《村行》通篇雍容平易，清新晓畅，最能代表王禹偁的诗风。作品描绘了北国山村的秋日晚景，抒发了诗人谪居异乡的寂寞心情。诗人不思京城而念故乡，正暗示了政治上的失意。“数峰无语立斜阳”是广为传诵的名句。

王禹偁是首开宋调的诗人。诗人既颇为自信：“他年文苑传，应不漏吾名”③；后人亦颇为推崇：石介称“黄州号辞伯”④，“黄州才专胜”⑤；黄庭坚则称“元之如砥柱”⑥。《蔡宽夫诗话》云：“国初沿袭五代之余，士大夫皆宗白乐天诗，故王黄州主盟一时。”⑦宋太宗也对其文学成就给予很高评价，曾“语宰相曰：‘王某文章，独步当代，异日垂名不朽’”⑧。

①《王禹偁诗文选》，人民文学出版社1996年版，第34页。
②《彦周诗话》，载何文焕辑：《历代诗话》，中华书局1981年版，上册，第388页。
③《览照》。
④《赠李常李堂》。
⑤《赠张绩禹功》。
⑥《次韵杨明叔见饯》。
⑦载《宋诗话辑佚》，第398页。
⑧《渑水燕谈录》，载《渑水燕谈录·归田录》，中华书局1981年版，第89页。

王禹偁也能写词，可惜只存《点绛唇》1首。词云："雨恨云愁，江南依旧称佳丽。水村渔市，一缕孤烟细。　天际征鸿，遥认行如缀。平生事，此时凝睇，谁会凭栏意！"它描绘了江南的清丽景色，抒发了作者奋发进取的壮志和苦无知己的愁绪。全篇缘情写景，含蓄深沉。辛弃疾《水龙吟》"落日楼头，断鸿声里，江南游子，把吴钩看了，栏杆拍遍，无人会、登临意"正与此词下片意脉相通。正如张宗橚《词林纪事》卷三引《词苑》所说："清丽可爱，岂止以诗擅名！"

4. 王禹偁的散文

王禹偁的散文现存340篇①，包括古赋、律赋、杂文、论、碑记、书、序、表、笺启、碑志、志碣等各种体裁，而以碑记及杂文、书、古赋四类名作最多，影响最大。

王禹偁碑记的代表作是《待漏院记》、《黄州新建小竹楼记》。待漏院是宰相早晨在殿廷外等待朝见皇帝时休息的地方，《待漏院记》依次描写了贤相、奸相、庸相不同的待漏心态："兆民未安，思所泰之；四夷未附，思所来之；兵革未息，何以弭之；田畴多芜，何以辟之；贤人在野，我将进之；佞臣立朝，我将斥之；六气不和，灾眚荐至，愿避位以禳之；五刑未措，欺诈日生，请修德以釐之。""私仇未复，思所逐之；旧恩未报，思所荣之；子女玉帛，何以致之；车马器玩，何以取之；奸人附势，我将陟之；直士抗言，我将黜之；三时告灾，上有忧色，构巧词以悦之；郡吏弄法，君闻怨言，进谄容以媚之。""无毁无誉，旅进旅退，窃位而苟禄，备员而全身。"作者运用对比手法，讽喻宰相要治国安民，而不应祸国殃民，或窃位苟禄。通篇骈散相间，逻辑严密，"虽属'厅壁记'一类，却似一篇'宰相箴'"②。《黄州新建小竹楼记》是作者为自建竹楼所写的记文，但"意象清迥，文情摇曳，堪称是一篇雅素隽洁的抒情散文"③。尤其是描绘竹楼风光、抒发谪居乐趣的那段文字：

> 远吞山光，平挹江濑，幽阒辽夐，不可具状。夏宜急雨，有瀑布声；冬宜密雪，有碎玉声；宜鼓琴，琴调虚畅；宜咏诗，诗韵清绝；宜围棋，子

---

①依《全宋文》。
②刘振东主编：《中国分体文学史》（散文卷），青岛海洋大学出版社1995年版，第273页。
③孙望、常国武主编：《宋代文学史》上册，人民文学出版社1996年版，第48页。

> 声丁丁然；宜投壶，矢声铮铮然：皆竹楼之所助也。公退之暇，披鹤氅衣，戴华阳巾，手执《周易》一卷，焚香默坐；消遣世虑，江山之外，第见风帆、沙鸟、烟云、竹树而已。待其酒力醒，茶烟歇，送夕阳，迎素月，亦谪居之胜概也。

由远及近，自视觉至听觉，从自然景观到人文情怀，水乳交融，富有韵味。难怪王安石、黄庭坚都认为本篇胜过欧阳修的千古名文《醉翁亭记》①。

王禹偁杂文的代表作是《唐河店妪传》，描写唐河老妪智推辽兵坠井的故事，说明广大边民“习战斗而不畏懦”的道理，规劝“有位者”制定合理政策，抵御外寇入侵。书信的代表作是《答张扶书》，论述“夫文，传道而明心也”的观点，阐释“远师六经，近师吏部，使句之易道，义之易晓”的方法。古赋的代表作是《三黜赋》，抒发“八年三黜”的郁闷，表达“屈于身兮不屈其道，任百谪而何亏？吾当守正直兮佩仁义，期终身以行之”的志向。

（二）“天资高迈”的穆修

1. 穆修的生平与文学主张

穆修（979—1032年），字伯长，郓州（今山东东平）人，后居蔡州（今河南汝南）。自幼嗜学，不专注于章句，必求道之本原。富有才名，其诗曾传禁中，为宋真宗赏识。真宗询问公卿何不推荐，丁谓谮以行不逮文，致遭冷落。大中祥符二年（1009年）赐进士出身，越三年调补海陵司理参军。“居职以不能俯仰自全，不幸为奸人所伺，诬搆以事，以被罪南谪，为池州参军”②。后遇赦，携母进京。“虽寄托京城，一身常奔走道路。老幼十口，食于一身，遑遑终岁且不能周其饘粥。”③母亲去世后，自负棺材以葬。后为颍州文学参军，又徙蔡州，不久病逝。

穆修曾从陈抟学习《易》学，兼长于《春秋》之学，为宋代理学先导。又

---

①王若虚著、胡传志等校注：《滹南遗老集校注》卷三十六，辽海出版社2005年版，第409页。
②穆修：《秋浦会遇并序》。
③穆修：《上颍州刘侍郎书》。

力倡古文。“自五代文敝，国初柳开始为古文，其后杨亿、刘筠尚声偶之辞，天下学者靡然从之。修于是时独以古文称，苏舜钦兄弟多从之游。修虽穷死，然一时士大夫称能文者，必曰穆参军。”①“其文章则莫考所师承，而欧阳修《论尹洙墓志书》，谓其学古文在洙前。朱子《名臣言行录》亦称洙学古文于修。而邵伯温《辨惑》称修家有唐本韩、柳集，募工镂版，今柳宗元集尚有修后序。盖天资高迈，沿溯于韩、柳而自得之。宋之古文，实柳开与修为倡。然开之学，及身而止。修则一传为尹洙，再传为欧阳修，而宋之文章于斯极盛，则其功亦不尠矣。”②有《穆参军集》3 卷。

2. 穆修的诗歌

穆修的诗歌今存 57 首，以纪游写景为多。它们有的即地抒怀，缘景生情。如《贵侯园》记录春游名园，讽刺“富贵位高无暇出，主人空看折来花”；《江南春》描绘江南景色，自伤“未知多感多愁客，何处偷寻瓮底眠”；《登女郎台》叙写登台见闻，慨叹“倘使此台呼丑女，汝阴城里一荒丘”。有的纯以写景取胜，如《鲁从事清晖阁》：

庾郎真好事，溪阁斩新开。水石精神出，江山气色来。疏烟分鹭立，远霭见帆回。公退资清兴，闲吟倚槛裁。

全篇虚实相间，形象鲜明，不在唐人山水诗之下。送别赠答是穆修诗歌的又一重要内容，代表作是《送灵师归吴》，我们从中不仅可以领略诗人对灵师的挚情，而且能够察知作者兼慕儒释的思想。《送定师南游》称赞佛徒定师“儒艺知探讨”，亦与此诗相似。此外，《送毛得一秀才归淮上》、《送葛源之太和主簿》、《送适公上人》也是较好的送别赠答诗。穆修的伤时叹逝诗也有一定影响，其《书事觉庵》控诉“一家寄命嗟无地，何负明神与上穹”；《巨盗》痛斥“嗣皇登位始凝旒，巨盗寻并相印收”，表示“愿斩都衡谢天下，不然何用正王猷”；《丙寅春雨》伤惋霖雨成灾，“州县责常赋，嗷嗷诉之谁”，感叹“且欲上其说，惧非己所宜……谁识此怀抱，独自空嗟嘻”。它们都深刻地揭露了社会的时弊，真实地反映了诗人的感受。穆修还有一些节令诗与咏

①《宋史·穆修传》。
②《四库全书总目》下册，第 1308 页。

物诗，节令诗以写寒食的为多，有《江南寒食》、《寒食》、《村郭寒食雨中作》3首；此外，还有《除夜》、《清明连上巳》等诗作。咏物诗有《合欢芍药》、《雨中牡丹》、《烛》、《灯》4首。

穆修尝试过多种诗体，现存五言律诗22首，七言绝句15首，七言律诗13首，五言排律3首，五言古诗、七言古诗各2首。其七绝如《过西京》、《故侯园》，两诗感叹帝王、公侯只求眼前自我享乐，不思推恩及人，结果荣华富贵转眼化为秋风瓦砾，如今无人还能忆及！它们即景抒怀，隐寓讥讽，因物兴感，深蕴理致，耐人咀嚼回味。其长诗《秋浦会遇》，感慨遭遇，倾诉幽怀，长达1200字，为宋代篇幅最长的五言诗之一。全诗痛快淋漓，往复循环，如其自云："匪以言诗也，摅愤悒之辞也。"

3. 穆修的散文

穆修的散文今存20篇，数量不多，但涉及书、序、记、墓志铭、祭文各体，亦不乏佳作。如《答乔适书》揭露"独敢以古文语者则与语怪者同也，众又排诟之，罪毁之，不目以为迂，则指以为惑"的世风，阐述"学于古者所以为道，学夫今者所以为名"的道理，表达"与其为名达之小人，孰若为道穷之君子"的志向，鲜明而严密。《养正堂记》叙述"少年以文辞上第，其视富贵为朝夕事"的韩尧言，历经十年"乃犹盘回效州县职"的人生遭际；慨叹其昔日"放逸豪伟，真无顾避"，而今"乃能刓锋棱，藏戢崖岸，约束若纤谨男子为者，终日挈挈，守其曹事，不少为俯眉动容，起倦怠意"的性格巨变，形象而深刻。

穆修推崇韩愈，文风也受其影响。从《送李秀才归泉南序》的灵活笔调不难看出韩愈《送李愿归盘谷序》等文的启发，而《祭第二子文》的喷薄悲情则又显见韩愈《祭十二郎文》的沾溉：

> 呜呼！汝生而慧嶷，体质粹奇，举家爱怜，保养甚厚。始三岁，则微有知见，见诗书能举能视，吾与汝母其喜可胜，谓汝他日必大吾门。如何不永？四岁而夭。呜呼哀哉！汝殁之辰，我客京师，家避吾惊，不以时告。我之既还，闻于中途，延道哀呼，知无及矣！但与家仆，相持殒绝。呜呼！生人之理，有幸不幸。惟彼顽蹇，辄践遐年，念汝丰完，反成殇子。嗟乎天道！既使之育，育而不长，孰如勿生，免此大痛！呜呼！

汝舍我去，无期复还，我思汝悲，何时而已！

次子自幼聪颖，承载着全家的希望；如今不幸夭折，不啻是晴天的霹雳。真可谓声声血，字字泪，动人心魄，撕肝裂肺！

（三）“学笃而志大”的石介

1. 石介的生平与思想

石介(1005—1045 年)，字守道，兖州奉符(今山东泰安)人。世为农家，父丙始以仕进，官至太常博士。他自幼生活俭朴，勤奋好学。宋仁宗天圣八年(1030 年)，举进士甲科。后任郓州观察推官、南京留守推官。秩满，迁某军节度掌书记。又代父入蜀，为嘉州军事判官。后丁忧回乡，服满召为国子监直讲。石介关心时政，仗义执言。庆历三年(1043 年)，吕夷简罢相，夏竦罢枢密使；杜衍、章得象、晏殊、贾昌朝、范仲淹、富弼、韩琦同执政，欧阳修、余靖、王素、蔡襄为谏官，皆为一时名流。他作《庆历圣德诗》称颂朝廷得人，斥责奸佞夏竦。“孙明复曰：‘子祸始于此矣！’”①其后通判濮州，未及赴任而卒。世称徂徕先生。有《徂徕集》20 卷。

石介素有大志，力图致君尧舜。《闻子规》云：“我本鲁国一男子，少小气志凌浮云。精诚许国贯白日，有心致主为华勋。”欧阳修《徂徕石先生墓志铭》曰：“先生貌厚而气完，学笃而志大，虽在畎亩，不忘天下之忧。以谓时无不可为，为之无不至。不在其位，则行其言。吾言用，功利施于天下，不必出乎已；吾言不用，虽获祸咎，至死而不悔。其遇事发愤，作为文章，极陈古今治乱成败，以指切当世，贤愚善恶，是是非非，无所讳忌。”石介与胡瑗、孙复齐名，都是宋代理学的先驱，被称为“宋初三先生”。他们共倡“以仁义礼乐为学”，强调“民为天下国家之根本”，主张“息民之困”。站在儒家的立场上反对佛教与道教，标榜王权，为宋初加强中央集权提供论据。

在文学上，石介主张创作必须为儒家的道统服务。曾作《怪说》等文，抨击当时的浮华文风。他还在不少诗歌中表达了自己的文学观点，如《安道登茂材异等科》嬉笑怒骂，酣畅淋漓，宛如诗体的《怪说》。又如《赠张续

---

①欧阳修：《徂徕石先生墓志铭》。

禹功》推许张续“有慕韩愈节，有肩柳开志”的抱负，《读韩文》盛称韩文“洋洋治世音，磊磊王化基。悖之则幽厉，顺之则轩羲”的功用，《三豪诗送杜默师雄》称赞石延年、欧阳修、杜默为“三豪”，《送进士高枢拱辰》鼓励高枢“李汉不足慕，晦之当并驰”等。

2. 石介的诗歌

石介的诗歌今存146首，其中有许多忧国忧民的篇什。忧国，主要体现在关注边境安全。如《观棋》表达“尽使四夷臣，归来告太平”的心愿，《送范曙赴天雄李太尉辟命》展望“蠢兹元昊命蝼蚁，西师堂堂难当哉”的前景。忧民，主要体现在同情民生疾苦。代表作如《麦熟有感》：

> 去年经春频肆赦，拜赦人忙走如马。五月不雨麦苗死，赦频不能活穷寡。今年经春无赦书，十日一雨及时下。五月麦熟人民饱，一麦胜如四度赦。吾愿吾君与吾相，调和阴阳活元化。阴阳无病元气和，风雨调顺苗多稼。使麦长熟人不饥，敢告吾君不须赦。

本篇表达了诗人盼望君臣实行开明政治、人民能够安居乐业的美好心愿。诗人揭露隋炀帝开凿汴渠，导致“一人奉口腹，百姓竭膏油。民力输公家，斗粟不敢收”①；讽刺苛政猛于虎，忠告“吾君仁覆如天地，只知虎狼有牙齿。害人不独在虎狼，臣请勿捕捕贪吏”②；坦然面对贬谪，自愧“我乏尺寸效，月食二万钱。自请西南来，此行非窜迁”③。它们也与《麦熟有感》主旨相近。

石介还有一些纪游写景的诗篇，如《泰山》、《赴任嘉州嘉陵江泛舟》、《游灵泉山寺》、《峡中》、《初过潼关值雨》、《初过大散关马上作》等，泰山的雄姿、嘉陵江的美景、灵泉山寺的秀色，以及三峡、潼关、大散关的古韵，都在诗中得到了生动而真切的反映。而《访田公不遇》写农村幽居生活，风格也颇为清新。他如“四时泉石应无夏，满谷云霞别是乡”④、“一片青衫非富贵，千竿绿竹好生涯”⑤、“黄河为血脉，太行为筋膂”⑥等写景佳句，也为人

①《汴渠》。
②《读诏书》。
③《蜀道自勉》。
④《留题敏夫隐居》。
⑤《访竹溪呈孟节兼有怀熙道》。
⑥《过魏东郊》。

们称道。

石介咏史怀古的作品,如《感事》忆三代以来历史,《摄相》咏周公旦之伟业,《汉成帝》叹汉成帝的教训,《颜鲁公太师》二首则满怀深情地歌颂了民族英雄颜真卿、颜杲卿的高尚气节,都充满爱国激情,富有独到见解,具有强烈的现实意义。石介的咏物诗《蝦蟆》、闲适诗《岁晏村居》、思亲诗《蜀道中念亲有作》等亦可一读。

石介诗风奇奥,兼善多种诗体。在其现存的146首诗歌中,五言古诗36首,七言律诗30首,七言绝句27首,七言古诗18首,五言律诗16首,四言诗11首,五言排律7首,七言排律1首。四言诗早已走向衰落,石介却重操旧体。用以颂圣的《宋颂九首》、《庆历圣德颂》,用以歌颂民族英雄的《南霁云》等,是宋代山东最早的四言诗之一。《南霁云》叙述了睢阳保卫战的经过,刻画了南霁云的形象,体现了诗人爱国爱民的赤胆忠心。通篇以文为诗,古朴自然。《庆历圣德颂》长达960字,纵横捭阖,酣畅淋漓,又是宋代最长的四言诗之一。

3. 石介的散文

《徂徕集》存石介散文16卷,主要是书、杂文、论、序、记等,各体都有佳作,而以杂文与书信最为突出。其杂文《读〈原道〉》、《尊韩》、《辨惑》与书信《与士建中秀才书》、《答欧阳永叔书》等,宣传孔孟之道,抨击佛老之弊,长于议论,气势充畅。如《辨惑》:

> 吾谓天地间必然无者有三:无神仙,无黄金术,无佛。然此三者,举世人皆惑之,以为必有,故甘心乐死而求之。然吾以为必无者,吾有以知之。大凡穷天下而奉之者,一人也。莫崇于一人,莫贵于一人,无求不得其欲,无取不得其志;天地间苟所有者,惟不索焉,索之,莫不获也。
>
> 秦始皇之求为仙,汉武帝之求为黄金,萧武帝之求为佛,勤已至矣;而秦始皇帝远游死,萧武帝饿死,汉武帝铸黄金不成。推是而言,吾知必无神仙也,必无佛也,必无黄金术也。

开门见山,以史为鉴,篇幅虽然不长,却极有说服力。论文《周公论》阐述周公功业,序文《唐鉴序》总结历史经验,也都条分缕析,启人心智。而记文《郓城县新堤记》介绍郓城县令刘准修筑新堤的事迹,亦叙次井然,富有情致。

（四）诗、词、文俱有建树的李之仪

1. 李之仪的生平

李之仪（1048—？年），字端叔，自号姑溪老农、姑溪居士，沧州无棣（今属山东）人，后徙楚州山阳（今江苏淮安）。宋神宗元丰年间（1078—1085年）进士。曾从西北鄜延军幕。哲宗元祐（1086—1094年）末年，在苏轼定州幕府。后为枢密院编修官，通判原州。元符年间（1098—1100年）监内香药库，被劾曾为苏轼幕僚，诏勒停职。李之仪《读东坡诗》中的"东坡流落坐多言，我欲无言亦未全"，正是这一事件的真实记录。徽宗崇宁（1102—1106年）初年提举河东常平，因得罪权臣蔡京，坐为范纯仁代草《遗表》与《行状》，除名编管太平州。政和三年（1113年）除名勒停。七年终朝请大夫。李之仪诗、词、文俱有建树，曾与黄庭坚、秦观、贺铸等赠答，有《姑溪居士前后集》、《姑溪词》。

2. 李之仪的诗

李之仪诗现存750首，是同期山东诗人作品较多的一家。他的诗歌，题材相当广泛，主要包括忧国悯农诗、纪游写景诗、咏史怀古诗、伤时嗟老诗、咏物述志诗。李之仪生当北宋后期，民族矛盾日趋尖锐。他的忧国悯农诗热情歌颂了齐心筑城以抵御"胡骑"入寇的"汉家"人民①，明确表达了"夺故穴"、"还旧疆"的坚定信念②，还揭示了"乘时得尺雨，吾农实难勤"的原因在于他们"生边地"③，赞美了"闻不茹荤几两月，使君忧乐与民同"的贤吏④。

李之仪游历甚广，写了不少纪游写景诗，代表作是《夜行巩洛道上》、《春日》，前者系五律，写秋夜之景；后者系七律，写春日之景。但都形象具体，生动可感。此外，写山景的"树深猿啸月，山迴鸟归林"⑤，写泉景的"初

---

①《筑城词效张籍体》。
②《次韵家室送别》。
③《读渊明诗效其体十首》之五。
④《晚雨寄泾州刘晦叔》。
⑤《宿滴水岩怀赵德麟和壁间韵》。

惊一穗起，逡巡周四隅。酌之甘胜酝，瀹茗尤敷腴”①等，也都清新耐读。

咏史怀古是中国诗歌的传统题材，也是李之仪诗歌的重要内容。他的《读〈华严经〉三绝》之三吟咏穰侯“见事迟”，《题渭滨亭》追怀姜太公“欲与文王亲”，《邯郸丛台》“可怜全赵繁华地，留作行人万古愁”，都思路开阔，寓意深刻。《金陵怀古二首》之二通篇即地写景，缘景生情，错综交织，沉郁苍凉。

李之仪本有仕进之心，曾在《题繁川徐氏孝严亭》中明确表示“忠孝均我职”，又在《次韵郭功甫从何守游白云寺》中叹息“只有君恩未报惭”。但因党争剧烈，加之个人“昂昂野鹤固难群，皎皎冰壶不受尘”②的秉性，使他屡遭磨难，壮志难酬，以“闻道贤劳多野处”自慰，以“已将身世等浮云”③自解，“顿觉林泉归已晚”④的悔仕心情便油然而生。因此，他的伤时嗟老诗数量既多，感慨也深。如《李去言相别二年，忽得书知在吴中，答书偶成》将宦海漂泊的痛苦、同病相怜的心态刻画得淋漓尽致，又如《江上独坐》把一个走投无路的孤独者的形象和盘托出。

李之仪有 20 多首咏物诗，其中以咏梅诗最多，如《次韵东坡梅花十绝》、《次韵梅花》二首；还有咏牡丹的《次韵牡丹四绝》，咏水仙花的《水仙花二绝》，咏竹的《和储子椿竹》二首，咏杏花白鹇的《杏花白鹇》，咏竹鹤的《竹鹤》，咏黄精鹿的《黄精鹿》，咏石蟹的《石蟹》，咏雪的《次韵雪》。夹竹桃花、荷叶龟，前人较少吟咏，李之仪却留有佳作《次韵夹竹桃花》、《荷叶龟》，它们不仅生动地刻画了夹竹桃花、荷叶龟的形象，而且巧妙地寄托了作者的人生理想。

李之仪还有送别伤悼、归田慕隐、赏乐论艺、题画书扇、谈禅说理的诗歌。其送别诗的代表作是《送李仲益赴濠梁司户》，伤悼诗的代表作是《东坡挽词》；归田诗的代表作是《路西田舍示虞孙小诗二十四首》，慕隐诗的代表作是《得琏老庄僧书所报周悉，且速东归。既愧其勤，因述书语为谢，仍约官满就见》；赏乐诗的代表作是《白钤辖席上琵琶歌》，论艺诗的代表作是

①《喜客泉》。
②《和人三首》之一。
③《邂逅故人》。
④《罢官后稍谢宾客十绝》之二。

《德循诗律甚佳，方幸拭目，因作拙句以勉之》；题画诗的代表作是《保宁机道者传神赞》，书扇诗的代表作是《又书扇》；谈禅说玄诗的代表作是《瑞竹即事三绝》之三等。

李之仪诗歌的艺术特点主要包括以下诸点：首先，诗体多样，而以七言律绝为主。在李之仪现存的750首诗歌中，七言绝句244首，七言律诗213首，五言古诗97首，七言古诗62首，五言律诗61首，杂言诗34首，六言诗17首，四言诗14首，五言排律5首，七言排律2首。七言律绝共457首，约占其现存诗歌的61%。

其次，和韵多。和韵是写作诗词的方法，包括三种形式：(1)依韵，即与被和作品同在一韵中而不必用其原字；(2)次韵，或称步韵，即用其原韵原字，且先后次序都须相同；(3)用韵，即用原诗韵的字而不必依照其次序。一般说来，和韵诗词所受限制较多，难有佳构。但对部分技艺超凡的人来说，却正好可以显示其过人的才能。苏轼曾以一首《水龙吟·次韵章质夫杨花词》而赢得世人的赞誉，王国维甚至称其为“和韵而似原唱”；相比之下，章词倒“原唱而似和韵”①了。李之仪似乎也有这方面的天赋，据笔者统计，仅在题中注明“和”、“次韵”之类的诗歌，就有214首，约占其现存诗歌的29%。名篇如《次韵东坡还自岭南》：

> 凭陵岁月固难堪，食蘖多来味却甘。时雨才闻遍中外，卧龙相继起东南。天边鹤驾瞻仙袂，云里诗笺带海岚。重见门生应不识，雪髯霜鬓两毵毵。

首联概括苏轼贬谪岭南的痛苦，颔联介绍苏轼遇赦北还的背景，颈联刻画苏轼天外归来的风采，尾联抒发自己历尽磨难的感慨。全篇虚实相生，悲喜交集，境界开阔，笔调浪漫。再如《和人腊日》描绘丰年腊祭的场景，抒发时光流逝的感慨，生动形象，音律严整。对陆游创作《游山西村》，或许有所启发。李之仪不仅和宋人之韵，如《次韵子瞻古风诗二首》、《次韵鲁直留别》；而且和唐人之韵，如《独坐有怀张圣行、王成伯，偶读摩诘诗，因借其韵》、

①《人间词话》，载《蕙风词话·人间词话》，人民文学出版社1960年版，第208页。以下版本俱同。

《吕吉甫第，乃谢镇西故居。中间常为佛刹，而双桧则旧物也。刘梦得有诗，因赋其韵》。和韵的范围，也是较为广泛的。

再次，转益众师，风格多样。作为苏轼的门生，李之仪对业师的崇敬是有目共睹的。我们从“伤心不见东坡老，纵有鹅溪下笔难”①、“眷眷后世雄，惟君有以似”②、“空惭南郡三家学，赖有东坡一集诗”③等诗句中，不难得出这一结论。此外，他还遍和苏轼的诗，《观东坡集》云：“千首高吟赓欲遍，几多强韵押无遗。”因此，李诗所受苏诗的影响，也自不待言。试看“一声霹雳起平地，顿觉青天万里开”④之类的诗句，就不难见出苏诗的影响。但是，李之仪所承传的，又不只苏轼一家。他还有学陶渊明的，如《读渊明诗效其体十首》；有学鲍照的，如《金山寄怀秦太虚用建除体》；有学徐陵的，如《四时词拟徐陵用今体次东坡旧韵》；有学张籍的，如《筑城词效张籍体》；有学吴思道的，如《读吴思道藏海诗集效其体》。再看他以韩愈、侯喜为友⑤，以及“故八万四千偈不离于当处，而五千四十八卷皆作戏于逢场。山谷老人所以强名之而无愧，姑溪居士又从而雪上加霜”⑥之类的诗句，又不难见出韩愈诗歌的影响。

“纵使挤之九泉下，也须出得一头地。”李之仪《自作传神赞》中的豪言壮语，已经为历史所证明。时人与后人，都曾称赞李之仪的诗歌。苏轼《夜值玉堂，携李之仪端叔诗百余首，读至夜半，书其后》诗云：“暂借好诗消永夜，每逢佳处辄参禅。”《四库全书总目》则说李之仪诗“大抵轩豁磊落，实无郊、岛钩棘艰苦之状。”

3. 李之仪的词

李之仪词现存94首⑦，也是同期山东词人作品较多的一家。抒发欢情愁绪，是李之仪词的基本内容。如《浣溪沙》（昨日霜风入绛帷）抒发“酒韵渐浓欢渐密”的欢会之乐，《千秋岁》（休嗟磨折）抒发“解尽眉头结”的重逢

---

①《和储子椿竹》。
②《次韵子瞻古风诗二首》之二。
③《读东坡诗》。
④《柏台自述四首》之一。
⑤《中隐庵次赵德孺韵》。
⑥《灵源禅师真赞》。
⑦依朱德才主编：《增订注释全宋词》，文化艺术出版社1997年版。以下宋词，除另标注者外，版本俱同。

之喜,《蝶恋花》(天淡云闲晴昼永)抒发“梦回犹是前时景”的相思之情,《踏莎行》(绿遍东山)抒发“断魂还送征帆去”的离别之愁。又如《谢池春》(残寒销尽),上片写景,可谓繁花缭乱;下片抒情,显得委婉细致。全篇构思新巧别致,语言通俗流畅。

描绘自然景物,是李之仪词的重要内容。代表作是《南乡子》(绿水满池塘),这首小令一句一景,充满动感,称得上是一篇声、色、味俱佳的优秀词篇。此外,“晚来轻拂,游云尽卷,霁色寒相射。银潢半掩,秋毫欲数,分明不夜”①的刻画夜景,“柳眼向人微笑,傍栏干堪折。暮山浓淡锁烟霏,梅杏半明灭”②的刻画春景,“匀飞密舞,都是散天花,山不见,水如山,浑在冰壶里”③的刻画雪景,也都生动传神。

悲慨坎坷身世,是李之仪词的又一内容。《南乡子》(夜雨滴空阶)写词人“惆怅流光去不回”的伤感,《朝中措》(暮山环翠绕层栏)写词人“远雁不传家信”的焦虑,《踏莎行》(还是归来)写词人“潦倒无成”的苦闷,《朝中措》(腊穷天际傍危栏)写词人“独恨归来已晚”的遗憾,《鹧鸪天》(收尽微风不见江)写词人“从今认得归天乐”的觉醒,都较优秀。《临江仙·登凌歊台感怀》写于作者编管太平州(今当涂)时,抒发了词人政治失意的感慨。通篇由景入情,巧用典故,比兴自然,寄托遥深。

李之仪还有部分咏物词。如《丑奴儿·谢人寄腊梅》寥寥几笔,就把腊梅的风神气韵刻画得栩栩如生。此外,《早梅芳》(雪初销)、《浣溪沙》(剪水开头碧玉条)、《临江仙》(初破晓寒无限思)咏梅,《清平乐》(西江霜后)、《西江月》(昨夜十分霜重)咏橘,《雨中花令》(点缀叶间如绣)咏瑞香花,也是较好的咏物词。

在艺术上,李之仪词的特点主要体现在以下三个方面:一是小令多。李之仪现存的94首词中,长调最少,只有5首;中调稍多,有27首;其余的62首全是小令,占其全部词作的2/3。李之仪的小令,不仅数量多,而且质量高。毛晋称它们“长于淡语、景语、情语。如‘鸳衾半拥空床月’,又如‘步懒恰寻床,卧看游丝到地长’,又如‘时时浸手心头熨,受尽无人知处凉’,即置

①《水龙吟·中秋》。
②《好事近》。
③《蓦山溪·采石值雪》。

之《片玉》、《漱玉》集中，莫能伯仲”①。《浪淘沙》（霞卷与云舒）、《采桑子》（相逢未几还相别）、《菩萨蛮》（五云深处蓬山杳）都是其小令词的佳作，它们“清婉峭蒨，殆不减秦观”②。其中的压卷之作，是下面这首《卜算子》：

> 我住长江头，君住长江尾。日日思君不见君，共饮长江水。　此水几时休？此恨何时已？只愿君心似我心，定不负相思意。

作者以一位痴情女子的口吻，抒发了对爱情的始终不渝。上片以江水的源远流长，表现乡情、恋情的绵长不尽。下片先以江水的永无休止，象征爱情的坚贞；又以古句化用，直抒胸臆。全篇朴语明说，不避重字，一唱三叹，耐人寻味，不愧为“古乐府俊语”③。正如杨海明先生《唐宋词史》所说的那样：“读了这样的词，我们仿佛置身于中世纪的长江之滨，闻听着那岸边‘踏曲’姑娘所唱出的缠绵流转的声声恋歌，令人引起无限丰富和美妙的联想。”

二是次韵多。与诗歌相似，李之仪的次韵词也不少，仅所注明的就有20余首，其中不乏《满庭芳·八月十六夜，景修咏东坡旧词，因韵成此》、《怨三三·登姑熟堂寄旧游，用贺方回韵》、《千秋岁·用秦少游韵》、《好事近·与黄鲁直于当涂花园石洞听杨姝弹〈履霜操〉，鲁直有词，因次韵》等好作品。成就最高的，非《忆秦娥·用太白韵》莫属了：

> 清溪咽，霜风洗出山头月。山头月，迎得云归，还送云别。　不知今是何时节？凌歊望断音尘绝。音尘绝，帆来帆去，天际双阙。

作品写于词人编管太平州时。上片写景，清溪、霜风、山头月、飘荡云紧密相接，宛如图画；下片抒情，自伤身世，感怀故国。音节的哀迫、意境的冷清，都近似于原作。这首词在词史上还有一个特殊意义，那就是它印证了李白拥有《忆秦娥》（箫声咽）的知识产权。④

---

①③《姑溪词跋》，载《影印文渊阁四库全书》第1487册，台湾商务印书馆1986年版，第295页。以下版本俱同。

②《四库全书总目》下册，第1810页。

④该词首见于宋人邵博《邵氏闻见后录》卷十九，明人胡应麟、胡震亨始疑伪作。

三是变化多。就风格说，李之仪“长调近柳（永），短调近秦（观）”①，分别以铺叙、通俗与含蓄、典雅取胜。就语言说，李词广泛吸收经、史、子、集典籍与民歌词汇、方言俚语，既相辅相成，又富有变化。其《江神子》（今宵莫惜醉颜红）中“书空”用《世说新语·黜免》所载殷浩被黜后整日以手指在空中虚划“咄咄怪事”典，可谓恰到好处。“流落天涯头白也”等句，则既是口语入词的范例，又是“以文为词”的尝试。

4. 李之仪的散文

李之仪的散文包括赞、铭、表、启、书、记、序、手简、题跋、墓志铭等，而“尤工尺牍”②。如《与吴思道》：

> 别后多在道路，故书问无从可致。还家见储子椿，则闻动止，亦审书问常往来。每荷存记，便欲申叙两经除席，哀苦无况加之在处。疲曳稍休，方觉如在醉梦间，因而不逮想见亮也。比来诗句必愈工，尝作小词否？不妨传寄，使秀隋得以击节振起也。故都春物渐侈，登览之胜不与他处等，定应不乏追随吟啸之适。陋邦老病，无异冻蝇，身世所值乃尔，故人当为我一叹也。

语言简洁，情感真挚，可谓“言思清婉，有晋宋人风味”③。

李之仪的跋文也多佳作，如《跋戚氏》，记载苏轼为《戚氏》词的故事，常为人们引用。他的《跋吴思道小词》，向被视为词学观点的代表之作。它首先揭示词“自有一种风格”、“最为难工”，这就反映了词在发展过程中摆脱诗的附庸地位而争取独立的倾向，也肯定了词在艺术上有其特殊精美之处而超越于诗文者。较之陈师道、晁补之等人的“本色”论、“当家语”更为切实具体，又为李清照《词论》中的“别是一家”说导夫先路。其次，它指出词导源于诗，系在歌唱时把添加和声变为实字，而后逐渐形成长短句的格律。这与稍早的沈括的《梦溪笔谈》卷五“诗之外又有和声，则所谓曲也。古乐府皆有声有词，连属书之，如曰‘贺贺贺’、‘何何何’之类，皆和声也。今管弦中之缠声，亦其遗法也。唐人乃以词填入曲中，不复用和声”的说法相

---

①冯煦辑：《宋六十一家词选·例言》第1册，清宣统二年（1910年）石印本，第2页。以下版本俱同。

②③《宋史·李之仪传》。

似,虽不全面,却有根据。第三,跋语着重分析了花间派与宋代几位代表词家的特点。一方面,它标举《花间集》所收之词为正宗,但遗憾的是多为小阕;另一方面,它又指出柳永慢词能铺叙展开、形容尽致,但又比花间词缺少含蓄的韵味。它还指出,张先才力不及柳永,而词作情韵有余;晏殊、欧阳修、宋祁等以余力为词,但风流蕴藉,意境高远。第四,"谛味研究"以下,阐述了李之仪词艺的理想境界:既铺叙充实,而又情韵悠长。"字字皆有据"句或受黄庭坚说杜甫诗、韩愈文"无一字无来处"等论的影响,"语尽而意不尽,意尽而情不尽"两语,则源自苏轼论秦观、毛滂词。最后,文章指出学词要达到理想的境界,须以花间词为准的,更须有自己的创造;须以晏殊、欧阳修、宋祁词为辅导,又须吸取柳永、张先词的长处。①

李之仪的《自作传神赞》、《闲居赋》、《姑溪居士妻胡氏文柔墓志铭》等也都是佳作。

(五)晁补之及其家族的其他诗、词、文作家

1. 晁补之

(1)晁补之的生平

晁补之(1053—1110 年),字无咎,晚号归来子,巨野(今属山东)人。出生于书香大族。父端友,能诗,苏轼曾为其诗集作序。晁补之自幼聪敏,博学强记,7 岁即能为文,12 岁从父宦游浙江上虞。13 岁受学于常州学官王安国,颇受赏识。宋神宗熙宁六年(1073 年),携文拜谒苏轼,大受称赞,并成为其门生。八年(1075 年),端友病逝于京,晁补之奉母归里。元丰二年(1079 年)赴京应试,考官"谓其文辞近世未有",神宗称其"可革浮薄"②,遂中进士。次年调澶州司户参军,五年召试学官,除北京国子监教授。

哲宗元祐元年(1086 年),李清臣荐晁补之堪任馆职。召试学士院,除秘书省正字,迁校书郎,与黄庭坚、张耒等同入馆阁。其后,秦观也应召入京供职。他们声气相求,并称"苏门四学士",在苏轼周围形成了一个颇有影响的文学群体。三年,苏轼知贡举,晁补之与张耒、黄庭坚同被辟为属官。

---

①参见《中国文学批评通史》(宋金元卷)。
②张耒:《晁无咎墓志铭》。

六年,晁补之以秘阁校理通判扬州。次年,苏轼出知扬州,师生共理邑政,颇多唱和。不久,苏轼内召,晁补之也被召还秘书省任著作佐郎。

绍圣元年(1094 年),章惇当政,晁补之出知齐州。次年春,因元祐党籍贬应天府通判,九月改贬亳州通判。四年遭母丧,护柩归里,卜居缗城(今山东金乡)。元符二年(1099 年)秋,贬监信州盐酒税。次年徽宗即位,遇赦北归。徽宗建中靖国元年(1101 年),还朝任尚书吏部员外郎、礼部郎中兼国史编修、实录检讨官,主张以武力收复石敬瑭献给辽国的幽蓟十六州。崇宁元年(1102 年),外放河中府。到任不久,又差知湖州、密州、果州,主管鸿庆宫。由于蔡京继续打击元祐党人,晁补之被免官,回到金乡。其后,"废官,休其廛八年"①,忘情仕进,以文自娱,修复家园为"归来园"。大观四年(1110 年),起知达州,后改泗州。赴任不久,卒于任所。有《鸡肋集》、《晁氏琴趣外篇》等。

(2)晁补之的文学主张

晁补之认为文学"不足以发身",作家"少达而多穷",他们之所以在文学创作上"营度雕琢,至忘寝食"②,乃是出于对艺术的嗜好与追求。他强调文学风格基于作者个性,个性不同,风格自然有异:"文章视其一时风声气习所为,而巧拙则存乎人,亦其所养有薄厚。故激扬沉抑,或侈或廉,秾纤不同,各有态度,常随其人。"③至于创作技艺,则倡导胸中独得,反对蹈袭前人。他在《赠文潜甥杨克一学文与可画竹求诗》中提出的"文章亦技尔,讵可枝叶续。穿杨有先中,未发猿拥木"、在《和苏翰林题李甲画雁二首》之一诗中提出的"画写物外形,要物形不改。诗传画外意,贵有画中态"的见解,也为论者称道。

相传晁补之曾作《骫骳说》2 卷,也称《晁无咎词话》,是词史上较早的论词专书,但《鸡肋集》不载。赵令畤《侯鲭录》、吴曾《能改斋漫录》中所引录的"评本朝乐府",当即该书的片断,它对柳永、欧阳修、苏轼、黄庭坚、晏几道、张先、秦观等七位代表作家的词篇一一作了评论。文字虽少,却有精到之见。

---

①《近智斋记》。
②《海陵集序》。
③《石远叔集序》。

(3)晁补之的诗

晁补之诗现存646首,它们从不同侧面反映了诗人的生活经历,也展现了他的情感世界。写景纪游是晁补之诗的重要内容。他的《次韵留守王公喜春》描绘塞雁惊暖、谷莺怯寒、楼前远望、钟鼓喧天的春景,《夏季》描绘百果繁茂、兔葵结实、石榴花开、白蝶飞舞的夏景,《江头秋风辞》描绘秋风袭来、尘埃弥漫、菱花绽开、鲈鱼肥美的秋景,《次韵孔著作常父馆中喜雪》描绘墙根余绿、新阳解冰、雪落窗纱、高云绸缪的冬景,季节分明,景象生动,宛如一组四扇屏画。《黄河》、《庐山》、《游华岳归道中望仙掌》等,即地写景,也都生动可感,富有韵味。《别历下》更是为人称道的佳作:

来见芙渠溢渚香,归途未变柳梢黄。殷勤趵突溪中水,相送扁舟向汶阳。

此系诗人告别历下(今山东济南)古城之作,移情于物,充分调动读者的视觉与嗅觉,给人以强烈的感染力。

晁补之诗的又一重要内容是伤时感怀。诗人因民不聊生而焦虑:“日暮榆园拾青荚,可怜无数沈郎钱”①,为尸位素餐而自惭:“顾惭咏伐檀,无补餐已素”②。有志报国,而又不被重用,自叹生不逢时③,以致思乡念亲、慕隐羡道了。

晁补之交友甚多,他与苏轼、黄庭坚、秦观、张耒、陈师道、李之仪、王拱辰等著名文人过从甚密,且有酬唱赠和之作。这类诗歌数量既多,质量也高。如《白纻辞上苏翰林二首》之二、《八音歌二首答黄鲁直》、《次韵答秦观见赠》、《次韵张著作文潜休日不出二首》、《次韵履常见贻》、《送李端叔从定州先生辟》、《和王拱辰观梨花二首》等。晁补之不仅与时人酬唱赠和,还与古人交友唱和。如《追和陶渊明归去来辞》序云:“言语文章,随世随异,非拟其辞也,继其志也。”可见,这是一篇学陶明志的诗歌。通篇纵横捭阖,抑扬顿挫,具有动人心魄的艺术魅力。与老师苏轼一样,晁补之对陶渊明也有着特殊的感情。除上引之作外,晁补之还有《饮酒二十首,同苏翰林先生

---

①《流民》。
②《次韵太学舒博士尧文示同志》。
③《曹州道中二首》之一:“喟予不逢辰,足迹道里重。”

次韵追和陶渊明》等和陶的诗歌。

怀古咏史的诗歌，在晁补之的作品中也占有相当比重。《渑池道中》追忆“虎狼敌国易良图，望见将军要引车”的蔺相如，《采石李白墓》怀念“载酒五湖狂到死，只今天地不能藏”的李白，《感寓十首，次韵和黄著作鲁直，以“将穷山海迹，胜绝赏心悟”为韵》之六吟咏谢灵运“清诗如玄酒，胡乃淡而永”的旧事，《芳仪怨》感叹李芳仪“国亡家破一身存，薄命如云信流转”的遭遇，都忠于史实，富有见解。

晁补之还有一些田园诗、咏物诗、论艺诗、题画诗、赏乐诗、哲理诗、伤悼诗。他的田园诗的代表作是《视田五首赠八弟无斁》，咏物诗的代表作是咏梅花的《次韵李秬梅花》、咏牡丹的《次韵李秬双头牡丹》、咏梨花的《和王拱辰观梨花二首》、咏葡萄的《葡萄》、咏竹子的《秋竹》、咏酴醿的《次韵李秬酴醿》，论艺诗的代表作是《酬李唐臣赠山水短轴》，题画诗的代表作是《题四弟以道横轴画》，赏乐诗的代表作是《听阎子常平戎操》，伤悼诗的代表作是《之京师展墓》等。

宋人胡仔在谈到晁补之诗时说：“古乐府是其所长。”①此论广为流传，也颇中肯。但是，晁补之现存的古乐府诗却远没有近体诗多。据统计，晁氏现存七言绝句204首，五言古诗131首，七言古诗121首，七言律诗113首，五言律诗40首，骚体诗12首，杂言诗8首，六言诗7首，五言排律5首，五言绝句3首，三言诗、四言诗各1首。晁补之的七言绝句数量最多，且有不少佳作。《新城塔山对雨二首》之一短短28个字，却从高到低，由远及近，生动地刻画了乌云翻滚、风雨骤至的景象，使人如临其境。晁补之的七律、五律、五排、五绝，也都有佳作。三言诗只有《返迷辞》一首，却颇有特色。

晁补之诗的语言丰富多彩，流转自如，如《建除体二首答黄鲁直教授》之一。“建除体”系杂体诗名。据宋人严羽《沧浪诗话》记载：其体二十四句，从第一句起，每隔句冠以建、除、满、平、定、执、破、危、成、收、开、闭十二字，即自寅（夏历正月为建寅）、卯以至子、丑的十二辰的代号。今传作品，较早者有鲍照之作。晁氏此作，语言妥帖，音律晓畅。

晁补之一向敬慕韩愈、欧阳修、苏轼，诗风也受其影响。如《示张仲原

①胡仔纂集：《苕溪渔隐丛话》前集卷五十一，人民文学出版社1962年版，第348页。以下版本俱同。

秀才二首》之二立意、笔法都与苏轼的《六月二十七日望湖楼醉书》绝句之一相似。“四海五湖皆逆旅，千岩万壑正秋风”①、“太华耸天如剑立，黄河蹙野似军行”②等诗句，也显见韩、欧的影响。除了善于以文字为诗、以才学为诗、以议论为诗这些宋诗的一般特点外，晁诗还具有平顺爽利、温润典缛的艺术个性，这与黄庭坚的奇警精绝是不同的。如《贵溪在信州城南，其水西流七百里入江》即地写景、触景生情，又含蓄、委婉地表达了诗人的羁旅之思、贬谪之愁，感情真挚，怨而不怒。另外，晁补之还注意从民歌中汲取营养，如《豆叶黄》全篇参差错落，一唱三叹，体现出民歌质朴、清新的风格特点。

《四库全书总目》称晁补之“诸体诗俱风骨高骞，一往俊迈，并驾于张、秦之间，亦未知孰为先后”。对于晁补之诗的定位，还是合乎实际的。

（4）晁补之的词

晁补之的词今存167首，按照内容大致可分为恋情词、景物词、咏花词、牢骚词、赠别伤悼词五类。恋情词又可分为两类。一类写作者与歌儿舞妓的艳情，大都不脱传统艳词的套路。如《生查子》（夜饮别佳人）写“休似那回时，无事还轻别”的担忧，《诉衷情》（小园过午）写“使君彩笔，佳人锦字，断弦怎续”的惆怅，《引驾行》（梅梢琼绽）写“谩追悔。凭谁向说，只厌厌地”的无奈等。再一类写作者与妻子的爱情，格调既高，感人亦深。如《点绛唇》（回雁风微）写“共乐春台，携手蓬莱小”的恩爱，《御街行》（年年不放春闲了）写“锦城乐事，不关愁眼，何似还家早”的选择，《凤箫吟》（晓瞳昽）写“况共有、芝田旧约，归去双峰”的期约等。即使代妻而写的“思夫”之作，也与一般“代言”之作迥然有别，可谓情真辞切，动人心魄，如《临江仙·代内》揣摩妻子的心理细致入微，惟妙惟肖。《虞美人·代内》写妻子“谁教又作狂游远”的幽怨，亦与此词异曲同工。

晁补之的景物词也可分为两类。一类写谪宦途中的山水风光，如《忆少年·别历下》：

> 无穷官柳，无情画舸，无根行客。南山尚相送，只高城人隔。

①《送县秀师归庐山梦斋》。
②《叙旧感怀呈提刑毅父并再和六首》之六。

罨画园林溪甘碧，算重来、尽成陈迹。刘郎鬓如此，况桃花颜色。

它描绘了济南的湖光山色，抒发了作者惜春叹逝、宦海漂泊的无限感慨。该词起结堪称典范，开头三句被称为“警绝”①，结句则被称为“如众流归海”、“似尽而不尽”②。《少年游·次季良韵》二首写庐山风光，《临江仙·信州作》写信州景物，《水龙吟》（去年暑雨钩盘）写济南大明湖景，也都各具特色。再一类写闲居乡里的自然景色，如《酒泉子》写于作者闲居金乡之时。它从室内写到室外，从地面写到天空，精雕细刻，生动可感。《生查子·夏日即事》、《木兰花·遐观楼》、《黄莺儿·东皋寓居》等写乡居景色，也都较为耐读。

晁补之的咏花词以咏梅为多，佳作如《洞仙歌·梅》。此外，咏海棠的《洞仙歌·温园赏海棠》、咏菊的《清平乐·对晚菊作》、咏芍药的《望海潮·扬州芍药会作》、咏牡丹的《夜合花·和李浩季良牡丹》、咏琼花的《下水船·和季良琼花》、咏樱桃的《浣溪沙·樱桃》，也都较具特色。

晁补之素有大志，但蹭蹬仕途，写下了一大批牢骚词。他不愿隐沦一生：“奈故人、尚作青眼相期，未许明时归去”③，却无人赏识其才而倍遭冷遇，于是懊悔不已：“暗想平生，自悔儒冠误”④，产生了纵情声色的消极情绪。代表作是写于晚年闲居金乡时期的《摸鱼儿·东皋寓居》。词的上片写东皋雨后的美景，色彩爽朗明快；下片写功名误身的感慨，情调沉郁顿挫。全篇以文为词，叙议结合，一气流贯，豪迈奔放。宋人胡仔称此词“能具道阿堵中事，每一歌之，未尝不击节也”⑤。清人刘熙载说：“无咎词堂庑颇大。人知辛稼轩《摸鱼儿》（更能消，几番风雨）一阕，为后来名家所竞效。其实辛词所本，即无咎《摸鱼儿》（买陂塘，旋栽杨柳）之波澜也。”⑥对读两词，是会认同此说的。

赠别伤悼，也是晁词的一个内容。赠别词中，以写给族叔晁端礼的最

---

①先著、程鸿撰，胡念贻辑：《词洁辑评》，载唐圭璋编：《词话丛编》第 2 册，中华书局 1986 年版，第 1345 页。以下版本俱同。

②沈雄：《古今词话》，载《词话丛编》第 1 册，第 839 页。

③《过涧歇·东皋寓居》。

④《迷神引·贬玉溪对江山作》。

⑤《苕溪渔隐丛话》前集卷五十一，第 347 页。

⑥《艺概》卷四，上海古籍出版社 1978 年版，第 109 页。

多,有十几首。另有写给族叔晁端智的《八六子·重九即事呈徐倅祖禹十六叔》、岳父一家的《虞美人·羊山饯杜侍郎郡君十二姑及外弟天逵》与从弟晁进道的《安公子·送进道四弟赴官无为》、晁无斁的《古阳关·寄无斁八弟宰宝应》,以及写给友人赵无愧、王存、杨应询、张耒、韩忠彦等的词作,还有写给情人的部分作品。它们从一个侧面展现了作者的内心世界,也为我们研究宋代文化史提供了宝贵的资料。伤悼词的代表作是《满江红·次韵吊汶阳李诚之待制》、《离亭宴·次韵吊豫章黄鲁直》、《千秋岁·次韵吊高邮秦少游》。

晁补之的词在艺术上也取得了较高的成就。

第一,体裁多样。现存的 167 首词,小令、中调各有 59 首,长调有 49 首。数量比较均衡,标志着词人的创作修养也较全面。总的看来,他的小令凝练含蓄,长调铺叙有致,中调则兼具二者之美。值得注意的是,晁补之还创作了《调笑》。《调笑》即《调笑转踏》,是宋代流行的民间俗曲之一。《转踏》是写给歌舞艺人演唱用的,其特点是诗词相间,以一曲连续咏唱,或每首各咏一事,或多首合咏一事。晁补之的《调笑》,分咏西施、宋玉、大堤、解佩、回纹、唐儿、春草诸事,是一组咏史怀古的优秀作品。

第二,语言丰富。晁补之的词,善于熔铸经史子集与民间俗语,雅俗共赏,富有个性。尤其是那些次韵词、集句词、隐括词,可谓“戴着镣铐跳舞”,更能见出他驾驭语言的才华。如《八声甘州·扬州次韵和东坡钱塘作》:

> 谓东坡、未老赋归来,天未遣公归。向西湖两处,秋波一种,飞霭澄辉。又拥竹西歌吹,僧老木兰非。一笑千秋事,浮世危机。　　应倚平山栏槛,是醉翁饮处,江雨霏霏。送孤鸿相接,今古眼中稀。念平生、相从江海,任飘蓬、不遣此心违。登临事,更何须惜,吹帽淋衣。

宋哲宗元祐七年(1092 年)三月,苏轼赴扬州知州任。晁补之时为扬州通判,师徒二人得以重聚。八月,苏轼被诏回朝担任兵部尚书充南郊卤簿使,兼侍读。行前,他在平山堂宴别僚属,并写下《八声甘州·寄参寥子》词。晁补之因次其韵,创作此词。作者慨叹苏轼历尽磨难而归去无成,抒发自己难以割舍的离别之情。通篇真率自然,蕴藉深厚,堪与苏词媲美。又如《江神子·集句惜春》集张先、欧阳修的词句与李商隐的诗句成篇,而又浑然一体。根据唐人卢仝《有所思》诗而写的《洞仙歌·填卢仝诗》,在宋代隐括词中也具特色。

第三,风格鲜明。晁补之既坚持词的"本色"、"当行"风格,又推崇苏词的"横放杰出",故其词作同时兼有婉约与豪放的不同风貌。如《水龙吟·别吴兴至松江作》生动地描绘了湖州的湖光山色,深情地追忆了当年的风流韵事,情景错综,章法严密,巧妙用典,妥帖自然,不让婉约词大家。《洞仙歌·泗州中秋作》为绝笔之作,写于宋徽宗大观四年(1110 年)泗州知州任上。它从无月看到月出,又进而看到月满,层次井然,首尾照应。神话传说与历史掌故的巧妙运用,更使作品"词致奇杰"、"气象万千"①。胡仔云:"中秋词,自东坡《水调歌头》一出,余词尽废。"但他却又极力推崇此作,可见它之能与苏词的"差可比肩"②。放在豪放词大家的名作中,也是毫不逊色的。

王灼《碧鸡漫志》称晁补之"学东坡,韵制得七八"③。《四库全书总目·〈晁无咎词〉提要》也说:"其词神姿高秀,与轼实可肩随。"这是很有见地的。与苏轼相似的是,晁氏也开拓了词的内容、发展了词的形式、丰富了词的语言,并时有豪迈奔放之作。与苏轼不同的是,晁氏"无子瞻之高华,而沉咽则过之"④。就是说,虽无苏词的轶尘绝迹、超然象外,却自有一种傲兀跌宕之气,往往由磊落感喟而趋于沉咽。

金人元好问说:"坡以来,山谷、晁无咎、陈去非、辛幼安诸公,俱以歌词取称。吟咏情性,留连光景,清壮顿挫,能起人妙思……皆自坡发之。"⑤这就清楚地划出了一条自苏至辛的发展线索,晁补之与黄庭坚、陈师道都处在苏辛间的"过渡阶段",他在词史上承前启后的地位,也是不容忽视的。

(5)晁补之的散文

晁补之的散文体式多样,尤以杂论、墓志铭、启、记、策问为多。宋人吴曾认为苏门四学士中"秦、晁长于议论"⑥,张耒也称"晁论峥嵘走金玉"⑦,

---

①黄蓼园:《蓼园词选》。
②《苕溪渔隐丛话》后集卷三十九,第 321 页。
③载《词话丛编》第 1 册,第 83 页。
④冯煦:《宋六十一家词选·例言》第 1 册,第 2 页。
⑤《新轩乐府引》。
⑥《能改斋漫录》卷十一,中华书局 1960 年版下册,第 313 页。
⑦《赠李德载二首》之二。

此言不虚。如《上皇帝论北事书》分析当前形势，力主与辽作战；《上皇帝安南罪言》建议选派良将，充实边防力量。它们感情饱满，言之有据，是优秀的议论文。《石远叔集序》、《跋董元画》、《跋陈佰比所收颜鲁公书后》等，阐述文学、绘画、书法见解等，也自具新意。晁补之的记叙文以亭堂记与游记成就最高，它们往往将记叙、议论、抒情融为一体，腾挪变化，挥洒自如。如《照碧堂记》叙述建堂过程中抚今追昔，《拱翠堂记》描写泉山景色时抒发感慨。又如游览杭州新城北山后写下的《新城游北山记》：

> 去新城之北三十里，山渐深，草木泉石渐幽。初犹骑行石齿间，旁皆大松，曲者如盖，直者如幢，立者如人，卧者如虬。松下草间有泉，沮洳伏见，堕石井，锵然而鸣。松间藤数十尺，蜿蜒如大蚖。其上有鸟，黑如鸲鹆，赤冠长喙，俯而啄，磔然有声。稍西，一峰高绝，有蹊介然，仅可步。系马石觜，相扶携而上。篁筱仰不见日，如四五里，乃闻鸡声。有僧布袍蹑履来迎，与之语，愕而顾，如麋鹿不可接。顶有屋数十间，曲折依崖壁为栏楯，如蜗鼠缭绕乃得出，门牖相值。既坐，山风飒然而至，堂殿铃铎皆鸣。二三子相顾而惊，不知身之在何境也。且莫，皆宿。
>
> 于时九月，天高露清，山空月明，仰视星斗皆光大，如适在人上。窗间竹数十竿相摩戛，声切切不已。竹间海棕，森然如鬼魅离立突鬓之状。二三子又相顾魄动而不得寐。迟明，皆去。
>
> 既还家数日，犹恍惚若有遇，因追记之。后不复到，然往往想见其事也。

通篇绘声绘色，活灵活现，阴森景色中传达惊惧感受，明显见出柳宗元游记的影响。

晁补之精通《楚辞》，曾著《续楚辞》、《变离骚》等，并为朱熹《楚辞后语》所本。他善作赋，尤以骚体见长。如《江头秋风辞》不用一个“兮”字，尽得楚辞神韵，是骚体赋的新尝试。《亳州谢到任表》等骈文，富有散化特色，是骈体文的新发展。它们标志着晁补之在文体发展史上的地位和影响。

2. 晁补之家族的其他诗、词、文作家

(1)晁端友及晁公为

晁端友(1029—1075 年)，一作端有，字君成，一作君诚，晁补之父。宋仁宗皇祐五年(1053 年)进士。曾知上虞及杭州新城县,从仕 23 年,改著作佐郎以没。有《新城集》。

晁端友诗今存 7 首,以写景诗为多。如《登多景楼》写诗人傍晚时分登览所见的景物,并进而抒发他的国家兴亡之感,情景相生,发人深思。这是一首五言排律,对仗工稳,自然流畅,则又显示了作者驾驭语言的深厚功力。晁端友的羁旅诗《宿济州西门外旅馆》广为人们传诵,诗云:

寒林残日欲栖乌,壁里青灯乍有无。小雨愔愔人假寐,卧听疲马啮残刍。

诗的前两句由黄昏至夜晚,从野外到室内,渲染出旅馆的清冷气氛;后两句从闲坐到愁卧,由小雨至疲马,抒发了作者的寂寞情怀。通篇含蓄蕴藉,富有意境。晁端友的咏梅诗《梅花》精工刻画了梅花的姿容与神韵,也深情寄托了诗人孤芳自赏的情操,正可谓不着"梅"字,尽得风流。苏轼曾称晁端友的诗"清厚静深,如其为人"①,应是对其风格的准确概括。可惜晁诗多已失传,我们也难知全貌了。

晁公为(生卒年未详),字子莫,晁补之之子。宋高宗建炎三年(1129 年)除仓部员外郎,出知台州。绍兴元年(1131 年),因妻子受囚贿金事觉放罢,不复任用。晁公为诗现传 2 首。《题慈云院双松亭》写双松亭景,《刘阮洞》则咏刘晨、阮肇旧事,写作者难觅知己、错失良机的感慨,以乐衬哀,较为感人。

(2)晁冲之及晁公休、晁公武、晁公遡

晁冲之(生卒年未详),字叔用,初字用道,晁补之从弟。宋哲宗绍圣(1094—1098 年)初年,由于党争剧烈,兄弟多人遭到贬谪,他便隐居阳翟(今河南禹县)具茨山,并自号具茨,人称具茨先生。徽宗朝(1100—1125 年)流寓汴京,与陈师道、吕本中等交游。官终承务郎。有《晁具茨集》、《晁叔用词》。

晁冲之早年遨游京都,有过一段肥马轻裘、酣酒狎妓的浪漫经历,这在他的诗中也有反映。如《都下追感往昔因成二首》之一追忆了京城狎妓的

①《晁君成诗集引》。

往事,抒发了友朋离散的伤感。同题之二所写的“系马柳低当户叶,迎人桃出隔墙花”、《次二十一兄季此韵》所写的“猎会汉苑秋高夜,饮罢秦台雪作天”,也与此同调。

当然,晁冲之并不只是一个花花公子。我们从他在《送王敦素朴》中称赞妹夫“磊落忠义人,爱国忧黎元”,在《问讯次九日韵》中嗟叹自己“拟上平戎策,惭无属国才”,不难看出诗人的忧国忧民之心。但是,晁冲之在政治上是失败的,在生活上也是拮据的,他有大量诗作如《伤心》、《至日》、《立春》、《秋雨感事》、《夜行》等,抒发了自己的苦闷与绝望。又如《纪愁》:

> 北风吹我裳,夏潦漂我屋。牛羊践我稼,雀鼠耗我谷。雪寒堕我指,雨淫疾我腹。朝行桑榆间,秋序伤远目。莫涉水之涯,含沙中两足。揽辔马病黄,伏轼舆脱辐。陟山既见虎,还舍乃对鹏。一沐三握发,十饭九不肉。先生昔离垢,居士今耐辱。饱闻戒畏途,那知有沉陆。

这种无时不在、无处不有的折磨所导致的愁绪,简直到了无以复加的地步,强烈地震撼着读者的心灵。与此相反,他在寺庙、乡间却找到了慰藉,萌生了皈依佛门、退隐田园的念头。《僧舍小山三首》之三、《田中行》、《次韵集津兄怀嵩少示王立之》都是明证,《行武陟田中》更是此类作品的代表篇什,其中乡间老少的欢喜、景色的秀丽呼之欲出,而诗人悯农的心态、退隐的念头亦昭然若揭。

晁冲之有不少纪游写景的诗篇。有的即地绘景,清新明丽;有的触景生情,苍凉沉郁。如:《道中》随行转换,一句一景,充满生机与活力;《行泌水上》由景入情,以乐衬哀,寄托乡思与羁愁。而都生动感人,富有意境。此外,《香山示孔处厚》、《同鲁山韩丞观女灵庙前险石》、《和人游李文和园》、《龙兴道中》、《暮春》、《过鸿仪寺》、《和新乡二十一兄华严水亭五首》等,也都较为耐读。济州巨野的晁氏家族,是宋代的文学望族。晁冲之与其家族的联系相当密切,并且留下了介绍家世的《积善堂诗》以及悼念十六叔父与写给四兄晁以道、十一兄晁之道、十二兄、二十一兄晁季此、二十弟晁饰道、二十二弟晁息道、二十三弟晁虞道、三十三弟晁颂之的诗篇。它们不仅是研究晁冲之的宝贵资料,而且是研究晁氏家族的重要资料。此外,晁冲之还有悼念老师陈师道与写给外甥叶梦得、友人王立之的诗篇,它们又是研究宋代诗歌的重要资料。无论抒发亲情还是友情,都发自肺腑,动人心魄。晁冲之还有一些咏物诗,代表作是《梅》,以及《次韵江子我腊梅二首》、《和王立之腊梅二首》、《和江子我竹夫人》。咏史诗《读〈陈平传〉》、《谩兴》,也都值得一读。

晁冲之有一首《送一上人还滁州琅邪山》,较为系统而形象地阐述了作者对"作诗三昧"的理解:诗人首先应"澄心源","荡涤诸尘根";然后从"无边草木"、"一切禽鸟"中取材;又要从世间万事中体悟"妙理"。作者还对人们的曲解表示遗憾,对友人的发展寄予厚望。晁冲之是这么说的,也是这么做的。他的诗歌出自真实的情感,取自丰富的生活,体现独特的思考,达到了相当的高度。

从体裁看,晁冲之兼善众体,而以律绝为主。他的诗今存 170 首(其中 3 首或为他人之作),包括七言绝句 45 首,五言律诗 42 首,七言律诗 32 首,五言古诗 28 首,七言古诗 16 首,五言绝句 7 首。律绝共 126 首,约占现存诗歌的 74% 。从手法看,晁冲之博学多能,善于以文字与议论为诗。像《次君表韵答叶少蕴生》中"老去幽栖谁比数,传君诗一邑人惊"的散化诗句不在少数;而《效古别昭德群从》中"人生一月间,得笑无六七"的以论为诗亦复不少。晁冲之早年曾向陈师道学诗,与吕本中交游颇厚。所以尽管他的诗取径甚广,有学古乐府的,如《古乐府》;有学柳宗元的,如《雪效柳子厚》;有学李商隐的,如《次四兄以道韵效李义山雪》。但更多的,还是取法杜甫。所以从风格看,他与江西诗派是一致的,吕本中也将他列入《江西诗社宗派图》。试看他的《僧舍小山三首》之一:

> 此老绝萧洒,久参曹洞禅。胸中有丘壑,左手取山川。树小风声细,岩深日影圆。江湖不归客,相对一茫然。

诗的前四句刻画佛像形态:这是一尊具有深厚曹洞禅学(禅宗五家之一,以其第一祖为洞山良价、第二祖为曹山本寂得名)修养的佛祖,气度潇洒,手眼甚高。"左手取山川"出自《维摩诘所说经 · 不思议品》:"又舍利弗住不可思议,解脱菩萨断取三千大千世界,如陶家轮著右掌中,掷过恒沙世界之外,其中众生不觉,不知己之所往,又复还置本处,都不使人有往来想,而此世界本相如故。"五、六句描写山洞景色:山风吹树,声音细小;日影入洞,光柱圆圆。末二句抒发人生感慨:仕途不济,流落江湖;何去何从,茫然难测。通篇摹写传神,用典圆熟,语句生新,气韵冷僻,与一般江西风调并无二致。但是,晁冲之的诗歌还有慷慨俊迈、倜傥风流的一面,这与江西诗派的一般特色又是不同的。如《夷门行赠秦夷仲》前四句称赞夷门监侯嬴舍身报答信陵君的英雄业绩,中间五句讥刺"三数公"一旦得意便不念旧情的丑恶行径,后五句慨叹当世文人不像侯嬴那样敢于舍生取义、不像司马相如那样敢于直言谏诤。全篇感情饱满,褒贬分明,笔势凌厉,慷慨豪纵。所以宋人刘克庄说:"余读叔用诗,见其意度沉阔,气力宽余,一洗诗人穷饿酸辛之态。"①又称其部分诗歌"激烈慷慨","南渡后惟放翁可以继之"②。清人贺裳也称晁冲之的部分诗歌"俊气可掬"③。

晁冲之对后人的影响也是显而易见的,如《春日二首》之二写春日的景色,生动逼真,清新隽永,上承王维、孟浩然遗风,下开杨万里、范成大先河,即在中国山水田园诗的发展史上也是值得一提的。他的不少诗句,还为后人点化运用,辛弃疾《水龙吟·登建康赏心亭》词中的"遥岑远目,献愁供恨"即与晁冲之《览古》诗中的"遥岑不娱人,苍莽颇愁绝"一脉相承。

晁冲之的词今存16首(其中3首或为他人之作),基本内容是抒发离情愁绪。如《汉宫春》(黯黯离怀)写辞别长安,《感皇恩》(寒食不多时)写闺妇之愁,《临江仙》写思念友人。近人况周颐称晁冲之的词纡徐排调,略似柳耆卿,颇有见地。如《上林春慢》:

> 帽落宫花,衣惹御香,凤辇晚来初过。鹤降诏飞,龙擎烛戏,端门万枝灯火。满城车马,对明月、有谁闲坐。任狂游,更许傍禁街,不扃金锁。　　玉楼人、暗中掷果。珍帘下、笑着春彩袅娜。素蛾绕钗,轻蝉扑鬓,垂垂柳丝梅朵。夜阑饮散,但赢得、翠翘双亸。醉归来,又重向、晓窗梳裹。

这是一首慢词,写于作者留居汴京时期。上片是皇帝赐宴、万众狂欢的背景,下片是女子掷果、盛装出游的特写,通篇采用赋体,长于铺叙,把个太平

---

①②《江西诗派序·晁叔用》。

③《载酒园诗话》,载《清诗话续编》第1册,第436页。

之世欢度元宵的场面刻画得栩栩如生，令人难以忘怀。

晁公休（生卒年未详），晁冲之子。宋高宗建炎年间（1127—1130 年）为汉阴令，张浚辟为川陕宣抚处置使司粮料官。《全宋诗》收晁公休《夏日过庄严寺，寺僧索诗，为留三绝。拉舍弟同赋》组诗 3 首，其三云：

机杼声中禾稻肥，畴瓜区芋绿成畦。田家乐事今如许，何日边城息鼓鼙。

诗的前三句描写粮果丰收的场景与田家欢乐的情怀，后一句抒发忧念边事的心曲。全篇绘声绘色，以乐衬哀。

晁公武（生卒年未详），字子止，号昭德先生，晁公休弟。宋钦宗靖康年间（1126—1127 年）避难入蜀。高宗绍兴（1131—1162 年）初年进士。曾任荣州司户。绍兴十七年（1147 年），总领四川宣抚司钱粮所、主管文字。后历知恭州、荣州、合州，为潼川府路转运判官。二十七年（1157 年），为言官论罢。孝宗隆兴二年（1164 年），除枢密院检详诸房文字，寻为殿中侍御史。乾道元年（1165 年），出知泸州。次年知兴元府，后充利州东路安抚使。乾道四年（1168 年）为四川安抚制置使，六年改淮南东路安抚使，七年知扬州。又除临安府少尹，累官吏部侍郎。晚年卜居嘉州。他是宋代著名的藏书家，著有《郡斋读书志》。

晁公武的诗今存 13 首，多纪行写景之作，如《南定楼》：

水接荆门陆控秦，卧龙陈迹久犹新。剑关驿外青山旧，锦里祠边碧草春。更筑飞楼瞰泸水，拟将遗恨问洪钧。南方已定虽饶富，北望中原正惨神。

这首七律即地写景，缘景生情，视野既相当开阔，感慨又极其深沉。七律《登金山》、《游焦山》、《荷池》，七绝《夏日过庄严寺，僧索诗，为留三绝》、《荆州即事》二首、《春日》，五古《酆都观》，也都是纪行写景的优秀作品。

晁公武的词今存《鹧鸪天》1 首，词云："笑擘黄柑酒半醒，玉壶金斗夜生冰。开窗尽见千山雪，雪未消时月正明。　兰烬短，麝煤轻，画楼钟鼓已三更。倚栏谁唱清真曲，人与梅花一样清。"

晁公遡（1116—约 1176 年），字子西，号嵩山居士，又号箕山先生。晁公武弟。宋高宗绍兴八年(1138 年)进士。历官梁山尉、洛州军事判官、施州通判。绍兴(1131—1162 年)末年,知梁山军。孝宗乾道(1165—1173 年)初年,知眉州。后提点潼川府路刑狱,累迁兵部员外郎。晁公遡自幼接受了儒家思想的教育,也深受佛家思想的影响。在文学上,他重视"风雅比兴"的创作传统,强调多方面的继承与发展,崇尚"峻洁"、"锦绣"、"崛奇"的诗歌格调。晁公遡著述甚多,大都失传,现仅存《嵩山集》诸本及见于他书的零散日记与小说。

晁公遡的诗现存 395 题,459 首。他的伤时悯农诗真实地反映了中原沦陷的情形,深刻地表达了对北方故土的思念、对爱国志士的赞美、对卖国君臣的讽刺、对农民与戍卒的同情。纪游写景诗生动地描绘了自己的行踪与见闻,并从不同角度观察、刻画不同的景物,或通篇写景,或情景并写,都能做到情景交融。思亲恋友诗往往渗透着对国事与民生的热切关注,也常常写他同亲友聚会的欢乐、离别的愁绪、重逢的渴望和日常生活。品书赏画诗完整地记录了他珍惜、收藏、欣赏书画佳作及其用品的生活,也透露了他偏爱画作惟妙惟肖、富有动感的艺术观点。咏史怀古诗或径以历史事件为对象而抚事寄慨,或于登临历史遗迹时即地抒怀,寄托生活理想,表明政治态度,阐述某种道理,抒发兴亡之感。托物寄情诗以咏梅、竹、木樨、荷花为多,借以烘托自己清高而谦逊的不凡节操。

晁公遡诗歌的艺术成就也很突出。就体裁说,诸体兼备,皆有佳作,尤以近体律绝见长,又常以律入古、以古入律,丰富了古、近两体诗歌的表现方法。就手法说,他善于"以文字为诗",不仅以诗代简、以诗为简,经常议论、对话,而且大量运用散文化的诗句;善于观察生活,并选取恰当的材料入诗;想象十分丰富,善于运用比兴,还常妙用通感;结构谨严,而又错综多变,经常采用"首句标其目,卒章显其志"的结构方式,并以标题交代创作背景。就语言说,语气以委婉舒缓见长;精于对仗,善用叠字;工于用典。就风格说,"悲怨"是主调,"劲健"是变奏。

晁公遡诗歌的题材和艺术,都见出杜甫的影响。同时,他又博采《诗经》、屈原、陶渊明、王维、李白、白居易、苏轼以及郭璞、谢灵运、谢朓、寒山子等各家之长。晁公遡的诗歌成就虽在晁补之之下,却不亚于晁冲之,应在宋代诗歌史乃至中国诗歌史上占有一席之地。兹录《合江舟中作》,以略窥其貌：

> 云气昏江树，春流没钓矶。如何连夜涨，似欲送人归。乱石水声急，片帆风力微。舟师且停橹，鸥鹭畏人飞。

宋袁说友编《成都文类》、明周复卿著《全蜀艺文志》、明曹学佺著《蜀中广记》、清厉鹗辑撰《宋诗纪事》等，都选了这首诗。它的成功之处在于不仅形象地描摹了合江舟中的见闻，而且真切地抒发了思念家乡的感慨。而完整的篇章、整齐的句式、严谨的对偶、和谐的音律，更为作品增添了百读不厌的艺术魅力。

晁公遡的散文包括赋、表、启、序、记、杂著、传等多种文体，而以赋、书、记、传价值最高。《屈原宅赋》慨叹"名节之可尊而富贵之为不足恃也"；《与李仁甫结交书》抨击才士"观主之所向，而谋一言之合"；《淮南转运司思政堂记》称赞君子"居其家思乎孝悌，出而仕，随其位而思其职"；《刘汲传》塑造了刘汲这一舍身卫国、视死如归的英雄形象。这些作品都体现了晁公遡文"挥洒自如"、"劲气直达"①的风格特点。

（3）晁端礼

晁端礼（1046—1113年），一作元礼，字次膺。晁补之称他"十二叔"，并常与其唱和。宋神宗熙宁六年（1073年）进士。曾任单州成武主簿、瀛洲防御推官，后知洺州平恩县。官满授泰宁军节度推官，迁知大名府莘县。适值朝廷推行保伍法，部分士兵因受约束而欲哗变。晁端礼晓以利害，士兵情绪得以稳定。但部使者疑其掠功邀福，以预支公钱从私贷法罢免官职，废徙长达三十年之久。徽宗政和三年（1113年），因蔡京举荐，应诏赴京城。恰逢宫禁莲荷初生，便进《并蒂芙蓉》词，得到徽宗赏识，授以承事郎为大晟府协律，命甫下而病卒。词集《闲适集》已佚，今传《闲斋琴趣外篇》6卷。

晁端礼的词今存141首，其中有不少颂美祝寿的篇什。其《并蒂芙蓉》由眼前的并蒂芙蓉，写到天下的承平气象、君王的潇洒气度，典雅工丽，雍容华贵。《醉蓬莱》（看梅梢初动）称颂帝子"龙种殊常，照人眉宇，似汝阳端秀"、《永遇乐》称颂地方官吏"儿童竹马，欢迎夹道，争为使君歌舞"、《一丛

---

①《四库全书总目》下册，第1363页。

花》称颂侄子“神寒骨重真男子，是我家、千里龙驹”，《玉女摇仙佩》祝愿宰相“八千岁月椿难老”、《上林春》祝愿朝廷命官“玉函金篆，帝锡与、寿眉齯齿”、《庆寿光》祝愿叔祖母“余庆从今沓至”，都与《并蒂芙蓉》同调。宋人黄升称晁端礼“与万俟雅言（咏）齐名，按月律进词”①，指的多是这类词作。晁氏歌功颂德，固然出于求仕升迁的需要，也与时风的影响密不可分。我们只要读一下他的组词《鹧鸪天》序，就一清二楚了，序云：“晏叔原（几道）近作《鹧鸪天》曲，歌咏太平，辄拟之为十篇。野人久去辇毂，不得目睹盛事，姑诵所闻万一而已。”

晁端礼记录游宦经历、抒发政治失意的词作更为真切感人。他曾自比贬官江州的白居易，如《满庭芳》所谓“若过浔阳亭上，琵琶泪、莫洒清秋”；也常自怨自艾，如《满庭芳》所谓“吾小阮，朝辞东观，夕向南州”，《水调歌头》所谓“谁信如今憔悴，尘暗金徽玉轸，藓污匣中蛇”，这些都真实地反映了他的人生感受。又如《满庭芳》既袒露了自己的“疏懒”本性，又表达了他“长歌去”的决心，这正从一个侧面反映了贤愚颠倒、政治黑暗的社会现实。

晁端礼数量最多的作品，还属恋情词。他的《雨中花》（流水知音）描写恋人依依惜别的情景，《安公子》（帝里重阳好）记录男子重寻旧好的行踪，《踏莎行》（萱草栏干）刻画女子期盼所思的心理，《鹊桥仙》（从来因被）表达女子遭到遗弃的愤懑，感情真挚，深婉动人。《水龙吟》（倦游京洛风尘）则把政治失意与恋情挫折熔铸一体，“密处能疏，疏处能密，如同织锦一般，浑然天成，构成一首绝妙的好词”②。与《水龙吟》异曲同工的《绿头鸭·咏月》，又把月亮的描绘与恋情的抒发结合起来：

晚云收，淡天一片琉璃。烂银盘、来从海底，皓色千里澄辉。莹无尘、素娥淡伫，静可数、丹桂参差。玉露初零，金风未凛，一年无似此佳时。露坐久，疏萤时度，乌鹊正南飞。瑶台冷，栏干凭暖，欲下迟迟。

念佳人、音尘别后，对此应解相思。最关情、漏声正永，暗断肠、花影偷移。料得来宵，清光未减，阴晴天气又争知。共凝恋，如今别后，还是

①《四部丛刊》本《唐宋诸贤绝妙词选》卷七，第7页。

②徐培均语，见《唐宋词鉴赏辞典》（唐·五代·北宋卷），上海辞书出版社1988年版，第812页。以下版本俱同。

隔年期。人强健，清尊素影，长愿相随。

此词上片写景，下片抒情，铺叙有致，声调谐婉，长达139字，是晁端礼的代表作，也是宋代中秋词中的佳作。宋人胡仔云："中秋词自东坡《水调歌头》一出，余词尽废。然其后亦岂无佳词？如晁次膺《绿头鸭》一词殊清婉，但樽俎间歌喉，以其篇长惮唱，故湮没无闻焉。"①

晁端礼的词体式多样，既有小令，又有中调，还有长调。其语言亦雅俗相济，像"渐紫宙、星河晚。放桂华浮动，金莲开遍"②、"乱沾衣、桃花雨闹，微弄袖、杨柳风轻"③、"莫把绣帘垂下，妨它双燕归来"④的雅，"暂时间未觑得，又早孜煎无那"⑤、"管取你回心，却有投奔人时"⑥、"又不分明，许人一句，纵未也心安"⑦的俗，都较具个性。就风格说，则婉约与豪放并见，雕琢和自然共存，如《望海潮》词的立意、结构、语言，都见出柳永《望海潮》与苏轼《念奴娇·赤壁怀古》的影响。晁端礼还有两首"回文体"的词，内容虽无新意，形式却有开拓，兹以《菩萨蛮》为例：

卷帘风入双双燕，燕双双入风帘卷。明月晓啼莺，莺啼晓月明。断肠空望远，远望空肠断。楼上几多愁，愁多几上楼。

这类作品，在过去与同期山东词人的集子中，是不曾见到的。

（4）晁说之

晁说之（1059—1129年），字以道，一字伯以。钦慕司马光为人，自号景迂生。宋神宗元丰五年（1082年）进士。哲宗元祐（1086—1094年）初年，曾官兖州司法参军。绍圣年间（1094—1098年），为宿州教授。元符年间（1098—1100年），知磁州武安县。徽宗崇宁二年（1103年），知定州无极县。后入党籍。大观、政和时（1107—1118年），监明州造船场，又通判鄜州。宣和时期（1119—1125年），知成州，不久致仕。钦宗即位后，以著作郎

①《苕溪渔隐词话》，载《词话丛编》第1册，第174页。
②《金人捧露盘》。
③《玉胡蝶》。
④《清平乐》。
⑤《上林春》。
⑥《吴音子》。
⑦《少年游》。

召,除秘书少监、中书舍人,又以议论不合落职。高宗朝召为侍读,后提举杭州洞霄宫。有《嵩山文集》,又名《景迂生集》。

晁说之的诗现存 898 首。兹录《四部丛刊》本《嵩山文集》诗集首篇《对月偶成》,以略窥其貌:

我屋天之东,月从海西来。不解传消息,起舞兴悠哉。千里玉绳断,万顷金波开。为我清皮骨,怜我兀尘埃。座有玉山人,映照共徘徊。谈笑喜复喜,讵必蝦头杯。

通篇亦景亦情,洒脱豪迈。另一首《明皇打球诗》,更是妇孺皆知的佳作:“宫殿千门白昼开,三郎沉醉打球回。九龄已老韩休死,明日应无谏疏来。”

晁说之文以奏议、杂著、记影响较大。《靖康元年应诏封事》、《重地》谴责投降逃跑,力主保家卫国;《春秋》、《汉儒》分别提出应以《春秋》为本,重视汉儒贡献;《兰室记》、《清风轩记》先后赞美“侯”之如兰节操与太守清风般德政。它们都内容充实,典丽清新。晁说之精通易学,其《易玄星纪谱》、《易规》、《易卦相应》等,都对易学研究作出了贡献。

(六) 北宋的其他山东作家

1. 张詠

张詠(946—1015 年),字复之,号乖崖,鄄城(今属山东)人。宋太宗太平兴国五年(980 年)进士。曾任大理评事、知鄂州崇阳县。雍熙元年(984 年),迁著作佐郎。端拱元年(988 年),转秘书丞。二年,通判相州。召还,知开封府浚仪县,出为荆湖北路转运使。淳化四年(993 年),擢枢密直学士、知通进银台司兼掌三班院。五年,出知益州。真宗咸平元年(998 年),召拜给事中,迁户部使,改御使中丞。二年,以工部侍郎出知杭州。五年,改知永兴军。六年,加刑部侍郎,再知益州。景德三年(1006 年),复掌三班院兼判登闻检院。四年,知升州。大中祥符五年(1012 年),改知陈州。卒谥忠定。有《张乖崖集》。

张詠今存诗 154 首(其中 4 首或为他人之作)。他是杨亿所编《西昆酬唱集》中的 17 位作者之一,自然常被视为西昆体诗人。由于“西昆诗人只是一味模拟，缺乏真情实感”①、“从总体上看，西昆体诗的思想内容是比较贫乏的，它们与时代、社会没有密切的关系，也很少抒写诗人的真情实感，缺乏生活气息”②等权威观点的影响，使得人们往往把西昆体诗人同一化，把《西昆酬唱集》中的作品与西昆体诗人的作品同一化，这当然是不合实际的。

首先，张詠诗的思想内容并不贫乏。我们从“寄语巢由莫相笑，此身不是爱轻肥”③、“方今圣明代，不敢话辞荣”④、“堪愧崇阳九河客，明时不敢自归山”⑤等诗句中不难看出他出仕的动机。他有很多抒发忧国爱民情怀的作品，如《送韩使君赴任越州十一韵》称颂韩氏“未得灭匈奴，虽荣亦为辱”，《至道乙未蜀中送人东归》嘱咐友人“好竭忠诚佐真主，莫教奸佞苦妨贤”，《东门行》自嗟“伊余志尚未著调，秋风拔剑东门行”，《悼蜀四十韵》揭露西蜀“当时布政者，罔思救民瘼”，《萧兰》明言“自古贤者心，所忧在民泰”，《愍农》慨叹当世“春秋生成一百倍，天下三分二分贫”，《赠刘吉》则赞美刘吉“居危不苟全，凭艰立忠义”、“劳劳忧众民，咄咄骂贪吏”的高风亮节。又如《公暇偶作》写四十九年报国无成的苦闷，《答人惠四明山蕉叶扇》由蕉叶扇想到慰藉黎庶心愿，忧国爱民的赤子之心都溢于笔端，感人至深。

表达守正不阿的志向，也是张詠诗歌的重要内容。他告诫自己：“宁作鸾凤饥，不为鸡犬肥”⑥；明确表示：“我身岂比浮游辈，蜀地重来治凋瘵”⑦。尽管仕途蹭蹬，他却唱出了“拔剑舞，击剑歌，青云路遥心奈何”⑧、“不免旧溪高士笑，天真丧尽得浮名”⑨之类的悲歌，但他独善其身的气节，是不曾改变的。

张詠还有一些描写友情与乡情的诗歌。其友情诗或记日常交往，如《谢云居山人草鞋》、《请人画嵩山图》；或写依依惜别，如《劝酒惜别》、《留

①《中国大百科全书·中国文学》，中国大百科全书出版社 1988 年版，第 1004 页。以下版本俱同。

②袁行霈主编：《中国文学史》（第 2 版）第 3 卷，高等教育出版社 1999 年版，第 25 页。以下版本俱同。

③《寄傅逸人》。

④《县斋秋夕》。

⑤《县斋感怀二首》之一。

⑥《解嘲》。

⑦《二月二日游宝历寺马上作》。

⑧《淮西有答》。

⑨《途中》。

别博州推官杨丹》;或状两地相思,如《寄晁同年》、《郡斋书情寄仙游张及》。代表作是《与进士宋严话别》:

> 人之相知须知心,心通道气情转深。凌山跨陆不道远,蹑屩佩剑来相寻。感君见我开口笑,把臂要我谈王道。几度微言似惬心,投杯着地推案叫。此事置之无复言,且须举乐催金船。人生通塞未可保,莫将闲事萦心田。兴尽忽告去,挑灯夜如何。弹琴起双舞,拍手聊长歌。我辈本无流俗态,不教离恨上眉多。

作品由“相寻”写到“告去”,顺序展开,层次清晰;首尾议论而插以描写,过渡自然,有机结合。通篇情调高昂,参差错落,淋漓尽致地表现了作者与宋严的深厚友情。张詠的乡情诗或叙平居里巷的生活,如《缉书斋》、《退居近墅》;或忆故乡的风土人情,如《县斋感怀二首》之二、《阙下寄傅逸人》;《旅中感怀》是这类诗歌的代表作。

写景、咏物、怀古在张詠的诗歌中也占有一定比重,而且不乏佳作。写景诗如五言排律《登崇阳县美美亭》,诗人充分发挥其体制优势,多侧面、多角度地描绘了登临美美亭的所见所闻,令人目不暇接;又借以抒发他的羁旅之思,身世之痛。《登黄鹤楼》、《和人登朗州江亭》、《舟中晚望桃源山》等,也是较为优秀的写景诗。张詠的咏物诗也较出色,如收入《西昆酬唱集》中的《鹤》,刻画了鹤“洁白”的“天姿”,赞美了它委于“泥尘”也“不卑”的品性,寄托了自己特立独行的高洁志向。此类作品还有《朝日莲》、《弱柳》、《方竹》、《和人牡丹》、《鹭鸶》、《馆中新蝉》等。张詠怀古诗的代表作是《夫差庙》,该诗短小精悍,议论透辟,至今仍有警示意义。《骊山感事》、《吊屈原》、《谕意》等怀古诗,也较耐读。

其次,张詠也不只是一味模拟。他的诗作内容充实,已如上述。即在艺术上,也有不少新贡献。大略说来,有以下几点:一是诗体多样。在其现存的 154 首作品中,有七绝(55 首)、七律(36 首)、五律(25 首)、七古(23首)、五古(7 首)、五排(6 首)、杂言(2 首)七种之多,这在宋代的山东诗人中,是前无古人的。二是手法较丰富。张詠一方面继承了《诗经》以来的创作传统,注重现实,长于比兴;一方面又发展了中唐韩愈以来的创作传统,不避散化,喜欢议论,尤爱用典,已经体现出宋诗的基本特点。兹举《晚泊长台驿》为例：

> 驿亭斜掩楚城东，满引浓醪劝谏慵。自怜明时休未得，好山非是不相容。

这是诗人漂泊途中的述怀之作，写他忠而见贬的牢骚与始隐终仕的矛盾。《南史·谢弘微传》载谢瀹每以心直口快得罪权贵，其兄送别之际指其口曰："此中唯宜饮酒！"本诗次句暗用此典。南朝周颙始借隐居以延誉，终羡富贵而出仕，于是名士孔稚珪作《北山移文》假山灵之口讥其违背初衷。本诗结句翻用此典。通篇叙议结合，起伏跌宕，用典精审，文从字顺。三是风格较鲜明。《宋史·张詠传》称张詠"少学击剑，慷慨好大言，乐为奇节"。诗如其人，所以《宋诗钞》评张詠"诗雄健古淡有气骨，称其为人"。

实际上，张詠自己说得就很明白："已得风雅正，任从时士轻。"①他是追步"风雅"而鄙弃"时士"的。他的作品也正如此。所以，我们对张詠还要认真考察，不然就会人云亦云；对西昆体诗人更要全面研究，否则难免以偏概全。

张詠也工赋善文。其《声赋》刻画自然之声与人事之声，驱遣自如，气势宏伟，深为论者称道："穷极幽渺，梁周翰至叹为'一百年不见此作'。则亦非无意于为文者，特其光明俊伟，发于自然，故真气流露，无雕章琢句之态耳。"②张詠的散文《乞斩丁谓王钦若奏》雄健有力，《骂蝇文》嬉笑怒骂，《麟州通判亭记》叙议交融，也都值得一读。

2. 李师中

李师中（1013—1078年），字诚之，楚丘（今山东曹县）人。进士及第。曾任并州推官。后应鄜延经略使庞籍辟，知洛川县。庞籍任枢密副使后，移知延州敷政县、兴元府褒城县，改管干鄜延路经略机宜事。宋仁宗嘉祐三年（1058年），迁提点广西刑狱、权经略事。七年，改知济州，又历知兖州、凤翔府。神宗熙宁（1068—1077年）初年，擢天章阁待制、河东都转运使。西夏事起，改秦凤路经略安抚使、知秦州，坐与王韶战守意异，而王安石主韶，于

①《酬宗人殿院见示诗集》。
②《四库全书总目》下册，第1306页。

是降知舒州，徙知洪、登、齐、瀛州。又因上书言事忤执政，贬和州团练副使，旋徙单州。后复右司郎中，分司南京。有《珠溪集》。

李师中现存诗38首(其中1首或为他人之作)。他是一位爱国爱民的进步文人，在《唐州太守》诗中评价友人“大都狂贼终须灭，未杀忠臣祸不深”；在《嘉祐三年九月受命来岭外，七年十一月得请知济州。感恩顾己，喜不自胜，留诗四章，以志岁月》之一诗中记录自己“四年尽瘁今归去，不负斯民只负身”。尤其可贵的是，他既能捍卫主权，又不滥杀俘虏：“侵地颇收复，又来入贡，但未能斩馘以献，岂非留贼遗君父矣。”①他志在报国安民，但又屡遭磨难，因而抒发事业无成的苦闷就成为其诗作的主旋律。如《送唐介》：

> 孤忠自许众不与，独立敢言人所难。去国一身轻似叶，高名千古重于山。并游英俊颜何厚，未死奸谀骨已寒。天为吾君扶社稷，肯教夫子不生还。

关于这诗的创作背景，《燕魏录》有一则记载：“嘉祐间，唐介子方以言切直，忤仁庙被责。诚之以诗送行，士大夫莫不传诵。”作品不仅赞美了唐介“孤忠自许”、“独立敢言”的崇高节操，而且揭露了“并游英俊”厚颜无耻的卑劣行径，还表达了自己忠于“吾君”、热爱“社稷”、关心“夫子”的一片丹心，内容相当充实。这首诗之所以广为传诵，还在于它鲜明的艺术个性。作者自注云：“进退韵。”进退韵是律诗用韵的一种方法，即二、六句用甲韵，四、八句用与甲韵可通的乙韵，它们交错押韵。以此诗为例，二、六句的韵脚“难”、“寒”在《韵略》中列入第二十五，四、八句的韵脚“山”、“还”在《韵略》中列入第二十七。唐代已有进退韵，宋胡仔《苕溪渔隐丛话》引宋黄朝英《缃素杂记》曰：“[唐]郑谷与僧齐己、黄损等共定今体诗格云：‘凡诗用韵有数格：一曰葫芦，一曰辘轳，一曰进退。’”但并不普遍。而在宋代的山东诗人中，李师中的这首进退韵诗可能是最早的了。这类抒发事业无成苦闷的诗歌还有不少，如“大抵孤忠报国难，古今共是一长叹”、“四年岭外得

①《嘉祐三年九月受命来岭外……》之二自注。

生还，自顾无功但愧颜”①、“难逢古鉴明忠腹，长似骚人带病容”②等。

同大多数封建文人一样，李师中在仕途淹蹇之际也悲观失望，思亲怀乡。他为出仕而后悔，如《留题龙隐岩》；为困顿而自怜，如《送桂州安抚余靖侍郎还京》之二；或为漂泊而伤感，或为年高而焦虑，自悲自叹，自怨自艾。他的《和李明叔理定道中》诗写百无聊赖的幽居生活与归思如箭的焦灼心情，准确细腻，相当感人。

李师中还有一些描绘景物、抒发友情的诗歌，它们以生动活泼、率真朴素而取胜，如《天目山》：

> 坏壁摩娑少旧题，高情应怪赏音稀。烟霞正自无今古，云水从教远是非。丹井金龙藏洞府，杞丛花犬荡霞霏。登临未学神仙事，老树闲看独鸟归。

描写天目山的景色，元人陈世隆注曰：“海陵东南姜堰北有天目山，古地钵福地，陶隐居云‘地钵临江东’是也。东晋道士王冶隐居于此，后白日飞升。非吾杭之天目也。”《递中得先之兄书……》之一抒发思友人的挚情，但人、物相兼，叙议结合。

此外，李师中景物诗中的《龙隐岩》（五古）、《麦积山》、《中隐岩》之一，友情诗中的《送桂州安抚余靖侍郎还京》之一、《赠韩迴》、《颖国庞公挽词》以及咏物诗《咏松》、怀古诗《子陵二首》、哲理诗《中隐岩》之二，也值得一读。

李师中的词仅存《菩萨蛮》1首，词云：“子规啼破城楼月，画船晓载笙歌发。两岸荔枝红，万家烟雨中。　　佳人相对泣，泪下罗衣湿。从此音信稀，岭南无雁飞。”作品写于广南西路提点刑狱卸任之际，抒发词人的离别之愁。通篇感情真挚，意境深远。尤其是首句，以精于炼字而著称。“子规、城楼、月，本是三个互不相干的概念，然着一‘破’字，遂连成一体，形成浑一的境界。”③在唐宋时期为数不多的以岭南生活为题材的作品中，这是较为优秀的一篇。

---

①《过严关有感》之一、二。
②《客有写真者见予，因以三诗赠之》之三。
③徐培均语，载《唐宋词鉴赏辞典》（唐·五代·北宋卷），第506页。

3. 商倚

商倚(生卒年未详),淄川(今属山东)人。宋哲宗元祐年间(1086—1094年)曾官太学博士,绍圣四年(1097年)通判保州。徽宗建中靖国元年(1101年)任殿中侍御史,崇宁三年(1104年)入党籍。

商倚的诗今存18首,它们多写作者的馆阁生活与羁旅之思,如《和慎思初入试院》:

承诏抡才敢倦行,广庭深锁待群英。分场自敌三千客,决胜谁降七十城。夜案尚闲涂卷笔,晓堂方听读书声。归时还有黄花否,已觉秋风满袖生。

作品写供职试院的生活,从颈联后诗人自注"每早尝闻无咎诸公读书"中还可看到作者与晁补之的密切交往。《和慎思诗呈同院诸公》写羁留异地的乡愁,从中又可看到作者政治上的失意。

商倚的诗全是和作,题中注明"和"的达14首,注明"次韵"的有3首,另外1首也显系和诗。其体裁也全为律诗,五律达12首,七律有6首。所以他的诗内容较狭窄,形式亦单调,读过难免雷同之感。我们只要看他有9首诗均以"秋日同文馆"开头,就一目了然了。

4. 李元膺

李元膺(生卒年未详),东平(今属山东)人。宋哲宗绍圣年间(1094—1098年),曾为李孝美《墨谱法式》作序。徽宗时(1100—1125年)任南京教官,因讥讽蔡京而终生未得召用。

李元膺的诗现存12首。七绝组诗《十忆》依次描绘女子行走、安坐、饮酒、歌唱、学书、博戏、含颦、微笑、睡眠、化妆的姿态,宛如一幅个人生活的连环画。其共同特点是细致而又传神,如《忆书》:

纤玉参差象管轻,蜀笺小研碧窗明。袖纱密掩嗔郎看,学写鸳鸯字未成。

把一位初学写字却怕情郎见笑的女子的形象刻画得惟妙惟肖、淋漓尽致。五古《折杨柳》写送友之际"攀条欲相赠,上有双流莺。流莺正求友,奈此离别情"的场景,构思巧妙;七律《观前古美人图》由观赏古代美人图像而生发出“归来安守无盐女，不宠无惊共白头”的感慨，也令人信服。

李元膺的词今存9首（其中1首或为他人之作）。最有名的，大概要数《茶瓶儿》了：

去年相逢深院宇，海棠下、曾歌《金缕》。歌罢花如雨。翠罗衫上，点点红无数。　　今年重寻携手处，空物是人非春暮。回首青门路。乱红飞絮，相逐东风去。

词的上片写去年初遇女子的场景：海棠之下，浅斟低唱，花瓣染红了衣衫；词的下片写今年故地重游的情形：携手行处，物是人非，落花随东风而去。全篇以景写情，形象生动，缠绵悱恻，启人联想。此外，《菩萨蛮》写女子荡秋千，《洞仙歌》（廉纤细雨）写男女相思，《浣溪沙·咏掠发》写梳理头发，也都值得一读。王灼《碧鸡漫志》卷二云：“李元膺思致妍密，要是波澜小。”他对李元膺词的成就与局限，看得还是比较透彻的。

5. 李昭玘

李昭玘（？—1126年），字成季，巨野（今属山东）人。宋神宗元丰二年（1079年）进士。曾任徐州教授。哲宗元祐五年（1090年），自秘书省正字除校书郎。后通判潞州，入为秘书丞、开封府推官，又出提点永兴、京西、京东路刑狱。徽宗即位后，召为右司员外郎，迁太常少卿，出知沧州。崇宁（1102—1106年）初年，入党籍，闲居十五年，自号乐静先生。钦宗靖康元年（1126年），以起居舍人召，未赴而卒。有《乐静集》30卷。

李昭玘是一位关怀国计民生的诗人，也有一些伤时悯农的诗歌，代表作是《驱雀行》：

田间小儿杖驱雀，雀飞上枝不敢落，绕树咒骂语声恶。三时耕锄一时获，老牛力尽石田薄。五龙作嗔风吐雹，赤乌烧云龙见逐。南村卖桑北村熟，狐尾毵毵穗齐屋。县门大书催赋粟，南关飞挽夜摩谷。扫舂缚箕十指秃。一米未炊汝先啄，直须杀汝偿我腹。田父坐语儿，雀不暴人人亦饥。但令家雀千群饱，莫使征西战马肥。

诗篇由小儿驱雀开端，反映了一个农家辛勤劳作却又难以糊口的悲惨命运，揭露了广大农民不堪忍受苛捐杂税折磨的社会时弊，结尾则借“田父”之口说明了战争危害甚于家雀啄粮的道理。《久雨》写作者“此行吾自喜，所念老农忧”的心情，《喜晴寄张使君》赞友人“使君仁术物同情，日望田畴祝颂成”的政绩，也都体现了诗人忧国忧民的情操。

感遇述怀是李昭玘诗歌的重要内容。如《暮冬书怀赠次膺四首》之四写“惭愧儒冠误此身，途穷何暇问通津”的懊悔，《和程适正见赠二首》之一写“壮岁干名幸起家，十年蹭蹬一偿嗟”的无奈，《早秋》写“逐客长夜感，美人团扇悲”的伤感。而《暮冬书怀赠次膺四首》之二、《次韵庭玉弟暮春作》、《北园书事三首》之一等，则在闲适生活乐趣的描写中反衬出仕途的凶险，表达了自己的价值取向。李昭玘的景物诗刻画精工，平淡自然。《道中书怀三首》之一、《过虹县有作》描写水行途中之景，《登龙游寺》、《登平山堂》描写登览俯瞰之景，都引人入胜。《出郭闲步》描绘出郭所见的田园景色，也是一篇佳作，通篇不事雕琢，信笔而写，颇得孟浩然、王维田园诗的真传。李昭玘的友情诗也较出色。记录日常交往的《从张圣涂乞石》、《赠汉老侄琴》，送别朋友出行的《送王子中南归筠州》、《送次膺赴诏二首》，悼念朋友谢世的《无咎哀辞二首》、《次膺哀辞三首》，都较耐读。尤其值得注意的是，李昭玘与大诗人苏轼还有交往，其《雪堂诗寄子瞻》描绘了大雪纷飞的景色，刻画了奇寒刺骨的感受，并对热衷干谒的势利之徒进行了无情的嘲讽。李昭玘的咏物诗《古铁刀》、题画诗《观江都王画马》、哲理诗《北园书事三首》之二、游仙诗《和鲍辇七夕四绝》，也都别有情趣。

李昭玘诗今存98首，其中七律36首，五律29首，七绝11首，五古10首，七古6首，五绝4首，不详2首（诗句有残脱）。可见，他是一位兼长各种诗体而以近体为主的诗人。作品风格也以平实、朴素取胜。

李昭玘的散文主要是启状、表、碑志、行状、杂文、书、进卷等，《四库总目提要》谓其“光明俊伟，无依阿澳涩之态，亦无嚣呼愤戾之气”，颇中肯綮。如《上孙莘老》在抨击世人的趋炎附势、称赞孙氏的恪守节操后，袒露了自己追步孙氏而又唯恐不及的深切忧虑：“朝暮修身行已，治性养心之效曾未及古人之一二，而忽忽将老，此寤寐忧惧，深自痛恨者也。”再如《上眉阳先生》在记叙苏轼与友人宴集黄楼，挥笔成文，众人哄抢的情景后，忽然宕开一笔：“是日，晚风落日，远山透迤，川流无波，白鸟上下。”既是对周边环境的刻画，也是对苏轼风神的映衬。又如《用相》、《治吏》分别阐述“有用天下之道者乃可以知相,有兼天下之才者乃可以为相”、君主既要“厚于与人”又要“自厚”的道理。它们或叙或议,都文从字顺,摇曳多姿。

6. 吕颐浩

吕颐浩(1071—1139年),字元直,世居乐陵(今属山东),五世祖官齐州(今山东济南)时迁家于此。宋哲宗绍圣元年(1094年)进士。初任成安尉、密州司户参军、邠州教授等。徽宗宣和(1119—1125年)末年,因燕山之役转输有功累官河北都转运使。后以病辞,提举崇福宫。高宗建炎元年(1127年),起知扬州。三年,金人犯扬州时,拜同佥书枢密院事、江淮两浙制置使,改江南东路安抚制置使兼知建康府。不久,拜同中书门下平章事兼御营使。四年,罢充醴泉观使,旋为建康府路安抚大使,兼知池州。绍兴元年(1131年),以江东安抚制置大使兼宣抚淮南,寻拜同中书门下平章事兼知枢密院事。三年罢职,提举临安府洞霄宫。五年,为荆湖南路安抚制置大使兼知潭州。六年十二月,改两浙西路安抚制置大使兼知临安府。八年,因病充醴泉观使。卒赠秦国公,谥忠穆。有《忠穆集》。

吕颐浩的诗今存84首。其《谢刘仲忱宠惠诗编》诗云:“四十年来无此作,睢阳今继少陵人。”《次朱通判敦儒韵》之一诗又云:“蚤伏诗名压元白,细看佳句用功深。”他以“继少陵”、“压元白”称颂友人,正反映了自己对杜甫、元稹、白居易的推崇。他的创作实践也正如此,这集中体现在他对社会现实的关注,对国计民生的重视。

吕颐浩素有大志,登第伊始就说:“他年若遂平生志,肯为长檠弃短檠。”①中年以后还说:“青山岂乏归耕路,白发难忘报国心。”②对于进退去就,他曾犹豫过,也曾厌倦过,还曾埋怨过,甚至曾痛苦过,但他临终都未离开仕途,且在一度退归的日子里表达了对闲居生活的无奈:“祠馆退归乖素志,帅藩承乏愧前贤。”③这正基于他对祖国、对人民的热爱。请看《次韵李德升老堂》之一、《次张全真参政韵》之一两诗:

腐儒才术本庸庸,祖业安能效太公。老去退休营小隐,闲来时幸濯

①《登第后道中灯下读书》。
②《雄州道中寄沈和仲侍郎》。
③《次郑顾道韵》之一。

清风。相从坦率形骸外，投分交游意气中。衰谢何堪抚鸣剑，梦魂犹拟灭羌戎。

垂老归休荷圣恩，栽花种竹引儿孙。向来豪健风樯勇，老去光阴渴骥奔。往事不劳空咄咄，素怀犹欲济元元。天台山下柴荆路，白首栖迟学灌园。

一个退休的封建老臣，本可安度晚年；他却“梦魂犹拟灭羌戎”，“素怀犹欲济元元”。其忧国之诚，爱民之切，溢于言表，委实感人。这类作品与句子在吕颐浩的诗歌中俯拾即是，如《送张德远宣抚川陕二首》、《梦室》、《次韵沈元用游天台三首》之一，又如《扈从至西城道中作》中的“干戈几时休，忧国心如醒”、《和沈和仲同胡少汲河朔道中》中的“独怜抚字谬，本计自疏芜”、《离京师》中的“粗官自不随时用，拙宦安能为己谋”等。

吕颐浩生当北南宋之交，亲身经历了故土沦陷的沧桑巨变。因而他的那些思念故乡的诗歌，也就特别深沉。如《次潭州通判范寅秩韵》：

胡尘一动隔吾乡，旋向丹丘筑草堂。方效潜鱼游海渚，忽随飞雁到衡阳。雨余南陌千峰翠，春日东郊百草香。身在湖湘归未得，梦魂时到旧居傍。

他知道，正是金人入寇，使他难以返乡；只有赶走金人，才能回归故里。所以他日夜焦虑，魂牵梦绕：“闲心不厌耕南亩，清梦犹思殄北戎”①，“恢复中原乖素愿，梦魂时得到乡关”②，“每念蘧庐聊偃息，会须恢复返吾乡”③。这种眷恋故乡也即热爱祖国的感情，与李清照、辛弃疾并无二致。

吕颐浩还有一些描绘各地景物、抒发亲朋友情的诗歌，其中也不乏佳构。如：《怀临济旧居四首》之一写旧居环境，清新悦目；《寄刘圣可、杨如晦、贾习之三首》之二抒怀友之情，真挚感人。此外，写旅途风光的《菖蒲涧》、《圭沼》，寄外地朋友的《新酒金橘寄李德升》、《登巾子山寄怀韩嗣夫》，也都耐人寻味。

①《次李泰发韵》。
②《次石迪功韵》之一。
③《次綦叔厚韵》。

吕颐浩尝试过多种诗体，而以七言近体为多。在其现存的84首诗中，七言律诗有38首，七言绝句有33首，二者合占约85%。总的看来，他的诗感情真挚，不事雕琢，以自然、朴实取胜。

吕颐浩的词只存《水调歌头·紫微观石牛》1首，系咏紫微观石牛之作，写得也较出色。词云："一片苍崖璞，孕秀自天钟。浑如暖烟堆里、乍放力犹慵。疑是犀眠海畔，贪玩烂银光彩，精魄入蟾宫。泼墨阴云妒，蟾影淡朦胧。　沩山颂，戴生笔，写难穷。些儿造化，凭谁细与问元工。那用牧童鞭索，不入千群万队，扣角起雷同。莫怪作诗手，偷入锦囊中。"

吕颐浩文现存137篇，奏议尤其值得注意。《上边事备御十策》、《上边事善后十策》等分析时局，提出对策，都切实可行。《上时政》预言的"金人八月必侵边，十一月必大举"，终于得到应验，充分显示了他的远见卓识与过人胆量。《四库全书总目》云："集中《上时政》一书，乃作于靖康初年，能预决金兵之必来，谆谆以迁避为说，亦复具有先见。而本传独未及此事，是亦足以补史阙也。"

7. 李质

李质（生卒年未详），字文伯，楚丘（今山东曹县）人。李昌龄曾孙。晚年方际遇。宋徽宗宣和年间（1119—1125年），曾任睿思殿应制。

李质的诗今存《艮岳百咏》组诗①，全是七言绝句。艮岳乃汴京东北隅的土山，建于徽宗政和年间（1111—1118年）。宋人张淏的《艮岳记》，对此曾有介绍。而用诗体多角度、全方位描绘艮岳图景的，大概以李质的这一组诗最为详尽。从诗题看，《艮岳百咏》依次描写亭、馆、轩、池、苑、楼、阁、岗、岭、堂、台、洞、厅、斋、山、岫、江、湖、溪、岩、渚、谷、径、屏、峰、石、坞、川、园、壁、崖、峡、泉、岸、路、寮、庵、磴、岿、庄、关、门等，涉及土山及其建筑的方方面面。它们有的即地写景，如《岩春堂》写"碧桃开后晴风暖，花外幽禽自在啼"的景象，《秋香谷》写"月明露洗三秋叶，山迥风传七里香"的花香，《不老泉》写"花落莺啼春自晚，潺湲长得坐中听"的声响，都绘声绘色，引人入胜。又如《跨云亭》：

①《全宋诗》实收99首。

地高天近怯凭栏，下视浮云咫尺间。只怪轻雷起岩际，不知飞雨过山前。

作品一句一景，转换迅捷，夸张而生动地刻画了诗人登亭的见闻与感受，非亲历者断难写出。这类作品大都以工笔状景取胜。《艮岳百咏》中的另一类作品则即景生情，它们往往以联想自然见长。如《虚妙斋》由虚妙斋而想到武王与黄帝旧事，俨然一篇怀古之作。《草圣亭》写“龙盘凤翥皆天纵，渴骥惊蛇不足方”的笔势，《蟠桃岭》写“何人为报西王母，岭上如今种已成”的遐想，《西庄》写“躬耕每以农为本，稼穑艰难旧亦知”的感慨，也有异曲同工之妙。

二、南宋的山东诗、词、文

（一）“直欲压倒须眉”的李清照

1. 李清照的曲折经历

李清照（1084—1155？年），自号易安居士，章丘（今属山东济南）人。父亲李格非，系韩琦的门生，又曾以文章受知于苏轼，学识广博，尤精经学，官至礼部员外郎、京东路提点刑狱，后因名列元祐党籍而被罢官。著述颇多，现存《洛阳名园记》1 卷。母亲王氏，为状元王拱辰的孙女①，一说为汉国公王准的孙女②，也知书能文。

李清照早年曾随父亲居于汴京、洛阳等地，接受了较好的文化教育，“自少年便有诗名，才力华赡，逼近前辈”③。宋哲宗元符三年（1100 年）前后，写下《浯溪中兴颂诗和张文潜》，得到时人的赞誉。徽宗建中靖国元年（1101 年）18 岁时，与礼部侍郎赵挺之的幼子赵明诚结婚。赵明诚时年 21 岁，为太学生，夫妇一起研读、创作诗词，共同收集、整理文物，生活虽然清苦，心情却较愉快。约在崇宁二年（1103 年），赵明诚出任鸿胪少卿。大观元年（1107 年），赵挺之死于京城，赵家也随之遭受了政治灾祸，赵明诚被罢官，夫妇回到青州（今属山东）赵氏故里。约在宣和三年（1121 年），赵明诚

①《宋史·李格非传》。
②庄绰：《鸡肋编》卷中，中华书局 1983 年版，第 77 页。
③王灼：《碧鸡漫志》卷二，载《词话丛编》第 1 册，第 88 页。

再次出仕，先后守莱州（今属山东）、淄州（今山东淄博），又授直秘阁。钦宗靖康元年（1126 年），金人围攻汴京。次年，赵明诚母死于金陵，赵明诚携书 15 车南下奔丧。随后，北宋灭亡。高宗即位后，赵明诚起知建康府。此时北方大乱，赵氏青州故第 10 余屋的书籍、文物被焚。李清照只带小部分文物随逃亡人群避难，于高宗建炎二年（1128 年）到达建康。次年，赵明诚移知湖州（今属浙江）。他先驻家池阳（今安徽贵池），然后独自奔赴建康受命，不幸患病。当李清照乘船从池阳赶到建康时，赵明诚已经病危，不久去世。此时，金兵大举南侵，李清照追随高宗逃难路线辗转避乱，于绍兴二年（1132 年）移居临安。是年冬天，金人继续南犯，她又自临安避乱金华，次年才重返临安，度过了凄苦的晚年。

2. 李清照的词论与词作

李清照曾写过一篇《词论》，认为南唐君臣之词"语虽奇甚，所谓'亡国之音哀以思'也"；柳永之词"变旧声，作新声"，"虽协音律，而词语尘下"；张先、宋庠与宋祁兄弟、沈唐、元绛、晁端礼之词"虽时时有妙语，而破碎何足名家"；晏殊、欧阳修、苏轼之词，"学际天人"，"然皆句读不葺之诗尔，又往往不协音律者"。"诗文分平侧，而歌词分五音，又分五声，又分六律，又分清浊轻重"，王安石、曾巩"文章似西汉，若作一小歌词，则人必绝倒，不可读也"，所以词"别是一家"。这是最早的词论之一，在中国词学批评史上占有重要地位。

李清照的词作可以宋室南迁为界，分作前后两个时期。前期词作真实地反映了她的闺中生活，主要写自然景物和离愁别绪。自然景物词如《如梦令》：

> 尝记溪亭日暮。沉醉不知归路。兴尽欲回舟，误入藕花深处。争渡。争渡。惊起一滩鸥鹭。

本篇描写其傍晚荡舟的生活片段，展现她热爱美景的开朗情怀。藕花深处的归舟和滩头惊飞的鸥鹭，活泼而富有生趣，向为论者称道。她的另一首《如梦令》（昨夜雨疏风骤），亦与此同调。离愁别绪词如《醉花阴》：

> 薄雾浓云愁永昼，瑞脑销金兽。佳节又重阳，玉枕纱厨，半夜凉初

> 透。　　东篱把酒黄昏后，有暗香盈袖。莫道不销魂，帘卷西风，人比黄花瘦。

词的上片写作者闺中独处的寂寞，下片则写她多愁善感、超尘绝俗的情怀。结尾三句的新颖典雅，历来为人赞赏。菊瓣纤长，菊枝瘦直，却能迎风傲霜，坚贞不屈。词人即景取譬，借以自比，就使一位多情守节的闺阁佳人形象跃然纸上，呼之欲出。此外，《凤凰台上忆吹箫》、《一剪梅》等，也都是“略带苦涩和幽怨的望夫词”①。

李清照的后期词作强烈地抒发了她伤时怀旧、思乡悼亡的情感，代表作如《永遇乐》：

> 落日镕金，暮云合璧，人在何处？染柳烟浓，吹梅笛怨，春意知几许？元宵佳节，融和天气，次第岂无风雨？来相召，香车宝马，谢他酒朋诗侣。　　中州盛日，闺门多暇，记得偏重三五。铺翠冠儿，拈金雪柳，簇带争济楚。如今憔悴，风鬟霜鬓，怕见夜间出去。不如向、帘儿底下，听人笑语。

这首词表达了作者对亲人的怀念、对故国的眷恋，也流露出她对时局的关切、对余生的担忧。作品运用了对比的手法，“融和天气”与忧惧“风雨”、客人邀请与主人辞谢、昔日竞争“济楚”与今日“风鬟霜鬓”、他人欢声笑语与自己抑郁寡欢强烈映照，突现了词篇的主题。问话的穿插，词韵（语韵、麌韵）的选择，则使读者如见悲愁之人，如闻泣诉之声。《菩萨蛮》写“故乡何处是，忘了除非醉”、《蝶恋花》写“空梦长安，认取长安道”，也都表达了她对中原故乡和北方失地的深切怀恋。

李清照的词取得了很高的艺术成就。她善于选取日常生活中的人物、环境、动作、心理，真实而具体地展示自己的感情世界。如《武陵春》通过“也拟泛轻舟”与“只恐双溪舴艋舟，载不动许多愁”的矛盾，突显了自己的痛苦处境。她还善于运用白描手法，将抽象的内心活动形象化。如《一剪梅》以“才下眉头，却上心头”的形象描绘，表现了自己的深沉思念。她又善

①袁行霈主编：《中国文学史》（第2版）第3卷，第104页。

于锻造优美、精巧的语言,如《声声慢》:

寻寻觅觅,冷冷清清,凄凄惨惨戚戚。乍暖还寒时候,最难将息。三杯两盏淡酒,怎敌他、晚来风急。雁过也,正伤心,却是旧时相识。

满地黄花堆积,憔悴损,如今有谁忺摘。守著窗儿,独自怎生得黑?梧桐更兼细雨,到黄昏、点点滴滴。这次第,怎一个、愁字了得!

开头三句从往事的苦忆写到现实的困境,进而写到心头的重压,由表及里,层次井然。它们与下片的"点点滴滴"构成了此词妙用叠字的一大特色,也开创了后世词曲的"叠字体"。全篇用日常口语写成,但语浅情深;97 个字中,齿音字达 41 个,舌音字有 16 个,它们交错运用,幽咽急促。加之生活铺叙自然圆熟、心理刻画生动细腻,使得作品催人泪下,光耀千秋。李清照词的风格以婉约为主,但也偶有豪放之作,它们"极是当行本色"①,"不徒俯视巾帼,直欲压倒须眉"②。

3. 李清照的诗文

李清照的诗现存 10 余首,多具批判精神,英雄豪气。如《浯溪中兴颂诗和张文潜》表现对危机四伏的忧虑,《上枢密韩公、工部尚书胡公》表现对不图恢复的愤慨,《乌江》表现对失意英雄项羽的敬佩与同情:

生当作人杰,死亦为鬼雄。至今思项羽,不肯过江东。

这是一首妇孺皆知的名作,既是咏史,又是抒怀,借古讽今,抒发悲愤。而《偶成》、《春残》等写物是人非的伤感,则缠绵悱恻。

李清照的散文现存 5 篇,除论文《词论》外,名作还有跋文《金石录后序》。本文介绍了《金石录》的基本内容,描绘了赵明诚夫妇收集、整理金石文物的生活经历,反映了金兵南侵造成人民颠沛流离的社会现实,抒发了作者对亡夫的无尽思念,是研究李清照及宋代文学的宝贵资料。李慈铭称赞道:"叙致错综,笔墨疏秀,萧然出畦町之外。予向爱诵之,谓宋以后闺阁之文,此为观止。"③

---

①沈谦:《填词杂说》,载《词话丛编》第 1 册,第 631 页。
②李调元:《雨村词话》,载《词话丛编》第 2 册,第 1431 页。
③《越缦堂读书记》,上海书店出版社 2000 年版,第 565 页。

（二）“词中之龙”辛弃疾

1. 辛弃疾的人生道路

辛弃疾(1140—1207 年),原字坦夫,改字幼安,别号稼轩居士,历城(今属山东济南)人。先祖“受廛济南,代膺阃寄”①,曾袭封中下级外任军职。父亲辛文郁早亡,自幼由祖父辛赞抚养。中原沦陷时,辛赞为族众牵累,未能脱身南下,后仕金为谯县令、开封知府等。但据辛弃疾说,祖父未曾忘怀故国,在谯县时,即常带辛弃疾“登高望远,指画山河”,并先后两次派他“随计吏抵燕山,谛观形势”,希望争取机会“投衅而起,以纾君父所不共戴天之愤”②。

宋高宗绍兴三十一年(1161 年),金主完颜亮大举南侵。济南农民耿京趁机发动起义,并自称“天平军节度使,节制山东、河北忠义军马”。22 岁的辛弃疾也在济南南部山区聚众两千,揭竿而起,随即率部入耿京军,被任为掌书记。僧人义端旧与辛弃疾相识,聚集千人起事后,经辛弃疾动员而归属耿京。一天夜晚,这个投机分子盗走大印,逃往金营,中途即被辛弃疾追杀。为了联合官军,共同抗金,辛弃疾力劝耿京“决策南向”③。耿京就派辛弃疾陪贾瑞奉表归宋。高宗接见了贾、辛一行,并正式授耿京天平军节度使、贾瑞敦武郎阁门祗侯、辛弃疾右承务郎。北还途中,辛弃疾惊悉叛徒张安国杀害耿京,投降金人,便“赤手领五十骑”④,闯入其济州(今山东巨野)五万之众大营,将张安国缚置马上,号召耿京旧部反正。随后押解张安国至建康,斩首示众。

南归后的前十年,辛弃疾历任江阴签判、建康通判、司农主簿。后十年,历官滁州知州、江东安抚司参议官、仓部郎官、江西提点刑狱加秘阁修撰、江西转运判官、江陵知府兼湖北安抚使、隆兴知府兼江西安抚使、大理少卿、湖北转运副使、湖南转运副使、潭州知州兼湖南安抚使加右文殿修撰、隆兴知府兼江西安抚使,在两浙西路提点刑狱任上被劾落职,退居江西上饶带湖,长达十年之久。光宗绍熙二年(1191 年),起任福建提点刑狱、太府少卿加

---

①②《美芹十论》。
③《宋史・辛弃疾传》。
④洪迈:《稼轩记》。

集英殿修撰、福州知州兼福建安抚使，五年又因“残酷贪饕，奸赃狼籍”论罢职。宁宗嘉泰三年（1203 年），再度起用，历官绍兴知府兼浙东安抚使加宝谟阁待制、镇江知府等，开禧元年（1205 年）又被劾闲居。三年授官兵部侍郎，一再辞免，又除枢密院都承旨，未赴而卒。谥号“忠敏”。

2. 辛弃疾的词

辛弃疾的出生上距北宋灭亡 13 年，去世下距南宋灭亡 72 年。这是一个侵略与反侵略战争空前尖锐的时代，也是一个主和与主战派斗争异常激烈的时代。时代造就了辛弃疾这样的英雄，义端称他是“青兕”①，陈亮称他是“真虎”②，姜夔称他是“前身诸葛”③；也成就了这位“词中之龙”④，传世词作 620 余首，数量既多，质量亦高，这在中国文学史上是仅见的。

辛弃疾对词境进行了空前的开拓，这首先体现在抗击金人侵略、期盼恢复中原的词作中。抗敌卫国词有着悠久的历史，大约是与词体同时产生的，敦煌曲子词中的《定风波》（攻书学剑能几何）就表现了“四塞忽闻狼烟起”时，盛唐“偻儸”勇定“风波”的豪情壮志。其后代有佳作，如敦煌词《菩萨蛮》（敦煌古往出神将）唱出了“灭狼藩”的战歌，五代前蜀毛文锡的《甘州遍》（秋风紧）呼出了“破蕃奚”的口号，北宋苏轼的《江城子》（老夫聊发少年狂）发出了“射天狼”的誓词。辛弃疾继承了它们的传统，并以一大批成功之作把其推向了顶峰。词人深切怀念北方的失地，其《木兰花慢》（汉中开汉业）通过对刘邦经营汉中、灭楚建汉的历史的回顾，表达了对中原故土的无限眷恋。《贺新郎》“剩水残山无态度，被疏梅、料理成风月”、同调“起望衣冠神州路，白日销残战骨”、《声声慢》“凭栏望，有东南佳气，西北神州”等词句，也无不袒露出作者的故国之思。词人尖锐讽刺与批判朝廷的苟安，其《千年调》（卮酒向人时）通过酒具“卮”、“滑稽”、“鸱夷”与中药“甘国老”、鸟儿“秦吉了”的生动比喻，辛辣地嘲讽了趋炎媚势的卖国官僚。《贺新郎》（甚矣吾衰矣）谴责了“江左沉酣求名者，岂识浊醪妙理”的小人，《满江红》（过眼溪山）揭露了“英雄事，曹刘敌。被西风吹尽，了无尘迹”的现

①《宋史·辛弃疾传》。
②《辛稼轩画像赞》。
③《永遇乐·北固楼次稼轩韵》。
④屈兴国校注：《白雨斋词话足本校注》卷一，齐鲁书社 1983 年版，第 91 页。以下版本俱同。

实,《太常引》(一轮秋影转金波)还表达了“斫去桂婆娑(指投降派),人道是清光正多”的愿望。词人热情歌颂并鼓励官民的抗战,其《水调歌头》(落日塞尘起)通过威武军容的描绘,热诚讴歌了宋军将士同仇敌忾、勇往直前的战斗激情。“袖里珍奇光五色,他年要补天西北”①、“马革裹尸当自誓,蛾眉伐性休重说”②、“从容帷幄去,整顿乾坤了”③等词句,则体现了他对抗战同道的殷切期望。词人沉痛抒发自己的悲愤,其《水龙吟·登建康赏心亭》通过登亭所见景物的描绘,表现了自己知音难觅的愁绪:

> 楚天千里清秋,水随天去秋无际。遥岑远目,献愁供恨,玉簪螺髻。落日楼头,断鸿声里,江南游子。把吴钩看了,栏干拍遍,无人会,登临意。　　休说鲈鱼堪鲙,尽西风,季鹰归未?求田问舍,怕应羞见,刘郎才气。可惜流年,忧愁风雨,树犹如此!倩何人、唤取红巾翠袖,揾英雄泪?

词的上片写景抒情:作者由水写到山,由无情之景写到有情之景,最后则以两个具有典型意义的动作直抒胸臆;下片直接言志:作者既不愿学张翰,也不愿学许汜,眼看着报国无门,只有怆然而涕下。全篇层层转折,处处照应,情景交融,议论精辟。他的《鹧鸪天》(壮岁旌旗拥万夫)因时不我待而焦虑:“追往事,叹今吾,春风不染白髭须。”《木兰花慢》(老来情味减)为怀才不遇而愤懑:“目断秋霄落雁,醉来时响空弦。”《鹧鸪天》(枕簟溪堂冷欲秋)对年老无成而忧伤:“不知筋力衰多少,但觉新来懒上楼。”如此丰富的内容,在辛弃疾以前的词人中是不曾有过的。

辛弃疾对词境的开拓,还体现在描绘田园生活、表达隐逸情趣的词作中。田园隐逸词亦有悠久的历史,大约也是与词体同时产生的,敦煌曲子词中的《浣溪沙》(卷却诗书上钓船)就刻画了“盖缘时世掩良贤”而“身披蓑笠执鱼竿”的隐士形象。此后也不乏同类作品,张志和的《渔歌子》曾被誉为“风流千古”④的名作,又如花间派孙光宪的《风流子》(茅舍槿篱溪曲)、李珣的《渔歌子》(荻花秋),以及苏轼的《浣溪沙》组词、朱敦儒的《感皇恩》

①②《满江红》。
③《千秋岁》。
④刘熙载:《艺概》卷四,第107页。

等。辛弃疾在上饶、铅山的农村先后生活了二十多年，写下了一批反映乡居生活的佳作，如《清平乐》：

> 茅檐低小，溪上青青草。醉里吴音相媚好，白发谁家翁媪？　大儿锄豆溪东，中儿正织鸡笼。最喜小儿亡赖，溪头卧剥莲蓬。

作品摄取了一幅五口农家的生活画面，表现了词人对和平安宁、淳朴闲适的农村生活的热爱之情。词作的内容与形式得到了完美的统一：从描写手法看，通篇无一浓词艳句，纯用白描，但却写得惟妙惟肖，活灵活现；从作品结构看，全篇紧紧围绕小溪，布局十分紧凑；从艺术构思看，全词写景清新，写人传神，充满诗情画意，令人赏心悦目。此外，《西江月》（明月别枝惊鹊）描绘乡村自然景色，《鹊桥仙》（松冈避暑）记录农家婚嫁喜事，《鹧鸪天》（春入平原荠菜花）刻画农村少女形象，《浣溪沙》（父老争言雨水匀）抒发关爱农民之情，也真实生动，饶有趣味。

即使传统的恋情词，在辛弃疾笔下也别出心裁，自具机杼。如《清平乐》（春宵睡重）写“又无音信经年”的痴情女子，惟愿“却把泪来做水，流也流到伊边”；《恋绣衾》（夜长偏冷添被儿）写坠入爱河的“当局者迷”，“如今只恨姻缘浅，也不曾、抵死恨伊”。它们都情深意挚，缠绵悱恻，“颇为出色当行”①。

辛弃疾词的艺术个性鲜明而突出。他熟练驾驭小令、中调、长调各种体式，尤擅选用长调。有的学者统计，邓广铭的《稼轩词编年笺注》收词620首，其中《水调歌头》37首，《满江红》34首；《贺新郎》23首，《念奴娇》22首，《水龙吟》13首，《木兰花慢》、《摸鱼儿》也有数首。“《水调歌头》、《满江红》、《念奴娇》、《贺新郎》等，都是腔调激昂、音节悲壮，适宜于写悲歌慷慨的豪放感情的；《水龙吟》、《木兰花慢》、《摸鱼儿》等，都是音声婉转、格调抑扬，适宜于表达沉郁缠绵之情的。辛弃疾多喜用这类词调，这是与他要表达的抗敌御敌的内容和悲壮激越的感情相适应的。”②辛词语言博洽浑厚，音韵铿镪有力。清人楼敬思曾说：“稼轩驱使《庄》、《骚》、经、史，无一点

---

①施议对、吴世昌：《辛弃疾》，载《中国大百科全书·中国文学》，第1093—1097页。

②刘乃昌：《凌云健笔意纵横——谈辛词的艺术性》，载《辛弃疾论丛》，齐鲁书社1979年版，第79—95页。

斧凿痕,笔力甚峭。"①吴衡照也说:"辛稼轩别开天地,横绝古今,《论》、《孟》、《诗小序》、《左氏春秋》、《南华》、《离骚》、《史》、《汉》、《世说》、《选》学、李杜诗,拉杂运用。"②他们的见解是很精辟的。如《永遇乐》:

千古江山,英雄无觅,孙仲谋处。舞榭歌台,风流总被,雨打风吹去。斜阳草树,寻常巷陌,人道寄奴曾住。想当年,金戈铁马,气吞万里如虎。　元嘉草草,封狼居胥,赢得仓皇北顾。四十三年,望中犹记,烽火扬州路。可堪回首,佛狸祠下,一片神鸦社鼓。凭谁问,廉颇老矣,尚能饭否。

作品征引了孙权、刘裕、霍去病、王玄谟、拓跋焘、廉颇等人的事迹及后唐李袭吉《谕梁书》中"金戈铁马"的成句结构成篇,既雄深雅健,又熨帖自然。难怪宋人罗大经说它"隽壮可喜"③,清人陈廷焯说它"句句有金石声音,吾怖其神力"④,继昌说它"悲壮苍凉,极咏古能事"⑤。明人杨慎甚至推许"辛词当以京口北固亭怀古《永遇乐》为第一"⑥。辛弃疾的词吸收了苏轼"以诗为词"的成果,又进而"以文为词"。但他尽量避免破坏词的音乐美,努力追求文情与声情的统一。如《贺新郎》(甚矣吾衰矣),全篇116字,上下片各10句,各有6个韵位,这与通行词调完全一致。其中"甚矣吾衰矣","不恨古人吾不见,恨古人、不见吾狂耳","知我者,二三子"等散文化句法,也是完全合乎规定的律句。清人万树曾说:"夫一调有一调之风度声响,若上去互易,则调不振起,便成落腔,尾句尤为吃紧。"⑦辛弃疾对"尾句"是相当注意的,他常常严辨四声,决不含糊。万树就曾以其《水遇乐》尾句"尚能饭否"为例,指出:"尚"必仄,"能"必平,"饭"必去,"否"必上。由此亦可见辛词严守格律之一斑。

辛弃疾的词内容丰富,形式多样,风格或豪或婉,亦豪亦婉。宋人刘克

---

①张宗橚编:《词林纪事》卷十一引,载《词林纪事·词林纪事补正合编》下册,上海古籍出版社1998年版,第668页。

②《莲子居词话》卷一,载《词话丛编》第3册,第2408页。

③《鹤林玉露》,中华书局1983年版,第13页。

④《白雨斋词话足本校注》卷一引《云韶集》评,第93页。

⑤《左庵词话》,载《词话丛编》,第3108页。

⑥《词品》。

⑦《词律·发凡》,上海古籍出版社1984年版,第15页。

庄说："公所作大声鞺鞳，小声铿鍧，横绝六合，扫空万古，自有苍生以来所无。其秾纤绵密者，亦不在小晏、秦郎之下。"①此论颇为精当。如《水龙吟》（举头西北浮云），借雷焕宝剑的传说，表现统一祖国的壮志，富有豪放之美。又如《摸鱼儿》：

> 更能消、几番风雨。匆匆春又归去。惜春长怕花开早，何况落红无数。春且住。见说道、天涯芳草无归路。怨春不语。算只有殷勤，画檐蛛网，尽日惹飞絮。　　长门事，准拟佳期又误。蛾眉曾有人妒。千金纵买相如赋，脉脉此情谁诉。君莫舞。君不见、玉环飞燕皆尘土。闲愁最苦。休去倚危栏，斜阳正在，烟柳断肠处。

这首词描绘了暮春的苍茫景色，寄托了作者怀才不遇的忧愤与忧念国事的情怀，摧刚为柔，心危词苦，富有婉约之美。宋罗大经《鹤林玉露》载："寿皇（宋孝宗）见此词，颇不悦。"可见，他是懂得此词的深刻寓意的。其艺术特点一是通篇比兴，景中寓情。上片借落红、芳草、飞絮等景物象征大势已去、每况愈下的国家命运，用蛛网寄托词人惜春留春的愿望与怀忠被谗的苦闷；下片以陈皇后、杨玉环、赵飞燕等人物揭示美人遭妒、小人难久的历史规律，寄托词人志业难成的愤懑与坚定不移的信心。二是频频转折，层层深入。在进退交错中，将惜春的愿望、心理写得极其缠绵婉转。下片好像掉笔而去，其实却是离而复合，以古人争宠写今日朝中丑态。结尾的烟柳残阳与开头的暮春景象呼应，可见谋篇布局的匠心。三是肝肠似火，色貌如花。也就是在婉约含蓄的外衣之内，有一颗火热的心在跳动，呈现出"敛雄心，抗高调，变温婉，成悲凉"②的风格。至于《水龙吟》（楚天千里清秋）、《菩萨蛮》（郁孤台下清江水）、《鹧鸪天》（壮岁旌旗拥万夫）等，则是亦豪亦婉、豪婉相济的名作。吴熊和说："从传统上说，辛弃疾所继承的也不只苏词一家。他的词取径甚广，有学六经的，如《踏莎行》'赋稼轩，集经句'；有学楚辞的，如《水龙吟》'用些语题瓢泉'，《木兰花慢》'用天问体'送月；有学《庄子》的，如《卜算子》（以我为牛）、《哨遍》（池上主人）；有学陶渊明的，如《声声

---

①《辛稼轩集序》。

②周济：《宋四家词选目录序论》，载《宋四家词选》，古典文学出版社1958年版，第2页。

慢》'隐括渊明《停云》诗'，《鹧鸪天》'读渊明诗不能去手，戏作小词送之'。对于前代和当代词人，有《玉楼春》'效白乐天体'，《唐河传》、《河渎神》'效花间体'，《丑奴儿近》'效李易安体'，《念奴娇》'效朱希真体'，《归朝欢》'效介庵体'，《蓦山溪》'效赵（蕃）昌父体'等。"①这是辛词风格独特的重要原因。

3. 辛弃疾的诗文

辛弃疾的诗今存133首，它们多方面地反映了诗人的生活经历与思想感情。如《送别湖南部曲》记录政治遭遇，《鹤鸣亭绝句》感叹英雄失意，《同杜叔高、祝彦集观天保庵瀑布，主人留饮两日，且约牡丹之饮》表现赋闲生活等。辛弃疾曾以鲍照自许："剩喜风情筋力在，尚能诗似鲍参军"②，诗风也多呈现出俊逸豪迈的特点。

辛弃疾的文今存17篇，除少量启札与祭文外，多是奏疏。孝宗乾道元年（1165年）所奏《美芹十论》（即《御戎十论》），分析了金人"离合之衅"可乘的有利形势，提出了宋廷得以振兴的诸多措施。六年上宰相虞允文的《九议》，进一步阐发了《美芹十论》的思想。它们观点鲜明，论证充分，显示了辛弃疾忧国念民的高尚节操和经纶济世的卓越才华。辛弃疾认为"论天下之事者主乎气"③，"盖人而有气然后可以论天下"④，为文也富有生气，如《淳熙己亥论盗贼札子》中历数州、县、吏、豪民大姓"残民害物"暴政与罪状的一段：

> 州以趣办财赋为急，县有残民害物之政而州不敢问；县以并缘科敛为急，吏有残民害物之状而县不敢问；吏以取乞货赂为急，豪民大姓有残民害物之罪而吏不敢问。故田野之民，郡以聚敛害之，县以科率害之，吏以取乞害之，豪民大姓以兼并害之，而又盗贼以剽杀攘夺害之。臣以谓"不去为盗，将安之乎"，正谓是耳！

爱憎分明，义正词严，气势充畅，发人深省。他如《上光宗书》、《论江淮疏》

---

①《唐宋词通论》，浙江古籍出版社1989年版，第239页。
②《和任师见寄之韵》。
③《九议》之二。
④《九议》之九。

等,也都是富有针对性与说服力的优秀文章。

(三) 南宋的其他山东作家

1. 綦崇礼

綦崇礼(1083—1142 年),字叔厚,一作处厚,高密(今属山东)人,后迁北海(今山东潍坊)。“幼颖迈,十岁能作邑人墓铭。”①登宋徽宗重和元年(1118 年)上舍第。初任淄县主簿,召为太学正,迁博士。高宗建炎三年(1129 年),以起居郎兼权给事中,拜中书舍人。四年,除试吏部侍郎,兼直学士院。又拜翰林学士,进兼侍读、史馆修撰,继而出知绍兴府。五年罢官,退居台州。他曾援救过因讼继夫张汝舟虐待而入狱的李清照,李氏为此写下《投翰林学士綦崇礼启》致谢。原有《北海集》60 卷,已佚。清四库馆臣据《永乐大典》辑为 36 卷(其中诗 1 卷)。另有《兵筹类要》10 卷,附录 3 卷。

綦崇礼忠君爱国,关怀民生。他因王师获胜而欣喜:“喜闻淮师捷,神武畅威棱”②,为故相忠君而称颂:“仗钺除君侧,披荆立本朝”③,对自己尸位而惭愧:“深惭未报恩,尚费官仓米”④;还热情激励友人“更须重拟平戎去”⑤。但是,他生当北南宋之交,也就注定了命运的悲剧。因此,他的大部分诗歌是抒发愁绪的。其愁绪约可分为以下三类:一是故国沦陷之愁,如《德升尚书出示岁除用韦苏州韵前后二篇及两郎属和,粲然盈轴。赏叹之余,有感于中,亦辄次韵,书山居一时事》之一:“未作故乡归,又见新花发”,《次韵成季尚书喜雪》:“身显岂忘庄舄吟,量能盍止周师任”,《扈从书事》:“何当戎马定,却作故乡归”。又如《重九日宴临漳亭》:

> 九日追欢异昔年,强随时节到层巅。俯观殊俗身如客,平瞰丹霄势欲仙。故国伤心沧海外,行朝倾首碧云边。兴阑酒罢催归驭,四面岚光合暮烟。

①《宋史·綦崇礼传》。
②《和李元叔秋怀》之一。
③《故丞相吕成公挽歌诗辞五首》之三。
④《和李元叔秋怀》之二。
⑤《观使太尉俯用拙韵有述怀之作,谨赋一篇奉酬嘉咏》。

重阳登高，自古皆然，为的是袪病除灾，益寿延年。因此，人们往往是情愿的，愉快的。本篇却写“强随”，盖因今非“昔年”，故国沦陷的深愁和盘托出。二是仕途失意之愁，如《再次前韵》写作者被贬在外、日夜盼归的愁思。此类作品还有很多，如《次韵国佐二诗》之二“名高毁易至，官达忧常深”、《德升尚书出示岁除用韦苏州韵前后二篇及两郎属和，粲然盈轴。赏叹之余，有感于中，亦辄次韵，书山居一时事》之二“回首名宦途，常虞骇机发”、《再用韵奉谢德升尚书见和，且以解嘲》“流年倏忽身今老，荣路斯须味已忘”。三是友朋离别之愁，如《送潍州詹倅五首》之五写无力报恩，《和人见寄》写思念友人，《故丞相吕成公挽歌诗辞五首》之一则写对已故丞相的无尽哀思。

除抒发愁绪的诗歌外，綦崇礼还有一些纪游写景、思乡慕隐、咏物述怀的诗歌。纪游写景诗的代表作是《雪晴》，诗篇由眼前的景致写到丰年的遐想，虚实交映，富有变化。结句写儿童的活动，更加充满生机。此外，还有《题子正观察溪风亭二首》、《题大台山石桥庵院》、《喜雪呈已懋使君，兼简德升尚书、国佐侍郎》等。思乡慕隐诗有《入雁荡山》、《漫成》、《宿独觉院》等，后者写倦游欲归的情怀较出色。綦崇礼的咏物述怀诗数量不多，但《赋东城梅花示哲上人》却不失为佳作。

綦崇礼兼善多种诗体，现存 77 首作品中，计有七律 32 首、五古 16 首、五律 11 首、五绝 10 首、五排 4 首、七古 3 首、七排 1 首。它们感情真挚，造语工巧，体物传神，自然流畅。

綦崇礼的次韵诗比较多，仅以“阴、寻、深、林、斟、簪、侵、襟”为韵的就有 6 首，以“髮、忽、月、發、物、歇”与以“章、忙、忘、伤”为韵的也各有 5 首，因而难免雷同之感。

綦崇礼的散文以制诰、诏命、书启等应用文为多，它们“文简意明，不私美，不寄怨，深得代言之体”①。如《除秦桧特授观文殿学士提举江州太平观依前通奉大夫食邑食实封如故任便居住制》揭露秦桧虚伪的本质，无所忌惮。而《除吕颐浩特授依前尚书左仆射同中书门下平章事兼知枢密院事都督江淮两浙荆湖诸军事制》中的“尽长江表里之封，悉归经略；举宿将王侯

①《宋史·綦崇礼传》。

之贵，咸听指挥”等，则以语言精工、气势磅礴而受到学人的称赞。

2. 李邴

李邴（1085—1146 年），字汉老，号云龛，任城（今山东济宁）人，一作巨野（今属山东）人。宋徽宗崇宁五年（1106 年）进士。除给事中，迁翰林学士。钦宗靖康年间（1126—1127 年）知越州。高宗建炎（1127—1130 年）初召为兵部侍郎。三年拜尚书右丞，改参知政事。因与吕颐浩不合，提举杭州洞霄宫。不久起知平江府。因兄郱失守越州，坐累落职。卒谥文敏。有《草堂集》100 卷，已佚。

李邴有不少作品抒写政治感慨，如《建炎丞相成国吕忠穆公退老堂诗》在追忆了晋公“晚节更为人所评”、文饶“镵石作记空传名”的往事后，盛赞吕氏“张皇国威起颓压，约敕吏蠹归章程”的业绩，并激励他力争“迎还两宫天地庆，扫洒六合风尘清”。又如《梅》：

> 绵霜压雪忿开迟，风笛无情抵死吹。鼎实未成心尚苦，不甘桃李傍疏篱。

据宋吴曾《能改斋漫录》卷十一载：“李汉老建炎末自签枢迁右辖，未几迁知院，前后二三月而罢。因为梅诗以托意云云。”李邴还有一些纪游写景的诗歌，如《戒珠寺雪轩》触景生情，联想丰富，而运笔又相当灵活，能给人以深刻印象。李邴与佛教有着不解之缘。在其现存的 19 首诗歌中，光是题目带有“禅师”、“庵”、“寺”、“僧”、“上人”字样的就达 8 首之多。佛家静心明志的生活方式，给他的创作以较大影响，如《琴泉轩次韵》通篇动静结合，意境优美，深得王维“诗中有画”的旨趣。

李邴的词今存 9 首（其中 5 首或为他人之作）。南渡以前所写的《女冠子·上元》颇为论者称道：

> 帝城三五，灯光花市盈路。天街游处，此时方信，凤阙都民，奢华豪富。纱笼才过处。喝道转身，一壁小来且住。见许多、才子艳质，携手并肩低语。　　东来西往谁家女。买玉梅争戴，缓步香风度。北观南孤。见画烛影里，神仙无数。引人魂似醉，不如趁早，步月归去。这一双情眼，怎生禁得，许多胡觑。

作品描绘汴京的元宵盛景,“不仅是一幅民俗图画,从中尚可窥见北宋末年笙歌酣舞的社会生活风貌”①。咏月的《念奴娇》也素为人们赞赏,词篇境界阔大,用典灵活,很能代表李邴词的风格。黄苏称此词“气体清高,词旨又极伉爽”②,可谓的评。

王灼《碧鸡漫志》卷二云:“李汉老富丽,而韵平平。”说他“韵平平”苛刻了些,但以“富丽”概括他的词风,还是恰当的。

3. 张表臣

张表臣(生卒年未详),字正民,单父(今山东单县)人。宋徽宗宣和(1119—1125 年)末年任宋城地方官。高宗绍兴年间(1131—1162 年)通判杭州。绍兴十二年(1142 年)以右迪功郎为敕陵令所删定官,迁右承务郎,通判常州。官至司农丞。有《珊瑚钩诗话》。

张表臣的诗今存 12 首,其中借咏史怀古以抒发爱国感情的作品最引人注目。如《题睢阳双庙二首》之一:

> 张许昭鸿烈,南雷贯共灵。无暇双白璧,有曜五华星。怀哲音容在,伤时涕泪零。向来丹凤阙,犹带犬羊腥。

睢阳双庙在今河南商丘。《新唐书·张巡传》载:唐肃宗追赠张巡为扬州大都督,许远为荆州大都督,在睢阳立庙,岁时祭祀,号称双庙。这首诗抒发了作者对民族英雄的景仰之情,也表达了他对时局的不满与对金人的憎恨。此类作品还有《题睢阳双庙二首》之二、《八阵图》等。《伤胡少汲兵败》虽写现实题材,但作品的爱国情调则与上述作品并无二致。张表臣还有一首观画诗,题为《观高邮寺壁曹仁熙画水》,它形象地描绘了曹氏壁画的景象,深切地表达了作者志业无成的苦闷。

张表臣的词今存《菩萨蛮》、《蓦山溪》2 首,均写思归之情。后者云:“楼横北固,尽日厌厌雨。欸乃数声歌,但渺漠、江山烟树。寂寥风物,三五过元宵,寻柳眼,觅花英,春色知何处?　　落梅呜咽,吹彻江城暮。脉脉数飞鸿,杳归期、东风凝伫。长安不见,烽起夕阳间,魂欲断,酒初醒,独下危梯

①崔海正:《宋代齐鲁词人概观》,中国文联出版社 2001 年版,第 82 页。以下版本俱同。
②《蓼园词选》,载尹志腾校点:《清人选评词集三种》,齐鲁书社 1988 年版,第 99 页。

去。”

4. 卫博

卫博(生卒年未详),历城(今山东济南)人。宋高宗绍兴三十二年(1162年),为左承奉郎。孝宗乾道三年(1167年),主管礼、兵部架阁文字。四年,任枢密院编修官,不久致仕。有《定庵类稿》12卷,已佚。清代四库馆臣据《永乐大典》辑为4卷。

卫博诗现存38首,不少篇什抒发了诗人失意仕途、浪迹四方的愁苦。如《书怀》之二:

> 万里江山一褐裘,十年踪迹并萍浮。囷禾谁展周郎指,负米长怀季路忧。书剑未酬平昔志,水云空结异乡愁。悠悠万事书空足,独立西风自点头。

作者十年漂泊,终又志业无成,情真辞切,感人至深。《病中抒怀》写“四方未了男儿志”的遗憾,《过江上》写“失脚尘凡不易收”的后悔,《书怀》之一写“留滞江干悲白头”的伤感,《次韵赠汪解元》写“且忍羁孤度残腊”的酸楚,也都催人泪下。卫博的《春日书怀》之二、《再次前韵送行》等,表达了他思念故乡、惜别友人的情怀。《次韵赠汪解元行》在一派明媚的春光中,诗人送别友人,倍觉伤感。全篇由实入虚,愁思茫茫,意境广阔而深远。卫博还有一些写景咏物的诗篇,以《春晴》、《次韵张司法题郑少尹庭下绯桃》为代表。

5. 吕同老

吕同老(?—1320年前),字和甫,号紫云,济南(今属山东)人。宋代遗民。从“归隐谅未能,溯风发长叹”①的诗句看,他曾一度出仕。

吕同老诗今存12首。除《题高房山夜山图》为题画诗外,其余全是纪游写景之作,代表作是《翠蛟亭》:

> 洄洑古涧深,蜿蜒层湍壮。长年蓄飞泉,一决起豪宕。高有百尺松,蓊郁蔽青障。下有荇与萍,翠色映空旷。恍如千丈虬,穷壑潜异状。

①《龙泉寺纳凉》。

> 忽乘风云会，奋迅九天上。尚想玉堂仙，妙思发雄放。醉持白芙蕖，乘流动清唱。

这是《九锁山十咏》组诗中的一首。通篇写景生动，联想自然，气势夺人，笔调豪壮。

宋帝赵昺祥兴元年（1278年），元兵攻入会稽（今浙江绍兴）。僧人杨琏真伽挖掘宋帝六陵，断残肢体，劫掠珍宝。部分宋室遗民托物寄情，抒发家国沦亡之悲。有人将其选编成书，名为《乐府补题》。该书选录了王沂孙、周密、王易简、冯应瑞、唐艺孙、吕同老、李彭老、李居仁、赵汝钠、张炎、陈恕可、唐珏、仇远等14家（1家佚名）词人的37首咏物词，计有《天香》赋龙涎香8首，《水龙吟》赋白莲10首，《摸鱼儿》赋莼5首，《齐天乐》赋蝉10首，《桂枝香》赋蟹4首。

《乐府补题》收吕同老词4首（其中1首或为他人之作），分咏龙涎香、白莲、蝉、蟹，它们都是较为优秀的咏物词。如《天香·宛委山房拟赋龙涎香》：

> 冰片镕肌，水沉换骨，蜿蜒梦断瑶岛。剪碎腥云，杵匀枯沫，妙手制成翻巧。金篝候火，无似有、微薰初好。帘影垂风不动，屏深护春宜小。
>
> 残梅舞红褪了。佩珠寒、满怀清峭。几度酒余重省，旧愁多少。荀令风流未减，念奈向飘零赋情老。待寄相思，仙山路杳。

词的上片体物，下片寄情。“咏物不即不离，情辞兼美；章法收纵跌宕，气脉融通，可谓深得咏物之奥秘。”①其他几篇，亦复如此。清人朱彝尊《乐府补题跋》云：“诵其词可以观志意所存。虽有山林友朋之娱，而身世之感，别有凄然言外者。其骚人《桔颂》之遗音乎？”验诸此词，确中肯綮。

6. 侯寘

侯寘（生卒年未详），字彦周，东武（今山东诸城）人。晁谦之甥。宋室南迁后居于长沙（今属湖南）。曾任耒阳令。有《懒窟词》。

侯寘传世词作有96首。词人经历了故乡的沦陷，也目睹了北宋的灭

①《宋代齐鲁词人概观》，第131页。

亡。他无回天之力，却有书愤之作。《满江红》（老矣何堪）中的“医国手，尘中识。问鼎槐何似，卧云攲石”，《风入松》（东楼烟重暗山光）中的“痴儿官事何时了，恨花时、潘鬓先霜”，《浪淘沙》（晓日掠轻云）中的“家在洞庭南畔住，身在江滨”，《临江仙·同官招饮席上作》中的“痴儿官事几时休。可怜双白鬓，斗粟尚迟留”，《江城子·萍乡王圣俞席上作》中的“萍蓬踪迹几时休。尽飘浮，为君留”，都表达了他对自身遭遇的不满。《水调歌头·上饶送程伯禹尚书》词还流露出自己的政治倾向：

> 凉吹送溪雨，落日散汀鸥。暮天空阔无际，层巘绿蛾浮。上印初辞藩寄，拂袖欣还故里，归骑及中秋。倚杖饱山阁，回首翠微楼。　一区宅，千里客，旧从游。甘棠空有余荫，谁解挽公留。翰墨文章独步，富贵功名余事，当代仰风流。暂蜡登山屐，终作济川舟。

程瑀字伯禹，高宗时任兵部尚书，因对秦桧主和不满而贬知信州（今江西上饶），本篇即写于此时。作者对程瑀的称颂，实际上也就是对其主战政策的肯定，这是难能可贵的。

侯寘有很多恋情词，其中不乏佳作。像《满江红》（困顿春眠）写多情女子“念沈郎、多感更伤春，腰如削”的忧思，《风入松·西湖戏作》写痴情男子“如今眼底无姚魏，记旧游、凝伫凄凉”的伤感，都较真挚。《四犯令》更是广为传诵的名作：

> 月破轻云天淡注，夜悄花无语。莫听《阳关》牵离绪。拚酩酊花深处。　明日江郊芳草路，春逐行人去。不似荼蘼开独步，能着意留春住。

词的上片刻画别时的场景，下片设想别后的情形与留客的方法，可谓一往情深，自具新貌。侯寘是个爱花人，他有不少观花、咏花的词作。观赏梅花的《念奴娇·探梅》、《踏莎行·约云庵寻梅》，观赏芍药的《蓦山溪·建康郡圃赏芍药》、《鹧鸪天·赏芍药》，观赏海棠的《鹧鸪天·县圃约同官赏海棠》，以及吟咏含笑花的《瑞鹤仙》（春风无检束），吟咏梅花的《凤凰台上忆吹箫·再用韵咏梅》、《浣溪沙·次韵王子弁红梅》，吟咏荼蘼的《菩萨蛮·荼蘼》，吟咏芍药的《朝中措·双头芍药》，都颇生动。特别是组词《木犀十咏》,从桂花月下、风中的娇容,映水、沾露的姿态,写到人们依之饮酒、用之妆点、取之熏香以至因花成梦、精心描画、深情惜别,堪称侯寘咏花词的代表作。如其四《浥露》写露水袭来,桂花香销,令人伤感不已。但词人却联想到华清池中刚刚浴罢的杨贵妃,并用她来比喻眼前的桂花,真是出人意表的神来之笔!

侯寘受传统婉约词影响较深,我们从《青玉案·戏用贺方回韵饯别朱少章》、《眼儿媚·效易安体》的题目中就不难看出其端倪。所以,他的词风以婉约娴雅为主。但是,他也汲取了豪放词的营养,写下了一部分豪迈洒脱之作。如《水调歌头·题岳麓法华台》上片描绘词人登山所见的景色,下片抒发作者御风归去的情思。它那开阔的视野,跳跃的结构,旷放的笔调,都能见出东坡的踪影。至于《满江红》(甚矣吾衰),则又显然启迪了辛弃疾《贺新郎》(甚矣吾衰矣)等词的创作。

7. 王千秋

王千秋(生卒年未详),字锡老,号审斋,东平(今属山东)人。宋孝宗朝(1162—1189年)流寓金陵(今江苏南京)。梁安世(1136—?)知衡山县时曾有唱酬,从梁氏《赠王锡老》"夜光干没世称屈,远枳卑栖低价售"的诗句看,他是一位失意文人。有《审斋词》。

王千秋的词今存73首,数量最多的是恋情词。《念奴娇·荷叶浦雪中作》刻画"扁舟东下"的男子"悔将钗凤轻别"的思绪,《浣溪沙》(殢玉偎香倚翠屏)表现"当年常唤在凝春"的女子"不止恨伊唯准拟,也先伤我太因循"的心曲,都凄婉感人。与此不同,《生查子》则描绘了初恋少女春日江边迎候恋人的动人一幕:

> 春江波面浑,春岸芦芽嫩。不见木兰舟,羞带骈枝杏。　轻绡揾泪痕,急雨冲花阵。暗祷紫姑神,觅个巴陵信。

词以比兴手法烘托少女的纯洁、娇羞与痴情,富有江南民歌的韵味。咏物词在王千秋的集子中也占有较大比重。像《菩萨蛮·荼蘼》、《蓦山溪·海棠》、《念奴娇·水仙》、《解佩令·木犀》、《满庭芳·二色梅》等,都较出色。尤为罕见的是《鹧鸪天·园子》写正月十五之夜人们竞相品尝节令食品园子亦即元宵的场景,作者生动地刻画了园子的色、香、味,令人垂涎欲滴。

以词祝寿是南宋的风气，大词人辛弃疾的《水龙吟·甲辰岁寿韩南涧尚书》就因在词中表达了“待他年，整顿乾坤事了，为先生寿”的宏愿而广为传诵，成为文学史上的不朽篇章。王千秋与韩南涧也有交往，曾经写过《瑞鹤仙·韩南涧生日》，可与辛词对读。而为赵可大祝寿的《水调歌头·赵可大生日》，甚至可与上述辛词先后辉映，词云：

> 披锦泛江客，横槊赋诗人。气吞宇宙，当拥千骑静胡尘。何事折腰执版，久在泛莲幕府，深觉负平生。踉跄众人底，欲语复吞声。　　庆垂弧，期赐杖，酒深倾。愿君大耐，碧眸丹颊百千龄。用即经纶天下，不用归谋三径，一笑友渊明。出处两俱得，斥鹦亦鲲鹏。

赵充夫字可大，曾知湖州。此词在称颂赵氏“横槊赋诗”、“经纶天下”过人才华的同时，又同情他“踉跄众人底，欲语复吞声”的不幸遭遇。而“当拥千骑静胡尘”一句，则对赵氏宏图难展的处境寄予了深切的同情，也对苟且偷安的南宋朝廷进行了尖锐的批判。王千秋还有一些自嗟身世的词作，它们以《减字木兰花》为代表：雪还未化，雨又袭来，失意异乡的词人难耐孤寒，与雁同愁，只得借酒消忧；他想回家，又无钱买田，只能沦入进退失据的境地……这是作者的不幸，也是时代的悲剧！同类作品还有《西江月》（心事几多白发）、《忆秦娥》（云叶舞）、《水调歌头·九日》、《生查子》（功名竹上鱼）等。

梁安世《赠王锡老》诗云：“审斋乐府似花间，何必老夫疥篇右。”他注意到王千秋追步花间词派的特点，这是不错的。但在主导风格外，王词还有别种格调，如《贺新郎·石城吊古》描绘了石头古城（今江苏南京）的苍茫晚景，抒发了作者对三国兴亡的深沉感慨。全篇感情激越，意境阔大，笔势流畅，风格豪迈，是南宋山东词人怀古作品中的精品。

《全宋诗》收王千秋《无题二首》，其一云：

> 雄姿画麒麟，朽骨分蝼蚁。争似及生前，常为莺花醉。云山静有情，天地宽无际。且放两眉开，万事非人意。

诗以汉宣帝图霍光等十一功臣像于麒麟阁事开端，抒发作者世事难料的人生感慨。全篇由古及今，叙议结合，境界开阔，风格旷放。

8. 赵闻礼

赵闻礼(生卒年未详),字立之,又字粹夫,号钓月,临濮(今山东鄄城)人。曾官胥口监征。著有《钓月词》,辑有词选《阳春白雪》。

赵闻礼的词今存14首(其中3首或为他人之作),多写艳情。作者或从自身着笔,如《风入松》写"十分无处著闲情,来觅娉婷"的冶游,《玉漏迟》写"梦云无准,鬓霜如许"的伤感;或代女子而言,如《踏莎行》:

> 照眼菱花,剪情菰叶。梦云吹散无踪迹。听郎言语识郎心,当时一点谁消得。　　柳暗花明,萤飞月黑,临窗滴泪研残墨。合欢带上旧题诗,如今化作相思碧。

词写闺中女子的相思之情,生动细腻,直率自然。赵词不乏"记冲香嘶马,流红回岸,几度绿杨残照"①、"五更楼外月,双燕门前柳"②、"啼鸟惊梦远,芳心乱,照影收奁晚"③之类的佳句。赵闻礼还有两首咏物词,《水龙吟·水仙花》咏水仙花,《贺新郎·萤》咏萤,都较出色。赵闻礼的词,得到了后人的较高评价。清人沈雄《古今词话·词评》卷上云:"[赵闻礼]于南宋播迁之后,而词章饶有北宋风味。"阮元则称其"字炼句琢,非专以柔媚为工者可比也"④。

赵闻礼的《阳春白雪》选录了230余位词人的671首词(含无名氏的18首词)。它基本上保持了时代的风貌,体现了选家的观点;不因人而废词,重在作品质量;尤其是选辑了数十首咏梅词,堪与黄大舆《梅苑》、陈景沂《全芳备祖》两部善选咏梅词的著作鼎足而三。陈廷焯称赞它"颇能撷两宋人之精"⑤,陈匪石也称赞它"此书在宋总集中,颇可宝贵"⑥。

三、金元的山东诗、词、文与散曲

金代文学家刘迎的歌行体诗歌"为《中州集》之冠"⑦,党怀英"为一时

---

①《瑞鹤仙·立春》。

②《千秋岁》。

③《隔浦莲近》。

④《四部丛刊》本《研经室外集》卷三,第49页。

⑤《白雨斋词话》卷七,载《词话丛编》第4册,第3948页。

⑥《声执》卷下,载《词话丛编》第5册,第4958页。关于《阳春白雪》,详可参阅葛渭君校点本《前言》,上海古籍出版社1993年版。

⑦王士禛:《渔洋诗话》卷下,载《影印文渊阁四库全书》,第1483页,第874页。

文字宗主”①,杨宏道的诗歌“声名三十秋”②,都是文坛名宿。

元代文学家杜仁杰以一套[般涉调·耍孩儿]《庄家不识勾栏》的散曲蜚声海内外;刘敏中“率意讴吟信手书”;张养浩是元代散曲的代表作家之一,其诗潇洒疏淡,文亦“凛有生气”;高文秀、李好古、张寿卿、康进之、武汉臣、岳伯川等是元代山东杂剧作家群的骨干:他们各有建树,为世瞩目。祝简、马定国、朱自牧、赵沨、宋九嘉、王旭、商衢、商挺、徐琰、杨朝英与孔齐等,亦为金元诗、词、文、散曲与小说的发展增光添彩。

(一) 刘迎与党怀英

1. 刘迎

刘迎(?—1180年),字无党,号无诤居士,东莱(今山东莱州)人。初以荫试部掾。金世宗大定十三年(1173年)荐书对策第一,次年登进士第。曾任完颜永成豳王府记室、太子司经等。深得太子完颜允恭器重。大定二十年从驾凉陉,因病去世。著有《山林长语》,已佚。

刘迎的诗今存78首,其中忧国爱民的作品弥足珍贵,如哀叹战后荒凉的《淮南行》,担忧河水泛滥的《河防行》,揭露苛政扰民的《当日冗甚,怀抱作恶,作诗自遣》。记录加固城墙的《修城行》篇尾有作者自注:“唐州后竟用此策也。”可见,诗人不仅具有忧国爱民的热情,而且富有治国安邦的韬略。当然,刘迎诗中数量最多的还是纪行绘景的作品。《晚到八达岭下,达旦乃上》记录攀登山岭的行程,《连日雪恶,用聚星堂雪诗韵》描绘大雪纷飞的景象,都形象生动,清新流畅。又如《出八达岭》、《雨后》:

> 山险略已出,弥望尽荒坡。风土日已殊,气象微沙陁。我老倦行役,驱车此经过。时节春已夏,土寒地无禾。行路不肯留,奈此居人何。作诗无佳语,以代劳者歌。
>
> 尘埃日日厌风霾,一雨方容眼界开。水底天光大圆镜,树头山色小飞来。马牛涉地无相及,鸥鹭知人已不猜。更得扁舟待明月,一杯容我醉云罍。

①刘祁:《归潜志》卷八,中华书局1983年版,第84页。
②元好问:《送杨叔能东之相下》。

前者写行役之苦,寄托同情“居人”的愁绪;后者写雨后之景,表达洗尽“尘埃”的喜悦。一悲一喜,而都情景相融,具体可感。刘迎仕途不顺,时有愤激之语,如:“人生险阻艰难里,世事悲歌感慨中”①、“名宦真同一鸡肋,簿书空束两牛腰”②、“梦魂历历千山远,客宦悠悠五斗贫”③等。这些牢骚诗反映了他生活的艰难,也折射出时代的弊端。刘迎有十几首题画诗,它们不仅交代画面的情景,如《郭熙秋山平远用东坡韵》:“烟中一叶认扁舟,雨外数峰横翠巘”;有的介绍观画的直觉,如《梁忠信平远山水》:“焕然神明顿还我,似向白玉堂中住”;有的则抒发品画的感受,如《题十眉图》:“人生何处不相逢,还醉武陵溪上月。”刘迎的友情诗《上施内翰》、咏物诗《梅》、怀古诗《次韵郦元与赠于元直道旧二首》,也都值得一读。刘迎的诗内容充实,不事雕琢,部分作品还通俗易懂,有民歌风,如《沙漫漫》。

刘迎的词今存 4 首(其中 1 首或为他人之作),数量虽少,质量却高。《乌夜啼》(菱鉴玉篦秋月、离恨远萦杨柳)分别写思妇百无聊赖的孤独生活与游子、闺妇的两地相思,隐秀幽峭,富有意境,深得传统婉约词的个中三昧。《锦堂春》也是金词中的名作:

墙角含霜树静,楼头作雪云垂。钩帘鹊噪空庭晚,坐看月来时。
异域书迷雁足,幽闺深掩虫丝。一宵两地肠千转,惟有梦魂知。

词的上片首先渲染气氛,然后实写闺妇独坐窗前,举头望月;下片首先虚写游子写就情书,大雁迷路,然后直抒胸臆。通篇随时间发展而深化,因境界凄清而传神,“其中正反相成的艺术辩证法颇值得我们玩味”④。

2. 党怀英

党怀英(1134—1211 年),字世杰,号竹溪,祖籍冯翊(今陕西大荔),随父宦家于奉符(今山东泰安)。他是宋初名将党进的十一代孙,少年时期与辛弃疾同师亳州刘瞻(字岩老)。党怀英少时聪敏过人,日诵千余言;及壮,以文章名天下。金世宗大定十年(1170 年)擢进士甲科。曾任莒州军事判

①《莫州道中》。
②《代主簿上梁孟容府公》之二。
③《次刘元直韵二首》之一。
④王兆鹏语,载唐圭璋主编:《金元明清词鉴赏辞典》,江苏古籍出版社 1989 年版,第 60 页。

官，迁汝阴县令，入为史馆编修官、应奉翰林文字。后累官国子祭酒、侍讲学士、翰林学士承旨等。谥文献。党怀英善属文，工篆籀，是金代的著名文学家与书法家，曾在明昌年间（1190—1196 年）主盟文坛。原有《竹溪集》，已佚。

党怀英诗的内容涉及写景、感遇、咏物、题画，以及送行、怀古、说理、思乡、喜雨、伤悼等各个领域，而以前四类为主。他的景物诗，多写旅行途中的见闻与感受，如《穆陵道中二首》、《日照道中》、《朐山道中三首》等。《奉使行高邮道中二首》之一云：

野雪来无际，风樯岸转迷。潮吞淮泽小，云抱楚天低。镗鞳船鸣浪，联翩路牵泥。林乌亦惊起，夜半傍人啼。

作品生动地描绘了诗人道行高邮的见闻，深切地抒发了他出使南宋的复杂感受。颔联是广为传诵的名句，它真实地记录了淮河水吞没高邮湖的场景与诗人初入南方的第一印象，境界阔大，笔力坚挺。此外，泊临龙池的《龙池春兴》、登临金山的《金山》、题写轩壁的《书因叔北轩壁》，也都是景物诗的佳作。

党怀英的感遇诗，如《雪中四首》之二、《成趣园诗》、《宿旧县四更而归，道中摭所见作行路难》等，或慨叹贫穷，或忧惧宦途，或倦而思乡，或哀嗟年衰，感情都很真挚。他的咏物诗，涉及牡丹、菊、芙蓉、芍药、雪、雁、蝉等。其中的佳作不仅善写事物之形，还常寄托诗人之感。如《西湖晚菊》诗中“无人自芳菲”、“鲜飚散幽馥”的西湖晚菊，正是不媚流俗、洁身自好的诗人的化身，这与“不为五斗米折腰”而“采菊东篱下”的陶渊明是一脉相承的。党怀英的题画诗以《渔村诗话图》为代表，全篇虚实相生，曲折有致。清人许印芳说：“凡写画景，以真景伴说乃佳。”①此诗正是一个好例。《题獐猿图》、《题春云出谷图》、《题张维中华山图》、《题马贲画鸂鶒图》、《楚清之画乐天“小娃撑小艇，偷采白莲回。不解藏踪迹，浮萍一道开”诗，因题其后》等，也是较为优秀的题画诗。

---

①方回辑，许印芳摘抄：《律髓辑要》卷一，载《丛书集成续编》第 146 册，上海书店出版社 1994 年版。

党怀英的诗，体裁多样，且较均衡。据统计，在其现存的69首诗中，七古16首，五古15首，七律、七绝各14首，五律9首，还有五言排律1首。他善于观察，勤于思考，因而既精于描写，又长于议论。其诗风也一如夫子自道的“清且奇”①，也即不尚虚饰，因事遣词，通达流畅，平易自然。正如赵秉文所说：“文章非能为之为工，乃不能不为之为工也；非要之必奇，要之不得不然之为奇也。譬如山水之状，烟云之姿，风鼓石激，然后千变万化，不可端倪：此先生之文与先生之诗也。”②这种创作态度和特色颇近于苏轼，尽管他们的诗文风格并不相近。

党怀英的词今存5首，其中《月上海棠·用前人韵》是广为传诵的名作。词云：

> 傲霜枝袅团珠蕾，冷香霏。烟雨晚秋意，萧散绕东篱。尚仿佛、见山清气。西风外，梦到斜川栗里。　　断霞鱼尾明秋水，带三两飞鸿点烟际。疏林飒秋声，似知人、倦游无味。家何处？落日西山紫翠。

作品以秋菊起，引出追慕陶潜之意；之后又写四乡之怀，以落日结。全篇运笔灵活，一气贯通，后段“融情景中，旨淡而远，迂倪（元倪瓒）画笔，庶几似之”③。另外，《感皇恩·赋叠罗花》描绘叠罗花“道装仙子，谪堕蕊珠仙阙”的遭遇，《鹧鸪天》抒发“只缘巧极稀相见，底用人间乞巧楼”的感慨，也都妙用比兴，巧寓寄托，素来为人称赏。

（二）杨宏道与杜仁杰、刘敏中

1. 杨宏道

杨宏道（1189—1272年后），字叔能，号素庵、默翁，淄川（今属山东）人。少年即孤，就学乡里，博学多识，不事科举。金宣宗兴定五年（1221年），在汴京与元好问相会，并深得赵秉文、杨云翼等人赏识，诗名大振。金哀宗正大元年（1224年），出任麟游县酒税。后避乱入宋地，任襄阳府学教谕。宋理宗端平二年（1235年）清明后出任唐州司户。元兵南下时，杨宏道

---

①《壬辰二六日夜，梦作一绝句……》。
②《中大夫翰林学士承旨文献党公神道碑》。
③《蕙风词话》卷三，载《蕙风词话·人间词话》，第60页。

北上寓家济源，以诗文自娱。他性情淡泊，不苟言笑，生活俭素，能文善诗。有《小亨集》。

杨宏道与元好问同时，生活在一个社会动荡、战乱频仍的特定环境中，因而忧时伤乱也就自然成为他的诗歌的重要内容。如《壬辰闰九月即事》写跋山涉水中风声鹤唳、度日如年的深切感受，非亲历者绝难道出。而"凶年大兵后，荒城守空仓"①、"往时百余家，今日数人存"②的劫后景象，亦无不触目惊心！尤其可贵的是，杨宏道不仅描绘了生灵涂炭的惨状，而且表达了向往和平的心声。如果说《壬辰年门帖子》中的"但愿全家度灾厄，白头重作太平人"还只限于一己一家的良好祝愿，那么《李廷珪墨歌》中的"待渠宣力恢复旧城域，雅什愿读车攻篇"则把个人与整个民族的利益紧紧结合在一起了。又如《送张县令赴任符离》通篇不叙私情，字里行间充满了对风雨飘摇中的国家的关切、对历尽劫难后的人民的同情，闪耀着爱国爱民思想的光辉。与绝大多数封建士子一样，杨宏道也有兼善天下的人生理想。但他生不逢时，结果进退失据，《次韵田长卿》中的"俯惭鱼在藻，仰羡雀投林"，就是其现实遭遇的真实写照。在这种背景下，他创作了一大批叹逝思乡的诗歌。像慨叹岁月虚掷的《麟游秋怀》、《月下闻笛》、《偶题》之一，抒发乡关之思的《示亨甫》、《定庵》、《登舞阳市楼》，都一往情深，催人泪下。

怀古伤悼是中国古代诗歌的传统题材，也在杨宏道的诗歌中占有较大比重。《题子产庙》凭吊郑子产遗迹、《遣兴》之一回忆鲁肃与庞涓故事、《东坡〈石钟山记〉墨迹》缅怀苏轼风范，都是有感而发、言之成理的怀古佳作。伤悼诗《哭刘叔京》痛哭友人，《吊元老》吊唁内弟，《悼亡》悼念妻子，《哀子》哀伤儿子，也都字字含泪，处处凝血。《悼亡》云：

> 赓歌长相思，未歌先泪垂。忆昔初裹头，娶妻济水湄。绸缪十载间，忧患杂欢嬉。一朝遭丧乱，仓卒不能辞。荒城落日哭，悲在留两儿。儿痴诚可怜，鞠养失母慈。再娶般溪上，妇道良同规。愿从发抹漆，得到头梳丝。奈何同穴志，眷恋方再期。食贫居难安，一官调京畿。分袂未云久，故里嗥狐狸。凌霄失高树，化作柔杨枝。摧枯与攀折，寂寥两

①《阀阅子》。
②《空村谣》。

不知。沉痛伤人心，出门何所知。路逢翁与媪，伛偻行相随。感我少年心，两度生别离。

古代悼念亡妻的名作不少，但像本篇这样在一首诗歌中尽情倾诉“两度生别离”痛楚的作品却不多见。惟其爱情深笃，才更撕肝裂肺。

杨宏道写了不少纪游写景诗，代表作是《夏雨》，全篇顺序而写，凝练生动，颈联写电闪雷鸣，尤为精彩。《游宁山寺入小敷谷》、《游石龙窝》、《记所见》、《从邓帅游百花洲》、《揽秀亭》、《晚晴》、《赠郑尊师》，亦为纪游写景的优秀之作。此外，杨宏道的送别诗《送王飞伯》、《送麻信之》，咏物诗《咏鹤》、《木芙蓉》，题画诗《王子端溪桥蒙雨图》、《题暮云楼阁图》，也都值得玩味。

就形式说，杨宏道擅长七律、五律、五古、七绝与七古。在其现存的292首诗歌中，计有七律76首、五律60首、五古59首、七绝55首、七古20首，它们合占杨诗总数的90%以上。但是，杨宏道也能运用其他诗体，今存诗歌计有五绝8首、杂言5首、四言4首、五排4首、六言1首。六言诗《青梅》云：

诗名籍籍何益，吾道悠悠可哀。莫谓闲身已老，齿牙不惮青梅。

作者截取日常生活中的一幅图景，信笔写来，任情发挥，而又凝练工整，充满机趣。

杨宏道是金代的著名诗人，元好问赠诗中的“海内杨司户，声名三十秋”①就是明证。元氏还指出杨氏诗“以唐人为指归”②，也颇中肯綮。杨宏道有《孟浩然像》、《李太白诗》、《幽怀久不写一首，效韩子“此日足可惜”赠彦深》、《效孟东野》、《雪晴夜半月出戏效李长吉》等诗，或赞唐人成就，或继唐人遗风，俱能见出诗人广泛汲取唐诗营养的特点。但总的说来，杨宏道受杜甫、韩愈的影响更为突出。我们从《赠裕州防御》“皇帝二载岁乙酉，八月花川堕天狗”的写实风格中，不难看出杜甫《北征》诗的影子；而《鹧鸪》中的“或如趋进或如却，或如酬酢或如揖。或如掠鬓把镜看，或如逐兽张弓射”

①《送杨叔能东之相下》。
②《杨叔能小亨集引》。

之类的语句,又显然是从韩愈《南山诗》学来的。

杨宏道的词今存9首。它们或写艳情,如《沁园春》;或记宴饮,如《鹧鸪天》(玉帐人间绮席开);或叙游踪,如《三奠子》;或抒怀抱,如《望江南》。而成就最高的,则是《六国朝》(繁花烟暖)、《鹧鸪天》(邂逅梁园对榻眠)两首。前者慨叹时光空逝、离人难会,表达回归田园的意愿;后者慨叹旧日对榻、今各一方,抒发思念友人的挚情。作品体现出写景生动、抒情委婉、议论得体、语言流畅的风格特点。

杨宏道的散文有书札、疏、启、记、箴、铭、赞、序等,文学成就较高的是序文。《送赵仁甫序》阐述自己文与道合的观点,值得人们注意。《送房希白序》中"夫五音相合以成乐,五色相错以成章,故朋友不贵苟同,而贵乎有以相济也"的告诫,也值得人们借鉴。

2. 杜仁杰

杜仁杰(约1201—1283年后),字仲梁,号止轩,原名之元,字善夫,一作善甫,长清(今属山东)人。金哀宗正大四年(1227年),元好问为内乡令,杜仁杰与麻革、张澄前往投靠。元好问赠诗有"半山亭前淅江水,只可与君消百忧"之句①。蒙古王朝统一北方之后,返归故里。朝廷屡次征召,他皆表谢不赴,年过八十乃卒。其子杜元素仕元任福建闽海道廉访使,因赠翰林承旨、资善大夫,谥文穆。有《善夫先生集》。杜仁杰本性善谑,才学宏博。元代著名文人程巨夫、王恽和虞集都曾说到他"善谑"的性格特点。《永乐大典戏文三种》之一《宦门子弟错立身》云:"你课牙比不得杜善甫。"足见他的诙谐个性,已为时人盛传。他与歌伎艺人也有交往,熟知构栏演出情况。

杜仁杰的诗今存29首,可分景物、友情、怀乡、叹逝、咏史五类。景物诗或写途景,如《和信之板桥路中古风二首》之一;或绘雨景,如《沧浪亭观雨》;或状山景,如《题五峰山》。代表作是《游灵岩寺》:

> 涧冰消尽水声喧,山杏开时雪满川。老木嵌空从太古,断碑留语自前贤。蓬莱不合居平陆,兜率胡为下半天。金色界中无量在,可能此地

①《半山亭招仲梁饮》,载阎凤梧等主编:《全辽金诗》下册,第2463页。以下版本俱同。

了残年。

这是作者游览济南灵岩寺之作。前四句写山间之景，后四句抒归隐之情，情景交融，笔调飘逸。友情诗《送信云父》、《病中怀坦夫兄》、《病中呈裕之》、《延津待渡寄仲温参议》，怀乡诗《夜宿郓城》、《鲁郊》，叹逝诗《发黄有感》、《宿金线泉》，都值得一读。咏史诗《读前史偶书》也是一篇佳作，全篇纵横捭阖，以古鉴今，表达了作者对仁人志士的敬慕，也抒发了他对中原故土的眷恋。杜仁杰的诗以五律、七律、七绝等近体为多，也能写五古、七古。总的看来，它们的风格以沉郁苍凉为主，又兼具慷慨豪迈之气。

杜仁杰的散曲今存小令 1 首、套数 3 套，代表作是套数［般涉调 · 耍孩儿］《庄家不识构栏》。全套共有 8 支曲子，依次描写一个庄家人进城买纸火时看到构栏前的热闹景象，忍不住好奇交钱入场观看演出的情形。这套散曲构思奇特，情趣盎然。它以庄家人的独特视角观看演出，于是产生了一系列的误会：面对舞台与观众，他便“抬头觑是个钟楼模样，往下觑却是人旋窝”；听到敲锣打鼓，奇怪“又不是迎神赛社，不住地擂鼓筛锣”；看见演员打破了皮棒槌，担心有人“天灵破”，可能会“兴词告状”。一个个的误会，导致了幽默、滑稽的美学效果。全曲运用口语，不假雕饰。如“高声的叫‘请请’，道‘迟来的满了无处停坐’”（［六煞］）、“刚捱刚忍更待看些儿个，枉被这驴颓笑杀我”（［尾］），可谓新鲜而又朴实，大胆而又活泼。这部作品提供了元代剧场演出活动的重要资料，在中国文学史特别是中国戏曲史的研究上具有重要价值。杜仁杰的小令［双调 · 雁儿落过得胜令］《美色》、套数［般涉调 · 耍孩儿］《喻情》写艳情，套数［般涉调 · 耍孩儿］《七夕》写乞巧，也值得一读。特别是《喻情》，大量运用歇后语，如：“蓼儿洼里太庙——乾不济”，“相扑汉卖药——干陪了擂”，“唐三藏立墓铭——空费了碑”等，谐谑逗人，对了解元代的口语很有帮助。

杜仁杰的词今存《太常引》、《朝中措》2 首，前者写女子独守闺房的愁绪，后者写男子求偶不得的痴情，不事雕琢，明白如话，与《庄家不识构栏》等异曲同工。

杜仁杰的散文只存 10 余篇，却涉及书信、序、游记、铭文、像赞、碑记、传记等多种体裁，书信《与杨春卿书》、游记《东平张宣慰登泰山记略》都是佳

作。《遗山先生文集后序》亦情真词切,不乏灼见:

> 今观遗山文集,又别是一副天生炉鞴,比古人转身处更觉省力。不使奇字,新之又新;不用晦事,深之又深。但见其巧,不见其拙;但见其易,不见其难。如梓匠轮舆,各输技能,可谓极天下之工;如肥浓甘脆,迭为饾饤,可谓并天下之味。

它体现了杜仁杰的文学观点,也显示了元好问的文学地位。

3. 刘敏中

刘敏中(1243—1318年),字端甫,章丘(今属山东)人。自幼聪慧,卓异不凡。曾任中书掾、兵部主事、监察御史等,因弹劾执政桑哥而辞职还乡。后复出为御史、御史都事、翰林直学士,兼国子祭酒、翰林学士承旨等。还曾宣抚辽东山北,拜河南行省参政。他忧念国事,为官清正,敢于上疏指陈时弊,处分贵幸横暴之徒,曾得皇帝嘉许。有《中庵集》。

刘敏中词今存149首,按其基本内容可分为感时伤怀、写景咏物、赠答酬唱三类。他的感时伤怀词,或写生活的贫贱,如《木兰花慢·晓过卢沟》"寒窗萤雪一生酸,富贵几曾看";或写病痛的折磨,如《满江红·病中呈诸友》"个月来多病,不禁憔悴";或写羁旅的孤愁,如《满江红·病中又次前韵》"离又合、新欢旧恨,古今何已";或写思乡的挚情,如《最高楼·古斋受益所居……》"我思之,君倦矣,去来兮"。代表作是《木兰花慢》:

> 待搘撑暮境,道比旧、不争多。奈白日难留,丹心易感,绿发全皤。行乐处,浑一梦,忆黄公垆下几回过。振策千峰绝顶,濯缨万里长河。
>
> 红尘世事费磋磨,人海驾洪波。怅学古无成,于今何补,谩尔蹉跎。闲揽镜,还独笑,甚苍颜一皱不曾酡。忽报鸣鞭送酒,开轩自洗空螺。

词抒发了作者岁月虚耗、志业无成的愁绪,也在客观上揭露了压制进步、摧残人才的时弊。此类作品,还有《念奴娇·自述呈知己时有小言》、《清平乐》(蜂房蚁户)、《太常引·忆归》等。刘敏中的写景咏物词也不乏佳作。《玉楼春·雨中戏书》写雨景,《清平乐》(东皋晚望)写村景,《卜算子·望湖山》写山景,都绘声绘色,形象可感。再如《蝶恋花》(临水衰葵欹欲倒),句句写景,充满动感,宛如一幅生机盎然的图画。刘敏中的咏物词多是咏花之作,如咏牡丹的《水龙吟·同张大经御史赋牡丹》、《水龙吟·次韵赋牡丹》,咏桃花的《念奴娇》(探梅时候、看花须约),咏海棠的《沁园春·和省中诸公秋日海棠韵》、《眼儿媚·赋秋日海棠,分韵得阑字》,咏芍药的《清平乐·张秀实芍药词》、《清平乐·白芍药》,咏盆梅的《鹊桥仙·盆梅》、《菩萨蛮·盆梅》,咏金莲的《鹊桥仙·上都金莲》,咏芙蓉的《临江仙·芙蓉》等,都较优秀。《水龙吟·同张大经御史赋牡丹》由花及人,亦形亦神,妙用比兴,浑然一体,算得吟咏牡丹的佳作。赠答酬唱是元词的重要内容,也是刘敏中词的重要内容。它们主要包括邀请或辞别亲友以及贺人寿辰、娶妻、得子等,成就较高的作品如《菩萨蛮》(挈家来吃山城水),作者刻画了一位"清官"的形象,也表达了对他的由衷赞佩与深情鼓励。《木兰花慢·八月二十五日为仲敬寿》、《浣溪沙·贺赵文卿新娶,文卿昆仲第六,所娶魏氏》、《南乡子·贺于冶泉尚书有子》等,也值得一读。

刘敏中主张"诗不求奇"、"率意讴吟信手书",词作风格也表现为真率自然,明白晓畅。部分作品还得辛词三昧,如《苍然吟》:

> 石汝来前,号汝苍然,名之太初。问太初而上,还能记否,苍然于此,为复何如。偃蹇难亲,昂藏不已,无乃于予太简乎。须臾便,换一庭风雨,万窍号呼。　　依稀似道狂夫,在一气何分我与渠。但君才见我,奇形怪状,我先知子,冷淡清虚。撑拄黄垆,庄严绣水,攘斥红尘力有余。今何许,倚长风三叫,对此魁梧。

词序云:"余既以太初名石,且为记。客曰虽命之不可无号,号所以贵之也,乃以己意,号之曰苍然。余复援稼轩例作乐府《沁园春》一首,改名曰《苍然吟》,附于记后。"所谓"稼轩例",指《沁园春》(杯汝来前)词。两词相较,是可见出刘氏的点化功力的。

《元诗选》收刘敏中《挽王学士秋涧》诗1首,系伤悼之作。诗云:"学与天渊博,名随事业新。文章早无敌,字画晚逾神。冥躅追前哲,遗芳泽后人。独怜秋涧月,犹照玉堂春。"

刘敏中的散曲现存小令[正宫·黑漆弩]《村居遣兴》2首,均写村居的闲适情趣。其二云:"吾庐恰近江鸥住,更几个好事农父。对青山枕上诗成,一阵沙头风雨。酒旗只隔横塘,自过小桥沽去。尽疏狂不怕人嫌,是我生平喜处。”

刘敏中的散文传世较多,有册、表、笺、议事、奏议、上书、题跋、问策、铭、赞、颂、行状、传、碑志、庙记、墓铭、祭文、疏等,多是应用文字。文学价值较高的是记、序之作,如《赠医者孙仲文因以为寿》形似寿辞,实则记叙孙仲文的高尚医德与高明医术;《送蔡知事序》名为赠序,实乃推介蔡知事的良好素质与执政能力,它们都是较好的记叙文。此外,他的《祭杨损斋学士文》、《祭张直卿文》等祭文感情充沛,文辞哀婉,是较好的抒情文。

(三) 著名文学家张养浩

1. 张养浩其人

张养浩(1270—1329 年),字希孟,号云庄,济南(今属山东)人。自幼好读书,有义行。入仕后初为东平学正。元成宗元贞元年(1295 年)前后漫游京师,献书于平章不忽木,颇受赏识,被聘为礼部令史,转丞相掾,又授堂邑县尹。武宗至大元年(1308 年)拜监察御史,后因批评时政,为权贵所忌而罢官。为了避免意外迫害,他改名换姓,逃离京师。元仁宗即位(1312 年)后,召任右司都事,迁翰林直学士,改秘书少监。延祐元年(1314 年),以礼部侍郎知贡举。继任陕西行台治书侍御史,改授右司郎中,拜礼部尚书。英宗即位(1320 年)后,命参议中书省事。至治元年(1321 年),上疏谏元夕内廷张灯,弃官归隐,屡召不赴。文宗天历二年(1329 年),关中大旱,饥民相食,应召出任陕西行台中丞。行前散其家财,接济乡里。一路赈救饥民,埋葬死者。直至到任,“夜则祷于天,昼则出赈饥民,终日无少怠”①。终因积劳成疾,仅四个月就卒于任所。谥文忠。有《云庄休居自适小乐府》、《云庄类稿》等。

张养浩自幼深受儒家思想的影响,崇尚仁政,忧国忧民。成年以后,努力践行进则兼善天下、退则独善其身的人生理想。“其为学则卓乎有所见而不杂于权术,其操行则确乎有所守而不夺于势利”②,因而也赢得了人民的爱戴。《元史》本传称堂邑县民在其去官十年后“犹为立碑颂德”,关中之

---

①《元史·张养浩传》。

②贡师泰:《牧民忠告序》,载《影印文渊阁四库全书》第 1215 册,第 584 页。

民在其去世之后“哀之如失父母”。

2. 张养浩的散曲

张养浩的散曲今存小令161首、套曲2套，是元代山东传世作品最多的散曲家，也是整个元代传世作品最多的散曲家之一。这些散曲抒发了作者忧国爱民的高尚情怀，如[南吕·一枝花]《咏喜雨》写他想见雨后“万象春如故”的欣喜与念及“流民尚在途”的焦虑，高尚情怀溢于言表。这类作品数量虽少，却弥足珍贵。张养浩的散曲还揭露了贪官庸吏的丑恶行径，作者在[中吕·朱履曲]（那的是为官荣贵）中一针见血地揭露了贪官“止不过多吃些筵席”、“安插些旧相知”、“家庭中添些盖作”、“囊箧里攒些东西”的肮脏灵魂，在[中吕·朱履曲]（萧墙外拥来抢去）中形象生动地刻画了庸吏“筵席上似有如无，奏事处连忙的退了身躯，付能都堂中妆样子，却早怯烈司里画招伏”的卑劣嘴脸，在同调、同牌的另一首作品中则对耀武扬威的当朝权要提出了严重警告：

> 才上马齐声儿喝道。只这的便是送了人的根苗，直引到深坑里恰心焦。祸来也何处躲？天怒也怎生饶！把旧来时威风不见了。

万云骏说：“‘才上马齐声儿喝道，只这的便是送了人的根苗’修辞上是用的窜前夸张，新官上任到垮台完结，这可能要经过几年以至数十年，作者用‘窜前夸张’的手法把时间大大移前，使之把上台时的得意相和下台时的狼狈相放在一起，作了鲜明的对照，使人惊醒。”①这类散曲数量不多，但价值甚高。张养浩的散曲也描绘了他返归故里的闲适生活，这类作品数量最多，约占其全部散曲的三分之一。它们或以古人为官的凶险，反衬自己闲居的快乐，如[双调·沽美酒兼太平令]以屈原、伍员、项羽、李斯的“遇灾难”，反衬自己的“五柳庄逍遥散诞”；或以古人的沽名钓誉，反衬自己的真心归隐，如[双调·雁儿落兼得胜令]（也不学严子陵七里滩）宣称“不学”严光、姜尚、贺知章、柳宗元，而图自己的“身安”；或以自己任职的艰难反衬休官的轻松，如[双调·雁儿落兼得胜令]：

①蒋星煜主编：《元曲鉴赏辞典》，上海辞书出版社1990年版，第547页。以下版本俱同。

> 往常时为功名惹是非，如今对山水忘名利。往常时趁鸡声赴早朝，如今近晌午犹然睡。往常时秉笏立丹墀，如今把菊向东篱。往常时俯仰承权贵，如今逍遥谒故知。往常时狂痴，险犯着笞杖徒流罪；如今便宜，课会风花雪月题。

通篇对比鲜明，对仗工整，朴实无华，流利晓畅。此外，张养浩还有一些写景、咏物、怀古、劝善的散曲。写景的散曲，以[双调·庆东原]（鹤立花边月）、[双调·水仙子]《咏江南》、[双调·折桂令]《中秋》、[中吕·朝天曲]（柳堤）为代表。咏物的散曲，以[双调·清江引]《咏秋日海棠》11首为代表，另外还有[中吕·最高歌兼喜春来]《咏玉簪》之一、[双调·殿前欢]《玉香球花》、[双调·折桂令]《咏胡琴》等。怀古的散曲，除妇孺皆知的[中吕·山坡羊]《潼关怀古》外，还有同调、同牌的《骊山怀古》、《沔池怀古》、《北邙山怀古》、《洛阳怀古》、《未央怀古》、《咸阳怀古》等。劝善的散曲，指[中吕·山坡羊]中的11首无题之作，它们或戒求官、贪钱、谗佞，或劝本分、寡欲、真诚，作品旨意明确，令人一目了然。

张养浩的散曲以小令成就最高，在其现存的163篇散曲中，小令多达161首，比例之高，超过元代的其他任何散曲大家。小令体制短小，容量却不容低估，兹以张养浩散曲的压卷之作[中吕·山坡羊]《潼关怀古》为例：

> 峰峦如聚，波涛如怒。山河表里潼关路。望西都，意踌躇，伤心秦汉经行处，宫阙万间都做了土。兴，百姓苦；亡，百姓苦。

题为“怀古”，实则“伤今”。短短的44个字，尖锐地批判了历代统治阶级的罪恶，深切地表达了作者对广大百姓的无限同情。“在元散曲，乃至整个古代诗歌中，都是难得的优秀作品”①。张养浩的散曲语言丰富，作者既善于熔铸经、史、子、集的语言，如[中吕·山坡羊]《潼关怀古》用《左传·僖公二十八年》之典，[中吕·普天乐]（折腰惭）用《晋书·陶潜传》之典，[中吕·普天乐]《闲居》用《庄子》的《秋水》、《逍遥游》之典，[双调·殿前欢]《对菊自叹》用宋欧阳修《蝶恋花》、李清照《醉花阴》词之典；又善于吸收时人的

---

①霍松林语，载《元曲鉴赏辞典》，第557页。

俗语,如[双调·新水令]《辞官》中的“唱个,弹个,似风魔,把功名富贵都参破。有花有酒有行窝,无烦无恼无灾祸”;且常使二者有机结合,从而达到雅俗共赏的境界,如[越调·寨儿令]《冬》:

> 天欲明,觉寒生,打书窗只闻风有声。步出柴荆,遥望郊垌,滚滚势如倾。四围山岩壑都平,道途间无个人行。爱园林春浩荡,喜天地气澄清。巧丹青,怎画绰然亭。

此曲题下自注“白战体”。白战体也就是咏物诗中的“禁体”,创始于欧阳修,得名于苏轼。宋仁宗皇祐二年(1050年),欧阳修作《雪》诗,序云:“时在颍州作。玉、月、梨、梅、练、絮、白、舞、鹅、鹤、银等事,皆请勿用。”嘉祐四年(1059年),苏轼作《江上值雪。效欧公体,限不以盐、玉、鹤、鹭、絮、蝶、飞、舞之类为比,仍不使皓、白、洁、素等字,次子由韵》诗。二十六年后,苏轼出任颍州知州,写下《聚星堂雪》诗,序云:“元祐六年十一月一日,祷雨张龙公,得小雪,与客会饮聚星堂。忽忆欧阳文忠公作守时,雪中约客赋诗,禁体物语,于艰难中特出奇丽。尔来四十余年,莫有继者。仆以老门生继公后,虽不足追配先生,而宾主之美殆不减当时。公之二子,又适在郡,故辄举前令,各赋以篇。”因为该诗结句是“当时号令君听取,白战不许持寸铁”,所以后人便把咏物诗中的“禁体”称为“白战体”。这首小令,不着一个“雪”字,却又句句写雪。从雪的声响,写到雪的态势、雪的厚度、雪的美丽,令人神清气爽,赏心悦目,充分体现了作者驾驭语言的高超能力。张养浩的散曲格调高远,明人朱权曾将其散曲誉为“玉树临风”①,正抓住了它们感情真朴醇厚、情调远过常流的特点。尽管张养浩的散曲有的以沉郁顿挫取胜,有的以清丽明快见长,但其格调高远的特点却是一贯的、共同的。这既得力于作者卓然不群的识见,更来源于他饱经忧患的经历。

3. 张养浩的诗词

张养浩诗的内容十分丰富。《过颜鲁公庙》抒发对民族英雄的景仰之情,《哀流民操》体现对流亡民众的怜悯之心,《长安孝子贾海诗》则表达对

---

①《太和正音谱》卷上,载钟嗣成等:《录鬼簿》(外四种),上海古籍出版社1978年版,第127页。

百姓被逼杀子养母惨状的愤慨。它们从不同侧面反映了诗人忧国忧民、刺贪刺虐的高尚情操，与其散曲异体同工。尤其值得注意的是，张养浩的七言古诗《赠刘仲宪》长达136句、955字，系统展示了作者民胞物与的思想，这在元代的山东诗坛上是仅见的。作为朝廷的官员，张养浩对仕途险恶有清醒的认识。他因官场的“掣肘”不满：“从仕非不佳，其奈多掣肘”①，为“野性”的扭曲悲伤：“野性峣峣不耐官，强颜尘土步邯郸”②，油然萌发“明时”引退之心：“盛名自古多难处，好及明时乞此身”③。而作为宦游的浪子，张养浩又对客居四方有特殊的感受。他因“万里飘零”哀叹，为离别故乡“愁绝”，不禁产生“却逐桑榆”计划：“何时却逐桑榆晚？爱杀坡仙此语真”④。这类描写个人仕途之苦、羁旅之愁的诗篇，也是张养浩诗作的重要内容。与时刻面对贪官污吏、提防尔虞我诈的官场不同，张养浩在山水田园中找到了快乐，找到了归宿，也洞彻了道理。如《登泰山》记游览“五岳之尊”，《趵突泉》记游览“天下第一泉”，视野开阔，想象丰富。作品不仅写山写水，绘声绘色；而且说理议论，妙趣横生。他的田园诗与这类山水诗相似，也多充满轻松、欢乐之情，且不说描写田园乐的《晚斋》、《秋日村居》，我们只需看《拟四季归田乐》、《我爱云庄好》之类的题目就略知全豹了。张养浩的咏物诗《毛良卿送牡丹》、《秋日梨花》，咏史诗《读史有感自和二首》、《咏史》，也都值得品读。

从形式上看，张养浩兼善各种诗体，而以七言与五言律诗见长。《元诗选》收张氏诗94首，其中七律47首，五律17首，五古11首，七绝9首，七古5首，杂言3首，四言诗与五绝各1首。七言与五言律诗共计64首，合占所选诗歌的约68%。清人顾嗣立在分析张养浩诗的风格及其渊源时说：“其风致潇洒，亦在元和、长庆间也。”⑤此言不错。张养浩在《翠阴亭独坐寄莫俊德经历》诗中就曾明确表达对白居易的钦慕：“年来酷爱香山老，都把悠悠付醉吟”，受其影响自不待言。但他还有一些气韵苍健的作品，如《游华不注》写作者漫游华不注山的见闻与感受，境界雄阔，风格豪迈，这类作品

①《郊居许敬臣廉使见过》。
②《客中除夕》。
③《寄李道复平章》。
④《兴和道中》。
⑤《元诗选》初集第1册，作者小传，中华书局1987年版，第750页。

又见出李白诗歌的影响。

张养浩的词仅存《感皇恩》1 首，系自寿之作。词云："林壑八年闲，吟残山色，无处烟霞不相识。真欢清福，举世谁人曾得。天教分付与，云庄客。万里侯封，九华仙伯，未必情浓似吾适。扁舟风月，好景初无今昔。遐龄原不在，餐松柏。"

4. 张养浩的散文

张养浩的散文内容丰富，形式多样。其议论文旗帜鲜明，论证充分，如《经筵余者》分别阐述君主之道、德、体、威、治，深入浅出，令人信服。《谏灯山疏》、《西台上王者无私疏》、《时政书》等奏疏，秉持公心，指摘时弊，晓之以理，动之以情。他的记叙文层次井然，委婉流畅，如《游龙洞山记》、《游标山记》等游记，情景交融，亲切生动。《重修会波楼记》记录泰定年间（1324—1328 年）重修济南名胜会波楼之事，其中对历山（千佛山）、大明湖的那段描写，更为论者称道：

> 其曰历山者，迤岚突翠，虎逐龙从，南楗岱宗，东属于海，华鹊两峰，屹然剑列，削拔无所附丽，众山皆若相率拱秀而君之。大明湖则汇碧城郭间，涵光倒景，物无遁形。自远而视，则华鹊又若据上游而都其胜者。至于四时之变，与夫阴霁早莫，水行陆走，随遇出奇。凡可以排罨宣郁，使人蜕凡近心，高明可喜，可愕可诗，可觞可图者，靡一不具。

既突显了泉城山环水绕的独特景观，也表达了作者酷爱家乡的深厚感情。张养浩的抒情文感人肺腑，质朴自然，如《祭李宣使文》伤悼李生，寄托哀思，称得上是祭文中的佳作。

（四）金元的其他山东作家

1. 祝简

祝简（生卒年未详），字廉夫，单父（今山东单县）人。北宋末进士。宋徽宗政和七年（1117 年），为洺州教官。入金后任朝奉郎、太常丞兼直史馆。著有《鸣鸣集》、《诗说》，已散佚。

祝简的诗今存 12 首，以描写景物者为佳，如《春日》：

莺语相喧浩荡春，落花细点禁街尘。游丝飞絮狂随马，迟日和风欲醉人。

诗只四句，但物象密集，妙用比拟，明媚的春光、欢快的心情都和盘托出，令人过目难忘。此类作品还有《杂诗二首》之二、《夏雨》等，风格大都清新明快。与上述作品不同，祝简还有几首自伤身世的诗歌，如《舟次丹阳》以秋日的晨钟、清霜、断雁、明月、衰柳、疾风，衬托浪迹天涯的愁绪，感情真挚，笔调凄楚。《下第鱼台东寺》、《虚极斋独坐》等，风格亦沉郁悲怆。

2. 马定国

马定国（生卒年未详），字子卿，号荠堂先生，茌平（今属山东）人。阜昌（1130—1137 年）初年，漫游历下，以诗进见齐王刘豫，授监察御史，后官至翰林学士。他颇富文才，少年时期即以题诗酒家墙壁而闻名。曾提出“文章善变化，不以一律持”①的创作主张，也坚信自己“他日诗名满江海”②。

马定国诗现存 31 首，可分游宦、闲适两大类。他的游宦诗往往在旅途见闻的描绘中寄托个人漂泊的伤感，如《客怀》：

结发游荆楚，劳心惜寸阴。草长春径窄，花落晓烟深。谷旱惟祈雨，年饥不问金。三齐虽淡薄，留此亦何心。

诗人是有“男子当为四海游”③的抱负的，但游宦荆楚一如失意三齐，因而产生归去之感。与此同调的，还有游宦荆楚的《长相思》、《郢州城西》及游宦洛阳的《清平道中》。马定国的闲适诗则常常在乡村景物的刻画中蕴涵自己独善的情怀，如七古《秋日书事》“小杯翻酒足自娱，闾巷浮沉真可惜”、七绝《秋日书事》“世道未夷聊小隐，不须辛苦著潜夫”。又如《雪霁》：“高岩旭日吐深赪，雪霁楼台白玉京。独往南塘探春色，琵琶花下竹鸡鸣。”旭日东升，红光吐露；大雪初停，银装素裹；独自寻春，但闻鸡鸣：这正蕴涵着诗人孤芳自赏、卓尔不群的高洁性格与志趣。马定国的诗以七绝、七律为多，也有五律与古诗。它们自然朴实，而又委婉含蓄。

---

①《怀高图南》。
②《送图南》。
③《登历下亭有感》。

3. 朱自牧

朱自牧(？—约1161年),字好谦,棣州厌次(今山东惠民)人。金熙宗皇统年间(1141—1149年)进士。金世宗大定(1161—1189年)初年,以同知晋宁军事卒于任所。

朱自牧的诗现存22首,数量最多的是抒写羁愁归思的作品,如《晚泊济阳》:

> 江北秋阴一半晴,晚凉留与客襟清。水边画角孤城暮,云底残阳远树明。旅雁为谁来有信,断蓬如我去无程。寥寥天地谁知己,村酒悠然只独倾。

诗的前六句写景,后两句抒情,景情相生,浑然天成。“秋阴”、“晚凉”、“孤城”、“残阳”、“旅雁”、“断蓬”无不体现出一种悲怆的气氛,也衬托着作者身世的不幸。《病起书事》、《晋宁感兴》、《清河道中暮归》、《曲沃道中与老农语》,也是同类诗歌中的佳作。朱自牧还有怀古诗《趁鄜州过湖城县,武帝望乡台在焉》、伤悼诗《刘仲规挽辞》以及友情诗《年节岚州席上赠同知王子直中散》、《访山寺僧》、《谢吴堡知寨安巨济赠纸百幅》等,也都各具特色。

朱自牧的诗,以句法工致而著称。“霜风绕屋伺我出,布衾尚欲留须臾”①、“三年官业无毫发,万里装囊更萧瑟”②、“暮寒烟浪归期阻,细雨檐花饮兴长”③、“疏疏细雨槐花落,寂寂虚堂燕子来”④等,都是好例。其作品多呈悲调,但也有例外,如《郊行》诗景色秀美,笔调轻松,称得上是作者为数不多的一首“快诗”。

4. 赵沨

赵沨(？—约1196年),字文孺,号黄山,东平(今属山东)人。金世宗大定二十二年(1182年)进士。二十七年由襄城令入为应奉翰林文字,二十九年任《辽史》编修官。金章宗明昌(1190—1196年)末年,终于礼部郎中。赵沨性情冲淡,学道有得,能文善书,与党怀英并称“党赵”。著有《黄山

①《晨起趋省》。
②《自鄜州归至新市镇,时方渡险,喜见桑叶》。
③《送鄜州节判任元老罢任东归二首》之二。
④《小雨不出宁海司理厅》。

集》,已佚。

赵沨诗现存31首,内容以纪游写景、嗟老思归为主。他的《晚宿山寺》写晚宿山寺的见闻,《聚原台》写独上平台的游历,《留题西溪三绝》写观赏西溪的感受,都自具机杼。而代表作是《黄山道中》:

小谷城荒路屈蟠,石根寒碧涨秋湾。千章秀木荒公庙,一点飞雪白塔山。好景落谁诗句里,蹇驴驼我画图间。膏肓泉石真吾事,莫厌乘闲数往还。

诗中的"黄山"指谷城山,在今济南平阴,山上有奉祠黄石公之庙。作品前半写景,后半议论,过渡自然,浑成一体。颔联尤为出色,据刘祁《归潜志》卷八载:赵沨"尝于黄山道中作诗,有云'好景落谁诗句里,蹇驴驼我画图间',世号'赵蹇驴'。"赵秉文更称赞道:"浮光林杪水参差,意想先生得句时。千古黄山山下路,蹇驴不是少人骑。"①此外,"长风蹙浪鳞甲生,两角斜分半山际"②、"帘外清风飘桂子,夜得凉露滴金茎"③、"趁虚人去林皋静,时有晚鸦衔堕樵"④等,也都是纪游写景的佳句。赵沨的《郊外》写"薄宦违幽兴,浮生更异乡。岁华成白首,丘壑愈难忘"的愁绪,《贡院中怀山中故居》写"白首光阴急,青山意绪长。相思老兄弟,夜夜梦还乡"的伤感,《贡院闻雨》写"滴尽阶前雨,催我镜里霜。黄花依旧好,多病不能觞"的无奈,都情真意浓,感人肺腑。此类作品还有《立秋》、《用仲谦元夕诗韵》、《和茂才韵》、《元日》等。

赵沨还有几首咏物、怀古、应制的诗歌,其中以咏物诗为好。《分阕赋雪得雨字》、《和诜上人雪诗》均为咏雪之作,都较耐读。《盆池荷花》咏荷花,也称得上佳作。通篇不着"荷花",却又写尽荷花的风姿,并寄托诗人的品性。典故的巧用,更使作品摇曳生姿,从而产生引人入胜的艺术魅力。

赵沨的诗歌,风格不尽相同。大致说来,纪游写景诗以清丽为主,嗟老思归诗以沉郁为主。就体裁说,则以五律、七律与七绝为多。

---

①《题李平夫画黄山蹇驴诗图二首》之一,载《全辽金诗》中册,第1400页。
②《西城观水》。
③《中秋》。
④《寓居写怀》。

5. 宋九嘉

宋九嘉(1184—1233 年),字飞卿,夏津(今属山东)人。金卫绍王至宁(1213 年)进士。曾任蓝田、高陵、扶风、三水四县令。后召补省掾,为当政者忌,求去。再受延安帅府征辟,充经历,召为南京右巡院使,以不能事权要罢官。不久入翰林为应奉,得风疾辞去。后遭乱北还,卒于蒙金战争中。宋九嘉刚直豪迈,能政能文。少游太学时,即有词赋之声。

宋九嘉的诗今存 12 首。《途中书事三首》描绘男女老少争相挖菜拾麦的悲惨图景,真可催人泪下,如其一:

> 幼稚扶轮妇挽辕,连颠翁媪抱诸孙。饥民羸卒如流水,掘尽原头野荠根。

《馆中纳凉书事》自叹“奔走尘劳漫一生”的劳顿,《被檄从事》记录“直驱盲马阵中央”的经历,《东州有感》凭吊“故垒周遭小范衙”的遗迹,也都情真辞切。

宋九嘉诗的体裁以七绝为主(10 首),风格呈刚健之貌。也有五古,格调与七绝相近。如《捣金明寨作建除体》刻画了正义之师的严整军容,表达了誓欲灭寇的雄心壮志。

6. 王旭

王旭(生卒年未详),字景初,号兰轩,东平(今属山东)人。家贫力学,曾师事杜仁杰。与同郡王构、永年王磐俱以文章名世,并称“三王”。作过砀山令,到过扬州、杭州、豫章、长沙等地。著有《兰轩集》,已散佚。

王旭的词今存 29 首,数量最多的是祝寿词,有 14 首。它们多系应酬文字,价值自然不高。但咏梅花的《踏莎行》、咏芍药的《浪淘沙》,叹漂泊的《大江东去·离豫章舟泊吴城山下作》、《临江仙·春夜》之二,状闲适的《水调歌头·端午》二首,都较优秀。写景述怀的《大江东去·登鲸川楼》更是其代表之作:

> 飞楼缥缈,碍行云、势压鲸川雄杰。宾主落成登眺日,正是炎蒸时节。把酒临风,凭栏一笑,忘尽人间热。四围烟树,万家金碧重叠。
>
> 休问去棹来帆,南商北旅,欢会并离别。且向尊前呼翠袖,歌取阳春

白雪。千古兴亡，百年哀乐，天远孤鸿灭。酒阑人散，角声吹上明月。

此词上片写景，视野十分开阔；下片述怀，感情相当深沉。全篇情随景生，笔调健壮，呈现出豪壮旷放的风格特色。

《元诗选》收王旭诗8首，多是纪游写景之什，代表作是《游竹林寺》、《南湖道中三首》之一。《四库全书总目》评王旭诗说："其诗随意抒写，不屑屑于雕章琢句，而气体超迈，亦复时见性灵。"验诸所引之作，这个评语是恰当的。

王旭也善为文，包括表、檄文、启、奏疏、序文、题跋、记、传、祭文等。其中以序文为多，且不乏佳作，如《泰山诗会序》记登临泰山的赋诗雅会，《竹林春宴序》写立春之日的竹林宴饮，《梅园杂集序》赞园中梅花的高洁品性等，都叙议结合，清新流畅。《祭母氏文》、《祭兄景实知事文》等抒伤悼之情，也催人泪下。

7. 商衟

商衟（生卒年未详），字正叔，一作政叔，曹州济阴（今山东菏泽）人。先人姓殷，为避宋宣祖赵弘殷讳而改商姓。性格滑稽豪爽，曾与元好问交游，官至学士。编有《双渐小卿诸宫调》，今已散佚。

商衟的散曲今存小令4首、套曲8套。小令全是咏梅之作，如其二：

> 剡溪媚压群芳，玉容偏称宫妆。暗惹诗人断肠，月明江上，一枝弄影飘香。

作品构思巧妙，通俗晓畅，极是当行本色。套曲有的慨叹时光消逝、女色衰退："如今罗纨锦故人何似，阑珊了春事，惜花人谁肯折残枝"①；有的哀悯被侮辱、被损害的妓女的不幸："随高逐下，送故迎新，身心受尽摧挫"②；有的表达对浪迹天下的游子的思念："急煎煎每夜伤怀抱，扑簌簌泪点腮边落"③；有的斥责薄情男子的虚情假意："都是些钞儿根底假恩情，那里有倘买的真诚"④。它们也都感情真挚，耐人咀嚼。

---

①［正宫·月照亭］《问花》。
②［南吕·一枝花］《叹秀英》。
③［双调·新水令］。
④［双调·夜行船］《风入松》。

8. 商挺

商挺(1209—1288 年),字孟卿,一作梦卿,自号左山老人,曹州济阴(今山东菏泽)人,商衜之侄。由金入元,曾与元好问、杨奂等交游。元世祖中统元年(1260 年),佥行行中书省事。次年进参知政事,坐言事罢。复起为四川行枢密院事。至元元年(1264 年),再拜参知政事。六年,同佥枢密院事。累迁枢密副使,后因病免。赠太师开府仪同三司上柱国鲁国公。卒谥文定。有《左山集》。

《全元散曲》收商挺 19 首小令,除 4 首描绘景物外,其余都是抒发恋情之作。描绘景物的 4 首小令(其一至其四),分咏春、夏、秋、冬四季之景,代表作是其一:

> 绿柳青青和风荡,桃李争先放。紫燕忙,队队衔泥戏雕梁。柳丝黄,堪画在帏屏上。

抒发恋情的小令,或写女子的美貌,如其十七(宝髻高盘堆云雾);或写女子的盛装,如其十五(金缕唐裙鸳鸯结);或写男女的欢会,如其八(戴月披星担惊怕)、其十八(煞是你个冤家劳合重)。而最多、最好的,则是抒发离愁别绪的作品,如其十四先写自己的借酒浇愁,再写对天下人的祝福,又写个人的爱情愿望,一波三折,动宕宛曲。通篇多用口语,不避俚俗,体现出早期曲文的当行本色。此类作品还有其九(月缺花残人憔悴)、其十(早是离愁添秋兴)、其十一(肠断关山传情字)、其十二(目断妆楼夕阳外)、其十六(一点青灯人千里)等。

商挺也能作诗,收入《元诗选》的共有 4 首,以《水仙花二首》之二为好,诗篇不仅刻画了水仙的清秀容姿,而且寄托了作者的高洁情操,不粘不脱,值得寻味。

9. 徐琰

徐琰(？—1301 年),字子方,号容斋,一号养斋,又自号汶叟,东平(今属山东)人。曾得元好问赏识,与阎复、李谦、孟祺并称“四杰”。元世祖至元(1264—1294 年)初年,由翰林承旨王磐荐任陕西行省郎中。二十三年(1286 年),拜岭北湖南道提刑按察使。二十五年,又由侍御中丞董文用荐任南台中丞,与荀宗道、程巨夫、胡长儒等相互唱和,为一时之盛。二十八年,迁江南浙西肃政廉访使,召拜翰林学士承旨。卒谥文献。徐琰身体魁梧,襟怀宽大,素有文学重望。曾与侯克中、姚燧、王恽等交游。东南文士,竞相投靠。有《爱兰轩诗集》。

徐琰的散曲今存小令12首、套曲1套,它们全写艳情。小令[双调·沉醉东风]《赠歌者吹箫》系赠歌儿乐妓之作,[双调·蟾宫曲]《青楼十咏》记录与青楼女子初见、小酌、沐浴、纳凉、临床、并枕、交欢、言盟、晓起、叙别的整个过程,个性不甚突出。套数[南吕·一枝花]《间阻》表现男女欢会遇阻的烦恼,却较具特色,其[梁州]曲云:

> 他为我画阁中倦拈针指,我因他在绿窗前懒看诗书。这些时不由我心忧虑,这些时琴闲了雁足。歌歇骊珠,则我这身心恍惚。鬼病揶揄,望夕阳对景嗟吁,倚危楼朝夜踌蹰。我我我觑不的小池中一来一往交颈鸳鸯,听不的疏林外一递一声啼红杜宇,看不的画檐间一上一下斗巧蜘蛛。景物,态度。蜘蛛丝一丝丝又被风吹去,杜宇声一声声唤不住,鸳鸯对一对对分飞不趁逐。感起我一弄儿嗟吁。

此曲落笔双方,虚实相映,完整而细腻地传达出痴情男女期盼团聚的热望。曲中妙用对句,巧使衬字,节奏铿锵,抑扬顿挫,呈现出整饬而不板滞的艺术特色。

《元诗选》收徐琰诗7首,多是纪游写景之作,其中以《剑池二首》之一为佳。题画诗《题高尚书夜山图》杂用三、五、七、九、十一、十三字句式,酣畅淋漓地展现了画作的内容与气势,使人如入画境。《杨玉翁山居》率意而为,一气直下,个性亦较鲜明。诗云:

> 天为诗翁性爱山,故教坐在万山间。朝凭山坐舒青眼,暮对山眠拥翠鬟。山馆读书风俗美,山田足食子孙闲。龟肠日饮山中醁,何必仙山觅九还。

这是一首七言律诗,却不避重复,句句用“山”,从而产生了一种回环往复、一唱三叹的艺术效果。它大概是诗人受散曲界标新立异、好为“巧体”风气影响而创作的一首“巧体诗”吧!

徐琰的散文也有佳作,《跋宋徽宗书》巧寓讽谏之意,《重建睢阳双庙记》歌颂忠臣死节,《萃美亭记略》刻画泰山胜景,都值得品读。

10. 杨朝英

杨朝英(生卒年未详,约活动在1286—1351年之间),号澹斋,青城(今山东高青)人。与贯云石有交游。辑有《阳春白雪》(全称《乐府新编阳春白雪》)、《太平乐府》(全称《朝野新声太平乐府》)两部散曲总集。

杨朝英散曲现存27首,全是小令。这些作品主要抒发隐逸怀抱,描写恋情生活。在抒发隐逸怀抱的散曲中,作者鲜明地表达了自己鄙薄"封妻荫子叨天禄"、甘愿"逍遥散诞茅庵住"①的人生理想,辛辣地嘲讽了"欺君罔上"的官僚"昨日苍鹰黄犬齐飞放,今日单鞭羸马江南丧"②的可悲下场。他还在[双调·水仙子]《自足》中充满深情地刻画了隐居乡间的生活场景:

> 杏花村里旧生涯,瘦竹疏梅处士家,深耕浅种收成罢。酒新篘,鱼旋打,有鸡豚竹笋藤花。客到家常饭,僧来谷雨茶,闲时节自炼丹砂。

这里长着竹子,长着梅花;可以饮酒,可以品茶;有鸡豚,有鲜鱼;能耕种,能炼丹;无拘无束,自由自在。生活其间的惬意,是险恶官场望尘莫及的。在描写恋情生活的散曲中,我们不仅看到了"沈腰易瘦衣宽褪"的痴情男子③,而且见到了"有吴道子应难画他"的美丽女子④,还能感受到他们日夜思念的深情密意。⑤ 此外,描绘景物的[双调·清江吟],刻画旅愁的[商调·梧叶儿]《客中闻雨》,也较耐读。

元人杨维桢说:"士大夫以今乐府鸣者,奇巧莫如关汉卿、庾吉甫(天锡)、杨澹斋、卢疏斋(挚)。"⑥意思是说杨朝英的散曲以"奇巧"取胜。明人朱权《太和正音谱》说:"杨澹斋之词,如碧海珊瑚。"意思是说杨朝英的散曲呈现出俊逸秀丽的风格特色。他们的论述,都颇中肯綮。兹以[双调·水仙子]为例:

> 雪晴天地一冰壶,竟往西湖探老逋,骑驴踏雪溪桥路。笑王维作画

①[正宫·叨叨令]《叹世》之一。
②同上之二。
③[中吕·阳春曲]。
④[商调·梧叶儿]《戏贾观音奴》。
⑤[双调·水仙子]。
⑥《周月湖今乐府序》,载《影印文渊阁四库全书》第1221册,第477页。

图,拣梅花多处提壶。对酒看花笑,无钱当剑沽,醉倒在西湖!

雪过天晴,湖山晶莹,作者外出探梅,对花痛饮……好一幅俊逸秀丽的景色!好一派令人神往的气象!更为奇巧的是,作者引导读者忽而想到林逋,忽而想到王维,忽而想到骑着驴子的孟浩然、李白、孟郊、李贺……而抒情主人公的冰雪怀抱与审美情趣,也被映衬得分外鲜明。当然,杨朝英还有一些豪迈奔放的散曲,如[双调·殿前欢]《和阿里西瑛韵》立意新颖,境界阔大,语言通俗易懂,笔调洒脱飘逸,确有马致远等豪放散曲家的风韵。

《阳春白雪》是元代最早的一部散曲选本,全书按曲调分类,共选录元代47位散曲家与无名氏的小令492首、套数47套;《太平乐府》是元代又一部有影响的散曲选本,全书也按曲调分类,共选录元代85位散曲家与无名氏的小令1062首、套数141套。它们合称"杨氏二选",选辑认真,搜罗甚富,是研究元代散曲的重要文献。

四、宋金元的山东小说

(一)志怪小说

1. 上官融的《友会谈丛》

上官融(生卒年未详),字仲川,济阴(今山东曹县西北)人。宋仁宗天圣二年(1024年)乡举进士第一,次年试礼部又首荐。授信州贵溪主簿,迁平兴县令。后掌真州盐仓,以太子中舍致仕。

《友会谈丛》虽涉神怪,但却具有史料价值,如其中吕端出使高丽事,即为《宋史》吕端本传所取。许多篇章"穷形毕态,入木三分"①,如"柳开"条写潘阆化妆戏怖柳开:

薄暮,乃以黛染身貌,衣豹文犊鼻,吐牙被发,执巨箠,由外垣上,正据厅脊,俯视堂前。是夜月色清霁,洞见毛发。柳尚不寐,正敛衣循墙而行。阆忽叱之。柳悚然举目,初不甚惧。再呵之,已觉惶恐,遽云:"某假道赴任,暂憩此馆,非意干忤,幸乞恕之!"阆遂斥柳平生幽隐不法之事,扬声曰:"阴府以汝积戾如此,俾我持符追摄,便须行也!"柳乃

①《中国文言小说总目提要》,第132页。

茫然设拜曰："事诚有之，其如官序未达，宦事未了，盛年昭代，忍便舍焉？倘垂恩庇，诚有厚报。"言讫再拜，继之以泣。阆徐曰："吾只便是潘阆也。"柳知其所为，诚不胜惭阻，再三邀阆下屋。阆曰："公性格躁暴，不奈人戏也。他日必濡我以恶言矣。"于是潜遁。柳亟归舟，解缆便去。闻者为之绝倒。

描写极其细腻，使人如临其境，因而赢得了"讽刺小说之典范"①的美誉。此外，"义仆"、"子母胡孙"等篇尾议论与故事情节、人物形象相辅相成，甚至影响到蒲松龄创作《聊斋志异》，也为论者称道。

2. 王蕃、马纯、王质的志怪小说

王蕃（生卒年未详），字子宣，一字观复，其先益都（今山东青州）人，徙家湖州（今属浙江）。曾官阆中（今属四川），从黄庭坚学习，备受赞赏。著有《褒善录》，已散佚。《郡斋读书志》著录此书，称其据廖子孟《黄靖国再生传》删消而成，旨在劝善惩恶。

马纯（生卒年未详），字子约，自号朴樕翁，单州武城（今属山东）人。宋高宗绍兴中（1131—1162 年）为江西漕使，孝宗隆兴初（1163 年）以太中大夫致仕。著有《陶朱新录》。此书成于绍兴十二年（1143 年），"所载皆宋时杂事，大抵涉于怪异者十之七八，亦洪迈《夷坚志》之流"②。

王质（1135—1189 年），字景文，号雪山。其先郓州（今山东郓城）人，徙家兴国（今属江西）。少年博通经史，善于属文。曾游太学，与九江王阮齐名。宋高宗绍兴三十年（1160 年）进士，授太学正。孝宗屡易相国，上疏极论，为忌之者恨，故被罢官。虞允文当政后，荐其可任右正言，又因中贵阴沮而未成。以奉祠终。著有《夷坚别志》24 卷。原著已佚，自序尚存，据此可知全书共 570 条，与洪迈《夷坚志》相似。

（二）志人小说

宋代山东的志人小说，有王曾的《王文正笔录》。王曾（978—1038 年），字孝先，青州益都（今山东青州）人。少孤，鞠于仲父宗元。宋真宗朝

---

①《山东分体文学史》（小说卷），第 229 页。
②《四库全书总目》下册，第 1212 页。

由乡贡试礼部廷对皆第一，以将作监丞通判济州，官至右谏议大夫参知政事。仁宗朝拜中书侍郎兼本官同中书门下平章事、枢密使。谥文正。

《王文正笔录》又题《王文正公言行录》、《王文正公笔录》、《沂公笔录》，“所记朝廷旧闻，凡三十余条，皆太祖、太宗、真宗时事，其下及仁宗初者，仅一二条而已”①。全书善记朝廷轶事，意在歌功颂德。但常合乎史实，故为李焘《续资治通鉴长编》采用者甚多。部分作品又有传说性质，注意人物性格刻画，具有志人小说的特点。

（三）传奇小说

1. 张齐贤的《洛阳缙绅旧闻记》

张齐贤（943—1014 年），字师亮，曹州（今山东曹县）人，后徙居洛阳（今属河南）。宋太宗太平兴国二年（977 年）进士及第，以大理评事通判衡州。真宗朝官至兵部尚书，同中书门下平章事，以司空致仕。著有《洛阳缙绅旧闻记》。

《洛阳缙绅旧闻记》为真宗景德二年（1005 年）张齐贤以兵部尚书知青州时之作，所记乃其应举前从洛阳缙绅旧老口中所闻，皆为梁、唐以还洛城旧事，意在劝诫教化。但许多作品思想深刻，如“梁太祖优待文士”刻画暴君近臣的不寒而栗、“水中照见王者服冕”描写封建官僚的愚昧无知、“李公夫人”表现统治阶级的复杂矛盾等，都颇具认识价值。而历史事实与民间传说的有机结合、故事情节的巧妙安排、人物形象的成功刻画，更为作品增添了艺术魅力。兹以论者称道的“梁太祖优待文士”之梁祖召见杜荀鹤一节为例：

> 杜既归，惊悸成疾，水泻数十度，几不能起。主客守之，供侍汤药，若事慈父母。明晨，再有主客者督之，且曰：“大王欲见秀才，请速上马。”不获已而巾栉上马。比至，凡促召者五七辈。杜困顿无力，趋进迟慢。梁祖自起，大声曰：“杜秀才争表梁王造化功！”杜顿忘其病，趋走如飞，连拜叙谢数四。

①《四库全书总目》下册，第 1189 页。

“像这样的描写，显然已超越了记录历史和民间传说的阶段而进入了小说创作的领域。”①也正因为有一批此类作品，宁稼雨才说：“故而在宋初传奇小说中，本书堪称翘楚之作。”②

2. 王辟之的《渑水燕谈录》

王辟之（生卒年未详），字圣涂，青州营丘（今山东临淄）人。宋英宗治平四年（1067 年）进士及第，曾仕神宗、哲宗两朝。哲宗绍圣四年（1097 年）致仕。退居渑水之滨，修葺先人旧庐，与田夫樵叟闲燕而谈，觉有可取者则记之。久而得 360 余事，编为 10 卷，命为《渑水燕谈录》。

《渑水燕谈录》又题《渑水燕谈》，记北宋哲宗以前故事，分帝德、谠论、名臣、知人、奇节、忠孝、才识、高逸、管制、贡举、先兆、歌咏、书画、事志、杂录 15 类，内容丰富，不乏佳构，如：

> 赵邻几好学著述，太宗擢知制诰，逾月卒。子东之亦有文才，前以职事死塞下。家极贫，三女皆幼，无田以养，无宅以居。仆有赵延嗣者，久事舍人，义不忍去，竭力营衣食给之，虽劳苦不避，如是者十余年。三女皆长，延嗣未尝见面，至京师访舍人之旧，谋嫁三女。见宋翰林白、杨侍郎徽之，发声大哭，具道所以。二公惊谢曰：“吾被衣冠，且与舍人友，而不能恤舍人之孤，不迨汝远矣。”即迎三女归京师，求良士嫁之。三女皆有归，延嗣乃去。徂徕石守道为之传，以厉天下云。

篇幅虽短，形象却鲜明突出，读来感人至深。《渑水燕谈录》中的不少作品，还被后世作家加工与改编，如卷二陈省华生三子条被关汉卿改编为杂剧《状元堂陈母教子》、卷八柳永忤宋神宗条被冯梦龙改编为话本小说《众名姬春风吊柳七》等。渑水系古水名，源出今山东淄博东北部，西北流入今山东博兴东南部入时水。所以，《渑水燕谈录》写山东人、记山东事也就特别多，是研究宋哲宗前山东文化的宝贵资料。

3. 穆度的《异梦记》

穆度（生卒年未详），字次裴，青州（今属山东）人。宋徽宗政和四年

---

①《山东分体文学史》（小说卷），第 224 页。
②《中国文言小说总目提要》，第 148 页。

(1114年),为颍州沈丘主簿,赴同官宴集,不食鸡臛。众人揖之再三,度但拱手而已。众问其故,乃云平生好斗鸡,因一鸡斗败,怒而尽拔其腹背毛羽,鸡哀鸣宛转,一夕而死。未几,度梦中被追入阴司,幸得北斗七星救护,放还人世。从此不复食鸡。据洪迈《夷坚支癸》卷二“穆作《异梦记》,具述所睹”,“异梦”当记此梦。

(四) 杂俎小说

1. 王子融、庞元英的杂俎小说

王子融(生卒年未详),本名皞,字熙仲,益都(今山东青州)人。宋真宗大中祥符年间(1008—1016年)进士及第,迁太常丞,出知河阳。英宗朝,累进兵部侍郎。曾论次宋代以来典礼因革,为《礼阁新编》进上。又曾集五代事为《唐余录》60卷献上。著有杂俎小说集《百一纪》,已散佚。

庞元英(生卒年未详),字懋贤,单州武成(今属山东)人,一说成武(今属山东)人。宰相庞籍次子。曾官主客郎中,至朝散大夫。著有《文昌杂录》、《南斋杂录》、《谈薮》。《文昌杂录》7卷,被王士禛称为“说部之佳者”①。《南斋杂录》1卷,《宋史·艺文志》小说类著录,已散佚。《谈薮》有4卷、1卷不同著录版本,现存作品广泛涉及文人轶事、民间传说、典章制度以及志怪、博物等,有的描写细腻,意境优美,如“楼叔韶”条中写景的两段:

> 平湖当前,数十百顷。其外连山横陈,楼观森列,夕阳返照,丹碧紫翠,互相发明。渔歌菱唱,隐隐在耳。
>
> 引入一院,制作尤邃巧,帘幕蔽满。庭下奇花盛开,香气蓊勃,小山丛竹,位置惬当。

叙次井然,文辞华美,读来如临其境,充满诗情画意。

2. 王巩的杂俎小说

王巩(生卒年未详),字定国,自号清虚居士,人称清虚先生,莘县(今属山东)人。父王素、祖王旦、曾祖王祐均知名。王巩有隽才,长于诗,曾从苏轼游。后历官宗正丞。著有《甲申杂记》、《闻见近录》、《随手杂录》。

---

①《四库全书总目》上册,第1035页。

《甲申杂记》又题《甲申杂录》，记宋仁宗朝至宋徽宗崇宁年间的朝野逸事与鬼神传说。《闻见近录》记宋初至神宗时事，可与正史相互补充；另有部分志怪之作。《随手杂录》又题《清虚居士随手杂录》，共 33 条，除后周、南唐、吴越各 1 条外，其余皆记宋事。如：

> 子瞻自杭召归过宋，语余曰：在杭时，一日中使至，既行，送至望湖楼上，迟迟不去。时与监司同席，已而曰："某未行，监司莫可先归。"诸人既去，密语子瞻曰："某出京师辞官家，官家曰：'辞了娘娘了来。'某辞太后殿，复到官家处，引某至柜子旁，出此一角，密语曰：'赐与苏轼，不得令人知。'"遂出所赐，乃茶一斤，封题皆御笔。

此乃当事者亲历，自然富有史料价值。而惟妙惟肖的人物声貌，又显然具备小说特征。

3. 孔齐的杂俎小说

孔齐（生卒年未详），字行素，号静斋，别号阙里外史，曲阜（今属山东）人。其父退之，曾为建康书掾，因家溧阳（今属江苏）。元末，又避乱迁居四明（今属浙江）。著有《至正直记》。

《至正直记》又题《静斋直记》、《静斋至正直记》、《静斋类稿》，内容相当庞杂，尤以民间传说最具价值，其中卷三"奸僧见杀"条与话本小说《简帖和尚》相似，可以对读。

五、元代的山东杂剧

（一）东平杂剧作家

1. 高文秀

高文秀（1240 后—1290 年前）①，曾为东平府学生员，历任溧水达鲁花赤、山阳县尹等，早卒。著有杂剧 32 种，数量仅次于关汉卿。这些剧作涉及历史故事、神怪传说、现实生活等多种题材，其中最具特色的是水浒戏，计有"黑旋风"戏 8 种：《黑旋风双献功》、《黑旋风乔教学》、《黑旋风诗酒丽春园》、《黑旋风穷风月》、《黑旋风大闹牡丹园》、《黑旋风借尸还魂》、《黑旋风

---

①参见许金榜主编：《山东分体文学史》（戏曲卷），齐鲁书社 2005 年版，第 14—56 页。

斗鸡会》、《黑旋风敷衍刘要和》。李逵是元代水浒戏中最重要的角色之一，半数以上的水浒戏以他为主人公，高文秀的剧作又占了黑旋风戏的半数以上。水浒戏在元代戏曲行话中被称为"绿林杂剧"，甚至还有专攻绿林杂剧的演员，高文秀则是创作绿林杂剧的行家里手。

高文秀现存杂剧共5种。代表作《黑旋风双献功》写李逵奉宋江之命，下山保护孙孔目赴泰安神州烧香还愿，孙孔目被白衙内陷害入狱，李逵扮作庄稼后生前去探监，装呆作傻，骗狱卒吃了放上蒙汗药的羊肉泡饭后，救出孙孔目，杀死白衙内等恶棍。剧作表现了李逵勇敢顽强的性格，突出了他粗中有细的喜剧情节，关目紧凑，曲白流畅，取得了较好的艺术效果。此剧与康进之的《李逵负荆》被视为元代"黑旋风杂剧"的双璧。高文秀现存杂剧作品还有《渑池会》，该剧描绘了"完璧归赵"、"渑池赴会"、"廉颇负荆"三个典型事件，刻画了战国时期杰出政治家蔺相如的光辉形象，歌颂了他不畏强敌、敢于牺牲的英雄精神和顾全大局、不计私仇的崇高品德，表现了团结御侮、关心人民的主题思想。此剧在以春秋战国历史故事为题材的元代杂剧中，占有重要地位，成就仅次于纪君祥的《赵氏孤儿大报仇》。此外，高文秀还有《赵元遇上皇》、《须贾谇范雎》及《刘玄德独赴襄阳会》传世，另存《周瑜谒鲁肃》第二折曲词。

高文秀的杂剧情节曲折，形象鲜明，格调豪放，文字本色，风格与关汉卿相近。《太和正音谱》对其文词评价尤高，赞美它如"金瓶牡丹"。

2. 李好古、张寿卿等

李好古(生卒年未详)，东平(今属山东)人①。著有杂剧3种:《沙门岛张生煮海》、《赵太祖镇凶宅》、《巨灵神劈华岳》。其现存杂剧《沙门岛张生煮海》写书生张羽寄居东海石佛寺，夜晚弹琴散心时，惊动了龙女琼莲，于是私订终身，并约中秋再会。不到约会时间，张羽就去海边，遇到毛女仙姑。仙姑断定龙王不会答应张羽与琼莲的婚事，就赠给张羽银锅、金钱、铁杓三件法宝，让他煮沸海水，迫使龙王答应婚事，交出琼莲，与张羽结为夫妇。剧作表现了男女青年对爱情的大胆追求，富有浪漫主义色彩，是以神人恋爱为题材的元杂剧中较好的一部。此剧情节奇特，语言华美，尤其是第二折写毛

---

①李好古，一说保定(今属河北)人，又一说西平(今属河南)人。

女仙姑观看海景的曲子,文采斑斓,宛如一篇海赋。龙女听琴、张羽煮海两个场面的精心描写,也向为人们称道。《沙门岛张生煮海》与尚仲贤的《柳毅传书》被誉为元代神话剧的"双璧",后世被许多剧种改编上演,历久不衰。

张寿卿(生卒年未详),东平(今属山东)人。曾任浙江省掾吏,是元前期的杂剧作家。张寿卿所著《红梨花》,写秀才赵汝州致函同窗故友济阳太守刘辅,欲见洛阳名妓谢金莲。刘辅恐赵汝州贪恋女色,贻误功名,就令随从谎称谢金莲已嫁人,并留赵汝州于花园的书房内。刘辅又让谢金莲假称王同知之女,晚间与赵汝州相会,并携酒一尊、红梨花一瓶,对花唱和。其后,刘辅令卖花三婆至花园见赵汝州,云王同知之女已死,其鬼魂常持酒、花害人。赵汝州闻讯,惊恐不已,便离开洛阳前去赴试,并得授洛阳县令。这时,刘辅才说明真相,令赵汝州、谢金莲喜结良缘。此剧表现了既要爱情又要功名的思想,对超越门第的爱情与婚姻给予了充分肯定。作品最突出的艺术特色是计谋与误会的巧妙运用,由此产生了强烈的喜剧效果。其曲词清丽优美,灵动自然,也素为论者称道。明传奇中徐复祚的《红梨花》、王元寿的《红梨记》,都受了张寿卿此剧的影响。

张时起(生卒年未详),东平(今属山东)人。字才英,东平府学生,与高文秀同窗。著有杂剧 4 种:《昭君出塞》、《赛花月秋千记》、《霸王垓下别虞姬》、《沈香太子劈华山》,当系悲剧,均已失传。顾仲清(生卒年未详),元成宗元贞年间(1295—1297 年)在世,清泉场司令。著有杂剧 2 种:《陵母伏剑》、《荥阳城火烧纪信》,皆与刘项之争有关,可能寄寓着维护汉族政权、反对元蒙统治的思想,均已失传。赵良弼(?—1328 年),字君卿,幼居杭州,与钟嗣成同窗,曾为嘉兴路吏,后迁调杭州。兼通经史、诗文、乐章、小曲、隐语、杂剧等。著有杂剧《春夜梨花雨》,也已失传。

(二)济南杂剧作家

1. 康进之

康进之(生卒年未详),棣州(今山东滨州)人。著有杂剧 2 种:《黑旋风老收心》、《梁山泊李逵负荆》。今存《梁山泊李逵负荆》,写在梁山附近开酒店的王林之女满堂娇,被冒充宋江、鲁智深的恶棍宋刚、鲁智恩抢夺。李逵闻讯,急忙赶回山寨,不由分说,怒斥宋江、鲁智深二人。又立下军令状,与宋江、鲁智深一起下山找王林对质。真相大白后，李逵认错，负荆请罪，宋江命其铲除恶棍，以功赎罪。此剧成功地塑造了李逵的英雄形象，他单纯、鲁莽，却又真诚而直率，并且知错就改，而这一切都源自他对梁山义军的忠诚、对人民群众的同情。剧情发展建立在误会的基础之上，却又切合李逵鲁莽刚直的性格特点。作者还善于运用生动的细节描写塑造人物，既突显了形象特征，又充满着喜剧色彩。全剧曲词豪放，曲白生动，被明代戏曲家孟称舜赞为“曲语句工当行，手笔绝高绝者”。历代元杂剧研究者都认为，《梁山泊李逵负荆》是元代水浒戏中最优秀的作品之一。

2. 武汉臣

武汉臣（生卒年未详），济南（今属山东）人。著有杂剧 12 种：《抱侄携男鲁义姑》、《虎牢关三战吕布》、《女元帅挂甲朝天》、《曹伯名错勘赃》、《穷韩信登坛拜将》、《赵太子创立天子班》、《郑琼娥梅雪玉堂春》、《谢琼双千里关山怨》、《散家财天赐老生儿》、《四哥哥神助》、《李素兰风月玉壶春》、《包待制智赚生金阁》，今存《散家财天赐老生儿》、《李素兰风月玉壶春》、《包待制智赚生金阁》3 种杂剧，另存《虎牢关三战吕布》残曲。①

《散家财天赐老生儿》写家资巨万的员外刘从善没有子嗣，女婿为争家财而迫害刘侄，还想暗害已怀身孕的刘妾。刘从善广散家财，积善行德，终于得一老生儿。此剧宣扬了因果报应与封建宗法的观念，有其历史与阶级的局限；但通过一个富家财产继承问题引出的人与人之间的矛盾关系，却较深刻地反映了当时的社会风尚和人情世态。作品情节跌宕，冲突激烈，曲文当行，宾白生动，且在 19 世纪初被译为英文，后又被译为法、德、日等多种文字。《包待制智赚生金阁》写庞衙内杀害郭成，霸占其妻，并夺走他的宝物生金阁，最后终于被包拯惩处。剧中的包拯于第 3 折出场，遇到被害人的鬼魂告状，有城隍庙夜询鬼魂、鬼魂冲散社火鼓乐等情节，说明演出中当有特技与火彩场面。《李素兰风月玉壶春》写妓女李素兰与李斌的恋爱故事，亦较出色。

3. 岳伯川

---

①天一阁本《录鬼簿》载贾仲明亦著有《李素兰风月玉壶春》，有的学者据此认为今传《李素兰风月玉壶春》的作者是贾仲明而非武汉臣。

岳伯川(生卒年未详),济南(今属山东)人①,元前期杂剧作家。著有杂剧2种:《铁拐李》、《杨贵妃》。前者今存足本,后者仅存残曲。《铁拐李》写吕洞宾度脱郑州六案孔目岳寿,反被吊于树上。韩魏公微服至郑州,释放了吕洞宾,遭到了岳寿的刁难。当岳寿得知韩魏公的身份时,惊吓成疾而死,鬼魂到阴间继续受苦。后来,吕洞宾收岳寿为徒,使其借瘸子小李屠之尸还魂,并带他去证果朝元。此剧借神仙道化剧的外壳,揭露了官府的黑暗,富有强烈的现实意义。作品具有喜剧色彩,人物形象复杂多变,曲词通俗本色,曲白自然流畅。

六、宋金元时期的著名客籍作家

宋金元时期也是客游山东作家最多的时期之一,宋代著名文学家范仲淹、欧阳修、曾巩、苏轼、苏辙、黄庭坚与金代著名文学家元好问等,都在山东留下了足迹。他们在山东的文学活动,是山东古代文学的一个重要组成部分,亦是中国古代文学史上的佳话。

范仲淹原籍苏州吴县(今江苏苏州),生于徐州(今属江苏)。两岁丧父,母亲谢氏带其改嫁淄州长山(今山东邹平)朱文翰,更名朱说。宋真宗大中祥符八年(1015 年)进士及第,出任广德军司理参军,复姓范,改名仲淹。② 范仲淹在山东长大成人,并于仁宗庆历四年(1044 年)后知青州(今属山东)。他既深得齐鲁文化传统的滋养,也对山东的政治与文学产生了较大影响。传说今淄博市博山区境内的“范河”即由其疏浚,“泰山诗派”受其影响亦显而易见。

宋神宗熙宁元年(1068 年)八月,欧阳修由亳州徙知青州(今属山东)。途经齐州(今山东济南)时,还创作了《留题齐州舜泉》诗。据元于钦《齐乘》记载,此诗曾由苏轼书写,刻石立于舜祠。

熙宁四年(1071 年),曾巩由越州通判改任齐州知州。到任以后,他“除其奸强而振其弛坏,去其疾苦而抚其善良。未期囹圄多空,而枹鼓几熄,岁又连熟,州以无事”③。次年,他在游览济南大明湖后,写下了名作《凝香

①一说镇江(今属江苏)人。
②山东大学文史哲研究所主编:《中国历代著名文学家评传》,山东教育出版社 1984 年版。
③曾巩:《齐州杂诗序》。

斋》。

熙宁七年(1074 年)九月,苏轼自杭州改知密州(今山东诸城)。次年,他在那里行猎后写下了著名的《江城子》词。这是苏轼的第一首豪放词,也是千余年词史上豪放词的代表作。两年后,他在密州写下了另一首名作《水调歌头》(明月几时有),作者由人间想到天上,从自身推及他人,以达观对待厄运,从而使得作品境界远大,启人联想,在思亲词中独标高格,光耀千秋。元丰八年(1085 年),苏轼自常州移知登州(今山东蓬莱),写下了《登州海市》。苏轼在山东写下的名作还有《江城子》(十年生死两茫茫)等词与《祭常山回小猎》、《除夜大雪,留潍州。元日早晴遂行,中途雪复作》等诗。

熙宁六年(1073 年)四月,苏辙自陈州教授出任齐州掌书记,写下了《灵岩寺》。灵岩寺在今山东济南长清东南,建于前秦苻坚永兴年间(357—359 年),为历代游览胜地。

宋神宗元丰八年(1085 年),黄庭坚监德州德平镇(今山东德州)时,写下了《寄黄几复》。黄几复名介,是黄庭坚的同乡与好友。

元好问幼年曾随父亲前往莱州(今属山东),蒙古太宗五年(1233 年)羁管聊城(今属山东),七年移居冠氏(今山东冠县)。其间曾赴济南,并创作了《泛舟大明湖》、《舜泉效远祖道州府君体》、《济南杂诗十首》等。

(一) 范仲淹

范仲淹(989—1052 年),字希文,仁宗天圣中(1023—1032 年)任西溪盐官,修建捍海堰。景祐中(1034—1038 年)上《百官图》,议论朝政,被斥为朋党,贬知饶州。宝元中(1038—1040 年)与韩琦同任陕西经略副使,改革军制,巩固边防。庆历三年(1043 年),出任参知政事,提出了"明黜陟、抑侥幸、精贡举、择官长、均公田、厚农桑、修武备、减徭役、推恩信、重命令"十项整顿改革的进步主张,但却遭到保守势力的强烈反对,被迫离开朝廷,"庆历新政"宣告失败。卒谥文正。范仲淹是北宋著名的政治家、军事家与文学家。他的诗歌忧国忧民,感情真挚;散文内容丰富,骈散兼长;词作不多,却富新意。有《范文正公集》。

范仲淹写于山东的诗歌,立意高远,自具风貌,如《尧庙》:

千古如天日，巍巍与善功。禹终平泽水，舜亦致薰风。江海生灵外，乾坤揖让中。乡人不知此，箫鼓谢年丰。

尧庙在今山东青州尧山上，系为纪念唐尧所建。此诗即地怀古，议论风生，热情歌颂了尧舜选贤任能、管理天下的千秋伟业，深切表达了作者期盼国家长治久安、人民和平幸福的美好心愿。范仲淹在山东创作的优秀诗歌还有《表海亭》、《游石子涧》、《留别长山父老》等。

（二）欧阳修

欧阳修（1007—1072 年），字永叔，号醉翁，晚号六一居士，吉州吉水（今属江西）人。幼年丧父，在寡母抚育下读书。宋仁宗天圣八年（1030 年）进士。官至翰林学士、枢密副使、参知政事。庆历中参与范仲淹改革，但对王安石改革又有所批评。谥文忠。欧阳修是北宋诗文革新运动的领袖，继承并发展了韩愈的文学主张，荐拔和指导了王安石、曾巩、三苏等文学家。其散文议论精辟，抒情委婉，为“唐宋八大家”之一；诗风与文相似，语言流畅自然；词袭南唐余风，含蓄蕴藉。与宋祁合著《新唐书》，并独撰《新五代史》。又喜收集金石文字，编为《集古录》。有《欧阳文忠集》。

欧阳修《留题齐州舜泉》诗云：

岸有时而为谷，海有时而为田，虞舜已殁三千年。耕田浚井虽鄙事，至今遗迹还依然。历山之下有寒泉，向此悲号于旻天。无情草木亦改色，山川惨淡生云烟。一朝垂衣正南面，皋夔稷契来联翩。功名德大被万事，今人过此犹留连。齐州太守政之暇，凿渠开沼疏清涟。游车击毂惟恐后，众卉乱发如争先。岂徒邦人知乐此，行人亦为留征轩。

作品即景生情，追忆了虞舜的丰功伟绩，抒发了自己的报国志向。《晓发齐州道中》也是欧阳修在山东写下的优秀诗作。

（三）曾巩

曾巩（1019—1083 年），字子固，建昌南丰（今属江西）人。宋仁宗嘉祐二年（1057 年）进士。历任馆阁校勘、集贤校理、史馆修撰，以中书舍人卒，追谥文定。曾巩是宋代诗文革新运动的积极参加者，也是宋代的著名文学家。他的散文长于叙事说理，讲究章法结构，风格平易舒缓，与欧阳修相近，为"唐宋八大家"之一。诗歌也有一定成就。有《元丰类稿》。

曾巩《凝香斋》诗云：

每觉西斋景最幽，不知官是古诸侯。一尊风月身无事，千里耕桑岁有秋。云水醒心鸣好鸟，玉砂清耳漱寒流。沉心细细紬黄卷，疑在香炉最上头。

凝香斋原名西斋，位于大明湖畔，取唐人韦应物"燕寝凝清香"诗句而命名。这首七言律诗生动地描绘了作者畅游凝香斋所见的美景，抒发了他热爱自然、沉心书史的高雅情趣。全篇意境清幽，虚实相映，对仗工整，音律谐婉。曾巩对山东有深厚的感情，也留下了歌咏山东尤其是济南的大量诗篇。清人王士禛说："曾子固曾通判吾州，爱其山水，赋咏最多。"①《西湖二首》、《趵突泉》、《舜泉》、《登华不注望鲍山》、《灵岩寺兼简重元长老二刘居士》、《阅武堂》，都是其中的优秀之作。

（四）苏轼

苏轼（1037—1101 年），字子瞻，一字和仲，号东坡居士，眉州眉山（今属四川）人。宋仁宗嘉祐二年（1057 年）进士。六年又举才识兼茂科。历官中书舍人、翰林学士知制诰、密徐湖三州知州、礼部尚书等。南宋时追谥文忠。他在政治上倾向旧党，但有改革弊政的要求，并多有政绩。苏轼一生历尽升沉，思想宏博通达，是中国文学史上最全面的著名文学家之一。他重视文学的社会功能，强调作者的生活体验，主张创作应自然、求新。他的散文汪洋恣肆，明白畅达，为"唐宋八大家"之一；诗歌清新豪健，善于修辞，为"北宋四大诗人"之一；词则不拘常格，勇于创变，对后世产生了广泛而深远的影响；又擅书法，为"宋四家"之一。能画竹。有《东坡七集》等。

苏轼出知密州期间，写下了著名的《江城子》词，词人兴奋地对友人说："近却颇作小词，虽无柳七郎风味，亦自是一家，呵呵！数日前，猎于郊外，

①《带经堂诗话》卷十四，人民文学出版社 1963 年版，第 357 页。

所获颇多。作得一阕，令东州壮士抵掌顿足而歌之，吹笛击鼓以为节，颇壮观也。"①

苏轼《登州海市》诗云：

东方云海空复空，群仙出没空明中。荡摇浮世生万象，岂有贝阙藏珠宫？心知所见皆幻影，敢以耳目烦神工！岁寒水冷天地闭，为我起蛰鞭鱼龙。重楼翠阜出霜晓，异事惊倒百岁翁。人间所得容力取，世外无物谁为雄？率然有请不我拒，信我人厄非天穷。潮阳太守南迁归，喜见石廪堆祝融。自言正直动山鬼，岂知造物哀龙钟。伸眉一笑岂易得，神之报汝亦已丰。斜阳万里孤鸟没，但见碧海磨青铜。新诗绮语亦安用？相与变灭随东风。

题为"海市"，却只用"重楼翠阜出霜晓"一句正面描写，其余文字则写未见海市的设想、既见海市的感想与海市消失以后的景象，可谓别出心裁，不落窠臼。清人纪昀评《苏文忠公诗集》说："海市只是'重楼翠阜'，此正不尽形容，亦正不能形容也。从未见之前，既见之后，与岁晚得见之实，结撰成篇，炜炜精光，欲夺人目。"

（五）苏辙

苏辙（1039—1112 年），字子由，号颍滨遗老，苏轼弟。宋仁宗嘉祐二年（1057 年），与苏轼中同榜进士，授商州军事推官。神宗时为制置三司条例司属官，因反对王安石变法出为河南府推官。哲宗时为右司谏，官至尚书右丞、门下侍郎，又累遭贬谪。徽宗时复官大中大夫致仕。他的政治态度与苏轼接近。苏辙是宋代的著名散文家，与父、兄并称"三苏"，也是"唐宋八大家"之一。其文以策论见长，汪洋淡泊，深醇温粹。诗歌也有一定成就。有《栾城集》。

苏辙《灵岩寺》诗云：

青山何重重，行进土囊底。岩高日气薄，秀色如新洗。入门尘虑

①《与鲜于子骏》之二。

> 息，盥漱得清泚。高堂见真人，不觉首自稽。祖师古禅伯，荆棘昔亲启。人迹尚萧条，豺狼夜相抵。白鹤导清泉，甘芳胜醇醴。声鸣青龙口，光照白室陛。尚可满畦塍，岂惟濯蔬米？居僧三百人，饮食安四体。一念但清凉，四方尽兄弟。何言庇华屋，食苦当如荠！

此诗顺序而写，朴实无华，移步换景，情随景生，令人目不暇接，如临其境。《北渚亭》、《槛泉亭》、《初入南山》也是苏辙在山东写下的优秀诗作。

（六）黄庭坚

黄庭坚（1045—1105年），字鲁直，号山谷，又号涪翁，洪州分宁（今江西修水）人。宋英宗治平四年（1067年）进士。曾以校书郎为《神宗实录》检讨官，迁著作佐郎。元丰三年（1080年）调德州德平监，与时任德州通判的赵挺之（赵明诚之父）结为知交，诗酒唱和。元丰八年召为秘书正字，复以修《实录》不实之罪遭到贬谪。政治上倾向旧党，但同情人民，讲究操守。黄庭坚出于苏门，而与乃师齐名。他论诗标榜杜甫，提倡“无一字无来处”、“夺胎换骨”、“点铁成金”。其诗多写个人日常生活，讲究修辞造句，追求奇拗瘦硬的风格，是江西诗派的鼻祖。又善为词及书法。有《山谷集》。

黄庭坚在山东期间写的诗歌以《寄黄几复》为代表：

> 我居北海君南海，寄雁传书谢不能。桃李春风一杯酒，江湖夜雨十年灯。持家但有四立壁，治病不蕲三折肱。想见读书头已白，隔溪猿哭瘴溪藤。

当时黄庭坚居山东德州，黄几复居广东四会，都离海不远，故称北海、南海。此诗抒发怀友之情，感叹人生聚散，突出体现了黄诗移古入律、善用典故的特色。颔联内蕴丰富，对仗工稳，是广为传诵的名句。

（七）元好问

元好问（1190—1257年），字裕之，号遗山，太原秀容（今山西忻州）人。祖系出自北魏拓跋氏。金宣宗兴定五年（1221年）进士，哀宗正大元年（1224年）中博学宏词科。曾任镇平、内乡、南阳县令，后入朝为左司都事，转行尚书省左司员外郎。元兵攻陷金都后被俘，羁管于聊城（今属山东），后曾流寓冠县。金亡不仕，晚年以著作自任。元好问是金代最杰出的诗人，其诗崇尚天然，反对雕琢，有较深刻的社会内容，也取得了较高的艺术成就。亦工词与散文。著有《遗山先生集》，编有《中州集》。

元好问在济南的创作不乏佳构，如《济南杂诗十首》之一：

荷叶荷花烂漫秋，鹭鸶飞近钓鱼舟。北城佳处经行遍，留著南山更一游。

前两句描绘大明湖的胜景，结句则宕开一笔，给读者留下憧憬的余地。

此外，陈师道的《登鹊山》、赵秉文的《灵岩寺》、文天祥的《宿高唐州》、郝经的《使宋过济南宴北渚亭》、赵孟頫的《早春》等，也是宋金元山东客籍作家的优秀诗歌。①

①《济南诗文选》、《咏鲁诗选注》。

第五章　唐宋元时期山东宗教文学的发展

一、唐宋元时期宗教对山东文学发展的影响

唐宋元时期,佛教、道教等对山东文学的发展产生了重大影响。佛教传为公元前6—5世纪由古印度迦毗罗卫国(在今尼泊尔境内)王子悉达多·乔达摩(即释迦牟尼)所创立的宗教,约在汉哀帝元寿元年(公元前2年)传入中国。据说苻秦皇始元年(351年),竺僧朗就在泰山北麓的琨瑞山(在今济南南郊)兴建佛寺,初名朗公寺,后改神通寺。鼎盛时期,僧众数百,"内外屋宇数十余区"①。泰山西北麓的灵岩寺(在今济南长清),据说也由僧朗所建,至唐初发展为全国四大名刹之一,相传唐太宗李世民、高宗李治都曾到过灵岩寺。隋文帝开皇年间(581—600年),除扩建朗公寺外,又在济南修建了般若寺、四门塔。高僧法瓒(齐州即今山东济南人)在泰山宣扬佛教,还被隋文帝请到京师。唐太宗贞观年间(627—649年),则在济南千佛山(历山)修建了兴国禅寺。泰山藏峰寺、竹林寺、普照寺等,也都为唐代建筑。唐宋时期的山东,还涌现出净辩、义净、善导、智闲、从谂、义玄、福全、义青等高僧兼作家。义净与法显、玄奘为中国古代三大求法高僧,其弟子慧日(山东莱州人),也曾经苏门答腊、斯里兰卡到印巴次大陆,历时18年,游历70余国。回国后,唐玄宗赐予他"慈愍三藏法师"称号,为净土宗慈愍派的开山祖师。义玄所创的临济宗,为禅门五宗中的最大宗派,后来发展为中国佛教的主要流派。

---

①释慧皎:《高僧传》卷五,中华书局1996年版,第190页。

道教是中国本土产生的宗教，源于中国古代的神仙信仰和方仙之术。中国早期的道教，大概产生于齐鲁地区①。东汉顺帝（125—144 年在位）时，张道陵在鹤鸣山（一作鹄鸣山，在今四川大邑境内）创立的五斗米道为道教定型化之始。唐代统治者大力提倡道教，将道家创始人老子推尊为道教教主，将庄子、列子等列为“真人”；老庄著作甚或称“经”，《老子》称《道德经》，《庄子》称《南华真经》。泰山本为道教圣山之一，隋文帝、唐高宗、唐玄宗等都曾封泰山祀后土，唐朝高宗、武后、中宗、睿宗、玄宗、德宗、代宗等“六帝一后”，先后在岱岳观建醮造像 20 次②。齐州（今济南）的紫极宫、华阳道观，都是当时著名的道观，大诗人李白就是在齐州紫极宫接受道箓，加入道士籍的。

全真教是道教的一个派别，由王喆创立。王喆（1113—1170 年），原名中孚、字允卿，后更名喆、字知明，一字德威，号重阳子，咸阳（今属陕西）人。金海陵王正隆四年（1159 年），王喆自称在甘河镇（今陕西户县）遇异人，得修炼秘诀，于是弃妻离子，往终南山一带修道。金世宗大定七年（1167 年），又焚庵出关，迁住昆仑山（位于今山东牟平境内），在宁海（今山东牟平）、文登（今属山东威海）、莱州与福山（今俱属山东烟台）等地云游讲道。其间收马钰、谭处端、刘处玄、丘处机、王处一、郝大通、孙不二（女）七人为徒，并建立了三教七宝会等 5 个会社组织。丘处机正式建立全真道后，尊王喆为教祖。元世祖封为全真开化真君。王喆去世后，马钰、刘处玄、丘处机相继掌教，影响逐步扩大，“南际淮，北至朔漠，西向秦，东向海；山林城市，庐舍相望，什百为偶，甲乙授受，牢不可破”③。金宣宗兴定三年（1219 年），丘处机应元太祖成吉思汗召，率十八弟子西行，历尽艰辛，于元光元年（1222 年）抵达雪山（即兴都库什山，山脉绵亘于今阿富汗与巴基斯坦之间）行营。他以不嗜杀、敬天爱民、清心寡欲立言，得到元太祖赏识，被尊为“丘神仙”，并留侍左右。次年东归燕京，居太极宫，后改名长春宫，受命掌管天下道教，长春宫也自然成为“祖庭”。此后，道观林立，谒者云集，教门弘阐臻于极盛。元朝统一后，全真教又渡江南传，并与南方的金丹派南宗信徒合流，形成全真

①参见任继愈主编：《中国道教史》，中国社会科学出版社 2001 年版。
②泰山风景名胜区管理委员会编：《中国泰山》，文物出版社 1993 年版，第 19 页。
③元好问：《紫微观记》。

南宗。此后,道教正式形成全真、正一两大教派。全真教主张道、释、儒三教合一,王喆以“太上为祖,释迦为宗,夫子为科牌”①,丘处机则儒书梵典亦历历上口。同时,它又受到墨家思想的影响。该教既强调“澄心定意、抱元守一、存神固气”的“真功”,又强调“济贫拔苦、先人后己、与物无私”的“真行”。全真教不尚符箓,不事烧炼;道士须出家,不结婚,并禁食荤腥。

二、义净等佛教作家

(一) 义净

1. 义净的生平与著述

义净(635—713 年),俗姓张,名文明,齐州(今山东济南)人。14 岁出家后,即仰慕法显、玄奘西行求法的辉煌业迹。先用五年时间学习道宣、法砺两家律部文疏,又去洛阳学习“对法”、“摄论”,后到长安学习“俱舍”、“唯识”,佛学修养日渐深厚。唐高宗咸亨二年(671 年)在扬州挂单,结识将赴龚州任职的冯孝诠,与其同往广州。在冯氏资助下,义净偕弟子善行,于当年十一月乘波斯商船出国,到达室利佛逝(今印度尼西亚苏门答腊岛),在那里学习“声明”。半年后,善行因病回国,义净独身西行,于咸亨四年(673 年)到达东印度耽摩梨底国(位于恒河口)。在那里,他见到了寓此多年的中国僧人大乘灯,并从其学习梵语。一年后,两人同往中印度,往来各地参学,并在印度佛教的最高学府——那烂陀寺研习十一年之久。武则天垂拱三年(687 年),义净携梵本佛经近 400 部、计 55 万颂回到室利佛逝,开始抄补与翻译。永昌元年(689 年),曾回广州寻求纸墨与缮录人员,得到贞固等人的帮助。同年十一月重返室利佛逝,继续抄译梵文经本。天授二年(691 年),义净派人将所译经论与所撰《南海奇归内法传》送回国内。证圣元年(695 年),义净回国,颇受欢迎。他先住洛阳佛授记寺,与于阗僧人实叉难陀等合译《华严经》。久视元年(700 年)后,又自主译场。至景云二年(711 年),义净共译述经典、撰写著作 61 部,239 卷。卒后,朝廷赠为鸿胪卿。

义净与法显、玄奘合称中国三大求法高僧,在佛学史上占有重要地位。

---

①王喆:《重阳真人金关玉锁诀》,载白如祥辑校:《王重阳集》,齐鲁书社 2005 年版,第 288 页。

其著译以律部经论为主,填补了玄奘流下的空白。著有《别说罪行要法》、《受用三水要法》各1卷,《略明般若末后一颂赞述》1卷,《大唐西域求法高僧传》2卷,《南海寄归内法传》4卷,以及《南海录》、《西方十德传》、《中方录》等,但均已散佚。自久视(700年)至睿宗景云(710年),十年间译经56部,230卷。

2. 义净的诗歌

《全唐诗》存义净诗8首,其中1首原入无名氏卷,2首或为他人之作。它们或表达作者求法的志向,如《余以咸亨元年在西京寻听,于时与并部处一法师、莱州弘祎论师,更有三二诸德同契鹫岭标心觉树。然而一公属母亲之年老,遂怀恋于并州;祎师遇玄瞻于江宁,乃叙情于安养;玄逵既到广府,复阻;先期唯与晋州小僧善行同去。神州故友索尔分飞,印度新知冥焉未会。此时踯躅,难以为怀,戏拟四愁,聊题两绝》之二:"上将可陵师,匹士志难移。如论惜短命,何得满长祇。"或伤悼众佛与同胞的长逝,如《西域寺》:"众美仍罗列,群英已古今。也知生死分,那得不伤心。"又如《道希法师求法西域,终于庵摩罗跋国。后因巡礼希公住房,伤其不幸,聊题一绝》:"百苦忘劳独进影,四恩在念契流通。如何未尽传灯志,溘然于此遇途穷。"写得最好的还是抒发求法感慨与思乡愁绪的作品,前者如《题取经诗》:

> 晋宋齐梁唐代间,高僧求法离长安。去人成百归无十,后者安知前者难。路远碧天唯冷结,沙河遮日力疲殚。后贤如未谙斯旨,往往将经容易看。

作者追溯了求法的历史,道出了自己的感受,并对"后贤"提出了谆谆的忠告。后者如《在西国怀王舍城》:

> 游,愁。赤县远,丹思抽。鹫岭寒风驶,龙河激水流。既喜朝闻日复日,不觉颓年秋更秋。已毕耆山本愿城难遇,终望持经振锡住神州。

王舍城在中印度摩伽陀国,频婆娑罗王自上茅城旧都迁居于此。周围有五座山,鹫岭为其中之一。龙河也在印度,传说释迦牟尼临成佛前曾浴于此河。耆山在王舍城,传说如来曾在此山说法。诗歌在表达作者"朝闻道,夕死可矣”①志向的同时，也表达了他对王舍城与“赤县”、“神州”亦即故国的思念。一、三、五、七、九言杂用的形式，更使作品富有变化，一唱三叹。《余以咸亨元年在西京寻听……》之一写“我行之数万，愁绪百重思”也颇感人。

义净不仅是初唐著名的山东诗僧，也是整个初唐诗僧中的佼佼者。他的作品既富有求法的激情，又充满人事的伤感，相兼而相惬，真挚而动人。

（二）其他佛教作家

1. 净辩

净辩（生卒年未详），俗姓韦，齐州（今山东济南）人。隋文帝开皇年间（581—600 年），住京师净影寺。曾奉敕护送舍利至衡州岳寺，并建塔。隋炀帝大业末年终。有《感应传》。

《感应传》原书 10 卷，已亡佚。今存佚文 6 条，全为弘扬佛法之作。被视为志怪小说者有 2 条，一为《辨证论》卷六注所引：

> 扬州长干寺有育王像，人欲模写，寺僧恐损金色，不许造像。主乃至心发愿：“若精诚有感，乞像转身西向。”于是锁闭高阁。明旦开视，像身宛已西向，遂许图之。

一为《太平广记》卷一一四所引“张逸”条：

> 张逸为事至死，预造金像，朝夕祈命。临刑，刀折而项不伤。官问故，答曰：“喂以礼像为业。”其像项有二痕如血，因得免死。

它们篇幅不长，却都注意叙述较完整的故事，刻画较生动的形象。《感应传》是隋唐五代时期仅可考知的 2 部山东志怪小说之一，因而弥足珍贵。

2. 善导

善导（613—681 年），俗姓朱，临淄（今属山东）人。幼年从密州明胜出家，习《法华经》、《维摩经》等。后周游各地。唐太宗贞观十五年（641 年），赴并州玄中寺，师道绰。十九年赴长安，盛弘念佛法门。他是净土宗的实际创始人，被后世尊为莲社第二祖。

---

①《论语·里仁》。

陈尚君《全唐诗续拾》辑录善导诗两组，共 22 首。一组是《修西方十二时》，依次记录十二时辰的修行生活，如：

平旦寅，被衣出户整心神。合掌焚香望极乐，殷勤遥礼紫金身。

另一组是《修西方十劝》，规劝人们诚心念佛。

3. 智闲

智闲（生卒年未详），青州（今属山东）人。嗣沩山灵祐，住邓州香严山，世称香严和尚。《增订注释全唐诗》新补其诗 3 首。

智闲的作品以《励学吟》为代表，诗云：

满口语，无处说，明明向人道不决。急着力，勤咬啮，无常到来救不彻。口里语，暗磋切，快磨古锥净挑揭。理尽觉，自护持，此生事，终不说。玄学求他古老吟，禅学须穷心影绝。

他的七绝《劝学颂》规劝人们学佛："出家修道莫求安，失念求安学道难。未得直须求大道，觉了无安无不安。"七古《归寂吟赠同住》则系赠与同住之作。

4. 从谂

从谂（？—868 年），俗姓郝，曹州（今山东菏泽）人。嗣南泉，住赵州观音院，世称赵州和尚。陈尚君《全唐诗续拾》辑录其诗 17 首。

从谂的组诗《十二时歌》，形象地展现了下层僧人一天十二时辰的生活图景，也真切地表达了他们的心理痛苦。如：

鸡鸣丑，愁见起来还漏逗。裙子褊衫个也无，袈裟形相些些有。裈无腰，裤无口，头上青灰三五斗。比望修行利济人，谁知变作不唧溜。

平旦寅，荒村破院实难论。解斋粥米全无粒，空对闲窗与隙尘。唯雀噪，勿人亲，独坐时闻落叶频。谁道出家憎爱断，思量不觉泪沾巾。

黄昏戌，独坐一间空暗室。阳焰灯光永不逢，眼前纯是金州漆。钟不闻，虚度日，唯闻老鼠闹啾唧。凭何更得有心情，思量念个波罗蜜。

衣、食、住的境况，简直惨不忍睹。唐代重佛教，但佛教徒也分三六九等。我们从中正可看到,许多僧人的出家,乃是一种无奈甚至是被迫的选择。

从谂有两首咏物诗传世,《因鱼鼓有颂》咏鱼鼓,写其声;《因莲花有颂》咏莲花,写其色。语言虽然浅显,却都充满禅趣。

5. 义玄

义玄(?—867 年),俗姓邢,曹州南华(今山东东明)人。嗣希运。后住镇州临济院,创临济宗。陈尚君《全唐诗续拾》辑录《将示灭说传法偈》1 首:"沿流不止问如何?真照无偏说似他。离相离名人不禀,吹毛用了急还磨。"

6. 福全

福全(生卒年未详),金乡(今属山东)人。自述能注汤幻茶成一句诗,点四瓯而足一绝句。童养年《全唐诗续补遗》辑录《汤戏》1 首:"生成盏里水丹青,巧画工夫学不成。却笑当时陆鸿渐,煎茶赢得好名声。"

7. 义青

义青(1032—1083 年),俗姓李,齐地(今山东境内)人。青原下十世。7 岁出家至妙相寺。15 岁试《法华经》,得度为大僧。后入洛听《华严》五年,又游至浮山,从圆鉴远禅师悟旨,得续太阳正脉。初住白云山海会寺,后移住投子山。有《空谷集》。

义青的诗今存 103 首(另有 2 首有目无文),全部是"颂"。"颂"指偈颂,是佛经中的唱颂词,通常以 4 句为 1 偈。义青的这 103 首偈颂,除《五位颂》5 首、《第七十二天彭当户颂》外,其余 97 首均由禅问、颂文两部分构成。禅问为散文,长短不拘;颂文为韵文,一般七言四句,个别五言四句、七言八句或五言八句。它们谈禅说理,大都缺乏韵味,但也有例外,如《第二十九问夹山境颂》:

> 举僧问夹山:如何是夹山境?山云:猿抱子归青嶂后,鸟衔花落碧岩前。
>
> 月皎青松鹤梦长,碧云丹桂挂羚羊。岩高碧仞千峰雪,石笋生条半夜霜。

短短四句,把个"夹山境"介绍得形象具体,而又充满机趣。《第十三韶山是非颂》、《第四十一首山亲切颂》、《第五十六曹溪意旨颂》、《第七十八百丈奇特颂》,也与此相仿。

三、丘处机等全真教作家

(一) 丘处机

1. 丘处机的生平

丘处机(1147—1227 年),字通密,号长春子,登州栖霞(今属山东)人。出身农家。金世宗大定年间(1161—1189 年),在登州拜王喆为师。此后勤奋学习,日记三千余言。大定九年(1169 年),随王喆往汴。王喆去世,护其灵榇归终南刘蒋村。后奔他方传道。大定二十八年(1188 年),世宗召至中都,掌行万春醮事,住全真庵。章宗明昌年间(1190—1196 年),居于滨都太虚观。元光元年(1222 年)得到元太祖赏识,次年掌管天下道教。元世祖至元六年(1269 年),追赠长春演道主教真人。丘处机与刘处玄、谭处端、马钰合称"丘刘谭马四大士";再加王处一、郝大通、孙不二,合称"七真",被誉为"金莲七朵"①。在全真教的历史上,丘处机的地位仅次于王喆。

丘处机与马钰不同,马钰偏重于心性的修炼,丘处机更强调外在的真行真功。今人钱穆称"丹阳之学似多参佛理,独善之意为多。长春之学似多参儒术,兼善之意尤切。而两人之学皆出重阳。盖重阳宗老子而兼通儒释,而丹阳、长春则学焉而各得其性之所近"②。正因如此,丘处机得到了元代统治者的重视。成吉思汗曾赐丘处机两道圣旨,一是"丘神仙应有底修行院舍等,系逐日念诵经文告天底人每,与皇帝祝寿万岁者。所据大小差发赋税,都休教著者。据丘神仙应系出家门人等,随处院舍都教免了差发税赋者"③;二是"我前时已有圣旨文字与你来,教天下应有底出家人都管著者。好的歹的,丘神仙你就便理,合只你识者"④。丘处机不赞同道众学文,《长春真人寄西州道友》载:"尔若不识字,休学文,乱了修心。且发三五年苦志,莫言是非,自搜己过,休起无明,休爱华丽,绝尽贪嗔,潇潇洒洒,便是道人。"但他本人却喜欢吟诗作词,有《磻溪集》。

---

①宋德方:《雨霖铃》,载唐圭璋编:《全金元词》上册,中华书局 1979 年版,第 1196 页。
②《中国学术思想史论丛》第 6 册,安徽教育出版社 2004 年版,第 202 页。
③蔡美彪编著:《元代白话碑集录》,科学出版社 1955 年版,第 1 页。以下版本俱同。
④《元代白话碑集录》,第 2 页。

2. 丘处机的诗

丘处机流传下来的诗共407首，其中抒发个人志向的作品尤其值得注意。如《三太子之医官郑公途中相见，以诗赠之》：

> 自古中秋月最明，凉风届候夜弥清。一天气象沉银汉，四海鱼龙耀水精。吴越楼台歌吹满，燕秦部曲酒肴盈。我之帝所临河上，欲罢干戈致太平。

它明确地表达了作者“有为”、“兼善”的人生理想，这正是以丘处机为代表的早期全真道士的一大特点。此外，像《以诗再寄燕京道友》、《十二月既望，醮于蔚州三馆，师于龙阳住。冬，旦夕常往龙冈闲步，下视德兴，以兵革之后村落萧条，作诗以写其意》哀叹“十年兵火万民愁，千万中无一二留”、“无限苍生临白刃，几多华屋变青灰”，《出峡作诗二篇》之一、《小暑后大雨屡至，暑气俞炽，以七言诗示众》期盼“早晚回军复太平”、“百姓共忻生有望”，《跋阎立本太上过关图》之一向往“群胡皆稽首，大道复开基”，也都体现了诗人爱国敬民的思想感情。

刻画自然风光的作品，在丘处机的诗歌中也占有相当的比重。丘处机生长在美丽的胶东半岛，浩瀚的海洋赋予其宽广的胸怀与创作的灵气；他“四山五岳都游遍”①，雄伟的山峰又赋予其高大的志向与坚韧的毅力。山山水水既培养了他的艺术个性，又成为其诗歌的重要题材。像写海的《海上观涛》、《秋风海上》、《海上述怀》、《望海》，写山的《雪峰》、《复归陇山》、《雪山纪行》、《望阴山》，都较出色。又如《望海吟》、《自金山至阴山纪行》，前者乃五言古诗，是在山东蓬莱的望海之作；后者为七言古诗，系金山至阴山的纪行之作。它们都能立足眼前，而又浮想联翩，呈现出亦真亦幻、虚实交映的鲜明特色。丘处机写雨景的《春晓雨》、《秋雨》，写雪景的《雪霁》、《初雪一》，以及写郊野景的《冬日郊外闲步》、写道观景的《题莱州招远县云屯山观》，也都值得一读。

丘处机曾经横穿中国，远赴西亚，创作了一些反映边疆与异域生活的诗歌。代表作是《回纥纪事》：

---

①《自叹》。

> 回纥丘墟万里疆，河中城大最为强。满城铜器如金器，一市戎装似道装。剪镞黄金为货赂，裁缝白毡作衣裳。灵瓜素椹非凡物，赤县何人购得尝。

诗写回纥的城市与商品，令人耳目一新。《三月竟，草木繁盛，羊马皆肥。及奉诏回，四月终矣，百草悉枯，又作诗》描绘"外国深蕃事莫穷，阴阳气候特无从"的生活环境，《泺驿路以诗纪实》反映"饮血茹毛同上古，峨冠结发异中州"的异域风情，也都引人入胜。

丘处机的咏物诗《王宅月桂》、《灵虚观赏梨花》、《芭蕉》、《鹤》，以及题扇诗《题杨五纸扇》、送友诗《送陈秀才完颜舍人赴试二首》、怀乡诗《东行书教语一篇示众》、哲理诗《师鲁先生有宴息之所，榜曰中室，又从而索诗》，亦较耐读。

丘处机是个多面手，他能驾驭各种诗体。据统计，其现存诗歌有七绝142首、七律101首、五绝92首、五律42首、七古14首、五排6首、七排3首、杂言3首、五古2首、四言2首。体裁的多样，在"七真"中首屈一指，在同期山东诗人中也属罕见。他长于近体，所作绝句含蓄凝练，律诗工稳流畅，排律一气呵成。如《武官梨花》是一首吟咏梨花的五言排律。咏物要求既不离物体，又不粘着物体；排律要求除首尾联外，其余各联对仗。本篇兼具二难，却又体物工细，铺叙有致，属对精密，音律谐婉，显示出诗人驾驭近体的高超能力。

丘处机诗的风格以豪迈飘逸为主，也有婉丽清秀之作，如《春寒》以清明过后不见鲜花来描写春日苦寒，含蓄婉转，而又清新明丽。设问的句式，复沓的语言，则更见出民歌的影响。

3. 丘处机的词

丘处机流传下来的词共152首，尽管"十九作道家语"，却又"有精警清切之句"①。丘词成就最高的是咏物、写景与述怀三类作品。咏物词中，咏月的《月中仙·赏月》，咏松的《月中仙·对松》，咏杜鹃的《万年春·杜鹃》，咏竹的《无俗念·竹》、《望蓬莱·南溪竹磻溪旧隐也》，都较精彩。又

①《蕙风词话》卷三，载《蕙风词话·人间词话》，第88页。

如《无俗念·月》、《无俗念·灵虚宫梨花词》:

偎岩傍陇,扼长更、萧索昏魔非一。皓月澄澄山上显,天角辉辉初出。露结霜凝,金华玉润,淡荡何飘逸。清临寰宇,发扬神秀姿质。

凄怆六合群情,淹沉幽昧,惨怛劬劳疾。大阐良因弘济度,皆得逍遥宁谧。浩气腾腾,余光蔼蔼,至性那亏失?圆明法界,法轮常自充实。

春游浩荡,是年年、寒食梨花时节。白锦无纹香烂漫,玉树琼葩堆雪。静夜沉沉,浮光霭霭,冷浸溶溶月。人间天上,烂银霞照通彻。

浑似姑射真人,天姿灵秀,意气舒高洁。万化参差谁信道,不与群芳同列。浩气清英,仙材卓荦,下土难分别。瑶台归去,洞天方看清绝。

前首咏月,“尤能写出月之神韵”①,在林林总总的古今咏月词中独占一席之地。后首咏梨花,亦自具特色,明人杨慎慨叹道:“长春,世之所谓仙人也,而词之清拔如此!”②

写景词在丘处机的作品中也不乏佳作,如描绘夜景的《水龙吟·夜晴》、描绘雪景的《渔家傲》(夜来又见银河绽)、描绘旱景的《金莲出玉花·夏旱》、描绘山景的《金莲出玉花·青峰》、描绘村景的《金莲出玉花·西虢南村》、描绘仙景的《无俗念·仙景》。此外,像《无俗念·暮秋》“点点苍苔,漫漫朝露,渐结清霜白”、《水龙吟·西虢》“向虚亭东望,平川似锦,洪波泛,渺天际”、同调《春兴》“含风翠柏,双崖争长,千株竞秀”、《无漏子·秋霁》“夕阳红,秋水淡,雨过碧天如鉴。篱菊绽,塞鸿归,长郊叶乱飞”、《望江南·四时四首》之一“红白野花千种样,间关幽鸟百般啼,空翠湿人衣”之类的写景佳句,在丘词中也俯拾可得。

丘处机述怀词的代表作是《满庭芳·述怀》,本篇抒发作者一心修道的情怀,妙用比喻,巧使典故,笔调轻松而流畅。丘处机题为《述怀》的词篇还有几首,如《无俗念》(群山四渎)、《凤栖梧》(西转金乌朝白帝)、《好离乡》(独坐向南溪)、《蓬莱阁》(蓬莱阙)等,大都与此同调。他的那些题为《苦志》、《自述》、《自咏》的词篇,也与此相仿。而《水龙吟·警世》则通过“六

①《蕙风词话》卷三,载《蕙风词话·人间词话》,第88页。
②《词品》卷二,载《词话丛编》第1册,第453页。

朝五霸”、“三分七国”与“唐朝汉市”、“秦宫周苑”的深情回顾，抒发了作者的历史兴亡之感。

丘处机也有一些描绘日常生活的词作，如《下手迟·自咏》叙漂泊，《报师恩·削发留髭》记理发，《无梦令》（皇统年时饥饿）忆饥饿，《武陵春·渭南杨五生朝》贺寿辰，等等。《无俗念·枰棋》上片交代下棋的原因、对手，描绘交战的环境；下片渲染棋势的错综变化，阐述下棋的体会。通篇融记叙、描写、议论为一体，虚实相生，动宕有致。况周颐称其“形容棋势，如见开奁落子时”①，确非过誉。

在全真七真中，丘处机词的成就也是最高的。虽然其词仍以记录修行生活、阐述全真教理为主体，但比他人毕竟有了较大突破，最明显的就是宗教色彩减少、艺术品位提高。他善于观察生活，广泛吸收前人成果，说理而注意形象，议论而讲究铺垫。有的甚至脱尽全真教气，俨然一般文人之作，如《忍辱仙人·春兴》：

> 春日春风春景媚，春山春谷流春水。春草春花开满地，乘春势，百禽弄古争春意。　　泽又如膏田又美，禁烟时节堪游戏。正好花间连夜醉，无愁系，玉山任倒和衣睡。

全篇物象密集，情趣盎然，毫无宗教意味，反有民歌之风，“置于任何一位文人词集中，都不会有突兀不称之感”②。加之“春”字的层见叠出，“玉山”典故的信手拈来，更为作品锦上添花。

（二）其他全真教作家

1. 孙不二

孙不二（1119—1182 年），号清静散人，人称孙仙姑，宁海（今山东牟平）人。豪族孙忠翊幼女。自幼聪慧。其父因马钰有仙才而将女嫁之。王喆自终南来访，劝马钰夫妇先后入道。王喆死后，马钰持服守坟，孙不二独自传道至洛阳凤仙洞中。金世宗大定二十二年（1182 年）冬，作诗遗世，跏

①《蕙风词话》卷三，载《蕙风词话·人间词话》，第 88 页。
②陶然：《金元词通论》，上海古籍出版社 2001 年版，第 233 页。以下版本俱同。

跌而化。

孙不二的诗现存22首,全是传道论理之作。五律《坤道功夫次第十四首》依次介绍收心、养气、行功、斩龙、养丹、胎息、符火、接药、炼神、服食、辟谷、面壁、出神、冲举十四步坤道功夫,如《养气》:

本是无为始,何期落后天。一声才出口,三寸已司权。况被尘劳耗,那堪疾病缠。子肥能益母,休道不回旋。

虽少文学意味,却也清楚明白。七绝《女功内丹七首》除介绍女功内丹外,还讲述道家的哲理。其二的写景也较为出色。孙不二的《孙仙姑遗颂诗》系绝笔,有达观之态,而无悲哀之气,这类作品,在非道士诗人的集子里是绝难见到的。

孙不二的词今存《卜算子·辞世》、《绣薄眉》2首,前者写“万道霞光海底生”的炼丹场景,后者讲“修行脱免三途苦”的修行道理,韵味都嫌不足。

2. 马钰

马钰(1123—1184年),初名从义,字宜甫,入道后改名钰,字玄宝,号丹阳子,宁海(今山东牟平)人。金世宗大定七年(1167年),王喆过宁海时,与之相识。家产颇富,不忍割舍,经王喆赐梨芋栗并赠诗词,多时点化觉悟,随其赴昆仑山烟霞洞修道。十年,王喆卒,马钰庐墓三年。其后,奔走各地传道。元世祖至元六年(1269年),赠丹阳抱一无为真人。有《渐悟集》、《洞玄金玉集》、《丹阳神光灿》,多系劝化世人、道友之语。

马钰能为诗,亦能作词。其词今传866首,多是咏道劝化、赠答酬唱之作。下录《满庭芳·寄马行街董公书》一首,可略见其特色:

山侗稽首,董公道伟,自违清论三岁。渴德之怀,笔舌岂能尽意。伏想迩来法候,愈冲和、燕居无滞。予今则,处环墙养拙,毋劳齿记。

幸遇便风经过,把狂吟尺牍,通为一寄。岁月堂堂归去,有如流水。性命速宜了干,启虔诚、幸恕僭易。山侗拜,董公道伟,及诸道契。

“山侗”系马钰自指。这是一篇以词代简之作,尽管艺术水平不高,但在形式上却有新的贡献。

3. 谭处端

谭处端(1123—1185 年),本名玉,后改处端,字通正,号长真子,宁海(今山东牟平)人。10 岁学诗,博览经史,尤工草隶书法。金世宗大定七年(1167 年),往马钰处拜王喆为师。王喆卒后,他与马钰等庐墓三年。而后各奔他方云游。大定二十一年(1181 年),至华阴纯阳洞,又到洛阳朝元宫之东筑庵。二十五年,留颂而逝。元世祖至元六年(1269 年),赠长真云水蕴德真人。有《水云集》。

谭处端诗今存 84 首,基本内容是反映作者的教徒生活、阐述全真教的世界观。如《示门人》7 首、《畅道三首》、《颂》10 首写求道生活,《劝众修持》、《述怀》11 首、《游怀川》之二讲全真教理。它们一般缺乏形象,亦难令人卒读。但也有例外,如《述怀》九首之六:

> 蝶恋灯光焰不知,鱼贪香饵亦如斯。蛾焦鱼烂君知否,好向祇园寄一枝。

作品运用传统的比兴手法,说明了贪恋眼前利益容易导致覆亡的道理。我们从中还可看到,诗人之所以遁入全真教门,还在于世风的每况愈下与个人的忧谗畏讥。谭处端还有几首写景、咏物诗,代表作是《游灵山寺》、《咏孤竹》,前者描绘山寺的环境,后者刻画孤竹的形象,而都寄托着作者清净无为、傲岸不群的高洁理想。观察与体悟结合,景物与哲理交融,使得诗歌声色俱佳,而又充满机趣。此外,写景的《游刘公花园》、《游怀川》之三,咏物的《咏丹桂》、《咏鹤》,也较有韵味。

谭处端词今存 156 首,也以记录修行生活、讲解全真教理为主要内容,它们不仅枯燥、松散,而且重复。像《望蓬莱》"全真妙,无我亦无人"、《减字木兰花》"全真门户,静静清清无作做"之类的篇什比比皆是,《酹江月》"吾门三祖,是钟吕海蟾,相传玄奥"、《神光灿·寄长生刘师兄》"处端稽首,上覆刘仙,一别倏忽三年"之类的词句络绎笔端;《瑞鹧鸪》之八"意上有尘山处市,心中无事市居山"、《瑞鹧鸪》之十"意上有情山处市,心中无欲市居山"之类的套话亦复不少。

当然,谭处端也有一些较为优秀的词。一类是讽世之作,如《神光灿》:

> 奔名逐利,爱欲牵缠,昏昏转转迷蒙。虚幻浮华,不觉暗易颜童。

百岁云间电闪，限临头、那肯从容。不肯悟，到如斯悔懊，个个还同。

速悟前途险路，早回头步步，却入仙踪。袍布青巾，结交霞友云朋。休外他搜密妙，认灵源、莲结丹红。趣真处，玩山头明月清风。

上片讽刺世人追逐名利，虚度光阴；下片规劝他们及早醒悟，皈依道门。尽管语言过于直露，出路未必可取，但其揭露现实、劝善惩恶的主旨还是值得肯定的。与此相似的作品，还有《连理枝》（浮世愚痴辈）、《黄莺儿令》（活鬼活鬼）、《长思仙》（道人心）等。谭处端较为优秀的词篇中的另一类是咏物之作，如《酹江月 · 咏竹》、《阮郎归 · 咏茶》以及《酹江月 · 上元夜观月》等，都自具特色。

4. 郝大通

郝大通（1140—1213 年），字太古，号广宁子，宁海（今山东牟平）人。出身世宦家庭，精于易学与阴阳、律历、卜筮之术。金世宗大定七年（1167年），于宁海拜王喆为师。次年随王喆至昆仑烟霞洞。王喆赐名璘，号恬然子。大定二十二年（1182 年），居真定讲道。元世祖至元六年（1269 年），赠广宁通玄太古真人。有《太古集》。

郝大通的诗今存《金丹诗》31 首，全为炼丹论道之作。现引其八，可略见其特色：

三月雷轰一二声，始知天下鬼神惊。风乘云势三千里，虎假龙威九万程。万化门中为主宰，八紘镜里作经营。震之内象爻俱动，上德皇君具姓名。

其余诗作，大抵如此。《金丹诗》除 1 首四言诗外，其余均为七言律诗。它们中的绝大多数作品都合乎格律要求。但也有失对之作，如："兔在穴中狸在火，玄通妙处道根由。诞灵降迹推迁运，十二春还六十秋"（其五颔、颈二联）、"金铉玉质通嘉致，供圣养贤炼瑞丹。风火家人能返照，变形易体改容颜"（其九颔、颈二联）等。

郝大通的词现存《无俗念》、《南柯子 · 示众》2 首，均为歌颂业师之作。但前者下片的几句景语却很出色："放开匝地清风，迷云散尽，露出青宵月。万里乾坤明似水，一色寒光皎洁。玉户推开，珠帘高卷，坐对千岩雪。"

5. 王处一

王处一(1142—1217 年),字子渊,号玉阳子,又号伞阳子,宁海(今山东牟平)人。金世宗大定八年(1168 年),在文登拜王喆为师,受道名。其母亦于此时入道,并被王喆赐名德清,号玄靖散人。二十二年,与马钰会于金莲堂,共探道旨。二十七年,被召阙庭,并馆于天长观。二十八年,建修真观,主万春节醮事。金章宗承安二年(1197 年),召问养生之道、性命之理、治国之法,所答通俗易懂而意味深长。三年,在亳州太清宫主普天醮事,戒度道士千余人。金宣宗贞祐四年(1216 年),被文登令温迪罕龟寿迎至天宝观。元世祖至元六年(1269 年),赠体玄广度真人。有《云光集》。

王处一的诗今存 522 首,多是说理议论、颂圣谢友、劝善惩恶之作,如《寄莱阳宋二先生》"全真内外功圆聚,万里回光透碧天"、《达本》"清净无为行大道,不须苦苦问青天"、《宣诏》"伏愿天皇万万岁,回心三宝结嘉祥"、《谢人寄物》"公书香果已亲收,回奉俱无阙拜酬"等。即使《寄呈母亲》这样的亲情诗,也不忘"化缘处处神明助,劝善重重福寿加"之类的祝福;《咏桃园》这样的咏物诗,仍不脱"奉劝诸公归物外,洞天深处更堪夸"之类的生发。甚至诗歌的题目都像口号,如《无争》、《顺天者昌》、《逆天者亡》。

不过,王处一也有少数较为优秀的作品,如《赠安丘县令》在对循吏的赞美中,表达了诗人期盼官忠粮丰、国泰民安的政治理想。他的《海市诗》描绘海市蜃楼的奇景,也颇为精彩:

> 水晶宫殿锁晴空,万象澄澄碧海中。月里姮娥观宝鉴,日中仙子玩珠宫。乾坤斡运明真理,混沌重开越胜工。万道毫光攒坎虎,千条赤气罩离龙。满空圣众扶圆盖,玉女金童策主翁。紫雾红霞才绽处,玲珑七宝现威雄。神风静默惊山鬼,万化参差世莫穷。光压水天无势力,吾真三界得冲融。放心天下无违碍,四大神洲饮几钟。虽说东坡真上士,足知大定胜元丰。古今诸胜钓鳌手,不论泥沙碎铁铜。以道治身功行满,大罗天上一家风。

诗序云:"暂别东牟,西游登郡,渐叩古黄西皋,遇海市垂光显异,乃与道合真也。故曰皇天发泄,大道舒张,披三光而下降,禀一气而上升,万化人间,莫知其道也。是乃长养诸天,大地冲和,四序炎凉,洞焕太空,化生玄象,混同万法之根源,符合大罗之眼目。因借东坡韵述怀。”叙议结合,骈散相间,又与诗作珠联璧合。

王处一兼善多种诗体,尤长七言律绝。其现存的522首诗歌,计有七绝286首,七律83首,五绝58首,五律35首,四言19首,七古、六言各12首,三言10首,五古4首,杂言3首;七绝、七律共369首,合占全部诗歌的约71%。他精于对偶,且能熟练运用句中自对的“当句对”,如《赠助缘道众二首》之二“玉坛瑞象埋仙迹,宝鼎祥辉隐化生”、《仙境》“霓旌绛节朝金阙,羽盖云旗映宝台”、《兴题》“五行四象明交泰,万劫千生灭祸殃”等。他还使用叠词与数词,如《脱世网二首》之二“紫府飘飘飞玉雪,瑶台渐渐吐金莲”、《赠远来道众二首》之二“素光渺渺开心月,红艳辉辉覆性珠”、《劝众化缘二首》之二“五脏辉辉生玉蕊,三田涌涌吐金莲”等。这类诗歌,内容无甚新意,形式却十分工巧。

王处一的词现传95首,内容不外阐述全真教理、记录修行生活、规劝他人入道,以及歌颂帝王、道友之类,大都枯燥乏味。但《苏幕遮·劝修炼三首》却是例外,其三云:

> 白莲池,金液沼。龙戏明珠,紫雾常围绕。虎撞群羊山下闹。惊起白牛,九曲江边跳。　　赤鸾飞,朱凤啸。海底婴儿,抱定龟蛇笑。长就黄芽通节要。阴里生阳,几个人知道。

通篇写修炼生活,而能精雕细刻,妙用比喻,唤起读者的无穷想象。王处一词中部分写景的片段也相当精彩,如《满庭芳·住铁查山云光洞作》上片的“俯视沧溟,屏山掩映,万重松桧森然。金波滚滚,云锁翠峰巅。昼对清光浩渺,更阑显、月印新鲜。圆明聚,红霞影里,捧出洞中仙”,把修道所居的环境刻画得历历在目。又如《满庭芳·黄县久旱,请作黄录醮,得饱雨作二首》之二上片的“龙转西江,金光摇曳,踊身飞上穹苍。兴云吐雾,威力大施张”,写电闪雨倾的景象亦极生动。

6. 刘处玄

刘处玄(1147—1203年),字通妙,号长生子,东莱(今山东莱州)人。金世宗大定九年(1169年),拜王喆为师,并随其游汴。王喆卒后,他与马钰等庐墓三年。后迁莱州。金章宗承安二年(1197年),奉召进京,敕寓天长观庵,礼部给观额五:灵虚、太微、龙翔、集仙、妙真。泰和二年(1202 年),主滨州醮事。元惠宗至正六年(1346 年),赠长生辅化明德真人。有《太虚安闲仙集》、《黄帝阴符经注》、《般阳大成大同神光语录》等。

刘处玄存词 65 首,几乎全是修道之作。“也曾牒发,曾受帝王宣”①之类的炫耀,“处玄稽首,库使尊官,一别又过三年”②之类的问候,“道释与儒门,真通法海”③之类的议论,可谓连篇累牍。值得一读的是《定风波》:

> 甘雨及时贵似油,今朝欢乐便无愁。明夜耕田野外唱,嗔牛,动鞭轻打胜余修。　　过了天元难积行,一麻一麦寸中收。养就姹婴云外去,优游,命光圆若月新秋。

词从甘雨带来的欢乐写到优游岁月的遐想,别有一番情趣。

7. 于道显

于道显(1168—1232 年),号离峰子,文登(今属山东)人。曾从刘处玄学道。未满 20 岁就以丐食奔波于齐鲁(今山东)间。金哀宗正大年间(1224—1231 年),奉旨提点亳州太清宫,赐号紫虚大师。于道显精于老庄学说,工诗,有《离峰老人集》。

于道显诗今存 324 首,多为记录修炼、阐述教理、规劝世人之作。它们大都缺乏韵味,像《王道人告》“口诀叮咛举似贤,饥时吃饭倦时眠”、《示张会首》“为仙为佛要功夫,尘念尘心子细除”、《寄陈州道友》“功成名遂好抽身,作个林泉自在人”之类的诗句,既不含蓄,也不凝练。但也有例外,如《张姑告》写炼丹场景:“万道银霞光错落,千般瑞彩色模糊”;《博志坚告》讲全真道理:“锻炼真空同一体,自然心似白云闲”;《寄沔池纳兰县令》劝友人行善:“为官公正胜为道,此语宜书仕子绅”。这些诗歌或以描绘生动取胜,或以说理形象见长,或以道德高尚感人,共同之处在于自然真实,而又具有对时代与诗人的认识价值。

于道显诗中更值得注意的是写景、咏物、怀古三类作品。他的写景诗往往以修行所处与出游所经为观照对象,如《太清宫栖真庵述怀》之四、《石碣

①《满庭芳》。
②《神光灿》。
③《感皇恩》。

玉溪庵闲游》之三、《初春》、《烟霞亭》、《游角子山》、《游老君山》等。《游老君山》云：

> 飘飘风袖出山门，回首青山似老君。试听清泉山伴语，分明说尽五千文。

作品写诗人游老君山的见闻与感受：青山矗立，犹如老子的身姿；清泉涌流，又若老子在讲解。全篇由物及人，以今溯古，联想既十分自然，过渡又相当巧妙。他如《临颍李县尉告》"风里微闻松桂香，山堂明月冷辉光"、《赠嵩州独吉太守》"鸟道暗通烟树外，木人还过翠微间"、《五言绝句》之七"飒飒秋风起，飘飘乱叶飞"，也是写景的佳句。于道显的咏物诗也有佳作，如《杜鹃》咏杜鹃，《咏雪》咏冬雪，都不说出本名，却又紧扣题意。顶真手法与叠词的妙用，更为诗篇增强了艺术感染力。于道显怀古诗的代表作是《过连昌》，作品生动地描绘了连昌旧址的萧瑟之景，深切地抒发了物是人非的兴亡之感，令人心潮起伏，一唱三叹。

于道显长于七言律绝，现有七绝 205 首、七律 89 首，合占诗歌总数的 90% 以上。它们一般平仄谐畅，对仗工稳，善于运用典故与虚词。另外，诗人还有五绝 22 首、五律 6 首、六言 2 首，其中亦时见佳构，如《示中京贺会首》是一首五言律诗，写景时俯仰多变，抒情则水到渠成，它们相兼相融，使人过目难忘。

8. 尹志平

尹志平（1169—1251 年），字大和，号清和真人，莱州（今属山东）人。14 岁时拜马钰为师，又至灵虚观对刘处玄执弟子礼，后迁住福山道庵。金章宗明昌（1190—1196 年）初年，赴栖霞侍丘处机。金宣宗兴定三年（1219 年），居潍阳。元太祖遣使前往玉清拜谒尹志平，他与元使同赴莱州昊天观拜见丘处机。丘处机携 18 人北上，尹志平为冠。丘处机死后，尹志平先隐上谷烟霞观，后返长春宫，掌管全真教事。金哀宗天兴元年（1232 年），元太祖南征还师，尹志平迎见于顺天。元太宗八年（1236 年），重建终南太平、炭谷太一、骊山华清、太华云台诸道观。有《葆光集》、《北游录》。

尹志平是"七真"的弟子，他有一些诗歌表达了对业师们的由衷敬慕、对全真教的虔诚信仰。如《屡有请疏仍加以真人号，偶得五言长叹》云："常如七祖志，报应岂亏人。”《出京寄长春宫道父》云：“七真开正教，万圣助明王。”《自咏》云：“蒙师训教经千百，是处无过苦已行。”而在“七真”中，尹诗提到最多的是丘处机，像《宝玄堂下得房二间》之五“用时行道学长春，舍则潜心默契真”、《秋阳观作》之一“长春诗句真堪画，处处流传早晚休”、《武川送道友至樊山县回三绝》之三“一朝得达长春境，香满琳宫结瑞烟”等等。自然，丘氏对其影响也最大。

丘处机有一些爱国敬民诗，尹志平亦承其遗风。他的《矾山先天观住夏因时劝众》之一反映了“西南仍有大兵荒”的残酷现实，《崇真观刘讲师请斋》体现了“四海和同即一家”的进步思想，《沁城龟山游憩得三绝》之二则触景生情，推己及人，表达了期盼和平的美好愿望，这与饱受战争创伤的广大人民群众的利益是一致的。

丘处机的纪游写景诗数量既多，成就也高。尹志平追步乃师，也创作了不少同类诗歌。他“久厌人间酷爱山”①，“名山曾度无穷数”②，写下了一大批登山观览的作品。诗人在山中赏月：“山静云收入夜清，月光澄澈九霄明”③，从山间望江：“二峡峥嵘气象雄，团山水浸画屏中”④；乘兴探求山泉源头：“更上高原三四里，兴来闲步到泉头”⑤，怀忧审视山头积雪：“更因书疏东来急，一夜青山尽白头”⑥；于山峰下咏叹：“我来亲笔记行踪，四顾山河是要冲”⑦，处山池边遐想：“青荷柄柄出方池，正阙陶潜金菊篱”⑧。它们既显示了作者开阔的胸襟，又展现了他捕捉、刻画景物的艺术素养。如《盘山栖云观》：

> 盘山路不深，道院正当心。一谷水流细，满山松布阴。庵前闲散发，亭上静披襟。羽客朝舂药，幽人夜操琴。云生添瑞景，风动转清音。此地全真乐，予知胜万金。

---

①《庚寅年通仙观醮罢复回，以诗别道友元帅监军》之一。
②《秋阳观作》之三。
③《山中雨过赏月》之三。
④《深入峡里游团山道院留题》之二。
⑤《乙未季秋至介休县洪山明霞观作》。
⑥《前高山连日雪戏题》。
⑦《咏河津紫金山老君峰》。
⑧《游五华五绝答王子正》之二。

这首五言排律写作者游历道观的感受，情景交融，物我合一，给人以美的享受。此外，记录游历的《金山，自宣德州至田相公营约七八千里，乃金山之北也》、描写天气的《己亥岁四月阴雾，七日始睹日月之光耳》，也较出色。

丘处机诗集中出现的边塞异域诗、别友怀乡诗、咏物怀古诗、论道说理诗，在尹志平的诗集中也能找到踪影。如《西域物熟节气比中原较早故记之》诗从一个侧面描写西域的物候特征，充满奇情异彩。别友诗《留别河山道众会首》、怀乡诗《宝玄堂月下闻雁》、咏物诗《龙阳观后有老松一株，冯君赞其孤秀长久不更变耳》、怀古诗《乙未清明过晋祠》，都值得一读。还应注意的是，尹志平的一部分论道说理诗构思巧妙，充满趣味，像《谈论各处见解，未知实际，赠陈学士》就以习见的现象，阐述深刻的哲理，既生动，又准确，令人回味不尽。

当然，就诗歌成就说，尹志平逊色于丘处机。尹诗较丘诗的内容要狭窄，形式亦显得单一。在尹志平现存的 267 首诗中，七绝高达 220 首，约占诗歌总数的 82%。其余诗歌依次为：五绝 22 首，五律 14 首，五排 5 首，五古 3 首，杂言 3 首。这与多面手丘处机，是不可同日而语的。另外，尹氏的不少组诗韵脚文字缺乏变化，类似和诗，既自戴枷锁，又难免雷同。如《庚寅年正旦闲吟一韵十绝》韵脚全用“清”、“明”、“行”，《砚山先天观住夏因时劝众》五首韵脚全用“荒”、“凉”、“香”，《过浑源乱岭关》三首韵脚全用“山”、“关”、“颜”等。

尹志平也是一个关心国事的词人，他的《西江月》（山后重兴道院）就表达了“每日诵经报国，终朝念道降魔”的愿望，《减字木兰花·怀仁县》又阐述了“勤参道德，建国成家为法则”的道理。但是，就其现存的 169 首词来看，基本内容仍不脱作者的修行生活。如《巫山一段云·秋阳观作》回忆“十九游仙子，随师历八荒”的经历，《道无情·怀仁县作》记录“东去西来非愿，海角天涯将遍。道果尚难成，又登程”的艰苦，《西江月·常足畅怀》抒发“功成云步看瀛洲，万古名传不朽”的理想，《江城子·别樊山先天观道友》倾诉“清静安居堪久计，住一日，胜千金”的别情，《无梦令》（闲把心香暗爇）介绍“四海遍天涯，都是全真枝叶”的盛况，《巫山一段云·劝世》讲解“道显清虚妙，释明智慧深，仲尼仁义古通今，三圣一般心”的教义等。这类作品数量虽多，特色却不明显。

尹志平还有一些写景、咏物、怀古的词作，篇什虽少，价值却高。写景词的佳作如《无俗念·通仙观作》、《瑞鹧鸪·过龙泉峪》、《昭君怨·泉州洞真观书于东壁》、《西江月》。尹志平的咏物词亦不乏名篇。他喜欢赏月，现存咏月词就有4篇，而且质量较高。如《巫山一段云·龙门川溪水，同翟老赏月》：

溪水迎霜冷，山花带露鲜。良朋共赏玉蟾圆，高会兴无边。　长记西湖万里，素魄澄澄一体。今宵相隔正三年，浑似梦游仙。

作品由地上的溪水、山花引出天上的圆月，而后又想到三年前的西湖赏月，可谓腾挪变化，摇曳多姿，以至被人称做尹词中“最有味”之作①。此外，咏雪的《江城子·咏腊雪》也颇为精彩。尹志平怀古词的代表作是《巫山一段云·先天观作》，词人即地生情，抚今追昔，篇幅虽短，感慨却深，体现了厌恶战争、期盼和平的拳拳之心。

9. 长筌子

长筌子（生卒年未详），姓名失考，龟山（今山东新泰）人。金哀宗正大八年（1231年），避乱至泌阳（今属河南）。曾参与王重阳派之唐州长春观金莲会。有《洞渊集》。

长筌子的诗现存44首，几乎全是宣传道教教义、介绍求仙生活之作。只有刻画牧童的《牧童》、吟咏木香的《木香》，写得较有特色。《木香》形象地描绘了木香的鲜艳与芬芳，深情地寄托了诗人的清高和不凡，妙用比兴，物我合一，是一首较为优秀的咏物诗。结尾“奇奇奇莫比，寻常红紫窥”连下三“奇”，确生奇效。

长筌子的词现存76首，数量、质量都高于诗歌，它们以写景、咏物见长。如《鹧鸪天·夏》：

弄舌闲禽向郁林，涤蒸散发趁松阴。清风习习来冰簟，陶写真情取次吟。　天似水，柳如金，火云叠翠出遥岑。危楼安枕王孙趣，静室忘机逸士心。

---

①《金元词通论》，第239页。

作者即地绘景，缘景抒情，生动传神，富有韵味。此外，《绿头鸭》（雨初晴）、《水龙吟》（故乡何处栖迟）、《百宝妆》（榴蕊浓芳）的上片，写景也都相当精彩；只是下片说理、议论过多，削弱了作品的艺术美。长筌子的咏物词只有3首，却都很出色：《天香慢·梅》通篇工笔描绘，妙用典故，拟人与寄托手法的成功运用，更增添了它的艺术魅力；另外一首咏梅花的《花心动》（江路闲游）与咏菊花的《烛影摇红》（菊绽黄花），也耐人咀嚼。长筌子词数量更多的还是那些记录修道生活、感叹自身遭遇、抒发闲适情趣的作品。尽管《抛球乐》（道人心印悟来）长达190字，比较注意铺叙；《华溪仄》（华溪仄）悲慨浪迹天涯，确能引人同情；《贺圣朝》（春光明媚）表现乐隐倾向，也算具有真情。但总起来说，它们缺乏特色，成就不高。

第六章　明清山东文学

明清时期是山东文学创作发展的又一个繁荣时期。尤其是在传统诗文词曲和新兴文体章回小说的创作上，都达到了一个前所未有的高度。明代所谓的“四大奇书”①——《三国演义》、《水浒传》、《西游记》、《金瓶梅》，其中三部的作者都是山东人；清初所谓“国朝六大家”②——“南施北宋”、“南朱北王”和“南查北赵”，其中有一半，即宋琬、王士禛、赵执信也都是山东人。

一、明清山东文学创作的发展与繁荣

（一）明清文学创作活动中心的北移

文学创作活动中心一直是随着政治、经济中心的形成而出现的。先秦两汉时期的文学创作活动中心，基本上是在同一纬度上东西移动、左右摇摆。唐宋明清时期的文学创作活动中心，则是沿东部沿海一带地区南北移动。隋唐时期，伴随着京杭大运河的开通，南方的经济、文化逐渐繁荣。尤其是南宋迁都临安以后，遂形成了以临安为核心的全国的文化、经济中心，文学创作活动中心也逐渐南移。元朝初年，虽然一度出现了以大都为核心的北方文化中心，但很快又转移到了南方。明代朱元璋建都南京，文学创作

---

①“四大奇书”之说，一般认为最早由明末冯梦龙提出。李渔曾在《三国志演义序》中称：“冯梦龙亦有四大奇书之目，曰三国也，水浒也，西游与金瓶梅也。”《三国演义》的作者是“东原罗贯中”；《水浒传》的作者，学术界一般持“施罗合作说”，比如明代高明《百川书志》中就说：《水浒传》百回本的作者是“钱塘施耐庵的本，后学罗贯中编次”。东原，即山东东平；罗贯中即山东东平人。《金瓶梅》的作者题“兰陵笑笑生”，一般也认为是山东人。

②因刘执玉编《国朝六家诗钞》8 卷而得名。

活动中心仍然聚集在南京、杭州一带。但是，明代中叶以后，随着政治、经济中心的北移，山东文学又开始呈现出蓬勃发展的势头。其中的原因是多方面的。

首先是因为文化中心的北移。永乐十三年(1415 年)朱棣迁都北京后，全国的政治、经济中心又开始北移，全国的文化中心也相应地转移到了北京。文人的科举仕宦、游学旅行，都离不开京城。而山东地处南北交通要冲，是赴京文人的必经之地。加之山东人杰地灵，不仅有泰山、大明湖等自然景观，更有圣人故里曲阜等人文名胜，因此，山东各地也成为诸多文人的光顾之地。比如清初大家顾炎武，在他 26 年的北游生涯中，其中有 21 年往来于山东各地，足迹遍布莱州、即墨、潍县、青州、章丘、长山、邹平、济阳以及德州、泰安、曲阜、兖州等地，与德州的程先贞、新城的徐夜、济阳的张尔岐和曲阜的颜光敏交往密切。清初诗人施闰章于顺治十三年(1656 年)出任山东学政，在济南居官五年，为官公正廉洁，重视地方教育，取士“崇雅黜浮”，特别欣赏蒲松龄；并且对济南风物多有题咏，与莱阳诗人宋琬并称为“南施北宋”。南方作家朱彝尊、翁方纲、阮元等也都曾在济南做过官。大量文人的光顾，不仅开阔了山东文人的眼界，加强了山东文人与外界的交流，而且无形中也推动了山东文学的创作发展。

其次是由于文化教育的繁荣。政治经济的发展带来了文化教育的繁荣。明代中叶以来，山东西部沿黄河、运河一带的济南、济宁、聊城、临清、德州、东平、滨州等地，以及东部滨海一带地区(即今潍坊以东，包括诸城、安丘、高密、文登、莱阳、莱州、胶州、烟台、威海、青岛等地)，不仅成为南北交通和对外贸易的枢纽，而且也成为附近地区的文化中心，文化教育迅速发展起来。这些地方不仅文教兴隆、人才荟萃，而且地方文学创作也呈现出新的面貌，并因此涌现出一大批文人学者。其中不仅有影响全国的文学大家，比如李攀龙、王士禛、蒲松龄、宋琬等；而且也出现了不少享誉一方的地方名人，比如人称“清初大儒”的安丘名人张贞、因《庄农日用杂字》而闻名当地的临朐名人马益著等。

再次是源自文化底蕴的深厚。山东地区本为齐鲁故地、孔孟之乡，原本就有深厚的文化底蕴。只是在某些朝代由于社会的动荡或政治文化中心的转移，暂时显得有些“荒凉”。明代中叶以后，伴随着政治文化中心的北移，山东文学重显蓬勃发展之势,也是情理之中的事。正所谓“厚积薄发”者是也。

（二）明清时期山东文学发展的特点

伴随着山东文学的重新繁荣,明清时期的山东文学也呈现一些明显的特点。

一是领袖文坛的名家众多。明清时期山东作家的数量在全国所占比重,目前尚无准确的统计数据,但有一点是明显的,即明清代时期,山东出现了众多领袖文坛、影响全国的大家。元明之际有著名杂剧家贾仲明、著名小说家罗贯中;明代有“弘治四杰”之一的边贡、“后七子”的领袖李攀龙和谢榛、“嘉靖八子”之一的李开先、有“曲中辛弃疾”之称的散曲大家冯惟敏、“时有齐气”的万历诗人王象春、明末遗民诗人徐夜等;清初有诗坛盟主王士禛、“南施北宋”中的宋琬、“南查北赵”中的赵执信、“短篇小说之王”蒲松龄、“南洪北孔”中的孔尚任、“京华三绝”之一的词人曹贞吉等。他们都取得了高度的艺术成就,影响了一个时代。并且,他们有的一生大部分时间都是在山东故乡度过,他们的文学活动也都与乡谊旧游有着密切的关系。

二是小说、戏曲名作众多。宋元时期,山东济南、东平曾是诗词、戏曲的重镇,出现了李清照、辛弃疾等著名词人,杂剧名家高文秀及杜仁杰、张养浩等散曲大家,并形成了以东平、济南为中心的杂剧创作群。这种重视俗文学的创作传统也一直延续到明清。在元明之际,就出现了东平人罗贯中的《三国演义》和以梁山为故事背景的《水浒传》,二书不仅开创了历史演义小说和英雄传奇小说的创作传统,而且成为这两类章回小说中的代表作;其后出现的《金瓶梅》和《醒世姻缘传》则是两部以家庭生活为题材的章回小说,为世情小说的代表作,对后世的《红楼梦》产生了深远影响;清初蒲松龄的《聊斋志异》则是中国古代文言短篇小说的最高峰。在戏曲创作方面,李开先的《宝剑记》是明代三大传奇之一,孔尚任的《桃花扇》则是清代传奇的“南北双璧”之一,代表了明清传奇戏创作的最高成就。

三是地方结社盛行。文人结社、诗友唱和,是明清文坛的一个传统。当时全国各地都有文学结社活动,而以江南的几社、复社等较为有名。山东也出现了不少地方性的文学社团,但大部分只是地方文人之间的一种唱酬活动,存在的时间也较短。只有个别的文学社团影响及于全国,并发展成为全国性的诗歌流派或团体。比如“后七子”领袖李攀龙,在未出仕时即与同乡殷士儋、许邦才结社为友,诗酒唱和。这一时期的诗歌活动,形成了李攀龙早期的诗歌主张,为其后来发动文学复古运动奠定了基础。在“七子”结社之后,李攀龙在山东的影响仍较其他地区为大,明代中叶至清初,山东诗人大都宗尚李攀龙,并形成了所谓的济南诗派。“嘉靖八子”之一的李开先,40岁罢官后,家居近30年,与同乡文人结为词社,当时章丘的袁公冕、袁崇冕、高应玘以及商河的张自慎、临朐的冯惟敏都聚集在李开先周围,在今济南章丘一带形成了明代的词曲中心。清初的王士禛在早年来济南时曾与济南名士结为秋柳诗社,开神韵说之渐;到后来他主盟诗坛后,便形成了以神韵说为理论指导、影响一代诗风、范围波及全国的神韵诗派。至于地方性的文社则更多。比如临朐冯裕退居青州后,与石存礼等六人结为“海岱诗社”;莱州出现过以赵士喆为首的“山左大社”,与复社遥相呼应,是当时江北“复社”的中心,顾炎武初到山东时,就是落脚莱州;新城有以徐夜为首的从社;蒲松龄年轻时曾与同邑好友李希梅(尧臣)、张历友(笃庆)等人结为“郢中诗社”,“以文章道义相劘切,号郢社三友”①。安丘张贞与同乡诗人王训、寿光安致远、诸城李澄中也结为文友②;诸城诗人张侗与从兄弟张衍、张佳、张僖号称“四逸”,与同乡诗人李澄中、刘翼明结为诗友,互相唱和;安丘刘其璇与胶州法坤宏、昌乐阎循观、潍县韩梦周为文友,而法坤宏之弟法坤厚则与董元度、周永年、纪昀结为诗社;清代中叶以李宪暠为首的高密诗派,诗人大多为胶东文人,而影响却波及几个省区。这种由诗文唱酬或结社所形成的文人团体,大都以乡谊旧游为基础,以共同的诗歌创作主张和审美追求为前提,虽然不免因同乡之谊而互相推扬之嫌,却无形之中为明清时期山东诗文的创作发展和繁荣立下了汗马功劳。

四是文学家族复兴。明清时期,山东各地都形成了若干文化家族。与魏晋南北朝时期的士族相比,明清时期的山东文化家族有其明显的特点。

其一是这些文化家族的始祖大都是由科举入仕起家,因仕宦相继而延

---

①《淄川县志》。

②清初周亮工任青州海防道时,曾建“真意亭”延揽青齐文人,著名者四人:诸城李澄中、寿光安致远、安丘张贞、乐安李象先,被称为“真意亭四子”,这些人的散文成绩,都高于其他方面。

续，当家族中无人做官时，家族的地位便趋于衰落。其中临朐冯氏是延续时间较长的文化家族，从始祖冯裕至重孙辈冯琦，四代都是进士。冯裕官至云南副使，其子惟健、惟重、惟敏、惟讷皆有文名，时称“临朐四冯”；冯惟重之子冯子履，隆庆二年（1568 年）进士，官终河南参政；子履之子冯琦，万历五年（1577 年）进士，官至礼部尚书兼翰林院学士，是整个冯氏家族中仕途最显的一人。其后裔冯溥，顺治进士，官至大学士，清初的许多文学大家都出自他的门下；冯溥之子冯协一，官至台湾知府，也有文名。

其二是这些文化家族大都延续时间较短，一般都不超过三代。比如新城王氏家族，王士禛之祖王象晋为万历进士，官至浙江布政使；其弟王象春也是万历进士，官至吏部考功员外郎，二人均有文名。新城王氏由此起家。至第三代王士禄、王士禛兄弟，而巅顶峰，王士禛成为康熙时期的诗坛盟主。“士”字辈之后，虽然亦有文名，比如王士禛之子王启涑、后裔王世昌等，但未能将家族的文化传统发扬光大。其他如德州田氏、卢氏，济南朱氏，诸城刘氏，益都孙氏、赵氏等，也大都延续三代左右。

其三是这些文化家族的活动范围大多局限于家乡一带，最多也不出京城、山东一带。比如新城王氏家族，王象春免官后寓居济南大明湖南侧，于百花洲筑问山亭，以诗酒自娱；临朐冯氏家族的冯惟敏，虽然做过几年的官，但一生大部分时间都是在家乡度过的。

四是作家多有“齐气”。所谓“齐气”①，是指作家的气质、风概以及由此体现出的诗文风格。比如疏狂任性、不拘礼法、任侠好客、仗义执言、正直不屈以及叛逆传统、淡于荣利等。比如李攀龙，少年时代就因不甘“帖括之业”，“耻为时师训诂语”，而被人目为狂生；出仕之后，自称“傲吏”，从不结交权贵，却时常为民请命；后因不愿折腰事人，不待朝廷批准便拂衣东归；归隐之后，达官贵人常常被拒之门外，而落第秀才却往往受到热诚接待。李开先官至太常寺卿，却与削职为民的康海、王九思交好，后因得罪内阁执政夏言而罢官；家居期间，结交山人词客，蓄养民间艺人，不避凡俗，自编自导，组织戏曲演出。散曲家冯惟敏隐居山林而忧心天下，其散曲多抨击吏治腐败，批判现实黑暗，被称为“曲中辛弃疾”。诗人王象春“雅负性气，刚肠疾恶，

①“齐气”一词本为曹丕在《典论·论文》中评价徐幹诗赋的话：“王粲长于辞赋，徐幹时有齐气。”李善注谓：“言齐俗文体舒缓，而徐幹亦有斯累。”

扼腕抵掌，抗论士大夫邪正”，“以诗自负，才气奔轶，时有齐气”①。丁耀亢为人倜傥不群，负才尚气，经常“高谭惊座，目无古人”。其他如蒲松龄、赵执信、孔尚任等，或狂放任性，或刚直不阿，或不拘礼法，也都是独具个性、颇有齐气的作家。

五是在朝与在野的交流与差异。明清时期，山东在朝文人与在野文人互相交游，因此形成了相似的文学理论主张或相近的文学创作风格，但在内容题材及思想主题方面却有着很大不同。比如临清的谢榛一生未曾入仕，浪迹四方，在旅居京都期间，与李攀龙、王世贞相识，在七子初结社时，曾以布衣执牛耳。新城王士禛虽然位高权重，却与故乡山东的文人关系密切，为许多山东文人的诗文集写过序跋，徐夜、王曰高等众多山东诗人都是经王士禛的游扬才得以知名的。同时，因为山东文人多有“齐气”，尤其是在野文人，身在山野，无拘无束，因此，文学创作除常见的题赠酬答、隐居乐道的题材之外，也往往着眼于现实黑暗、朝政腐败等敏感问题，所作诗文词曲大都带有深刻而尖锐的批判和揭露的意味。比如冯惟敏的散曲大都关涉国计民生，直面现实黑暗，故有“曲中辛弃疾”之称；遗民诗人徐夜的诗文中则多有故国之思和身世之感；蒲松龄终身布衣，却以谈鬼说狐的聊斋故事痛斥了官府的腐败、科举的罪恶和人性的丑陋。而在朝文人则由于种种的忌讳和限制，作品中的现实内容就相对较少，而多的是赠答唱和、歌咏升平之作。比如康熙诗坛盟主王士禛，他的神韵说虽然开一代诗风，并且影响深远，但后来的神韵诗人却将诗歌推向了一条不问时事、缺乏现实内容的形式主义的道路。

（三）明清时期山东作家的里籍分布

伴随着文化中心的东西移动和南北转移，文人学者的里籍和居住地也发生了相应变化。南宋时期，随着全国文化中心的南移临安，大批士人南渡。比如孔子的嫡系后裔移居衢州，山东济南籍的著名学者周密的先人流寓吴兴（今浙江湖州）；著名词人李清照、辛弃疾等也流寓南方，并且周、辛的后裔也都落籍南方。因此，明初建都南京后，文坛上的领袖人物大多是南

---

①钱谦益：《列朝诗集小传·丁集下》，上海古籍出版社1983年版，第653、654页。

方人，比如明初的文坛领袖宋濂、刘基，都是浙江人；而被称为“吴中四杰”的高启、杨基、张羽、徐贲，则都是苏南人。

明代永乐以后，伴随着政治文化中心的北移，山东作家又开始大量涌现。此期山东作家的里籍分布呈现出三个明显的特点：

一是孔、颜之乡曲阜、兖州一带。随着明清统治对儒学的提倡，孔、孟、颜、曾的后裔以及列入“七十二贤”的孔子的其他弟子都受到封赠。这一带有明显功利色彩的政治措施，在加强了孔氏家族的政治地位的同时，也提高了孔、孟、颜、曾的文化影响。因此，明清以来，孔氏、颜氏中的诗文作家显著增多。孔氏学者孔广森，文学家孔尚任，诗人孔宪彝、孔庆镕，书法家孔继涑，画家孔衍栻等；颜氏诗人、文学家颜光敏、颜光猷等，曾参的后裔曾衍东等，都是具有全国影响的人物。因此使得曲阜、兖州一带重新成为文人荟萃之地。

二是黄河、运河沿岸地区。伴随着城市的繁荣和交通的发达，黄河、运河沿岸的济南、济宁、聊城、东平、临清、德州、滨州等城镇迅速发展起来，成为邻近地区的经济文化中心，并出现了大量诗文作家。

三是半岛滨海地区。明代中叶以后，伴随着对外贸易的发展以及与海外联系的加强，山东滨海地区的经济也出现空前繁荣。半岛地区——即今潍坊以东、包括诸城、高密、文登、莱阳、烟台、威海、青岛等地迅速成为文化教育的先进地区，地方文学也现出了新的面貌。这些地区的诗文创作都十分活跃，不仅出现了诸多的文学结社，而且出现了影响较大的地方文学流派。

当然，作为山东传统文学创作中心的济南、淄博一带，此期更是人才济济，成为诗文作家较为集中的地区。不仅出现了一些影响全国的文坛大家，比如以李攀龙为中心的济南诗派，以李开先为中心的散曲创作中心等，有不少外省作家或客游济南，或居官济南，也与济南结下了不解之缘，比如明代著名学者王阳明、薛瑄，清代诗人施闰章、朱彝尊、翁方纲、黄景仁、阮元、何绍基等。

（四）明清时期山东作家的主要贡献

明清时期的代表文体是小说。在小说创作方面，“明代四大奇书”中的《三国演义》、《水浒传》、《金瓶梅》都是山东人所写。文言短篇小说的巅峰之作则是清初蒲松龄的《聊斋志异》。除此之外，《隋唐志传》、《三遂平妖传》、《玉闺红》、《醒世姻缘传》、《女仙外史》等章回小说，《醒梦骈言》等话本小说集，《小豆棚》、《益智录》等文言短篇小说，也都是山东人所作（或与山东有关）。

在传统诗文创作方面，明清时期山东诗文创作在全国文坛上具有举足轻重的地位。明代中叶“前七子”之一的边贡，入仕后即与何景明、徐祯卿及王九思、康海、王廷相诗文往还，世称“前七子”。在弘治、正德间，与李梦阳、何景明、徐祯卿并驾诗坛，时号“四杰”。而边贡的诗尤以富有文采为时人称许。其拟古摘句之作，虽然不免消极；而其纤丽俊逸之作，则实开“神韵”之渐。临清的谢榛和济南的李攀龙，则先后为“后七子”的领袖人物，影响一代诗风。而清初的诗坛以山东为盛，一条孝妇河串起了清初诗坛的三大诗人：王士禛、赵执信和蒲松龄。王士禛倡“神韵说”，是康熙诗坛的盟主，在他的影响下形成了庞大的神韵诗派；赵执信主“声调说”，与王士禛唱对台戏，在他周围也聚集了一批初入仕途的少壮派诗人；而蒲松龄则无所依傍，自成一家，“当渔洋司寇、秋谷太史互以声价相高时，乃守其门径，无所触亦无所附，卒成一家言”①。

明清时期的山东戏曲、散曲创作也不含糊。明代以李开先为中心的散曲创作群体和人称北曲第一大家的冯惟敏的散曲创作，标志着整个明代散曲创作的中兴，代表了明代散曲创作的最高成就。李开先的《宝剑记》传奇是明代中叶三大传奇之一；冯惟敏的《僧尼共犯》杂剧则是一部喜剧，是明末反禁欲主义文学思潮的代表作之一。清代孔尚任的《桃花扇》与洪昇的《长生殿》并称为“南北双璧”，代表了清代传奇戏创作的最高成就。

总之，随着政治文化中心的北移和省内外交流的加强，明清时期的山东文学再度繁荣，并成为明清文坛上的一支重要力量。

---

①张鹏展：《聊斋诗集序》，载路大荒：《蒲松龄集》，上海古籍出版社 1986 年版，第 696 页。

二、明代山东主要诗文作家

山东作家虽然多负“齐气”，但骨子里其实都有一种根深蒂固的文化传统。表现在文学创作上，就是大部分作家都擅长传统的文学体裁，即诗文词。

（一）边贡、李攀龙等济南诗人

济南古为齐地，自汉代以来为郡国治所，隋唐以后，渐次成为山东地区的政治文化中心，成为人才荟萃之地，出现了大批的文学名家，尤以诗词和小说戏曲名家为世人所称道。

明代的济南府领 4 州 26 县，即泰安州（新泰、莱芜）、德州（德平、平原）、武定州（阳信、海丰、乐陵、商河）、滨州（利津、沾化、蒲台）与历城、章丘、邹平、淄川、长山、新城、齐河、齐东、济阳、禹城、临邑、长清、肥城、青城、陵县。大致包括今济南、德州、淄博、滨州以及泰安的部分县市，是历史上济南府管辖区域最大的一个时期。清代济南的辖区有所缩小，领 1 州 15 县，但仍为省、府、县治所。粗略统计，明清时期山东作家近 800 人，济南地区就有 250 余人，约占山东作家总数的三分之一。其中像边贡、李攀龙、李开先、冯惟敏、徐夜、王士禛、赵执信、蒲松龄等人，都是影响全国的大家。其中边贡和李攀龙是明代中叶济南诗人的代表。边贡是明“前七子”之一，李攀龙则为“后七子”的领袖人物。边、李为文作诗疏狂豪放、负气任性，也都是颇有“齐气”的诗人。

明代中叶前后七子的文学复古运动，是中国文学史上一次规模宏大、影响深远的诗文革新运动。明朝自建国以来，文坛上长期以来一直弥漫着一种歌功颂德、粉饰太平的台阁体诗风，虽然也有人想打破这种文学创作风气（比如茶陵派的首领李东阳），但都没有成功。直到前后七子出来以后，才彻底打破了台阁体在文坛上的统治地位，从而让人们看到了在台阁体之外，还有更为优秀的传统诗文，因而在文学史上产生了深远的影响。“七子”不仅提倡“文必秦汉，诗必盛唐”，而且还强调诗言志、文载道的文学传统。李攀龙强调诗歌言志达情的作用，目的也正是为了激发正宗诗歌的活力。而言志达情、文为时用，正是传统的儒家文学思想，这也是自唐宋以来山东作家所坚持的文学创作方向。明万历诗人王象春说:“我朝风雅,盛于七子,而七子则本李、何、边、徐四家也。济上之诗,以边庭实(边贡)先生为鼻祖,其后李于鳞(李攀龙)、许殿卿(许邦才)、谷少岱(谷继宗)、刘函山(刘天民),不可胜数。‘济南名士多’,从昔然矣。”①

1.“弘治才子”边贡

边贡(1476—1532年),字庭实,历城(今山东省济南市)人。因家居华山之阳、华泉之畔,因自号华泉子,又号野史公。出生于一个重视教育的官宦世家,祖父边宁,天顺三年(1459年)举人,官应天府治中;父边节,成化二十二年(1486年)举人,曾任代州知州。边贡本人早负才名,美风姿。弘治九年(1496年)进士,年仅20岁。初授太常博士,迁兵科给事中。此间,著名文学家李梦阳任户部主事。此后,何景明、徐祯卿及王九思、康海、王廷相也先后进士及第,在内阁各部供职。边贡与他们诗文往还,世称“前七子”。弘治皇帝病逝后,正德皇帝不问朝政,宦官刘瑾把持朝政,边贡被外放河南卫辉知府,寻改湖北荆州知府。刘瑾伏诛后,起为山西提学副使,因父丧未能赴任。正德九年(1514年)仲冬,服阕,起为河南提学副使。因有感于朝政日非,加以身体病弱,于正德十二年(1517年)上疏乞归,未获示复而母病死任所,遂扶榇归里,居丧守制。居家期间,边贡流连于家乡的湖光山色之间,读书授徒,与友人唱和,写下了大量诗作。嘉靖元年(1522年)起复,任南京太常寺少卿,历官刑部右侍郎、太仆卿,官至户部尚书。虽然七年之间,五选华秩,屡屡升迁,但边贡却屡次上疏乞休,均未获准。遂于公暇之余,浪迹山水之间,挥毫浮白,夜以继日,写下了大量歌咏南京一带山水的诗歌。嘉靖十年(1531年),都御史劾其纵酒废职,遂罢归。边贡平生癖于聚书,归家后日日与诗酒书籍为伴。次年——即嘉靖十一年(1532年),所筑万卷楼遭火灾,所藏图书焚烧殆尽,诗人仰天大哭:“嗟呼!甚于丧我也!”不久病卒,年仅57岁。著有《华泉集》14卷。

边贡一生为官30年,志操耿介,直言敢谏,不避权贵。在朝廷,他目睹了朝政的黑暗、宦官的专权;做地方官时,又看到了官府的昏庸和人民的疾苦。因此写下了许多登临怀古、言志寄慨之作,以及同情民生疾苦的诗歌。

①王象春:《齐音·边华泉》题注,载《齐音》,济南出版社1993年版,第149—150页。

虽然说他职高位显，不谓仕途不顺，但大都是一些没有实权的清闲衙门；虽然说他不管在哪个职位上都是尽心尽力、抚民报国、政绩称最，但他很早就厌倦了官场。加之性情疏狂任放、身体病弱，因此，他曾多次上疏乞休。因为，边贡本非利禄之徒，他读书做官是想有所作为。然而，面对明王朝破碎的统治局面，他欲有为而不能；即使能够出污泥而不染，他也不愿意尸位素餐。因此，宁愿乞退归隐以求心安。边贡最终被劾免官，应该是在情理之中的事。

在文学上，边贡以诗著称弘治、正德间，与李梦阳、何景明、徐祯卿并驾诗坛，时称“弘治四杰”。后来加上康海、何景明、王廷相，称“七子”，史称“前七子”。又与李梦阳、何景明、徐祯卿、朱应登、顾璘、陈沂、郑善夫、康海、王九思号“弘治十才子”。而边贡的诗歌尤以富有文采为时人称许。

边贡诗中数量最多的是吟咏山水的写景诗。不管是在故乡济南，还是宦居南京之时，他都写下了大量的写景诗。比如歌咏济南湖光山色的诗篇《西园八景》、《寒食郊行》、《七月四日泛湖》、《登千佛山寺》、《游龙洞山》以及描写江南名胜古迹的诗作《经西湖》等，大都韵致深厚，笔意传神，为写景诗中的佳作。比如《湖上杂兴四首》（其三）：

> 水岸风回晚更凉，菰蒲零乱拂衣裳。扁舟莫到花深处，恐碍波心片月光。

再比如《泛湖》：

> 此日秋风起，移舟向浦烟。客心随地远，人语隔花传。古寺疏林外，孤亭落照前。十年尘土梦，回首一茫然。

其次是登临怀古、咏物言志之作。边贡为官期间曾到过不少地方，游览过不少名胜古迹，往往吊古伤今，表现自己怀才不遇的感慨和仕途险恶的悲愤。这与纯粹吟咏山水的诗歌不同。比如《谒文山祠》：

> 丞相英灵消未消，绛帷灯火飒寒飙。乾坤浩荡身难寄，道路间关梦且遥。花外子规燕市月，水边精卫浙江潮。祠堂亦有西湖树，不遣南枝向北朝。

再是送别怀人、赠答唱和之作。此类诗歌在边贡诗中也占了很大的比重。虽然流于应酬无聊,但不少诗歌也表现了朋友之间诚挚的友谊,以及作者个人的身世之感。比如《送别》:

雁去曾教达我书,逢君恰值雁来初。官崇自畏云霄近,性懒人疑案牍疏。对月有诗怀李白,感时多病恨相如。年来行路真非易,岸有豺狼水鳄鱼。

其四是同情民生疾苦之作。边贡毕竟是一个正统的儒家知识分子,即使在郁闷愁苦之中,仍不忘忧国忧民。因此,他的诗歌中还写了一些忧心时事、关注民生的作品。《筑桥怨》、《牵夫谣》、《望雨》、《忧旱》等。

其五是自言心志之作。《自感》和《自述》二诗,集中地表现了诗人的高远志向和身世之感。比如《自感一首》:

春堂华烛照端居,自感行藏冷笑予。南郡一麾聊复尔,旧京三转欲何如。年华强半稀闻道,月俸无多苦积书。争似骖鸾向云海,双凤长曳紫霞裾。

再比如《自述》:

新年处处常为客,志在匡时那问家。民病且惭无日减,主恩何敢向人夸。闲来愤世心如火,老去临文眼欲花。春睡忽醒扶杖起,夕阳天外数归鸦。

总之,边贡诗多有佳作,"风人遗韵,故自不乏"①;而拟古摘句之作也掺杂其中,可视为白璧微瑕。风格沉稳流丽,平淡朴质,乃其所长;而题材狭窄,调多病苦,则为其弱点。要之,其拟古摘句之作,影响消极;而其纤丽俊逸之作,则开"神韵"之渐。

前人对边贡散文的评价也颇高,称其"兴象飘逸,语尤清圆"。然而,客观而论,边贡散文的成就不及诗歌。虽然其散文体裁众多,但大多为本、疏、

---

①沈德潜:《明诗别裁集》,河北人民出版社 1997 年版,第 57 页。

序、书之类的应酬之作，只有少量作品写得较有价值。比如《言边患封事》一文表现了作者关心国事、刚直无畏的精神；《复张孝伯宪副书》则表现了作者坚持原则、铁面无私的品格；《县令丞簿史题名碑记》则表现了作者重视民意和仁政爱民的吏治思想。

边贡次子边习亦有文名。边习（生卒年未详①），字仲举。其父虽仕宦通显，然图籍以外无余资，边习既无功名，又无遗产，竟贫困以终。仅存其70岁客孙氏时诗一卷，本名《睡足轩集》，王士禛与徐夜共选定之，附刻于其父诗集之后，改题今名，收录于《四库全书总目》。王士禛《论诗绝句》有"不及尚书有边习，犹传林雨忽沾衣"之语，就是说边习。然而边习之诗远不及其父，尤多应俗之作。王、徐等人只不过是因为"名父"边贡而重视其子而已。

2."后七子"领袖李攀龙

李攀龙（1514—1570年），字于鳞，号沧溟，历城（今济南市）人。自幼家贫。攀龙9岁时，父亲去世，与母亲相依为命，清苦度日。攀龙入学后，勤奋好学。好古文辞。嘉靖十五年（1536年），王慎中提学山东，岁试擢李攀龙为第一名。嘉靖十九年，参加山东乡试，中第二名举人。嘉靖二十二年（1543年）中进士，观政吏部。历任顺天府乡试同考官、刑部主事、员外郎、顺德府（今河北邢台市）知府等职，嘉靖三十四年（1555年），出任陕西按察司提学副使，因与陕西巡抚殷学不睦，加之水土不服，不到一年，便借故辞官还乡。隆庆元年（1567年），李攀龙再次出任浙江按察副使，复迁任河南按察使。不久，其母病故，攀龙回家奔丧。一年以后，因心脏病突发去世，终年57岁。

李攀龙是一个关心国事、廉政不苟、性情孤傲又极富正义感的官吏，同时更是明代中叶一位杰出的诗人。早年在县学时，即与尚在髫年的济南诗人殷士儋、许邦才结为知交。在京任职期间，先与李先芳、谢榛、吴维岳等人结为诗社；后来王世贞、宗臣、吴国伦、梁有誉、徐中行等相继进士及第后，王世贞首先又入诗社；其后李先芳出外为官，而宗臣、梁有誉复入诗社，是为"五子"。不久，徐中行、吴国卿也参加进来，成为"七子"。在诗歌理论方

---

①约公元1538年前后在世，享年70岁以外。

面，他们与“前七子”互相唱和，形成了一个新的文学团体，史称“后七子”。

李攀龙高举文学复古的旗帜，在王世贞等人的拥戴下，继以李梦阳、何景明为首的“前七子”之后，成为文坛领袖。当时，“天下推李（梦阳）、何（景明）、王（世贞）、李（攀龙）为四大家，无不效其体”①，李攀龙更是被尊为“文苑之南面王”②。

李攀龙的诗歌今存1380余首，均收于《沧溟集》中。其部分诗歌虽然拟古痕迹较重，但大部分诗歌都能直面现实，诸凡朝内反对严嵩集团的斗争、沿海的抗倭战争，在他的诗中都有深刻的反映。尤为人称道的是他的近体诗。胡应麟曾称赞李攀龙的“七言律绝，高华杰起，一代英风”③。钱谦益也说：李攀龙的“绝句向入妙境”，“七言律最称，高华杰起，拔其选，即数篇可当千古”④。比如《于郡城送明卿之江西》（四首选一）：

> 青枫飒飒雨凄凄，秋色遥看入楚迷。谁向孤舟怜逐客，白云相送大江西。

再比如《杪秋登太华山绝顶》（四首之二）：

> 缥渺真探白帝宫，三峰此日为谁雄。苍龙半挂秦川雨，石马长嘶汉苑风。地敞中原秋色尽，天开万里夕阳空。平生突兀看人意，容尔深知造化功。

李攀龙诗文创作最为旺盛的时期，是他退出官场后的十年家居期间。李攀龙回到老家后，在历城东郊筑白雪楼，杜门谢客，优游于济南的湖光山色之间。后又在大明湖南侧的百花洲上建白雪楼（也称南楼，或称白雪第二楼）。期间，他依然徜徉于济南的山水之间，大明湖、千佛山（历山）、华不注、龙洞，以及泰山、灵岩等处，都留下了诗人的行踪诗迹。在对济南景胜的生动描绘中，无不洋溢着诗人对家乡山山水水的热爱之情。同时，他还创作了大量的拟乐府、拟古诗，进一步倡导文学复古，执天下文柄，声名日隆。虽

---

①《明史》卷二八六《文苑传》李梦阳本传。
②虞淳熙：《徐文长集序》，载《徐文长集》，《四库全书》本。
③胡应麟：《诗薮·续编》，上海古籍出版社1979年版，第352页。
④钱谦益：《列朝诗集小传·丁集上》，上海古籍出版社1983年版，第430页。

然他自称“岩穴隐逸”，以巢父、许由、陶渊明自比，实际上仍然未能忘怀国事。嘉靖三十九年（1560 年），王世贞之父、爱国将领王忬被权奸严嵩诬陷论斩，在王世贞兄弟扶榇南归、路经济宁时，李攀龙不畏强暴，不顾个人安危，单骑赴吊，并写有挽诗 8 首，颂扬王忬的功勋和品格。其中第二首曰：

司马台前列柏高，风云犹自夹旌旄。属镂不是君王意，莫作胥山万里涛。

在当时，这并非只是对王世贞深挚友谊的表示，而是一种政治态度的表明，是与当时炙手可热的严嵩父子的公开对抗。由此可见李攀龙的为人，也可了解他家居期间声名所以日隆的原因。

李攀龙在这一时期的诗歌，艺术上日臻圆熟。比如《与转运诸公登华不注绝顶》、《挽王中丞》、《送欧文学之江都》、《和聂仪部明妃曲》等，或雄俊超逸、气势奔放，或笔触细腻、清新流丽，都体现出一种大家手笔。比如《白雪楼》：

伏枕空林积雨开，旋因起色一登台。大清河抱孤城转，长白山邀返照迴。无那嵇生成懒慢，可知陶令赋归来。何人定解浮云意，片影漂摇落酒杯。

在诗歌理论方面，李攀龙虽然继承了“前七子”“文必秦汉，诗必盛唐”的文学主张，但在具体创作实践中，许多方面实际上已经突破了复古派的理论，而形成了自己的特点。正如施闰章在《沧溟先生墓碑》中所说：李攀龙“崛起沧海，雄长泗上。诸姬主盟中夏，燕、秦、吴、楚之人翕然宗之，如黄河、泰岱，又如太原公子，望之有王气。斯固万夫之雄也。后之学者，闻于鳞之风，皆振衣高步，追踪古作者。于鳞有起衰之功矣”①。

总之，李攀龙作为“后七子”的领袖人物之一，主盟文坛数十年，不为无故。其拟古诗文虽有消极影响，而对于廓清“台阁体”无病呻吟的诗风却具有积极意义。

李攀龙之子李潆亦有诗名。李潆（生卒年未详），字绍溟，诸生。《晚晴

---

①施闰章：《沧溟先生墓碑》，载《李攀龙集》，李伯齐校点本，齐鲁书社 1993 年版，第 718 页。

篘诗汇》卷63收录其《秋夜白雪楼有感》诗一首:“明月松间出,危楼独自看。泉声当暮急,山色入秋寒。白雪先声在,青箱世业难。葛衣寥落甚,沾臆泪阑干。”从诗中可看出李攀龙的身后寥落。

3. 济南诗派的其他诗人

明代中叶,与李攀龙唱酬的济南诗人还有殷士儋、许邦才、潘子雨、华鳌、袭勖等。

殷士儋(?—1581年),字正甫,又字棠川。嘉靖二十六年(1547年)进士,选翰林院庶吉士,授检讨。因母丧归济,守制期间,从学者甚众。当时,李攀龙在京任职,七子结社,倡导文学复古。嘉靖三十七年(1558年),李攀龙从陕西拂衣归济,时殷士儋仍在告家居。“于鳞归则构一楼田居。……绣衣直指、郡国二千石,干旄屏息道左,纳履错于户,奈于鳞高枕何!……而二三友人,独殷、许过从靡间”①。殷士儋亦云:“其(指李攀龙)楼居时,余方在告家居。独殿卿及余时往来觞咏其间,他曾不得一当于鳞,凡十历年所。”②二人诗歌唱酬,“直以乡曲之谊周旋”。殷士儋返京后,为裕王(即隆庆皇帝)讲读官,隆庆改元后,青云直上,官至武英殿大学士。为官清廉,刚正不阿,后受到权臣排挤、陷害,辞官归里,著书讲学。其与李攀龙交好,盖亦同气相求。李攀龙死后,为作《墓志铭》。著有《金舆山房稿》,见《四库全书存目提要》。

许邦才(生卒年未详),字殿卿。嘉靖二十二年(1543年)解元,授赵州知县,未到任,改授永宁知县;后迁德王府长史,负责勘验牢狱;嘉靖四十二年(1563年)转周王府长史,赏加四品服俸。曾于德王府旁建瞻泰楼、在大明湖北水门别业内筑梁园。少年时与同邑李攀龙、殷士儋为友,三人志趣相投,过从甚密,尤好古诗文,时常吟诗唱酬,与李攀龙、殷士儋、边贡并称为“历下四诗人”。李攀龙曾称其“酒态美如嵇叔夜,诗才清似沈休文”③。著有《瞻泰楼集》、《梁园集》、《海右倡和集》等。其诗大都吟诵家乡济南的山水景胜,代表作有《丁丑春再过泉亭酒家二首》、《神通寺》等。如《丁丑春再过泉亭酒家二首》:

---

①王世贞:《李于鳞传》,见《李攀龙集》,李伯齐校点本,齐鲁书社1993年版,第688页。
②殷士儋:《墓志铭》,见《李攀龙集》,李伯齐校点本,齐鲁书社1993年版,第685页。
③李攀龙:《送许右史之京》。

趵突泉头卖酒家，板桥迤逦跨河斜。东风解得丹青意，画出垂杨间杏花。

吼雷喷雪更流霞，味比中泠特地嘉。醉后诗脾浑作渴，旋烹雀舌摘藤花。

华鳌（生卒年未详），字空尘，御史华珩之孙，章丘诸生，与李攀龙为诗友。诗有逸才，尤妙于绘画。每落笔辄先题咏其上，自题"空尘诗画"，故人称华空尘。五言尤清逸，不同凡响。王士禛《池北偶谈·卷十四·谈艺四》在谈到华鳌的诗画时说："当其意得，迥出笔墨蹊径之外。诗亦如之，五言尤超诣。《题王仁甫卜筑》云：'大隐不在山，出处乃适意。'《送吕中甫山人》云：'秋老留红叶，风轻转白苹。'《宿惠上人院》云：'爱此疏林月，兼之一磬清。'《孤坐》云：'雨霁闻啼鸟，风停数落花。'《过杨九山川上居》云：'垆头留宿火，花径闭秋云。'人以拟浩然'微云疏雨'之句。"曾自题《睡起自述》诗云："槐午睡方熟，息肩者稚子。老妻撼绳床，饭熟呼不起。不能工磬折，发乱无人理。我懒我自知，不要旁人喜。"从诗句中，可见其率性洒脱的性格。

袭勖（生卒年未详），字克懋，又字懋卿，章丘人。少时家贫，曾为人放猪牧羊。然性喜读书，手不释卷，每有闲暇辄诵读，学问日进，尤喜古诗文。30岁补为诸生。与李攀龙、殷士儋、许邦才"为诗古文词，互相切磋"①。然仕途坎坷，60岁始以岁贡生任江都训导，不久调任威县教谕，再迁开平卫教授。后辞官归里，颐养天年。五年后卒。著有《懋卿集》、《太极图解》、《性命辩》等。

追随"七子"、属于济南诗派的外地诗人则有葛曦、毕自严等。

葛曦（生卒年未详），字仲明，号凤池，德平（今德州）人。万历十一年（1583年）进士，官翰林院检讨。"其诗尚沿历下余派，少精湛之思，而音响亦自琅琅可诵，较之竟陵、公安以后钩章棘句者，尚有间焉。"②著有《葛太史集》。

---

①《山东通志·人物志》。

②永瑢等：《四库全书总目》卷一七九《葛太史集存目提要》，中华书局1983年版，第1616页。

毕自严(1569—1638 年),字景曾(一作景会),号白阳,淄川人。万历二十年(1592 年)进士,官至户部尚书。据《明史》本传所载事迹,他的主要贡献是在“外则辽沈连兵,封疆已蹙而军饷日增”、“内则东林、阉党水火纷呶,哄然置社稷而争门户”的情况下,为国理财,因此受到朝廷内外的推重。其著述甚丰,较具代表性的是《石隐园藏稿》。《四库全书总目提要》引高珩序称其“七言近体,分沧溟、华泉之座”。高珩与自严为同乡,自不免有溢美之词。客观而论,毕自严的诗文成就远不如边贡和李攀龙。

4. 于慎行与杨巍

就在“七子”享誉天下的同时,也有不少济南诗人不赞成李攀龙的文学主张,而自辟蹊径。其中最有代表性的人物是东阿于慎行、海丰杨巍。他们反对“七子”的摹拟,尤其是“七子”末流,而主张“文为时用”。就其诗歌主张的基本精神而言,与边、李并无不同。

于慎行(1545—1608 年),字可远,又字无垢,东阿(今属济南市平阴县)人。幼年曾在外祖父刘隅主办的东流书院读书。隆庆二年(1568 年)进士,选庶吉士,授翰林院编修。万历初年,晋修撰,充日讲官。历官至东阁大学士,卒赠太子太保,谥文定,世称“于阁老”,在家乡一带颇有影响。著有《谷城山馆文集》、《诗集》及《读诗漫录》、《谷山笔麈》等。

于慎行之所以享有盛名,不只因为他是一位刚正不阿、清贞自守的名臣,还因为他的学识渊博、著述等身、“文学为一时之冠”①。在文学创作方面,于慎行尤以诗歌成就最高。其《诗集》存诗 1000 余首,诸凡纪游、抒怀、赠答、送别,国家政治大事,家乡风物人情,无不入诗。尤其在他家居期间对家乡山水景物的歌咏,注入了诗人对故乡深挚的热爱和眷恋。在诗学理论方面,于慎行主张学习古人,但却反对“七子”一派的“逐句形模”;提出了诗歌创作“原本性灵”的主张,而又不同于其后公安、竟陵矫枉过正的文学主张,可谓自成一家。“其诗典雅和平,自饶清韵,又不似竟陵、公安之学,务反前规,横开旁径,逞聪明而湎古法,其矫枉而不过直也,抑尤难也”②。

其父于玭,兄于慎言、弟于慎思,均有文名。慎言有《冲白斋存稿》,慎思有《庞眉生集》,均见于《四库全书总目·集部·别集类存目》。

---

①《明史·于慎行传》。
②永瑢等:《四库全书总目》卷一七二《穀城山馆诗集提要》,中华书局 1983 年版,第 1512 页。

杨巍(1514—1605年),字伯谦,号梦山,海丰(今山东无棣)人。嘉靖二十六年(1547年)进士,历官至吏部尚书。初未学诗,归田后与隐士吕时臣相唱和,得诗600余篇,编为《存家诗稿》,由著名学者邢侗评骘、辑存。“其中岁学诗,与唐高适相类。而天分超卓,自然拔俗,故能不染埃壒,独发清音”①。王士禛《池北偶谈》中也评其诗:“五言最简,古得陶体,明人所少。”并举“前年视我山中病,落日独骑骢马来。记得任家亭子上,连翘花发共衔杯”一绝,大加赞赏。② 说明杨巍神韵清隽的诗歌,符合王士禛的论诗宗旨,而与当时复古派的诗歌颇异其趣。

5. 济南其他著名诗人

明代的济南诗人还有刘天民、刘亮采、刘效祖、王田、刘士骥、谷继宗、王象巽、王象春、邹颐贤等。其中,刘天民、刘效祖、王象春、邹颐贤等人较为著名。

刘效祖(生卒年未详),字仲修,号念庵,滨州人。嘉靖进士,官至陕西按察副使。早年志在报国,却与时时龃龉,仕途失意。晚年退居乡里,寄情词曲,颇享时誉。其词曲小令一出,街吟巷诵,朝廷内外皆知其名。“穆庙(明穆宗)遣中官出索其诗,都人传其事,以为本朝所未有也。”③著述颇丰,有《云林稿》、《都邑繁华》、《闲中一笑》、《混俗陶情》、《裁冰剪雪》、《良辰乐事》、《空中语》、《莲步新声》等8种,今多散佚。传世散曲集有《词脔》一卷,收录小令112首,套数1套。又因仰慕元代汪元亨,写《归田录》和诗100首(今存32首)。作品内容主要为忧叹世事、吟咏闲逸和男女情爱之类,艺术上穷尽人情物态,写声绘影,成就较高。

王象春(1578—1632年),原名王象巽,字季木,号虞求,别号湖居士,新城(今桓台)人。万历进士,官南京吏部考功郎。性刚直,因忤权贵免官,家居终老。家居期间,曾在大明湖南侧百花洲上购得李攀龙所筑白雪第二楼(即南楼),并于楼旁筑问山亭,以为宅舍。自此日日徜徉于济南的湖光山色之间,以诗酒自娱。著有《问山亭集》、《齐音》(又名《济南百咏》)。其中《齐音》对济南的山水湖泉题咏殆遍。王象春在寓居济南时的诗作并非只

①永瑢等:《四库全书总目·存家诗稿提要》,中华书局1983年版,第1509页。
②王士禛:《池北偶谈》,中华书局1982年版,第463页。
③钱谦益:《列朝诗集小传·丁集上》,上海古籍出版社1983年版,第393页。

是题咏自然景致，不少诗歌对晚明时期的济南风土人情、民间疾苦也有所反映。当时，钱谦益、钟惺等诗人均与之交往。钱谦益曾评其《问山亭集》“才气奔轶，时有齐气，抑扬坠抗，未中声律。余尝戏论之；……季木则如西域波罗门教，邪师外道，自有门庭，终难皈依正法”①。虽谓“戏论”，却正说明了王象春在明季诗坛上的标新竞秀，“自有门庭”。数十年后，其堂孙王士禛成为康熙诗坛领袖，其外孙徐夜也成为当时的著名诗人。据王士禛说：徐夜自幼读书外家，渐染风气，束发之年即工于为诗②。这与家学渊源是分不开的。

邹颐贤（1483？—1553 年），字养贤，号芦南，德州人。其父邹祥，成化十年（1481 年）进士，官至户部郎中。邹颐贤自劝受家学熏陶，苦读经书。正德八年（1513 年）举人，官至平凉同知。后辞官归里，在城南建南湖书院，读书授徒，诗酒自娱。著有《芦南集》等。程先贞曾评其诗“直取汉魏，深于乐府”③，似乎属于“七子”一派。清著名学者纪昀称其诗为“有明一作手”，并说他的诗之所以没有引起人们注意，是因为“北方学者朴不近名”④的缘故。

清代的济南也是诗人辈出之地，如历城朱氏，德州卢氏、田氏和冯氏，新城王氏，淄川高氏、张氏，平原董氏等文化家族，以及王苹、马国翰、卢见曾、田雯、萧惟让、程先贞、赵善庆、谢重辉、李雍、董元度等著名诗人，详见后文。

（二）谢榛与鲁西诗人

鲁西一般指今聊城一带地区，乃先秦齐地西界，明清时为东昌府地，辖聊城、堂邑、博平、茌平、清平、莘县、馆陶、高唐州、恩县八县一州。清时，临清为直隶州，东阿属泰安府，阳谷、寿张属兖州府，观城、朝城属曹州府。聊城地处华北大平原，京杭大运河流贯境内，居南北要冲，物华天宝，钟灵毓秀，唐宋以来名人辈出，政治家马周、王旦、傅以渐，哲学家吕才，教育家路敬淳、孙奭，文学家、诗人魏万（颢）、孙逖、谢榛、王曰高，藏书家杨以增、徐坊等，都曾享誉一时。地方文化家族又有所谓“八大家”之目。今举影响较大

①钱谦益：《列朝诗集小传・丁集下》，上海古籍出版社 1983 年版，第 654 页。
②见徐世昌：《晚晴簃诗汇》卷三十三《徐夜》。
③④宋弼：《山左明诗钞》引《诗搜》，清乾隆三十六年（1771 年）果子文藻恩平县衙刻本。

者简述如次。

1. 布衣诗人谢榛

谢榛(1495—1575 年),字茂秦,自号四溟山人,又号脱屣山人,山东临清人。先世无所称名,一生未曾入仕,浪迹四方,是“前七子”当中少见的一位布衣诗人。自幼喜通轻侠,爱好声乐,16 岁编写的乐府曲辞即在临清、德州一带传诵。30 岁时西游彰德,献诗于赵康王朱厚煜。康王自富文才,也喜招揽人才,谢榛为所宾礼,就成为他的门客。从此谢榛以邺城为中心,南游北走,足迹遍及大河南北和长江两岸,足迹所至,诗亦随之。在旅途中,他与地方官吏、宗室藩王、僧侣隐逸、文人学士都有接触、交往。他虽以“淡泊”自许,却十分关心时事;虽为布衣,却也不时地介入当时的政治斗争。在河南,他得知浚县卢柟冤狱,遂北游赴京奔走于公卿之间,终使卢柟冤狱得以昭雪。因此,当谢榛于嘉靖二十七年(1549 年)与李攀龙、王世贞相识时,李、王初出茅庐,而谢已经是闻名遐迩的老诗人了。谢榛在京期间,与李、王等谈诗、写诗、论诗,共同探讨诗歌发展的道路,后遂结为诗社。在结社之初,谢榛以布衣执牛耳,为“七子”领袖。后来王世贞推尊李攀龙而排斥谢榛,李、谢亦渐疏远。此后,李攀龙诗名渐盛,遂成为“七子”魁首。

在“后七子”中,谢榛是唯一一位提出较为完备的论诗主张的人,其诗论主要集中在所著诗论专集《四溟诗话》中。在诗歌理论方面,谢榛主张复古,认为诗至盛唐便发展到了顶点;但他反对摹拟、蹈袭古人成句,而是提倡据眼前景物翻出新意。就论诗主取盛唐而言,他与前后七子的主张并无不同,但在如何取法古人的方法上,则与其他人有许多不同。他指出:盛唐诸人也有可瑕疵之处,并非尽善尽美;宋诗也时有佳句,未可全废。持论较李、王诸人公允。同时,谢榛刻意为诗,是一个以诗歌创作为性命的诗人。尤擅五言近体。《明诗别裁集》说他“句烹字炼,气逸调高,七子中故推独步”,评论颇为中肯。其论诗以格调为主,而又十分重视感兴,与李、王诸人蹊径自不同,实开性灵、神韵之渐。其诗文结集为《四溟集》。

2. 鲁西其他著名诗人

明清时期,籍属聊城的诗人还有东阿刘氏家族的刘约、刘隅以及殷云霄、许成名、赵邦彦、朱之藩、傅以渐、王曰高、汪灏、刘琰、邓钟岳、邓汝功等,其中以刘约、刘隅、殷云霄、朱之藩、傅以渐、王曰高、邓宗岳等影响较大。

东阿刘氏家族起自刘观。刘观(1414—1488 年),字子澜,号乐善。年轻时随父在国子监读书,聪颖好学,博闻强记。为治家,遵父命抱才不试。其子刘约(1459—1514 年),字博之,号黄石。成化二十三年(1487 年)进士,官终河南布政司右参政。因得罪刘瑾,被罢官归里。回乡后,在邑城东阿镇南筑东流书院,教授子姓以修世业,培养出李仁、刘隅、于慎行等一批人才。暇时徜徉于山林泉水之间,歌咏风月,怡然自乐。其诗文不追求词藻,风格清新高雅,有盛唐之风。著有《黄石吟稿》。其子刘田、刘隅均有文名。

刘田(1481—1519 年),字伯耕,号东溪。弘治十八年(1505 年)进士,历官户部主事、员外郎等。正德十二年(1517 年)奉旨督办江南漕运,事成,卒于官,年仅 39 岁。能诗文,《苫山村志》中录其诗 2 首。

刘隅(1490—1566 年),字叔正,号范东,刘约三子,刘田之弟,阁老于慎行之外祖父(参见前文"济南诗人")。生而颖秀,日记数千言,10 岁能诗文。嘉靖二年(1523 年)进士,历官福建道监察御史、南直隶学政、四川按察司佥事、都察院右副都御史,时一门父子三进士,同朝为官,在当地传为佳话。后罢官归里,家居 20 余年,重整东流书院,诗书自娱,安享天年。刘隅气度汪洋,风雅倜傥,素以才名闻名于世;工诗能文,亦擅音律、书法。著有《范东诗集》、《范东文集》、《治河通考》、《古篆分韵》等。《苫山村志》收录其诗 8 首。

东阿刘氏世居苫山村,其后虽出仕为官者渐稀,然以诗文名世者仍大有人在。比如刘约曾孙刘筌,字孟鳞,号鳌矶,饱学不遇,遂绝意仕途,致力于著书立说,著有《绿云滩诗草》、《柯亭乐府》及《四书摘要》、《尚书要旨》、《禹贡便览》等。

殷云霄(1480—1516 年),字近夫,寿张(今阳谷)人。弘治十八年(1505 年)进士,次年因病回乡,在家乡著书讲学。正德六年(1511 年)出任靖江知县,处事明快干练,判事有方,政绩卓著。后迁南京工科给事中,未久卒于任,年仅 37 岁。其墓原在阳谷寿张城东北半里处,1950 年迁建于阳谷城南 11 公里沙河崖村南。据《明史·文苑传》本传称:殷云霄建蓄艾堂,藏书数千卷,与郑善夫、孙一元等唱和其间,不以吏事废吟咏,为"弘治十才子"之一。为官以峭直称,史载武宗纳有娠女马姬,云霄曾偕同官上疏力谏。云霄才情富赡，善诗文，尤以理学知名于时，著有《石川集》4 卷①、《明道录》2 卷、《寻乐客对》等。《明诗综》、《国雅品》均选录其诗，《四库总目》著录其《瀛洲集》、《芝田集》。

朱之蕃（？ —1626 年），字元介②，号兰嵎，南京锦衣卫籍，山东茌平人。明代著名书画家，亦工诗文。万历二十三年（1595 年）状元，授翰林修撰，升少詹事，进礼部右侍郎，改吏部右侍郎，赠礼部尚书。万历三十三年（1607 年）冬，奉命出使朝鲜，成为中朝友好的使者。期间与属下及朝鲜大臣诗文唱和，“与馆伴周旋，有倡必和，录为二大册：第一册为《奉使朝鲜稿》，前诗后杂著，之藩作也；第二册为《东方和音》，朝鲜国议政府左赞成柳根等诗也。”③柳根是朝鲜李氏王朝时期的状元，二人之间的诗歌唱和成为中朝友好交往的珍贵记录。后以丁艰归里，从此不再复出。素行孝友，乡党重之。著有《奉使稿》、《南还纪胜》等，辑录《明百家诗选》34 卷、《中唐十二家诗》12 卷等。④

其诗多为题赠酬和、写景咏物之作，不少诗写得清新自然，颇见功力。如《月钩》：

> 碧空如洗界清光，为控疏簾照晚妆。花柳有情浑弄影，鱼龙何事欲深藏。玉绳露湿斜临槛，银汉星稀曲转廊。怪底栖乌惊不定，一弯早已落横塘。

朱之蕃更是当时著名的书画家。山水与米芾、吴镇夺真；竹石兼善文、苏之妙；又工花卉。书法师赵孟頫，出入颜真卿与文徵明之间。日可万字，运笔若飞，小则蝇头，大则径尺，咄嗟而办。被录入《佩文斋书画谱 · 画家传》。代表作有《君子林图卷》等。

傅以渐（1609—1665 年），字于磐，号星岩，聊城人。自诸生时即嗜学，寒暑不释卷。顺治元年（1644 年）举人，顺治二年（1645 年）会试第一，殿试

---

①或谓 5 卷。

②一字符介，《贡举考》作“字符升，号兰嵎”。“蕃”字或作“藩”。“嵎”字或作“隅”。或题“玉峰朱之蕃”。

③永瑢等：《四库全书总目》卷一七九《奉使稿提要》，中华书局 1983 年版，第 1619 页。

④《千顷堂书目》载其著作有《使朝鲜稿》4 卷、《纪胜诗》1 卷、《南还杂著》1 卷、《廷试策》1 卷、《落花诗》1 卷。

状元,不数年入相,官武英殿大学士,加少保,兼太子太保。自以显荣太骤,盛年告归,杜门著书。

傅以渐是大清开国首科第一人,以状元而居相位,兢兢业业,鞠躬尽瘁,以清勤著称于世。据史料记载:傅以渐为官期间,"食不重味,衣皆再浣,与寒素无异";"书奏议,草诏书,拟御制,颇得皇帝赏识"。其人学识渊博,治学严谨,"道德文章实为一时之冠"。他对天文、地理、礼乐、法律、兵农、漕运、马政等均有研究,著述甚丰。曾与修《明史》、《清太宗实录》,充任清太祖、太宗《圣训》总裁,承旨撰《内则衍义》16卷,奉命与曹本荣合著《周易通注》等。康熙二年(1663年)在家养病期间,曾主持编纂《聊城县志》。亦工诗文,著有《贞固斋诗集》。

作为清朝开国状元,傅以渐"清节雅怀,弁冕当代。著述皆毁于火,卢雅雨辑《山左诗钞》时,求其遗诗,仅得《早朝》一篇,书翰亦罕流传"①。所谓《早朝》诗,盖指傅以渐的《早朝咏炉烟次同院韵》:

> 玉殿晨开静羽旗,遥看烟气上彤墀。微升宝鼎分行细,直接晴云散缕迟。旭日乍融光似篆,晓风欲定霭成丝。清芬想像浮龙衮,仗外千官望自知。

虽然其诗文流传甚少,但在当代及后代的影响却十分巨大。自傅以渐之后,傅氏成为聊城八大文化家族之一。直至近世,其裔孙中尚有著名学者暨作家傅斯年。

王曰高(?—1678年),字登儒,一字北山,号槐轩,茌平人。7岁能文,10岁执父丧如成人。顺治十五年(1658年)进士,入翰林院,历官工科右给事中、兵科右给事中、礼科都给事中。居官近20年,清正廉洁,手无余金。擅诗文,诗属"王派诗人",与新城王士禛唱和,诗风也接近。著有《槐轩集》10卷,后收入《四库全书》。其诗自然淡雅,《晚晴簃诗汇·诗话》引周栎园评语谓:曰高诗"以风趣淡宕为归"。如《昭庆寺小阁月夜》:

> 同是一轮月,湖头觉更明。云随风欲堕,人与气俱清。入目烟光

①徐世昌:《晚晴簃诗汇·诗话》卷二十三《傅以渐》。

阔，澄心晓雾莹。如何方镜净，滓翳顿然生。天然山水地，点染作名园。树色干云秀，蛙声过雨繁。

汪灏（生卒年未详），字文漪，号天泉，临清人。康熙二十四年（1685年）进士，官至内阁学士、礼部侍郎，巡抚湖南①。居官以“清节”著称。能诗文。诗宗渔洋，安谐缜密。著有《倚云阁诗集》，王士禛曾为评定，后收入《四库全书》。

刘琰（1651—1711年），字公琬，号介庵，阳谷人。康熙三十年（1691年）进士，官至提督江西学政。少家贫，以刻苦读书闻名乡里。居官清廉，严绝请托，在江西督学任上，有“铁面冰心”之誉。终因不听“当事屡索”而得罪权贵，以报部册文“字画错讹”为由夺秩一级，刘琰为此愤而辞官。归家时，橐笥萧然，惟《校士录》1卷而已。在阳谷一带，刘琰是一位家喻户晓的人物，颇有影响。其贫而好学的精神和为官清正廉洁的品格尤为乡人称誉。

刘琰出身贫苦，年轻时曾执教乡里；入仕后又坎坷多舛，其感觉自不同于一般的士夫官僚。他以陶渊明自况，推崇李白、杜甫，其诗贴近现实，缘事而作，以其特有的视角揭露了“盛世”表象之下“富家年年丰，贫士年年欠”的现实。其诗歌情至文生，明白如话。著有《柳园即事百首》、《留春诗集》、《江西试士草》、《万寿无疆赋》等。论者或谓其诗为康、乾时代的“盛世的悲愤之歌”②。

邓钟岳（1674—1748年），字东长，号悔庐，聊城人。康熙六十年（1721年）一甲一名进士，曾两次充任江南正考官，官至内阁学士兼礼部侍郎。史称“勤学博闻，而恂恂谦退，友于诸弟。入词馆，督学典试，四至江南，以劳病乞归，寻卒于里第”③。能诗文，工书法，康熙曾赞其书法“字甲天下”。著有《知非录》、《寒香阁诗集》、《寒香阁文集》等。其子邓汝功亦有诗名，著有《密娱斋诗稿》。父子二人的诗集均被收入《四库全书》。

徐坊（生卒年未详），字士言，号梧生，徐延旭长子，临清人。出身官宦

①《四库全书总目》云“官至贵州巡抚”，异。

②李印元：《刘琰诗文校注・李印逵序》，山东大学出版社1993年版。

③徐世昌：《晚晴簃诗汇・诗话》卷六十一《邓钟岳》。

世家，捐为户部主事。光绪二十六年(1900 年)八国联军侵入北京，两宫西逃，徐坊追随而去。光绪二十七年(1901 年)以尚书荣庆荐，越级擢为国子丞。后为宣统皇帝之师。卒后赠太子太保，谥忠勤。为人淡泊，不求仕进，而绩学好古，藏书丰富。所藏多珍本秘籍，在北方是仅次于杨氏海源阁的藏书家。中年之后，始致力于诗歌创作，其诗“苍凉深婉，有黍离麦秀之音。回忆平生，雅契唱酬，多见集中”①。后人辑有《徐忠勤遗诗》。其诗虽然多题赠唱和之作，但字里行间颇多忧国忧民之思。如《春日寄士范》：

> 百年无计挽流光，两鬓飘萧渐有霜。灵鞠一官宜祭酒，相如当日本赀郎。天蘁积雪暮寒重，梦绕春山归思长。与尔何时共游赏，梨云万树照书堂。

(三) 李开先与绣水诗文作家

章丘位于济南之东，因章丘山而得名②，唐代以后均隶属济南府(郡)。清李廷启《绣水诗钞·序》谓：“济水伏流地中，涌百脉泉，澹荡扬波，经阳丘(即章丘)城北入清河者为绣江。东南一带，太湖、长白，嵯峨掩映，与为融结清淑之气，蔚而为人物，发而为文章，代有作者，显晦异矣。”从地理环境上来看，章丘南依泰山，北临黄河，境内有绣江河③、白云湖，且多甘泉，可谓山清水秀，人杰地灵。从人文环境上来看，章丘不仅是龙山文化的发祥地，更是历代名人辈出，比如唐代名相房玄龄、宋代词人李清照，都是章丘人。明清时期，章丘一带依然人文荟萃。其中明代以李开先为首的绣水文人，更是对当时的文坛产生了重要影响。

李开先(1502—1568 年)，字伯华，号中麓，章丘(今属济南市)人。嘉靖八年(1529 年)进士，官至太常寺少卿。李开先为人正直，初入仕途志在报国，但当时朝中权奸当道，内政昏暗，外患深重，使其抑郁难伸，因自请解职还乡。在文学上，李开先诗文兼擅，尤以词曲知名于时，嘉靖二十六年创

---

①徐世昌：《晚晴簃诗汇·诗话》卷一八〇《徐坊》。

②章丘山，又名女郎山。据《三齐记》记载：章亥妾溺死葬此，故谓之章邱。或谓乃齐匡章子之墓。据《尔雅》：谓邱顶上平正者名章邱，章亦平也。

③绣江河，俗称绣水。

作的《宝剑记》是明代三大传奇之一，代表了明代中叶传奇戏创作的最高成就。所作诗文，生前曾编定为《闲居集》，今人路工辑校为《李开先集》。

在京任职期间，李开先与文坛前辈、散曲名家康海、王九思等过从甚密，并深受其影响。同时，又与王慎中、唐顺之、陈束、赵时春、熊过、任瀚、吕高等诗文唱和，反对前七子“文必秦汉，诗必盛唐”的主张，认为文不必秦汉，唐宋古文家的文风和成就也值得后人学习，主张学习韩愈、柳宗元、欧阳修和曾巩，要求文字平易朴实，强调作品的思想内容。因而形成了一个新的文学团体，时称“嘉靖八才子”。其中，王慎中、唐顺之、茅坤、归有光便是唐宋派古文的代表作家。可惜的是，其 40 岁以前的诗文均未收入《闲居集》，多已散佚。

被罢官回乡以后，李开先置田产、建园亭，蓄声会，聚文友，吟诗唱和，征歌度曲。而他此时的诗文也更趋平朴率真，凡眼前所见、心中所想，偶有所感，即诉诸笔端。正如他自己在《闲居集序》中所说：“罢归田里，既无用世之心，又无名后之志，顿然觉悟，诗不必作，作不必工。……时出一篇，信口直写所见。”清初钱谦益也说他：“为文诗，不循格律，诙谐调笑，信手放笔。”比如《怪石》：

终年盘小径，何日别深山？术有成羊妙，弓疑是虎弯。窾风时送响，衣草自生斑。醉眼还能醒①，钭身亦可攀。

客观而论，李开先的诗文成就虽不及戏曲、散曲，但他的诗文主张及创作实践实为晚明性灵派诗人的先声。

明代嘉、隆年间的山东文坛，有追随济南李攀龙者，如华鳌、袭勖、张汝蕴等；亦有追随章丘李开先者，如逯希韩、谢九仪、乔岱、高应玘、杨选等。章丘一带山清水秀，更是人文荟萃之地。以李开先为首的绣水文人不仅是明代散曲创作的中坚力量，而且也创作了大量的传统诗文。清代吴连周、高仲恂辑录的《绣水诗钞》中所录诗人就有 133 人。然而，绣水文人的主要创作成就在词曲方面，参见后文“明清戏曲与散曲”部分。

---

①原注：李德裕有醒醉石。

（四）冯惟敏与临朐冯氏、马氏家族

临朐地处山东半岛中部，潍坊市西南部，因县城东临朐山而得名。一说朐为水名，因其城侧临朐川得名①。据旧志记载，黄帝曾登封沂山。夏代为季萴氏封地。商代为逄伯陵封地。西周为纪国郱（骈）邑。战国为齐国朐邑，乃齐相管仲封地。汉置临朐县，唐、宋属青州，元朝属益都路，明、清属青州府。境内有沂山、朐山、海浮山、老龙湾、弥河、山旺化石、石门坊等旅游景点，是全国著名的"小戏之乡"、"书画之乡"和"奇石之乡"。临朐山清水秀，人杰地灵，在文化底蕴上，更是人文荟萃，文人辈出。尤其是明清时期，出现了冯氏和马氏两个文化家族。

1. 临朐冯氏家族

临朐冯氏既是明清官僚世家，也是齐鲁地区著名的文化家族之一。其先世原本布衣，高祖冯思忠兄弟三人，即思忠、思孝、思福，祖籍临朐盘阳。明初，冯思忠应募移民广宁（今辽宁锦州市北镇县），入军籍。冯思忠生一子冯福通，福通生四子。正统十四年（1449 年）瓦剌之变，冯福通率家人避乱于辽宁五家屯西山，福通本人及次子冯俊、三子冯兴等死节，只有冯春生一子冯振。冯振官至南京户部郎中，生一子冯裕。临朐冯氏知名于世，从冯裕开始。

临朐冯氏家族从一世冯裕开始至七世冯协一，前后 7 代，共出过 12 个进士、20 个举人②。入仕为官者计有：一世冯裕，二世冯惟重、冯惟敏、冯惟讷，三世冯子履、冯子复，四世冯琦、冯瑗、冯珣，五世冯士标、冯士衡，六世冯溥，七世冯协一。文集被收入《四库全书》者 5 人：冯裕《海岱会集》12 卷（与人合著），冯惟讷《古诗纪》156 卷，冯琦《经济类编》100 卷、《宋史纪事本末》26 卷（与人合著），冯溥《佳山堂集》10 卷，冯协一《友柏堂遗诗选》2 卷。跻身文坛而著名者有 10 余人，其中最为知名者，有冯惟敏、冯惟讷、冯琦、冯溥等。王士禛在《佳山堂诗集序》中评价说："二百年来，海岱推学者，必首临朐冯氏。"可见其声誉之隆。因此被称为"北海世家"。

冯裕（1479—1545 年），字伯顺，号闾山，祖籍临朐，出生于广宁左卫十

---

①郦道元：《水经注》卷二六："应劭曰：临朐，山名也。故县氏之。朐亦水名，其城侧临朐川，是以王莽用表厥称矣。其城上下沿水，悉是刘武皇北伐广固，营垒所在矣。"

②包括 1 名武进士冯虎臣和《韩国临朐冯氏族谱》中所载 3 名进士，参见郑树平的《冯裕叙论》。

三站五家邨(今辽宁省北镇县)。广宁有著名的闾山,所以人称“闾山先生”。12 岁丧父,14 岁丧母,依三祖母池氏抚养成人。少时师事贺钦,有学行。正德三年(1508 年)进士,次年出任松江府(今属上海市)华亭县知县,历任萧县(今属安徽)知县、晋州(今河北晋县)知州、南京户部员外郎、平凉(今甘肃平凉市)知府、石阡(今贵州石阡县)知府等职,官终贵州按察副使①。因冯裕多在边远地区做官,不便携带家眷。所以,嘉靖六年(1527 年)出任平凉知府时,曾回到青州,在府城购地,建造住宅。嘉靖七年(1528 年)调任贵州石阡知府时,便将家眷安置在青州,并归籍临朐。嘉靖十三年(1534 年)致仕归里②。

冯裕退隐还乡后,闲居青州近 20 年。以讲学、吟诗为事,与石存礼、陈经、黄卿、刘澄甫、刘渊甫、杨应奎 6 人于青州北郭的禅林寺结成“海岱诗社”,吟诗唱和,世称“海岱七子”③。诗社定有“社约”,每月集会一次,轮流召集;集会地点在青州北郭禅林寺。每次集会,社员必须拟赋题 1 首,古今诗 10 首。同时规定:“会友各备私课簿一册,公课簿一册,大小格式相同,转相抄录。不许将会内诗词传播。违者有罚。”可见其作诗的目的是适性娱老,而不是以文坛名誉为事。诗社的活动持续了近 3 年,唱和之诗由冯裕的四世孙冯琦编为《海岱会集》12 卷。诗集按诗体分类编排,共收录诗歌 749 首,其中冯裕的诗 128 首。此集后收入《四库全书》,在诗集前的案语中对此诗集给予了高度评价:“其诗皆清雅可观,无三杨台阁之习,亦无七子摹拟之弊。其社约中有‘不许将会内诗词传播,违者有罚’一条,盖山间林下自适性情,不复以文坛名誉为事,故不随风气为转移。而八人皆闲散之身,自吟咏外无别事,故互相推敲,自少疵类。其斐然可诵,良亦有由矣。”④然而,就冯裕的诗来看,虽然大多是“自适性情”之作,却未能完全脱离台阁体的习气,也未能免除粉饰太平、无病呻吟之嫌。通过下面几首诗歌,可见其大致风格。如《洋溪逢渔父》:

①《明史·冯裕传》中谓:“终云南副使。”

②《光绪临朐县志·先正上》卷十四上。

③据《四库全书》集部八《海岱会集》案语称:“《海岱会集》10 卷,明石存礼、蓝田、冯裕、刘澄甫、陈经、黄卿、刘渊甫、杨应奎八人倡和之诗也。”实为“海岱八子”。海岱,是一个古地区名,指渤海至泰山一带地区。

④同上。

春时洋水曲，邂逅见渔翁。把钓苔矶润，停云夕照红。相留惟浊酒，共醉倚清风。万古浮沉事，都归一笑中。

再比如《柳枝词》：

溪柳青青拂碧空，小舟一棹曙烟空。杨花阵阵西飞去，黄鸟声声似梦中。

除个别诗歌给人一种清新之气外，大都是文人士大夫退隐乡野之后的“闲情偶寄”。即使有点古今之感、言外之意，也总是欲言又止、欲说还休，只流露出那么一点点淡淡的情思，既看不到李白的豪迈纵横，更看不到杜甫的沉郁顿挫。

然而，冯裕是一个特别讲究“文行出处”的人，不仅以其居官清正和为文质朴而传名于世，也以重视教育和家学相承而惠及子孙。冯裕有子五人，即冯惟健、冯惟重、冯惟敏、冯惟讷、冯惟直，除幼子惟直早卒外，其他四子皆有诗名。兄弟四人并称为“临朐四冯”，父子五人并称为“冯氏五大夫”。

冯惟健（1501—1553 年），字汝强，一字汝至，号陂门，又号冶泉。冯裕长子。弱冠知名，声闻士林间。随父亲官居南京时，曾与陈风卢、许石城、邢雉山等名士结文社于青谿之上，被推为“祭酒”。父亲调任平凉知府时，奉母家居青州。嘉靖七年（1528 年）中举人，此后连续七次会试均未中式，遂绝意仕进，致力于诗文，将“奇思健气溢为词章”，在家乡一带颇有影响。父亲罢官后，家徒四壁，生活贫困。他在《拟四愁诗并序》中说：“汉张衡寄意于君，作《四愁诗》，然实一愁止耳。北海冯惟健赋命蹇坎，守道自信，皇皇京国。于时父守石阡，母弟侨于青，妻子还闾阳，朝夕怀念，不宁厥居，乃若所愁，真四愁矣，故拟而赋焉。然衡托物之兴远，余述事之意多期于道，实不论工拙，览其作者，可以流涕矣。”身为长子的冯惟健精心操持家业，供养双亲，照料弟妹，声誉愈著。著有《陂门集》8 卷①。《明诗综》引朱中立云：“陂门奇思骏发，古选冲逸，近体严整，盖杰作也。”

冯惟健的诗与乃父冯裕之诗颇有不同之处。冯裕的诗明显是士大夫退

①《千顷堂书目》、《御选宋金元明四朝诗》、《明诗综》均作《冶泉集》。

隐山林之后的寄情山水之作，不管是有意还是无意，似乎总是流露出一种超然世外的倾向。冯惟健的诗则大多着眼于现实，其诗近宗李白、杜甫，远绍先秦《诗经》、《离骚》，无时人浮薄之气，多笔下现实之感。比如《观刈麦》三首之三：

> 流浪悲生事，开山翻自怜。三春惟二麦，白日到青阡。旧是辽东隐，新耕稷下田。夜来官税急，得免贷租钱。

该诗不仅感叹了自己窘迫的生活状况，也流露出对民间疾苦的关切。某些写景诗，也写得意象新奇，境界阔大，颇见盛唐之气。比如《登观音寺》：

> 天削孤峰峻，翳间最上头。穷岩藏古寺，悬石结危楼。雪瀑千林涧，松门六月秋。夜来禅榻卧，天汉掌中流。

即使在一些题赠酬和、隐居明志的诗歌中，也透露出对官场是非、世态炎凉的深切感慨。比如《归读书处作简汝威弟》：

> 城南书舍复相违，身外浮名有是非。若得羽翰遗世网，定应猿鹤老柴扉。泉鸣花径时垂钓，日到松梢自曝衣。王子夜深乘月色，山头吹把玉箫归。

明凌迪《万姓统谱》对冯惟健的诗文有较高评价："诗赋得之汉魏骚选，为多近体，似开宝以上名家。书启诔赞超轶峻整，使出晋宋人口，皆成奇语。至于叙记诸篇，命意深厚，敷言尔雅，不类文士之词。"

冯惟重（1504—1539 年），字汝威，号芹泉。冯裕次子。自幼聪慧，10 岁即能属文。少时居辽东广宁，弱冠补庠生，青河县令蒋某赏其才，将女儿嫁之。后随父亲归籍临朐，居青州。曾匹马出关，回广宁扫墓祭奠祖茔。嘉靖十七年（1538 年）①，与其弟惟讷同科考中进士，授行人司行人。嘉靖十八年（1539 年）春，皇帝南巡，冯惟重奉命先行，在湖北、湖南等地筹办皇帝

①《山东通志》卷十五"明代制科进士"中谓："戊戌科（嘉靖十八年茅瓒榜）：冯惟重，临朐人，行人司。""明代制科举人"中谓："甲午科（嘉靖十三年）：冯惟重，益都人，戊戌进士。"而嘉靖戊戌为嘉靖十七年。

巡察事宜。因奔波劳碌，疽发于背，不久病逝，年仅36岁。有《大行集》传世，后由其孙冯琦辑入《五大夫集》和《北海集》。

冯惟重工诗善画。史载："（冯）惟重丰颐修干，谈说风生，然接人则挹逊无矜色，饮酒最豪而不乱。刻意为诗不作中唐后语，书法遒逸有晋人风，世颇珍之。"其诗华丽典雅，而无浮华之语；其书法遒劲朴茂，有晋代王羲之笔意。可惜英年早逝，留诗不多。但从下面几首诗中，也可见其诗歌风格。如《九日登镇淮楼》：

> 镇淮高阁锁烟霞，徙倚层栏俯万家。地近楚乡仍戏马，人如汉使久乘槎。登楼南国怜王粲，落帽西风忆孟嘉。海上东篱更存否？愧将短鬓负黄花。

其诗言辞富丽，词意大气，对仗严谨，多用典故。正如前人所评："清新俊逸，直逼盛唐，特未深厚耳"。

冯惟敏（1511—1580年）①，字汝行，号海浮山人。冯裕三子。自幼随父冯裕游宦江苏南京、甘肃平凉、贵州石阡等地，得受父兄的随时教诲，因此受家风的熏染也最深。自幼聪颖好学，才华富瞻。他曾在《舍弟留滞陇西屡岁不迁山居驰念怅然有作》诗中回忆自己的成长历程："一时诵古文，三岁不成章；七岁问礼仪，洒扫辟中堂。八岁问奇字，十岁谐宫商，十二受遗经，十五气飞扬"。嘉靖十六年（1537年）中乡试，此后累举进士不第，居家25年之久。期间与山东名士有所交往，与章丘名士李开先②、时任青州兵备副使的"后七子"领袖人物王世贞、河南杞县的书法家雪蓑等人均有交往、唱和；还曾因得罪山东巡按段顾言而被逮捕过。嘉靖四十一年（1562年），入京谒选，任涞水知县。嘉靖四十四年（1565年）因惩办"豪民"而为势族不容，谤诟四起，谪镇江府学教授。隆庆三年（1569年）春，调任保定通判，编修府志时因搜集受迫害而死的前兵部员外郎杨继盛遗文，条陈保定利害十六事，得罪当道。隆庆五年（1571年）岁末，改任鲁王府审理，辞未赴

①或谓1511—1578年。

②冯惟敏与李开先交往密切，交谊深厚，李开先被罢官家居时，冯惟敏曾于嘉靖二十一年（1542年）和嘉靖三十五年（1556年）两次专程赶去章丘探望慰问，并写有散曲【仙吕·点绛唇】《李中麓归田》和【醉太平】《李中麓醉归堂夜话（戊午感事）》、【傍妆台】《效中麓体》。

任。隆庆六年(1572 年)春,弃官归田,在故乡海浮山下老龙湾畔筑冶源别墅,名“即江南”亭,因称海浮山人,日与朋辈觞咏其间,终老天年。

冯惟敏为人正直,关心民情。他在自己的散曲中曾说:“一心待锄奸剔蠹惜民膏,谁承望忘身许国非时调,奉公守法成虚套。”李维桢《大泌山房集·冯氏家传》中也记载了他当涞水知县时的情况:“县民富者为将军,为校尉,为力士,为执金吾,为中贵人,兼并地无算而逋租契。惟敏摘其最负者惩之,贫民以为德,而豪右谤四起矣。”因此,他在仕途上一直不得意。

在文学上,冯惟敏聪颖博学,诗文雅丽,尤善乐府,著述颇富。著有散曲集《海浮山堂词稿》4 卷、《石门集》1 卷(又名《别驾集》)、《冯海浮集》1 卷,杂剧《玉殿传胪》(即《不伏老》)、《僧尼共犯》2 种,以及与王家士、祝文合编的嘉靖《临朐县志》4 卷,其中不乏伸张正义、尊重史实的佳作。此外,尚著有《山堂辑稿》①、《山堂诗稿》、《击筑余音》、万历《保定府志》等,均佚。其中,散曲集《海浮山堂词稿》对后世影响较大。该曲集共 4 卷,均为北曲,包括套数、小令近 600 首。② 有嘉靖四十五年(1566 年)冯氏家刻本,今所见本是万历间冯氏后人刊印本,仍保留原序。全书依年分类,编次井然,各曲之后时有自记,乃作者晚年校订时所记。附录《玉殿传胪》、《僧尼共犯》杂剧 2 种。

冯惟敏的诗文,古人、今人似乎都涉论不多。或许是因为冯惟敏的曲名太高而掩盖了诗名的缘故。《明诗综》在“冯惟敏”题下的案语中说:“朱中立云:‘海浮词虽逸而气弱,律虽协而调卑。’王元美云:‘冯汝行如幽州马客,虽见伉俍,时乏都雅。’”基本上指出了冯惟敏诗歌通俗、自然的特点,评价大体公允。比如《七里溪别墅》(二首选一):

> 知足始远辱,至人贵自全。不羡公与侯,所志受一廛。吾家有旧业,乃在城东偏。一丘藏一壑,宛转依清川。生涯故不常,中道成弃捐。弃捐从此去,一去二十年。非无五亩宅,在邑多纠缠。幸兹协初心,归

---

①李简《冯惟敏〈山堂缉稿〉说略》一文中,认为北京大学图书馆珍藏的《海浮山堂诗文稿》就是《山堂缉稿》。见《北京大学学报(哲学社会科学版)》2003 年 4 期。

②关于冯惟敏散曲的数目,说法不一,章培恒、骆玉明的《中国文学史》中称“收套数近五十套,小令约一百七十首”;“临朐信息港”网站上说“共收套数五十套,小令四百余首”;山东省社科院孔繁信《明清著名文学世家——临朐冯氏》中则称:“冯惟敏留散曲近六百首(篇),留诗二百三十余首,在明代曲坛上堪称第一大作手。”

我汶阳田。

冯惟敏的文学成就主要在散曲创作方面，参见后文“戏曲与散曲”部分。

冯惟讷（1513—1572 年），字汝言，号少洲，冯裕幼子①。自幼天资聪慧，6 岁即拜师求学，性情张扬，“质问敢言”。父亲为他取名“惟讷”，即取“讷与言敏于行”之意，劝其多行少言。嘉靖十三年（1534 年）与兄冯惟重同榜举人，嘉靖十七年（1538 年）又与冯惟重同榜考中进士，年仅 19 岁，十九年授宜兴（今属江苏）知县。历任魏县知县、蒲州（今山东省永济县）知州、杨州府同知、松江（今属上海）知府、南京户部侍郎、陕西兵备佥事、河南参议、浙江提学、山西按察使、陕西右布政使、江西左布政使等职，为官严正不苟，兴利除弊，敢作敢为。然而，多年的仕宦生涯也让冯惟讷目睹了官场的黑暗和政治的腐败，使他身心俱疲。隆庆五年（1571 年）春晋京人觐，路过保定顺道探望四兄②冯惟敏时，曾感慨曰：“凡承宣使者，还职十二，罢去十三。”遂与冯惟敏约定共同归隐。五月晋光禄寺卿，当年秋即致仕还乡。归隐后与兄冯惟敏筑室海浮山下，专以著述为务。不料次年病逝，终年 60 岁。

冯惟讷一生为官 30 余年，政务之余，唯以图书诗卷为事，著述颇富。辑有《古诗纪》156 卷、《风雅广逸》8 卷，注《楚词旁注》、《选诗约注》、《杜诗删注》③等书，并著有《冯光禄集》10 卷、《青州府志》18 卷。

与几位兄长相比，冯惟讷的文学成就似乎主要不在诗文词曲的创作，而在于对前代文学文献的整理和研究。他辑录的《古诗纪》（或称《诗纪》）和《风雅广逸》，并收入《四库全书》，被时人称为《昭明文选》的并despite之作，至今仍为古代诗文的重要选本。《古诗纪》全书 156 卷，前集 10 卷录古代逸诗，正集 130 卷为汉魏以下、陈隋以前的诗歌，外集 4 卷为旁采仙鬼之作，别集 12 卷辑前人论诗之语。《四库全书总目提要》评曰：“（该书）上薄古初，下迄六代，有韵之作，无不兼收。溯诗家之渊源者，不能外是书而他适。固亦采珠之沧海、伐木之邓林也。”

---

①或谓第五子，未见原始资料。
②纪锐利《冯氏家族略述》：“裕有五子，除幼子惟直早卒外，其他四子均知名于时。”
③《千顷堂书目》作《杜律删注》。

其实,冯惟讷的诗歌成就也不在乃兄之下。冯惟讷的诗歌“取法开宝(开元、天宝)”,或冲淡雅致,或苍劲豪迈,留下了不少佳作。因为冯惟讷为官多年,宦迹遍布大半个中国,见多识广,所以其诗歌的题材也极为广泛。尤其是描写军旅生活的边塞诗,这在他的几位兄长的诗歌中是很少见到了。比如《塞下》:

> 日落胡沙惊,匈奴已合兵。天山万里月,一夜度龙城。却敌心逾壮,衔恩命自轻。左贤今已缚,不复请长缨。

当然,身为朝廷官员,冯惟讷的诗歌中多的是题赠唱和之作。然而,即使是题赠唱和之作,也时常给人一种清新之意或官场险恶之感。比如《毗陵舟中夜别万吴二明府次俞汝成韵》:

> 渡口云深树色苍,孤舟寒雨共离觞。凭君莫话从前事,只是无言已断肠。

多年的仕宦生涯,不仅让冯惟讷目睹了民生的疾苦、社会的混乱,也让他看透了官吏的腐败和朝政的黑暗,但他很少与乃兄冯惟敏一样直笔现实,“只是无言已断肠”而已。

在冯裕的孙辈中,可以冯惟重之子冯子履、冯惟健之子冯子咸为代表人物。

冯子履(1539—1596 年),字礼甫,号仰芹,冯裕之孙,冯惟重之子。弱冠能文,隆庆元年(1567 年)举人,次年考中进士,官至河南参政。与其子冯琦同朝为官。恪守奉儒守官、立德修身的家族传统,大有先辈遗风。为人平和易处,不设城府。一生为官 20 余年,大多奔波于军旅之中,因此传世诗文不多。其诗歌载录于明代傅国编的《昌国艅艎》中。

冯子咸(1548—1696 年),字受甫,号望山,改号本轩,冯惟健之子。万历元年(1573 年)举人,两赴会试不第,遂捐举子业,“筑室冶水上,躬耕自给”,从此过起了隐居生活。专心理学,成为当地颇有影响的理学大师。著有《日进劄记》、《耕余笔谈》、《读礼抄记》等。

在冯裕的重孙辈中,则以冯琦、冯瑗较为著名。此外冯惟健之孙冯琬、冯琰及冯惟讷之孙冯珣亦知名。

冯琦(1558—1603 年?),字用韫,号胸南,一号琢庵,冯裕曾孙,冯惟重之孙，冯子履之子。自幼颖敏绝人，万历五年（1577 年）考中进士，年仅 20 岁，改庶吉士，授翰林院编修，预修《大明会典》。历任侍讲、少詹事、礼部右侍郎、吏部左侍郎等职，官至礼部尚书兼翰林院学士，是整个冯氏家族中仕途最显达的一人。万历三十一年（1603 年）卒官，赠太子少保，天启初谥文敏，并追封入阁，有“死后入阁，冯琦一人”之说，因此乡人称之为冯阁老。《明史》有传。

冯琦为人行事颇显家风。在政勤敏，抗直敢言，为国为民，鞠躬尽瘁，颇多政绩；在家极尽孝道，当其父冯子履病笃之时，他曾一日之间三次上疏乞归，并乞请皇上封诰父母。同时，学问赅博，治学严谨，著述颇富，在文学上同样也取得了较高成就。《明史·冯琦传》中谓：“（冯）琦明习典故，学有根柢，数陈谠论，中外想望丰采。”著有《宗伯集》81 卷、《北海集》46 卷，撰有《经济类编》100 卷（与冯瑗合编）、《两朝大政纪》、《通鉴分解》、《宋史纪事本末》（冯琦原编，陈邦瞻修订）、《唐策》10 卷、《明策》3 卷、《唐诗类韵》等。其中，《宗伯集》内收诗歌 300 余首，记、序百余篇，奏、对、策、论百余篇；《经济类编》则被誉为“官家经国济民之备”。

冯琦为文讲究实用，反对浮言。并针对当时“士子艺文诡异不经，臣下章奏冗滥无法”的现状，疏正文体，规定“不得杂用释氏语，章疏不得妄引浮词”等。其游记散文，工叙事，善抒情，文中有画，往往寓哲理于其中，如《游冶源记》、《游石门山记》等。其政论文多带有深刻的政治见解和思想内涵，如《肃官常疏》一文，陈述了当朝官场腐败之风，指出了“士大夫精神不在政事，国家之大患也”的现状。并列举祸患之表现，条陈贪污之手段，分析治理之不易，论据确凿，说服力强。文末还提出了治理腐败的具体措施：“有才无守者，不得滥与荐章，已列脏迹者，不得止拟降调。”体现了作者匡世济民的思想和敢于针砭时弊的精神。于慎行在《宗伯集》序中对此大加赞赏。其诗歌兼工各体，尤好五古、七古，有乐府、建安之风，为时人推崇。于慎行在《冯宗伯诗叙》中说：“公之为古体，渊源汉魏，而轶出于唐。其为近体，沈浸盛唐，而致极于杜。兼备众美而发于一窍。其究华而若敛，冲而若余，大而不陵，细而不底，神在象先而辅之以气，情悬物表而运之以辞，此所以胜尔。”其登临、写景之作，颇多清新之气。如《钓鱼台》：

是处堪垂钓，谁家长闭关？榭多偏近水，云薄更宜山。鸟语扶疏里，人踪杳霭间。日余仍策马，太息野鸥闲。

再如《冶水》：

如何沧海上，风物似江南。乱种王猷竹，双携戴仲柑。楼台山对立，烟雨水相涵。欲共黄鹂语，孤飞入翠岚。

冯瑗（1572—1627年），字德韫，号栗庵。冯惟敏之孙，冯子升之子①。万历二十三年（1595年）进士，历官山西参政、开原道等职。亦能诗文，撰有《黄龙纪事》、《经济类编》（与冯琦合编）、《冶源园居即事诗十首》等。其子冯士偁、冯士份，亦有文名。

临朐冯氏继"士"字辈之后，冯士衡之子冯溥，成为临朐冯氏家族最后一道亮丽的风景线。

冯溥（1609—1691年），字孔伯，号易斋②。清顺治四年（1647年）进士③，改庶吉士，授编修。屡迁秘书院侍读学士，寻擢吏部右侍郎。康熙元年（1661年）转左侍郎。六年，充会试副考官。次年，擢都察院左御使。后迁刑部尚书，授文华殿大学士。十八年（1678年）三月，召试博学鸿词，冯溥与李霨、杜臻、叶方霭四人同为阅卷官，得人最盛。"溥所荐法若真、曹溶、施闰章、沈珩、叶舒崇、曹禾、陈玉璂、米汉文等，各授侍读编修。而毛奇龄、朱彝尊、陈维崧一时皆出名门，得人极当世之选"。二十一年，上疏乞休。寻加太子太傅。卒谥文毅。著有《佳山堂集》10卷，收入《四库全书》，施闰章、徐乾学、王士禛等10余人为之作序，皆称门人。

冯溥为官廉正，处处以国事为重。尤爱才如命，好汲引士类。任左侍郎时。"凡一切推补，溥独主之，悉秉至公，无所曲庇"；"在阁二载，开诚布公，不矫激诡随，商略大政或佥谋可用，即庶僚不遗，若义所不可，虽贵近交口，

---

①冯子升无功名，以子贵，封户部云南司郎中。

②或谓别字易斋。见清钱仪吉《碑传集》卷十一《文华殿大学士冯文毅公溥事实》，中华书局1993年版，第271页。

③关于冯溥中进士的年份，据《山东通志·选举二》记载：顺治三年丙戌科（傅以渐榜）会试，冯溥中375名进士；顺治四年丁亥科（吕宫榜）会试，冯溥中第14名进士。按三年一考的惯例，当为"丙戌科"，然史籍中说得比较多的则是"丁亥科"。

而溥必力争改正,求裨国是而无成心”。①当时鳌拜专权,冯溥屡忤之,无所回。为学博闻强识,学有根柢,“八岁受《左氏春秋》暨秦汉以下古文,即能贯穿根柢。稍长,穷极经史,凡天文、图纬及兵书地志罔不博综”②。其诗虽然各体兼有,题材丰富,但在艺术性方面,可能正如《四库全书总目》所说:“其诗则未为精诣也”③。如《忆薰冶泉》:

> 我有千竿竹,留在薰冶浔。空庭古木合,烟雨蛟龙吟。岩光换朝夕,凫雁恣浮沉。晴旭散绿猗,秀色润烦襟。嘉遯此焉寂,簪绂劳寸心。

其子冯协一亦有文名。冯协一(1661—1737年),字躬暨,冯溥第三子④。以溥荫官至台湾府知府。能诗文。殁后,其子冯原检收其父遗稿,辑为《友柏堂遗诗选》2卷,求正于姻家赵执信。赵执信托目疾不省览,命门人仲昰保代删之,而自为之序⑤。

临朐冯氏一族,在明清两朝绵延二百余年,代有才人,确实是名符其实的“海岱文学世家”。正如王士禛所说:“二百年来,海岱间推世学者,必首临朐冯氏。”⑥

2. 马状元与临朐马氏家族

临朐马氏为“伏波世家”,其先祖为汉代伏波将军马援,陕西扶风(今兴平)人。马援的后世散居各地。至南宋末年,有马近者,为青州府学教授,入元不仕,避居临朐,遂以为家。临朐马氏历世业儒,多以教书为业,皆有隐德。马愉之父马士贤被乡里称为“善人”,而马愉则是明代开科以来江北第一位由制科考取状元的人。

马愉(1396—1447年),字性和,号澹轩,临朐人。永乐十八年(1420年),中山东乡试第3名举人。次年赴会试,因病未果;3年后甲辰科会试,又因守继母孝未能赴试。宣德二年(1427年)参加会试,一举夺魁,高中状元,授翰林院修撰。正统元年(1436年)充经筵讲官,迁侍读学士,与修《宣

---

①②《(光绪)临朐县志》卷十四,光绪十年(1884)临朐县知县姚延福主纂,民国十六年十月再版。

③《四库全书总目》卷一八一。

④曹立会《临朐进士传略》谓冯溥之义子。

⑤见《四库全书总目》卷一八二。

⑥冯溥:《佳山堂集·王士禛序》,《四库全书存目丛书》集部第215册第14页,齐鲁书社1997年10月。

宗实录》。正统五年(1440 年),入阁参预机务,再升礼部右侍郎。正统十二年(1448 年),一日早朝突发中风症,口不能言,4 天以后去世。终年 52 岁。英宗皇帝亲赐棺椁,命有司治丧营葬,葬于朱位村南高岗之上。追赠为礼部尚书兼翰林学士(明朝赠官兼职自马愉始),谥襄敏。马愉同科榜眼杜宁(浙江天台人)为撰《行述》,癸丑科(1433 年)状元曹鼐(河北宁晋人)为之书碑。《明史》有传。

马愉为人宽厚端庄,一生不图厚积,乐善好施,人称“马厚长者”。在文学方面,马愉能诗工文,著述亦丰。其为文不事雕琢,但多为讲章、序跋之类,少有反映民生疾苦之作。其诗也多是优游述怀之作。成化十六年,其遗稿由青州知府刘时勉校正整理,时任户部尚书兼文渊阁大学士的寿光人刘珝作序,并由刘珝取名《澹轩文集》,共 7 卷,收入《四库全书》。

马愉有二子,长子马徵,字召廷,一字敬斋,性孝友,7 岁通孝经,幼有成人之誉。既长,博极群书,正统十二年(1447 年)贡生,荫官至河南汜水(今荥阳县)知县;次子马徽,大顺三年(1459 年)贡生,荫官至河南布政司检校,免官后,入籍河南。故临朐马愉之后人,皆出自长子马徵。此后,马氏后人多居于朱位、孔村、胡梅涧等地。虽仍秉持“忠厚传家久,诗书继世长”的古训,以读书、务农为业,但在政界和文坛却很少再出现过影响较大的人物,多是地方名人。马愉 9 世孙马锜,康熙五十六年(1717 年)恩贡,自负才学,却屡试不第,其诗文也未能传世。近有人说马锜曾是《红楼梦》的原作者 ①。马锜之子马大观、孙马益著亦有文名。

马大观(生卒年未详),字公三,号畸笏,马愉 10 世孙,马锜第二子。县志无传,生平不详。马益著(生卒年未详),字锡朋,一字梅溪,马愉 11 世孙。乾隆四十五年(1780 年)岁贡。赋性聪颖,10 岁能属文;及长,博学多闻,兼习杂家艺事,无不精妙,是个“百科全书式”的人物。年逾八旬,读书日勤,著作不辍,遗稿甚富,刊行者有《四书声韵编》、《无牙诗解》、《诗韵撮

①2008 年底,临朐马孝亮提出:《红楼梦》的第一作者是临朐人马锜。明代宣德状元马愉与曹鼐同朝为官,并送给曹鼐一方红丝砚,后曹、马两家成为世交。马愉九世孙马锜经 20 年艰苦创作,于康熙初年完成《石头记》80 回;晚年让次子马大观和孙子马益著带《石头记》晋京,找到世交裔孙曹雪芹,三人共同对《石头记》进行修改、润色、审定,“批阅十载,增删五次”,最终完成了《脂砚斋重评石头记》。主要论据有:马愉与曹鼐同朝为官,两家为世交,并送给曹鼐一方红丝砚;脂砚,即临朐特产红丝砚;马愉十世孙马大观号畸笏,即评点者畸笏叟;脂砚斋、大观园,亦指马大观;马大观之子马益著,号梅溪,即评点者梅溪或东鲁孔梅溪(山东临朐孔村胡梅涧)。

要》等。其《无牙诗解》凡1卷,共24首五言近体诗,卷首详辨字音,细论篇法,为村塾童蒙的启蒙教材,在当地广为流传。而诗中也时有佳句。所著《庄农日用杂字》中的“人生天地间,庄农最为先。要记日用账,先把杂字观”,在当地暨省内更是脍炙人口,广为流传。

(五)徐夜与明清之际的山东遗民诗人

明朝末年,由于朝廷统治的昏庸残暴,加上连年的自然灾害,阶级矛盾异常尖锐,山东境内的农民暴动、起义接连不断。清兵入关后,顺治皇帝迁都北京,开始进行统一全国的战争,残酷镇压汉族人民的反抗,在尖锐的阶级矛盾之外又加上了似乎是无法磨合的民族矛盾。在这一特殊时期,文人的心态也呈现出与以往很大的不同。一部分文人以笔为武器激烈抨击朝政——比如张溥、陈子龙等人,另一部分文人则遁迹山林,逃离污浊的官场——比如张岱、徐宏祖等人。而当明朝灭亡、清兵入关后,面对国破家亡、民族压迫的现实,文人的忠君报国之志和强烈的民族意识被充分激发起来。清初的文人也分两种情况:其中一部分文人(尤其是曾经仕明的文人)拒不与清朝统治者合作,他们四海为家,积极参与反清复明的斗争,比如冯梦龙、顾炎武等人;另一部分文人则为了保持其既得权益或维护其家族利益,接受了清王朝的任命或参加了科考,比如钱谦益、侯方域等人。前者被后世称为“遗民”,后者则被后人不客气地称为“变节者”。但是,不论是“遗民”还是“变节者”,他们的诗文中都寓含着深沉的民族情绪和苍凉的故国情思,代表着明清之际文坛的主要成就。

清初山东一带是民族矛盾和抗清斗争最为激烈的地区之一。清兵进驻北京不久,即命降清的前明户部右侍郎王鳌永招抚山东、河南,同年十月,这位王鳌永就被山东的反清义军杀死。而当时著名学者、诗人顾炎武,亦于顺治十四年(1657年)来济南,在邹平长白山下置田10顷,把山东作为他反清复明的根据地。然而,山东文人则鲜有直接参加反清武装斗争者。山东文人都曾接受过传统的儒家教育,本来都怀有积极入世、忠君报国的强烈愿望,而明末的政治昏暗,使他们对国家的前途和民族的命运充满了忧患意识,因而响应复社的号召,纷纷组织文社(比如莱州以赵士喆为首的大社、新城以徐夜为首的从社等),批评时政,企图补天救世。当清兵入关之后,他们或因国难家仇,或为保持名节,大多采取了一种消极抵抗的方式,隐居乡里,拒不与清朝统治者合作。但是,他们的诗文中激荡着高昂的爱国之情和强烈的民族义愤。王士禛曾说:“吾乡风雅,明季最盛。如益都王若之湘客,诸城丁耀亢野鹤、丘石常海石,掖县赵士喆伯濬、士亮丹泽,莱阳姜埰如农、弟如须,宋玫文玉、弟琬玉叔、董樵樵谷,淄川高珩蕙佩,益都孙廷铨道相、赵进美韫退,章丘张光启元明,新城徐夜东痴辈,皆自成家。余久欲辑其诗为一集传之,未果也。”其中赵士喆、姜埰、姜垓、董樵、张光启、徐夜都是清初山东著名的遗民诗人,其他的遗民诗人还有卢世㴶、程先贞、张尔歧、李雍熙等。

赵士喆(生卒年未详),字伯濬,掖县(今莱州)人。明末诸生。他倡导“山左大社”,与江南张溥、张采的“复社”遥相呼应,反对阉党,反对投降。明亡后,隐居于距家500里的成山之松椒,与弟子董樵耦耕海上,终身不出。著书等身,尤精史学。著有《皇纲录》6卷、《建文年谱》2卷(附《提纲》1卷、《辨疑》1卷、《后事》1卷)、《逸史三传》3种3卷(包括《扩廓帖木儿列传》1卷、《北虏三娘子列传》1卷、《毛文龙孔有德列传》1卷)、《莱史》5卷。亦善诗词,著有《观物斋集》、《辽宫词》、《石室谈诗》2卷等。徐世昌《晚晴簃诗汇》卷十四收录其《辽宫词》4首:

女伴从军万里还,自言曾到玉门关。赫连台上秋云卷,遥见河流入断山。

八月巫闾草半枯,绣帘霜重一镫孤。人生失意无南北,笑卷琵琶出塞图。

身似风前旅雁孤,夜来犹自梦宣呼。受降城上如霜月,照见行营宝帐无。

大梁清禁隔蓬瀛,仙眷何来五国城。共矢余年持苦行,汉宫环佩乞来生。

董樵(生卒年未详),安名震起,字莺谷,号东湖,莱阳人。“雅志林泉,慕古人采薪牧豕,因更其名,并以为字。乱后居文登海滨,日荷薪入市易米,不使人知其居处。后与赵伯濬同隐成山,姜如须颜其庐曰‘耦耕堂’。”其诗主要写自己的隐逸生活,代表作有《南游》、《岱游》、《贾游》、《入山》、《燕台》、《还山》、《耦耕堂》等。

赵士喆还有一位堂弟赵士完，崇祯十五年(1657年)举人，明亡后流寓江南，顺治初返回掖县。顾炎武北上后，首先到掖县，就住在赵士完家。由此可见赵氏兄弟与顾炎武反清复明活动的联系。

张光启(生卒年未详)，字元明，章丘人。明末诸生，少年知名。崇祯十三年(1640年)，40岁时隐居白云湖上，辟建一圃，名“省园”，以种树艺花自乐。明亡后足不履城市。有《张仲子诗》。据《明遗民录》记载，张光启曾与顾炎武、徐夜订交，可见其思想倾向和政治态度。其诗多写隐居生涯，字里行间也多流露出故国之思。如《独坐》：

明月满林间，却坐无月处。林影远参差，夜深不知去。

程先贞(1607—1673年)，字正夫，号葸庵，晚年号海右陈人，德州人。以祖绍荫，历官工部员外郎，中年辞官归隐。明亡不仕，家居30年，杜门简出，编《州乘》一书，垂成而卒。曾参加复社，与顾炎武过从甚密。顾炎武路经德州，必至程家。明末主盟文坛的钱谦益在崇祯十年(1637年)因朝中党争被逮入狱，勾留德州期间也曾住在程先贞家，后曾为其诗集作序，称其诗“汲古起雅，清稳妙丽”。著有《海右陈人集》、《葸庵杂著》、《燕山游稿》、《还山春事》、《德州志》等，辑有《德州诗搜》、《德州文搜》、《州乘》等。

其诗多纪实之作，托物咏怀，吊古伤今，流露出深厚的民族感情和爱国思想。语言简朴古雅，善用典故；格调苍凉沉郁，质朴浑厚。如《还山》：

岂有移文向北山，孤飞倦鸟自知还。远惭弘景无仙骨，真觉维摩有病颜。隐士新衔聊可署，狂奴故态不须删。朝衫脱后身加健，别有高堂舞袖斒。

程先贞的老师、德州卢世㴶(1588—1653年)，字德水，又字紫房，晚称南村病叟，为明天启五年(1625年)进士，历官御史，清廷以原官征聘，拒不复出，也是一位遗民诗人，著有《尊水园集》。王士禛《戏仿元遗山论诗绝句三十二首》其五中评价历代杜诗笺注家的成就时说：“杜家笺传太纷拏，虞赵诸贤尽守株。苦为《南华》寻向郭，前唯山谷后钱卢。”山谷即黄庭坚，钱即钱谦益，卢就是卢世漼①。

徐夜（1612—1684年），初名元善，字长公，改字东痴，又字嵇庵。新城（今桓台）人。关于徐夜易名，同乡王士禛认为是因其慕嵇叔夜（康）之为人②，而郝毓椿则认为："其改名为夜也，乃思明之意；别号东痴，亦向明之意。向明思明，而不能复明，故曰'痴'。"③

新城徐氏为簪缨世家，徐夜的曾祖父徐准官至云南布政使，祖父徐来庭官浙江石门知县，父辈亦多仕宦，惟其父早死。徐夜幼孤，寄居外家。其外祖父乃明末诗人王象春（王士禛的叔祖父，徐夜与王士禛为中表兄弟）。崇祯十五年（1642年）冬，明降将李九成率清兵攻破济南，进袭新城。新城陷落，遭到清军血腥屠杀，徐家十余人蒙难。徐夜的母亲为清兵所逼，投井而死。这次浩劫对徐夜的心灵造成了极大的创伤，从此改变了诗人的一生。他怀着国破家亡的哀痛，改名换字，隐居不仕，于东皋郑潢河上掘门土室，绝迹城市，终生不与清廷合作。因此，歌咏隐居之志、田园之景，抒发故国之思、身世之感便成徐夜诗歌的主要内容。后来曾出游钱塘，过孤山，访林逋故居；渡浙江，溯桐庐，登严光钓台，展谢翱墓，徘徊赋诗而返。不久，地方推荐他参加"博学鸿儒"科，以疾力辞，遂杜门不复出。徐夜本性恬淡，不乐人知，因此其诗大都散佚。王士禛在京师屡屡索稿，欲代为付梓，他只是逊谢不予。后来王士禛搜集所藏徐诗200余首，辑为《阮亭徐诗选》，使徐夜诗得以流传至今，而徐夜本人也渐为世人所知。1934年徐夜的裔孙徐馨山、徐聘之重新搜集整理，编辑了《隐君诗集》，共4卷500余首。

徐夜"诗学阮籍"④，亦学陶渊明，且深得阮、陶诗歌之神髓。他的《月下望南山一带》诗就完全是模仿陶渊明的《饮酒》（结庐在人境）所作的一首田园诗：

> 南山高几许？生此明月前。山南何所有？终古遂悠然。远村人家少，日中绝人烟。出村向山路，幽溪屡延缘。石林当夜朴，泉壑及冬坚。人声下岭陂，一一闻前川。欲问竟何说，冥对以忘诠。

①参见綦维：《德州学者卢世漼的杜诗学成就》，载《东岳论丛》2004年第4期。
②王士禛：《阮亭选徐诗序》，载武润婷、徐承诩：《徐夜诗集校注》，山东大学出版社1997年版。
③郝毓椿：《徐东痴先生诗序》，载武润婷、徐承诩：《徐夜诗集校注》，山东大学出版社1997年版。
④钱仲联等选注：《清诗精华录》，齐鲁书社1987年版，第493页。

然而，徐夜并非“邈与世绝”、不与世事的诗人，其诗也并非都是世外之语，他的不少诗中都流露出浓烈的故国之思和身世之感。不论是登临吊古，还是赠答酬和，乃至山水田园，似乎都抹不掉这种家国之思。如《九日得顾宁人书约游黄山》：

故国千年恨，他乡九日心。山陵余涕泪，风雨罢登临。异县传书远，经时怨别深。陶潜寓下意，谁复继高心？

顾宁人即顾炎武。顾炎武寄书徐夜，约他九月九日同游黄山，这本为正常的赠答之作，徐夜却在诗中借古寓今，抒发了故国之思。再如《春日感怀》：

霜余烧短草还青，薪火相催更不停。除却文人消傲骨，惟应醇酒近颓龄。中年丝竹伤何极，上日莺花醉未醒。可惜风流犹正始，更无风景在新亭。

新亭怀国，借酒浇愁，却是“借酒浇愁愁复愁”；虽然再也看不到新城过去的风景，然而文人的傲骨和复明的热情却依然是“野火烧不尽，春风吹又生”。

总之，在诸多的遗民诗人中，徐夜诗歌的艺术成就很高；在清初诗坛上，徐夜也是自成一家。同时代的人都对他的诗歌做出了很高的评价。王士禛称其“诗学陶、韦，巉刻处似孟东野。余目之为磵松露鹤”①。徐世昌谓：“东痴五言，澄思幽穹，结响坚奥。写难状之景，神似东野。其作田园语，柔厚澹古，渐近自然，又去陶、储不远。风骨特胜于近体也。”②他如《明诗纪事》、《国朝名家诗钞小传》等书也有类似的评论。只是因为他隐居乡里而影响不及王士禛。

就徐夜现存的诗歌来看，前人的评论大都集中在他写隐逸生活和山水田园的诗歌，而很少涉及他的咏怀、吊古一类的诗歌，更少提及徐夜诗中的故国之思。这或许是因为徐夜的某些诗歌与现实联系密切、内容较为敏感，

①《清诗话》上册，载《渔洋诗话》卷上，中华书局1963年版，第167页。
②徐世昌：《晚晴簃诗汇·诗话》卷三十三《徐夜》。

评论者有意加以回避的缘故。

三、清代山东主要诗文作家

清代的山东文坛,可谓名家辈出。尤其是清初的诗坛,基本上就是山东人的天下。其中最有名的便是孝妇河流域三大家。

(一)孝妇河流域三大家

孝妇河发源于今淄博市博山区禹王山、青石关、岳阳山一线,流经博山、淄川,经张店绕周村入桓台马踏湖,复经广饶、博兴入小清河,注入渤海,被称为淄博的母亲河。在清代,一条孝妇河串起了清初文坛上的三大家:在孝妇河的上游颜神镇出了一位赵执信,在孝妇河的中游淄川出了一位蒲松龄,在孝妇河的下游桓台出了一位王士禛。

王士禛(1634—1711 年),字子真,因钦慕唐代司空图隐居于禛贻溪的事迹,一字贻上,号阮亭,别号渔洋山人。死后因避雍正(胤禛)讳,改称士正;乾隆时,诏命改称士祯,谥文简。王士禛为山东新城(今桓台)人,出身人称"新城右族"、"四世宫保"的官宦世家。

"四世宫保"坊建于明万历四十七年(1619 年),因为王士禛的叔祖父王象乾(太子太保、兵部尚书)保卫大明王朝有功,朝廷追封其父王之垣(王士禛的曾祖,前户部左侍郎)、祖父王重光(前贵州参藩)、曾祖王麟(前颍川王府教授)俱为太子太保、兵部尚书,并建牌坊以旌其荣。

王士禛的祖父王象晋,官至浙江右布政使,有文名,晚年归家亲教诸孙攻读;父亲王与敕只是一名拔贡,但后来追封国子监祭酒,赠刑部尚书。到"士"字辈,王家重新发达。王士禛 25 岁中进士,官至刑部尚书;其兄王士禄(号西樵,亦能诗),官至吏部员外郎。

王士禛自幼受到良好的文化熏陶,5 岁入塾,很快已解《诗经》大义;11 岁赴童子试,县、府、道皆名列第一;15 岁时已出版诗集《落笺堂初稿》;顺治八年(1651 年)18 岁时参加乡试,亦名列前茅;顺治十二年 22 岁时赴京会试,考中进士。但是他却没有受官,而是到了正任莱州府学教授的哥哥王士禄那里,继续攻读诗文。顺治十四年八月,王士禛游历到了济南,适值初秋,他与济南的一些文坛名士,在大明湖沧浪亭上举办诗会,王士禛即景赋《秋柳》诗四章，其一曰：

> 秋来何处最销魂？残照西风白下门。他日差池春燕影，只今憔悴晚烟痕。愁生陌上黄聪曲，梦远江南乌夜村。莫听临风三弄笛，玉关哀怨总难论。

一时广为传播，此次诗会也被文坛称为“秋柳诗社”。顺治十六年，王士禛出任扬州府推官，从此开始了他30余年的仕途生涯。此后，他曾陆续在户部、礼部、吏部、翰林院、都察院、刑部等中央部门任职，政绩卓著；官终刑部尚书。康熙五十年(1711年)五月十一日病逝于原籍，终年76岁。

王士禛在文学上更是成就非凡，著述宏富，人称“清代第一诗人”、“康熙时期的诗坛主将”，是清初继钱谦益之后的诗坛领袖。在当时诗坛上与朱彝尊齐名，号称“南朱北王”(朱彝尊的成就主要在词方面)。一生所著凡30余种，传至今者有《渔洋诗集》、《渔洋诗话》、《渔洋文略》、《渔洋精华录》、《池北偶栅》、《香祖笔记》、《分甘余话》、《蚕尾集》等，另编有前人诗文集《古诗选》、《唐人万首绝句选》、《二家诗选》，《华泉集》等数种。

在诗歌理论方面，他首创“神韵说”。神韵，即神致韵味，出自严羽的“妙悟”、“兴趣”之说，与清初钱谦益提倡的“有本”正好相反。神韵说的主要内容有二：

一提出“不着一字，尽得风流”为诗歌的最高境界。“不着一字”，并不是一字不写，而是不直接说出来，“味在酸咸之外”，讲究“水中之月”、“镜中之花”。用现在的话来说就是“含蓄朦胧”。

二反对“高华”“壮丽”的诗风，主张“冲淡”“闲远”的意境。过去一直说王士禛轻视李、杜、白的诗歌，认为现实主义(特别是杜甫)算不上神韵。实际上，王士禛的“神韵”主张与他的诗歌创作也不完全合拍。虽然理论上他主张“冲淡”“闲远”，倾向王、孟、韦、柳一派，实际上他的创作中也有“高华”“壮丽”之作。当然，其诗的风格主要还是“清淡”，慷慨豪爽者毕竟很少见。

在诗歌创作方面，王士禛早期的诗作多有反映现实生活和民生疾苦的内容，比如《养马行》、《春不雨》、《蚕租行》等；中年以后的诗歌则多为歌功颂德、留恋风景之作。有时也流露出一丝兴亡之感，却并不沉痛。比如《真

州绝句》①(五首选二):

江干多是钓人居,柳陌菱塘一带疏。好是日斜风定后,半江红树卖鲈鱼。

晓上江楼最上层,去帆婀娜意难胜。白沙亭下潮千尺,直送离心到秣陵。

该组诗颇能代表王士禛的神韵风格。诗中或写山水风景、或写淡淡的哀愁,或写清闲安宁的心境,总不出“冲淡”“闲远”的风格,也绝对不会有李、杜诗中那种强烈深沉的感情。

作为清初的诗坛盟主,王士禛领袖一代诗风,为山东乃至清代诗歌发展作出了重大贡献。当时的山东出现了众多宗尚神韵说的年轻诗人,后人称之为“王派诗人”,比如淄川的唐梦赉、曲阜的颜光敏、茌平的王曰高、德州的谢重辉、临清的汪灏、邹平的张实居、历城的王苹、临淄的谢宾王等,都是当时比较活跃的王派诗人。而明清时期的新城王氏也代有文人,王士禛之兄王士禄、之子王启涑,以及族裔王宸佶、王祖昌、王允榛等,也都有诗名。

赵执信(1662—1774 年),字伸符,号秋谷,一号饴山,山东青州(今淄博市博山区颜神镇)人。出身宦僚世家。曾祖赵振业,明天启五年(1625 年)进士,官至监察御史,入清以后,作过山西、江南两布政司参议。叔祖赵进美,明崇祯十三年(1640 年)进士,入清以后,官至福建按察使。祖父赵双美,只是一个拔贡;父亲赵作肱,仅是一个增生。其岳父是同里内秘书院大学士兼吏部尚书孙廷铨的长子,其岳母则是著名诗人王士禛的从妹。

赵执信自幼聪敏,9 岁时写的文章就“以奇语惊其长老”。14 岁考中秀才,17 岁中山东乡试第二名举人。康熙十八年(1679 年)中会试第六名,殿试二甲进士,年仅 18 岁,选翰林院庶吉士,散馆授翰林院编修。23 岁担任山西乡试正考官,25 岁迁右春坊赞善兼翰林院检讨,并担任《明史》纂修官。一时之间,名噪京都。当时的文坛名士朱彝尊、陈维崧、毛奇龄等,都非常赏识赵执信的才华,“尤相引重,订为忘年交”②。

①真州,今江苏仪征,在扬州西南,南临长江。该组诗作于康熙元年(1662 年),作者时任扬州推官。

②《清史稿·赵执信传》。

康熙二十八(1689 年)年八月中旬,赵执信受友人洪昇邀请观看他创作的《长生殿》传奇。此时恰值康熙佟皇后病逝尚未除服的"国恤"期间,即以"国恤张乐大不敬"的罪名革职除名,从此结束了他在北京的十年仕宦生涯。时年 28 岁。时人曾有诗曰叹惋:"秋谷才华向绝俦,少年科弟尽风流,可怜一曲长生殿,断送功名到白头。"

从此以后,赵执信开始了他 30 多年的漫游生涯。期间,除断续家居外,大部分时间浪迹江湖。他东至黄海,西到嵩山,南到广州,北至天津。游历的地区除山东外,还有河北、河南、江苏、浙江、江西、广东(岭南)等地。特别是以苏州为中心的江南地区,他前后到过 5 次,最后一次竟在苏州住了 4 年。雍正三年(1725 年),63 岁的赵执信结束了他的漫游生活,返回故里。次年,他退居田园,直到乾隆九年(1744 年),抑郁困顿以终。著有《饴山堂诗文集》,包括诗集 19 卷、诗馀 1 卷、文集 12 卷,另有《谈龙录》1 卷、《声调谱》1 卷、《礼俗权衡》1 卷。

赵执信少年科第,颇负才名,交游皆当时名流,意气甚盛。革职闲居后,愤激不平,往往寄情于山水及诗歌。他是王士禛的外甥女婿,但论诗与王士禛不合。王有《古诗平仄论》,赵求借阅,而王秘之而不肯相告。赵遂排比古人作品,探求规律,自著《声调谱》,阐明古诗音节,以相抗衡。又曾在王家论诗,王说:"诗如神龙,见其首不见其尾,或云中露一爪一鳞而已。"赵不满其说的虚幻,认为:"神龙者,屈伸变化,固无定体;恍惚望见者,第指其一鳞一爪,而龙之首尾完好,固宛然在也。若拘于所见,以为龙具在是,雕绘者反有辞矣。"因著《谈龙录》以伸其说。赵执信很佩服冯班、吴乔的诗论,重视"诗之中,须有人在",认为"诗以言志,志不可伪托"。又说:"诗人贵知学,尤贵知道。东坡论少陵诗外尚有事在是也。"①

赵执信的诗在当时也颇受推崇,是当时诗坛上现实主义诗人的代表作家。与查慎行并称为"南查北赵"。吴雯《序》评论说:"结体清真,脱去凡近。""直而不俚,高而不诡。"陈恭尹《序》也说:"片言只字,不苟下笔,其要归于自写性真,力去浮靡。"客观来说,赵诗思路隽刻,欲以清新取胜,但含蓄蕴藉不足,情韵较逊。古体如《太行绝颠望黄河歌》、《雪晴过海上,适海

①均见《谈龙录》。

市见之罘下，自亭午至晡，快睹有述，时十月十日》、《蓬莱阁望诸岛歌》等，律诗如《山行杂诗四首》、《归途即目》、《遣怀》、《夜泊扬州》等，都刻意为工。而绝句如《昭阳湖书所见四绝》、《凤凰山下感南宋遗事四绝句》、《金陵杂感六绝句》等，则较为自然，颇有风致。从思想内容上说，他写过一些讽刺官吏腐败、同情人民疾苦及其体现反抗精神的诗作，如《道旁碑》、《纪蝗》、《纪旱》、《水车怨》等，较有思想意义。

一般认为，赵执信的散文成就不如其诗，缺少出色之作。

赵执信的小女儿赵慈，字雪庭，幼承家学，工诗善词，是清初一位颇具才华的女诗人。但赵慈的个人生活很不幸，嫁济南朱崇善，贫困以终。著有《灰心断肠诗词集》、《诗学源流考》等。范坰《雪庭遗稿序》谓其诗"哀而不伤，怨而不怒，往往有句似青莲……笔健意圆，绝不类闺阁中语。而字句之间别饶秀艳，读之凄然欲绝。"①《清代闺阁诗人征略》称：时人将赵执信父女比做汉代的蔡邕父女，给予很高的评价。

蒲松龄（1640—1715 年）以文言短篇小说《聊斋志异》闻名于世，亦擅诗文。其生平事迹参见后文"明清小说"部分。据路大荒《蒲松龄集》所收，蒲松龄著有《聊斋文集》4 卷、《聊斋诗集》5 卷、《聊斋词集》1 卷。

《聊斋文集》共收录文章 458 篇。凡序表、婚启、寿屏、祭幛，诸体皆备。王士禛曾为《题后》。其文"苍润特出，秀拔天半，而又不费支撑，天然旷夷"，"精细透削，呈岚耸翠，复非人间有"②，在清初文坛上独占一席。

《聊斋诗集》共收录蒲松龄所作诗歌 929 首。其诗"因境写情，体裁不一。每于苍劲刻峭中，时见浑朴"，"当渔洋司寇、秋谷太史互以声价相高时，乃守其门径，无所触亦无所附，卒成一家言"③。大致说来，蒲松龄的诗多为言志抒怀、感叹民生或题赠怀古之作，既讲究"独抒胸臆"，又善于用典，可谓集众家之长。比如蒲松龄作幕宝应县时所写《堤上作》：

独上长堤望翠微，十年心事计全非。听敲窗雨怜新梦，逢故乡人疑乍归。箫鼓满城帆影乱，水云无际雁行飞。湖山秋色萧条甚，一叶孤舟

①《（民国）续修历城县志》卷三十《艺文志》。

②朱缃：《聊斋文集题辞》，载朱一玄：《聊斋志异资料汇编》，中州古籍出版社 1985 年版，第 253 页。

③张鹏展：《聊斋诗集序》，载路大荒：《蒲松龄集》，上海古籍出版社 1986 年版，第 696 页。

荡晚晖。

再比如他在西铺毕家做馆时所写《同毕怡庵绰然堂谈狐》：

朔风吹冷绰然堂，华灯粲粲燃无光。诗心酒胆迸而发，剧谈益烈相颠狂。人生大半不如意，放言岂必皆游戏？缘来缘去信亦疑，道是西池青鸟使。一群姊妹杂痴瞋，翠绕珠围索解人。刺史高楼一角明，香梦重寻春复春。

《聊斋词集》一作《聊斋诗余》，共 1 卷，收录蒲松龄所写词 102 首。清·唐梦赉《聊斋词序》中说："词家有二病，一则粉黛病，柔腻殆若无骨……一则关西大汉病，黄齿猬须，喑哑叱咤……免其二病，其惟峭与雅乎？……聊斋词都无二病，可谓峭矣。"①评价显然有些拔高之嫌，然据笔者愚意，在蒲松龄的诗、文、词中，确实以词为第一。比如【水调歌头】《饮李希梅斋中作》：

为问往来雁，何事太奔忙？满斟一盏春酒，起舞劝飞光。莫要匆匆飞去，博得英雄杰士，鬓发已凌霜。梦亦有天管，不许谒槐王。

昨日袖，今日舞，已郎当。便能长醉，谁到三万六千场？漫说文章价定，请看功名富贵，有甚大低昂？只合行将去，闭眼任苍苍。

另外，蒲松龄还有通俗歌曲集《聊斋俚曲》，共收录他所写的通俗俚曲 14 种，包括《墙头记》、《姑妇曲》、《慈悲曲》等，"使街衢里巷之中，见者歌，而闻者亦泣"，虽然不登大雅之堂，却颇具救世婆心。参见"戏曲与散曲"部分。

在孝妇河流域，除上述三大家之外，明清时期有文名者还有蒲松龄的同乡诗友张笃庆、李尧臣等。

张笃庆（1642—1692 年），字历友，号厚斋，因居昆仑山下，又自号昆仑山人。早年与蒲松龄一同受知于山东提学使施闰章。顺治十六年（1659 年），与蒲松龄、李希梅、王鹿瞻等结为郢中诗社，以风雅道义相切磋。康熙

①朱一玄：《聊斋志异资料汇编》，中州古籍出版社 1985 年版，第 362 页。

二十五年(1686 年)拔贡,后因屡试不第,遂绝意仕进,淡泊自处。张笃庆学殖淹博,被同时前辈称为“冠世之才”。一生著述甚丰,有《八代诗选》、《班范肪截》、《五代史肪截》、《两汉高士赞》等,均卓然可传,而尤以诗歌为世所推重。其诗古今体兼擅,古体如《鹦鹉洲哀辞》,情辞婉切,气深笔长,表达了对一代才子祢衡的深切同情;今体如《述怀》,抒写自己的怀才不遇,笔力深沉,意在言外,体现出深厚的艺术功力。至如《明季咏史》组诗,则历数明代神宗之后的弊政,总结明朝灭亡的教训,纪实抒情,识见高远,亦咏史诗中不可多得的佳什。其诗文后来结集为《昆仑山房集》。

张笃庆之弟张履庆(号顾斋)、张增庆(号损斋),也都有诗名,分别著有《食蔗堂诗》和《独树庵诗》。“顾斋诗清真萧远,损斋诗以自然为宗,皆与厚斋异趣,不相沿袭”①。张笃庆之侄张元,字殿传,号榆村,亦有诗名,著有《绿筠轩诗》。

李尧臣(1642—1721 年),字希梅,号约庵,以字行。其父李宪,字王春(县志作玉春),明崇祯九年(1636 年)举人,清顺治三年(1646 年)进士,官孝丰(今属浙江安吉县)知县,卒于官。有著作多种,均未刊行。《聊斋志异·梦别》篇即写李宪祖父事。李尧臣居家孝友,笃嗜诗书,号称博洽。曾应邀参加纂修《济南府志》。著有《百四斋文集》等。

(二) 宋琬与胶东作家群

胶东,今泛指潍坊以东即山东半岛地区,因地处胶莱谷地以东故名,大致包括现在的烟台、威海、青岛三市及潍坊东部三县市,古为东夷族地,魏晋之前为郡国,明清时期为登州、莱州辖区。胶东地区三面环海,自古擅渔盐之利。明清以来,不仅成为山东对外经济贸易的港口,也是山东文化教育的发达地区之一。从山东作家的地域分布来看,唐宋以前,胶东地区以诗文知名的作家不足 20 人,而明清时期则有 150 余人,几乎占了当时山东作家的五分之一。其中尤以潍坊、莱阳、胶州、高密、掖县等地作家较为集中。莱阳宋氏,胶州高氏、柯氏,即墨蓝氏、杨氏,高密李氏,掖县毛氏,海阳鞠氏等,也都是延续数代的文化家族。明清时期有全国影响的人物有宋琬、柯劭忞、张

①沈德潜:《清诗别裁集》,载《历代诗别裁集》,浙江古籍出版社 1998 年版,第 474 页。

谦宜、法坤宏、郝懿行与其妻王照圆等。此外还出现过明代抗倭名将戚继光（蓬莱人）、民族英雄左懋第（莱阳人）、清末爱国志士王懿荣（烟台福山人）等。而文坛上成就最高的人是莱阳宋琬。

宋琬（1614—1674 年），字玉叔，号荔裳，莱阳人。出生于莱阳世家宋氏，高祖宋黻，字景章，明英宗天顺四年（1460 年）进士，是明代莱阳的第二个进士，官至浙江按察副使。其父宋应亨（？—1663 年），字嘉甫，号长元，天启五年（1625 年）进士，官至吏部郎中。其长兄宋璠（字玉伯），以光禄簿上林丞加行太仆寺少卿；仲兄宋璜（字玉仲），崇祯十三年（1640 年）进士，授杭州府推官，清顺治年间又任兵部职方司员外郎；族兄宋玫、宋琮，均为进士，并有文名。一时“莱阳文章为山东之冠”①。

然而，宋琬生值明清易代之际，生平坎坷多难。明朝末年，宋琬避乱南下，流寓杭州。而此时，清兵攻陷莱阳，其父宋应亨、族兄宋玫死难。宋琬此时的心情可想而知，他在《纪愁诗癸未八首》中写道：“骨肉仳离后，那能归去来。寸肠能几许，一日必千回。大泽龙初逝，醒山乌可哀。此身甘隐逸，终翦墓边莱。”②可见他曾一度绝意仕进。奇怪的是，顺治三年（1646 年），宋琬就参加了乡试，次年中进士，授户部河南司主事，不久迁为吏部郎中，可谓仕途顺遂。同时，他在清初诗坛上也崭露头角。在京期间，他与施闰章、严沆、丁澎、陈祚明、张文光、赵宾等 7 人相唱和，人称“燕台七子”，在诗文创作方面取得了相当成就。其诗歌与施闰章并称为“南施北宋”，成为“国朝六大家”之一。

正当宋琬踌躇文坛之际，顺治七年（1650 年），他因被诬陷“与谋叛逆”罪而入狱，后查无实据，无罪开释，复起为吏部郎中。顺治十一年，外放陇西道佥事。期间，他仍然尽心国事。顺治十七年，就在他升任浙江按察副使时，却再次因“与谋叛逆”而入狱。后虽因仍然查无实据而免罪放归，但两次入狱的经历却使宋琬清楚地认识到，清廷对明代大臣的子弟一直是半信半疑的事实。出狱后，宋琬使流寓江南，定居泖上（今上海松江县），往来于南京、苏州、杭州之间。此时，他的文学创作进入了旺盛期。时人以杜甫、陆游许之，称其为“东海伟人”。

---

①王熙：《宋廉访使琬墓志铭》，载《安雅堂集·附录》，清顺治至乾隆宋氏家刻本。
②宋琬：《安雅堂未刻稿》卷三，载《续修四库全书》第 1405 册，上海古籍出版社，第 121 页。

康熙十年(1671 年),宋琬的冤狱得以昭雪,补为四川按察使。次年,宋琬从莱阳赴川就任,沿江而上。途中,三峡的秀异风光使宋琬笔底生花,沿途创作了大量诗歌,后由王士禛编订为《入蜀集》。

宋琬的诗歌题材多样,或写景状物,或抒情言志,或寄赠酬答,风格沉郁顿挫,凄婉悲凉,颇有杜甫、陆游之风,在清初诗坛上独树一帜。清人刘执玉编《国朝六家诗钞》,辑"南施北宋"、"南朱北王"、"南查北赵"六人之作为八卷,时称"国朝六家"。由此也可以看出,宋琬的诗风与提倡"神韵说"的王士禛、倡导"声调说"的赵执信迥然不同。在清初山东诗坛上,可以说宋琬与王、赵处于鼎足而三的地位。其全部诗文,后人编订为《安雅堂集》。

宋琬同里姜埰及其弟姜垓、其子姜实节、其侄姜寓节,亦有诗名。

姜埰(1607—1673 年),字如农,自号敬亭山人,莱阳人。明崇祯四年(1631 年)进士,官礼科给事中,因弹劾权臣忤旨,廷杖下狱,罚戍宣城卫,未至而京城陷落,遂家于吴(今江苏苏州)。入清后,与弟姜垓均不出仕,时称"二姜"。著有《敬亭集》、《餺饦集》、《纪事摘谬》、《正气集》等。其弟姜垓,字如须,号伫石山人,崇祯十三年(1640 年)进士,官吏部考功司主事,著有《篔筜集》、《伫石山人稿》。其子姜实节,能诗善画,亦隐居不仕,著有《焚余草》、《鹤涧先生遗诗》等。其侄姜寓节,与实节同隐吴中,当时名流如宋荦、顾祖禹、姜宸英等争与之游,著有《白云集》等。值得提出的是,清初莱阳姜氏名重一时,主要并不在于他们的诗文成就,而在于他们的气节。

莱阳另一位以气节著称于世者,是明末的左懋第。

左懋第(1601—1345 年),字萝石 ①,莱阳人。崇祯四年(1631 年)进士,授韩城知县;十二年,迁户科给事中。面对明末深重的社会危机,他疏谏时弊,力图补救于万一。崇祯十六年(1643 年)秋,左懋第奉命巡察长江防务,不久传来北京失守的消息,其母也身陷北京,绝食而亡。他即刻前往南京投奔福王,被任命为兵部右侍郎兼右佥都御史,持节出使北京与满清议和。而清廷并无议和之心,左懋第因被羁押。清廷威逼利诱,劝其投降,左懋第坚贞不屈,慷慨就义,时年 45 岁。就义之后,人们在太医院发现了左懋第留下的绝命词:"峡圻巢封归路回,片云南下意如何?寸丹冷魄消难尽,

---

①或谓字仲及,号萝石。

荡作寒烟总不磨!”①表达了他忠心报国、视死如归的民族气节。在文学方面,著有《梅花屋诗草》等,后人整理编定的有《左忠贞公剩稿》、《萝石山房文钞》等。

明清时期胶东出现的诗文作家还有高宏图、高璪、高凤翰、周如砥、周如纶、黄作孚、黄嘉善、黄宗昌、柯蘅、柯劭忞、柯劭慧、法坤宏、法若真、法云、张谦宜、宋绳先等,其中以张谦宜、高凤翰、法若真、法坤宏、柯蘅、柯劭忞、郝懿行等较为著名。

张谦宜(1639—1720年),字稚松,号山农,胶州人。少年落拓不羁,以诗名于时;中年始折节苦读,康熙四十五年(1706年)中进士,年已67岁。未仕归里,闭门著述,积诗3000余首。著有《絸斋诗》、《沉郁集》。晚年自选诗400余首,题《絸斋诗选》,自为之序,缕述其平生苦吟之状。《四库全书总目》评“其诗出入于香山(白居易)、剑南(陆游)之间,一吟一咏,亦足自娱。起而抗衡古人,则力尚不逮也”。所谓“力尚不逮”,是指其诗反映现实生活的深度和广度不如白、陆,然其诗通俗易读,贴近生活,自有超人之处。

高凤翰(1683—1749年),字西园,号南村,别号因地、因时、因病等40多个,晚年又自号南阜山人等,胶州人。其父高曰恭曾任淄川教谕,高凤翰年轻时随父在淄川读书,已有诗名。曾拜谒诗坛名家王士禛,受其称赏。但科场一再失意。雍正五年(1727年),应胶州知府黄云瑞推荐,参考贤良方正科特试,名列一等,授安徽歙县县丞,不久调任绩溪县令。雍正十一年(1733年)改任江苏仪征县丞监泰州坝监掣,因受两淮盐运使卢见曾一案牵连,被捕入狱。出狱后,右臂残废,遂自号“后尚左生”或“丁卯残人”,绝意仕进,流寓扬州等地,以书画治印为生,与郑燮、金农、李鱓等书画往还,诗酒唱和,为“扬州八怪”之一②。乾隆六年(1741年),高凤翰回归故里,自编《南阜山人诗集》;十三年冬病故,终年65岁。

在文学艺术方面,高凤翰书画、篆刻、诗文,皆名重一时。其书画“笔墨

---

①《左忠贞公剩稿》卷四,乾隆刻本。

②关于“扬州八怪”的成员组成,历来说法不一,常见的有六种说法,其中“凌霞说”以郑燮、金农、高凤翰、李鱓、李方膺、黄慎、边寿民、杨法为“扬州八怪”,见凌霞《天隐堂集》。

脱洒，不主故常”，“疏野有天趣”①。其印风大气磅礴，苍拙豪纵，开齐鲁印派之先河。郑板桥那方有名的“七品官耳”的印章，就是他刻制的。其诗多为纪实、题画、抒怀、赠答之作，不拘绳尺，于清丽之中时见性情，深为袁枚等名家所欣赏。一生诗作有3000余首，编为《击林集》、《湖海集》、《岫云集》、《鸿雪集》、《归云集》、《归云续集》、《青莲集》等，其《南皋山人诗集》被收入《四库全书》。

胶州高氏擅诗文、书画者，还有高宏图、高宏逵、高曰恭、高曰聪、高凤起、高璪、高汝澥等十余人，尤其在书画篆刻方面，颇有影响。

法若真（1613—1696年），字汉儒，号黄石，一号黄山。祖籍济南，先祖于明朝景泰年间任职胶州，法氏后人遂定居胶州城里。顺治三年（1646年）进士，官至安徽布政使。生活俭朴，为官廉洁。法若真是明清之际著名的书法家、画家和诗人，工书画，擅诗文。“画山水，苍润澹逸，超然尘埃之外。诗篇繁富，称意而言，不计工拙”②。著有《黄山诗留》等。其孙法樗，康熙五十四年（1715年）进士，亦有文名。曾孙法坤宏（1698—1784年），字直方，一字镜野，号迂斋，又号介亭，乾隆六年（1741年）举人。博通群经，尤精于《春秋》。读书不拘章句，多有独到见解，早年即“声震齐鲁间”③。所作《竹西书屋》、《戊辰九月六日赠别毛其人归里》诸诗，颇为人称道。

柯蘅（1821—1889年），字佩韦，室名春雨堂、倩雨草堂、旧雨草堂等，胶州人，著名学者、诗人。少时师从潍县著名学者陈寿祺，考辨《史记》、《汉书》诸表，著《汉书七表校补》。亦善诗文，著有《旧雨草堂诗集》、《春雨堂诗选》、《声诗阐微》等。论者谓其“可配其乡先辈王士禛、赵执信”④。其子柯劭忞（1850—1933年），字凤荪，号蓼园，近代著名史学家、文学家，亦善金石之学。光绪十二年（1886年）进士，官至山东宣抚使、督办山东团练等。民国初年，任清史馆馆长兼《清史稿》总裁，后又独力编著《新元史》。胶州柯氏数代，均为中国的学术事业作出了重要贡献。

郝懿行（1755—1823年），字恂九，号兰皋，栖霞人，晚清著名经学家、文

①永瑢等：《四库全书总目》卷一八五《南皋山人诗集提要》，中华书局1983年版，第1683页。
②徐世昌：《晚晴簃诗汇》卷二十三《法若真》。
③韩梦周：《法先生坤宏墓志铭》，载钱仪吉《碑传集》卷一三三。
④《清史列传》卷六十九《儒林传》下二柯蘅本传。

字学家。乾隆五十三年(1788 年)恩科举人,嘉庆四年(1799 年)进士,挂名户部“额外主事”,并无官可做。直到嘉庆二十五年(1820 年),年已 66 岁的郝懿行始奉旨补缺,任户部江南司主事,3 年以后病故。郝懿行生性淡泊,不乐仕进,唯以读书、著述为务,一生书不离身,手不释卷,所得俸钱,大都用来买书。著有《尔雅义疏》、《春秋说略》、《山海经笺疏》、《晒书堂比录》等 60 余种,可谓著作等身。所著《尔雅义疏》,为《尔雅》训诂的集大成之作;《山海经笺疏》,辨析名物,匡正谬误,号称精博。二书至今仍为学者所重视。其妻王照园,字瑞玉,号婉佺,烟台福山人。博涉经史,颇具识见。每与郝懿行商讨学问,争论竟日,传为文坛佳话。亦善诗文,“文辞高旷,得六朝人遗意”①。著有《列女传补注》、《诗经小记》等;与郝懿行平日问答之诗,后来编为《诗问》。

(三)丁耀亢与诸城诗人

春秋时期,诸城为鲁诸邑,后入齐国,为齐鲁文化交汇之地。又因东濒大海,兼擅鱼盐之利。因此成为山东东部文化教育极为发达的地区之一。孟子说大舜为诸冯人,或谓诸冯即诸城。汉代以后,诸城更是代有文化名人。比如汉代著名政治家贡禹、经学家师丹、伏湛、伏隆、诸葛丰,唐代诗人孙晟、鞠恒、鞠愉,宋代金石学家赵明诚等。到明清时期,则出现了诸多的文化家族,不少人以诗文名世。其中影响较大者有丁惟宁、丁耀亢父子,以及刘氏、王氏、邱氏、李氏等家族文人群体。

丁耀亢(1599—1665 年),宁西生,号野鹤,自称紫阳道人。晚年丧明,又自署木鸡道人。出生于仕宦之家,父惟宁,嘉靖进士,官至郢襄兵备副使。其弟耀心、从子大谷,均为明崇祯年间举人,独耀亢负才落拓,以诸生游江南,从学于著名书画家董其昌。归家后郁不得志,因取历代吉凶事,著《天史》,“以献益都钟羽正,羽正奇之”②。但此书后来在南都(南京)被焚遭禁,因而不传。

丁耀亢生当明季,深感朝政腐败而又无力回天,因著传奇《蚺蛇胆》,借

---

①《清史稿》卷四八九《儒林传》郝懿行本传附传。

②《乾隆诸城县志》,宫懋让修,李文藻等撰,清乾隆二十九年(1764 年)刻本。

黄门之口，抨击时政。清兵至诸城，耀心、大谷聚众抵御，城破殉难；侄豸佳为清兵所伤，跛一足。国仇家恨，使其痛不欲生。目睹家乡兵燹遍地，民不聊生，为生活计，丁耀亢于顺治初年出行淮上，复泛海北游。顺治九年(1652年)，由顺天籍拔贡，充镶黄旗教习。当时，名公巨卿多与结交，声名渐著。顺治十一年，由容城教谕迁惠安知县，因无意仕进，第二年即以母老告归，从此不再出仕。

丁耀亢一生著述甚丰，尤以小说《续金瓶梅》闻名于世。其诗词"踔厉风发，少作即饶风韵，晚年语更壮浪，开一邑风雅之始，县中诸诗人皆推为前辈"①。然而，其诗集因多"违碍之语"，被列入《清代禁燬书目》。所著传奇今存《西湖扇》、《化人游》、《蚺蛇胆》、《赤松游》4种，郑骞评其戏"或沉雄悲壮，或清丽缠绵"，尤其是《蚺蛇胆》一剧"结构谨严，关目生动，词藻尤清丽遒健，远胜《鸣凤记》之拉杂散漫"②。但因剧情有犯时忌，未获官方认可，故当时未得流传，而今亦未能对其进行深入研究，使其得到应有的评价。小说《续金瓶梅》写成于顺治十八年(1661年)，全书64回，借《金瓶梅》中人物转世之后善恶各有报的故事，宣扬因果报应，以劝善征恶。小说《凡例》中说："此书直接大乱，为南北宋之始，附以朝廷君臣忠佞贞淫大略，如尺水兴波，寸山起雾，劝世苦心，正在题外。"而这"题外"之旨，正是影射明清易代之际的人情世态，抨击和揭露清廷贵族的残暴统治，因而具有强烈的政治性和现实性。正因为此，小说一面世即引起清廷的注意，康熙四年(1665年)，丁耀亢即因此书而入狱。其致祸之由，并非"诲淫"，而在于"轻谈往事"、触犯时忌。后来，丁耀亢虽然获释，而小说却被付之一炬。自此，丁耀亢两眼昏矇，以至丧明逃禅，不久即与世长辞。其著述被后人辑为《丁野鹤遗稿》。

诸城刘氏与王氏，在清代也是文人辈出，涌现出不少知名于时的诗文作家。

刘统勋(1698—1773年)，字尔纯，号延清，诸城县(今属山东省高密市)逄戈庄人。雍正二年(1724年)进士，历任内阁学士、刑部右侍郎、右都御史、工部尚书兼翰林院学士、刑部尚书、吏部尚书、太子太傅、太子太保、东

---

①《乾隆诸城县志》，同前。
②郑骞：《善本传奇十种提要》，见《燕京学报》第24期。

阁大学士、翰林院掌院学士等职。乾隆三十八年(1773年)出任《四库全书》总裁。是年十一月十六日(12月29日)卒,终年75岁。据《清史稿》本传记载:“是日夜漏尽,入朝,至东华门外,舆微侧,启帷则已瞑。上闻,遣尚书福隆安赍药驰视,已无及。赠太傅,祀贤良祠,谥文正。”柩归故里前,诏令沿途20里以内的文武官员,均至灵前吊祭。刘统勋神敏刚劲,一生为官50年,终身不失其正,其诗文亦有可取。著有《刘文正公集》。

其子刘墉(1719—1804年),字崇如,号石庵,别号青原、香岩、东武、穆庵、溟华、日观峰道人等。清代著名政治家、书法家、文学家。乾隆十六年(1751年)进士,官至体仁阁大学士,卒后加太子太保,谥文清。嘉庆四年(1799年),曾奉旨办理和珅一案,列罪状20条,令和珅伏法。刘墉为官清廉,有乃父之风,父子均为清代名臣。文学成就更胜乃父,时谓其诗“清新超悟,有香山、东坡风格”①。其书法更为世盛誉,论者以为“精华蕴蓄,劲气内敛;殆如浑然太极,包罗万有,莫测其高深”。客观而论,刘墉诗歌的总体成就不高,徐世昌《晚晴簃诗汇》中就说:“文正清德雅望,不欲以词章自见;文清继相守庭诰,故虽燮理之暇述作不倦,而集中率多拟古和韵及赓扬进御之作。”②但因其政治地位和德望较高,对当地文学仍有不小影响。

刘氏家族中,还有刘统伟、刘壕、刘壿、刘塄、刘镮之等,皆有诗名。其中,刘镮之(1762—1821年)字佩循,号信芳,乃刘统勋次子刘堪之子,刘墉之侄。3岁丧父,由伯父刘墉抚养成人。乾隆四十四年(1779年)进士,改庶吉士,自检讨累迁户部尚书,官终吏部尚书加太子少保,卒谥文恭。至此,“祖孙三公二宰相”轰动朝野,诸城刘氏也因此成为名符其实的书香门第、名门望族。

诸城王氏的代表人物是王钺。王钺(1623—1703年),字仲威,号任庵,顺治十六年(1659年)进士,以母老未仕。康熙八年(1669年)始出任广西西宁知县,然王钺本性淡泊,“为政不任威刑,日进诸生于庭,与论文艺”③。后因吴三桂叛乱,引疾归,杜门讲学。康熙十八年,召试博学鸿儒,坚辞不出。居家唯以著述为事,为文通畅详赡,自具特色;诗学宋人,自成结构。著

①王昶:《蒲褐山房诗话新编》,周维德辑校,齐鲁书社1988年版,第51页。
②徐世昌:《晚晴簃诗汇·诗话》卷八十《刘墉》。
③《诸城县志》王钺本传。

有《世德堂集》、《暑窗臆说》、《粤游日记》等。其子王沛檀、王沛恂等，亦有文名。王沛恂（生卒年未详），字汝如，别号书岩，乡人追谥为孝惠先生。曾任海城知县，后因得罪当道被罢归。归里后，隐居九仙山之靴谷，诗文自娱。著有《匡山集》。

被徐世昌收入《晚晴簃诗汇》的诸城王氏诗人，还有王柽、王凤文、王中孚、王宗献、王应垣、王赓言、王文骧等。

清代诸城文名较著者，还有李澄中、刘翼明、窦光鼐等。

李澄中（1629—1700 年），字渭清，号渔村。康熙十一年（1672 年）拔贡，十八年召试博学鸿词科，授检讨，官侍读。相传其相貌颇似明代李攀龙，而其诗也“以汉魏三唐为宗，高岸开朗，仍效于鳞体也”。与刘翼明为诗友，以诗文相砥砺，书信往来 30 余年。著有《卧象山房集》、《白云村集》等。

刘翼明（1607—1688 年），字子羽，号镜庵，一号越台，贡生。少任侠仗义，喜交天下士。好读书，工诗文，善书画。一生大部分时间隐居琅琊山下，专力为诗。其“诗以意为主，意所不到，时复颓唐汗漫”①。康熙二十三年（1684 年）77 岁始出任利津训导。据李澄中《镜庵诗序》称，刘翼明存诗 4000 余首。著有《镜庵诗稿》。

窦光鼐（1720—1795 年），字调元，号东皋，世称东皋先生。乾隆七年（1742 年）进士，历官内阁学士、左都御史等，直言敢谏，为一时名臣。自幼喜欢读书，少年即有文名。入仕后，仍不屑于章句训诂，而是博览群书。诗学杜甫，文宗韩愈，诗文自成一家。著有《东皋诗文集》、《省吾斋稿》等。

（四）“高密三李”与高密诗派

高密位于山东省东部，地处胶莱河与潍河之间，行政区划上隶属于潍坊市，古称夷安。这里是春秋名相晏婴、汉代大司农大经学家郑玄、清代大学士刘墉的出生地；被誉为中国民间艺术“三宝”的扑灰年画、泥塑和剪纸，更是久负盛名，誉满天下。高密诗派是指清代乾隆、嘉庆年间在高密一带形成的、以“高密三李”——即李宪噩、李宪暠、李宪乔三兄弟为代表的一个诗歌

①张谦宜：《絸斋诗谈》，载钱仲联《清诗纪事·顺治朝卷》，江苏古籍出版社 1987 年版，第 2269 页。

流派，是清代山东唯一影响全国并持续200多年的地域性诗歌流派，也是中国文学史上“寒士诗”的首席代表诗派，同时也代表了高密古典文学的最高成就。

“高密三李”为雍正朝名臣李元直之子。李元直(1686—1758年)，本名李元真，因避讳改名元直，字象山，号愚村。康熙五十二年(1713年)进士，改庶吉士，散馆后授翰林编修。在翰林期间，与孙嘉淦、谢济世、陈法交好，以古义相勖，时称“四君子”。雍正七年选四川道监察御史，复命巡视台湾，遭督抚弹劾，遂辞官归里，家居20余年，卒。有子四人，长子李宪高，字志山，号荆南，雍正八年(1730年)进士，官至山西潞安府同知，为官清正，被百姓称为“李青天”；次、三、四子即“高密三李”李宪噩、李宪暠、李宪乔，世称“三李先生”。

李宪噩(1738—1793年)，字怀民，号十桐(一作石桐)，以字行。一生未仕，专力于诗文创作。附近知名文人时相过从，与之流连唱和。著有《十桐草堂诗集》、《古桐诗稿》等。李宪暠(1739—1782年)，字叔白，号莲塘。亦工诗，著有《定性斋集》、《莲塘诗集》等。李宪乔(1746—1798年)，字子乔，一字义堂，号少鹤。少时从其兄学诗，工诗文，善书画。乾隆四十一年(1776年)举人，授广西岑溪知县，擢归顺(今广西靖西县)知州，从办西隆军务，以劳疾卒，时年53岁。著有《少鹤诗钞》、《鹤再南飞集》、《龙城集》、《宾山续集》等。“三李”中以李宪噩、李宪乔兄弟二人诗名最高，二人各致妙境。李宪噩诗“体格谨严，词旨清朗，时时有独到语，不堕当时风气”；李宪乔诗“出入唐宋诸大家，而能空所依傍”。甚至有人称李宪噩可与“渔洋、秋谷鼎立”，李宪乔则“为今之东坡”①。而高密诗派在省外的传播，主要是李宪乔的功劳。

李宪噩论诗主学中、晚唐，其《重订中晚唐诗人主客图》奉张籍、贾岛为主，以朱庆馀、李焵以下为客。他认为张籍诗不事雕镂，天然明丽，而气味接近正道，学之可以祛除躁妄、矫饰之病；贾岛诗力求险奥，而风骨凌霄，学之可以克服浮靡艳丽、内容空洞之弊。客观而言，“高密三李”诗学张籍、贾岛，并形成质朴清丽、凄若冷峭的艺术风格，与他们的生平经历暨生活环境

①徐世昌：《晚晴簃诗汇·诗话》卷九十八《李宪乔》。

有关。

乾嘉诗坛，流派众多。倡导性灵的袁枚，主张突破传统，宣扬性情至上；而主格调的沈德潜与讲肌理的翁方纲，则强调继承传统，重视诗歌的社会功能。他们代表着清代中叶诗坛上的两种主要创作倾向。高密诗派的成员则大都为地方文人，他们处于社会下层，怀着渴望用世却难以如愿的苦闷，与上层文人对社会现实的认识和感受迥然不同。他们或吟唱自己闲适的隐逸生活，如李宪噩的《题宋海客表兄村居》等；或抒写其贫苦孤独的生活境况，如李宪噩的《子乔自县中来，言单书田先生贫至食木叶，邀叔白各赋一首为赠》、李宪暠的《冬日过山村》等；或表达对农民苦难的同情，如李宪乔的《修堠谣》等。大都贴近生活，写出了诗人的真实感受。因此，高密诗派属于“在野派”，也是“写实派”，他们唱出了乾嘉盛世的不和谐音，吟出了下层文人的凄苦之音，但他们并不是有意地揭露社会黑暗，而只是用他们的写实之笔，记录下了他们身感目睹到的、潜伏在盛世表象之下的社会危机。也正因为如此，高密诗派在当时能够自成一家。

最早追随“三李”的是“王氏五子”，即胶州王克绍（字薪亭）与其弟王克纯（字颖叔）、兄子王夏（字蜀子），及高密王万里（字希江）、王宁闾（字子和）。五人同时受学于“高密三李”，“尝以春秋佳日，与诸学子聚石桐家，刻烛分韵，竞奇斗捷，若不知其老者。”①“五子”之外，又有高密单襄棨（字子迡）、单可惠（号芥舟生），与宪噩兄弟相唱和。晚辈则有李诒经（字五星）、王宁焯（字熙甫）、王宁烶（字丹柱）、单鼐（字子固），因四人专学张籍、贾岛，故称为“后四灵”。其中，高密单为瑯对高密诗派的传播立下了汗马功劳。

高密以外，从李宪噩兄弟学诗者，省内还有福山鹿林松、邱县刘大观等。鹿林松（生卒年未详），字木公，号雪樵。诸生未仕，工诗文，“诗学李少鹤刺史兄弟，所谓高密派也。如‘满村花酿酒，一寺树悬钟’；‘但见云舒卷，不知山浅深’；‘一磬鸣烟寺，千岩散夕阳’，皆佳句也。”②刘大观（1753—1834年），字正孚，号松岚，临清州邱县（今属河北邯郸市）人。乾隆四十三年（1778 年）进士，历官山西河东兵备道、山西布政使等。著有《玉磬山房诗集》、《文集》等。在岭外时，学诗于李宪乔，以清瘦峻削为宗。并为李宪乔

①《山东通志》卷一四五。
②马国翰：《买春诗话》，载刘世南：《清诗流派史》，人民文学出版社 2004 年版，第 385 页。

兄弟校刊遗书，为高密诗派的重要传播者。省外学诗者，则有江西的李秉礼及其子李宗瀚，归顺的童毓灵和童葆元，柳城的叶时晳，以及广西的黄鹤立、曾传敬、农日丰、唐昌龄等，并形成了江西和广西的高密诗派。高密诗派的影响也因此由山东而涉及全国数省。

（五）安丘曹氏文学家族

安丘，古称渠丘，因其东、南依丘陵（埠岭），西、北临河渠（汶河），故称。春秋时为侯国，汉置安丘县，今属潍坊市。安丘曹氏，自曹一麟之后，历经四世，至曹贞吉、曹申吉兄弟时，成为安丘望族。

曹贞吉（1634—1698 年），字迪清，一字升阶，又字升六，号实庵。康熙三年（1664 年）进士，历任户部员外郎、礼部郎中、湖广提学佥事等。著有《珂雪词》、《珂雪诗》、《鸿爪集》、《黄海纪游》、《实庵诗略》等。曾与著名诗人施闰章交往，二人在师友之间。施闰章殁，为其经营安排后事，不遗余力，所作《拜愚山野殡》三章，情动于中，哀婉凄绝，十分动人。工于诗词，与宋琬、王又旦、颜光敏、叶封、田雯、谢重辉、丁炜、曹禾、汪懋麟等，并称为“金台十子”，其诗甚为诗坛名流王士禛、宋荦、吴绮等所推重，并被王士禛选入《十子诗略》。曹贞吉的诗歌法唐学宋，融会金元诸家，风格遒炼，气清力厚，为时人所称许。其诗集中也不乏反映民生疾苦之作，比如《山民叹》、《观灯叹》等。后来结集为《珂雪诗》。其词被吴绮选入《名家词选》（后又被王昶选入《国朝词宗》），并被誉为《名家词选》的压卷之作，一时传为绝唱。后来结集为《珂雪词》。王炜曾评价珂雪词：“肮脏磊落，雄浑苍茫，是其本色，而语多奇气，惝恍傲睨，有不可一世之意。至其珠圆玉润，迷离哀怨，于缠绵款至中，自具潇洒出尘之致，绚烂极而平淡生，不事雕锼，俱成妙语。”①肯定了曹贞吉词注重创新，以及雄浑苍茫而又清新飘逸的风格特点。陈廷焯也评价说：“曹升六《珂雪词》，在国初诸老中，最为大雅，才力不逮朱（彝尊）、陈（维崧），而取径较正。国朝不乏词家，《四库》独收《珂雪》，良有以也。”②所谓“最为大雅”、“取径较正”，是指曹贞吉重视对传统词学

---

①王炜：《珂雪词序》，载《珂雪词》，商务印书馆 1938 年版，第 2 页。
②陈廷焯：《白雨斋词话》卷三，人民文学出版社 1959 年版，第 62 页。

的继承。总之,曹贞吉"以填词名世,诗多豪迈之作"①,在清初诗坛上具有较高的地位。

曹申吉(1635—1680年),字锡馀,号逸庵,别号澹馀。曹贞吉之弟。顺治十二年(1655年)进士,官至贵州巡抚。康熙十二年(1673年)吴三桂叛清,曹申吉被俘,十九年遇害,时年46岁。工诗,其诗受其外祖父刘正宗指授,为"济南诗派"传人之一。"早学右丞、嘉州,自南岳回,沉郁顿挫,人比之少陵夔州以后"②。著有《澹馀集》、《南行日记》、《黔行集》、《黔寄集》等,有《澹馀诗选》行世。

曹申吉之孙曹曾衍(生卒年未详),字士行,诸生,亦能诗。其"野鸟有情啼晚树,乱云无碍出秋山"之句,论者认为"独有晚唐佳境"。

安丘曹氏后人曹元询(生卒年未详),原名业,字灵应。嘉庆六年(1801年)举人,少读书过目不忘,长尤淫于典籍。道光二年(1822年)举孝廉方正,廷试一等,以知县用,未仕而卒。工诗,善古文辞,著有《萝月山房集》。

(六)曲阜孔氏、颜氏文学家族

曲阜孔氏是我国历史上延续时间最为长久、影响最为深远的文化家族。自汉代以后,儒学独尊,孔子受到历代统治者的尊崇,孔氏家族也因此享有特殊的政治待遇,其嫡系后裔屡受封赠,至明清时期俨然成为文臣班首。因此说,曲阜孔氏又是一个政治地位极为特殊的文化家族。

由于这些"圣裔"自幼接受传统教育,大都具有较高的文化修养,且具有较强的诗文创作能力;加之历代文人学士都以与"圣裔"交往为荣,所以,他们大都与当时的文坛保持着相当密切的联系。同时,曲阜孔氏往往通过姻亲关系与山东境内的大族保持联系,比如曲阜颜氏、聊城任氏等,这同样加强了曲阜孔氏在山东文坛上的地位。他们不仅以先祖孔子为荣,而且也以传播孔子学说为己任,因此,在他们的文学创作中也时时闪耀着爱国、重民、尚德等孔子思想中的民主性精华。

曲阜孔氏家族自汉代以后开始向山东以外的地域迁移,如今已遍布全

---

①徐世昌:《晚晴簃诗汇·诗话》卷三十五《曹贞吉》。
②张贞:《通奉大夫巡抚贵州工部右侍郎兼都察院右副都御史加一级曹公申吉墓志铭》,载钱仪吉:《碑传集》卷六十三《曹申吉》。

国,更有漂洋过海、旅居东亚、南洋及欧美诸国者。可见,孔氏家族的影响不仅限于山东一地,也不仅限于中国。但孔子的嫡系后裔世居曲阜,他们的文学活动也大多在曲阜一带,因此他们对当地文化风俗的影响也与其他地区不同。到了明清时期,曲阜孔氏可谓诗人辈出,仅孔宪彝所编《阙里孔氏诗钞》一书就收录孔氏诗人百人之多,其中,孔贞瑄、孔尚任、孔毓圻、孔传铎、孔继涑、孔继镕、孔广森、孔昭虔、孔宪彝、孔庆镕等,在当时诗坛都有较大影响。

孔贞瑄(生卒年未详),字璧六,号历洲,晚号聊叟,孔闻商之子,孔子 63 代孙。顺治十七年(1660 年)举人,曾官云南大姚知县。博学多才,潜心经史,尤精算学、韵学,亦善诗文,所作多贴近现实,同情百姓。著有《聊园集》等。

孔尚任(1648—1718 年),字聘之,一字季重,号东塘,别号岸堂,自称云亭山人,孔子 64 代孙。博学多识,既好诗文,又精乐律,对文学艺术的各个方面都有很高的修养。他曾在《蘅皋词序》中说:"予好考历代之乐,凡古三百篇、汉魏乐府、唐诗、宋词、元曲,莫不细读其文。"①其诗歌意境深远,耐人寻味。比如《北固山看大江》:

孤城铁瓮四山围,绝顶高秋坐落晖。
眼见长江趋大海,青天却似向西飞。

其散文能将状物、叙事、抒情结合起来,并寄以哲理。他还给不少人的诗集作过序,在序中表现出他对文学的进步见解。其诗文集有《湖海集》、《岸堂集》、《长留集》等。

《湖海集》乃"呻吟疾痛之声",里面不乏牢骚、不平和感慨。比如,他在散文《西团记》中,就详细地记叙了泰州地区盐民、渔民的生活,并说:他自己与数千参加治水的盐民、渔民一样,"坐立泥涂中,饮咸水,餐腥馔,不胜劳且苦。己劳而慰人之劳,己苦而询人之苦,乃悉得其煮盐捕鱼之状。"他十分感慨地说:"予处地同乐无忧之乡,虽斥卤荒凉,手胼足胝,与之欢呼鼓舞,盖不知劳之为劳,苦之为苦已。"字里行间反映了他对下层劳动人民的

①汪蔚林编:《孔尚任诗文集》第 3 册,中华书局 1962 年版,第 463 页。

关切之情。

同时,孔尚任还具有丰富的文物鉴赏知识,是一个金石文物收藏家。其《小忽雷》传奇,就是他于1694年看到唐宫乐器"小忽雷"、"大忽雷"后,据段安节《乐府杂录》中有关善弹小忽雷的唐宫宫女郑中丞因忤旨赐死、被梁厚本所救、结为夫妇的故事,而与顾彩合写的。

当然,孔尚任的主要文学成就在戏曲方面,所作《桃花扇》与洪昇的《长生殿》并称为"南北双璧",他也与洪昇并称为"南洪北孔"。参见"戏曲与散曲"部分。

孔尚任的长子孔衍谱(生卒年未详),字榆村,号小岸,亦有文名,著有《小岸诗》等。其侄孔衍栻(生卒年未详),字懋法,号石村,贡生。善诗,尤以画著称于时。工山水,擅长以渴笔渲染。然生性淡泊,不慕荣利。举孝廉方正,辞;荐乡饮大宾,又辞;除济宁训导,到官即归。著有《画诀》、《题画诗》等。

孔毓圻(1657—1723年),字钟在,又字翼宸,号兰堂,孔兴燮之子,孔子67代嫡长孙。康熙六年(1667年)袭封衍圣公;九年,授光禄大夫;十五年,晋太子少师。工诗善文,兼工书画。在京为官期间,与当时诗坛领袖王士禛、著名诗人宋荦等诗酒往还。一生著述宏富,有《兰堂集》、《幸鲁盛典》等。夫人叶粲英也善诗,未嫁时即与其姊叶弘湘被誉为"闺中二难"。其子孔传铎名声更大。

孔传铎(1673—1732年),字振路,号牖民,又号静远,别号红萼主人。雍正元年(1723年)袭封68代衍圣公。精于儒学,尤善"三礼",是一位博学渊通的学者;亦善诗文词,也是一位颇有名气的诗人,著有《安怀堂集》、《申椒集》、《盟鸥集》等。同时,还是一位颇具民本思想的官吏,同情民生疾苦,曾捐资赈灾,使万余流民免于饿死。其诗平易流畅,或凭吊古人,比如《半塘五人墓》、《琴台》、《王昭君辞》等,表达自己对先贤的敬仰之情;或模拟乐府,比如《长干行》、《白杨花》等,抒写生活情趣;或题赠唱和,比如记录与王士禛、孔尚任的交往等,大都言之有物,真切生动。其子孔继汾、孔继涑也都有文名。

孔继汾(1725—1786年),字体仪,号止堂,孔传铎第四子,袭封衍圣公。乾隆进士,由内阁中书补户部广西司主事,后入选军机处行走。笃志励学,知识渊博，一生从事孔氏家族史研究，其余甚富，有《阙里文献考》、《孔氏家仪》、《乐舞全谱》、《匡仪纠谬集》、《行余诗草》等。为孔了研究收集保存了大量资料。后因罹文字狱被发配新疆，经其子孔广森借贷赎出后. 云游南方各地，于乾隆五十一年（1786 年）八月六日卒于杭州友人梁同书家中。

孔继涑（1726—1791 年），字信夫，一字体实，号谷园，别号葭谷居士，孔传铎第五子。自幼聪敏好学，才华超人。乾隆三十三年（1768 年）乡试中举，此后屡试不第，遂纳资为候补内阁中书，从未任职。能诗善文，尤酷嗜书法，著有《玉虹楼诗》、《谷园论书》等。后来遭族人诬陷，被开除出孔氏家族，死后不许葬于孔林。

孔继涵（1739—1783 年），字体生，号荭谷，别号南洲，自称昌平山人，孔子 69 代孙，孔毓圻之孙，孔传钲之子。乾隆二十五年（1760 年）举人，三十六年（1771 年）进士，官户部主事。旋即告归奉母，在城东北购得"聚芳园"，著书其中。考订诸经史传，精研数算机械原理，是一位文理兼善、著述等身的学者，与当时的著名学者戴震、翁方纲等过从密切。亦工诗词，善文章，著有《红榈书屋诗文集》、《斵冰词》等。

孔子 70 代孙、"广"字辈中，孔广棨、孔广根、孔广牧等都有诗名，但影响较小，只有孔广森、孔广林较为有名。孔广森（1752—1786 年），字众仲，一字撝约，号顨轩，因心仪郑玄，常号仪郑。乾隆三十六年（1771 年）进士，官翰林检讨。精于春秋公羊学，为清代著名经学家、书法家、音韵学家和骈文家。所作骈文，论者以为兼有汉魏六朝初唐之盛，为清代骈文八大家之一，并受到当时的骈文名家汪中的高度评价。一生著述宏富，除经学著作外，还有《仪正堂诗稿》、《骈俪文》等。孔广林（1746—1814 年），字丛伯，号幼髯，自称赘翁，廪贡生，署太常寺博士。精于经学，亦工戏曲、散曲。除经学著作外，尚著有《温经楼游戏翰墨》，辑有《元明名人小令》等。参见"戏曲与散曲"部分。

孔子 71 代孙、"昭"字辈中，以孔昭虔诗名最著。孔昭虔（1775—1835 年），字元敬，号荃溪，孔广森之子。嘉庆六年（1801 年）进士，历官至贵州布政使。工诗词，通音韵，精书法，尤善隶书。著有《镜虹吟室集》、《经进稿》、《绘声琴雅词》、《扣舷小草词》等。平生好游，足迹几遍海内，故多纪游之诗。其诗体式多样，在思想和艺术方面都达到了较高的水平。比如《渡海》、《江行》诸诗，以生动的笔触描写了汪洋大海和奔腾长江的壮丽景象；《明湖棹歌词》、《乌蛮竹枝词》等则模仿民歌形式，展现了各地风俗民情，轻快流丽；《文信国故里》、《谒史阁部》等，则对文天祥、史可法等爱国英雄进行了热烈的歌颂，流露出深沉的爱国主义精神。其夫人孙茗玉也善诗词，然不肯存稿，故诗词皆不传。

孔子72代孙、"宪"字辈中，孔宪培、孔宪圭、孔宪彝较为有名。孔宪培（1756—1793年），原名宪允，乾隆皇帝为其改名宪培，字养元，号独斋，袭封衍圣公。相传为乾隆皇帝的女婿。工书画诗文，尤善画兰。其诗浑朴自然，感情纯真。著名诗人袁枚曾为其诗集作序，赞其诗"天机清妙，与造物同"。著有《凝绪堂集》等。孔宪圭（生卒年未详），字玉川，号镇斋，恩贡生，曾官四氏学教授，秩满荐升县令，辞而不就，隐居以终。因其长期生活在社会下层，熟悉风俗民情，了解民生疾苦，故其诗能够贴近生活，朴实而生动。比如《瘦马行》诗，写一垂暮老翁为官府所逼、买马以应官马之赋，情景惨痛，感人肺腑；《烧香曲》则写百姓赴泰山进香的情景，讽刺了人们拜神祈福的迷信心理以及由此造成的铺张浪费。孔宪彝（生卒年未详），字叔仲，号绣山，一号秀珊，举人，官内阁侍读。善诗文，诗宗中唐，龚自珍曾序其诗，称其诗"古体浑厚，得力昌黎、昌谷居多；近体风旨清深，当位置随州、樊州之间"。著有《对岳楼诗录》等。

孔子73代孙、"庆"字辈中，以袭封衍圣公孔庆镕文名较著。孔庆镕（1787—1841年），字陶甫，一字冶山。袭封衍圣公孔宪培胞弟孔宪增之子，因宪培无子，以庆镕为嗣。曾在府邸筑铁山园（即今孔府后花园），自称铁山园主。性格纯朴，能急人所急。平时招请四方名士，诗酒唱和，积诗甚夥，晚年亲自删削大半，著有《铁山园诗稿》。又工书法，善绘画，笔致秀逸，独具风格，集有《铁山园画稿》等。

曲阜颜氏为孔门高足颜渊的后裔。迁居琅琊的一支在魏晋南北朝时期出现了颜延之、颜之推等著名文学家，并绵延至隋唐时期。颜延之（384—456年），字延年，以诗文著称，与谢灵运、鲍照并称为"元嘉三大家"。其四世孙颜之推，为北朝齐文学家，能诗善文，所作诗、文、赋——特别是《颜氏家训》，在当时及后世都有很大影响。自东晋南渡以后，琅琊颜氏侨居江南，至唐代又落籍长安等地，颜氏后人对山东本土并未产生影响，但唐代的颜师古、颜真卿、颜允南、颜元孙等，也都有文名，其中颜师古的注经、颜真卿的书法，至今人们仍然受益。宋、元、明时期，曲阜颜氏未见以文名世者。至清，则出现了颜光敏、颜光猷、颜怀礼等诗文名家。

颜光猷（？—1698 年），字秩宗，号澹园，颜子 67 代孙。祖父颜胤绍，崇祯进士，官至河间知府，清兵入城，自焚而死；父颜伯璟终身未仕，有子三人，即长子颜光猷、次子颜光敏、幼子颜光敩（字学山）。颜光猷兄弟三人均为康熙进士，世称“曲阜三颜”，至今曲阜仍流传着“颜氏一母三进士”的佳话。颜光猷为康熙十二年（1673 年）进士，历官行人司正、刑部郎中、贵州安顺知府、河东道盐运使等职，以清廉著称。后因忤权贵，罢官归里。酷爱读书，尤嗜诗文。其诗由唐人入手，古体气韵俱高，近代清隽有致。著有《水明楼诗集》、《颜澹园藏稿》、《水明楼制义》等。

颜光敏（1640—1686 年），字逊甫，更字修来，号乐圃。颜光猷之弟。自幼聪颖好学，9 岁工草书，13 岁能诗赋。康熙六年（1667 年）进士，累官考工司郎中。颜光敏爱好广泛，博览群籍。通律历，晓勾股，善鼓琴，工书法；长于骑射，善于踢球，爱下围棋，又喜投壶。尤深通《大学》章句要旨。所作古体诗，训辞深奥，有汉魏遗音；近体诗清新婉约，酷似唐人。受到当时诗坛前辈王士禛、施闰章的推许。又性耽山水，广交海内外名士。与宋荦、田雯、曹禾、林尧英、王又旦、曹贞吉、谢重辉、汪懋麟、叶封等人结为“十子诗社”，号称“金台十子”，王士禛为刻《十子诗略》，一时名噪京城。著有《乐圃诗集》、《旧雨草堂诗》、《颜修来杂著》等。其女颜恤纬，嫁孔兴埠，也善诗，著有《恤纬斋诗》、《晚香词》。族子颜肇维（生卒年未详），字次雷，晚号红亭老人，贡生，曾官临海知县，工诗，诗学南宋诸家，著有《钟水堂诗》、《赋莎斋稿》、《漫翁编年稿》等。

颜怀礼（生卒年未详），字约亭，室名带月草堂，颜子 71 代孙。康熙年间袭世职为五经博士。好学，喜为诗，因早年夭逝，故诗格未成。著有《带月堂诗集》，殁后由其弟颜怀绎编订，前有康熙六十一年（1722 年）峄县李克敬序。

此外，曲阜颜氏文学还有颜怀懃（字思诚，号慕宗）的《耕余草堂诗稿》等，此不多赘。

（七）德州田氏与卢氏文学家族

德州位于山东省西北部，地处黄河下游，是山东省的北大门，自古有“九达天衢”、“神京门户”之称。汉代平原郡有安德县，隋文帝开皇三年（583 年）改为德州，治安德（今陵县），德州之名始于此。德州地区不仅历史悠久，更因其地处华东、华北的重要交通枢纽，也称得上是人文荟萃。尤其在明清时期，出现了田氏、卢氏等文化世家。

德州田氏系齐王田氏之后，入清后为官僚世家，自田绪宗始。田绪宗（生卒年未详），字仿文，别号蓼庵。幼颖悟，性端严，言行不苟。顺治八年（1651 年）进士，官浙江丽水知县，颇有政声，百姓编歌谣赞之曰：“邑侯清，鸡犬宁。邑侯廉，妇子安。”46 岁卒于官。有文名。夫人张氏，亦德州人，博览群书，精通《诗经》、《春秋》，且能文工诗，今存《示雯辈》一文，及诗《茹荼吟》等 30 首。田绪宗早逝，遗三子田雯、田需、田霡未立。张氏含辛茹苦，将三子抚养成人。其子田雯、田需、田霡，及田雯之子田肇丽、孙田同之，并有文名。

田雯（1635—1704 年），字纶霞，又字紫纶，号山畺子，晚号蒙斋，人称德州先生。顺治九年（1652 年）进士，官至户部侍郎。少孤，承母教诲，博通经史。读书不屑章句之学，而爱好诗文，不喜附俗俯仰。康熙年间，王士禛主盟诗坛，倡导神韵之说，田雯不追踪攀附，而欲以奇丽抗之。其诗文“组织繁富，锻炼刻苦”，“不肯规规作常语”①，在康熙文坛自成一家，居然与王士禛并驰文坛。“其名虽不及士祯，然偏师驰突，亦士祯劲敌也”②。田雯论诗宗宋，推崇黄庭坚、陆游，其五言排律《南阳武侯草庐》以及七古《趵突泉歌》、《移居诗》、《长句送峨眉南归》等，气势奔放，奇警博丽，确有大家气象。晚年喜爱济南风景，卜居大明湖畔，写有许多歌咏济南景物的诗歌，其《谒东方祠五首》、《拜李于鳞墓》、《四风闸访辛稼轩旧居》等，表达了他对乡贤的崇敬之情；《趵突泉歌》、《同郭广文登千佛山二首》等，则充满了对家乡山水的热爱之情。

田雯二弟田需（生卒年未详），字雨来，号鹿关。少随田雯学诗，康熙十

---

①《四库全书总目》卷一七三《古欢堂集提要》，中华书局 1983 年版，第 1526 页。
②周彝：《通奉大夫户部左侍郎田公雯神道碑铭》，载钱仪吉：《碑传集》卷十九《田雯》。

八年(1679年)进士,改庶吉士,散馆授编修。著有《水东草堂诗》、《田子篗中稿》等。田雯三弟田霡(生卒年未详),字子益,号乐园,又号香城居士。康熙二十五年(1686年)拔贡,授堂邑教谕,称病不赴,卜居竹竿巷,筑屋数间,以篱笆为墙,自题曰"香城",诗文自娱。又好种菊,因自号菊隐。田霡任性旷达,淡泊名利,与乃兄田雯个性不同。为诗文也不宗家学,而学诗于王士禛,学文于汪琬,诗文均闻名于时。著有《鬲津堂诗集》、《菊隐集》、《南游稿》、《乃了集》等。王士禛为其《鬲津草堂诗集》所作的序中,称其诗冲淡、自然、清奇,这正是"神韵说"的宗旨。

田雯之子田肇丽,字念始,号苍厓,胸负隽才,却屡试不第,以荫生官至户部郎中。亦有文名,著有《怀堂诗文集》等。

田肇丽之子田同之(生卒年未详),字在田,一字彦威,号砚思,晚号西圃。幼时聪颖,才思敏捷,深得祖父田雯喜爱,因赐字"小山薑"。康熙五十九年(1720年)举人,官国子监学正。后辞官归里,闭门著述。诗文皆工,尤以词著称于时。著有《晚香词》、《西圃词说》、《砚思堂集》①等。其为诗不宗祖父田雯,而与其三叔祖田霡一样诗学王士禛。正如沈德潜在《清诗别裁集》卷二四中所说:"彦威为山薑之孙,而笃信谨守,乃在新城王公。有攻新城学术者,几欲拼命与争。"张元在为《砚思堂集》所写的序中也说:"(田同之)自家学而外,独心折新城王渔洋先生,以为有当于严仪卿以禅喻诗之旨。"

田同之之子田峥舆(生卒年未详),字孟扶,号清漪。不屑举子业,专力于诗词创作,为诗既本家教,复宗渔洋,又工铁笔书法。著有《豆花斋印谱》等。

德州卢氏,祖籍涞水(今属河北),明初迁居德州,明清时期成为德州的文化家族之一。其中卢世潅、卢道悦、卢见曾都以诗文知名。

卢世潅(1588—1653年),字德水,号紫房,晚号南村病叟。明天启四年(1624年)进士,官至监察御史。明末朝政日非,社会危机深重,卢世潅郁闷于心,唯以诗酒自放而已。明亡降清,起复原官,以病废辞,隐居故里。论诗主张直抒胸臆,以出之天然、情趣淡远为诗之佳品。凡所见、所闻、所感,"可愕可娱,可怜可诧之事,悉囊之于诗"②。所作或悲怆凄宛,或情趣淡

①王元鹗有《砚思堂诗钞》。元鹗,字立斋,开基元孙,乾隆已酉举人,官淄川教谕。
②田雯:《卢先生世潅传》,载钱仪吉:《碑传集》卷一三六《卢世潅》。

远，颇受时人称许。邓之诚将其与文坛领袖钱谦益相提并论，谓“谦益诗不似杜，而世漄则悲感凄怆，无一字非杜也。即其诗可以观其人焉”①。著有《尊水园集》。

卢道悦（1640—1726 年），字喜臣，号梦山，卢世漄从孙。康熙九年（1670 年）进士，官终偃师知县。为官清廉，深得当地百姓爱戴，离官后为建生祠。能诗文，著有《公余漫草》、《清福堂遗稿》等。沈德潜谓其“诗中所云，皆从忧勤廉惠中出也，勿徒于对偶声律间求之”②。可见其诗重在内容，而不讲究形式。

卢道悦之子卢见曾（1690—1768 年），字抱孙，号淡园，又号雅雨山人。康熙六十年（1721 年）进士，官至两淮盐运使。居官廉正，颇有政绩。每官一地，则建书院一所，曾建雅江书院（洪雅）、赓扬书院（六安）、敬胜书院（永平）、问津书院（长芦）、安定书院（扬州）等，育人甚多。卢见曾是清代前期著名的学者和文学家。官两淮盐运使期间，与南方书画名家金农、著名诗人厉鹗、著名学者惠栋等交往密切。作为学者，曾校刊《乾凿度》、《战国策》、《尚书大传》、《周易集解》等，并补刊朱彝尊的《经义考》，为古代文献的保存和流传作出了重要贡献。作为诗人，著有《雅雨堂文集》、《出塞集》及传奇《旗亭记》、《玉尺楼》，并辑有《国朝山左诗钞》，为传播故乡文学也作出了重大贡献。

总之，明清时期的山东诗文创作异常繁荣，作品之多也指不胜屈，仅《山东通志・艺文志》中所载录者，比如曲阜孔广栻（字伯诚，号一斋）的《藤梧馆诗钞》、孔广根（字心仲，号小茳）的《秋蓼山房诗存》、章丘李秉瑜（字瑾斋）的《濮阳诗集》、兰山（今属山东临沂市）宋澍（字沛青，号小坡）的《爱日堂集》、诸城张象鹏（字扶九，号石笏）的《石笏诗钞》、高密单模（字达夫）的《君子堂诗》、商河王名震的《偶一鸣集》、平原王国士（字冠英，号梅溪）的《梅溪剩稿》等，可能就需要几代人坚持不懈的努力。本书因字数限制，重在梳理文学史的线索，对作家的艺术风格、作品的具体分析不能尽情渲染铺张。然而，即便是梳理文学史的线索，也难免挂一漏万。

①邓之诚：《清诗纪事初编》，上海古籍出版社 1965 年版，第 697 页。
②沈德潜：《清诗别裁集》卷十，岳麓书社 1998 年版，第 290 页。

第七章　明清山东小说

山东小说发展到明清时期，终于迎来了创作的繁荣时期，不管是长篇小说还是短篇小说，都成为明清说坛上一道亮丽的风景线。

最能体现明代山东小说创作成就的是明代山东章回小说。被称为中国古代章回小说开山之作的《三国演义》和《水浒传》，都与山东有着密切的关系。《三国演义》的作者罗贯中已被学术界认定为山东东平人；《水浒传》的作者一般认为是"钱塘施耐庵的本，后学罗贯中编次"，施耐庵虽然生平里籍欠考，但罗贯中是山东人，并且整部小说描写的都是山东梁山一带的故事。在这一良好开端的驱动下，明代四大奇书中的三部，即《三国演义》、《水浒传》、《金瓶梅》都来自山东说坛或与山东有着密切关系。这不仅体现了明代山东说坛的最高成就，也体现了明代章回小说创作的最高成就。此外还出现了《隋炀帝艳史》、《醒世姻缘传》等章回小说。

从创作内容上来说，明代山东章回小说继承了长期以来形成的生活写实和反抗叛逆两大创作传统，并进一步发扬了反抗的主题。出现于明末清初的《水浒传》，以水泊梁山108位英雄的聚义为线索，通过一系列传奇人物和传奇故事，渲染了北宋末年的宋江起义。小说直面黑暗现实，突出了反抗的主题。其他如《三国演义》、《隋炀帝艳史》等以历史、传说为题材的小说，也都是借古寓今，不同程度地反映出反抗暴政、向往清明政治的共同主题。另一方面，以家庭生活为题材的小说则体现了山东小说直面人生、注重写实的创作传统。以《金瓶梅》为代表的世情小说，开辟了文人独立创作章回小说的先河，完善了章回小说的现实性创作特点，体现了中国小说体制民族性的鲜明特征。

从艺术方面来说，明代山东章回小说也取得了很高的成就。首先，明代山东章回小说完善丰富了各种小说表现手法，并使之趋于成熟。不管是环境的渲染、还是场面的描写，不管是故事的丰富性、还是情节的生动性，都为中国古代小说提供了可资借鉴的成熟经验。其次，明代山东章回小说塑造了一大批成功的人物形象，像诸葛亮、刘备、关羽、张飞、宋江、李逵、秦琼、程咬金乃至西门庆、潘金莲等等，都成为中外知名的文学人物。这不仅丰富了中国小说的人物画廊，而且也为小说人物的塑造提供了宝贵的经验。其三，明代山东章回小说还为中国章回小说提供了两种典型的结构模式——即线式结构模式和环式结构模式。《三国演义》和《金瓶梅》最早提供了两种典型的线式结构模式——前者采用了以时间为顺序的线式结构模式，后者则首次采用了以人物为线索的线式结构模式，这两种结构模式成为后世章回小说创作经常采用的两种基本的线式结构模式。《水浒传》则首次为小说创作提供了环式结构模式——具体地说是以人物为线索的环式结构模式，后世小说家不仅继承了这种结构模式，而且进一步发展了这一结构模式①。

在章回小说创作繁荣的同时，明清时期山东的短篇小说创作也呈现出欣欣向荣之势。尤其是文言短篇小说，先后出现了王象晋的《剪桐载笔》、黄卿的《漫记》、冯子咸的《耕余笔谈》、毕拱辰的《蝉雪哤言》、孔迹的《天蕉馆记谈》、刘璞的《四事豹斑》、杨士聪的《玉堂荟记》、蒲松龄的《聊斋志异》、曾衍东的《小豆棚》、解鉴的《益智录》等文言短篇小说，其中《聊斋志异》被称为中国文言短篇小说创作的最高峰，而蒲松龄也因之被誉为“中国短篇小说之王”。

一、明清时期的山东短篇小说

与整个明清时期的短篇小说创作一样，明清时期的山东短篇小说也包括文言短篇小说和白话短篇小说即话本小说两大类。整体上来看，明清时

①到了吴承恩的《西游记》，始将《水浒传》提供的以人物为线索的环式结构模式进一步发展为以故事为线索的环式结构模式。其实，《西游记》的整体结构仍然是以人物为线索的环式结构：1—7回大闹天宫以孙悟空为主，8—12回唐僧出世以唐僧为主，13—100回西天取经则以唐僧师徒四人为主。而西天取经一部分又是以41个小故事构成，就这一部分来说，采用的则是以故事为线索的环式结构。

期的山东文言短篇小说创作相对繁荣，而话本小说的创作则相对比较薄弱。

（一）明清时期的文言短篇小说

明代的文言短篇小说创作相对比较沉寂，平时人们常提的也就是“三灯”，即瞿祐（1341—1427年，字宗吉）的《剪灯新话》、李祯（1376—1452年，字昌祺）的《剪灯余话》和邵景瞻的《觅灯因话》。而明代山东文言短篇小说的创作则相对呈现出繁荣的局面，尤其是明代中后期，山东说坛上先后出现了冯子咸的《耕余笔谈》、王象晋的《剪桐载笔》、毕拱辰的《蝉雪哤言》、杨士聪的《玉堂荟记》以及黄卿的《漫记》三种、孔迹的《天蕉馆记谈》、刘璞的《四事豹斑》等多种文言短篇小说集。虽然不少作品已佚、仅留存目，但也说明了山东明代文言短篇小说创作的相对繁荣。

冯子咸的《耕余笔谈》是明代中期出现的一部杂俎小说集。冯子咸（生卒年未详），字受甫，号望山，山东临朐人。出生于诗书门第、仕宦世家，其祖父冯裕，字伯顺，正德三年（1508年）进士，从政二十多年，官至贵州按察使。其父冯惟健，正德举人，未仕而卒；其三叔父冯惟敏是明代著名散曲家。据《明史》本传记载：冯子咸自幼失父，事母最孝。母亲患病，子咸事母唯谨，衣不解带者逾年。母亲去世后，子咸哀毁骨立。万历元年（1573年）考中举人，次年赴会试不第，自此不再与试，专心濂、洛之学，静心读书治学，修身齐家，他曾对人说：“为学须刚与恒。不刚则隳，不恒则退。”同时代的钟羽正曾称赞道：“子咸信道忘仕则漆雕子，循经蹈古则高子羔。”将他比作孔子的弟子漆雕开和高柴，给予很高的评价。所撰《耕余笔谈》是明代中期较有影响的杂俎小说集，可惜原书已佚，唯清·黄虞稷《千顷堂书目》小说类中予以著录。

王象晋的《剪桐载笔》是明代后期出现的一部传奇小说集，全书1卷，《四库全书总目》小说家类存目著录，今存明·海虞毛凤苞校刻本。其所著《群芳谱》则是一部博物类杂俎小说集，成为后世园艺植物方面的经典著作。

王象晋（生卒未详，约1619年前后在世），字荩臣（一作子进），一字康宇，山东新城（今桓台）人，是明末著名的文学家和药学家。明神宗万历三十二年（1604年）进士，官至浙江右布政司使。后告老还乡，优游林下凡20

年。入清后自号明农隐士,清居谢客,淡漠世事。事迹见姜宸英《湛园未定稿·新城王方伯传》等。著有《剪桐载笔》1卷、《群芳谱》30卷、《清寤斋欣赏编》1卷,均收入《四库全书》。另有《内科正宗》50卷、《王氏族谱》13卷,以及与王之坦合撰的《大槐王氏念祖约言世纪》2卷等。

《剪桐载笔》是作者奉使册封途中所作,故取义于"剪桐"。"剪桐"即"剪桐封国"的典故,出自周代。传说叔虞为周成王的胞弟,一次成王与叔虞一同玩耍,成王将一桐叶剪作一玉娃,对叔虞说:"将来我会拿着玉娃封你。"公元前841年周公灭唐,周成王果然封叔虞于唐(今山西省翼城县)。史称"剪桐封弟",亦称"剪桐封国"。

该书采用分类记事的体制,全书分传、赋、解、说、记五类,每类由若干故事组成。书中所记故事多为奇闻异事,并有意加以铺张渲染,因此时见志怪特色。内容上来看,作品或表彰嘉言懿行,或鞭挞不良之辈,或揭露世风丑恶,大旨不外乎劝善惩恶之意。如"传类""楚春元隐德传"一则,以楚春元坐怀不乱的故事,宣扬天理克服人欲之功。"说类"中的"燕妇奇妒说"则叙一奇妒之女,见他人娶妾,自己竟气昏于地。从另一角度写出了妻妾制度对妇女心理上造成的巨大影响。"记类"之"丹客记"写一丹客以炼丹骗人钱财事;"燕僧记"则写二淫僧荒淫无耻,与妓女、荡妇淫乱之事。这些作品均反映了当时社会的丑恶与世风的堕落,具有积极的思想认识价值。然而,作品中的说教意味过于浓厚,卷首之《贺登极》表及《贺惠王陛位》一启,干脆就是歌功颂德之作。这些方面则体现了作者思想的局限性。从艺术上来看,本书体近传记,篇幅完整,风格缛丽,颇有传奇小说之风。

另外,王象晋的《群芳谱》也值得一提。《群芳谱》全称《二如亭群芳谱》,共四部二十八卷,《明史·艺文志》著录。全书分为天谱、岁谱、谷谱、蔬谱、果谱、茶竹谱、桑麻葛谱、药谱、木谱、花谱、卉谱和鹤鱼谱等。每谱之下,先用"小序"说明作谱意图;再以"首简"概括本谱要点,记述历史文献;最后记述各物的形态特点、栽培经验以及相关内容。《群芳谱》以讨论植物为主,兼及金鸟、饮食、风俗等等,内容极为广博。从文学的角度来说,该书有三点值得注意:其一,书中详细记载了各种花草树木的形态特征、栽培方法,被世人引为园艺植物学专著。其次,书中涉及鱼虫奇石、茗茶饮食以及相关传说、社会风俗等多方面内容,是一部博物类杂著。从这一方面来说,则可以视之为博物类杂俎小说。其三,该书还因其清雅优美的语言,被后人视为“清玩”、“清赏”类的晚明小品文。比如,《群芳谱》记载梅花品种达19个之多,将其分属白梅、红梅、异品三大类,并分别介绍了各种梅花的形态特征及栽培方法;在谈到养兰的环境时,《群芳谱》总结出了“前宜南面,后宜背北,左宜近野,右宜近林。夏过炎烈则荫之,冬逢寒冷则曝之”的养兰经验,被今人视为经典。在谈到枣树时,除记载了“如本年芽未出,勿遽删除。谚云:枣树三年不算死,亦有久而后生者”的经验之外,还记载了“枣粥”的制作方法:“枣煮熟烂,将谷微碾去糠,和枣匀作一处,晒七八分干,石碾,碾过再晒极干,收贮听用,临时石磨,磨细可作粥,作点心,任用纯谷、黍、稷、蜀术、麦面之类,俱可作。”在谈到茶树时,则归纳总结了茶叶保鲜、贮藏的三条经验:“喜温燥而恶冷湿,喜清凉而恶蒸郁,宜清独而忌香臭”。再比如,述及丹顶鹤时说:“体尚洁,故色白;声闻天,故头赤”……诸如此类。这些内容今天仍然时常被人引用。

毕拱辰的《蝉雪咙言》是明代后期出现的一部杂俎小说集。毕拱辰(生卒年未详),字星伯,山东掖县(今莱州市)人。万历四十四年(1616年)进士,历任朝邑、盐城等地知县,迁冀宁兵部佥事。值李自成攻太原,毕拱辰据城死守,城破而死。《明史》有传。据史料记载,毕拱辰是明末早期且有声望的一位天主教徒,教名斐理伯,与高一志、金弥格等神父交厚。他曾刊刻利玛窦的《圜容较义》,并润色刊定高一志的《斐录答汇》和邓玉函(JohannTerrenzSchreck,1576—1630年)的《泰西人身说概》二书,并为之作序。对西方文化在中国的传播作出了一定贡献。所著《蝉雪咙言》8卷,原书已佚,唯《千顷堂书目》小说类中著录其目。

杨士聪的《玉堂荟记》是明代后期出现的一部志人小说集。据其自序称:该书成书于崇祯十六年(1643年)十二月,距明朝灭亡、清朝立国仅百余日。《四库全书总目》、《清史稿·艺文志》小说家类著录1卷,今存《借月山房汇钞》、《泽古斋丛钞》、《指海》诸本均为2卷,《明史·艺文志》杂史类则著录为4卷。《四库全书总目提要》云:“是书自序称一帙,而书首题卷一字,则当有二卷。中间‘癸未九月经筵’以下,旧本别为一页,与前不属,疑为下卷之页,传写佚其标题也。”杨士聪(生卒年未详),字朝彻,号凫岫,山东济宁人。崇祯进士,曾官翰林检讨,入清后官至谕德。能诗文,著有志怪小说集《玉堂荟记》。作者在《自序》中指明了自己的创作动机:“凡十余年来,世局、朝政、物态、人情,约略粗载于此,而戏笑不经之事,亦往往而在。”可见本书的创作是有现实针对性的。本书笔者未曾寓目,据《中国文言小说总目提要》介绍:“惟作者每于事后横加评点,抒发己见,又欠精允,故不免蛇足之嫌。如卷上记崇祯生母生前未有画像,崇祯令于新乐侯家求子侄貌似者,据以传写,又别为神宗及令于博平侯家亦求似孝元皇后者一并传写迎入。作者对此大加驳难,并责无敢谏者。与此相关,书中对明末内阁中如周延儒、薛国观、温体仁、王应熊等人的门户倾轧记载,往往偏袒其师周延儒,于他人则多有微词。此虽不免偏颇,而于了解当时朝阁纷争之内幕,抑或有益。他如卷上记曹天锡、姚择扬羁族娶妾事,语关警世说教,而叙事委曲,颇具小说意味。”据有关资料介绍,本书还涉及不少明清时期的社会制度及风俗文化事象,为后人保留了丰富的风俗文化史料。比如在介绍烟酒的传播过程时,《玉堂荟记》记载:“烟酒,古不见经传。辽左有事,调用广兵,乃渐有之。自天启(1621—1627 年)中始也。二十年来,北土亦多种。”又载:“己卯(崇祯十二年,1639 年),上传谕禁之,犯者论死。庚辰,有会试举人,未知其已禁也。有仆人带以入京,潜出鬻之,遂为逻者所获,越日仆人死西市矣。”这些资料对我们认识当时的风俗文化颇有参考价值。

此外,据《中国文言小说总目提要》介绍,明代属于山东的文言短篇小说尚有孔迩的《天蕉馆记谈》、黄卿的《漫记》、《闲钞》以及刘璞的《四事豹斑》等等。

《天蕉馆记谈》题“鲁人孔迩撰”,也是明代的一部杂俎小说集。因作者孔迩生平无考,因此该书的问世年代也不能确定。据《中国文言小说总目提要》介绍:“书中记元末草莽首领生活琐事,以陈友谅事为多。主旨不外抑彼扬此,以其奢糜之举,证明王朝公正之气。如陈亡后其宫人流落民间,向人言陈时宫中桑妃,深为陈帝所爱,海贾所进各类珠宝皆以赐之云云。另书中又兼记地方物产,已非小说家言,盖杂俎之体,不必相诘。”此外,作品对当时的社会制度、民间风俗多所记载,除文学价值外,尚有一定的史料价值。

黄卿(生卒年未详),字时庸,号海亭,山东益都(今青州市)人。正德三年(1508 年)进士,官至江西左布政使。事迹见吕柟《泾野先生文集》卷 1

《送黄武进序》。著有《编茗诗话》8 卷以及《漫记》、《闲钞》等杂俎小说 3 种。《编茗诗话》只见于《明史·艺文志》著录;《漫记》与《闲钞》原书已佚,仅见于明末清初藏书家黄虞稷的《千顷堂书目》小说类存目。

清代是山东小说史上文言短篇小说创作的黄金时期,也是中国古代文言短篇小说创作发展的第三个高峰时期,其标志就是出现于清初康熙年间、代表中国古代文言短篇小说创作最高成就的《聊斋志异》,以及在此后出现的一大批仿"聊斋"之作、仿"草堂"之作以及仿传奇之作、仿志怪之作。除《聊斋志异》之外,山东清代说坛上最有代表性的文言短篇小说集还有《小豆棚》和《益智录》等。

《小豆棚》是曾衍东创作的一部传奇小说集,是清代中叶山东说坛上出现的一部典型的仿"聊斋"之作。

曾衍东(1751—1830 年),字青瞻,一字七如,号七如道人、七道士、铁鞋道人,山东嘉祥人。乾隆五十七年(1792 年)42 岁始中举人,4 年后举为贤良方正,又 4 年出任湖北江夏知县,为官清正。又 5 年,因诖误遣戍浙江温州。晚年以卖字画为生,贫老不能归乡,于道光十年(1830 年)客死温州。享年 80 岁。据《嘉祥县志》及盛伟《小豆棚·校点后记》等资料记载:曾衍东性格落拓不羁,工诗文,善书画,著有《七道士诗集》、《长日随笔》、《哑然绝句》、《七如题画小品》、《武城古器图说》等,并著有文言短篇小说集《小豆棚》。

曾衍东一生忙碌,《小豆棚》自序中说:"我为秀才忙举业,为穷汉、为幕、为客忙衣食",不幸的是,终其一生,依然生活潦倒,科举蹉跎,仕途坎坷,可谓屡遭磨难。因此,曾衍东胸中自有一股不平之气;因此,他才"将所有诸般贪、嗔、爱、恶、欲,种种不可思议",把那些"闲情、闲话、闲事、闲人"诉诸笔端,写成了一部《小豆棚》。

《小豆棚》原书共 8 卷,成书于乾隆六十年(1795 年)。因作者身后零落,一直未能付梓问世。今见抄本两种:一为作者手稿,仅存 4、5 两卷,有作品 55 篇,上有批评及修改文字;一为据稿本过录的抄本,存 1—6 卷,有作品 162 篇。在作者去世 5 年后——即光绪六年(1880 年),由项震新"校雠付梓",由上海申报馆刊印出版。出版时,项震新重新分类整理,并略有删改,将全书分为 16 卷,凡九"部"六"类"一"杂记",并附录 2 则,总计 203 篇。

作品主要记录了明末以来山东济宁一带的传闻，及作者在外省为官期间听到的一些传说。虽然作者自称《小豆棚》是一部出自"忙人"的"闲书"，但从作品的字里行间却不难看出，其立意也不外愤世嫉俗之志，所以该小说集具有深刻的思想认识价值。

《小豆棚》是山东说坛上继《聊斋志异》之后较有代表性的一部文言短篇小说集。书名模仿了清初艾衲居士的《豆棚闲话》，故又称《小豆棚闲话》，其中《杂记》中的《述意》一篇，实际上是一出自传体戏曲，其中便交代了"小豆棚"一题的命意所在。《述意》开篇写到：

> 场上设豆棚一架，满开豆花。陈几案笔砚瓶麈。中悬"雨丝草堂桂馥书屋"匾额，两旁挂"白昼饶人听说鬼，青天扯淡坐浓阴"对联。

然后就是男主角为老婆、孩子讲故事，"说几个儿孙牛马，说一回欢喜冤家。窦娥儿惹下了飞霜禾尽打，新息侯薏苡明珠乱真假。台空铜雀犹留瓦，到不如汉淮阴求一饭甘心胯下，陶彭泽五斗腰叉。"

但是，从比较本质的方面来看，《小豆棚》与《豆棚闲话》或志怪、杂俎的关系并不是很密切。《小豆棚》只是在命题上模仿了《豆棚闲话》；在创作动机和思想内容方面虽也有相通之处，但并不能说明什么问题，因为大凡比较优秀的作品都会具有这一特点。而《小豆棚》之与志怪、杂俎，只是在结构体例上相同罢了。相反，《小豆棚》与《聊斋志异》的关系倒是极为密切。通过下面对《小豆棚》思想内容和艺术成就的分析，以及与《聊斋志异》的比较，可以清楚地看出：《小豆棚》是一部仿聊斋之作。

作为一部杂俎小说集，《小豆棚》在题材上多所涉猎，故思想内容比较复杂。从其积极的方面来看，作品对官场腐败、社会黑暗都有不同程度的揭露，对科举制度进行了无情的讽刺，鞭挞了社会上的不公现象；同时对下层劳动人民，尤其是妇女的优秀品质进行了热情的歌颂；不少篇目还体现出明显的商品经济意识，体现了作者进步的思想观念。具体包括以下五个方面。

其一，作品揭露了官府的黑暗腐朽，批判了官吏的昏庸无能。比如《庄仙人》、《杨汝虔》、《张二棱》、《张劈刀》诸篇，都真实地再现了官府的黑暗和官吏的腐朽，从而反映了封建政治已经自上而下腐朽透顶的社会现实。同时，作品也赞扬了一些秉公执法、清正廉洁的清官良吏，尤其是为民做主、关心民情的地方官。比如《郑板桥》、《邵嗣尧》、《少霞》、《二班头》等。

其二,作品揭露了丑恶的社会现实,讽刺了不良的社会风气。清代中叶,伴随着政治的腐败和官场的黑暗,社会上的歪风邪气也日趋猖獗,人心不古,世风日下,作品中有不少篇目都反映了这一现实状况。比如《湘潭社神》、《僵鬼》、《泥鬼博》等篇。同时,某些篇目还赞颂了下层人民诚实本分、质朴勤劳的优秀品质。比如《小李儿》、《张二唠》、《秃梁》等篇。

其三,作品中还有大量反映家庭婚姻内容的故事,表达了对自由爱情和自主婚姻的追求和肯定。比如《段子崄》、《孙筠》、《陈万言》诸篇。在此类作品中,作者突出赞美了妇女聪明智慧和优秀品德,并肯定了她们对自由婚姻的追求。同时,也鞭挞了悍妇恶女的丑恶行径。

其四,小说中还有不少反映科举考试的作品,揭露了考场的营私舞弊和主考官的不学无术,从中体现了对科举制度的批判意识。比如《李维敬》、《泗州城隍》等篇。同时,某些作品对社会上的不公现象有所揭露。

其五,作品中还出现了一批具有商品经济意识的作品,反映了商品经济的发展。这一思想首先体现在对许多经商故事的正面描写上,比如《二妙》、《耿姓》、《陈万言》等篇;其次表现在对文人经商观念的改变上,比如《董子玉一家言》、《黄玉山》等篇。

另外,作品还广泛记载了当时各种见闻,如《郑板桥》、《指画渴笔创始》、《贾凫西鼓词》诸篇,记载了古代的文人轶事;《水烟技》、《吴门三戏》诸篇,记录了当时的民间技艺;《琉璃》、《水晶眼镜考》、《人参考》诸篇,则介绍了各地的物产及特点。这些文字虽然谈不上深刻的思想认识价值,但却临摹了一幅当时社会的风土人情画卷,为后人保存了珍贵的风俗文化资料,颇多参考价值。

在艺术方面,《小豆棚》也与《聊斋志异》颇多相似之处,并且同样取得了很高的成就。大致体现在以下七个方面:其一,从创作手法方面来看,《小豆棚》与《聊斋志异》一样,也是一部"用传奇法而以志怪"的作品。其二,从内容题材方面来看,《小豆棚》采用了许多与《聊斋志异》相同的题材,或者说《小豆棚》中有不少篇目,都是从《聊斋志异》衍化而来的。《胡曼》篇与《聊斋志异·水莽草》同一机杼;《紫欢》篇中的紫欢姑娘,实乃《聊斋志异·霍女》篇中霍氏女的化身;《郑延》篇开头郑延入铺买绫的情节与《聊斋志异·阿绣》篇的开头如出一辙;可见《小豆棚》与《聊斋志异》的关系是极为密切的。其三,从结构体例上来看,《小豆棚》继承了《聊斋志异》因人写事的传记体结构,并且在不少篇目的后面也有类似于“异史氏曰”的评价性文字“七如氏曰”。但在体例上却迥然不同:《聊斋志异》采用的是分卷记事的体例,《小豆棚》则采用了分类记事的体例。其四,在人物形象方面,《小豆棚》塑造了大批栩栩如生的人物形象,比如好说好问却憨厚质朴、心地善良的张二唠(《张二唠》),本性正直、性情刚烈、疾恶如仇的常安运(《常安运》),质朴得有些傻、然而诚实可爱的冬烘生(《冬烘生》)等等,尤其是美女的形象,《小豆棚》所写女性形象虽不及《聊斋志异》“色相之夥”,但不少形象也是个性突出,令人过目不忘。比如聪慧、活泼、可爱的翠柳(《翠柳》),“艳如桃李,而冷若冰霜”的狐女(《拜书》),“如荷粉露垂,杏花烟润,嫣然欲绝”的娄春(《文酒》)等等,都给人留下深刻的印象。其五,在叙事描写方面,《小豆棚》也达到了炉火纯青的地步,描写准确细腻,生动形象,读来如耳闻目见。不惟善于渲染,而且善于抒写,字里行间颇带诗情画意。比如《水烟技》篇描写楚人周子畏吸烟绝技的一段。甚至可以说,《小豆棚》许多地方的描写一点也不逊于《聊斋志异》。其六,在故事情节方面,《小豆棚》中的许多故事虽然篇幅不长,却大都写得生动曲折,真实感人。比如《陈万言》、《柳孝廉》、《放鹰》等篇。其七,在语言运用方面,《小豆棚》也达到了古雅简练、清新活泼的艺术境地。其语言典雅工丽,精练简洁,且富表现力,同时还提炼、吸收了许多当时的口语,行文中穿插了大量的山东方言。

由此可见,《小豆棚》确实是一部仿聊斋之作,并且在思想、艺术方面同样取得很高的成就。可以说,蒲松龄的《聊斋志异》和曾衍东的《小豆棚》是清初和清中叶山东文言短篇小说的两颗明珠,在清代的说坛上如日月争辉,分别代表了清初和清中叶山东文言短篇小说的最高成就。①

解鉴的《益智录》又名《烟雨楼续聊斋志异》,是清代山东说坛上另一部较有代表性的仿“聊斋”之作。

解鉴(1800—？年),字子镜,号虚白道人,济南历城人。自幼举八股业,博览群书,于诸子百家多所涉猎。然而,一时宿儒,却命薄时蹇,名困场

①参见徐文君:《仿〈聊斋〉之作:〈小豆棚〉初探》,载《蒲松龄研究》2003年第3期。

屋。少应童子试，试辄不售，名场潦倒垂四十年，终老布衣。加之生性不慕浮华，不矜声气，以致名不见史传，连《历城县志》上都未见其名，甚至“士大夫几无有知其谁何者”①。因家境清贫，遂以训蒙为业，在济南城北之黄台山设帐授徒。晚年绝意仕进，以诗文著述自娱。诵读之余，乃仿《聊斋志异》笔墨，于同治年间写成《益智录》一书。

《益智录》全书共 11 卷，收录短篇小说 130 余篇。据作者《自序》称：“每书阮瞻无鬼论，笑其迂拘，因述见闻，泚笔条记，质诸同好，咸谓解颐。颜以《益智录》，友人所标目也。”虽然作者自称该书为游戏之作，然而书中实有感慨寄托。正如尹亦山《〈益智录〉序》中所说：“先生为历下名流，一时宿儒，而命薄时蹇，试辄不售。于是绝意功名，授童蒙于黄台；殚心著作，富搜罗于青箱。虽街歌巷议，传之即为美谈；而目见耳闻，著手皆成佳话。以满腹绣虎之才，拘来社鬼；拈一管生花之笔，写彼城狐。乃牵萝补屋，惟知安夫清贫；而哀雁悲蛩，藉此抒其怀抱。”由此可见，《益智录》即《烟雨楼续聊斋志异》不仅在题目、题材、结构诸方面模仿《聊斋志异》，在创作意图上也是模仿蒲松龄的“寄托孤愤”而作的一部借鬼狐花妖以劝善惩恶、寄托感慨之作。

《益智录》通过人与人、人与鬼狐花妖等异类之间的故事描写世态人情，并借此益人神智、劝善惩恶，体现出较高的思想认识价值。王恒柱、张宗茹校点的《益智录·整理后记》中，将该书的思想内容总结为五个部分：一为劝善惩恶故事。比如《小宝》篇写小宝之母拾金不昧，最终使母子巧遇的故事；《聂文焕》篇写书生聂文焕将亲友助其赴试之资用来解救雷姓夫妇，最终自己也考中了进士的故事。《恶梦》、《来生债》诸篇则写多行不义而终受恶报的故事。二为恋爱婚姻故事。比如《阿娇》、《苏玉真》等篇。这些故事虽不能完全摆脱传统婚姻的框子，却也具有一定的进步意义。三为家庭生活故事。此类故事多赞美和睦友爱的家庭关系，谴责夫妻反目、兄弟为敌的不良风气，比如《上官勇》、《金瑞》等篇。四为人生遇合故事。多写发迹变泰的奇遇，如《琼华岛》、《应富有》之类。五为奇闻异事。此类作品或写奇人奇物，比如《请乩》、《义狼》；或叙奇案异闻，比如《路案》、《贺举人》。

①叶圭书：《〈益智录〉序》。

不仅能新人耳目,也具一定的史料价值。

上述五大内容基本上涵盖了《益智录》一书的思想内容。然而,就作者的思想境界来看,却远不及《聊斋志异》的作者蒲松龄。比如书中对女性的看法、对女儿的看法等,大都体现出一种世俗的观念。并且,不少“虚白道人曰”中所表达的思想也太过传统,颇有些腐儒传道的意味。

《益智录》在艺术上也取得了较高的成就。体例结构上,《益智录》模仿了《聊斋志异》“因人系事”的传记体结构。小说大都以人名为目衍义出一篇故事,每篇故事的结尾都有“虚白道人曰”,以发表议论、揭示主题。每篇故事长短不一,大多写得委婉曲折。尤其是个别篇幅较长的故事,情节结构颇为曲折生动。比如《小宝》篇,其故事情节可谓生动曲折,但故事情节的发展似乎过于理想化。

值得提出的是,《益智录》中的不少故事的结构或情节,都与《聊斋志异》相类。比如《狐夫人》基本上从《聊斋志异·阿绣》篇化出;《碧玉》篇的开头也与《聊斋志异·神女》篇的开头完全一样;《上官勇》篇则从《聊斋志异·曾友于》篇化出;等等。这或许是因为解鉴与蒲松龄为同乡,二人听到了相类的民间传说的缘故。

人物塑造上,《益智录》善于描写人物,尤其善于写美人。往往三言两语就能够使一个人物形象栩栩如生,跃然纸上。但却不重视人物语言的个性化,只是一味地用文言文来写作而已。比如《小宝》篇中生来贫困的小宝,见到刘氏女时竟然说出文绉绉的秀才话来。这与人物的身份地位是不相符合的。

在语言描写方面,《益智录》的语言也是典雅优美的,但其语言的表现力远远不如《聊斋志异》。不仅人物语言不具有个性化,有些描述性的文字,甚至完全来自《聊斋志异》的原文,而有些“虚白道人曰”则完全是无聊的说教。

在清代山东说坛上,创作文言短篇小说最富的一位作家其实是王士禛。①王士禛是清初山东文坛上的大家。史载他一生著述50余种,“生平为诗不下三千首”,为文更多。传至今者有《渔洋诗集》、《渔洋诗话》、《渔

①王士禛的家世生平可参见第六章“明清山东诗文”部分。

洋文略》、《渔洋精华录》、《池北偶谈》、《香祖笔记》、《居易录》、《感旧集》、《蚕尾集》等，另编有前人诗文集《古诗选》、《唐人万首绝句选》、《二家诗选》、《华泉集》等数种。

在诗坛上，王士禛提出“神韵说”，是清初继钱谦益之后的诗坛领袖，被称为“清代第一诗人”、“康熙时期的诗坛主将”，有“诗为一代宗匠”之誉。在说坛上，王士禛也是清代创作文言短篇小说最多的作家之一，其中被《中国文言小说总目提要》收录的就有《池北偶谈》、《香祖笔记》、《说部精华》、《皇华纪闻》四种，前三种为杂俎小说，后一种为志人小说。

《池北偶谈》是清初山东说坛上颇有价值的一部笔记小说，也是王士禛的笔记小说中最为脍炙人口的一部。据王士禛自序称，他所居住的宅西有圃，圃中有地，地北有屋数椽，有书数千卷置其中，因而取白居易“池北书库”之意，将本书命名为《池北偶谈》。又因为书库旁有石帆亭，王士禛时常与宾客聚谈其中，故本书又名《石帆亭纪谈》。

从体例上来看，《池北偶谈》分为谈故、谈献、谈艺、谈异四大类目，共26卷。其中“谈故”4卷，专记清代的典章制度，以及衣冠胜事，间及古制；“谈献”6卷，主要记述了明代中叶以后及清初的名臣、奇人、列女等事，可视为志人小说；“谈艺”9卷，专门评论诗文，采撷佳句；“谈异”7卷，则记述神怪传闻之事，可视为志怪小说。因其志人、志怪混杂，所以《中国文言小说总目提要》中将其列为杂俎小说。

作为一部杂俎小说，《池北偶谈》选材广泛，内容驳杂，艺术性并不是很高。其文学价值和思想价值主要体现在“谈献”和“谈异”两大类目中。“谈献”中有不少人物故事写得情节曲折，人物形象比较突出。虽然内容主要是阐述为人处世之道，却体现出深刻的传统文化内涵。比如卷八《徐公长者》篇写徐公二子为雪父耻，发愤下帏，后来相继登第。正欲报复仇家之际，却遭父亲反对。二家最终合好，情同世家。作品流露了吃亏是福、以德报怨的传统思想。《沈文端公》篇则叙沈鲤在他人对自己的盛赞中，看出家道衰败的征兆，反映了中国人居安思危的忧患意识。“谈异”类多谈奇人奇事而少寄托，虽然故事性很强，且具可读性，然而思想认识价值却不太高。只有部分侠客故事尚具有一定现实意义。比如《剑侠》篇通过剑侠盗取官中巨金、并警告邑令不得责罚吏人的故事，歌颂了剑侠“损有余以补不足”

的侠义精神,体现了人民群众对贪官污吏的憎恶之情。值得提出的是,"谈异"中的个别故事与《聊斋志异》相似,比如《林四娘》和《啖石》(《聊斋志异》作《龁石》)两篇,前篇写青州陈宝钥事,后者写新城王姓事,或许因两位作者所闻略同所致。此外,作品也具有较高的艺术价值。其中文学性较强的一些篇目,大都写得情节曲折,人物形象也较为鲜明突出。尤其是《剑侠》篇,不仅通过以侧写正、以虚写实的手法刻画了剑侠的神秘莫测,而且描写细腻,叙事婉转,情节跌宕起伏,故事生动曲折,具有很高的艺术价值。

《香祖笔记》是王士禛另一部具有代表性的笔记小说。因作者所居之处有兰数侏,而古人称兰为"香祖",因以名书。作品以志人为主,或考证议论名物,或直书时事怪异,也是一部内容庞杂的笔记小说。《中国文言小说总目提要》称该书的价值"主要在于那些出于作者写实笔下的客观意义超出主观意图的作品",实际上,劝善行、匡世风、正人心更是古代文学创作的传统主题,也是许多古代文学作品的价值所在。该书中的大部分篇目正体现了这一传统的创作主题。比如《赵逊》篇写卖水人赵逊及所娶母女一家的悲欢离合,体现了劝人行善良的创作主旨;《武林女子》篇写武林女子王倩玉嫁人后又与表兄私自结合的爱情故事,反映了青年男女对自由爱情的追求。虽然不少篇目中含有较多的说教意味,但大多故事都深刻揭示了现实生活中的人情、人性,逼真地描绘出了当时的人情世态。因此,同样具有较高的思想认识价值。还有些篇目,或以因果明善恶,或以人事讥现实,或述生活琐事,或记奇闻异事,也大都具有一定的思想认识价值。

从艺术上来说,该书虽然情节比较单一,但语言简洁而含蓄,不少人物也写得颇具个性,令人过目不忘,也取得了一定的艺术成就。

《皇华纪闻》是王士禛于康熙二十三年(1684 年)奉命祭告南海之后,据沿途见闻而作。全书 4 卷,多记史实,而不太讲究文学性。《四库提要》曾评此书"多采小说地志之文,直录其事,无所考证,不及其《池北偶谈》诸书也"。

作品主要记述了明代以来的轶闻逸事,涉及内容较多,题材范围较广。其中内容较为集中者,一为伦理道德故事,二为奇人轶事。就伦理道德故事而言,大多是衍义了传统的伦理道德思想,具有一定的教育价值。比如卷一《刘参政》篇叙刘约所聘之女失明后主动退聘,而刘约却不改初衷,并最终与其成婚的故事,渲染了传统的诚信思想。而奇人轶事类故事,或记奇人异能,新人耳目;或与世态人情,幽默诙谐。也大都具有一定的社会认识价值。比如卷一《惠泉匾额》篇写吴中某监司以"似我"二字匾额置于惠山二泉,自誉为官清如二泉,却被诸生悄悄移至茅厕之上。表现了某监司的无耻浅薄和诸生们的疾恶如仇,读来生动幽默。

值得指出的是,本书虽多真人真事,但语言清新明快,简洁质朴,正如韩菼《序》中所说:"简而足信,质而不俚。"不少故事也写得精彩生动,读来并不觉其枯燥。

《说部精华》是王士禛笔记小说的一个选本,乃康熙年间刘坚从王士禛的各种笔记杂著中选择、分类而成,共分为评骘、考核、载籍、典故、诙谐、诗话、清韵、奇异等八类。其中"评骘"是史评议论,"考核"为考据之文,"载籍"属文献目录,"典故"乃典章制度,只有"谈谑"、"清韵"、"诗话"、"奇异"中的部分内容属小说。

清代的山东文言短篇小说,除上述《小豆棚》、《益智录》两部重要作品及王士禛一位重要作家之外,流传至今或见诸书目的还有许多,尤其是内容庞杂的笔记小说,仅《中国文言小说总目提要》中就著录了10余种,其中包括杂俎6种,张贞《渠丘耳梦录》、黄如鉴《鸣谈》、马国翰《竹玉志》、高承勋《松筠阁钞异》、李庚长《癯翁丛钞》、李佐贤《吾庐笔谈》;志人4种,郑与桥《客途偶记》、赵执信《海鸥小谱》、宋弼《州乘馀闻》、王槭《秋镫丛话》;志怪1种,郭鸿厘《竹香阁见闻纪实》。

张贞的《渠丘耳梦录》是山东小说史上清初杂俎小说的代表作之一。张贞(1636—1712年),字起元,一作元叟,号杞园老人。山东斟亭(古县名,今潍坊一带)人,世居潍河东高柯庄,其高祖迁居安丘城南六里。曾多次被举荐而坚辞不受,后隐居杞城村,诗书自娱。张贞是清初有名的文学家、书法家和篆刻家。著有《渠亭山人半部稿》(又名《杞田集》)、《渠丘耳梦录》、《浮家泛宅图诗》、《杞纪》、《青州府志》、《青州乡贤传》、《安丘乡贤传》、《家乘族谱》等。

《渠丘耳梦录》书前有作者题词和康熙四十八年(1709年)自序,称其书为仿《贵耳集》、《昨梦录》之作。该书题材大致分为历代故实和现实故事两类。历代故实多记古代杂事,不少记述古代名胜古迹的篇目,也往往以小说故事带出，因此，其中并不乏文学性。比如甲集《管公都》篇以管公都遗迹引出管宁、华歆锄地遇金的故事，《黄公冢》篇以黄公墓遗迹引出东海黄公的故事等。现实故事多以百姓熟悉的因果报应为故事框架，描绘人情世态，虽然时见道德说教的意味，却大多劝人向善，不乏救世婆心。比如丁集《谈虎》篇通过苛政县令被虎所食的故事，表达了人民的愿望；《义猪》篇写一母猪撞翻悍妒主妇，以报被妒虐之妾喂养之恩，鞭挞了社会上的泼妇悍妇。此类篇目大多具有积极的思想认识价值。个别谈诗论画、议古论今的故事，也或有可采之处。

黄如鉴的《鸡谈》是山东小说史上清初杂俎小说另一代表作品。题为"鸡谈"，有"益智言进"之义。据《艺文类聚》卷九一引《幽明录》曰：

> 晋兖州刺史沛国宋处宗，尝买得一长鸣鸡，爱养甚至，恒笼著窗间。鸡遂作人语，与处宗谈论，极有言智，终日不辍。处宗因此言巧大进。

作者黄如鉴生平不详，据书前《自序》，知其字菱溪，山东即墨人，生活于康乾之际。小说分上、中、下三卷。上、中两卷多记古今杂事，有些故事衍义人情世态，具有一定的思想价值。比如《于丐犬》篇写于丐跟一犬相依为命，市中恶少将于丐数年积攒的五十金抢走，并杀死于丐，其犬竟赴官署吠怨，引衙役抓获杀人凶手。故事以犬之重义与人之好利对比，颇有讽刺世风之意。还有些故事则纯粹猎奇志异，比如《两头蝎虎》、《夜光草》之类。下卷全为志怪小说，描写委曲，笔墨传神，文学意味极为浓厚，是山东清初志怪小说中较为有名的作品。

马国翰的《竹如意》是山东清代中叶杂俎小说的代表作品之一。马国翰（1793—1857 年），字词溪，号竹吾，原籍山东章丘大柳树村（今属圣井镇），其曾祖时移居历城（今属济南市）南权府庄（今南全福庄），居住在现在的山东大学附近，遂入历城籍。家贫好学，19 岁进学，取得秀才资格后，便在家乡附近的农村——比如黄石、冶城、古祝等地坐馆教书，前后做了近 20 年的塾师。道光十一年（1831 年）参加乡试，中第三名举人。次年会试，连捷三甲第六十七名进士，历任陕西敷城、云泉、云阳等县知县。道光十八年（1838 年），马国翰突然请假回到山东老家，从此以后便屏居乡里，埋头于故纸堆中。期间，马国翰一方面悉心研究农事，编著了《农谚》、《月令七十二候诗自注》、《夏小正诗自注》等有关农事生产的书,还搜集当地的风俗习惯和民间传说,编写了《竹如意》一书。道光二十四年(1844 年),马国翰复出为陕西陇州知州,并正式开雕自己的著作《玉函山房辑佚书》。咸丰三年(1853 年),告病还乡,重返故里。四年之后——即咸丰七年(1857 年)在济南老家去世,享年 64 岁。

《竹如意》全书共 2 卷,是作者搜集当地风俗习惯及民间传说编写的一部杂俎小说,既有风俗制度的记载,也有人情世态的描述,内容博杂丰富,具有很高的史料价值。同时,作为一部杂俎小说,《竹如意》也具有较高的文学价值。作品行文简约,用笔精练,写人状物极为生动传神。比如卷下《山右亢某》篇:

> 山右亢某,家巨富,仓庾多至数千,人以"百万"呼之,恃富骄悖,好为狂言。时晋省大旱,郡县祈祷,人心惶惶。亢独施施然,对众扬言:"上有老苍天,下有亢百万;三年不下雨,陈粮有万石!"

寥寥数十字,便把恃富而骄的亢百万刻画得栩栩如生。

李佐贤的《吾庐笔谈》是山东清代中后期出现的另一部杂俎小说。李佐贤(1807—1876 年),字仲敏,号竹朋,山东利津县人。道光八年(1828 年)山东解元,道光十五年(1835 年)进士,选翰林院庶吉士,道光十八年(1838 年)授翰林院编修,历任文渊阁校理、国史馆总纂、福建汀州知府等职。咸丰二年(1852 年),引退归里。喜爱金石书画,尤以古钱为专好,是清代著名的钱币学家、金石学家、收藏家和鉴赏家。也能诗文。著有《古泉汇》四集 64 卷(清代著名的钱学著作)、《书画鉴影》、《石泉书屋类稿》及《吾庐笔谈》等。其中《吾庐笔谈》是李佐贤撰写的一部杂俎小说集,共八卷,《中国丛书综录》小说家类、《中国文言小说总目提要》杂俎小说类均有著录,然笔者未曾寓目,不敢妄评。

郑与侨的《客途偶记》是清代山东最早的一部志人小说。据《四库全书总目》卷一四三介绍,"《客途偶记》一卷,国朝郑与侨撰。与侨字惠人,济宁人,明崇祯丙子举人。是编述明末所见闻者二十五篇,多忠义节烈之事。所谓《义犬》、《义猫》、《义象》诸记,疑寓言以媿背主者。《败节记》一篇,亦为守义不坚者讽也。《裸说》十篇,多借事以寓愤激。《游记》一篇,则游河南所作,多叙流贼残破之状。其中《济宁守御纪》、《济宁倡义纪》二篇,叙当时方略颇详。《折奸纪》则与无赖小人交易,偶失簿籍,复偶然得之。事至琐琐,殊不足记也。”另据清代钱仪吉《碑传集》卷一二六、孙溶《皇朝文献通考》卷二二八等文献记载,可知:郑与侨(生卒年未详),字惠人(一作“蕙人”),号确庵,又号荷泽。山东济宁人。明崇祯丙子(1636 年)举人,入清后奉母不出,闭门著述。一生著述颇富,除本书外,尚有《确庵稿》、《丹照集》、《争光集》、《俭戚说》、《济宁遗事》、《济上名园记》、《秦边纪要》、《蒙难偶记》等多种。小说《客途偶记》共 1 卷 25 篇,所记均为明末之际作者的亲身见闻。其中描写忠义节烈、社会动乱者居多,体现出强烈的民族思想和遗民意识。

赵执信的《海鸥小谱》是山东清初出现的又一部志人小说。赵执信(1662—1744 年)是清初著名的诗人①,著有《饴山堂诗文集》(包括诗集 19 卷、诗馀 1 卷、文集 12 卷),《谈龙录》1 卷、《声调谱》1 卷、《礼俗权衡》1 卷及《海鸥小谱》等。《海鸥小谱》乃赵执信去官之后,于康熙四十三(1704 年)客游天津时所写的一本小册子,总共大约只有六千字。内容主要是写作者狎游天津时遇到的一些烟花女子,比如蕊枝、玉素、玉秀、金仙、金香之流,每段之后多附有作者的赠诗。书前作者曾述道:“余放斥毁久,不自检饬,浪游南北,多预花酒之筵,颇能谐笑。或杂缀诗词,间为时人传诵,而实无所接遇。知交辈咸以介静之目归之。甲申岁,客津门,自春徂秋,狎游既数,矫激非情,如海客之于鸥鸟,不自觉其相亲近也。长日无事,戏为纪录,以志吾过,且诒好事者。”从中可知,赵执信明知狎游之过,却又故意放纵自己;既然放纵自己,却又“实无所接遇”。实在是心中郁闷无所排释,而借狎游聊以寄托孤愤而已。正如《中国文言小说总目提要》中所说:“其颓然自放,借风情以写其悒快,亦《北里志》、《板桥杂记》之属。”书中记人记事的文字,大多率意而出,时见感伤意味。而所附题赠诗词,则豪宕逸丽,饶有风情,尤为时人传诵,袁枚《随园诗话补遗》曾盛赞其赠仙姬绝句。

宋弼的《州乘余闻》是山东清代中叶志人小说的代表作之一。作者宋弼(生卒年未详),字仲良,号蒙泉,山东德州人。乾隆十年(1745 年)进士,

①其家世生平参见第六章“明清山东诗文”。

官至甘肃按察使。有《山左明诗钞》、《州乘余闻》等,并辑补过王士禛的《五代诗话》。

《州乘余闻》是一部"世说体"志人小说,书前有作者《小引》,纪昀和赵国华的《题词》以及马洪庆《跋》等。《小引》中作者自称:其书乃取材州乘旧事,复加以前人文字及亲身见闻纂辑而成。纪昀的《题词》中也说"独与临川传《世说》,可怜刘峻在齐梁",也指出了该书的"世说体"特征。小说完全模仿《世说新语》的体例,共分 24 门,其中"旷达"、"感慨"、"游历"、"故实"、"感逝"、"游戏"、"女流"、"志怪"8 门为作者自加,其余 16 门则沿袭《世说新语》旧目。书中内容均为德州闻人轶事,是一部典型的记载地方闻人轶事的世说体志人小说。艺术上也接近《世说新语》"有话则长,无话则短"的叙事风格,多数篇目文笔简约,精炼有余而生动不足,因而故事性略嫌不足。但多数故事仍具有一定的史料价值和教育价值。比如"德行门·孙勤"条,写孙勤借过洞庭湖行舟来比喻文士处世,或因风受阻,或风正而行,更要注意备帆樯、修篙橹,不能徒然叹老嗟卑。故事用生动贴切的比喻,形象地指出了文人儒士应持的处世态度,颇耐人寻味。

王椷的《秋灯丛话》是山东清代中叶出现的又一部志人小说。作者王椷,生平不见史书记载。据书前董元度乾隆二十三年(1758 年)《序》、胡高望乾隆四十二年(1777 年)《序》及书中《自记》知其字凝斋,山东福山(今属烟台市)人。乾隆元年(1736 年)举人,虽"早登桂籍",却"未遂鸿图"。初任湖北富阳知县,乾隆三十九年(1774 年)调任天门知县,"以名孝廉宰大邑,循声著江汉间"。《秋灯丛话》大约成书于天门任上。

《秋灯丛话》又称《夜雨秋灯录》,内容多为民间传说,以及作者南游浙闽途中耳闻目睹之事。该小说题材虽嫌琐碎,然记事写人却颇具法度,文笔清雅简约,情节曲折动人,取得了较高的艺术成就。比如《程允元》篇,写程允元两岁的时候与刘登镛之女玉环定下娃娃亲,因故 50 年间不通音讯,而二人却各守前盟。后来,程允元历经周折,访知玉环已出家为尼。县令感其事,复令二人成亲。故事主要歌颂了程、刘二人对爱情的忠贞不渝,情节起伏曲折,凄婉动人。

与其他志人小说所不同的是,《秋灯丛话》只记故事传说,而不涉及历史掌故,也不侈谈艺文;偶尔兼及考证,却能以风土证古迹,去伪存真,提出自己的见解,时出新意,也不觉得枯燥累赘。

见于著录的清代山东志怪小说只有清末民初郭鸿厘的《竹香阁见闻纪实》。

郭鸿厘生平不详,据书前《自序》及书中所题,知其号泾干逸老,又号皓翁,原籍陕西泾阳,晚年客居山东泰安。生活于清末民初,一生落拓偃蹇。

小说主要记录了作者一生见闻的奇异之事,其中有不少涉及民国初年的时事。内容虽多为荒诞怪异故事,然而,作者郭鸿厘身为一位怀才不遇的文人,其愤激之情也时常流露于书中。因此,从书中不少故事中都可窥见社会的黑暗、政治的腐败、世态的炎凉以及人情的冷淡。比如《向偶知县》篇写豫人张钧以钻营取巧、谄媚逢迎之术骗得知县职位,却原来是位不学无术之辈,竟将"向隅"念成"向偶",从而揭露了晚清政治的腐败。《尸索命》篇写某官得某盗贿后,又不替某盗营办脱罪,某盗被杀后以鬼魂向某官索命事,反映了官场的黑暗和人心的败坏。正如《中国文言小说总目提要》中所说:本书虽多纰稗,亦间有精米可食。

同期,山东说坛上还出现了两部文言短篇小说汇编:一为李庚长的《癯翁丛钞》,一为高承勋的《松筠阁钞异》。

李庚长的《癯翁丛钞》是一部文言短篇小说汇编。据书后孙浚之《跋》中所说,此书乃作者教私塾时,积累其在教学中经常引用的故事汇编而成,因此可以说是作者自编的一部教学参考书。全书共 2 卷,内容乃博取历代典籍中的著名短篇故事而成,比如"守株待兔"、"魏武捉刀"、"千里践约"、"管宁华歆"、"九方皋"、"西门豹投巫"、"梅妻鹤子"、"请君入瓮"、"盲人瞎马"、"邵平种瓜"、"君平卖卜"之类,大多是人们熟悉的故事,仍具有一定的史料价值及教育价值,正如孙浚之《跋》中所说:"所录事虽经见,然关系伦纪社会及风雅故实,正有百读不厌者也。"

高承勋的《松筠阁钞异》是山东清代中叶出现的一部文言短篇小说汇编。作者高承勋生平不详,据书前齐彦槐序、程景沂道光八年序和作者同年自序,知其字松三,山东渤海(今山东滨州)人,生活于道光年间。《松筠阁钞异》杂取六朝以来著名的怪异故事,然后重新分类编排。全书共分 6 类,包括"人异"2 卷,"事异"1 卷,"神异"1 卷,"鬼异"2 卷,"妖异"4 卷,"物异"2 卷。其中多为前代志怪传奇名篇,比如《搜神记》之《焦湖庙祝》、《紫玉》、《宋定伯》,《聊斋志异》之《阳羡书生》、《崂山道士》等,以及《昆仑奴传》、《聂隐娘传》、《虬髯客传》、《红线传》等单篇作品。全书以猎奇志异为宗,因而缺少寄托。但书中保存了大量的志怪、传奇作品,为研究中国小说史提供了较多的参考资料,因而具有较高的史料价值。

此外,清代还出现了一大批仿聊斋之作,比如清凉道人徐氏的《听雨轩笔记》、宋永岳的《亦复如是》(一名《志异续编》,又名《聊斋续编》)、段永源的《聊斋外集》、王韬的《淞隐漫录》(又名《后聊斋志异》)、贾茗的《女聊斋志异》等等,这些仿聊斋之作的作者虽非山东人,但作品却是受《聊斋志异》的影响而作。这不仅说明了山东清代文言短篇小说的巨大成就,也说明了山东清代文言短篇小说在中国小说史上的特殊地位。

(二)明清时期的话本小说

如前所述,明代是山东白话短篇小说创作的低谷。再加上白话短篇小说的作者难以考证,因此,现在明确认定为山东籍作者的明代白话短篇小说不多。已经被学术界认定、且能够体现明代山东白话短篇小说创作成就的唯一作品是东鲁古狂生的《醉醒石》。

《醉醒石》大约是明末清初出现的一部拟话本白话短篇小说集。鲁迅曾认为是明代的作品,近人则多认为是明末清初的作品,《中国通俗小说总目提要》的论证即较为中肯:

> 书中多次把明朝称为“先朝”、“明季”,明显是清初人口气,而书中又有几处称明朝为“我朝”,这又是明人口气了。由此可以推测:作者为明末清初人,此书可能开笔于明末,完成、刊刻于清初。谓有明刊本,恐不确。

小说共15回(或作“15卷”),每回讲述一个故事。题“东鲁古狂生编辑”,一般从“东鲁”二字推断作者为山东人,但东鲁古狂生姓甚名谁及其生平里居均不得而知。另根据书中内容,可知作者在入清以后仍然在世。戴不凡《小说见闻录》推测此书编者或许是孔氏南宗的后人。

该书是明末清初较有代表性的一部白话短篇小说集,书名本于《唐余录》所载唐宰相李德裕平泉别墅内有石能使醉人清醒之记载,原序中也指出了这一命意:“李赞皇(即李德裕)之平泉庄,有醉醒石焉,醉甚而依其上,其醉态立失。”从中可以看出作者劝忠说孝、省痴警顽的创作意图。

《醉醒石》多以明代的社会生活为背景,而极少采用历史题材,这与其他的拟话本小说不同。另外,书中对明代社会生活的描写,涉及面很广,对明代社会的各个方面都作了比较真实的描写。因此,小说具有很强的现实意义和历史意义。众所周知,到了明朝末年,在中国这块古老的大地上出现了资本主义萌芽。市场经济观念对传统的道德观念形成了极大的冲击,人心开始不古,道德开始沦丧,社会开始腐败。该小说以一种平和的现实主义笔法,描写了明代的社会现实,其中对明代社会的黑暗、官吏的贪婪、科场的腐败以及当时青年男女的爱情婚姻等方面,都有较为真实的描写,在一定程度上反映了当时人民群众的思想感情,寄托了广大民众的理想和愿望。比如第 4 回“秉松筠烈女流芳,图丽质痴儿受祸”篇揭露了权豪势要互相勾结、官府强夺民女等丑恶现实;第 7 回“失燕翼作法于贪,堕箕裘不肖惟后”篇揭露了官史的贪婪和科举的黑暗;第 8 回“假虎威古玩流殃,奋鹰击书生仗义”篇反映了官吏为了皇帝采办古董而乘机敲诈勒索的事实;第 13 回“穆琼姐错认有情郎,董文甫枉做负恩鬼”篇如实描写了官府催收钱粮的种种弊端。这些篇目都具有很强的现实针对性,因而具有较高的思想认识价值。同时,作为山东人写的一部白话短篇小说集,作品中也流露出较多的传统思想。与作者劝忠说孝的目的相关,作者也反对“犯上作乱”,倡导“为百姓的,都要勤慎自守,各执艺业,保全身家”(第 12 回);赞扬忠贞节烈之妇,鼓吹“饿死事小,失节事大”的论调;至于宣扬天命有定、因果报应,鼓吹读书做官等思想,书中也时常有所表露。

该小说集在形式上继承了宋元话本的文学传统,完整地保留了话本小说入活、正文、结尾的结构体制。在具体描写中,则继承了《世说新语》等笔记小说“有话则长,无话则短”的叙述方式,笔墨干净,语言含蓄,故事完整,情节生动,人物性格也较为突出。只是在故事当中和结尾之处穿插的大段说教,似乎有画蛇添足之嫌。比如第 14 回,当考中进士的苏秀才与改嫁酒家妇的莫女见面后,作者评论道:

我想莫氏之心岂能无动,但做了这绝性绝义的事,便做到满面欢容，欣然相接，讨不得个喜而复合；更做到含悲饮泣，牵衣自咎，料讨不得个怜而复收。倒不如硬着，一束两开，倒也干净。他那心里，未尝不悔当时造次，总是无可奈何：

心里悲酸暗自嗟，几回悔是昔时差，
移将上苑琳琅树，却作门前桃李花。

在故事的结尾，作者又评论道：

若论妇人，读文字、达道理甚少，如何能有大见解、大矜持？况且或至饥寒相逼，彼此相形，旁观嘲笑难堪，亲族炎凉难耐，抓不来榜上一个名字，洒不去身上一件蓝皮，激不起一个惯淹蹇、不遭际的夫婿，尽堪痛哭，如何叫他不要怨嗟？但“饿死事小，失节事大”。眼睁睁这个穷秀才尚活在，更去抱了一人，难道没有旦夕恩情？忒杀蔑去伦理！这朱买臣妻，所以贻笑千古。

宛然是一副说话人的口气。所以，鲁迅在《中国小说史略》中说：该小说集“文笔颇刻露，然以过于简练，故平话习气，时复逼人”。

然而，不管怎么说，《醉醒石》至少在目前仍然是明代山东白话短篇小说的代表作。至于明代其他的山东白话短篇小说，尚有待于研究者进一步挖掘。

除《醉醒石》之外，就是一些以山东为故事背景的白话小说了。其中最有代表性的是“三言”“二拍”，最为集中的是《古今律条公案》和《七十二朝人物演义》。比如《古今小说》（即《喻世明言》）第 3 卷“新桥市韩五卖春情”写宋代临安城外新桥富户吴山事，与《金瓶梅词话》第 98、99 回所写陈经济事相同；第 5 卷“穷马周遭际卖锤媪”写博州在平人马周怀才不遇，终拜监察御史事；第 25 卷“晏平仲二桃杀三士”叙春秋时齐国三士田开疆、顾冶子、公孙接横行霸道，被齐景公视为芒刺，晏子设计使三人自刎而死；第 37 卷“万秀娘仇报山亭儿”写山东襄阳府万员外之女秀娘被绑架事；等等。这些作品在一定程度上弥补了明代山东白话短篇小说创作的空白。

清代的山东话本小说创作相对也不怎么景气，不仅数量少，即使已大致确定的山东清代话本小说，也难以确考其作者的籍贯生平，及作品的成书年代。然而,即便能够确定的山东清代白话短篇小说数量不多,其中却自有精品。比如《醒梦骈言》,不管在艺术成就、还是思想价值上,都算得上是清代白话短篇小说中的上品。

《醒梦骈言》,又名《醒世奇言》,题“蒲崖主人偶辑”,封面别题“守朴翁编次”,书前有闲情老人《序》。大约是山东清初说坛上问世的一部白话短篇小说集。

《醒梦骈言》全书 12 回,每回讲一故事,而每一个故事都可以从蒲松龄的《聊斋志异》中找到对应的篇目。换句话来说:《醒梦骈言》就是一部《聊斋志异》的白话文翻译选集。其具体对应关系是:第 1 回“假必正红丝夙系空门,伪妙常白首永随学士”,本于《聊斋志异》第 11 卷《陈云栖》;第 2 回“遭世乱咫尺抛鸾侣,成家庆天涯聚雁行”本于《聊斋志异》第 2 卷《张诚》;第 3 回“呆秀才专诚求偶,俏佳人感激许身”本于《聊斋志异》第 2 卷《阿宝》;第 4 回“妒妇巧偿苦厄,淑姬大享荣华”本于《聊斋志异》第 11 卷《大男》;第 5 回“逞凶焰欺凌柔懦,酿和气感化顽残”本于《聊斋志异》第 11 卷《曾友于》;第 6 回“违父命孽由己作,代姊嫁福自天来”本于《聊斋志异》第 4 卷《姊妹易嫁》;第 7 回“遇贤媳虺蛇难犯,遭悍妇狼狈堪怜”本于《聊斋志异》第 10 卷《珊瑚》;第 8 回“旋鬼蜮随地生波,仗神灵转灾为福”本于《聊斋志异》第 10 卷《仇大娘》;第 9 回“倩明媒但求一美,央冥判竟得双姝”本于《聊斋志异》第 3 卷《连城》;第 10 回“从左道一时失足,纳忠言立刻回头”本于《聊斋志异》第 3 卷《小二》;第 11 回“联新句山盟海誓,咏旧词璧合珠还”本于《聊斋志异》第 3 卷《庚娘》;第 12 回“埋白石神人施小技,得黄金豪士振家声”本于《聊斋志异》第 3 卷《宫梦弼》。

然而,关于该书的作者蒲崖主人或守朴翁却无从考查。笔者曾论证过“蒲崖主人”或“守朴翁”即清初的“短篇小说之王”蒲松龄。而《醒世奇言》(即《醒梦骈言》)也就是杨复吉在《梦阑琐笔》所记、听鲍以文所说的、“蒲留仙”的“醒世姻缘小说”。①

该书作为《聊斋志异》白话版的选本,其思想、艺术可与《聊斋志异》相提并论,唯语言风格与《聊斋志异》大相径庭。该小说的语言,总体上以当

①徐文军:《守朴翁是不是蒲松龄? ——〈醒梦骈言〉作者初探》,《蒲松龄研究》2005 年第 4 期。

时的流行的“官话”为主，偶尔流露出一些山东方言的味道，较《聊斋志异》增加了更多的通俗性。

二、蒲松龄与《聊斋志异》

在山东，名垂文学史的作家、作品并不是很多，能够独占鳌头的更是少见。而《聊斋志异》却是我国古代文学短篇小说的顶峰，其流传之广、影响之大，在同类作品中可谓首屈一指。蒲松龄纪念馆里陈列的《聊斋志异》译本，至少有数十种。因此，《聊斋志异》在中国文学史乃至世界文学史上都具有很重要的地位。其作者蒲松龄也因此而“文名卓越”，成为与莫泊桑齐名的世界短篇小说之王。

（一）关于作者蒲松龄①

蒲松龄（1640—1715 年），字留仙，又字剑臣，别号柳泉居士。明崇祯十三年（1640 年）四月十六日，出生于山东淄川的蒲家庄；清康熙五十四年（1715 年）正月二十二日，卒于原籍。终年 76 岁。

蒲氏家族乃“般阳土著”，换言之，蒲氏家族自古以来就是淄川一带的土著汉人。②般阳，本为县名，西汉置，因在般水之阳而得名，治淄川，南朝宋时移治今临朐东南；元太宗二十四年（1287 年）取汉县名置路，称般阳府路，治所也在淄川，辖鲁东、北部地区，共 1 司、2 州（每州辖 8 县）、4 县。蒲松龄的远祖蒲鲁浑、蒲居仁曾为元初般阳路总管。③后来，不知何故，蒲氏遭夷族之祸。蒲松龄的近祖为明初的蒲璋，蒲松龄是其第 11 代子孙。明代万历以来，蒲氏家族科甲相继，虽不太显贵，也可称为一乡望族。蒲家庄，原名满井屯——因柳泉“深丈许，水满而溢”，故称。后因当地的蒲氏家族日蕃，才改换今名。

至蒲松龄的父辈，家势渐衰。其父蒲槃，字敏吾，“操童子业，苦不售，

①本部分相关资料，均见朱一玄：《聊斋志异资料汇编》，中州古籍出版社 1985 年版。

②春秋时期的齐国就有一位“善射弋”的蒲卢胥。

③有人认为，元代等级等级严格，元初汉人不可能做总管，并据此认为蒲氏为蒙古族，大谬。总管，即总管府事，元朝职官名，为达鲁花赤之副，各路的最高行政长官。达鲁花赤，蒙古和元朝职官名，为所在地方、军队和官衙的最大监治长官。《元史·本纪·世祖三》载：至元二年二月“甲子，以蒙古人充各路达鲁花赤，汉人充总管，回回人充同知，永为定制。”元初以汉人做民、政最高长官，实乃“以汉治汉”之意。

家贫甚,遂去而学贾",辛勤经商20余年,家境稍富。后遂不复经商,自教儿辈读书。蒲槃有子四人——蒲松龄为嫡出二、排行三,因"为寡食众,家以日落",遂析炊而居。于是,一个大家庭四分五裂。

据有关史料记载,蒲松龄自幼颖悟绝伦,"经史皆过目能了"。因此深得父亲的喜爱。19岁,蒲松龄"初应童子试,即以县、府、道三第一,补博士弟子员(即县学生员)",受知于著名诗人施闰章(愚山)先生。当时,施闰章正任山东学政,非常欣赏蒲松龄的文章,"施闰章评其文,谓剥肤见骨",称赞蒲松龄"下笔有神,文有异香"。然而,"场中文多取痴肥,故终身不遇"。再加上兄弟分家后,蒲松龄"居惟农场老屋三间,旷无四壁,小树丛丛,蓬蒿满之","狼嗥鼠鸣,境况萧然"。说起来也算"接近大自然",但这种境况却令人难堪。为了区别内外,他只能从他堂兄弟那里借了一块门板隔在室内,用以区分内外。因为"薄产不足以自给",所以他也就"无暇治举子业",只能"卖文为活,废学从儿"。不过,蒲松龄总归是文人,文人自有文人的乐趣。就算是在如此艰难的境况下,他还曾与同邑好友李希梅(尧臣)、张历友(笃庆)等人结为郢中诗社,"以文章道义相劘切,号郢社三友"。同时,蒲松龄也一直念念不忘科举考试。从20岁开始,蒲松龄一生至少参加了10多次乡试,都没有考中。其中有两次考试因为违规而落第,一次考试因为生病而未能终考①。

康熙九年(1670年),蒲松龄应同邑进士、扬州府宝应县知县孙蕙之聘,做了孙蕙的幕宾,在江苏宝应待了不到一年的时间。期间,他曾"登北固,涉大江,游广陵,泛邵伯",游览了大江南北的名胜古迹,同时也目睹了官场的丑恶和现实的黑暗。第二年,即康熙十年(1671年),他便辞孙北归,回到了淄川老家。从此以后,他一直靠舌耕度日。

蒲松龄一生的大部分时间是靠设馆教书维持生活的,蒲箬的《祭父文》中称"五十年以舌耕度日",因此,他的生活一直过得很清苦。其中,在西铺毕际有家设馆的时间最长,达30年之久。毕际有是明代尚书毕自严的儿子,他本人曾任扬州府通州(今南通)知府,家里条件很好,有石隐园、绰然堂、效樊堂等亭园,更有一座"万卷楼",藏书甚富,蒲松龄得以浏览了不少

①张稔穰:《聊斋志异艺术研究》,山东教育出版社1995年版。

书籍。

后来，蒲松龄的子女逐渐长大独立后，家里的生活始稍见好转，却仍然是“父子祖孙分散各方，惟过节归来，始为团圆之日”。甚至“六十余岁，犹往返数百余里，时则冲风冒雨于奂山道中”。

康熙四十八年（1709 年）岁末，蒲松龄撤帐回家，从此结束了他私塾先生的生涯，时年 70 岁。次年，补岁贡生。

康熙五十二年（1713 年），蒲松龄的老伴刘氏去世，蒲松龄失去了相处 56 年的生活伴侣，悲痛欲绝。次年，他的两个孙子“又皆以痘殇”，蒲松龄的心情更加沉闷，常常是“对酒无欢只欲愁”①。康熙五十四年（1715 年）正月二十二日，蒲松龄“倚窗危坐而溘然以逝”。终年 76 岁。

古代文人讲究“读万卷书，行万里路”。渊博的知识，会使文人产生一些连贯性的思考；丰富的阅历，又会使文人产生一些历史性的反思。因此，文人的思想往往较常人复杂。蒲松龄也不例外，他的世界观也是复杂的。一方面他抨击科举制度，认为科举制度埋没人才；另一方面却又汲汲于功名富贵，考了 30 多年还不罢休。一方面他不满意自己的坎坷处境，认为天意不公；另一方面却又信天由命，每次科举落第，也只能“慨然曰：‘其命也夫！’”一方面他同情人民的苦难，另一方面又反对农民起义；……这种复杂的世界观的形成，与蒲松龄的家庭环境、所受的教育以及时代的局限，都是分不开的。

关于蒲松龄的性格，有关资料中记载较多，比如：蒲箬《祭父文》：“至诚无欺，不阿权贵。”蒲箬《柳泉公行述》：“天性伉直，引嫌不避怨，不阿权贵。”张元《柳泉蒲先生墓表》：“性朴厚，笃交游，重名义，而孤介峭直，尤不能与时相俯仰。”王培荀《乡园忆旧录》：“性诙谐，而刚直不少假借。”……总之，蒲松龄的性格可以用八个字来概括：刚直、朴厚、重义、诙谐。正因为他这种刚直不阿的性格，所以，在淄博一带还出现了不少关于蒲松龄的传说。

传说，“王阮亭闻其名，特访之，避不见，三访皆然。先生曰：‘此人虽风雅，终有贵家气。田夫不惯作缘也。’”“既而渔洋欲以千金售其稿，代刊之。执不可。又托人数请，先生鉴其诚，令急足持稿往，阮亭一夜读竟，略加数

①《除夕》，载路大荒：《蒲松龄集》，上海古籍出版社 1986 年版，第 656 页。

评,使者仍持归。”①传说自然有些过分。不过,实际上二人也确有书信来往。王士禛也确实为《聊斋志异》中的一些篇目写过眉批等,并为蒲松龄的一些集子写过序、跋等,二人可谓文字之交。比如王士禛读过《聊斋志异》后,曾写过一首绝句:

> 姑妄言之妄听之,豆棚瓜架雨如丝。料应厌作人间语,爱听秋坟鬼唱诗②。

蒲松龄见诗后,也和了一首《次韵答王司寇阮亭先生见赠》:

> 《志异》书成共笑之,布袍萧索鬓如丝。十年颇得黄州意,冷雨寒灯夜话时。

诗中看出他对王士禛还是蛮尊敬、蛮客气的。传说不过是为了表现蒲松龄的性格而已。其实,蒲松龄是一位非常朴实厚道的人。张元《柳泉蒲先生墓表》中就说:“学者目不见先生,而但读其文章、耳其闻望,意其人必雄谈阔辩、风义激昂、不可一世之人。及进而接乎其人,则恂恂然长者,听其言则讷讷如不出诸口。”他曾自题《拙叟行》古体一首:

> 生无逢世才,一拙心所安。我自有故步,无须羡邯郸。世好新奇矜聚鹬,我惟古拙仍峨冠。古道不应遂泯没,自有知己与我同咸酸。何况世态原无定,安能俯仰随人为悲欢?君不见:衣服妍媸随时眼,我欲学长世已短。③

该诗也是蒲松龄一生为人行事的写照。

《(民国)淄川县志》中称蒲松龄“以文章风节著一时”。风节,即前面所说的性格。文章,即文学方面的成就。在文学方面,蒲松龄也是多才多艺,诗文词曲,均自称一家。据路大荒《蒲松龄集》可知,蒲松龄的著述主要有《聊斋志异》、《聊斋文集》、《聊斋诗集》、《聊斋词集》、《聊斋俚曲》、《聊斋

---

①邹弢:《三借庐笔谈》卷六“蒲松龄”,载朱一玄:《聊斋志异资料汇编》,中州古籍出版社1985年版,第366页。

②“诗”字一作“时”。

③路大荒:《蒲松龄集》,上海古籍出版社1986年版,第582页。

戏曲》、《聊斋杂著》等。

（二）关于作品《聊斋志异》

关于《聊斋志异》的成书过程，各种说法颇有分歧。根据有关资料推断，蒲松龄大约从30岁以后，即从宝应县回来以后，开始写作《聊斋志异》，用了10年的时间，即40岁以前已基本完成。由诗中有“十年颇得黄州意”之句，及《聊斋自志》写于康熙十八年（1679年），是年蒲松龄40岁。此外，其子蒲箬《柳泉公行述》中亦谓“积数年而成”。当然，其后肯定陆陆续续地还有所增补，理由是其好友之间的传抄本都不完整。

作者在《聊斋自志》中说：“才非干宝，雅爱搜神；情类黄州，喜人谈鬼。闻则命笔，遂以成编。久之，四方同人又以邮筒相寄，因而物以好聚，所积益伙。”从这段话中我们可以看出，蒲松龄认为自己的这部文言短篇小说集是模仿干宝、苏轼的“搜神”、“谈鬼”而创作的一部志怪小说集。故事主要来源于民间传说。实际上，《聊斋志异》与搜奇志异、秉笔实录的志怪小说并不相同。《聊斋》故事的来源，也并非只民间传说一途，而是有三条途径：

一是作者的亲身见闻。该类故事在《聊斋志异》中数目不是很多。比如《地震》篇所述即为作者去表兄李笃之家时亲身经历过的事情；《跳神》篇则描述了作者来济南时所见到的风俗；等等。

二是继承古书题材而加以变化创造。这一类故事在《聊斋志异》数量较多，正如鲁迅所说：“书中事迹，亦颇有从唐人传奇转化而出者。”如：《续黄粱》本于《枕中记》，《莲花公主》本于《南柯太守传》；《凤阳士人》、《姊妹易嫁》等，也都是本于古书。朱一玄《聊斋志异资料汇编·本事编》中考证尤详。

三是当时民间和下层文人中间的故事传说。也就是蒲松龄在《自志》中所说的朋友们“以邮筒相寄者”，抑或是从别人那里听来的故事。这类故事在《聊斋志异》中数量最多。比如《蝎客》篇是山东临朐一带流传较广的一个故事，笔者小时候即听老人讲过，只是情节略有不同而已；《莲香》篇则是蒲松龄在去江苏宝应县应李蕙幕的途中、路经沂水时听刘子敬说的一个故事；等等。

相传作者“作此书时，每临晨，携一大磁罂，中贮苦茗；具淡巴菰一包，置行人大道旁，下陈芦衬，坐于上，烟茗置身畔。见行道者过，必强执与语，搜奇说异，随人所知。渴则饮以茗，或奉以烟，必令畅谈乃已。偶闻一事，归而粉饰之。如是二十余寒暑，此书方告蒇，故笔法超绝。”①此说虽非事实，却流传甚广。然与作者的生平确实相违。

《聊斋志异》的别名主要有《鬼狐传》、《异史》两个。关于其卷次，主要有 8 卷、12 卷、16 卷、24 卷等说法。其中手稿本或谓 8 卷，钞本多为 12 卷，刻本则为 16 卷，24 卷本则是一种特殊的钞本。另外还有诸多的评点本、拾遗本等。其中，严薇青、朱其铠选注的《聊斋志异选》（齐鲁书社 1984 年），选文 100 篇，较能体现《聊斋》的风貌。朱其铠主编的《全本新注聊斋志异》（人民文学出版社 1989 年），是目前注释最新、收文最多的本子，共收文 494 篇。张友鹤辑校的《会校会注会评聊斋志异》（中华书局 1962 年）和任笃行辑校的《全校会注集评聊斋志异》（齐鲁书社 2000 年），则颇具学术研究价值。

（三）《聊斋志异》的思想价值

清·二知道人《红楼梦说梦》中说：“蒲聊斋之孤愤，假鬼狐以发之；施耐庵之孤愤，假盗贼以发之；曹雪芹之孤愤，假儿女以发之。同是一把辛酸泪也。”蒲松龄在《聊斋自志》中也说：“集腋成裘，妄续《幽冥》之录；浮白载笔，仅成《孤愤》之书。寄托如此，亦足悲矣！”从中可以看出蒲松龄创作《聊斋》的动机，并不是为了搜奇志异，而是为了寄托孤愤。《聊斋》正是一部寄托“孤愤”之书。

“孤愤”二字，本为《韩非子》中的篇名。《史记·老子韩非列传》谓：“（韩非）悲廉直不容于邪枉之臣，观往者得失之变，故做《孤愤》。”司马贞索隐：“孤愤，愤孤直不容于时也。”要之，所谓“孤愤”，就是因孤傲清高而愤世嫉俗之意。换言之，因社会之不公、人心之不足而产生的愤慨之情，均可以视为“孤愤”。比如官府的黑暗、科场的腐败，在作者心中会积郁为一种“孤愤”；而美好的爱情理想得不到实现，也是一种“孤愤”。

---

①邹弢：《三借庐笔谈》卷六“蒲松龄”，载朱一玄：《聊斋志异资料汇编》，中州古籍出版社 1985 年版，第 366 页。

《聊斋志异》通过大量仙妖鬼狐的幻异故事，反映了广阔的社会现实，表达了作者的理想和爱憎，寄托了作者的孤愤之情。因为《聊斋志异》是短篇小说集，所以，其中体现出的思想认识价值非常丰富。在此也只能对其思想内容进行概括性的总结。通常，人们将《聊斋志异》的思想内容总结为三大主题：

一是爱情主题。《聊斋志异》描写了大量的爱情故事，不仅赞颂了美好的爱情、寄托了作者的爱情理想，而且表现了一些崭新的爱情思想和价值观念。

爱情主题的作品是《聊斋志异》中数量最多的一类。在此类作品中，作者在爱情、婚姻等问题上都提出了一些新的思想和观点。

其一，要求婚姻自主。《青蛙神》写薛昆生与青蛙神的女儿十娘的爱情故事，青蛙神曾当面对薛昆生说："此自百年事，父母止主其半，是在君耳。"在长期以来都是遵循"父母之命，媒妁之言"的婚姻观念下，能够提出在婚姻问题上让青年男女们自己主一半，这已经是前无古人的了。这种思想表达了当时广大男女青年对自由婚姻的憧憬和渴望，也是对当时封建礼教的强烈反对。

其二，提倡"知己之爱"。《连城》篇中写乔生（名年，字大年）深感连城是自己的知己，主动割胸肉为她治病。连城死后，乔生"一恸而绝"，并且"乐死不愿生"，但求与连城相依相偎于地下。正面张扬生死不渝的爱情，在当时的文学创作中是少见的。

其三，主张男女平等。《聊斋》中有不少篇目表现了女子对爱情的勇敢追求，凡是读过《聊斋志异》的人都会发现：《聊斋》中的许多爱情故事都是女追男，这与传统的婚姻爱情观念就迥然不同。此外，小说还赞扬了妇女的才能和智慧，体现了男女平等的思想。比如《颜氏》篇中的颜氏，不仅敢于自择夫婿，而且女扮男装，假称丈夫的弟弟，与丈夫一同应试，丈夫落第而她却考中了进士，"授桐城令，有吏治。寻迁河南道掌印御史。"明显地赞扬了妇女的才能和智慧。

其四，捍卫自由爱情和自主婚姻。如《鸦头》篇中的风尘女子鸦头，与穷书生王文一见钟情，为了反抗家长的淫威，主动对王文提出"请以宵遁"的建议。被母亲"揪发提去"后，囚置暗室达 18 年之久，仍然矢志不二。他如《青凤》等篇中，也都是写摆脱家长干涉而自由恋爱的故事。

值得提出的是，《聊斋志异》对多妻制是肯定的，并且往往将这一特权给予那些有才而且多情的男子。

二是社会主题。《聊斋志异》中还有不少作品揭露了政治的黑暗、官吏的昏庸和人心的丑恶，反映了社会的根本矛盾。

这一类作品在《聊斋志异》中数量很多，并且被认为是作品中最具思想价值的部分。比较熟悉的作品如《席方平》篇揭露了冥府的暗无天日，而作品中所写的阴间，实即阳世封建官僚机构的复制。作品揭露了官府官官相护，使百姓有冤难伸的黑暗现实。《促织》篇中，只因为皇帝喜欢斗蟋蟀，就弄得老百姓家破人亡。批判的矛头直指最高统治者。《夜叉国》中，商人某被大风吹至夜叉国，夜叉国的人不懂得什么是"官"，商人告之曰："出则舆马，入则高堂。堂上一呼，而下百诺。见者侧目视，侧足立。此名为官。"可谓是对"父母官"的绝妙讽刺。他如《田七郎》、《红玉》、《辛十四娘》、《梦狼》等篇，也都揭露了当时政治的黑暗和现实的丑恶。

同时，某些作品也揭露了世风日下、人心不古的社会现实。比如《念秧》篇，描写了"人在旅途"中的种种险恶与骗局，反映了"人情鬼蜮，所在皆然"的社会现实。《劳山道士》篇通过描写好逸恶劳的王七去劳山学道、最终碰壁的故事，揭示了人心不足、欲壑难填的丑恶人性。他如《骂鸭》、《刁姓》、《李司鉴》、《酒狂》、《局诈》等篇，也都反映了世俗的丑恶和人心的险恶。

作品在揭露社会黑暗和人心丑恶的同时，还赞颂了人民群众不畏强暴和坚忍不拔的斗争精神。比如《席方平》篇中的席方平，为了替父申冤，不畏酷刑，连级上诉，最后终于为父亲平反昭雪；《红玉》篇中的虬髯丈夫，主动为民除害，"杀御史父子三人"，代冯相如报了杀父之仇和夺妻之恨；……这些都表现了作者的愤世情怀和强烈的反抗精神。

值得提出的是，《聊斋志异》中的反抗和斗争，并不都像《红玉》或《田七郎》中那样以血还血、以牙还牙地惩奸除恶，大多数的反抗、斗争都是像《席方平》中那样借助于清官来为老百姓平反昭雪。还有一些篇目，则表现了一种避世忍让的消极反抗，比如《成仙》篇中的成生，有感于社会的黑暗，最后看破红尘，入山隐居。

三是科举主题。《聊斋志异》中还有大量的作品抨击了科举制度的腐败，揭露了考场的黑暗和主考官的营私舞弊，反映了科举制度埋没人才的罪恶和对古代文人的毒害之深。

《司文郎》中的瞽僧，“虽盲于目，不盲于鼻”，而考场中的主考官不仅无目，而且“鼻盲”，根本分辨不出文章之美丑，致使文运颠倒，使浅薄者（余杭生）幸进，饱学之士（王生、宋生）落第。该作品正是通过寓言式的故事抨击了科举制度的腐败。《神女》篇中更是直接指出了“学使署中，非白手可以出入者”的黑暗现实，说明了考场的黑暗腐朽和主考官的营私舞弊。《叶生》篇写叶生“文章词赋，冠绝当时。而所遇不偶，困于场屋”，抑郁而死。死后仍不甘心，不料鬼魂“竟领乡荐”。及锦衣还乡，忘其已死。其妻骇告始末，始“扑地而灭”。从这个故事中可以看出，科举是当时文人的一条不归路，文人只要上了这条“贼船”，就只能在这一棵树上吊死。可见科举制度对古代文人的毒害之深和科举制度埋没人才的罪恶。《贾奉雉》中的贾奉雉，“才名冠一时，而试辄不售”。后来，他“戏于落卷中集其阘冗泛滥、不可告人之句，连缀成文”，“竟中经魁”。可是，当他回过头来再看这些狗屁不通的文章时，却是“一读一汗”。当他终生追求的目标终于实现的时候，他却自觉无颜见人，只好“遁迹山丘”而去。后来因为生计所迫，他再次参加考试，登进士第，却又亲身体会到了“荣华之场，皆地狱境界”的社会现实，最终告别人世仙去，同科举制度作了彻底的决裂。在这里，作者对那些不向科举制度低头的知识分子给予了热情的赞扬。

因为《聊斋志异》是短篇小说集，所以其中体现出的思想认识价值异常地丰富。实际上，《聊斋志异》的思想内容除了上述三大主题之外，还有不少篇目具有积极的思想倾向。比如：

（1）以家庭内部的矛盾纠葛为主题的作品。如《胡四娘》、《二商》、《堪舆》、《曾友于》诸篇，均反映了家庭内部父子、兄弟、嫡庶之间的矛盾和斗争；《江城》、《珊瑚》、《恒娘》等篇则反映了夫妇、婆媳之间的矛盾，许多恶夫、悍妇的形象表明：僵化的婚姻制度带来的家庭不幸已经普遍存在。

（2）以明清之际的社会动乱为题材的作品，反映了社会动乱给人民带来的深重灾难。如《张诚》、《公孙九娘》、《仇大娘》等篇，均反映了这一主题。

(3)许多以卜卦兆数为题材或以因果报应为框架结构的作品,反映了对封建迷信的否定和劝人向善的积极倾向。比如《刁姓》、《堪舆》诸篇。

总之,《聊斋志异》的基本倾向是积极的。但是,由于历史的局限和作者思想的局限性,作品中也难免有一些消极的东西,比如夙缘、色情等内容,但瑕不掩瑜,《聊斋志异》仍然是一部光辉的古代文学名著。

(四)《聊斋志异》的艺术成就

《聊斋志异》不仅具有积极的思想倾向,而且也取得了高度的艺术成就。《聊斋志异》中只有少数现实主义的作品,大多数作品都是积极浪漫主义的,或者说是现实主义与浪漫主义相结合的作品。作者正是通过这些超现实的人或事,来影射现实,揭露现实,批判现实。

《聊斋志异》的艺术成就大致上可以归纳为以下四个方面:

一是创作手法方面。《聊斋志异》创作上的特色,通常都是用鲁迅说的那句话来概括,即"用传奇法,而以志怪"。这既是《聊斋志异》的创作手法,也是《聊斋志异》的总体特征。

所谓"用传奇法,而以志怪",也即用唐人传奇的手法来写一些六朝志怪的故事。在这里,"传奇"是从创作目的或思想内容上来说的,"志怪"则是从艺术手法上来说的。六朝志怪大多"传鬼神,明因果,而外无他意",主要是靠情节的生动性和故事的曲折性来吸引读者,虽也寓劝诫,但并不积极。唐传奇则是"有意为小说",重"文采与意想",不仅靠情节吸引人,同时也靠明确的创作目的与深刻的思想内容来感动人。据此可知,"用传奇法,而以志怪",亦即有目的地写鬼神之事。作者吸收了传奇和志怪的优点,既描写了奇异的鬼神故事,又表达了深刻的思想内容,使作品的思想和艺术得到较好的统一。换句话来说就是:作者通过一些超现实的故事,即仙妖鬼狐的故事,褒贬了现实,寄托了理想。

实际上,也很难说《聊斋志异》的故事全部都是"用传奇法,而以志怪",因为其中有的故事,纯粹就是志怪,根本谈不上什么思想价值。比如《瓜异》篇:

康熙二十六年六月,邑西村民圃中,黄瓜上复生蔓,结西瓜一枚,大如碗。

该篇就属纯粹的志怪作品。再如《狮子》、《蛙曲》等,也属此类。

二是人物塑造方面。《聊斋志异》非常重视人物个性特征的描写,成功地塑造了众多的艺术形象。

古人常将《聊斋志异》中的人物形象与《红楼梦》中的人物形象相提并论,解弢《小说话》中就说:“写美人以《红楼》、《聊斋》最为擅长。然二者相较,《红楼》尚不及《聊斋》色相之伙。”可见蒲松龄写人物之成功。《聊斋志异》在塑造人物形象方面,体现出两个显著的特点:

其一,《聊斋》人物多具有二重性,即人性和物性。换句话来说,《聊斋志异》当中的大多数人物形象既有社会上人的性格,又保持着所写物类独具的特征。比如《绿衣女》篇中的绿衣女,其言行举动、生活习惯,与人无异,具有社会性;而其“绿衣长裙”、“腰细殆不盈掬”、“声细如蝇”等特点,则是绿蜂所独有的特征。再如《葛巾》篇中的葛巾,初遇常大用时“相顾失惊”、与常大用幽会时怕被女伴看到等等,与常人无异;因为她是牡丹花仙子,故作品又写她“异香遍体”,“吹气如兰”,所经之处“皆染异香”,这又是牡丹的物性。不仅女性形象如此,男性形象也具有二重性。比如《苗生》篇中的苗生,性情粗犷,因为他是虎精。

其二,《聊斋》人物都具个性化。《聊斋志异》中塑造了许多女子的形象,这些形象都写得个性鲜明,毫不雷同。比如,同属狐狸幻化的年青女子——青凤、小翠、婴宁,她们都具有热情、开朗,敢于反抗封建礼教的特点,然而其性格却又有差异。青凤拘谨稳重,颇有大家闺秀的风范;小翠的特点是“善谑”,即喜欢调皮捣蛋,爱开玩笑;婴宁的主要特征是爱花、爱笑,天真烂漫,外憨内秀。再如《司文郎》中的宋生、王生,二人志趣相投,遭遇相似,却性格各异。

三是情节结构方面。《聊斋志异》采用了《史记》因人写事的传记体结构,写出了大量的传奇故事,情节离奇曲折,引人入胜。

《聊斋志异》当中的故事,除去一二百字的纯志怪作品外,平均每篇约一千字左右,最长的《婴宁》也不过四千多字。但是,不管长也罢、短也罢,《聊斋志异》中的每一个故事都包含了丰富的内容,故事情节也大都曲折多变，起伏跌宕，反映了现实生活的多样性和复杂性。比如《促织》一篇，整个情节随着"促织"的忽得忽失，忽隐忽现，大起大落地展开，而成名一家也随着情节的发展，忽喜忽悲，忽安忽危，使其全家人的命运处于摇摆颠簸的危急状态之中。《胭脂》一篇的情节更加复杂，可谓案中有案，冤外有冤。先是东昌邑宰执鄂秋隼，"论死"；接着济南府吴南岱又拘宿介（王氏的情人），"以待秋决"；最后学使施愚山才揪出真凶毛大。整个故事情节波澜起伏，从一件普通的桃色案件中，充分反映了当时社会的混乱和复杂。

《聊斋志异》中离奇的情节，体现了作者处理幻异题材的丰富想象。作品所写的仙妖鬼狐或奇人异行，真可谓"出于幻域，顿入人间"。这种离奇的情节，往往可以突破现实生活的逻辑制约，因而富有浓厚的浪漫主义色彩。

此外，《聊斋志异》在主要情节之中，还善于设计一些传神写意而富有特色的细节描写，以加深对人物的刻画。比如《婴宁》篇中，婴宁与王子服从后花园回来吃饭的时候，鬼母问"何往?""有何长言?"婴宁竟然说："大哥欲我共寝"。结果弄得王生"人窘"，"幸媪不闻"。这就是一个细节，通过这一细节表现了婴宁的聪明、调皮和王子服的性之诚、爱之切。《花姑子》篇中，当安生（幼舆）要与花姑子亲热时，花姑子"颤声疾呼"，章叟"遽入问"，而"女从容向父曰：'酒复涌沸，非郎君来，壶子融化矣。'"将安生窘迫的处境轻轻地遮掩了过去。《鸽异》篇中，张幼量割爱将两只白鸽送给了身为贵官的长者某，"而其殊无一谢语。心不能忍，问：'前禽佳否?'答云：'亦肥美。'张惊曰：'烹之乎?'曰：'然。'张大惊曰：'此非常鸽，乃俗所言鞑靼者也。'某回思曰：'味亦殊无异处。'"小小一个细节，便充分反映了张公子的心地善良和爱鸽之切，也表现了长者某的俗不可耐。这类细节，不仅增加了故事的情趣，还巧妙地表现了人物的内心世界或少女的情怀，突出了人物性格，丰富了人物形象。

四是语言艺术方面。《聊斋志异》能够创造性地运用语言，并能够提炼当时的口语另铸新词，形成了一种古雅简练、清新活泼的语言风格。

在蒲松龄时代，白话已是短篇小说创作的主流，而蒲松龄却用文言写小说，并且，其语言的表现力与白话相比竟毫不逊色，可见作者运用文言的才能。前人称蒲松龄"下笔风起云涌"，实在不算过分。

所谓"古雅简练"，主要是针对《聊斋志异》的"文言"来说的。正因为

《聊斋志异》是文言文,所以才"古雅简练"。张新之在《红楼梦读法》中曾说:"《聊斋》以简见长,《红楼》以烦见长。"正是谓此。比如《红玉》篇中写冯相如与红玉月下相见一段:

> 一夜,相如坐月下,忽见东邻女自墙上来窥。视之,美。近之,微笑。招以手,不来亦不去。固请之,乃梯而过。遂共寝处。

此段共43字,而精彩之处只有26字,便描绘了一幅绝妙的才子佳人月下相会图。类似的例子,在《聊斋志异》随处可见。

所谓"清新活泼",是指《聊斋志异》善于提炼口语而言。文言文中本无是语,故"清新";文言中杂以口语,故"活泼"。比如《翩翩》篇讲述罗子浮与翩翩的爱情,写到翩翩与其女友花城娘子的对话:

> 一日,有少妇笑入,曰:"翩翩小鬼头快活死!薛姑子好梦几时做得?"女迎笑曰:"花城娘子,贵趾久弗涉,今日西南风紧,吹送来也。小哥子抱得未?"曰:"又一小婢子。"女笑曰:"花娘子瓦窑哉!那弗将来?"曰:"方呜之。睡却矣。"

作者首先采用山东民间"穷秀才做梦娶媳妇"的俗话,让花城用"薛姑子好梦"①来打趣翩翩;然后又吸收山东民间戏称妇女生小孩为"老母鸡抱窝"的俗话,让翩翩用"小哥子抱得未"这样的问话来打趣花城娘子,大大增强了故事的生动性和趣味性。

总之,《聊斋志异》在艺术上是成功的,所取得的艺术成就是多方面的。也正因为《聊斋志异》巨大的艺术成就,才把它推向了文言小说创作的顶峰。

(五) 《聊斋志异》与风俗文化

如前所述,《聊斋志异》的题材大多来自于民间,如《蝎客》一篇,就叙述了在山东临朐一带广为流传的关于蝎子精(即蚕鬼)的传说。因此,《聊斋志异》本身就可说是一部"民间文学故事集"②。同时,《聊斋志异》也涉及

---

①薛姑子,也作"苏姑子",即"书罐子"的谐音,指穷秀才、酸秀才。
②汪玢玲:《蒲松龄与民间文学》,上海文艺出版社1985年。

许多的民间风俗文化事象,诸凡衣食住行、生长婚丧、岁时节令、信仰崇拜、卜卦兆数……几乎无所不包,应有尽有,为我们描绘了一幅明末清初的民间风俗画卷。因此,《聊斋志异》又可谓是一座蕴含丰富的“民俗大宝库”。

了解作品中所涉及的风俗文化事象,对了解《聊斋志异》的创作背景、进一步探讨《聊斋志异》的思想认识价值,都具有重要的意义。加之,近年来学术界正流行古典文学与传统文化的交叉研究。其实,以风俗文化为背景,来进一步探讨古典文学的思想、艺术价值,以及古典文学的现实价值,可能会有一些意想不到的新发现。①

三、明清时期的山东章回小说

明代是中国古代章回小说创作的形成和发展时期,也是山东章回小说创作的黄金阶段。在有明一代,山东说坛上出现了一大批山东作家创作的或以山东为故事背景的章回小说,其中不乏一流的作品。

(一)明代章回小说

明代是山东章回小说创作的繁荣时期,所谓“明代四大奇书”——《三国演义》、《水浒传》、《金瓶梅》、《西游记》,不仅被认为是明代章回小说的顶峰之作,而且还开创了明清章回小说的四大类别,即历史演义小说、英雄传奇小说、世情小说和神话小说。而这其中就有三部属于山东小说史的范围。《三国演义》的作者罗贯中,已被学术界认定为山东东平人。《水浒传》的作者,通常署“施耐庵的本,罗贯中编次”,其中罗贯中是山东籍作家,并且小说本身也是一部以山东梁山为故事背景的作品。至于《金瓶梅》的作者“兰陵笑笑生”,虽然尚未认定为山东籍作家,但通常认为“兰陵”即今山东苍山县的兰陵镇,加之作品以山东清河县为故事背景、并拥有大量山东方言,一般认为“兰陵笑笑生”是山东人。在这三部巨著的影响下,有明一代,山东出现了大量历史传奇小说和世情小说。

受《三国演义》和《水浒传》的影响,明代山东说坛上出现了大批以历史故事和英雄人物为题材的历史传奇小说。在小说史上,通常称以历史故事

---

①徐文军:《聊斋风俗文化论》,齐鲁书社 2008 年。

为题材的章回小说为历史演义小说,称以英雄人物为描写重点的章回小说为英雄传奇小说。然而,明代山东说坛上出现的以历史故事或英雄人物为主要内容的章回小说则略有不同,它一方面以历史故事为结构线索,另一方面又以历史上的英雄人物为描写重心,既重历史故事,又重英雄人物,可以说是历史演义小说与英雄传奇小说的融合,因此,不妨称之为历史传奇小说。

《三国演义》和《水浒传》是明代山东历史传奇小说的顶峰之作,除此之外,山东还出现了《英雄谱》、《隋炀帝艳史》、《三遂平妖传》、《残唐五代史演义传》、《隋唐两朝志传》以及以山东为故事背景的《孔圣宗师出身全传》、《七曜平妖传》等章回小说。

《英雄谱》,一名《绣像汉宋奇书》,又作《精镌合刻三国水浒全传》,其实就是《水浒传》和《三国演义》的合刊本。书分上下两栏,上栏为《水浒传》,题"钱塘施耐庵编辑";下栏为《三国演义》,题"晋平阳陈寿史传,元东原罗贯中演义"。明刊本又题"温陵李载贽批评",李载贽即李贽。全书的分卷分集,以下栏的《三国演义》为本,而上栏的《水浒传》则按照下栏《三国演义》篇幅的不同而各有删节。因此,该书中的《三国演义》是全本,而《水浒传》各回的篇幅则多少不一,并且有结尾时上栏容纳不了而延入下栏的情况。此书的清刊本多为坊刻,因此该书在民间极为流行。同时,该书对《三国演义》和《水浒传》的版本研究也颇多参考价值。

《孔圣宗师出身全传》凡 4 卷 19 回,不题撰人。书叙鲁国孔子生平,是中国小说史上较早的平话体章回小说之一,也是明代山东小说史上较早的一部以山东为故事背景的传记体章回小说。

该书问世于明代正德年间,是根据弘治十七年李东阳发起修撰、正德初年刻成的《阙里志》演义而成的一部传记体章回小说。全书共 19 回,详细演义了鲁国孔子一生的经历,从孔子 26 岁料理母丧开始写起,至孔子 73 岁去世为止。全书以孔子的年龄为结构线索,讲述了孔子近 50 年间的言行事迹,内容较为庞杂。书中所叙故事,大多来自李梦阳发起、陈镐修撰的《阙里志》,并兼采《论语》及相关史籍。回目为单句,且字数多少不一;每回结尾处都附有诗词,比如"后有山人览传至此,口占《西江月》一首"、"后有才人览传至此,援笔题曰"之类;行文之间,也时有话本小说的套语,比如"不知四十九岁如何,下面又叙”之类。由此可知,该小说是中国小说史上较早的平话体章回小说之一,对研究中国文学史颇多参考价值。此外,作者将志传体史书《阙里志》演义为通俗的传记体章回小说,这在中国小说史上亦属罕见。然而,小说仅仅根据孔子的言行演义出若干故事,在故事情节、人物形象等方面难免不够生动、形象。因此,胡适在跋语中曾评价该小说“文字不很高明”,并且,抄书过多,也是其不足之处。

此外,吴兴清隐道士沈会极的《七曜平妖传》也是一部以山东为故事背景的章回小说。小说共72回,写白莲教起义事。大意是说:山东巨野人徐鸿儒本为黄河水兽应劫,与滕县白莲教主沈晦等于五月初七起事,半月之内哨聚二十余万人,六攻徐州,八打兖州,纵横邹县、峄县、兖州、沂州、徐州等地,震惊朝野。最后被山东总兵杨肇基等率兵镇压。小说客观上揭露了明朝末年动荡不安的社会现实,其中所写镇压白莲教起义的几位朝廷官员,比如赵彦、杨肇基、徐从治等,也都符合历史真实。然而,小说中同时也有不少神怪妖妄的描写,体现了作者思想的局限性。

与中国16世纪出现的反禁欲主义思潮有关,明清两代出现了不少世情小说,其中能够确指为山东籍作家创作的世情小说,数目并不是太多,尤其是明代山东的世情小说,目前尚未发现。但是,明代在《金瓶梅》的影响下出现的许多“仿金瓶梅”或“续金瓶梅”的作品,则或多或少与山东小说有些关系,比如《绣榻野史》、《东楼秽史》等。

在神话小说方面,明代山东说坛上尚未见此类题材的作品,只有《八仙出处东游记》还能与山东小说史沾上点边。《八仙出处东游记》又名《东游记上洞八仙传》,或作《东游八仙全出身传》,简称《东游记》,题“兰江吴元泰著、社友凌云龙校”。全书分上下两卷,共56回,写铁拐李、钟离权、蓝采和、张果老、何仙姑、吕洞宾、韩湘子、曹国舅八位仙人得道成仙的经过,及八仙祝寿、八仙过海、火烧东海等故事。八仙的故事不仅起源于山东,而且也主要流传于山东,目前仍在山东民间广为流传。

(二)齐东野人与《隋炀帝艳史》

题“齐东野人编演”的《隋炀帝艳史》是明代山东小说史上除《三国演义》和《水浒传》之外的又一部历史传奇小说的力作。

《隋炀帝艳史》全称《新绣全像通俗演义隋炀帝艳史》，又名《风流天子传》，全书共 8 卷 40 回，30 余万字，以隋炀帝杨广的一生为线索，演义了隋朝灭亡的历史。隋炀帝杨广为皇后独孤氏所生，在大臣越国公杨素支持下，唆使隋文帝废黜太子杨勇，谋夺了太子之位；做了太子之后，杨广调戏庶母宣华夫人，气死父皇杨坚，继承了皇位，并迫使宣华做了自己的妃子；成为皇帝后，杨广在东京洛阳大兴土木，开五湖、凿北海，修造三山十六院，从民间采选 320 名美女充作宫妃，日与朱贵儿、香娘、韩俊娥、妥娘等美人乘龙舟、泛北海、临三山，醉心于声色美酒之中；然后巡幸江都观赏琼花，30 里一宫，50 里一馆，沿途造离宫 49 座，一路上乘御女车行幸宫女，恣心而为；返回洛阳后，又兴役 120 万修葺长城；然后又要重游扬州，征集数百万民夫开挖运河，逼迫江淮百姓造大龙舟 10 只、中龙舟 500 只、杂船 1 万只，并从吴越之地采选 1000 美女，充作殿脚女拉纤，备极奢侈；在江都又建迷宫，采 3000 名幼女充置其中，造“任意车”，随意行幸，逞淫纵欲，日夜为欢。在位 13 年，任用佞臣巧宦，作恶多端，致使民不聊生，干戈四起。最后被迫自缢而死。

关于该小说的类属，学术界目前尚存在争议。一般认为该小说“虽是一部历史演义，却兼有人情小说的一些特点”，是一部历史、英雄、艳情三合一的作品。

小说以隋朝历史为主，重点演义了隋炀帝杨广弑君篡位、淫乱亡国的故事。书中涉及的历史大事，史书上大都有明确记载，描写亦接近史实，因此可以称之为历史传奇小说。著名学者郑振铎先生曾称该小说是“一部盛水不漏的大著作”，就是从这一点上来说的。然而，该小说又是一部“艳史”。所谓艳史，是指以历代宫闱绯闻艳事、民间男女风情等历史故事或民间传说为题材的历史小说。本书《凡例》中就说：“炀帝为千古风流天子，其一举一动，无非娱耳悦目，为人艳羡之事。故名其篇目曰‘艳史’。……必有幽情雅韵者方采入。如三幸辽东、避暑汾阳等事，平平无奇，故略去不载。”可见该小说以“艳”为主，而以“史”为辅。从这一点上来说，该小说又可称之为艳情小说。鲁迅正是从这一层面才评价该小说“浮艳在肤，沉著不足”。

小说原题“齐东野人编演、不经先生批评”。至于齐东野人的姓名籍贯、生平经历，目前尚不得而知。有人根据书中笑痴子、次野史主人、委蛇居士等人的序言及题词，怀疑作者为明末江浙一带人；或认为作者原籍山东而客籍江浙一带。该书虽然存在一些消极因素,但因作品本身的成就及其对后世文学创作的影响,在山东小说史上仍然占有重要的地位。

(三) 罗贯中创作的历史传奇小说

罗贯中是明代山东说坛上的大家,一生创作了许多章回小说。《西湖游览志馀》称他“编撰小说数十种”,又相传他写过《十七史演义》(包括《大唐秦王词话》即《秦王演义》、《南北史通俗演义》等)。今存署名罗贯中的作品,除扛鼎之作《三国演义》外,还包括《隋唐两朝志传》、《残唐五代史演义传》、《粉妆楼》、《三遂平妖传》等多种历史传奇小说。

《隋唐两朝志传》又名《隋唐志传通俗演义》,简称《隋唐志传》或《隋唐演义》。全书分 12 卷,共 122 回,题“东原贯中罗本编辑”。东原即今山东东平。明代林瀚在为此书写的《序》中称:“唐代演义入阙,瀚于京师得此本,审为罗氏原本,因遍阅隋唐诸书,编为二十卷,名曰《隋唐志传通俗演义》。”然而,该小说在国内早已失传,以前只据孙楷第《日本东京所见小说书目》介绍,知此书有万历四十七年(1619 年)金阊书林龚绍山刊本。1990 年,上海古籍出版社据日本尊经阁藏龚绍山刊本影印此书,收入《古本小说集成》。巴蜀书社亦于 1999 年据尊经阁藏本点校此书,收入《明代小说辑刊》第三辑。原书第 89 回之后,又有“又八十九回”,因此,该小说实际为 123 回。

该小说与齐东野人的《隋炀帝艳史》、熊大木的《唐书志传通俗演义》等同为明代说唐系列的早期章回小说,也是明初山东文学史上以隋唐历史为题材的历史传奇小说之一。小说从陈高宗太建十三年(581 年)周主禅位、隋公杨坚登基写起,历文帝、炀帝、恭帝、越王四代,复禅位于唐高祖李渊,至唐僖宗乾符五年(878 年)唐将高元裕剿戮王仙芝为止,一共写了 295 年间的历史。在创作上,由于本书作者采用了大量民间文艺创作的内容,包括民间戏曲和民间传说,因此,较之明代初期其他的历史传奇小说,故事情节逐渐丰富,人物形象也更加丰满,对明代以后说唐系列的章回小说影响颇大。但是,该小说在结构上似乎缺乏整体构思。小说前半部用了 91 回的篇幅,详细演义了隋末唐初 20 余年的历史,然而,唐代贞观以后 200 多年的历史,却只用了 31 回的篇幅就草草收尾,致使有虎头蛇尾之嫌。

《残唐五代史演义传》也是罗贯中创作的一部历史传奇小说，全书共8卷60回，题“贯中罗本编辑”。小说承接《隋唐两朝志传》，专写五代十国事，可以说是《隋唐两朝志传》的一部续书。龚绍山在万历刊本《隋唐两朝志传》卷十二之后有一个说明：“是集自隋公杨坚于陈高宗大建十三年辛丑岁受周主禅即帝位起，历四世禅位于唐高祖，以迄僖宗乾符五年戊戌岁唐将高元裕剿戮王仙芝止，凡二百九十五年。继此以后则有《残唐五代志传》详而载焉，读者不可不并为涉猎以睹全书云。”

小说从唐僖宗乾符年间黄巢起义写起，演义了李克用、朱温、刘知远等各路诸侯群雄纷争、据霸一方的五代历史，至赵匡胤陈桥驿兵变、建立宋朝为止。小说叙事多端，头绪繁杂，然结构严谨，线索清晰。回目全用整齐的七言单句，较罗贯中其他的历史传奇小说似乎更加成熟。

《粉妆楼全传》全称《续说唐志传粉妆楼全传》，相传也是罗贯中所作。该小说面世较晚，今知最早的刊本是嘉庆二年(1797年)宝华楼刊本，是《说唐后传》的续书之一。全书10卷80回，叙唐代开国功臣罗成的后代罗增与其二子罗灿、罗焜受奸相沈谦无端陷害，被迫聚义鸡爪山，共同兴兵伐罪，诛灭沈谦奸党，扶助大唐天子重振朝纲，最后在凌烟阁上粉妆画像，名垂青史的故事。作品以忠奸斗争为主线，揭露封建社会统治集团内部结党营私、迫害忠良的罪恶，歌颂了除暴安良、扶弱济困的正义行为。同时还穿插了罗灿与马金定、罗焜与柏玉霜、程玉梅、祁巧云等青年男女之间的爱情故事。作品结构复杂，头绪纷繁，情节曲折，引人入胜。风格朴实粗犷，语言明白晓畅。人物形象的塑造也颇为成功。加之作品本身所体现出来的叛逆性和正义感，本书问世后，在民间极为流传。

《三遂平妖传》又名《荡平奇妖传》，简称《平妖传》，分20回本和40回本两个系统。20回本题“东原罗贯中编次，钱塘王慎修校梓”，刊于万历年间；40回本题“宋东原罗贯中编，明吴龙子犹补”。一般认为，20回本是罗贯中的原本，40回本则为冯梦龙的增补本。现存40回本系列的天许斋批点本，内封题“墨憨斋手校新平妖传”，并有一段识语介绍说：“旧刻罗贯中《三遂平妖传》20卷，原起不明，非全书也。墨憨斋主人曾于长安复购得数回，残缺难读，乃手自编纂，共四十卷，首尾成文，始称完璧，题曰《新平妖传》，以别于旧。本坊绣刻，为世共珍。”

小说叙河北贝州王则起义、最终被文彦博镇压事。王则起义事发生于宋仁宗庆历七年（1047年）十一月，《宋史》中有明确记载。南宋时，王则起义的故事已经开始在民间流传，罗烨《醉翁谈录》"妖术类"中，已有"贝州王则"的题目。罗贯中继承了宋元以来有关王则起义的历史记载和民间传说，经过加工整理创作了这部章回小说。

书中所叙王则起义事，比较接近历史事实，因此可以算是一部历史传奇小说。然而，王则起义事在书中所占的篇幅只有三分之一强，20回本中，只有后7回才涉及王则起义、文彦博平叛事。40回本中，头十几回也是以狐母圣姑姑和狐女媚儿为线索，叙述了许多神魔妖邪之事，比如泗州迎晖寺住持慈云在水面捡了一个蛋、孵化出一个小孩、取名蛋子和尚之类。因此，该小说又带有极为浓厚的神魔小说色彩。这从小说题目中也可略见一斑。小说中所写的王则是武则天转世，其"内助"——即狐女媚儿的前身是张邦昌，后身是开封富翁胡浩的女儿胡永儿，男女主角都是所谓的"妖孽"。而最后协助文彦博平叛的三个主要人物是诸葛遂智（蛋了和尚所化）、马遂、李遂，三人的名字中都有"遂"字。因此，小说才取名《三遂平妖传》。就作品本身来说，该小说虽然客观上揭示了北宋后期动荡不安的社会现实，但因为涉及过多的妖妄怪异、因果迷信色彩，整体上并无多少可取之处。

以历史为题材、历史人物为描写重点的历史传奇小说是明代小说的一大类别，在整个明代，从描写盘古开天辟地的《开辟演义》到描写朱元璋发迹的《英烈传》，先后出现了二十几部，几乎明朝之前的每个朝代都有了各自的历史传奇小说。而明代山东小说史上正因为有了罗贯中这样一位大家，才取得了历史传奇小说创作的大丰收，才使得山东小说成为明代小说史上的一道亮丽风景。

（四）清代章回小说

山东清代的章回小说继承了明代章回小说的历史与现实两大题材，同时也继承了山东明代章回小说的现实与叛逆两大传统，在创作上又出现了一个新的繁荣。从创作上来看，山东清代章回小说与明代章回小说的最大差别在于：明代章回小说以历史题材为主，出现的作品多为历史传奇小说；清代章回小说则以现实故事为题材，出现的作品多为世情小说。山东清代章回小说繁荣的标志,则主要体现在两个方面:一是创作数量大。有清一代,大批山东文人参与到章回小说的创作当中,因此出现了一大批章回小说。目前确认为山东文人创作的或根据题署大致断定为山东文人所作的章回小说,就有十几部。此外,清代出现的章回小说中不题撰人或只署字号而未能确定作者姓氏籍贯者,约占一半以上,在这些作者中肯定还有山东作家。如果再加上这些隐而未露的山东作品,山东清代章回小说的数量或可达到数十部。二是作品的现实性加强,对生活的描写更加细腻。明代的山东章回小说主要继承了以《金瓶梅》为代表的世情小说的创作传统,着眼人情世态,直笔现实生活,既赞美现实生活中的爱情美满、家庭和睦和朋友诚信,也鞭挞现实中的社会黑暗、世风日下和背信弃义,在思想和艺术方面都达到了一个新的高度。

1. 山东清代世情小说

从题材上来说,山东清代的章回小说主要是世情小说。世情小说,也称人情小说,是指继承明代《金瓶梅》的创作传统、以描写人情世态为主要内容的章回小说,包括文学史常说的才子佳人小说。山东清代说坛上,曾先后出现了《醒世姻缘传》、《续金瓶梅》、《梦中缘》、《双英记》、《玉闺红》,以及与山东有密切关系的《灯月缘奇遇小说》等多部世情小说。《醒世姻缘传》、《叙金瓶梅》留待后叙,这里先看其他几部世情小说。

《梦中缘》是山东清初世情小说的代表作。全书4卷15回,不题撰人,卷首有作者《自序》及“光绪十一年(1885年)秋月后学莲溪氏”《叙》。据作者《自序》及《阳信县志·人物志》等文献记载,知该小说为李修行所作。

李修行(生卒年未详),字子乾,山东阳信人。“幼颖异,八岁能文。从荀圣基先生游,数月间,刮目相待,题绝句于壁以器之。弱冠以第一人入泮,优等食饩。康熙甲午(1714年)举于乡,乙未(1715年)联捷成进士,循例教习,留都门者三载。公课之余,与同年诸名士分韵联诗,其倡和诸作与《四书文稿》、《葩经集义》、《家训十则》与《梦中缘》小说藏于家。”①《梦中缘》乃其晚年之作,大约问世于雍正、乾隆之际。

小说写山东青州府益都县秀才吴麟美(字瑞生)与御史之女翠娟及其

①《阳信县志·人物志》。

中表姐妹水家小姐蓝英、客商之女舜华及杭州名妓烛堆琼、素烟之间的爱情故事,间及社会之动乱。虽然结构上极尽巧合奇遇之能事,情节可谓生动曲折,然总体上不出才子佳人之旧套。

《玉闺红》是山东清代中后期世情小说的代表作之一。原书共6卷,每卷5回,共计30回,有文润山房原本。今只残存序、第1、2卷共10回及第3、4卷目录,是王朱根据文润山房残本整理校点、丽华出版社刊印的铅印本。小说题"东鲁落落平生撰",书前有湘阴白眉老人《序》。作者"东鲁落落平生"生平不详,然从"东鲁"二字大致可断定为山东人。

小说大意是说:明代天启年间,魏忠贤专横擅权,监察御史李世年刚直不阿,将魏阉罪状一一列出,冒死上奏,被害死狱中。夫人沈氏闻知,撞墙身亡,女儿李闺贞与丫环红玉仓皇出逃,被差役吴来子骗至妓院,沦为土娼,历尽苦难。最后红玉入金尚书府中,闺贞也被舅父救出,与尚书公子金玉文姻订终身;吴来子身死花下,魏忠贤密谋篡逆,被参受戮。

小说以常见的忠奸斗争为主要矛盾,以李闺贞逃难的经过揭示了广阔的社会现实,尤其是对明朝末年北京下层社会之"窑子"内幕的揭露,实在令人触目惊心,其性虐待之描述,亦为明清艳情小说所仅见。除大量的自然主义描写影响了作品的思想认识价值之外,作品客观上对当时社会黑暗现实的揭露也是非常深刻的。此外,该小说明显受到《金瓶梅》的影响,小说题目也是从书中的三个主要人物——金玉文、李闺贞、红玉——的名字中各取一字拼合而成。

《双英记》12回,题"清河梦庄居士著,琅玡先生评点"。从题署中的"清河梦庄居士"和"琅玡先生"看,作者大致也可断定为山东人。此书有咸丰五年(1855年)十二宝藏版本,当为清代中叶的一部世情小说。据《中国通俗小说总目提要》介绍:"此书实即《玉支肌》之改编本,一名《方正合传》。'双英'者,以其二女主人公名方奇英、卜娇英也。'方正'者,殆以女主人公方奇英与男主人公正大光明。"从中也可以看出山东文人的创作特点:即便是写白话短篇小说,也一定要"正大光明"——即保持传统和身份。

2. 山东清代神话传说小说与历史传奇小说

清代,尤其是清代中叶以后,出现了很多的神话传说小说,其中思想价值或艺术成就较高者亦复不少。然而,由于对清代"非重点"作家、作品研究的欠缺,一半以上的作家目前尚不能考定其姓名籍贯。比如,《飞龙全传》是清代中叶面世的一部神话传说小说,题“东隅逸士撰”,书前有《自序》,署“东隅吴璿题”。可见作者即“东隅居士”吴璿。然吴璿生平里籍不详。据其名号中之“东隅”①,大致可断为山东人。再比如《哈密野史》5卷5回,题“东岳道人编演”。从题署上可以基本断定作者为山东人。因论涉考证,此不多赘。

同样,山东的历史传奇小说在经历了明代的繁荣以后,到了清代便显得异常冷落。也或许是因为还没有被人们发掘、考定的原因。总之,值得一提的山东清代历史传奇小说只有《隋唐演义》。

《隋唐演义》20卷100回,题“剑啸阁、齐东野人等原本,长洲后进没世农夫汇编,吴鹤市散人鹤樵子参订”。“剑啸阁”为明末清初戏曲家小说家袁于令的阁名,袁于令曾写过《隋史遗文》。“齐东野人”即《隋炀帝艳史》的作者,“没世农夫”乃清初褚人获的别号。之所以题“剑啸阁、齐东野人等原本”,是因为褚人获“汇编”的《隋唐演义》,是在袁于令的《隋史遗文》和齐东野人的《隋炀帝艳史》的基础上润色加工而成。换言之,剑啸阁主人袁于令和齐东野人是《隋唐演义》的原作者,而褚人获仅仅是“汇编”而已。

3. 山东清代客籍作家

清代有一批客居山东的作家,也为山东清代章回小说的繁荣立下了汗马功劳。其中最有代表性的,当属吕熊的《女仙外史》和秦子忱的《续红楼梦》。

《女仙外史》是清初问世的一部以山东为故事背景的章回小说,因作者吕熊曾随于成龙在山东居住过,因此也可以说是山东小说史上一位客居作家的作品。全书一百回,又名《石头魂》,题“古稀逸田吕叟著”。

“古稀逸田吕叟”即吕熊(1640?—1722年?),字文兆,号逸田,江苏昆山人。因其故乡昆山在明清易代之际曾惨遭清兵屠戮,故其父不许他参加清廷科举,而命其改业学医。曾长期做封疆大吏于成龙的幕僚。在随于成龙治理运河水务时,了解到山东唐赛儿起义事,因撰此书。后因此书惹祸,被迫归隐吴门。

---

①东隅,当指临近东海之地,大约为现在的山东、江苏东部一带地区。

小说以天狼星与嫦娥的仙界前缘为引子,叙明代永乐年间山东蒲台县起义领袖唐赛儿事。小说一开篇就点明了题旨:“女仙,唐赛儿也,就是月殿嫦娥降世。当燕王兵下南都之日,赛儿起兵勤王,尊奉建文皇帝位号二十余年。而今叙他的事,有乖于正史,故曰《女仙外史》。”小说的主体框架符合历史真实,而所述唐赛儿起义的动机、目的及具体过程等,则纯粹出于虚构。实际上,该小说是作者“炫学寄慨”的一部寄托之作。小说中唐赛儿的军师吕律,实为作者自况。

《续红楼梦》是清代中叶山东客籍作家秦子忱创作的一部章回小说。根据书前的序文、题词等可知:秦氏,名不详,字子忱,号雪坞,陇西人,曾官山东兖州都司(正四品武官)。全书共 30 回,内容续接《红楼梦》第 97 回黛玉归天写起,主要通过王熙凤与鸳鸯、尤三姐下界寻访贾母下落以及王熙凤在阴间亲眼目睹自己的凡身在狱中受罪为线索,揭露了世风的险恶和官场的黑暗,表达了惩恶扬善的意图。故事的最后,种种冤案都得到了结,贾府的不孝子弟也都改邪归正,在大荒山修道的贾宝玉和柳湘莲也在甄仕隐的帮助下魂升太虚幻境,宝玉与黛玉、宝钗成婚,柳湘莲聚了尤三姐。玉帝下旨,令所有人重入凡世,贾府实现了空前的大团圆。体现了作者对美好生活的向往。

他如《水石缘》(一名《奇缘赛桃源》)的作者李春荣,《清风亭》、《明月台》的作者翁桂等,也曾客居山东。只是,由于学术界对清代章回小说的研究,存在着“重点”研究有余、“普遍”研究不足的状况,对山东客籍作家的研究也显得极为薄弱,或许有许多优秀作品尚未被人们所发掘。

至于清代以山东为故事背景的章回小说也出现了不少,如《绘芳录》(又名《红闺春梦》)、《引凤箫》等,但在中国小说史上影响都不怎么大。故不多赘。

(五)西周生与《醒世姻缘传》

《醒世姻缘传》原名《恶姻缘》,原书《引首》又别署《姻缘传》,是山东说坛上继《金瓶梅》之后第二部以家庭生活为题材的章回小说,学术界一般认为大约成书于明末清初。现存最早的刻本是同治庚午(同治九年、即 1870 年)刻本。

1. 关于作者西周生

现存最早的同治庚午刻本题为“西周生辑注，然藜了校正”，书前有《弁语》和《凡例》。《弁语》之后署“环碧主人题”，《凡例》之后题“东岭学道人题”。然而，“西周生”为何许人也？目前学术界尚未有公认的结论。

所谓“西周生”，一般有两种解释。其一，从地名上来说，西周建立以后，封周公于鲁，建国于奄（今曲阜），是为鲁国；封姜尚（即姜太公子牙）于齐，建国于营丘（今临淄），是为齐国。换言之，齐、鲁二国均为“西周衍生”之国。因小说明言是写山东事，又多山东方言，所以多认为是山东人写山东事，即本书作者是一位山东佚名文人。所以作者便署名为“西周生”。其二，从命义上来说，小说《引起》中一开篇就说孟子的人生三乐，结束处又以儒家对《关雎》诗的传统解释作结：“关关匹鸟下河洲，文后当年应好逑。岂特母仪能化国，更兼妇德且开周。”可见作者是借《关雎》诗之“风天下而正夫妇”之义来说教来世，因此署名“西周生”。

“然藜子”取义于《刘向别传》所载刘向校书天禄阁、有藜杖老人夜入授天书故事。“东岭学道人”则疑为章丘某文人之别号，因《章丘乡土志》中有“东岭山，在县治南十里”的记载。

最早透露作者信息的人是清代的杨复吉（1747—1820年），他在《梦阑琐笔》一书中说道：

> 蒲留仙《聊斋志异》脱稿后百年，无人任剞劂。乾隆乙酉（1765年）、丙戌（1766年），楚中、浙中同时授梓。楚本为王令君某，浙本为赵太守起杲所刊。鲍以文云：留仙尚有《醒世姻缘》小说，盖实有所指。书成，为其家所讦，至褫其衿。易箦时，自知其托生之所，后登乙榜而终。（原注：留仙后身平阳徐昆，字后山，登乡榜，撰有《柳崖外编》，亦以文云。）

20世纪30年代初，胡适根据这一记载，并结合此书命意、故事情节、方言运用等内证，写成《〈醒世姻缘传〉考证》一文，“断定《醒世姻缘传》的作者必是蒲松龄”。然据笔者愚意，蒲松龄所写的“醒世姻缘小说”当指《醒世奇言》（即《醒梦骈言》，参见前文）。

然而，就算“西周生”不是蒲松龄，《醒世姻缘传》也是一部山东文人创作的章回小说,这是毫无疑义的。

2.《醒世姻缘传》的内容

《醒世姻缘传》主要描写一个冤冤相报的两世姻缘故事。全书100回,可大致分为两大部分:第一部分,1—22回:前世姻缘;第二部分,23—100回:今世姻缘。

第一部分写前世姻缘。故事叙述了山东武城县地主少年晁源,一次打猎时射死了一只仙狐;后又娶妓女珍哥为妾,纵妾虐妻,致使其妻计氏自缢身亡。后来,晁源与仆人妻偷情,被仆人误杀。

第二部分虽继续述及武城晁家之事,但主要笔墨却是写今世姻缘。晁源死后托生为绣江县明水镇的秀才狄希陈,仙狐托生为其妻薛素姐,因而得以对其百般虐待:监禁棒打、针刺火烧等,无所不用其极,以报前世冤仇。后狄希陈借口赶考躲到京城,在京城又娶客店老板的女儿童寄姐为妾——而童寄姐恰是计氏后身,也很泼悍,对狄希陈也很不客气。带回明水老家后,狄希陈备受凌辱。而珍哥托生为童寄姐的婢女珍珠,最后被童寄姐逼迫自杀,以报前世冤仇。故事的最后,经高僧点醒因果,令狄希陈"虔诚持诵《金刚宝经》一万卷",终于"福至祸消,冤解恨除"。

3.《醒世姻缘传》的思想与艺术

整体上看,《醒世姻缘传》的思想认识价值确实比较复杂。首先,作者的世界观是矛盾的。作者一方面对当时世风日下、人情如鬼的社会现实痛心疾首,但作者却未能找到导致社会黑暗腐朽的真正原因,而是将其纳入一种因果轮回的框架之中,大大削弱了作品的思想认识价值。其次,在作品的具体描写上也是矛盾的。作者一方面深刻揭露了当时社会的种种弊病,一方面又将种种的社会弊病归结于天命;一方面揭露了当时社会人伦的沦丧,一方面又将其归结于因果报应;一方面揭露了官场的黑暗腐朽,一方面又极力赞扬清官的公正廉洁;一方面揭露了科举考场的营私舞弊,一方面又赞美了由科举出身的政府官员。

作品主要宣扬了传统的伦理道德思想,比如不能"阴阳倒置,刚柔失宜,雌鸡报晓",主张维护"夫者,妇之天也",倡导"父慈子孝"、"夫义妻贤"等等。今天看来,这些思想大多都是不可取的。然而,客观上作品也反映了一定的社会现实,即明朝末年资本主义萌芽时期,金钱关系对封建伦理关系的破坏,暴露了一定的社会现实。比如:薛素姐不仅敢于骂翁姑、父母,还敢于打自己的丈夫(这其实是对“五伦”的一种破坏);儿媳妇想阉割公公,以免再“生了儿子,夺了他的家私”;以及衙役地痞的敲诈勒索、官僚地主的营私舞弊(狱吏张瑞凤私通珍哥,纵火烧监之类)、族人争夺绝户家产等,多少揭露了当时政治的腐败和社会的黑暗。作者曾在94回发出感慨:“这靠山第一是财,第二才数着势。就是势也脱不过要财去结纳;若没了财,这势也是不中用的东西。”可谓一针见血地指出了金钱的重要性。

作为一部现实主义的作品,《醒世姻缘传》在艺术上也取得了较高的成就。

(1)在人物形象方面,作品描写了一大批人物形象。上自朝廷、下至市井,权阉达官、劣绅恶少、赌徒讼棍、懦夫泼妇等,都有所描写,其中也塑造了一些较有个性的人物形象。比如晁源的为非作歹、狄希陈的软弱庸劣、薛素姐的泼悍狠毒、珍哥的能说会道等等,都写得非常出色。大致说来,作品塑造人物主要采用了以下几种手法:

其一,作品善于通过选取一些典型的情节表现人物性格。比如写晁源的“村”与“土”,便用了晁源买了一只会念经、能避邪的红狮子猫和说话“与人言无异”的鹦哥两个情节。

其二,作品善于通过环境的衬托来表现人物性格。比如作品第四回“童山人胁肩谄笑,施珍哥纵欲崩胎”中,晁源请禹明吾和童山人“在迎晖阁下吃酒”,在介绍了迎晖阁周围的环境以后写到:“只是俗人安置不来,摆设的象了东乡浑帐骨董铺。”一句话便衬托出了晁源俗不可耐的本性。

其三,作品善于使用符合人物身份的语言,来突出人物的个性。正如金圣叹评《水浒传》时所说:“是一样人物,便还他一样说话。”如第七回“老夫人爱子纳娼,大官人弃亲避难”中,写到晁源受骗买来的那只红狮猫不会捉老鼠时,作品写到:

> 一个丫头慌张张跑来,说道:“好几个老鼠巴着那红猫的笼子偷饭吃哩!”晁大舍道:“瞎话! 那猫怎么样?”丫头道:“那猫不怎么样,塌趿着眼睡觉。”珍哥道:“脚底下老鼠,佛猫不计较;若是十里远的老鼠就死了。”

几句对话，就写出了晁源的愚蠢弱智和珍哥的能说会道、风趣幽默。再比如晁思孝得知儿子晁源娶妓女珍哥为妾后，给晁源写了一封信：

> 暮年一子，又在天涯，极欲汝朝夕承欢，以娱两人晚景。京城何事？年近岁余，尚复留恋？闻汝来时，带有侧室，何不早使我知？侨寓于外，以致汝有两顾之苦。今遣人迎汝并汝侧室速来任所同住，我不汝咎也。恐有杂费，寄去银一百两，验收。晁凤先着回报。父字与源儿。

晁源见父亲承认了他的珍哥，便也给父亲回了一封信：

> 儿源上禀：儿干的不成人事，岂可叫爹娘知道？今爹娘既不计较，明日即同小媳妇拜见爹娘乎。但儿不在后边住也，要在东院书房住也。可速叫人打扫乎？银一百两收旋之。儿源上复。

两封信便活脱脱写出了晁氏父子的身份。老晁到底是个秀才，"原也通得"，且是当地名士，现任朝廷命官，故其书信不仅"通"，亦且文雅。而小晁到底是个土包子，不仅"读书欠些聪明，性地少些智慧"，而且惯会"游湖吃酒，套雀钓鱼，打围捉兔"，所以，信不仅不通，而且还要"之之乎乎"假装文雅，难免令人捧腹。

然而，有的人物描写过分夸张，以至于流于滑稽。比如薛素姐，当狄希陈借口赶考离家进京后，素姐为了泄愤，买来个猴子，给它穿上狄希陈的衣服，朝鞭暮扑。猴子发急，结果咬掉了素姐的鼻子，抠瞎了她的一只眼。这就有些不太合情理。

(2)在描写上，《醒世姻缘传》同其他山东小说一样，也具有"生活性"的特点，即不管是写人、还是写事，完全采用现实主义的创作笔法。具体体现在：

其一，对日常生活的描写具体细腻，生活性极强。如第二回写晁源打猎回来后吃酒："丫头拿了四碟下酒的小菜，暖了一大壶极热的酒，两只银镶雕酒脱劝杯，两双牙箸，摆在卧房桌上。"真可谓描摹如画。

其二，叙事生动流畅，描写细腻入微，虽谈不上炉火纯青，也算得上描摹如神。如作品第二回"晁大舍伤狐致病，杨郎中卤莽行医"中晁源请杨太医看病时，通过杨太医的眼睛描绘了晁源室内的布局摆设：

> 绿栏雕砌，猩红锦幔悬门；金漆文几，鹦绿绣裀藉座。北墙下，着木退光床，翠被层铺锦绣；南窗间，磨砖回洞炕，绒条叠代籧篨。卧榻中，睡着一个病夫，塌趿着两只眼，咭咭咕咕。床横边，立着三个丫头，搓拉着六只脚，唧唧哝哝。铜火盆，兽炭通红；金博炉，篆烟碧绿。说不尽许多不在行的摆设，想不了无数不合款的铺陈。

经过大肆渲染后，最后只一句便写出了晁源的暴发户身份和土老财的本性。

其三，最令人称奇的是，作者能将好事说成坏事，把坏事说成好事，让人看起来还有情有理。薛素姐可以说是小说中泼妇悍妇的典型，但从龙氏、侯老道、张道、白姑子的嘴里说出来，却成了一个"不做贼，不养汉"的好人，并且"修得已是将到好处，再得二三年工夫，就到成佛作祖的地位"。狄希陈是小说中懦夫的代表，当他受到薛素姐非人虐待的时候，读者也大都把他当作受害人，为他的遭遇打抱不平，但是，联系狄希陈用凤仙花染红程先生的鼻子、削了树橛让程先生掉进茅坑里、占了茅坑让程先生憋得屙在裤裆里、十六岁时与孙兰姬打得火热……种种劣迹，其实也算不上是一个好人，能有薛素姐这么一位能够降服他的恶人"管理"他一下，也并非是一件坏事。

(3)在语言方面，小说主要用山东方言写成，对话流畅明白，具有较强的表现力。但偶尔也嫌罗嗦，废话较多。

作品中出现的许多民间方言、土语，不仅富有极强的表现力，而且生动活泼，增加了作品的生动性。比如第四回"童山人胁肩谄笑，施珍哥纵欲崩胎"中写晁源两次梦到祖父责备他宠妾虐妻，"五更头寻思起来，未免也有些良心发见，所以近来也甚'雁头鸱劳嘴'的，不大旺相"。这句话，基本上是用民间语言串起来的，其中"五更头"、"寻思"、"旺相"都是山东民间至今常用的俗语；"雁头鸱劳嘴"则是借鸟名(雁和鸱劳)之音，来比喻晁源"蔫头哧拉嘴"——即无精打采的模样。

在表现人物、刻画人物性格时，作者也时常使用一些民间语言，也取得了超常的表现力。如作品第二回："那珍哥狂荡了一日回来，正要数东瓜、道茄子，讲说打围的故事。"一句"数东瓜、道茄子"，便写出了珍哥能说会道、喜欢搬弄口舌是非的性格。

《醒世姻缘传》似乎向人们证明了一个普遍的真理：精心提炼的民间语

言比传统的书面语言更富表现力。

(4)在情节结构方面,小说可以说是双线结构。23回以后,一边写明水狄家,一边写武城晁家。虽然狄家写得多,晁家写得少,但基本上还是双线齐头并进。但由于故事之间缺乏内在联系,只好夹叙夹议,生拉硬扯地拼凑在一起,致使结构松散、节外生枝。也有人认为,这正说明了《醒世姻缘传》的作者不是一个人。

四、罗贯中与《三国演义》

位列"明代四大奇书"之首的《三国演义》,全称《三国志通俗演义》,不仅是中国小说史上最早的章回小说之一,也体现了山东小说史上历史演义小说创作的最高成就。

自从《三国演义》问世500多年来,我们整个民族就一代接着一代地阅读这部小说。因为《三国演义》体现了我们民族的文化传统——智慧、仁义、勇敢等等。同时,三国的故事又反过来塑造着我们民族的性格,它使我们民族的性格更加完善,也使我们民族的精神更加发扬光大。因此,《三国演义》是一部了不起的巨著。

(一)关于作者罗贯中

在史料记载中,关于罗贯中的生平资料少得非常可怜。现在人们经常引用的是明代《录鬼簿续编》中的一段话:

> 罗贯中,太原人。号湖海散人。与人寡合。乐府、隐语,极为清新。与余为忘年交。遭时多故,天各一方。至正甲辰复会,别来又六十余年。竟不知其所终。

后面附有罗贯中所写的三种杂剧:《赵太祖龙虎风云会》、《忠正孝子连环谏》、《三平章死哭蜚虎子》。这是保存罗贯中生平资料较多的一则信息,一般也认为比较可信。此外还有一些零星的资料,比如王圻《稗史汇编》、王道生《施耐庵墓志》、顾苓《塔影园集》等,但多有不可理解之处,学术界通常也都不以为据。因此,我们只能笼统地说:

罗贯中,名本,字贯中,号湖海散人。生卒年月不详,大约生活于元末明初,即1310—1385年之间。东原(今山东东平一带)①人。生平行迹不详。可能参加过元末农民起义,为张士诚的幕宾。后隐居乡里,不知所终。

(二)关于作品《三国演义》

1.《三国演义》的成书过程与版本

明·高儒《百川书志》:"《三国志通俗演义》二百四十卷,晋平阳侯陈寿史传,明罗本贯中编次。据正史,采小说,证文辞,通好尚。非俗(传说)非虚(虚构),易观易入;非史氏苍古之文,去瞽传诙谐之气。陈叙百年,该括万事。"

其中"据正史,采小说"是指三国故事的流传,"证文辞,通好尚"则指罗贯中在前人创作基础上的加工和提高。由此可将《三国演义》的创作过程分为三个阶段:①"正史"阶段。主要指唐代以前的历史记载,包括陈寿的《三国志》、裴松之的《三国志注》,以及《后汉书》、《晋书》、《资治通鉴》等史书。②"小说"阶段。所谓"小说",并不是指现代文体概念上的"小说",而是指唐代至元代的文学艺术创作,包括诗、文、词、曲等。比如《三分事略》、《三国志平话》以及大量的笔记杂著、院本杂剧等。③创作阶段。即罗贯中的加工整理和创作提高,主要包括"证文辞,通好尚"两个环节,其中"证文辞"是指其艺术上的创造,"通好尚"则指其思想上的升华。

成书以后的《三国演义》主要包括240回(则)和120回两个版本系统。较早的《三国演义》刊本,一般都分为24卷或240则。明弘治七年(1494年)金华蒋大器(庸愚子)序、刊行于嘉靖元年(1522年)的《三国志通俗演义》,即分为24卷240则。一般认为是现在见到的《三国演义》最早的刻本。明代后期以后的《三国演义》版本,一般分为120回,其中清康熙年间,毛纶、毛宗岗父子假托"古本"评点加工的《三国演义》120回,是清代以后最通行的本子。新中国成立以后,人民文学出版社等都出版过《三国演义》。

---

①东原,古地区名,也称东太原,据蒋廷锡《尚书地理今释》中说,大约指"山东兖州府东平州及济南府泰安州西南境地",即今山东以东平为中心的东平、汶上、宁阳一带地区。

2.《三国演义》的故事梗概

《三国演义》全书120回，大致可分为三大部分：

第一部分，1—36回，即开篇到孔明出山之前：桃园结义，军阀混战。

该部分写刘关张桃园三结义后，刘备没有自己的地盘，先从刘焉、继投曹操，又奔袁绍、再依刘表，到处漂泊。这期间，曾发生过虎牢关三英战吕布、太史慈酣斗小霸王、夏侯惇拔矢啖睛、曹操青梅煮酒论英雄、关云长千里走单骑、过五关斩六将、曹操与袁绍的官渡之战等故事。反映了社会的动荡不安。

第二部分，37—104回，即孔明出山至孔明死：孔明出山，三分天下。

这是作品的中心部分。主要写刘备在诸葛亮的辅助下，占据汉中，奠定了三国鼎立的局面，并欲匡扶汉室。这期间发生了许多故事，经历了许多战争，如三顾茅庐、火烧博望坡、火烧新野、赵子龙单骑救主、张飞大闹长坂桥、诸葛亮舌战群儒、群英会蒋干中计、草船借箭、借东风、赤壁大战、三气周公瑾、张翼德义释严颜、关云长单刀赴会、水淹七军、刮骨疗毒、败走麦城、诸葛亮巧布八阵图、安居平五路、七擒孟获、六出祁山、骂死王朗、失街亭、空城计、造木牛流马等，最后星落五丈原。

第三部分，105—120回，即孔明死至全书结束：后主无能，三国归晋。

这一部分主要是写诸葛亮死后，后主刘禅昏庸无能，西蜀江山摇摇欲坠，终被司马昭所灭。后来东吴也归顺东晋，自此三国归于统一，大晋皇帝司马炎再次统一了中国。这期间的故事主要有：诸葛亮预伏锦囊妙计、显圣定军山，姜维兵败牛头山、斗阵破邓艾等。

（三）《三国演义》的思想价值

《三国演义》集中地描绘了三国时代各封建统治集团之间军事、政治、外交等种种斗争，通过这些斗争，揭示了当时社会的黑暗腐朽和动荡不安的现实，谴责了统治阶级的残暴和丑恶，反映了人民群众在动乱年代的灾难和痛苦，表现了人民群众对统治集团的爱憎和向背，寄托了作者的政治理想和人民群众要求和平统一的愿望。再进一步来说，作为一部古典名著，《三国演义》通过诸多的人物形象，生动地体现了仁、义、礼、智、信等齐鲁文化暨中国传统文化的内涵。具体说来，《三国演义》的思想认识价值主要体现在以下五个方面：

1.《三国演义》以人物为载体形象地衍绎了中国传统文化的基本精神，即仁、义、礼、智、信、勇等中国传统文化价值体系中的核心因素。

小说中的刘备就是“仁”的代表，关羽是“义”的代表，张飞是“勇”的代表，诸葛亮是“智”的代表，赵云是“忠”的代表等等。刘备是小说里的中心人物，也是中国文化精神中“仁”的体现者。小说第一回介绍刘备时说：此人“生得身长七尺五寸，两耳垂肩，双手过膝，目能自顾其耳，面如冠玉，唇若涂朱”。后来又加上“跨下黄鬃马，手掣双股剑”，从而构成小说刘备的整体形象。作品不仅通过大量的具体故事和人物评价刻画了刘备抱负远大、恭己待人和城府很深的性格特点，最主要的还是渲染了刘备宽厚仁义的特点。《三国演义》的作者是把刘备这一人物形象作为一个“仁”的典型来塑造的，“仁”是刘备性格的基调，而刘备这一人物形象也正是中国传统文化中“仁”的化身，是“仁”的人格化。

作为一个“仁”的典型，小说主要运用了两种手法来表现刘备的“仁”。一是通过与曹操的对比来表现刘备的“仁”。二是通过一些具体的情节来表现刘备的仁义性格。总之，不管是从君民关系上，还是君臣关系上，都可以看出刘备是一个“仁”的典型。

当然，也有人不认为刘备是个仁君。刘璋帐下的从事官王累就曾说过：“刘备世之枭雄，先事曹操，便思谋害；后从孙权，便夺荆州。心术如此，安可同处乎？今若如来，西川休矣！”可谓知刘备者。其实，《三国演义》中的刘备，确实不能算是一个正人君子——“枭雄”之“枭”，本身就不是个好鸟。比如小说第65回，刘备用诈谋攻占了西川后，见刘璋出城投降，还“握手流涕曰：‘非吾不行仁义，奈势不得已也！’”虽然说是形势逼迫，可总让人觉得有些假惺惺。

2.《三国演义》通过魏、蜀、吴三国的故事，揭示了“天下大势，合久必分，分久必合”的历史发展规律。

小说第1回开篇就说：“话说天下大势，分久必合，合久必分；周末七国分争，并入于秦。及秦灭之后，楚汉分争，并入于汉。汉朝自高祖斩白蛇而起义,一统天下。后来光武中兴,传至献帝,遂分为三国。”①第 37 回刘备“一顾茅庐”时遇到诸葛亮的好友崔州平,崔又谈论了汉朝四百年的“治乱”:“自古以来,治乱无常。自高祖斩蛇起义,诛无道秦,是由乱而入治也;至哀、平之世二百年,太平日久,王莽篡逆,又由治而入乱;光武中兴,重整基业,复由乱而入治;至今二百年,民安已久,故干戈又复四起,此正由治入乱之时,未可猝定也。”②而小说《三国演义》本身,就是演义了汉末“由乱入治”的天下大势。

司马迁写《史记》,是为了“究天人之际,统古今之变,成一家之言”。罗贯中写《三国演义》也是为了总结历史的兴衰规律。或曰:“合久必分,分久必合”是一种历史循环论或是宿命论的思想。然而,至少从《三国演义》中所说的“周末七国分争”至清代,这一规律还是符合历史事实的。

3. 作品自始至终贯穿着“拥刘反曹”的思想倾向,体现了人民群众拥护明君、向往和平和憎恶暴君、反对动乱的愿望。

小说一直把蜀汉作为中心来描写,尤其是通过刘备这位仁君的形象和诸葛亮这位贤相的形象,突出了作品“拥刘反曹”的主题,表达了人民群众的愿望。作为蜀汉对立面的一个典型形象,就是曹操。小说中的曹操既是奸雄的典型,也是暴君的象征,作品正是通过对这一人物的针砭,体现了人民群众憎恶暴君、反动动乱的愿望。

小说中的曹操本姓夏侯,因其父嵩乃曹腾养子,故冒姓曹。名操,字孟德,小名阿瞒。曹操由一个浮浪子弟被举为孝廉,又从一个小小的洛阳北部尉成为纵横天下的汉丞相和魏王,能够挟天子以令诸侯,在这整整半个世纪的时间里,他也可谓饱经了人世的沧桑、宦海的风波、沙场的烽火,这其间的激烈与深刻亦非常人可比。

小说第 1 回在介绍曹操时说:“操幼时,好游猎,喜歌舞;有权谋,多机变。”简言之,即好色、多诈。可谓是对曹操性格的绝妙总结。然而,曹操的这种性格并不仅仅是他“幼时”的性格,而是贯穿他一生的性格。实际上,小说中突出表现的还是曹操“奸雄”的性格。

同样在小说第 1 回中,名士许劭曾对曹操说:“子治世之能臣,乱世之

①罗贯中:《三国演义》(上册),人民文学出版社 1953 年版,第 1 页。
②罗贯中:《三国演义》(上册),人民文学出版社 1953 年版,第 324 页。

奸雄也。”这一句话确立了曹操性格的基调。意思是说:曹操若生当“治世”——即太平盛世,则为能干的臣子;若生于乱世,则为奸雄。而所谓“治世”显然是个假设的条件,乱世则是当时的现实。在这种现实的前提下,必然形成曹操奸雄的性格。用现在的文学理论术语来说:“奸雄”是曹操的典型性格,“乱世”则为典型环境。“乱世之奸雄”,就是典型环境中的典型性格。

纵观曹操的一生,他的奸和雄,几乎伴随着他生命的每一个历程。从幼年诈称中风到死前设立72疑冢,他每时每刻都在以他的智诈和权谋来作弄别人。有人以赤壁之战为界,将曹操性格的发展分为前后两个时期——前期多雄,后期多奸。然而,奸与雄却又不能截然分开,而是雄中有奸、奸中有雄;奸乃雄者之奸,雄乃奸者之雄。这两个方面从来没有分开过,只是前后期略有侧重而已。

小说中的曹操既有不可思议的文韬武略,又有无与伦比的鬼蜮伎俩。他不屑作鸡鸣狗盗式的小恶,也不愿施针头线脑式的小惠,欲为善则大功大德,欲为恶则至丑至邪。为善也好,作恶也罢,都包含着极高的智慧。奇怪的是,有时候他的为善与作恶几乎是同时完成,令人无法评价他的行为。比如第17回,曹操与袁术对阵,“相拒月余,粮食将尽”。曹操令粮官王垕以小斛分粮,当激起众怒时,又“借”王垕之头来平息众怒。并明确告诉王垕:“我也知汝无罪。但不杀汝,军必变矣。汝死后,汝妻子吾自养之,汝勿虑也。”就这样一个小小的诡计,却起到了大大的作用:一掩盖了军粮不足的真情,同时又节省了军粮;二防止了兵变,使自己度过了难关;三在军中留下了执法如山、体恤士卒的好名声;四又安抚了王垕,打消了王垕的后顾之忧,使他能闭上眼死;……可谓一举数得。“于是,大小将士无不向前,军威大振”,一鼓作气打败了袁术。然而,人们却无法评价这件事。你说曹操好吧,他用王垕一颗人头保护了千千万万个士兵的人头(众所周知,“军粮不足”乃兵家之大忌),确实是大功一件。然而从王垕的角度来说,王垕一点过错都没有,却枉送了性命,并且死后还背着“克扣军粮”的黑锅,这曹操的心术也忒坏!然而,这就是曹操,这就是奸雄。

奸雄的特征,贯穿、融合在曹操性格的方方面面,使得他本来很正常的一些性格也显得与众不同。比如曹操非常爱才,但同时他也妒才;曹操做事非常理智，也很有原则性，但有时候又非常狠毒；等等。这都证明了曹操“宁教我负天下人，休教天下人负我”的人生哲学。

总而言之，为曹操是一位“奸雄”，而不是奸臣。所以，他虽然时常被对手称为“汉贼”，却仍然是文有谋臣，武有勇将，仍然有不少人死心塌地地捍卫他。与吴、蜀相比，曹魏反而有着不可思议的优势。正因为如此，小说最后，被人们拥护的明君刘备却命丧白帝城，而被人们视为“汉贼”的曹操却差一点统一了全国。这是三国的悲剧，也是历史的必然。这也体现了作品与作者思想上的矛盾性。

4. 作品通过“桃园结义”的故事，极力宣扬了刘关张的义气，从而表现出明显的“信义”思想。

小说一开篇就是“桃园三结义”，“义”这一思想也就自始至终贯穿于整部作品之中，尤其是通过关羽这一形象，典型地宣扬了“义”的思想。

关羽是小说中的一个主要人物，在民间名声尤大。小说中的关羽，姓关名羽，字长生，后改字云长。因其髯长二尺，故人称之为“美髯公”。小说第1回中写他“身长九尺，髯长二尺，面如重枣，唇若涂脂。丹凤眼，卧蚕眉，相貌堂堂，威风凛凛”；后来又加上“跨下赤兔马，手中青龙偃月刀”，从而构成了《三国演义》中关羽的整体形象。

从作品的具体描写来看，关羽这个人物形象给人最突出的印象，可用八个字概括：英武非凡，忠义盖世。

作为一名武将，关羽自然是英雄无敌、武艺超群的。纵观整部《三国演义》，关羽似乎从来没有打过败仗。不管是多么厉害的人物，只要他出场，准赢，并且用不着三两下子。第5回，关云长温酒斩华雄：“（关羽）出帐提刀，飞身上马”，“鸾铃响处，马到中军，云长提华雄之首，掷于地上”，“其酒尚温”。初次表现了关羽的神武。第28回“过五关斩六将”，那更是马到处一路无阻，刀起时人头落地。遇到张飞后，张飞让关羽证明自己没有投降曹操：“三通鼓罢，便要你斩来将。”关羽为了消除张飞的怀疑，“一通鼓未尽”，就斩了老蔡阳的头。第66回“关云长单刀赴会”，按理来说，感到心中不安或者害怕的应该是关羽，可实际上却是吓得鲁肃“不敢仰视”、“如痴似呆”，似乎思维都停止了。而关羽则在吴军的埋伏圈中“谈笑自若”，来去自如，真是何等的威风！诸如此类，都反映了关羽的英武非凡。作品正是通过这样一些情节,把关羽的神武全给写活了。

同时,作品中还多处表现了关羽的忠义性格。实际上,作品中突出表现的正是关羽“义”的一面。关羽在《三国演义》中是作为一个“义”的典型而出现的,“义”是关羽性格的基调。可以说,《三国演义》中的关羽是“义”的化身,是中华民族精神当中“义”的人格化。

在刘、关、张的关系中,那自不待言。在关羽与曹操的关系上,作品也是集中突出了关羽“义”的性格。作品第25回,关羽中了曹操的圈套,处境困危,曹操派《三国演义》中的另一位义士张辽(字文远)来劝降,关羽大义凛然:“吾仗忠义而死,安得为天下笑!”张辽又说他死有“三罪”:一负桃园之盟,二负刘备之托,三负匡汉之誓。随即又说暂且降曹有“三便”:一保夫人,二不负约,三可保身。留得青山在,不怕没柴烧。关羽也当即提出“三约”,坚持降汉不降曹。待曹操答应了他的全部要求后,他才暂且在曹营栖身。但是,人虽然留下了,却是“身在曹营心在汉”,并不为曹操给予的金钱、美女、功名利禄所诱惑。当他得知刘备下落时,便毅然辞曹而去。他在给曹操的留言中说:“新恩虽厚,旧义难忘。”正表现了他的义气。以致在他走后,连曹操也不得不称赞他:“真义士也!”后来,关羽在华容道上与曹操狭路相逢,又是出于义气,宁愿自己的脑袋不要了,还是演了一出“义释曹操”。学术界对此多有非议,游国恩等《中国文学史》中就说:关羽此举是“认敌为友,把个人恩怨放在整体利益之上”。其实这也是关羽“义”的组成部分,既是“义”中应有之义,也是关羽性格逻辑中应有的行为。

实际上,“义”的内涵非常广泛,它至少包括三个层次:一是正邪之间的大义——即“道义”,比如是非黑白、真假善恶之类;二是君臣(即个人与国家)之间的中义——即俗所谓“忠义”,比如关羽与刘备、关羽与汉朝廷之间的义气;三是朋友、男女(个人与个人)之间的小义——即俗所谓“情义”,比如刘、关、张之间的义气。在关羽的性格中,自始至终都贯穿着一种“义气”,这种“义”,有时是正义,有时是忠义,有时则是情义。第20回,当曹操抢先代皇帝接受群臣欢呼时,关羽提刀拍马,欲斩曹操,是出于忠义;华容道上义释曹操,则是一种情义。当然,这种情义忽视了正义和忠义,但它确实也是一种“义”。因此,“义释曹操”与关羽的性格是相吻合的。过去人们往往把“义”的内涵简单化、片面化,因此也就无法全面客观地理解关羽身上体现出来的"义",也就不可能得出一个比较客观公正的结论。

当然,义行义举不见得都是好事。因为"义"本身就有好有坏。从作品对"义"的描写中我们可以看到:一方面,"义"具有团结、鼓舞的力量——有的人为正义奋斗,有的人为忠义卖命,有的人被情义鼓舞。可见"义"有其积极的一面。另一方面,"义"又有其局限性——尤其是"情义",它往往将一人得失、个人恩怨凌驾于集体利益和人民利益之上。可见"义"又有其消极的一面。比如第 19 回刘备兵败逃难时,到村中求食,猎户刘安出于忠义,"欲寻野味供食,一时不能得,乃杀其妻以食之",并谎称"狼肉",刘备"乃饱食了一顿"。这种血淋淋的"义"确实太可怕了!再如关羽被害后,刘、张只知旦夕号哭,不顾国家和人民利益,只想为关羽报仇,发兵伐吴,结果未等为关羽报仇,张飞又被小人暗害,东征也惨遭失败。这都说明了"义"的局限性。

5. 作品通过三国之间政治、军事、外交等各种事件,生动形象地展现了历史上各种斗争的经验和智慧。

《三国演义》中描写了一大批智慧型的人物,比如蜀国的诸葛亮、庞统、徐庶、姜维,魏国的曹操、司马懿、荀彧、邓艾,吴国的周瑜、鲁肃、陆逊……这些智慧型的人物,其实就像胡适所说的包公一样,都是"箭垛式"的人物,是中国人民智慧的化身。而通过这些智慧型的人物所演义的三国故事,不管是变化多端的战争,还是复杂多变的外交,抑或治国治民的政治,无不闪耀着中国人民智慧的光芒。其中最有代表性的智慧型人物便是诸葛亮。

在《三国演义》中,诸葛亮是作者用力最多、倾注感情最深,也是作品中占用篇幅最大的一个人物,因此,有人说诸葛亮才是《三国演义》的真正主角。这也明显体现了作者罗贯中的乡土观念。

小说中的诸葛亮,复姓诸葛,名亮,字孔明,自号卧龙先生,瑯琊阳都人。乃汉司隶校尉诸葛丰之后,其父名珪,字子贡,早卒;其叔名玄,其兄诸葛瑾,仕东吴;其弟诸葛均,躬耕南阳。作品第 38 回说他"身长八尺,面如冠玉,头戴纶巾,身披鹤氅,飘飘然有神仙之慨",或谓其"羽扇纶巾,鹤氅皂绦",临阵时喜欢坐一辆四轮车——这就是《三国演义》中诸葛亮的整体形象。

从作品和具体描写来看,诸葛亮这一人物形象具有三个明显的特点:(1)具有"鞠躬尽瘁"的忠诚与"死而后已"的献身精神。自从诸葛亮认定刘备是一位仁君而出山辅佐蜀汉后，他就不辞辛劳地为匡扶汉室、恢复汉朝江山而奠基铺路，努力拼搏，为了兴汉的伟大事业献出了自己的全部生命。因此，诸葛亮被作为历代“贤相”的典型，深受人们的爱戴。(2)具备爱护军民、法不徇私的优秀品质。这一点与他辅佐的仁君——刘备的性格是完全一致的，这也是他之所以选择刘备的主要原因。(3)具备出神入化的政治、军事才能。作品中的诸葛亮作为一个贤相的典型，与那些“笔下虽有千言，胸中实无一策”的文官完全不同。他不仅懂得理论，而且懂得实务，能够把理论和实践紧密地结合起来，并且将理论应用于实践。比如：未出茅庐，已知三分天下；出山辅佐刘备后，更是无时不表现出他的杰出才能，尤其是军事上的神机妙算、料事如神，更使得他战无不胜、攻无不克，即使偶尔失利，也能转败为胜，令人赞叹。所以古今都有人称他是“智慧的化身”。

实际上，作品中的诸葛亮是作为一个“智”的典型出现的。可以说，诸葛亮是“智”的化身，是中华民族“智慧”的人格化。

作为一个智慧的典型，《三国演义》中的诸葛亮是一位治国、治军、治民无所不能，政治、军事、外交无所不精的人物。他在隐居隆中时，对天下大势已了如指掌，就已经预见到三分天下的局面；初见刘备就提出了“据蜀、联吴、抗曹”的长远战略思想；初出茅庐第一功，就“惊破曹公胆”，杀得曹军“尸横遍野，血流成河”，并确立了他在蜀汉集团中的地位。在其后的65回中，每时每地他都在显示着自己的“智慧”。刘备自领益州牧后，诸葛亮拟定治国条例，足见他的治国才能；智激张飞、信劝关公、放纵法正等，足见他的用人之道；舌战群儒、赖占荆州等，足见他的外交才能。至于他的军事才能，那更是不胜枚举。

值得指出的是，诸葛亮也有不少“诡计”。他本人就曾嘲笑曹操“不知诡计”——言外之意就是说他自己懂得“诡计”；曹操部将李典也曾说诸葛亮惯用“诈谋”；第65回，马超投降刘备，就是诸葛亮用了“离间计”；91回，曹睿将司马懿削职归田，也是因为中了诸葛亮的“反奸计”。民间有句老话，叫做“少不看《水浒》，老不看《三国》”。之所以“老不看《三国》”，就是因为《三国演义》中描写了太多的智谋和诡诈。在汉语中，有些字词之间的关系是很微妙的，有时候甚至是可以互相转换的。比如“智慧”没使准地方就成了“诡计”，“风流”弄不好就成了“下流”……就像章培恒、骆玉明《中国文学史》中对曹操的评价："虽然他的智慧通常表现为反道德的'奸诈'，但对于读者来说，在完成表面的道德评判之后，这种智慧仍然是具有巨大吸引力的。"因此说，计谋与诡计有时只差一步之遥。智慧本身并没有善恶之别，就看具有智慧、使用计谋的人是好是坏而已。

（四）《三国演义》的艺术成就

作为历史演义小说的代表作，《三国演义》虽然取材于历史，却不等同于历史。它不是历史著作，而是一部历史演义小说——即文学作品。作为一部小说，它在艺术上取得了令人瞩目的成就。《三国演义》所取得的艺术成就，可从以下五个方面来了解：

1."七分实事，三分虚构"的历史小说特征。换句话来说就是：《三国演义》的创作方法基本上现实主义的，但同时也充满着浪漫主义的幻想。

作为一部历史演义小说，《三国演义》的主要人物、事件大都符合历史事实，但其中许多地方又有作者的加工和创造。《三国演义》处理历史题材的手法，主要体现在四个方面：

（1）渲染史实。即抓住一个典型素材，将其创作成一个传奇性的情节，以刻画人物性格。如"三顾茅庐"的故事，作为刘备的一件美德，《三国志·先主传》中却只字未提，只在《诸葛亮传》中提到10个字："先主遂诣亮，凡三往，乃见。"而小说中则曲曲折折几乎写了三大回（第36、37、38回）。通过这一传奇情节，不仅展示了诸葛亮的高士风范，也刻画了刘、关、张的性格，尤其是刘备求贤若渴的品格。

（2）改造史实。即对历史进行张冠李戴式的改编，以使人物性格各得其宜。比如"怒鞭督邮"的故事原属刘备，若进入小说则与仁君的形象不符，故而写到张飞头上，不仅保证了刘备仁君形象的完美，也恰好符合张飞疾恶如仇的性格。再如"草船借箭"的故事原属孙权，小说将此事戴到了孔明的头上，也正符合孔明神机妙算的性格。

（3）增设细节和环境。比如"横槊赋诗"的情节是根据曹操的《短歌行》生发而成，《短歌行》确系曹操所写，但写于何时何地却不见记载，小说则将其创作的环境置于赤壁大战之前、浩浩长江之上、融融月光之下、连环战船之中、酒饮三杯之后的氛围中，从而便生动地突出了曹操奸雄的精神气质。

④虚构史实。即无中生有的想象和虚构。比如“刮骨疗毒”的情节，史料记载关羽确实中过毒箭，但却是华佗死后之事；小说中却让华佗主刀，名医对名将，从而产生一种名人效应。这样处理，既烘托出了关羽天神般的忍耐力，又体现了人民群众的愿望，展示了小说“拥刘反曹”的主题。

2. 多姿多彩、各有其妙的战争描写。

《三国演义》描写了许多次战争，每次战争都写得各不相同，各有其妙。要之，《三国演义》描写战争的特点是要体现在以下四个方面：

(1)善于抓住战争的特点，写出战争的不同。如赤壁之战是火攻，水淹七军则是水攻；官渡之战是以少胜多，六出祁山是兴师动众；战吕布是死打硬拼，空城计则是虚张声势；七擒孟获是恩威并施，安居平五路则是斗心斗智；等等，都写得各不相同。同样是火攻，火烧博望坡是山里烧，火烧新野是城里烧，火烧赤壁则是水上烧，也不相同；同样是水上烧，火烧战船与火烧藤甲军也不相同。可见作品写战争之妙。

(2)善于以人物为中心来描写战争。即善于在战争中刻画人物。如赤壁之战以诸葛亮、周瑜为主，单骑救主以赵云为主，大闹长坂桥以张飞为主，每一次战争都重点描写一两个人物，从而也体现了战争的不同。

(3)善于运用虚实、详略相结合的手法来描写战争。比如太史慈酣斗小霸王(孙策)是实写，关云长温酒斩华雄则是虚写；赤壁之战中，孙刘一方是详写，曹魏一方则是略写。

(4)善于运用张中有弛、闹中有静的手法来描写战争。即善于在紧张的战争中，用抒情的笔调来点染一些悠闲的插曲，使战争显得张中有弛、闹中有静，从而增加了战争的生动性。比如“孔明饮酒借箭”、“曹操横槊赋诗”等情节。

3. 性格鲜明、栩栩如生的人物形象。

《三国演义》通过政治、军事、外交等斗争的描写，塑造了一系列鲜明生动的人物形象。简单说来，小说在塑造人物方面主要采用了四种手法：

(1)善于在斗争中刻画人物性格，塑造人物形象。《三国演义》总是将人物放到斗争的前沿，通过各种各样的政治、军事、外交等斗争来刻画人物性格，完成人物形象的塑造。比如诸葛亮的军事才能是通过火烧博望坡、火烧藤甲军、空城计、六出祁山、安居平五路等战争的描写来完成的，他的外交才能是通过赤壁之战、舌战群儒、卧龙吊孝等故事来刻画的，他的政治才能是治理蜀中、放纵法正、信劝关羽等情节来刻画的。其他人物也无不如此。

（2）通过反复渲染，突出人物性格的基本特征。作为最早的章回小说之一，《三国演义》的人物性格确实存在不足之处，比如人物性格较少变化，个别人物性格有雷同化倾向等。但每个主要人物的性格还是鲜明的，这种鲜明性格的塑造就来自于作品对人物性格的反复渲染。比如张飞的勇，就是通过战吕布、长坂坡、战马超等情节反复渲染的结果。

（3）善于运用夸张、对比、烘托等艺术手法，来刻画人物形象。比如"长坂桥头一声吼，吓退曹操百万兵"是夸张，"关云长温酒斩华雄"是烘托，刘备的仁义与曹操的奸诈则是对比。

（4）善于通过典型的事件和细节来突出人物性格。比如：通过"赵子龙单骑救主"来表现赵云的忠，通过"诸葛亮舌战群儒"表现孔明的外交才能……再比如在刘备三顾茅庐的故事中，通过一些细节表现张飞快人快语的性格。

4. 宏伟壮阔、严密精巧的艺术结构。

小说从汉灵帝建宁元年（168 年）写起，直到晋武帝太康元年（280 年），跨度逾 100 年，时间极为漫长；全书出场的人物有 1100 多个，可谓人物众多；再加上事件复杂、头绪纷繁，其结构可谓宏伟壮阔。

然而，作者却能够以时间的先后为顺序，以蜀汉为中心，以三国的矛盾斗争为主线，以大大小小的事件为联系的线索，井然有序而又曲折变化地展开故事情节，构成了作品的整体。其结构又可谓严密精巧。

5. 半文半白、雅俗共赏的语言艺术。

《三国演义》的作者既吸收了史传文中典雅古朴的书面语言，并将其通俗化；又吸收了民间文艺中通俗生动的生活语言，并将其文学化（雅化）。从而形成了一种"文不甚深，言不甚俗"的语言风格，使《三国演义》的文字显得既简洁又生动。

《三国演义》的语言特点对后世小说的创作产生了巨大影响。就其"半文"的一面来说，直接导致了后世小说语言的雅化，出现了才子佳人等典雅的章回小说，甚至出现了文言章回小说《蟫史》和骈文章回小说《燕山外史》。就“半白”的一面来说，则直接导致了后世大量优秀白话长篇小说的出现，比如《红楼梦》、《儒林外史》等章回小说，或多或少都受到《三国演义》语言的影响。

综上所述，《三国演义》不仅具有丰富的思想认识价值，也取得了高度的艺术成就，是明代山东小说史上的一座丰碑，在中国小说史乃至中国文化史上都享有重要的地位。它不仅向我们介绍了历史知识，让我们得到艺术的愉悦，而且具有相当的实用价值。不仅过去的农民起义常常把《三国演义》当作战争的教科书，现在的许多企业家也往往把《三国演义》当作商战的秘诀。时至今日，《三国演义》已经成为中国传统文化不可分割的一部分。从中也可以看出山东小说对中国文化的巨大贡献。

五、《水浒传》

《水浒传》是我国最早的两部章回小说之一，在山东小说史乃至中国文学史上有着特殊的地位。一般说来，《三国演义》是我国章回小说的开山之作，但其语言半文半白。因此，与《三国演义》同时出现的《水浒传》才是我国第一部真正的白话长篇小说。

《水浒传》问世以后，风靡一时，誉满人口，并且至今数百年间盛传不衰。明·胡应麟《少室山房笔丛》中记载了一则轶闻：“嘉靖、隆庆间，一钜公案头无他书，仅左置《华南经》，右置《水浒传》各一部。”清初文人金圣叹评点《水浒》，称其为“第五才子书”，将《水浒传》与《史记》相提并论，把施耐庵比作庄子、屈原之流，盛加赞誉，更进一步扩大了《水浒传》的影响。

（一）关于《水浒传》的作者

关于《水浒传》的作者，是自《水浒传》问世以来就一直争论不休的一个问题，也是《水浒》研究中最稀里糊涂的一个问题。学术界多主“施著罗编”说，即明代高明《百川书志》中所说“钱塘施耐庵的本，后学罗贯中编次”。“的本”即原著，“编”则是修改、定稿之意。

有关罗贯中的情况，参见前文。关于施耐庵，可以说是一个神话式的人物。通行的观点认为施耐庵是元末明初人。但关于其生平行迹，却很少有可靠的资料。20 世纪 20 年代以后，曾陆续发现过一些有关施耐庵的资料，比如明王道生撰的《施耐庵墓志》、《（民国）兴化县续志》中的《施耐庵传》等，但多有争议，学术界认为这些资料并不可信。

（二）关于作品《水浒传》

1.《水浒传》的史实根据

《水浒传》所写的故事，来自北宋末年宋江起义事。大意是说：宋徽宗宣和初年，山东宋江等 36 人起兵梁山泺，驰骋山东，官军望风而逃，致使朝廷有东顾之忧。《水浒传》就是根据这一史实写成的。相关史料可参见《宋史》和《东都事略》中有关人物传记及徐梦莘《三朝北盟会编》、李植《皇宋十朝纲要》等。

2.“水浒”故事的流传过程

和其他早期出现的中国白话长篇小说一样，《水浒传》也是在长期群众创作的基础上，经过接近民众的作家的综合加工和再创造，又经过不同时期、不同思想倾向的文人们的多次增删修改而成的。

关于宋江义军的故事，在北宋以后便开始在民间流传。由于宋江义军声势浩大，致使朝野震惊，再加上其流动作战的地区极为广泛，“于是，自有奇闻异说生于民间，辗转繁变以成故事，复经好事者掇拾粉饰，而文籍以出”①。

南宋的说唱艺术中，已经开始讲述或演唱水浒故事。罗烨《醉翁谈录》“小说开辟”条所记的说话目录中，已有“公案类石头孙立”、“朴刀类青面兽”、“杆棒类花和尚、武行者”等题目。这些话本，现在已经看不到了，但从流传下来的故事看：公案——打官司——与孙立（病尉迟）杀人有关；朴刀、杆棒类——武打——与杨志、鲁达、武松的反抗有关。这与《水浒传》中的描写都是一致的。

宋末元初，画家龚开作《宋江三十六人画赞并序》，初次记录了宋江等 36 人的姓名和绰号，并且从中还可以看出：水浒故事已引起当时文人的注意，有些文人已插手水浒故事的创作。

宋末元初的《大宋宣和遗事》中，有一部分专讲梁山泊聚义的故事，比

①鲁迅：《中国小说史略》，上海古籍出版社 1998 年版，第 94—95 页。

较简略地叙述了“杨志卖刀”、“智取生辰纲”、“宋江杀惜”、“九天玄女授天书”、“败呼延绰”、“受招安征方腊”等故事情节，虽然内容比较简单，却给我们展示了小说《水浒传》的原始风貌，是现传讲说水浒故事的最早话本。

宋末元初，童瓮天《瓮天脞语》又载宋江潜至李师师家，题《念奴娇》词一首，即后来所说的“水浒词”：

> 天南地北，问何处可容狂客？借得山东烟水寨，来买凤城春色。翠袖围香，鲛绡笼玉，一笑千金值。神仙体态，薄幸如何销得？回想芦叶滩头，蓼花汀畔，皓月空凝碧。六六雁行连八九，只待金鸡消息。义胆包天，忠义盖世，四海无人识。闲愁万种，醉乡一夜头白。

有人认为，这首词是后人伪托宋江而作；也有人以此为据，证明当时已经有了宋江到李师师家谋求招安的情节，并根据“六六雁行连八九”一句，推断当时除宋江36人外，又有了72人——即梁山泊好汉已发展到一百单八将。

元代杂剧中，已经出现了大量水浒戏，山东东平人高文秀就是当时水浒剧的代表作家，写有《黑旋风双献功》、《渑池会》等，他如康进之的《黑旋风李逵负荆》、李文蔚的《同乐院燕青搏鱼》等，都是元代水浒剧的代表作品。在这些剧作中，其中一些人物形象已经很丰满，如李逵、燕青、宋江等，对梁山泊的描写也更详细。并且，宋江已由36人，变为108人，如《李逵负荆》杂剧中就有“宋江自有一百八人头领”之语，李逵也自称“三十六大伙，七十二小伙”云云。

到了元末明初，施耐庵、罗贯中就在宋元以来广泛流传于民间的水浒故事、水浒话本、水浒戏的基础上，经过综合创造，写成了《水浒传》这部小说。

问世后的《水浒传》的版本相对比较复杂，主要有70回本、100回本、120回本等版本系统，其中又有“繁本”与“简本”之分。新中国成立以后，人民文学出版社等都出版过《水浒传》。

3.《水浒传》的故事梗概

《水浒传》的艺术形式来自于宋元讲史话本，而其故事内容则主要来自于宋元小说话本以及元杂剧等等。所以，它既保留了小说的特点，又具有讲史的意味。保留了讲史与小说的共同优点。小说传梁山泊英雄好汉的故事，反映了我国历史上人民起义发生、发展直至失败的整个过程。全书120

回可分为三大部分：

(1)1—70 回：揭根源，官逼民反；聚水浒，陆续造反。

这是作品的主体部分，也是人们公认的《水浒传》最精彩的部分——金批《水浒》就只保留了这一部分。开头先介绍了史进、鲁智深、林冲、杨志等人的故事，然后通过宋江，又陆续引出了晁盖、吴用、三阮、公孙胜、刘唐、武松、施恩、花荣、戴宗、李逵、张顺等人；宋江上山后，又陆续引出了杨雄、石秀、解珍、解宝、李鹰、孙新、孙立、顾大嫂、孙二娘、扈三娘，以及柴进、呼延灼、徐宁、卢俊义等，叙述了梁山泊一百单八将陆续上山的经过。其中的许多故事都是人们所熟悉的内容，如鲁提辖拳打镇关西、大闹五台山（醉打山门）、大闹桃花村、倒拔垂杨柳、大闹野猪林，林冲误入白虎堂、棒打洪教头、风雪山神庙，七星聚义智取生辰纲、青面兽杨志卖刀、武松景阳冈打虎、斗杀西门庆、大门十字坡、醉打蒋门神、血溅鸳鸯楼等等。反映了"乱自上作"、"官逼民反"的社会现实。

(2)71—81 回：受天书，梁山聚义；战官兵，所向披靡。

主要介绍梁山聚义之后的情况，过去有人认为这并不是古本《水浒传》原有的内容，而是后人的画蛇添足、狗尾续貂之笔。但是，前面已经说过：《大宋宣和遗事》中就有受招安、征方腊等内容。该部分主要包括二嬴童贯、三败高俅、三打祝家庄等。所反映的主题不及第一部分来得鲜明。

(3)82—120 回：受招安，南征北战；遭谋害，英雄沉冤。

主要介绍水泊英雄受招安之后的情况。包括征王庆、剿方腊、战大辽、平田虎等内容，似乎不是出自一人手笔，而是由多人在不同时间陆续补作的。主要表现了尽忠报国的思想，一般认为体现了作品思想的局限性。

（三）《水浒传》的思想内容

关于《水浒传》的主题，学术界的观点并不一致。因为，一部章回小说所反映的内容和体现的价值往往非常丰富，所以用"主题"或"主旨"很难准确地概括。所以，后来人们不再使用"思想主题"这一概念，而是称为"思想内容"。《水浒传》的思想内容主要包括三个方面：

1. 小说通过描写以宋江为首的一百单八位梁山英雄义士，极力歌颂了忠义思想。而最能体现作者这一创作主旨的是宋江这一形象。

宋江作为小说中的中心人物，实际就是忠义的化身。他的性格中体现出了忠和义的矛盾统一。他作为一个县衙小吏，能“仗义疏财，济困扶危”，结交天下豪杰，但同时又具有忠君孝亲、安于现状的习性。从“义”字出发，他“担着血海也似干系”救了晁盖等七人，也同情他们被逼上梁山，但又认为“于法度上却饶不得”。“杀惜”后，他辗转避难，当被梁山好汉救上山去后，也坚决不留在山上，就是因为一旦上山，便是“上逆天理，下违父教，做了不忠不孝的人”。同时，宋江却又劝别人上山入伙，而在劝别人家上山时，也希望人家牢记“如得朝廷招安……日后但去边上一刀一枪，博得个封妻荫子，久后青史上留一个好名，也不枉了为人一世”。然而，贪官污吏对他的残酷迫害，逼着他一步一步向梁山靠近。浔阳楼吟反诗，是他内心深处被“冤仇”所郁积的叛逆情绪的自然流露。当梁山好汉把他从江州法场的屠刀下解救出来后，他一方面感激众位豪杰不避凶险、极力相救的“义”，另一方面也深感“如此犯下大罪，闹了两座州城，必然申奏去了”，再难在常规情况下尽“忠”，于是他才表示“今日不由宋江不上梁山泊投托哥哥去”。

上梁山后，他仍然牢记着九天玄女“替天行道为主，全仗忠义为臣，辅国安民，去邪归正”的“法旨”，一再宣称：“小可宋江怎敢背负朝廷？盖为官吏污滥，威逼得紧，误犯大罪：因此权借水泊里避难，只待朝廷赦罪招安。”当他坐上第一把交椅后，即把“聚义厅”改成“忠义堂”，进一步明确了梁山队伍“同心合意，同气相从，共为股肱，一同替天行道”的基本路线。就在“替天行道”、“忠义双全”的旗号下，他带领众兄弟惩恶除暴，救困扶危；并积极创造条件，接受招安。

被招安后，他自告奋勇去征辽国，平方腊，为朝廷立下了汗马功劳。但最后仍然饮了朝廷“赐”的药酒。临死之前，他还表白：“我为人一世，只主张‘忠义’二字，不肯半点欺心。今日朝廷赐死无辜，宁可朝廷负我，我忠心不负朝廷！”

盖棺论定，宋江就是一个“忠义之烈”①。《水浒传》的作者，就是以“忠义”为指导思想来塑造了宋江这一中心人物，描写了以宋江为首的一百单八位“全仗忠义”、“替天行道”的英雄义士。至于像叫嚷“招安招安，招甚鸟

---

①李贽：《忠义水浒传序》。

安"的李逵等，也只是作为"忠义"的映衬而存在罢了。

2. 小说深刻地揭露了上自朝廷、下至地方的一批批贪官污吏、恶霸豪绅的"不忠不义"，反映了"乱自上作"、"官逼民反"的社会现实。

小说中第一个正式登场的人物是高俅，他因善于踢球而得到皇帝的宠信，从一个市井无赖一直晋升为殿帅府太尉，于是就倚势逞强，无恶不作。整部小说以此人为开端，确有"乱自上作"的意味。整部《水浒传》中，从手握朝纲的高俅、蔡京、童贯、杨戬，到称霸一方的江州知府蔡九、大名府留守梁世杰、青州知府慕容彦达、高唐知州高廉，直到横行乡里的西门庆、蒋门神、毛大公、祝朝奉，乃至陆谦、富安、董超、薛霸等爪牙走狗，相互勾结，狼狈为奸，把整个社会弄得暗无天日，民不聊生，不反抗就没有别的出路。于是，一批忠义之士才不得不"撞破天罗归水浒，掀开地网上梁山"。

其中最能体现"官逼民反"的一位人物是林冲。

小说中的林冲，是东京80万禁军枪棒教头，在这个人物形象身上，确实典型地反映出了"官逼民反"的社会现实，展示了梁山英雄"逼上梁山"的全部过程。其最突出的特点就是由安分守己到彻底反抗的性格。身为东京80万禁军教头，林冲有不甘屈辱的英雄本色，同时又有屈沉小人之下的闷气。但教头的地位和美满的家庭，形成了他安分守己、不愿反抗的性格。比如高衙内调戏他的妻子，他不敢反抗；高俅多次陷害他，他也只是忍辱负屈。直到最后家破人亡，自己也性命不保的情况下，他才杀死仇人，逼上梁山。上梁山后，又杀死嫉贤妒能的王伦，最后成为坚决反对招安的中坚力量。

《水浒传》作为一部长篇小说，可以说第一次如此广泛而深刻地揭露了社会和政治的黑暗，揭示了"官逼民反"的道理。但从作品的结局来看，作者要强调的却是一个悲剧："全忠仗义"的英雄不能"在朝廷"、"在君侧"、"在干城心腹"，而反倒只能"在水浒"、在绿林；"替天行道"的好汉未能改变悖谬的现实，最后反而被这个"不忠不义"的社会所吞噬。"自古权奸害忠良，不容忠义立家邦。"作者在以"忠义"为武器来批判这个无道的天下时，对传统道德也无力扭转这个颠倒的乾坤，感到了极大的痛苦和悲哀。

3. 小说反映了我国历史上农民起义发生、发展、失败的过程。

《水浒传》的题材毕竟有它的特殊性，不管作者如何将小说拉入"忠义"的思维格局，作品实际上还是客观地展示了我国封建社会中一场惊心动魄的农民起义。其中又具体包括三个层次:①揭示了阶级压迫是导致农民起义的根源,指出了“乱自上作”、“官逼民反”的事实,展示了梁山义军的广泛阶级基础。②描写了农民起义由小到大的发展、壮大过程。③揭示了起义军悲剧结局的内在原因。游本《中国文学史》中介绍了梁山起义失败的原因,以及历史上农民起义失败的三种形式。可参见游国恩等《中国文学史》第四册。

(四)《水浒传》的艺术成就

金圣叹将《水浒传》列为第五才子书,说明《水浒传》确实取得了很高的艺术成就。具体说来,《水浒传》的艺术成就主要体现在以下三个方面:

1. 人物塑造:《水浒传》塑造了大批的人物形象,这些人物形象大都个性鲜明,栩栩如生,具有典型性。

金圣叹在《第五才子书施耐庵水浒传·序三》中说:“《水浒》所叙,叙一百八人,人有其性情,人有其气质,人有其形状,人有其声口。”在《读第五才子书法》中也提到:“别一部书,看过一遍即休,独有《水浒传》,只是看不厌。无非为他把一百八个人性格都写出来。”“《水浒传》写一百八个人性格,真是一百八样。若别一部书,任他写一千个人,也只是一样,便只写得两个人,也只是一样。”

《水浒传》在塑造人物方面有以下特点:

(1)扣紧人物身份、经历和遭遇,来刻画人物形象。如林冲的身份和地位使他安于现状,其经历和遭遇又使他“逼上梁山”;鲁达了无牵挂的身世和他对官场的认识、闯荡江湖的经验,形成了他打抱不平的性格等等。

(2)通过人物的言行来刻画人物形象。这一特点也恰好体现了中国小说的民族特点。《水浒传》从不对人物性格、心理以及人物活动的环境作静止的、冗长地描写,而只是通过人物自己的语言和行动来刻画人物形象,展示人物性格。《水浒传》在描写人物言行的时候,又可分为两种情况:一是紧要关头人物的言行。如作品第62回,写石秀劫法场救卢俊义时,先是到十字路口的一个酒楼上“大碗大块,吃了一回”酒;当刽子手举起屠刀时,石秀又先是大叫一声:“梁山泊好汉合伙在此!”,然后“从楼上跳将下来,手举钢刀,杀人似砍瓜切菜。走不迭的,杀翻数十个,一只手拖住卢俊义,投南便走”。如果不是走到死胡同里的话,还可能真被他救走卢俊义。这段情节,主要就是通过石秀的语言和行动,表现了他精细、果断、勇敢的性格。二是人物的日常言行。如第38回写李逵第一次见到宋江的时候,第一句话就是“莫不是山东及时雨黑宋江?”就像当着胖人说猪一样,一点也不忌讳“黑”字。第二句话又来了个“我那爷,你何不早说些个,也叫铁牛欢喜”,然后“扑翻身躯便拜”。则通过言行表现了李逵快人快语的性格。再如:李逵吃鱼的动作——“李逵也不使箸,便把手去碗里捞起鱼来,和骨头都嚼吃了”;一听说打仗,李逵就说“我的板斧几日不曾发市”;第75回陈太尉到梁山招安时,李逵直接说出“你的皇帝姓宋,我的哥哥也姓宋。你做得皇帝,偏我哥哥做不得皇帝?”这些描写都表现出了李逵的性格。

(3)通过对比来刻画人物形象。而《水浒传》中的对比手法也包括两种情况:一是不同性格的对比。如病关索杨雄的糊涂和拼命三郎石秀的敏锐、机警就是一正一反的对比;何九叔的世故、老练、怯懦,和郓哥的幼稚天真、年轻好胜,也是一组鲜明的对比。二是相似性格的对比,即古代小说理论中所谓的“犯而能避”,这需要很高的技巧。如鲁达和李逵的粗中有细就不一样:李逵下井救柴进时,怕人家不拉他上来,这种粗中有细表现出天真幼稚;而鲁达的粗中有细则表现在他的江湖经验上,如说镇关西“诈死”。梁山泊有好几个粗鲁人,却写得性格各异。金圣叹在《读第五才子书法》中有明确的介绍:“《水浒传》只是写人粗卤处,便有许多写法。如鲁达粗卤是性急,史进粗卤是少年任气,李逵粗卤是蛮,武松粗卤是豪杰不受羁约,阮小七粗卤是悲愤无说处,焦挺粗卤是气质不好。”可谓同中见异,各有不同。

(4)通过现实主义与浪漫主义相结合的手法来塑造人物形象。《水浒传》写人物,主要是采用了现实主义精雕细刻的方法,如武松杀嫂,对赤手空拳打死老虎的武松来说,不过是举手之劳而已,但作品中却写得细致入微。正如金圣叹在第25回的回末总评中所说:“忆大雄氏有言:狮子搏象用全力,搏兔亦用全力。今岂武松杀虎用全力,杀妇人亦用全力耶?”写林冲、宋江等人物,也都是写人物的一行一动,纯用现实主义的笔法。

然而,《水浒传》作为一部成功的英雄传奇小说,其中的英雄人物又是高度理想化的。作品中的英雄人物,一方面植根于现实的土壤中,一方面又与生活的普通人大不相同。作品对人物本质特征和英雄行为都经过了渲染和夸张,并将作者本人的爱憎之情融汇于作品人物身上,从而使得这些英雄人物叱咤风云,光彩照人。如武松景阳冈打虎,鲁智深倒拔垂杨柳,以及公孙胜的呼风唤雨、吴用的神机妙算等,都具有浓厚的浪漫主义色彩。

2. 情节结构:《水浒传》继承了《史记》“因人系事”的传记体结构又有所发展,通过人物串联起了一部百回大书,情节生动曲折。这与其他的章回小说很不一样。具体体现在三个方面:

(1)整体结构具有完整性。一部《水浒传》的开端、发展、高潮和结局,都经过了作者精心的设计,整部小说结构具有完整性。

小说从高俅弄权开端,突出了官逼民反的主题和乱自上作的思想。然后小说便围绕着这条主线展开故事情节,分别描写英雄好汉“逼上梁山”的过程,至梁山泊排座次,故事发展到高潮。小说最后以悲剧结尾,反映了历史上农民起义失败的必然性。整部小说从头到尾完整地反映了农民起义的全部过程,结构非常完整。

(2)情节具有连贯性与相对独立性。

金圣叹《读第五才子书法》中说:“《水浒传》方法,都从《史记》出来,却有许多胜似《史记》处。”“《水浒传》一个人出来,分明便是一篇列传。至于中间事迹,又逐段逐段自成文字,亦有二三卷成一篇者,亦有五六句成一篇者。”

《水浒传》的每一组情节,都集中描写一个英雄人物,这一组情节往往又是一个人物性格的发展史,具有相对的独立性。但是,各组情节又互相生发,环环相扣,一个人引出另一个人来,人人相连,使情节又具有连贯性。像鲁达、武松等主要人物,都是集中描写。而像宋江、李逵等主要人物,则既有集中描写,又有分散描写。如宋江杀惜后,到柴进庄上,引出了武松,接下去便是武松的传记;后来宋江又到花荣处,又结识了王英等一批好汉;再刺配江州,又在南方结识了戴宗、李逵等一批好汉。

(3)故事情节生动曲折。或在同一事件的发展过程中,有张有弛,跌宕起伏,比如楔子中洪太尉上龙虎山拜见张天师一段;或前后情节变化多端,绝不雷同,比如两赢童贯、三败高俅、三打祝家庄等事;或反复渲染,造成悬念,比如第28回武松初至孟州牢中的一段;等等。都写得生动曲折,引人入胜。

3. 语言艺术:《水浒传》能够在当时口语的基础上进行提炼加工,使之成为优秀的文学语言。

金圣叹在《读第五才子书法》中曾说："《水浒传》并无之乎者也等字。一样人，便还他一样说话，真是奇绝本事。"《水浒传》的语言成就主要体现在四个方面：

（1）注意吸收当时的口语（即方言、俗语、民歌等），增加了语言的生动性。比如"洒家"是晋陕甘一带的方言，鲁达和杨志经常挂在口边；"端的"、"怎生"等，则是当时的口语；白胜唱的"赤日炎炎似火烧"、阮小五唱的"老爷生长石碣村"等，则属于当时的民歌。

（2）语言明快洗练，绘形状物，形神毕肖。如第12回写杨志卖刀时遇到泼皮牛二时的对话："汉子，你这刀要卖几钱？""祖上留下宝刀，要卖三千贯。""甚么鸟刀，要卖许多钱！我三十文买一把，也切得肉，也切得豆腐。你的宝刀有甚好处，叫做宝刀！"杨志说了宝刀的三件好处：砍铜剁铁、吹毛得过、杀人不见血，并当场演示了剁铜钱，众人喝彩，牛二又说："喝什么鸟彩？我且说第二件是什么？"并自己撕下一缕头发来让杨志试验。当说到第三件好处时，牛二又说："我不信！你把刀来剁一个人我看。"最后更是耍赖皮，揪住杨志说："我偏要买你这口刀！""我没钱！""我要你这口刀！""你好男子，剁我一刀！"寥寥数语，便活画出一个醉泼皮的形象。

（3）语言生动准确，极富表现力。第3回写鲁智深打店小二，"叉开五指只一掌"，便打得店小二口中吐血，"再复一拳"，又打下两个门牙。拳打镇关西时，鼻子上"只一拳"，就开了个酱油铺，"咸的、酸的、辣的，一发都滚出来"；眼眶上"只一拳"，又开了个彩帛铺，"红的、黑的、紫的，都绽将出来"；太阳上"又只一拳"，却做了个"全堂水陆道场"，"磬儿、钹儿、铙儿一齐响"。语言简洁、准确，非常符合鲁达的性格。所以金圣叹在第二回眉批中说："一路鲁达文中，皆用'只一拳'、'只一掌'、'只一脚'。写鲁达阔绰，打人亦打得阔绰。"

（4）人物语言个性化。金圣叹在很多夹批中都指出了《水浒传》人物语言的个性化特点，如"是鲁达语，他人说不出"（第4回夹批）；"林冲语"（第10回夹批）；"定是小七语，小二小五说不出"（第14回夹批）；"如此妙语，自非李大哥，谁能道之？"（第52回夹批）一般读者虽然不及金圣叹体会得仔细，但对小说中的个性化语言多多少少也会有所感觉。比如，一看"洒家”二字，多半是鲁达出来了；一听到整天把“鸟”字挂在嘴上的，八成是黑旋风。这说明《水浒传》的人物语言确实是具有个性化的。

综上所述，《水浒传》不仅是中国白话长篇小说的开山之作，而且是明代英雄传奇小说的代表作，在明代的山东说坛上，与《三国演义》双峰并峙。书中所写的一百单八位梁山英雄，至今仍然是民间喜闻乐道的英雄好汉。而梁山英雄身上所体现出来的反抗意识和叛逆精神，也已经融化在山东人的性格当中。

六、《金瓶梅》与《续金瓶梅》

《金瓶梅》一书，虽然多少有些“好说不好听”的意味，但在中国小说史上却有其无法替代的地位。在山东文学史上，明代的《金瓶梅》和清代的《续金瓶梅》前后辉映，代表了明清时期山东世情小说的最高成就。

(一) 兰陵笑笑生与《金瓶梅》

兰陵笑笑生的《金瓶梅》是山东小说史上的一树奇葩，它不仅开世情小说之先河，而且是明代世情小说的代表作，同时它也是中国小说史上最有争议的一部作品。

1. 关于作者暨作品

关于《金瓶梅》的作者，学术界至今仍无定论。《金瓶梅词话》万历本，题“兰陵笑笑生撰”，首有欣欣子序。兰陵是一个地名，在古代有两个：一即今山东省苍山县西南兰陵镇，一在今江苏省常州市西北（或谓常州市西南的武进）。“笑笑生”与“欣欣子”则是同义词。过去，因发现书中有大量的山东方言土语，所以多以为“兰陵笑笑生”之“兰陵”即山东的兰陵，“兰陵笑笑生”是山东人。但因“兰陵笑笑生”的人选不能确定，故其生平行迹也不得而知①。

关于作品《金瓶梅》，到现在仍然有些问题不清不楚。一般认为，《金瓶梅》成书于嘉靖、万历年间，万历二十年（1592 年）前后始有抄本流传。

---

①关于“兰陵笑笑生”的人选，目前已有 60 多位，兹不作考论。笔者主张“绍兴老儒说”，参见徐文君：《听戏听“音”——从〈金瓶梅〉中的戏曲、散曲演出资料看〈金瓶梅〉创作的时间及其作者的籍贯》，载王平主编：《〈金瓶梅〉文化研究》，中国文联出版社 1999 年版，第 378—389 页。

关于《金瓶梅》的版本，主要有两个系统：一为明代万历丁巳（1617年）年间“东吴弄珠客”序的《金瓶梅词话》系统，题兰陵笑笑生撰，欣欣子序。是现存最早的版本。一般称“万历本”或“词话本”。二是明代天启年间（1621—1627年）出现的《原本金瓶梅》系统，称“天启本”或“原本”系统。此外还有明崇祯本、清张竹坡批评的“第一奇书本”等，基本上都属于天启本系统。新中国成立后，人民文学出版社、齐鲁书社等都出版过。

2.《金瓶梅》的思想内容

小说由《水浒传》中的“武松杀嫂”一段演化而来。一般认为，“金瓶梅”三字就是指作品中的潘金莲、李瓶儿、庞春梅三人。作品描写“清河县一个破落户财主”西门庆发迹变泰的故事，暴露了以西门庆为代表的封建家庭内部糜烂不堪的生活（如张竹坡评点的《第一奇书金瓶梅》中“西门庆淫过妇女”条，计达20余人；“潘金莲淫过人目”条近10人），展示了上至权豪势要，下至地痞无赖，相互勾结、寡廉鲜耻、荒淫无度的生活，反映了明末市侩势力横行的现状，客观上揭露了统治阶级的腐朽透顶。并且，作品最后还流露出这种生活的必然结果就是资产消亡、仆妾星散。

全书100回可分为三大部分：

第一部分，1—20回，三妾归府；

第二部分，21—80回，争宠纵欲；

第三部分，81—100回，家破人亡。

整部作品开始以淫生发（潘金莲）、中间以情铺张（李瓶儿）、最后以淫作结（春梅）。作品通过西门大院的兴衰变化，暴露出当时“天下失政，奸臣当道，谗佞盈朝”，“卖官鬻爵，贿赂公行”，“以致风俗颓败，赃官污吏，遍满天下”①的政治制度的腐朽，以及妻妾相妒、主仆相争的婚姻制度、奴婢制度的罪恶，广泛地展示了那个特定历史时代的社会风貌。尤其是通过西门庆这个商人、恶霸、官僚三位一体的典型形象，“因一人写及全县”，由“一家”而写及“天下国家”②，客观上比较全面地暴露了明朝末期丑恶的社会现实。可以说是一部明代中后期暨中国封建社会晚期的百科全书。鲁迅曾称赞

①《金瓶梅词话》第30回“蔡太师覃恩锡爵，西门庆生子加官”，人民文学出版社1992年版，第252—253页。

②张竹坡：《金瓶梅读法》。

《金瓶梅》“著此一家,即骂尽诸色”①,说的正是这个意思。

然而,由于作者描绘丑恶现实的态度却是冷漠的,再加上作品恣意地描写淫秽的性生活,遂使得《金瓶梅》一书一直显得不那么光彩,历来被人们视为淫书的鼻祖。所以,历代的统治者也都将此书列为禁书。其实,关于《金瓶梅》是不是一部淫书,抑或是诲淫还是惩淫的问题,前人的一些看法倒颇有启发。

张潮《幽梦幻影》谓:“《水浒传》是一部怒书,《西游记》是一部悟书,《金瓶梅》是一部哀书。”江含征评曰:“不会看《金瓶梅》而只学其淫,是爱东坡者但喜吃东坡肉耳。”

西湖钓叟《续金瓶梅集序》谓:“今天下小说如林,独推三大奇书曰《水浒》、《西游》、《金瓶梅》者,何以称乎?《西游》阐心而证道于魔,《水浒》戒侠而崇义于盗,《金瓶梅》惩淫而炫情于色。此皆显言之、夸言之、放言之,而其旨则在以隐、以刺、以止之间。唯不知者曰怪、曰暴、曰淫,以为非圣而叛道焉。”

张竹坡《第一奇书非淫书论》谓:“今夫《金瓶梅》一书作者,亦是将《褰裳》、《风雨》、《萚兮》、《子衿》诸诗细为摹仿耳。夫微言之而文人知儆,显言之而流俗知惧。不意世之看者,不以为惩劝之韦絃,反以为行乐之符节,所以目为淫书。不知淫者自见其为淫耳。”在《批评第一奇书金瓶梅读法》中也说:“凡人谓《金瓶》是淫书者,想必伊只知看其淫处也。若我看此书,纯是一部史公文字。”

吴趼人《杂说》则说得更明白:“《金瓶梅》、《肉蒲团》,此著名之淫书也。然其实皆惩淫之作。……顾世人每每指为淫书,官府且从而禁之……推是意也,吾敢谓今之译本侦探小说皆诲盗之书。夫侦探小说,明明为惩盗之书,顾何以谓之诲盗?”

3.《金瓶梅》的艺术成就

《金瓶梅》所取得的艺术成就也是有目共睹的,尤其是在人物性格的刻画和小说结构的复杂性方面,更是其他章回小说无法比拟的。

首先,《金瓶梅》首次注意对人物性格的描写,对后世章回小说的创作

---

①鲁迅:《中国小说史略》,人民文学出版社 1973 年版,第 152—153 页。

产生了巨大影响。以前的小说大多重情节描写，主要靠生动曲折的情节吸引读者，相对来说便不太重视人物性格的刻画。就连《三国演义》、《水浒传》这样一流的小说，其中的人物也往往给人一种单调或平面化的感觉，人物性格既不够丰富，也缺少变化。《金瓶梅》的故事情节平淡无奇，其艺术上的成功之处主要在于写人物。《金瓶梅》不仅成功地塑造了几个有血有肉、个性鲜明的典型人物形象，还描写了大批泼皮无赖、娼妓优伶、家僮婢女等次要人物形象。然而，不管是主要人物，还是次要人物，也不管描写人物所用笔墨的多寡，都写得非常成功。比如西门庆"死了人还要看出殡"的狠毒性格，潘金莲淫荡泼辣的性格，应伯爵（谐"应白嚼"）打诨趋时的帮闲嘴脸等，都给读者留下了深刻的印象。

其次，《金瓶梅》首创章回小说以时间、人物、事件为顺序的"线式网状"结构。小说以时间的先后为顺序、以人物的活动为中心、以西门庆的"发迹变泰"为线索，写成了一部百回巨著。整部作品经过了作者严密的构思，前后呼应，丝丝入扣。正如张竹坡在《金瓶梅读法》中所说：小说"劈空撰出金、瓶、梅三个人来……看其前半部只做金、瓶，后半部只做春梅。前半人家的金瓶，被他千方百计弄来，后半自己的梅花，却轻轻的被人夺去"。可以看出作者在小说结构上的精心处理。

再次，与"线式网状"结构对应，《金瓶梅》采用了一种"一线两描写"的写作手法——即通过一个家庭描写整个社会的手法。小说以西门庆的发迹变泰为线索，一方面描写了西门一家污浊不堪的家庭生活，另一方面还描写了当时黑暗丑恶的社会现实。在一条线索的贯穿之下，两种描写齐头并进。因此，较之《三国演义》、《西游记》，《金瓶梅》的故事情节要复杂得多。这种"线式网状"结构暨"一线两描写"的写作手法，对后世章回小说的创作产生了巨大影响。继《金瓶梅》之后，凡是思想价值较高的章回小说如《醒世姻缘传》、《儒林外史》、《歧路灯》、《红楼梦》等，都采用了这种"线式网状"结构和"一线两描写"的手法。

最后，《金瓶梅》大量使用口语，语言自然朴素，畅酣明快。作为一部白话小说，《金瓶梅》以"语句新奇，脍炙人口"著称于世①，明显的口语化倾向

---

①欣欣子：《金瓶梅词话序》，载朱一玄：《金瓶梅资料汇编》，南开大学出版社 2002 年版，第 176 页。

是其语言上的突出特点。《金瓶梅》所写之事，只是清河县一个破落户财主西门庆发迹变泰的故事；书中出现的人物也大多是市井小民。口语化的语言，不仅能恰切地表情达意，而且也符合人物的身份。正如谢肇淛在《金瓶梅跋》中所说："其中朝野之政务，官私之晋接，闺闼之媟语，市里之猥谈，与夫势交利合之态，心输背笑之局，桑中濮上之期，尊罍枕席之语，驵验之机械意智，粉黛之自媚争妍，狎客之从臾逢迎，奴佁之稽唇淬语，穷极境象，駴意快心。譬之范公抟泥，妍媸老少，人鬼万殊，不徒肖其貌，且并其神传之。"即如张竹坡《第一奇书金瓶梅趣谈》中辑录的"腊月萝卜动（冻）了心"、"六月连阴想他好情（晴）儿"等谚语、歇后语，也都显示了作者的语言能力。

总之，由于题材上的特殊性及写作上的自然主义描写等原因，人们对《金瓶梅》的评价也呈现出明显的两极态势。然而，《金瓶梅》本身的成就及其在小说史的地位却是无法替代的。

4.《金瓶梅》在中国小说史上的地位

《金瓶梅》在中国小说史乃至中国文学史上，都有着不容忽视的地位。并因此为自己赢得了诸多的"第一"。

首先，《金瓶梅》是我国第一部文人独创的章回小说，可谓中国小说史上的一块里程碑。在此之前的《三国演义》、《水浒传》乃至《西游记》，在正式成书之前，都有一个流传过程。而《金瓶梅》不然，它只是从《水浒传》中择取了"武松杀嫂"这么一个情节作为引子，由文人独立创作，衍绎出了一部百回大书。这确实是山东文学史、也是中国文学史上的"第一个"。

其次，《金瓶梅》是第一部以家庭生活为题材的章回小说，开世情小说的先河。作品将大量的生活细节组织得有条有理，充分体现了中国文学的现实性（或日用性）特点，对后世的小说创作产生了很大的影响。

然而，邓之诚的《骨董琐记》中也提出了一个令人深思的问题："（《金瓶梅》之后）唯《醒世姻缘》仿佛得其笔意，然二书皆托名齐鲁人，何耶？"这确实是一个有些尴尬的问题。《金瓶梅》与《醒世姻缘传》是两部以家庭生活为题材的世情小说，而家庭生活离不开夫妻恩爱，夫妻恩爱又离不开床笫之事，所以二者都有淫书之嫌。而《金瓶梅》的作者题名"兰陵笑笑生"，《醒世姻缘传》的作者则托名"西周生"，又都是山东人；《金瓶梅》之后的《续金瓶梅》的作者题"山东丁耀亢"，更是山东人无疑。而齐鲁大地乃孔孟之乡，自古以来就是文明礼仪之邦,为什么古代著名的淫书却都托名是山东人所作?确实值得研究。

再次,《金瓶梅》还是中国小说史上第一部真正的白话长篇小说。

"五四"以后对白话的界定似乎非常严格,按照当时对白话小说的界定,我们现在所谓的白话长篇小说都不是纯粹的白话小说,比如:《水浒传》是"以白话而杂以俗语",《儿女英雄传》是"以官话为白话",《红楼梦》则是"以白话而杂以文言"等。所以,都不是纯粹的白话小说。那么,所谓的白话到底是什么样子呢?冥飞《古小说评林》中说:

> 其完全白话之小说,予生平实未之有见。其俗话、官话、文言较少者,似不得不推《儒林外史》为首屈一指。纯粹之白话,不独了字、呢字、哩字、的字、麽字、吗字等类之语助词不可多用,若北方之普通话不能通行南方,南方之普通话不能通行北方者,如爸爸、爹爹、你老、老板、堂客、师母等类之名词亦宜少用,即红东东、绿倏倏、甜滋滋等类之形容词亦不许乱用也。……盖行之全国,传之后世,无有人病其费解者也。①

根据这一原则来看,《金瓶梅》的语言确实称得上"行之全国,传之后世,无有人病其费解者也"。如果说《金瓶梅词话》中还夹杂有大量山东文言的话,那么,经过诸多知名文人(如王世贞、袁宏道、丘志充、谢肇淛等)的增删釐定之后的《原本金瓶梅》,应该是在《儒林外史》之前最早的一部较为纯正的白话长篇小说了。

此外,《金瓶梅》还是第一部网络结构小说、第一部由人物类型化向典型化过渡的小说、第一部最有争议的小说等等。因此,《大不列颠百科全书》说:"《金瓶梅》是中国第一部伟大的现实主义小说。"

(二)丁耀亢与《续金瓶梅》

丁耀亢的《续金瓶梅》是山东小说史上清初世情小说的又一部代表作品,也是诸多的"续金瓶梅"小说中成就最高的一部。今存最早的版本是顺

---

①黄霖:《金瓶梅资料汇编》,中华书局1987年版,第358页。

治十七年(1660 年)原刊本。

1. 关于作者丁耀亢

《续金瓶梅》原题“紫阳道人编”。关于“紫阳道人”的信息,小说中就透露得很清楚。小说第 62 回中,作者自称:东汉时,辽东三韩鹤野县有位仙人丁令威,仙化之际向街头大叫说:“五百年后,我在西湖坐化。”五百年后——即南宋孝宗末年,临安西湖又出了一位铁匠,自称丁野鹤,后来弃家修行,坐化之前又留下遗言说:“五百年后又有一人名丁野鹤,是我后身,来此相访。”又过了五百年——明朝末年,“果有东海一人,名姓相同,来此罢官而去,自称紫阳道人”。可见,紫阳道人就是丁野鹤。而丁野鹤是明末清初文人丁耀亢的号。按诸史实:顺治十七年,丁耀亢由河北容城教谕迁任浙江惠安知县,赴任途中,因病在杭州滞留了 8 个月。在杭州期间,与李渔、查继佐等交往密切,为《续金瓶梅》一书写序作评的“西湖钓史”就是查继佐。是年九月,丁耀亢离杭时,小说已刻印出版。因此,书末 62 回才有了作者这一段临时插入的“自白”。

丁耀亢(1598—1670 年),字西生,号野鹤,六旬以后病目,因又自号木鸡道人。山东诸城人。明侍御丁少滨(字惟宁)之子。自幼聪慧,弱冠成诸生。少负奇才,曾游江南,游于董其昌之门。清兵入关时,曾一度避难海中,后出佐王遵坦募兵,潜奔淮北依刘泽清。顺治四年(1647 年)赴北京,依王铎、龚鼎孳诸名公,以拔贡充镶白旗教习。顺治十一年(1854 年),任直隶容城教谕。顺治十七年(1660 年)迁浙江惠安知县,因病未能赴任,滞留杭州近一载,期间完成了《续金瓶梅》的写作。不料,此书为作者惹下大祸。康熙四年(1665 年)八月,67 岁的丁耀亢因《续金瓶梅》被逮下狱,4 个月后才被释放。他为此写过一首诗,诗题为《乙巳八月以续书被逮,待罪候旨,至季冬蒙赦得放还山,共计一百二十日。狱司檀子文馨,燕京名士也,耳予名,如故交,率诸吏典各醵酒,三日一集,或至夜半,酣酒达旦,不知身在笼中也。各索诗纪事,予眼昏作粗笔各分去,寄诗志感》,诗曰:

独坐怜寒夜,圜墙起鼓声。雪晴光不定,月暗影空明。
椽吏藏文士,穷交仗友生。莫轻谈往事,一醉颂升平。

诗歌的字里行间,似乎已经暗示出作者的眼睛已经不太好。不久,丁耀亢双目失明，在黑暗中度过了余生，终年 73 岁。

丁耀亢一生著作很多，除《续金瓶梅》外，还有《丁野鹤遗稿》20 卷、《天史》10 卷、《出劫纪略》1 卷、《家政须知》一卷等，又有传奇数种，包括《西湖扇传奇》、《化人游传奇》、《蚺蛇胆传奇》、《表松游传奇》、《非非梦传奇》、《星汉槎传奇》等。中州古籍出版社整理出版有《丁耀亢全集》。

2. 关于作品《续金瓶梅》

《续金瓶梅》又名《玉楼月》，12 卷 64 回。今存最早的刻本是顺治十七年（1660 年）原刊本，扉页题"紫阳道人编""续编金瓶梅后集"，卷前署"紫阳道人编，湖上钓叟评"，书前有"烟霞洞夜隐"的《续金瓶梅序》、"南海爱日老人"的《序》、西湖钓叟书于顺治庚子（十七年，1660 年）季夏的《续金瓶梅集序》，以及"顺治庚子孟秋西湖鸥吏惠安令西耀亢谨序"的《太上感应篇阴阳无字解序》和"鲁诸邑西耀亢参解"的《太上感应篇阴阳无字解》等。按此可知：此书完成于顺治十七年（1660 年），即丁耀亢赴任惠安、因病滞留杭州期间，同年九月，丁耀亢离杭时，书已付梓问世。

又据小说第 62 回，说到丁令威二世后身丁野鹤时说：

> 后来南宋孝宗末年，临安西湖有一匠人善于锻铁，自称为丁野鹤。弃家修行，至六十三岁，向吴山顶上结一草庵，自称紫阳道人。庵门外有一铁鹤，时有群儿相戏，说谁能使铁鹤飞去就是神仙。只见丁道人从旁说："我要骑他上天，等我叫他先飞，我自骑去。"因将手一挥，那铁鹤即时起舞，空中回旋不去。丁道人却向庵中沐浴一毕，留诗曰："懒散六十三，妙用无人识，顺逆两相忘，虚空镇常寂。"书毕，盘足而化。群儿见丁道人骑鹤过江去了。

这段文字中两次提到"六十三"，一般认为是暗示了此书完成的时间，即作者 63 岁时写成了此书。

至于小说被禁以及作者因书下狱的原因，文献中虽然不见明确记载，但根据小说文字及作者有关诗句推测：小说被列为禁毁之书，并不在于"诲淫"，而在于"轻谈往事"和欲为人间"立言"的原因。换言之，是因为小说中所写的宋金战争影射了清兵入关的现实，流露出明显的民族情绪。由此可见：虽然丁耀亢写书时从头至尾都拿着皇上推荐的《太上感应篇》作掩护，口口声声宣称小说是《太上感应篇》的“不解之解”，可到头来仍然未能逃脱被禁的命运。

3.《续金瓶梅》的思想与艺术

《续金瓶梅》分前后两集，共 12 卷 64 回，故事情节紧接《金瓶梅》结局之后，从西门庆、潘金莲和春梅相继死后写起。全书通过吴月娘逃难、孝哥寻母为主线，连缀起了两段因果报应的故事。

前集从第 1 回至 35 回。主线写宋钦宗靖康十三年①，金兵入犯中原，吴月娘携孝哥逃难，房屋被焚，窖金也被来安劫走。流离之中，吴月娘又被蒋竹山勾结吴典恩陷害入狱，西门庆昔日的“兄弟”应伯爵等人不仅不对孤儿寡母施以援助，反而落井下石。吴月娘出狱后，母子却又被金兵冲散。孝哥被应伯爵卖入寺中落发为僧，法号了空。吴月娘流落到淮安，偶遇孟玉楼，因与孟玉楼暂居淮安。

副线写西门庆托生为汴京富户沈越之子，名叫金哥。沈越之妻弟袁指挥居对门，有女名常姐，则是李瓶儿的后身。常姐曾尝在沈家院中打秋千，被李师师所见，惊其美艳，因假传圣旨将常姐认为干女儿，改名银瓶。金人攻陷汴京后，百姓流离，金哥沦为乞丐，银瓶则沦为娼妓，与郑玉卿私通，后嫁给翟员外为妾，复与郑玉卿私奔至扬州，被苗青所赚，后自经而死。

后集从第 36 回至 64 回。主线写吴月娘因兵灾荒年，无以度日，遂削发为尼，法号慈净。玳安一路保护孝哥寻母至淮安，孝哥又被山贼掳上山寨，幸得锦屏小姐相助逃出，寻至南海与吴月娘相会，残破之家暂时寄居汴京。忠心保护幼主的仆人玳安梦中得西门庆指点，得藏金赎回了清河旧宅，并袭西门之姓，做了旗牌官，终得善果。孟玉楼先已亡故，锦屏小姐亦削发为尼与吴月娘相伴，吴月娘 89 岁坐化而终。

副线写东京孔千户之女梅玉，因羡慕富贵，自愿做了金人金哈木儿的小妾，而大妇凶悍泼妒，时常虐待梅玉。梅玉欲自裁，因梦得知自己是春梅后身，大妇则为孙雪娥再世。遂长斋念佛，不生嗔恨，终得脱离苦难。潘金莲

①实际上，宋钦宗赵桓在位不足一年，“靖康”年号也只“二年”。按诸历史，宋钦宗于宣和七年（1125 年）十二月登基，靖康元年（1126 年）十一月被金兵扣留；靖康二年（1127 年）五月宋高宗赵构在南京应天府即位。

则转生为山东黎指挥之女金桂，却是天生石女。后来嫁给了刘瘸子。刘瘸子的前生实为陈敬济，以前世夙业，故体貌不全，不能为人。金桂怨愤终生，最后只好削发为尼，法名莲净。

小说以社会动乱为主线，以因果报应为副线（其实很难说谁是主线谁是副线），并穿插大量的宗教说教。因此，思想内容极为复杂。客观上，小说反映了北宋末年金兵入侵中原的历史，以及由此引起的社会动荡不安、百姓颠沛流离的混乱状况，就清初这一特殊历史背景来说，确实影射了明朝灭亡、清兵入关的现实，从中也体现出作者较为浓厚的民族情绪。这是难能可贵的。然而，作品的主要内容却都是与《金瓶梅》互为因果的报应故事，并且作者在小说中也多次声称这是一部谈因果的作品，比如第1回中说："要说佛说道说理学，先从因果说起，因果无凭，又从《金瓶梅》说起。"第33回中说："今讲《金瓶梅》报应全为戒淫，因何又说入淫词，妆出秽态，也只为这淫根不净，流转了第二世还有习气宿根。因此从他淫处，才说到报处。""如此不可思议，才了得这一段为淫女说法、贞士传宗的公案。此是做《续金瓶梅》的主意。"第43回中又说："一部《金瓶梅》说了个色字，一部《续金瓶梅》说了个空字，从色还空，即空是色，乃自果报，转入佛法，是做书的本意，不妨再三提醒。"这些议论无形之中削弱了作品的思想认识价值。再加上大段大段的借宗教言道德的无聊说教以及淫秽描写，更进一步削弱了作品的可读性和文学性。

从艺术上来看，小说将《金瓶梅》未结人物放在激烈的宋金战争冲突中进行描写，与《金瓶梅》通过日常生活揭示人情世态、刻画人物性格大不相同，因此在表现手法和叙事风格上自具新意。在人物塑造、情节叙述等方面，也都取得了一定的成就。然而，全书因头绪繁多，文笔较《金瓶梅》更嫌琐屑，因而显得结构散漫，加之每回中大段的参解文字，都大大影响了作品的艺术价值。

不管怎么说，《续金瓶梅》一书在山东小说史乃至中国小说史上自有其特殊的地位和价值。它不仅最直接地体现了《金瓶梅》对后世小说创作的深刻影响，也是诸多《金瓶梅》续书中最为重要的一部作品。周钧韬在《〈续金瓶梅〉的思想和艺术》一文中说："《续金瓶梅》无论在思想上还是在艺术上，皆成败参半，其成功的一面，使它在中国小说发展史上具有一定的地位；

其失败的一面,又使它终难成为一部承上启下,继往开来的上乘之作。”确为的论。

(三)《续金瓶梅》之作

继《金瓶梅》、《续金瓶梅》之后,清代还出现了好几部“续金瓶梅”之作。这些作品虽非山东文人所作,但为了说明《金瓶梅》一书在山东小说史暨中国小说史上的地位和影响,本书也略作介绍。

在丁耀亢的《续金瓶梅》被列为禁书之后不久,就出现了署名“四桥居士”《序》的《隔帘花影》。清末民初,又出现了署名“梦笔生”的《金屋梦》。

《隔帘花影》48 回,不题撰人,书前有四桥居士《序》,因此有人认为“四桥居士”即此书作者。平步青在其《霞外捃屑》中曾说:

> 紫阳道人《续奇书》(指《续金瓶梅》),蔓引佛经《感应篇》,可一噱。梅村祭酒(即吴伟业)另续之,署名《隔帘花影》。相传每隔一字读之成文,意在刺新朝而泄黍离之恨。其门下士恐有明眼人识破,为子孙祸,颠倒删改之,遂不可读,但成一小说耳。

该书又名《三世报》,盖取《金瓶梅》人物的第三次轮回之义。四桥居士在《序》中也声称:此书是“继正续两篇而作”。其实,此书纯系删改《续金瓶梅》而成。在人物上,此书改西门庆为南宫吉、吴月娘为楚云娘、孝哥为慧哥,“其余一切人等,名目俔更”;在内容上,此书保留了《续金瓶梅》的基本情节,只是删除了《续金瓶梅》中有关宋金战争的描写以及因果说教的文字,即把涉嫌影响清初民族矛盾的文字尽数删除,同时又调整、润饰了个别情节,并重新更易回目,将64 回压缩为48 回。此外,小说题目也改为《隔帘花影》。从情节上来看,此书尚未完成,却一直未见续作。该书虽然删除了有关宋金战争描写的文字,但有关淫秽的描写并未删除,因此,此书问世后,很快也被列为禁书。

道光年间又有《三续金瓶梅》传世。

《三续金瓶梅》,一名《小补奇酸志》,共40 回,题“讷音居士编辑”,卷首有作者《自序》,亦署“讷音居士题”;后又有《小引》,末题“务本堂主人识。时在道光元年,岁次辛巳孟夏”。作者“讷音居士”生平不详,但据卷首《自序》中“暑往寒来,方乃告成”之语,及《小引》篇末题署,可知此书成书于道光元年(1821 年)。今只有抄本传世。

此书虽自称“三续金瓶梅”,内容实际上是接《金瓶梅》100 回之后写起,与丁耀亢的《续金瓶梅》一样,都是“二续”。但故事情节与人物结局却与《续金瓶梅》大不相同。

小说写普净长老因西门庆还有一段夙缘未了,遂助其还魂,复生人世,西门庆、吴月娘、孝哥一家团聚。庞春梅也还魂复生,正式被西门庆纳为妾室。何千户被潘金莲的冤魂缠死,西门庆又娶了何千户的娘子——19 岁的寡妇蓝如玉。其后又演义了“狮子街复开铺面”、“冯金宝爱嫁西门”、“西大官喜添爱女”、“孝哥儿初试东平”、“小登科得中贺喜”、“大比年南京赴试”、“孝哥儿荣升县令”、“西门庆五十大庆”等故事,最后写西门庆悟透人生富贵,在“日配三姻,大舍资财”之后,出家云游不归;蓝姐、屏姐也削发为尼;西门孝回乡探母,吴月娘受封诰,庞春娘受清福,乔大户攀亲,月娘、春娘抚养幼子成名。“一部《三续金瓶梅》全始全终”①。

作者自称该是本着“令人回头是岸,转祸为福”的意图,续的一部“艳异之编”,其实通过西门庆等人还魂再世的虚构手法,重新演义了一部《金瓶梅》,其富贵、淫欲之志比《金瓶梅》有过之而无不及。不仅作品主题多消极因素,即西门庆悟道及蓝姐、屏姐出家诸事,也都与理不通。因此,思想艺术上均不及《金瓶梅》。

《金屋梦》是清末民初出现的一部“续金瓶梅”之作,作者署名“梦笔生”。书前有《识语》和《凡例》各一篇,基本上沿用了《续金瓶梅》诸《序》及《凡例》的文字,但《凡例》中有两条文字——即“从来小说往往托兴才子佳人”条和“是编悲欢离合”条,却与《快心编》之《凡例》中的文字完全相同。似乎说明“梦笔生”与“四桥居士”、“天花才子”之间的关系极为密切,但目前学术界仍无人考证。该小说从 1915 年 2 月在《莺花杂志》创刊号上开始连载,后出单行本。

小说接叙《金瓶梅》第 100 回情节,也从吴月娘携孝哥逃难起笔,母子历尽磨难,终成正果。中间又穿插了《金瓶梅》中已死的西门庆、潘金莲、李

---

①讷音居士:《三续金瓶梅》,中州古籍出版社 1993 年版,第 332 页。

瓶儿、庞春梅等人在阴间不思悔改，整日淫乐，终遭报应之事。

从小说题目上来看，“金屋梦”二字来自唐代诗人罗隐的《莺声》诗：“金屋梦初觉，玉关人未归。”似乎有些悟道的意思。从内容上来看，此书明显是参照《隔帘花影》，对《续金瓶梅》进行的第三次“修订”。因为当时清王朝已经灭亡，因此，该书对《续金瓶梅》中涉嫌违禁之语不仅毫无顾忌，反而变本加厉，似乎有意提醒人们要把这部小说当作一部政治小说来读。其中修改较多的，是删除了原书中一些有关因果迷信的内容以及道德说教的文字。篇幅上，也将原书64回压缩成了60回。然而，整体成就仍未超过《续金瓶梅》。

第八章　明清山东戏曲与散曲

明清时期的山东戏曲也有两条发展线索，一是由元代继承而来的杂剧，二是从元代南戏发展而来的传奇戏。

山东的杂剧在经历了元代的兴盛之后，至明清也开始走下坡路。但此期山东杂剧界仍然出现了几个全国著名的人物和作品，比如明代贾仲明的《录鬼簿续编》，李开先的《宝剑记》、《词谑》，冯惟敏的《僧尼共犯》等。而明清时期的山东传奇戏，在全国剧坛上却具有举足轻重的地位，甚至可以说占了明清剧坛的半壁江山。曲阜孔尚任的《桃花扇》就是清代传奇戏的代表作品之一，与洪昇的《长生殿》并称为清代传奇戏的“南北双璧”，而作者也并称为“南洪北孔”。

从整个戏曲文学史的角度来说，从明代到清代，既是杂剧创作从衰落到消亡的时期，也是传奇戏从兴盛到衰落的时期。从创作上来看，此期的山东戏曲作家大多是南北曲兼为，既写杂剧，也写传奇。比如李开先，既有杂剧《打哑禅》和《园林午梦》，又有传奇《宝剑记》和《断发记》。从戏曲作家的地域分布来看，明清时期的山东戏曲作家，大多集中于经济繁荣、交通便利、商业发达的济南、章丘、淄博、青州、泰安、济宁（曲阜）一带，尤以明代的李开先和清代的孔尚任为代表人物。

一、明清时期的山东杂剧与散曲

明代以后，随着传奇戏创作的渐趋繁荣，杂剧创作也出现了较大的变化。从艺术上来看，首先，明杂剧的结构体制打破了元杂剧“一本四折加一楔子演一故事”的局限，开始有意学习传奇戏“一本数出演一故事”的灵活结构，有一本八折演一故事的；有一折演一独立故事、四折合为一本的；也有全剧仅一折的单折戏；还有一折当中只有宾白而无一句唱词……总之较元杂剧更为灵活自由。其次，在角色主唱方面，明杂剧已不再拘泥于末、旦本由主角独唱的规定，而是与南戏一样，凡是上场的人物都可以唱。再次，曲调方面，明杂剧改变了元杂剧全用北曲组成的惯例，而是兼用南北曲，比如采用南北合套曲、南北兼套曲等，有的甚至不用北曲，而只用南曲，称为南杂剧。从内容和题材方面来看，明代杂剧与传奇戏一样，同样流行着“以时文为南曲”，即以戏曲为政治服务的创作倾向。内容大多是粉饰太平、教化劝诫、神仙道化之类，题材狭窄，封建教化的意味浓厚。这种创作倾向便注定了杂剧渐趋衰落的命运。

然而，伴随着杂剧艺术上的变化和进步，相对来说，明清时期的山东杂剧仍然取得了一定成就。明代有作品传世的山东戏曲作家12位，擅长演唱的10人，代表人物有章丘的李开先、袁崇冕、高应玘、张国筹、弭少庵、袁声，济南的谷继宗、王舜耕（即王田）、刘天民，以及临朐的冯惟敏、滨州的刘效祖、商河的张自慎等。其中，明代杂剧以贾仲明、李开先、冯惟敏为代表，清代则出现了以曲阜为中心的济宁作家群。

（一）贾仲明的杂剧与《录鬼簿续编》

贾仲明（1343—1422年后），一作仲名，自号云水散人，又号云水翁。原籍山东淄川（今山东淄博西南），后举家移居兰陵（今山东枣庄市东南）。是元末明初很有代表性的杂剧家和戏曲史家。

史载贾仲明聪明好学，博览群书，善吟咏，尤精于戏曲、隐语。曾为燕王朱棣（即后来的明成祖）的文学侍从，甚得朱棣宠爱，宴会之际所作应制之篇，无不称赏。所作戏曲、乐府极多，骈丽工巧，无人能及。著有散曲集《云水遗音》，可惜未能传世。

贾仲明所写杂剧见于著录者有16种，即《双坐化》、《梅杏争春》、《调风月》、《七世冤家》、《碧桃花》、《双献头》、《燕山怨》、《英山梦》、《节妇碑》、《双告状》、《裴度还带》、《菩萨蛮》、《玉梳记》、《玉壶春》、《金童玉女》、《升仙梦》，现存后6种，即《裴度还带》、《菩萨蛮》（一作《萧淑兰》）、《玉梳记》（一作《对玉梳》）、《玉壶春》、《金童玉女》（一作《金安寿》）和《升仙梦》。

而其中《裴度还带》又被普遍认为是关汉卿所作。在一般认为是贾仲明所作的5种杂剧中，前三种属于爱情戏，后两种属于神仙道化剧。

《菩萨蛮》全称《萧淑兰情寄菩萨蛮》，剧本写才貌双全的富家小姐萧淑兰，爱上了在萧家坐馆教书的张世英，三番五次主动示爱，却遭张世英讥讽，淑兰因此相思成疾。后来由官媒提亲，二人方终成眷属。剧中的女主角萧淑兰，很像白朴《墙头马上》中的李千金，她无视门第观念，不拘礼教规范，热情大胆甚至任性地追求自己的爱情，并且不达目的誓不罢休，在元杂剧的女性人物画廊中很有特点。作品肯定了萧淑兰主动追求爱情的行为，一定程度上也讽刺了张世英不逾礼教的假道学，具有一定的思想价值。

《玉梳记》全称《荆楚臣重对玉梳记》，剧本写秀才荆楚臣恋上了松江府上厅行首顾玉香，银子用尽后，被鸨母赶出了妓院。棉商柳茂英趁机而入，愿出二十载棉花换得与顾玉香的一夜之欢。顾玉香不肯接客，并暗中资助荆楚臣进京赶考。临行前，顾玉香将一把玉梳一折为二，二人各留一半，以为来日相会的信物。后来荆楚臣高中状元，并授句容县令；顾玉香也几经危难，终于与荆楚臣相会，做了县君夫人。作品写妓女顾玉香与秀才荆楚臣、棉商柳茂英之间的三角关系，属于典型的士子妓女爱情戏①。

《玉壶春》全称《李素兰风月玉壶春》，也是一部士子妓女爱情戏。剧本写书生李唐斌与嘉兴上厅行首李素兰一见钟情，并情愿放弃功名。而商人甚舍愿出“三十车羊羢潞紬”求娶李素兰。鸨母贪财无情，将李唐斌赶出妓院；而李素兰则断发明志，坚决不嫁甚舍。后来在嘉兴太守陶伯常的帮助下，李唐斌凭着一篇万言长策，被授为嘉兴府同知，李素兰也受五花官诰，做了同知夫人。

后二剧虽然结构有些类似，均写书生、妓女、商人的三角恋故事，但《玉梳记》是旦本戏，《玉壶春》则是末本戏，同时，在表现书生、妓女对爱情的追求以及揭露鸨母的贪财、商人的庸俗等方面，也都有可取之处。

《升仙梦》与《金安寿》属于神仙道化剧。《升仙梦》全称《吕纯阳桃李升仙梦》，剧本写汴京梁园馆聚香亭畔有桃、柳两株老树，因年长日久而得道，惊动了玉帝。于是，南极老人长眉仙派吕洞宾下凡，度脱桃、柳二树。吕

①许金榜：《中国戏曲文学史稿》，中国文学出版社1994年5月版。

洞宾先将二树点化为人,托化成娇桃和柳春,做了30年夫妻,然后又点化他们升仙而去。《金安寿》又名《金童玉女》,全称《铁拐李度金童玉女》,剧本写西池王母驾前的金童玉女因思凡被罚往下界,托生为金安寿和童娇兰,并配为夫妻;10年后,铁拐李引度二人复归仙界。作为神仙道化剧,这两个剧本都宣扬了全真教的教义和人生观,认为尘世中的幸福只是暂时的梦境,只有仙界的欢乐才是永恒的幸福,在人生价值观念上显得有些虚幻。

整体上来看,贾仲明的杂剧没什么超常之处。但在明初"以时文为南曲"的戏曲创作氛围中,却也显露出一些明朗清新之气。首先,从思想认识价值上来说,贾仲明的杂剧沿用了常见的题材,却超越了常规的内容和思想。在他的爱情剧中,充分肯定了男女青年对美好爱情的追求,与当时的礼教规范形成了尖锐的冲突。而他的神仙道化剧中,在表面宣扬来世极乐世界的同时,也隐约流露出了对现实社会的不满情绪。其次,从艺术形式方面来看,贾仲明的杂剧在结构体制和音乐唱腔等方面,明显突破了元杂剧的局限。比如《升仙梦》,全剧四折没有楔子,不仅打破了元杂剧主角独唱的规范,采用了正末、正旦对唱的方式,而且突破了元杂剧纯用北曲演唱的老套,首创了南北合套的曲牌组合方式,对后世的戏曲创作产生了重要影响。上述成就,使得贾仲明的杂剧在明初曲坛上别具一格。正如朱权《太和正音谱》中所说:"贾仲明之词如锦帷琼筵。"

贾仲明在中国戏曲史上最主要的贡献,还是他的戏曲史论著《录鬼簿续编》。

《录鬼簿》为元代钟嗣成所著,是一部元代作家的传记集。全书分上下两卷,介绍了150多位元代杂剧作家的生平事迹、作品目录等①。该书的版本有简本、繁本、增补本三个系统,其中增补本的增补工作,主要就是由贾仲明进行的。贾仲明的增补工作主要体现在三个方面:一是为《录鬼簿》中所载自关汉卿到高安道的89人增补了【凌波仙】挽词,曲中对这些作家的性格才华、生平经历提供了有用的材料和线索。二是在剧目下增补了若干"题目正名",对于"望文生义"地了解这些作品的剧情、题材(尤其是散佚作品)提供了进一步的线索。三是补撰了《录鬼簿续编》,附于原书上下卷之

①《录鬼簿》的版本有简本、繁本、增补本三个系统,各本著录作家人数不同,其中简本著录作家113人,繁本著录作家152人,增补本著录作家151人。

后,补续了钟嗣成、罗贯中等78位杂剧作家的生平事迹暨作品目录。

目前学术界仍然有人认为《录鬼簿续编》的作者并非贾仲明,主要理由是《续编》中对"贾仲明"这一作家的小传和吊词,所用语气均非第一人称,且有自诩之嫌。然而,从《录鬼簿续编》书末贾仲明所写的《书录鬼簿后》一文的语气中,也可以明显地看出,贾仲明不仅为89位作家补写了挽词,而且也增补了《续编》中的78位杂剧作家。因此,所谓"书后"其实就是《续编》的"自序"。

(二)李开先与绣水词曲作家

1. 李开先的杂剧、散曲与《词谐》

李开先的生平行迹见前"明清山东诗文"部分,他在戏曲创作方面的成就,主要是他被罢官回家以后的事。

嘉靖二十年(1541年),李开先因上疏弹劾阁臣夏言等而获咎,被削职回乡。李开先回到章丘老家后,决心不再写任何文字,所以就在他的书房里挂了一块匾额,上写"焉文字"三字。《闲居集》载《庠生李松石合葬墓志铭》谓:"中麓子自罢官,以'焉文字'匾其堂,盖取'身既隐矣,焉用文'之意。"《李开先年谱》中也说:"明世宗嘉靖二十二年癸卯,42岁。书'焉文字'匾其堂,盖取'不欲以文名世'之意。"从此以后,李开先在家乡修亭园,结词社,蓄声伎,征歌度曲,自娱自乐,致力于戏曲、散曲、俗曲的创作和收藏,成为当时北方曲坛上一位十分活跃的曲家。他自己曾经写过一副对联:"书藏古刻三千卷,歌擅新声四十人。"联中准确地指出了李开先退隐以后的两个主要爱好——收藏书籍和创作戏曲。

据明人张岱《陶庵梦忆》记载:李开先写好剧本后,先由家童排演。当时他家里蓄养着40位声伎,号称"歌擅新声四十人"。然后再在本地或到外地去演出。更为难得的是,李开先本人也时常与自己的"曲友"袁崇冕、高应玘等亲自演唱。有人送给李开先一副对联:"年几七十歌犹壮,曲有三千调转高。"正是对李开先戏曲创作、演出情况的高度概括。

在此期间,李开先不仅搜集、整理、收藏了大量的书籍(尤其是词曲方面的书籍),而且还亲自创作了不少戏曲、散曲等。《明史·列传》卷175中就说他"性好蓄书,李氏藏书之名闻天下"。其收藏之多,时有"词山曲海"

之称。他曾手订元人戏曲数百卷,并与门人选订元杂剧16种,编订为《改订元贤传奇》。并搜集刊刻过《烟霞小稿》、《傍妆台小令》、《酸醎构肆》等俗曲集。

在创作方面,李开先作有杂剧(或称院本)6种,即《园林午梦》、《打哑禅》、《搅道场》、《乔坐衙》、《昏厮迷》、《三枝花大门土地堂》,总名《一笑散》(其中前二种尚存,后四种已佚)①;撰有传奇戏3种,即《宝剑记》、《断发记》、《登坛记》(其中前二种尚存,后一种已佚);著有曲论专著《词谑》;著有散曲集《卧病江皋》、《中麓小令》②、《四时悼内》3种;另外还搜辑诗文及元曲时令小调《一笑散》、《市井艳词》、《张小山小令》、《乔梦符小令》、《歇指调古今词》、《改定元贤传奇》、《边华泉诗集》、《何氏辞赋集》等数种。可以说,李开先在中国文学史上的地位,主要是由他的戏曲创作奠定的。

李开先所作杂剧,自称"院本",他在《院本短引》中说:"中麓子尘事应酬之暇,古书讲读之余,戏为六院本,总名之曰《一笑散》。一《打哑禅》,二《园林午梦》,其四乃《搅道场》、《乔坐衙》、《昏厮迷》,并改窜《三枝花大闹土地堂》。借观者众,从而失之。失者无及,其存者恐久而亦如失者矣。遂刻之以木,印之以楮,装钉数十本,藏之巾笥。有时取玩,或命童子扮之,以代百尺扫愁之帚而千父钓诗之钩。"从中可见李开先的创作杂剧只是戏为开心之作。当然,其中也少不了"扫愁"和"钓诗"的深层意涵。

《打哑禅》为单折戏,全剧只1折,包括5首曲子,其余均为科、白。剧本写汴梁相国寺长老真如,见众生贪妒,人欲横流,决定用祖师流传的"打哑禅"的佛法救度众生。他写了一个哑禅贴在山门前,让人们对答,答对者可得"十两叶子黄金"。屠户贾不仁因买猪路过山门,见到招贴上的哑禅,便想去碰碰运气。于是就揭了招贴,进寺与长老对打哑禅。长老伸出一个手指,屠户伸出了两个手指;长老伸出三个手指,屠户伸出了五个手指;长老点一点头,屠户指一指长老、又指一指自己。长老大惊失色,急忙送给贾屠户十两黄金,并大加赞赏他是一位"贤者而隐居下位"的"绝人

---

①据称李开先还著有杂剧《皮匠参禅》等,已佚。《万历野获编》卷二五"院本杂剧"条谓:"本朝能杂剧者不数人,自周宪王以至关中康、王诸公,稍称当行。其后则山东冯、李亦近之。然如《小尼下山》、《园林午梦》、《皮匠参禅》等剧,俱太单薄,仅可供笑谑,亦教坊耍乐院本之类耳。"(中华书局1959年版,第648页)

②又名《中麓山人小令》。《千顷堂书目》、《宝文堂书目》等又谓李开先有《中麓乐府》,未见。

逃世者”。大弟子撇空没看明白，就去请教贾屠户，结果发现，真如长老和贾屠户打的哑禅其实根本就不是一码事。原来长老的意思是：“一佛出世”（一指），对“二菩萨涅盘”（二指）；“法僧三宝”（三指），对“达摩流传五祖”（五指）；“点头知来意”（点头），对“无人无我”（指二人）。而贾屠户理解和对答的意思却是：“一头猪”（一指）对“二百钱”（二指）；“三头猪”（三指）对“五百钱”（五指）；“点头、对指”是说价钱公平合理。结果却全让他蒙对了。该剧篇幅短小，诙谐幽默，通过打哑禅这一闹剧，反映了当时社会上的种种荒唐之事。正如作者在剧末所感慨的：“世事颠倒每如此，眼前琐碎不堪观。”

《园林午梦》亦为单折戏，仅有 4 曲。剧本写一位“邻人不识名姓，甲子原无岁年”的老渔翁，在读了崔莺莺、李亚仙二传后，觉得二人行事颇相近，难分贵贱。偶在园林午睡，梦见崔莺莺与李亚仙，因老渔翁说她俩难分高下，二人互不服气，于是，二人先是自诩才能，继而自夸夫婿，最后互相指责对方的缺点，如品性不端、所行非礼等等。双方的婢女红娘、秋桂也各为其主，相互对骂，最后甚至动手打了起来。渔翁一觉醒来，一切皆空。由此他想到：只因自己机心尚存，方才致使梦境不安。因此他决定从此断绝尘缘，以求达到至人无梦的境界。该剧也是一部闹剧，讨论的主题是文学史上两个著名的叛逆女性形象崔莺莺和李亚仙是否平等的问题。崔莺莺是相国千金，却不顾礼教规范，在父丧期间与张生谈恋爱；李亚仙本烟花女子，却心有主见，做人做事有始有终。崔莺莺自恃门第，看不起出身低微的李亚仙；而李亚仙凭自己对郑家的功劳，也瞧不上崔莺莺。二人互相辩论的结果是“半斤对八两”。这正应了那句老话：金无足赤，人无完人。或许也可以进一步引申为：生活中不必在意别人怎么样，也不必在意别人怎么说。李开先的弟子崔元吉曾为该剧跋曰：“夫无梦为至人，无欲为上人。以其静定绝虑，豁达大观，一切宝贵利达，言语文章，皆归于空。世人浅识妄念，挟私而争尔我者，如梦中有争，觉则一空而已。”所言极是。

总之，李开先的杂剧大都选取社会生活中一些滑稽荒唐的事情为题材，但其中却揭示出社会、人情中一些比较本质的方面。正如李开先在《院本自跋》中所说：“至人无梦，太上忘言。午梦甚至夜梦，哑禅涉及于多言。”也如其弟子杨善在为《一笑散》所写的《跋》中所说：“至于《一笑散》……浴月读之，不觉大笑出声。……就《午梦》以觉门，感《哑禅》以悟道。”

李开先的散曲创作活动开始得较早，较戏曲创作也更为活跃。他的第一部散曲集《卧病江皋》，大约刊印于嘉靖十年（1531 年），即他考中进士以后的第二年。而李开先散曲创作的黄金时期，也是在他被罢归以后。就在李开先罢官归里的那一年，他就被推荐为当地词社的会长。他在《归休家居病起蒙诸友邀入词社》诗中说：

诸友俱能作，如吾何所知？强推为会长，深愧不相宜。
玉树多悲调，竹枝亦俗词。口占南北曲，即席付歌儿。

次年，便成立了以李开先为中心的章丘“富文堂词会”。李开先在为谢九睿的《东村乐府》所写的《序》中曾说：“自辛丑夏罢归田庐，优游词会，每月相参作主，分题定韵，言志抒情。”当时，词会的主要成员有山东作家王田、刘守、刘天民、冯惟敏、乔龙溪、谢九睿、袁公冕、袁崇冕、高应玘、王云峰、弭少庵、张自慎、姜大成、李脉泉、杨双溪等人。其中有散曲作品传世的代表作家有历城的王田、刘天民，章丘的谢九睿、袁崇冕、高应玘、弭少庵等。值得注意的是，富文堂词会不仅吸引了省内的散曲家，而且吸引了省外的散曲家，他们或亲自前来参加词会的活动，或通过其他方式与之交流沟通。因此可以说，济南地区已经成为了明代山东戏曲、散曲创作的中心。

李开先散曲的题材十分广泛，诸凡啸傲烟霞、寄情山水、生活见闻、史书典故，可谓应有尽有。他的第一本散曲集《卧病江皋》写于“出饷西夏，归而卧病经秋”①之际，主要抒写奉旨出使西夏途中的所见所闻所感，全集共 111 首，全部用【南南吕 · 一江风】曲牌，并且每首曲子的第一句都是“病难捱”，“音既合谱，意更可人，押韵满百，不重一字，真艺林之宗工，而南曲之绝唱也”②。但作者并非只是显示自己的文字功力，而是借曲抒怀，寄托感慨。试看其中的三首：

---

①②高应玘：《卧病江皋 · 序》，路工辑校：《李开先集》第 3 册，中华书局 1959 年版，第 903 页。

病难捱，憔悴因谁态？积攒谁还债？枕边来，铁马檐牙，画角楼头，教我难支派。愁眉怎地抬？愁怀怎地开？形瘦声音在。

病难捱。纵酒疏狂态，赊酒寻常债。醉归来，一石刘伶，五柳陶潜，梦里求仙派。愁笼誓不抬，闷坑誓不开。万古名犹在。

病难捱。满目炎凉态，一地丝挠债。落乡来，笑傲山林，放浪乾坤，玩弄沧洲派。村醪打伙抬，野筵作耍开。赢得闲身在。

李开先的第二本散曲集是《中麓小令》，创作于罢官归乡之后。其《中麓山人小令引》末署"嘉靖甲辰中麓山人书于焉文堂"，"嘉靖甲辰"是1544年，可知该集大致创作于是年。从形式上来看，《中麓小令》与《卧病江皐》的写法大致相同，全集100首均为【南仙吕·傍妆台】一个曲牌；不同的是，《中麓小令》不再押统一的韵脚。罢官后的郁闷，便李开先心中充满了矛盾，他既想远离官场是非之地，却又希望东山再起；他既满足于闲适惬意的田园牛活，却又感叹自己生不逢时；种种的矛盾心态，在《中麓小令》中都有所体现。兹选三首如下：

笑呵呵，挂冠归去免张罗。闲披鹤氅朝玄帝，焚龙脑礼弥陀。酒逢知己千杯少，话不投机一句多。胡将就，莫奈何——得磨跎处且磨跎。

耍些些，激流勇退是豪杰。如今枳棘栖鸾凤，尘土混龙蛇。两轮日月笼中鸟，百岁光阴梦里蝶。情肠变，性气别——得乜斜处且乜斜。

思沉沉，倦弹三尺七弦琴。虽然指下无别调，世上少知音。雅吟猜作昭君怨，怨曲翻为梁父吟。朱颜改，白发侵——得安心处且安心。

李开先的第三本散曲集是《四时悼内》，内收小令14首、套数5曲，是悼念其爱妻、爱妾的篇什。其自撰《小序》云："宜人既已弃我，有一爱姬又相次即世，周岁之间，懊恼万状，抚景激衷，四时各有散曲，汇成小集，名之曰《四时悼内》云。愁肠欲断，泪眼将枯，以此付之童辈；长歌当哭，非以恣佚乐而喜篇什也。观者必有知吾苦心者！嘉靖戊申年庚申月甲申日中麓病夫李开先撰"。"嘉靖戊申"乃1548年，是年李开先47岁。自古谓"中年丧妻”乃“人生三大不幸”之一。在不到一年的时间内，李开先的爱妻和爱妾相继去世，这使他的心情更加沉郁。在漫长的冬夜，他时常难以入睡，比如集中的【南仙吕】《冬·夜长不寐》套曲：

【南仙吕·临镜序】梦难成，失群哀雁断肠声。觉来搔耳推孤枕，散阔步空庭。眼前离恨天般远，望后团圆月不明。断弦难续，悲歌怎听？这般情况几曾经！

【前腔】泪盈盈，指间弹血洒残灯。相思日日容颜改，夜夜梦魂惊。堪怜霜杀宜男草，岂料云埋婺女星！

【赚】火暗灯青，蹜鼓催钟早二更。人孤另，独酌全无兴。峭寒生，半床薄被如冰冷。孤眠易醒，孤眠易醒。

【掉角儿序】遇穷冬霜雪严凝，正中年形影伶仃。夜迢迢银汉无声，一滴滴玉露伤情。空有那待月楼、礼星亭、焉文阁，谁与同登？寒鸦乱惊，晨鸡不鸣。把离人撩斗，铁马檐楹。

【前腔】捱不到斗转参横，盼不得月落天明。不卿卿谁复卿卿？想惺惺还惜惺惺。空教我运霜毫，扫云笺，编丽曲，愁恨偏增。

【尾声】人生修短由天命，叹佳人死难再生；争奈相如困茂陵！

李开先在戏曲方面的成就还体现在他的曲论专著《词谑》①。《词谑》是他晚年所著，全书共分四部分。

(1)词谑：辑录了一些滑稽幽默、具有讽刺意味的曲文和故事，个别还有所考论。比如嘲笑两人夸乖的【朝天子】：“买乖卖乖，各自有乖名儿在。使乖乖处最难猜，肯把乖来坏。乖卖与乖人，忒乖了谁买？买乖的必定乖。你说道你乖，我说道我乖，只怕乖乖惹的乖乖怪。”所谓嬉笑怒骂皆成文章者也。

(2)词套：选录了数十套前人的散曲套数和杂剧曲文，其中有不少相当专业的分析和评点，同时还涉及一些曲作家的生平事迹等。比如开篇第一则谓：

①关于《词谑》的作者，近来学术界有人提出不同看法，认为提出“词套”、“词尾”出自康海之手，而《词谑》则为后人所编的康、李两人著作的合刊本，编刊的时间大约在隆、万间。参见吴书荫《〈词谑〉的作者献疑》一文。

> 张小山《湖上晚归》南吕，当为古今绝唱。世独重马东篱《北夜行船》，人生有幸有不幸耳！周德清称其"不重韵，无衬字，韵险语俊。谚曰'百中无一'，余曰'万中无一'。看他用蝶、穴、杰、别、竭、绝字，是入声作平声；阙、说、铁、雪、拙、缺、贴、歇、彻、血、节字，是入声作上声；减、月、叶，是入声作去声；无一字不妥，足为后辈学法。"但"一梦"多唱作"亦猛"字，若改"梦里"二字，虽协，却不如不改之为愈。数十刻本，互有得失，今悉归正。总较之，东篱苍老。小山清劲，瘦至骨立，而血肉销化俱尽，乃孙悟空炼成万转金铁躯矣；止有锦英"英"字欠稳，必得上声；人面红"红"字，必得去声，上声亦可；然又无字可改，将奈之何！开端四句，惜未全对。可继此者，有之思韵一套，亦甚佳，俱录于后，以俟识者评焉。

后面便收录了马致远的【夜行船】（百岁光阴）和张可久（字小山）的【一枝花】（长天落彩霞）两个套曲。

（3）词乐：只有三则，第一则记叙了徐州艺人周全"善唱南北曲"以及授徒传艺的事情，第二则介绍了镇江人颜容"性好为戏"的佚事，第三则探讨了歌唱和乐器的关系，并介绍了当时一些善歌者与善乐者的姓名、事迹，保存了一些珍贵的明代戏曲史资料。该部分虽然内容不多，但很实用。比如第二则：

> 颜容，字可观，镇江丹徒人，（周）全之同时也。乃良家子，性好为戏，每登场，务备极情态，喉音响亮，又足以助之。尝与众扮《赵氏孤儿》戏文，容为公孙杵臼，见听者无戚容，归即左手捋须，右手打其两颊尽赤，取一穿衣镜，抱一木雕孤儿，说一番，唱一番，哭一番，其孤苦感怆，真有可怜之色，难已之情。异日复为此戏，千百人哭皆失声。归又至镜前，含笑深揖曰："颜容，真可观矣！"

故事主要记录了颜容练习演技之事，以人物开始，以名、字结束；名与字和谐，人与艺统一；文字简明扼要，但叙事具体生动，不仅巧妙合理，而且活泼有趣。

（4）词尾：主要讨论词曲结尾的创作方法。正如一开篇所说："世称诗头曲尾，又称豹尾，必须急并响亮，含有余不尽之意。作词者安得豹尾？满目皆狗尾耳，况所续者又非貂耶?”然后选录了12则结尾较好的曲子。比如刘廷信的【南吕·尾】：

几回好梦添凄楚，无奈秋声忒狠毒。一声风，一声雨，一声钟，一声鼓。风声催，雨声促，角声哀，鼓声助。一声听，一声数，一声愁，一声哭。投至得风声宁，雨声住，角声停，鼓声足。一声钟撞，我一口长吁，泪点儿多如窗外雨。

这是一首思夫曲，曲子的前半截极力渲染风声、雨声、角声、鼓声，以衬托女主人公心潮汹涌澎湃。好不容易等到风停雨住、角鼓声息，忽听到窗外一声钟响，女主人公长叹一声，又哭将起来，而眼泪比方才窗外的雨滴还多。从作者的论述和选录的作品来看，所谓的“豹尾”主要有两个特征：一是骤然而停，戛然而止；二是余意不尽，回味无穷。正如人们常说的，文章开头如“爆竹”，一开篇就要给读者一种强烈的震撼；而结尾则如“撞钟”，讲究余音袅袅，回味无穷。散曲创作亦应如此。

2. 绣水词人

在李开先家居期间，济南一带擅长词曲的文人刘天民、乔龙溪、袁崇冕、高应玘、张自慎、弭少庵等，都聚集在他的周围，一时之间声势颇大，形成了以李开先为核心的词曲创作中心，创作了大量词曲、戏曲等通俗文学作品。著名散曲家冯惟敏也从临朐老家赶来章丘，与李开先词曲酬唱，并留下了《李中麓归田》、《李中麓醉堂夜话》、《效中麓体》等散曲作品。而冯惟敏、李开先与康海、王九思都是明代散曲中兴的大家，对当时的文风影响颇大。李开先的散曲集《中麓小令》出版后，歌而和之者甚众，并得到曲坛前辈王九思的高度评价。而当时聚集在李开先周围的一批济南作家，在词曲创作上也都取得了不同的成就。

(1)刘天民

刘天民(生卒年未详)，字希尹，号函山，济南人。正德九年(1514年)进士，官至四川按察副使。性格诙谐风趣，善谈吐。晚年家居，“好为词曲，杂俗兼雅，歌者便之。李中麓云：‘济南刘函山，以副使罢官，愤愤不平，作三胡十八、一套仙吕。'"①所谓"三胡十八"是指刘天民写的三首【北双调·胡十八】《罢官作》：

这功名直甚的？大都是倘来的。呆脖子挣气力，几乎断送老头皮。多做上几日，少做上几日。骑虎的怎下来？屠龙的甚滋味？

这功名要怎么？生被他迤逗杀。从来无有半星儿差，平白里结下个大疙瘩。天和地是个傻瓜，鬼和神是个哑巴。张果老跌下驴，孙伯阳落下马。

这功名有甚么罕？直不的半文钱。搓纸约透针关，古今万万又千千。三十岁的是小颜，八百岁的是老聃。梦醒了一场空，是花儿开一遍。

另外，刘天民还有一首【北正宫·叨叨令】，也题作《罢官作》：

只为着舌头尖口嘴多，弄得你声名裂。脖子强腰肢挺搬的你脚根趄，眼目空手策高挤的你官阶劣，面貌衰容颜改枉把你胡须镊。兀的不恼杀人也么哥，兀的不恼杀人也么哥！

这几首小令，不论是从作品的艺术风格上看，还是作品的思想主题上看，都体现出明显的元曲的神韵。

刘天民与边贡为儿女亲家，并与李开先交往密切。传世之作甚多，其诗文结集为《函山集》，散曲结集为《酸酰构肆》。其孙刘亮采，字公严，万历进士，善书画，通音律，工诗文，当时号称"三绝"。

（2）袁崇冕与袁公冕

袁崇冕（1486—1566年），初名衮，号西野，章丘人。出生于科第之家，父亲袁弼、兄袁公冕、弟袁轩冕均为进士，而袁崇冕本人则布衣终生。与李开先交往甚厚。嘉靖三十八年（1559年），李开先曾作《贺袁西野七十三寿序》，嘉靖四十五年（1566年）袁崇冕去世后，李开先又作《豫作乡宾西野袁公墓志铭》，并赞其散曲"语俊意长，雅俗兼备，声中金石，色兼玄黄"②。对袁崇冕的人品、学问都做出了极高的评价。时人对袁崇冕的评价也颇高，王

①钱谦益：《列朝诗集小传·内集》，上海古籍出版社1983年版，第364页。
②吴连周辑：《绣水诗钞》题注，道光乙巳（1845年）灌蔬园藏版。

士禛《池北偶谈》云："（袁崇冕）工金元词曲，所著《春游》、《秋懷》诸曲足参康（海）、王（九思）之座。与李中麓唱酬。王渼陂曰：'雅俗相兼，沨沨有余音。'杨方城曰：'神圣工巧，元人之俦。'中麓曰：'金石之音，玄黄之色。'其为名流击赏如此。"著有散曲集《春游词》、《西野乐府》、《拾闲野意》等，可惜大都失传，今仅存小令2首，一为【北双调·清江引】：

沈约近来憔瘦损，打不开糊涂阵。五言一小词，四句协三韵。提来到口边头煞力子忍。

二为【北双调·雁儿落过得胜令】《嘲僧》：

贪婪心怎忘，嗜欲情偏荡。人前掐数珠，背后轮禅杖。无志向四方，有计跳东墙。波罗密——诓食咒，南无佛——救命王。经堂，挂搭上唐三藏；僧房，窝藏下黄四娘。

崇冕之兄袁公冕（生卒年未详），字西溪，亦善词曲。早年游宦外地，晚年归里后与李开先唱酬。

（3）其他绣水词人

高应玘（生卒年未详），字仲子，又字仲纯，号笔峰，章丘人，为李开先弟子。嘉靖年间曾以岁贡任元城（今河北大名）县丞。酷嗜词曲，尤善即兴式小令。有散曲集《醉乡小稿》传世，其他《笔峰诗草》、《归田稿》和传奇《北门锁钥》均失传。他在《醉乡小稿·序》中云："余自蚤岁，僻性散逸，酷嗜词曲。既长而更耽游赏，时或寄兴陶情，于夫探奇间远，得句狂歌，无是出于信口，诚以醉翁之意为心。"所作多愤世之言，有元人之音。如【仙吕·寄生草】《醉中一笑》：

时世多颠倒，和谁辨假真？胡言乱语为公论。圣经贤传难凭信，达人志士无投奔；孟尝君紧闭纳贤门，庞居士牢守盛钱囤。

张自慎（生卒年未详），字敬叔，别号就山，商河人，后移家章丘，游李开先之门，著金元乐府30余种。太原万伯修曾评价张自慎："北曲一派，海内索解人不得，眼中独见张就山耳。"

弭少庵(生卒年未详),名来夫,字子方,章丘人。屡试乡闱不第,一生落拓。与李开先为姻亲,曾为李开先的《闲居集》作跋。所作散曲仅见小令【北双调·沉醉东风】《嘲黑奴》一首,收录在李开先的《词谑》中:

帘影内一团窈窕,被窝中百样妖娆。虽无青鸟随,剩有乌云罩。赴阳台朝朝暮暮,张敞空将新月描:几曾显蛾眉淡扫?

明代嘉、隆年间的山东文坛,有追随济南李攀龙者,如华鳌、袭勖、张汝蕴等;亦有追随章丘李开先者,如逯希韩、谢九仪、乔岱、高应玘、杨选等。章丘一带山清水秀,更是人文荟萃之地。清李廷启《绣水诗钞·序》中谓:"济水伏流地中,涌百脉泉,澹荡扬波,经阳丘(即章丘)城北入清河者为绣江。东南一带,太湖、长白,嵯峨掩映,与为融结清淑之气,蔚而为人物,发而为文章,代有作者,显晦异矣。"绣江河俗称绣水,以李开先为首的绣水文人不仅是明代散曲创作的中坚力量,而且也创作了大量的传统诗文。清代吴连周、高仲恂辑录的《绣水诗钞》中所录诗人就有133人。

(三)冯惟敏的散曲及杂剧

冯惟敏是临朐冯氏家族中文学成绩最高的一位,其生平事迹参前"明清诗文"部分。其文学创作中成就最突出的,是他的散曲创作,人称"曲中辛弃疾"、明代北曲第一家。其散曲后来结集为《海浮山堂词稿》。同时,他还写有杂剧《僧尼共犯》和《不伏老》。

冯惟敏的散曲能跳出明初以来在曲坛上流行的男女风情、谈禅归隐、林泉逸兴的窠臼,将题材拓展到社会生活的各个方面,不仅扩大了散曲创作的题材,而且具有深刻、丰富的现实内容。因此人称其为"曲中辛弃疾"。他虽然出仕十余年,但官小事杂,加之不愿奔走权门,一心想关切民生疾苦,因此郁不得志。他曾在自己的散曲中说:"鞭垂赤子情难忍,奔竞朱门眼倦开,甘心儿不染炎凉态。"这正是他为官的自白。因此在他的散曲中时常流露出愤世的情绪,一些作品或讽贪、或刺虐、或戳弊、或揭恶,均为警世醒民之作。归田以后写的"归田小令"感情尤为真挚。一方面,此时的冯惟敏有机会熟悉农村生活,看到了农村所存在的问题,因此写了不少热忱为灾难深重的农民呼吁、并揭露封建统治者横征暴敛的曲作,其中不少篇目反映了作者体察民隐、同情农生疾苦的思想感情；另一方面，身闲无事的冯惟敏面对故乡的山山水水，也写了不少闲适之作，虽有共消极的一面，但其中有些描写官场险恶的作品，也表现了作者不愿与世俗同流合污的心情，仍有可取之处。另外，冯惟敏出身世宦大家，贵族公子之习难以尽脱，因此在他的创作中，也难免有一些风花雪月之类的作品。

具体说来，冯惟敏散曲的思想认识价值主要体现了四个方面：

一是暴露政治黑暗和社会弊端的作品。其中有讽刺统治集团腐朽无能、颠倒是非曲直的，如《清江引·八不用》、《朝天子·解官至舍》；有谴责贪官污吏盘剥勒索的，如《醉太平·李中麓醉归堂夜话》、《新水令·十美人被杖》；有揭露上层社会尔虞我诈、贤愚不辨的，如【端正好】《徐我亭归田》、【一枝花】《对驴弹琴》；有对科举制度表示不满的，如【粉蝶儿】《辞署县印》、【折桂令】《下第嘲友人乘独轮车》；还有指斥江湖术士骗钱害人的，如【朝天子】《四术》等。涉及内容相当广泛，可谓明代社会的一面镜子。比如【清江引】《八不用》：

乌纱帽，满京城日日抢，全不在贤愚上。新人换旧人，后浪催前浪，谁是谁非不用讲。

散曲通过不问贤愚、不讲是非、人人抢着做官的现状，揭露了当时官场的黑暗和官僚制度的腐败，可谓入木三分。

二是关心农事、同情农民的作品。其中以【胡十八】《刈麦有感》、【折桂令】《刈谷有感》、《玉江引·农家苦》，以及【玉芙蓉】《喜雨》、《苦雨》、《苦风》、《喜晴》等最有代表性。比如他在【玉江引】《农家苦》中写道：

倒了房，堪怜生计蹙，冲了田园，难将双手杌。陆地水平铺，秋禾风乱舞。水旱相仍，农家何日足？

散曲描写了天灾肆虐、灾民无以为生的现实，表达了作者对农民的深切同情。又如【胡十八】《刈麦有感》（四首选一）云：

穿和吃不索愁，愁的是遭官棒。五月半间便开仓，里正哥过堂，花户每比粮。卖田宅无买的，典儿女陪不上。

该曲揭露了赋税的繁重和统治者对劳动人民的残酷剥削，反映了农民卖田地、典儿女的悲惨生活。再如【玉芙蓉】《喜雨》：

> 初添野水涯，细滴茅檐下，喜芃芃遍地桑麻。消灾不数千金价，救苦重生八口家。都开罢：荞花，豆花，眼见的葫芦棚结了个赤金瓜。

该曲是写农村生活的。曲中作者以朴素、形象的语言，写出了久旱之后喜逢降雨时的喜悦心情。风格爽朗质朴，语言活泼自然，体现了冯氏散曲的特点。

三是借神鬼反映现实社会，抒发愤懑之情的作品。如《端正好·吕纯阳三界一览》、《耍孩儿·骷髅诉冤》、《耍孩儿·财神诉冤》三组套曲，都表现了一定的思想深度。因套曲太长，这里不再选录。

四是闲适、嘲谑一类的作品。一般认为此类作品失于颓唐，暴露了作者思想中消极的一面。然而，笑傲江湖、吟风弄月是自元代开始就形成的一种散曲创作传统。这种创作倾向和传统，只表明了当时的文人不愿与元朝统治者合作而已，是否颓唐、消极，自该另当别论。比如他的【清江引】《阅世》四首：

> 过一日少一日耍上一日，省了些闲淘气。一日十二时，倒在花前睡。及早的风流些便宜你。
>
> 过一春了一春耍上一春，打叠起闲愁闷。一春九十日，日日胡厮混。去了青春呵盼望杀您。
>
> 过一年是一年耍上一年，再不去歪厮战。四时共八节，到处贪欢宴。岁月无情哄不了俺。
>
> 过一生是一生耍上一生，休替别人挣。三万六千场，醉倒烟花径。每日价醒了醉醉了醒。

艺术上，冯惟敏的散曲继承了元代豪放派曲家优秀传统，轻浮华，重本色，风格爽朗质朴，语言活泼自然，取得了很高的艺术成就。具体体现在：

一是艺术风格上，冯曲以真率明朗、豪辣奔放见长，但也不乏清新婉丽之作。

二是创作题材上，冯曲扩大了散曲创作的题材，内容广泛，思想丰富。

三是语言方面,冯曲大量运用俚语俗谚,不事假借,极少雕饰,幽默诙谐,气韵生动,保持了散曲通俗幽默、自然活泼的本色美。有时也将经、史、子、集中的书面语词入曲,任意驱遣,浑然天成,毫无生硬枯涩之弊。

总之,整体上来看,冯惟敏散曲创作的成就远远超过同时代的其他作家,使明代散曲创作达到了一个新的高峰。因此,人称冯惟敏是“明代散曲第一大家”。对于冯曲,历来论者评价较高,王世贞《艺苑卮言》中谓:“(北调)近时,冯通判惟敏独为杰出。其板眼、务头,撺抢紧缓,无不曲尽,而才气亦足以发之。止用本色过多,北音太繁,为白璧微瑕耳。”

冯惟敏的杂剧也颇有现实感。《僧尼共犯》写和尚明进与尼姑惠朗苟合,被邻人捉到官府,钤辖司吴守常将二人打了一顿板子后,断令二人还俗成亲,并说:“成就二人,是情有可矜;情法两尽,便是俺为官的大阴骘也!”作者在剧中肯定了“男女居室,人之大伦”、“传流后嗣,繁衍至今”乃天经地义之事,并以此向假道学公开宣战。然而,冯惟敏为人好戏谑,他让明进和惠朗挨一顿打再欢欢喜喜结为夫妻,算是于情于法都有了交代,也是作者个性的表现。这与晚明戏曲强烈而严肃地为情欲争辩虽然态度有别,但毕竟还是肯定了情欲的不可抑制。剧中直接唱道:

> 都一般成人长大,俺也是爷生娘养好根芽,又不是不通人性,止不过自幼出家。一会价把不住春心垂玉筋,一会价盼不成配偶咬银牙。正讽经数声叹息,刚顶礼几度嗟呀。

字里行间对宗教的禁欲戒律所造成的人性痛苦表示了同情。

《不伏老》全称《梁状元一世不伏老》,又名《梁状元不伏老玉殿传胪记》或《玉殿传胪》。全剧共五折,写书生梁颢白首功名、屡试春官,终于在82岁时考中状元之事。主人公梁颢,历史上实有其人,即宋代梁灏(913—1004年),字太素,郓州须城(山东东平)人。《宋史》有传,终年92岁①。该

①据《宋史》本传记载,梁灏乃宋太祖雍熙二年(985年)进士,宋真宗景德元年(1004年)六月,暴病卒,年92岁。按史载,当为72岁考中进士。宋·洪迈《容斋随笔·四笔》卷十四“梁状元八十二岁”条则谓,“陈正敏《遁斋闲览》:‘梁灏八十二岁,雍熙二年(985年)状元及第。其谢启云:‘白首穷经,少伏生之八岁;青云得路,多太公之二年。后终秘书监,卒年九十馀。’此语既著,士大夫亦以为口实。予以国史考之,梁公字太素,雍熙二年,廷试甲科,景德元年,以翰林学士知开封府,暴疾卒,年四十二。”(上海古籍出版社1978年版,第776页)

剧即由此敷衍，其中多有虚构。前三折备写梁灏处境的困窘、备考的艰辛与赴试的挫折，他不仅被新科举人王从善讥笑为“蒸不熟的馒头”，而且受到考场监门官的奚落嘲笑和百般刁难，但是他矢志不渝、气概不灭，“奔驰客路三千里，鏖战文场五十秋”，最终一举夺魁。

作品赞扬了主人公不服输、不畏难、不伏老的坚毅品格，同时也揭露、讽刺了科举制度的黑暗，其中还蕴含着作者自27岁考中举人后累试不第的辛酸和郁闷。

（四）清代以济宁为中心的作家群

明代山东杂剧的创作主要活跃在东西线上，即济南→章丘→淄博→青州一线。入清以后，山东杂剧创作则变为南北线，即济南→济宁（曲阜/嘉祥）一线。当时，在济宁一带地区，出现了为数众多的戏曲作家与戏曲爱好者。这固然与古鲁国之都曲阜的文化渊源有关，更与东平一带地区的戏曲创作传统有关。其中有作品传世的代表作家有孔尚任、孔传鋕、孔广林、孔昭虔、桂馥、许鸿磐、蒲松龄、曾衍东等。孔尚任等传奇戏作家，后面再说，这里先说在杂剧创作方面成绩突出的作家。

桂馥（1736—1805年①），字冬卉，号未谷，别署老菭，山东曲阜人。乾隆五十四年（1789年）举人，五十五年（1790年）进士，任云南永平知县，卒于任所。早年与翁方纲、周书昌等交游，致力于训诂学与经学研究，成为乾隆年间的硕儒，尤通金石、六书之学，亦工诗文词曲。著有《说文义征》50卷、《说文统系图》、《国朝隶品》1卷、《历代石经略》2卷、《缪篆分韵》5卷、《札璞》10卷、《晚学斋集》5卷、《未谷诗集》、《东莱草》、《老菭滕稿》、《行芨草》及杂剧集《后四声猿》等多种。

《后四声猿》包括《放杨枝》、《投溷中》、《谒帅府》、《题园壁》四个短剧，每剧一折（自称“散套”，或“北调”、“南调”），前有“小引”，后为正文，分别写白居易、李贺、苏轼、陆游的故事。

《放杨枝》系根据白居易的《杨柳枝》、《别杨柳》、《不能忘情吟》等诗敷衍而成，“杨枝”即白居易的爱姬樊素。樊素善唱《杨柳枝》，名闻洛下，故

---

①关于桂馥的生卒年有不同说法，或作1733—1802年。

名。故事写白居易晚年多病，欲遣爱马、爱姬，却又难以离舍、不能忘情的故事，具有浓厚的抒情意味。《投溷中》出自唐·张固《幽闲鼓吹》，故事写李贺死后，其表兄黄居难因忌李贺之诗才，赚来遗稿，尽数投入厕中的故事，反映了“有才每为无才忌”的社会现实。《谒帅府》乃据苏轼《客位假寐》、《东湖》二诗敷衍而成。故事写苏轼为凤翔判官时，朔望日例行请谒帅府，因官小位卑，又不会逢迎，竟不得见的故事，揭露了有志之士屈沉下僚的社会现实。《题园壁》乃根据陆游的【钗头凤】词敷衍而成，故事写陆游于沈园重逢前妻唐琬事，反映了情与礼的矛盾。

关于桂馥写此剧的意图，王定柱《序》说：“先生才如长吉，望如东坡，齿发衰白如香山，落落不自得，乃取三君轶事，引宫按节，吐臆抒感，与青藤争霸风雅。独《题园壁》一折，意于戚串交游间，当有所感，而先生曰无之，要其为猿声一也。”可见，此四剧也是作者借古人不得意之事来抒写自己胸中郁闷之情，即所谓“借他人之酒杯，浇自己之块垒”也。四剧在揭示人情、人性方面，可谓力透纸背。然而，有些问题也只是“提出”而已，并没有解决。或许，有些问题就像“人都希望长寿，但人都不希望老”一样，本身就是悖论，根本就无法解决。

从艺术上来看，四种短剧中北杂剧、南杂剧各二，长者不过两千字，短者不足千字，都是选取了一个特定的情节来表现人物的心理活动，因此，情节集中，刻画细腻，写得缠绵婉约，痛快淋漓；主人公的形象也写得丰富、完整。郑振铎曾评价该剧曰：“《后四声猿》四剧，无一剧不富于诗趣。风格之遒逸，辞藻之绚丽，盖高出自号才士名流之作远甚。似此隽永之短剧，不仅近代所少有，即求之元、明诸大家，亦不易二三遇也。”①桂馥在中国古典戏曲发展史上的地位，由此可见一斑。

曾衍东（乾嘉时人，生卒年未详）在文学方面的主要成绩是他的文言短篇小说集《小豆棚》。在《小豆棚》书末，附有一折短剧《述意》，乃作者自述家门。《述意》虽为“案头之曲”，仍可看做是曾衍东的戏曲创作实践。故事写山东有一儒生，性情落拓狂放，平生与花、酒、琴、棋、诗、字、画为伴，因自号七如居士。只因家徒四壁，囊中羞涩，所以“出外的日多，在家的日少”。

①《清人杂剧初集·后四声猿·题跋》。

一日，儒生在豆棚下批阅新作《小豆棚》，其妻妾携儿女至前凑趣，儒生见妻贤妾淑、儿大女娇，甚感欣慰，遂将书中古今典故，历述一番。言辞间，难抑嫉俗愤世之情。其妾宽解说："世态纵有炎凉，人心自有公道。"其妻则曰："守分安贫，知足常乐。一家欢聚，胜似锦绣前程。"儒生闻言，愤世嫉俗之心顿时冰消雪融。此时，长子钓得一尾金色鲤鱼回家，儒生欣喜，自谓又得下酒之物。遂吩咐妻妾整备晚饭，待到月上时，再至棚下聚玩。

该剧不仅介绍一作者曾衍东的家庭状况，而且交代了《小豆棚》一书的创作过程，字里行间也不免流露出愤世嫉俗之意。

孔广林(1745—1813 年?)，字丛伯，号幼髯，又号赘翁，山东曲阜人，孔子 70 代孙，为孔继汾之长子，经学家孔广森之兄。年轻时锐意进取，以廪贡署太常寺博士。潜心经学，着意"三礼"，著有《说经五稿》36 卷，辑有郑氏遗书《道德遗书所见录》72 卷。又精于音律，尤擅北剧，撰有《温经楼游戏翰墨》20 卷。

《温经楼游戏翰墨》乃其戏曲全集，收录了其 40 余年间创作的杂剧、传奇及散曲等。今存杂剧《女专诸》、《璇玑锦》和《松年引》3 种，传奇《斗鸡忏》1 种。

孔广林所传 3 种杂剧，均按元杂剧的传统体制编著，都是一本四折。

《女专诸》取材于弹词《天雨花》中的《刺贼》一段。全剧四折二楔子，故事写明朝大臣左维明之女仪贞智勇双全、手刃逆贼之事。逆贼郑国泰篡夺王位，胁迫左仪贞进宫伴驾。左仪贞佯作允诺，身怀利刃入宫，伺郑国泰酒醉之际将其刺死，被禁于冷宫。天启皇帝即位后，左氏父女均受旌表。

《璇玑锦》亦一本四折，题目"淑慧女回文巧织，忠义差锦字代传"；正名"悟璇玑一心自忏，感箴规二美重圆"。故事写苏蕙织回文锦感动其夫窦滔、终得夫妻团圆事。安南将军窦滔被小妾赵姬阳台所惑，疏远妻子苏蕙。苏蕙遂撰回文诗一幅，以诉心中之怨。诗长 840 字，幅方 8 寸，织成璇玑文以寄其夫。窦滔见回文锦后，只见璇玑变幻，经纬分明，璇玑为天盘，中空一眼心，知其妻煞费苦心，遂深自悔恨。于是派毕有仁迎接苏蕙，终以一夫二妻大团圆作结。

《松年引》一作《松年长生引》，仅存第二折"西王母请帝锡龄"和第四折“松年堂共祝长生”①。此剧乃作者祝其大母徐太夫人七十大寿而作。赞颂了许太夫人“仁义、才德、知识、言节皆高尚”,渲染了“赐龄大典”、“赐龄进爵”、“侍女散花新舞”、“萼绿华舞”、“梅花舞”之盛况。戏曲写得挺热闹,然实为应酬之作、案头之曲。

或许受其先祖孔尚任的影响,孔广林治曲堪称严谨,正如郑振铎在《清人杂剧》二集《题记》中所说:“广林深于曲学,尤精北剧,故此数剧皆遵元人格律,不敢或违焉。”然而,用今天的眼光来看,孔广林的杂剧也就是在音韵格律方面符合元人杂剧的结构体制而已,在思想认识价值方面却很是一般。

孔昭虔(1775—1835 年),字元敬,号荃溪,乃孔子 69 世孙,经学家孔广森之子,在曲阜作家群里辈分最晚。嘉庆六年(1801 年)进士,授翰林院编修,累官福建布政使、贵州布政使。受家学影响,孔昭虔治学严谨,擅隶书,工诗词曲,今存杂剧《荡妇秋思》、《葬花》两种。

《荡妇秋思》创作于乾隆五十九年(1794 年),全剧一本四折,写向家六郎赴边关为国立功,娘子在家中思念不已、度日如年的故事。该剧反映了家与国之间的矛盾,对人物心理的刻画极为细腻。其中第四折《梦圆》,写六郎娘子先是梦见自己来到了边关,看见丈夫与番将厮杀;一阵大风,却发现自己仍在家里,又梦见丈夫因功升官,来家里接她一同赴任。醒来后才发现是一场大梦。正如剧末小旦所唱:

> 【红绣鞋】窗前一盏寒灯,寒灯。天边数点残星,残星。人不见雁还鸣,梦儿里恁分明,醒来时恁孤另。
>
> 【尾声】从今不恨秋宵水,愿好梦长时闰几更。待归来呵则把梦里欢娱诉与听。

在忠君报国的大义面前,儿女情长的“小情”只能隐藏于内心深处,夫妻情好也只能在梦中实现。

---

①《松年长生引自序》谓:“乾隆三十三年中春之月,先大人嘱海昌陈竹厂夫子撰《松年长生引》四折,补祝先大母徐太夫人七十寿。竹厂夫子谓中州音韵弗谙,命广林佐填北曲二套,久忘怀矣。今年春,重勘传奇杂剧,忆及游兆涒滩(丙申乾隆十一年,1776 年)奉先大父命,撰《五老添寿》剧,归稿遍检弗获。既而于敝簏所弃《说经杂稿》中得此二套草本,不忍辄弃,勘改而录存之。”从《自序》和保存情况来看,该剧当由陈竹厂和孔广林二人共撰。陈竹厂撰一、三折,用南曲;孔广林撰二、四折,用北曲。

《葬花》是一出单折戏，衍绎黛玉葬花的故事。全剧没有什么情节，几乎全是黛玉的内心独白，包括黛玉对身世的嗟怨、对落花的眷恋，以及对“他年侬死更谁怜”的伤感，对人物的心理活动刻画得委婉细腻。

孔昭虔留传下来的两个剧本均为闺怨剧，内容都是写少女少妇的伤春伤别之情，谈不上有多高的思想价值。但从艺术上看，孔昭虔的杂剧擅长心理刻画，文辞典雅，字里行间往往流露出浓郁的诗情画意与悲剧气氛。这在当时的杂剧作家中是不多见的。

许鸿磐（1757—1838 年），字渐逵，号云峤，别号六观楼主人，山东济宁人。少负俊才，博涉群书，精于舆地之学。乾隆四十六年（1781 年）进士，授江苏安东知县，迁西城兵马司指挥，改安徽颍州同知，嘉庆十一年（1806 年）擢泗州知州。所至皆有善政，公务之余唯以著书为事。后因事落职，居乡以教读为生。嘉庆二十一年（1816 年）捐复，又出任过河南禹州知州等职。道光四年（1824 年）复自中州罢归。卒于家，终年 82 岁。他在《杜诗抄小序》中说：

> 夫诗何为而作乎？其义起于君臣、父子、夫妇、昆弟、朋友之间，而其情发乎离合忻戚之际。处其常者，则多悦愉之词；罹其变者，则多穷愁之语。然悦愉者难工，而穷愁者易好也。少陵之诗，根乎恺恻笃挚之至性，更触发于颠沛流离、饥寒戎马之境，故其诣独绝。余弱冠即喜读杜诗，向曾倩善书者钞于都门，计诗五百首。南北奔驰，未尝去诸手者且四十年。今老矣，而遇益蹇。甲申春，自中州归，漫游江左无所合，秋杪旋里门，谢绝俗客，抱影于新僦草庐中，惟日与少陵相晤对，犹嫌囊钞之未慊于怀也，更检全集，约取而手录之，得诗三百一十八首，厘为上下二卷，以为破郁遣愁之借。呜呼！少陵穷者也，而余之穷尤剧，既爱少陵诗关乎伦纪、风教之大，复以同病相怜，故嗜之倍笃，公诗不云乎——“怅望千秋一洒泪”。吾请移弁是钞。道光五年岁次乙酉春二月初七日任城许鸿磐盥手谨识。①

《序》中不仅指出了自己的诗学观点，也交代了自己晚年坎坷的经历。

---

①《山东文献集成》第 3 辑第 33 册，上海古籍出版社 2007 年版。

著有《方舆考证》120 卷、《尚书札记》4 卷、《六观楼文集》、《六观楼杜诗抄》、《雪帆杂著》及杂剧集《六观楼北曲》6 种。

《六观楼北曲》共包括杂剧 6 种，即《西辽记》、《雁帛书》、《女云台》、《孝女存孤》、《儒吏完城》、《三钗梦》，多数创作或改定于道光二年（1822 年）作者在开封养病之际。6 剧严守元人杂剧体制，均为一本四折演一故事。每剧前都有《自序》（或作“弁言”，或称“小序”），交代该剧故事之本事缘由。或补叙正史之不足，或表彰英雄之报国，多为爱国主义剧。

《西辽记》写于道光三年（1823 年），述西辽兴衰之事。故事写辽太祖八代孙耶律大石重建西辽，死后朝政混乱。六院大王萧斡里剌忠心报国，立皇子直鲁古为帝，西辽复兴，国泰民安。作者在《自序》中说：“余读《辽史·天祚纪》而重有感也。……乃依元人百种之体，为北曲四套以歌咏其事，题曰《西辽记》，亦方翁《南唐书》之意云尔。”可见该剧的创作目的主要是歌颂忠臣报国。

《雁帛书》述元朝侍读学士郝经奉旨出使南宋，被奸相贾似道拘留真州 15 载，后以雁足寄书飞回北国，元朝庭派伯颜兴师问罪，郝经终得回国，封官受爵，夫妻团圆。故事与汉代苏武羁留匈奴事相类，作者在剧首《弁言》中也说：“元人有《苏武告雁》曲，以雁书事系之子卿，人多艳称之。然《汉书》本传具在，非实事也。惟元郝伯常经使宋，为贾似道拘留真州者一十五年，乃真有雁足寄书之事。宋廉《元史》、陶九成（宗仪）《辍耕录》俱载之。呜呼！伯常文章气节冠绝一时，而雁书一事尤足千古。故据本传，参之《宋史》，为北曲四套，以传其奇，表伯常之节，即以斥贾似道之罪，诛奸谀于既死，发潜德之幽光，亦庶几昌黎之意欤。”

《女云台》写四川忠州女子秦良玉事。秦良玉雅善词章，兼通韬略武艺，双臂能开三石之弓。17 岁嫁与石柱宣抚司马千乘，情投意合。丈夫奉旨征讨，屡建战功。后为部民诬陷，郁死狱中。秦良玉秉承夫志，勉力报国。统部勤王，裹粮杀敌，驰骋疆场，达 20 年之久。后仗节以终。

《孝女存孤》写张淑贞抚养孤侄、恪守孝义之事，宣扬了“为臣者尽忠，为子者尽孝”的传统道德观念。以上三剧均写于道光二年。

《儒吏完城》一名《守浚记》，写河南浚县知县朱凤森守城有功、册封司马之事。该剧系根据朱韫山的《守浚日记》衍绎而成，初稿当完成于嘉庆二十三年(1818 年),名《守浚记》;道光元年(1821 年)修改定稿,名为《儒吏完城》。

以上五剧均写忠孝节义之事,尤以忠君报国为主要内容。其中的《女云台》等剧,长期以来一直被当作爱国主义的教材,盛演不衰。从中也可以看出,作者虽然仕途坎坷,但报国之心、忠孝之情却一直耿耿于心。

《三钗梦》较为特别,该剧写神瑛侍者与神芝、绛珠、芙蓉被贬落红尘,化为贾宝玉暨宝钗、黛玉、晴雯,四人久居一处,历尽悲欢离合之后,复归天宫之事。其实就是一部用北曲缩写的“小红楼梦”。作者在剧首《小序》中说:

> 《红楼梦》小说脍炙人口,续之者似画蛇足,其笔墨亦远不逮也。近有伧父合两书为传奇,曲文庸劣,无足观者。临桂朱韫山别人《十二钗》十六折,思以胜之。脱稿示余,未见其能胜也。余谓读《红楼》以为悲且恨者,莫如晴雯之逐、黛玉之死、宝钗之寡,乃别出机杼,以三人为经,以宝玉为纬,仿元人百种休为北调四折,曰勘梦,曰悼梦,曰断梦,早醒梦,因谓之《三钗梦》。夫晴雯之逐,梦也;黛玉之死,亦梦也;宝钗之先溷尘而后证果,则梦之中又演梦焉。嗟呼,人生如梦耳!余亦在梦中,乃为不知谁何之人,据其悲,平其恨。呓语耶?抑痴人之说梦耶?

该剧亦当写于道光二年作者在开封养病之际,属于借红楼爱情、抒个人孤愤的抒情剧之作。剧中明显流露出红尘多难、人生如梦之感慨。

从当时的社会环境来看,嘉庆、道光之际,社会渐趋动荡,吏治愈加腐败,在这种内忧外患的社会状况下,许鸿磐不计仕途坎坷、宏志难伸,能够正大光明的公开宣扬爱国主义,歌颂忠君报国的英雄人物,这种“个人事小,家国事大”的胸怀,确实令人佩服。从清代的戏曲创作来看,不管是蒲松龄,还是桂馥,他们的杂剧大都是抒写孤愤之作,剧中流露出一种强烈的愤世嫉俗之情,而许鸿磐的杂剧除个别剧目中流露出人生如梦的感慨之外,大多数作品都表现出一种爱国主义情怀。这也奠定了许鸿磐在清代剧坛上的特殊地位。

(五)其他山东杂剧作家

除上述几位杂剧作家外,清代见诸记载或有作品传世的杂剧作家还有叶承宗、蒲松龄、宋琬等。

1. 叶承宗

叶承宗(1601—1648 年),字奕绳,号泺湄啸史、稷门啸史,山东济南人。明天启七年(1627 年)举人,清顺治三年(1646 年)进士,属于生明仕清的士人。入仕后,出任临川知县,到任两年,遇变被俘,在狱中自尽,年仅 48 岁。能诗文,通经史,工词曲,尤擅戏曲。据资料记载,所作杂剧、传奇等共计 15 种,可惜大都亡佚,今仅存杂剧《孔方兄》、《贾阆仙》、《十三娘》、《狗咬吕洞宾》4 种。

《孔方兄》全名《金紫之改号孔方兄》,署"济南叶承宗奕绳著,叶承祧栾绍校",为单折独角戏。剧本写济南书生金茎(字紫之)清贫自守,一日偶读南阳鲁褒的《钱神论》,甚惬其意,遂推而广之,敷而衍之,先是历数古今钱神之神通妙用,继而推敲对金钱的称呼:称孔方兄太不敬,干脆称为"家父亲"。最后表示决心:"从今后不学那贫贱子方骄,不使那湖海元龙傲,甘心儿伏低做小,守着俺使鬼通神现实世宝。"①从结构上来说,该剧算不得严格意义上的杂剧。但该剧通过对金钱的"歌颂",揭示了拜金主义盛行的社会现实,讽刺了"以钱为父"、"认钱不认人"的丑陋心态,体现出深刻的思想认识价值。

《贾阆仙》全名《贾阆仙除日祭诗文》,创作于顺治二年(1645 年),亦为单折戏。故事写诗人贾岛在年除日这天,取一年所作诗文、以酒脯祭奠之事。贾岛是唐代著名诗人,一生清贫,曾因"推敲"的故事与韩愈结为诗友,在文学史上与孟郊齐名,世称"郊寒岛瘦"。除日,即农历一年十二个月的最后一天;除日的晚上为"除夕"②。该剧也明显带有作者的身世之感,大意不外乎借历史人物贾岛除日祭诗文之事,感叹自己的生不逢时。

《十三娘》全称《十三娘笑掷神奸首》,署"稷门啸史戏笔,泺阳季子点次",全剧 2 折,写侠女荆十三娘为朋友李正郎报仇除奸之事。乃根据北宋孙光宪《北梦琐言》敷衍而成。大意是说:书生李正郎与妓女庾秋水相爱,诸葛殷从中破坏,意欲夺爱。李正郎气愤难耐,却有气难出。适逢朋友赵中

---

①【赚尾煞】。

②实际应用中,人们经常把"除日"、"除夕"混为一谈。按《汉语大词典》:除日,农历十二月最后一天。除夕,一年最后一天的夜晚。旧岁至此夕而除,次日即新岁,故称。除,音 zhù,今读 chú。

行新娶侠女荆十三娘，李正郎前往祝贺，席间言及诸葛殷夺爱之事，十三娘愿为李正郎报仇出气。六月六日，当诸葛殷携歌儿舞女游北固山之际，荆十三娘使五丁摄其魂魄，飞剑斩之，置首囊中，并劝李正郎与庾秋水远走高飞。该剧也是一部寄托孤愤之作，即在官府法律无所作为的黑暗现实中，借民间传说中的侠客义士来铲除邪恶、伸张正义。

《狗咬吕洞宾》是一部神仙道化剧，署"稷门啸史戏笔，泺阳季子点次"。全剧四折一楔子，是一部标准体制的杂剧作品。剧本写八仙之一的吕洞宾度脱书生石介、遭獒犬狂吠的故事。"狗咬吕洞宾"是民间的一句歇后语，后句即"不识好人心"。该剧也是对世态炎凉、人情冷暖的揭露与讽刺，字里行间流露出作者对世情大失所望、对官场心灰意冷之感慨。

叶承宗生值明清易代之际，饱尝颠沛流离之苦，一生坎坷，对其身所亲历的官场政治、人情世态自然有不少感慨。因此，他的剧作中多反映官场之黑暗、世情之浇薄、人情之冷暖，对当时的社会人情都有不同程度的涉及与揭露。

2. 蒲松龄《戏三齣》与《聊斋俚曲》

蒲松龄的主要文学成就在文言短篇小说《聊斋志异》，但他创作的"聊斋戏曲"三种和《聊斋俚曲》，至少填补了清初山东杂剧创作的冷落。

"聊斋戏曲"三种，路大荒《蒲松龄集》中作《戏三齣》，是指蒲松龄创作的《闹馆》、《钟妹庆寿》、《闱窘》（后附《南吕调九转货郎儿》）三种戏曲。各类资料中对这三种戏曲的归类很不统一，或称之为"戏文"，或称之为"杂剧"。这是因为原作中没有明确标明"北调"、"杂剧"的缘故。但有一点非常明确：蒲松龄所作三种戏曲中所用的曲调，都是广泛流传于山东一带的民间俗曲、小调，自然属于广义的"北曲"。

《闹馆》既没有分折、分出，也没有宫调曲牌，但有白有唱。所唱曲调，只能认为是当地俗调。因此，该剧也只能认定为单折的地方戏曲。内容主要是写私塾先生求馆设帐的艰难。戏曲一开始就说："沿门磕头求弟子，遍地碰腿是先生。"紧接着上场诗中又说："君子受艰难，斯文不值钱。有人成书馆，便是救命仙。"可见，该剧明显是作者蒲松龄为自己的写照，字里行间难隐蒲松龄20多岁时为了养家糊口，四处求馆设帐的悲凉处境。

《钟妹庆寿》亦为单折戏，所用曲调既有北曲，也有南调，可视为一本南北曲兼用的杂剧。内容是根据当地关于钟馗的妹妹为哥哥祝寿的民间传说改编而成。故事写钟馗性喜食鬼，一日正值钟馗寿诞，钟妹本欲猎取百头肥鬼，以作祝寿之资，可惜只捉到一头瘦鬼，于是设计将挑担子去送礼的家鬼傻虫一并送给哥哥食用，遂写书道："酒一瓶，鬼一个，送来与兄作庆贺。兄若嫌鬼少，挑担的算两个。"全剧诙谐幽默，令人捧腹。

《闹窘》也是一本单折杂剧，写一位秀才在考场里的种种丑态。这位胸无点墨的秀才一上场就表白："我学生接下题纸以来，汤饭饱吃过两道，定要做几篇解元文字，谁想吓的那散举人的文字并不敢来探头了。点灯许久，睡了一觉，这天多应有半夜了。"后来，他又想抄别人的卷子，又想请神仙帮忙，一直到最后，所有的举子都出场走了，他还没写完。全剧滑稽幽默，笔带讽刺，可谓嬉笑怒骂皆成文章。剧末附录的《南吕调九转货郎儿》系一套散曲，叙写了一位秀才在听到岁考通知后，迎考、备考、入场、考试、毕考、出场的全过程，讽刺了整日玩乐、不学无术的文人。上述一剧一曲，均为代言体，摹写人物心理活动尤为细腻，加之语言也生动活泼、滑稽幽默，颇有可读性。

《聊斋俚曲》是蒲松龄创作的独具特色的地方小曲，也称俗曲或杂曲，一共 14 种，包括《墙头记》、《姑妇曲》、《慈悲曲》、《翻魇殃》、《寒森曲》、《琴瑟乐》、《蓬莱宴》、《俊夜叉》、《穷汉词》、《快曲》、《丑俊巴》、《禳妒咒》、《富贵神仙》(《磨难曲》)①、《增补幸云曲》。之所以称为"俚曲"，是因为这些曲子不是用套曲组成的。14 种俚曲虽然篇幅长短不一，但每一种只是用三四个曲调；而所用的曲调，大多是明清以来在民间广为流传的时调(即民间通俗歌曲)，很少使用传统的南曲或北曲。其中所用的曲调有【西江月】、【清江引】、【耍孩儿】、【劈破玉】、【梆子腔】、【陕西调】等 40 余种。

从题材内容上来看，《聊斋俚曲》主要有三个来源：一是直接取材于现实生活的作品，比如《穷汉词》、《墙头记》等；二是改编于古代小说、戏曲的作品，比如《千古快》、《增补幸云曲》等；三是改编自《聊斋志异》故事的作品，此类作品约占俚曲的一半，大都与《聊斋志异》中的故事有直接的对应关系，其中《姑妇曲》改编自《珊瑚》、《慈悲曲》改编自《张诚》、《翻魇殃》改编自《仇大娘》、《禳妒咒》改编自《江城》、《富贵神仙》与《磨难曲》改编自

①《富贵神仙》后改编为《磨难曲》。

《张鸿渐》、《寒森曲》改编自《商三官》与《席方平》。

关于《聊斋俚曲》的创作目的，蒲松龄的儿子蒲箬在《清故显考岁进士候选儒学训导柳泉公行述》中说：“如《志异》八卷，渔搜闻见，抒写襟怀，积数年而成，总以为学士大夫之针砭，而犹恨不如晨钟暮鼓，可参破村农之迷，而大醒市媪之梦也。又演为通俗杂曲，使街衢里巷之中，见者歌，而闻者亦泣。其救世婆心，直将使男之雅者、俗者，女之悍者、妒者，尽举而匋于一编之中。呜呼！意良苦矣。”①可见，蒲松龄创作《聊斋俚曲》也是有其特殊用意的。如果说《聊斋志异》是一部着眼于下层文人心态、“寄托孤愤”之作的话，那么《聊斋俚曲》就是一部直面现实生活、揭示人情、唤醒人性之作。其中对人情的揭示、人性的针砭可谓入木三分。

《聊斋俚曲》以社会上各种各样的人伦关系为切入点，深入地揭示了人情、人性的本来面目。比如《翻魇殃》反映街坊邻里关系，《富贵神仙》、《磨难曲》、《寒森曲》揭露社会不公问题，《增补幸云曲》直指朝廷的昏庸荒诞等。其中对家庭人伦关系的揭露更是全面而细腻，比如《墙头记》反映父子关系，《姑妇曲》反映婆媳关系，《禳妒咒》反映夫妻关系，《慈悲曲》反映后母与儿子以及异母兄弟之间的关系等。除少数游戏笔墨外，大都体现了作者“老道人木铎里巷”的救世婆心，具有强烈的现实教化意义。

《聊斋俚曲》的艺术特色主要表现在它的通俗化方面。“俚”字即民间、通俗之义。而所谓的通俗，主要表现在三个方面：一是内容生活化。《聊斋俚曲》的内容大多是日常生活当中的常见事件或热点问题；即使偶尔改编一些古代文学的内容，也都是人们所熟悉的神话故事或历史传说之类。这些内容，不仅是老百姓熟悉的事情，也是老百姓关心的问题。因此使得俚曲脍炙人口，家喻户晓。二是语言大众化。俚曲所用的语言都是白话与当地的方言口语，不仅说起来明白，而且唱起来也亲切，从而使俚曲成为一种真正来自于生活而又贴近生活的戏曲艺术。三是曲调通俗化。如前所述，俚曲中所用的曲调大多是在当时流行的一些时调俗曲，即使偶尔采用几支北曲或南曲，也往往经过了作者的改造，与传统戏曲的曲调并不完全一样。因此才使得俚曲成为老百姓喜闻乐见的一种戏曲形式。

①朱一玄：《聊斋志异资料汇编》，中州古籍出版社1985年版，第341页。

《聊斋俚曲》不仅在当时的周围地区脍炙人口，而且至今仍然广为流传。淄博一带每年正月十五的社火活动——“扮玩”当中，仍然可以看到《聊斋俚曲》中的人物或故事片断。而俚曲中的某些代表作品（比如《墙头记》）至今仍在上演。另外，从篇幅上来说，《聊斋俚曲》的篇幅在蒲松龄的所有创作中仅次于《聊斋志异》，这也可以看出该俚曲集在作者心目中的地位和分量。可惜的是，至今仍然没有将《聊斋俚曲》纳入文学的领域来认真研究。

3. 宋琬的《祭皋陶》

宋琬（1614—1673 年），字玉叔，号荔裳，别号二乡亭主人，山东莱阳人。清初著名诗人，与安徽的施润章并称为“南施北宋”。其生平资料参前诗文词部分。所作戏曲有《祭皋陶》1 种，署“二乡亭主人撰”。《祭皋陶》属于历史抒情剧，全剧四出（折），写汉代范滂因反对宦官专权而遭党锢之祸，被捕入狱。在狱中，他向狱神皋陶控诉自己的遭遇，冤案得以昭雪，终被释放出狱。历史上的范滂是东汉时人，遭党锢之祸，曾两次被捕入狱，最后死于狱中。而该剧的作者宋琬，也曾因于七一案的牵连而受人诬陷，曾先后两次入狱。该剧即其在狱中所作。因此，与清初吴伟业的《秣陵春》、王九思的《杜甫游春》一样，该剧也带有明显的寄托之情，是一部典型的借古寓今之作。正如剧中人物范滂所说：“衣冠拜沐猴，车轮似水流，谗附的金章封乳臭，抗违的龆龄一齐休”。杜陵睿水生（即杜濬）在《祭皋陶弁语》中也说：“（《祭皋陶》四出）大约以辛辣之才，构义激之调，呼天击地，涕泗横流，而光焰万丈，未尝少减。作者其有忧患乎？其有忧而无患乎？夫无孟博之忧患，决不能形容孟博之真气，使千载之上，宛在目前，至于如此也。亦足见杂剧之功伟矣。”①艺术上，《祭祭陶》也与清初的历史抒情剧一样，典雅有余，当行不足，体现出“案头之曲”的诸多不足。

总之，清代山东的杂剧创作，也与其他文体的创作一样，呈现出一种勃勃的生机。除了出现了一些著名的作家和代表性的作品之外，还出现了一些有名的戏曲表演艺术家，比如历城的孟九儿、兖州的全庆儿、即墨的于永亭等。同时，戏曲演出的风气也极为兴盛，除地方上举办社火时的戏曲表演外，还出现了一些固定的戏曲演出场所——即会馆、戏楼之类。比如聊城的

①王绍曾、宫庆山编：《山左戏曲集成》，上海古籍出版社 2007 年版，第 544 页。

山陕会馆戏楼、菏泽的山西会馆戏台，以及济南江南会馆、曲阜山西会馆、青岛三江会馆的戏楼、戏台等等。

二、明清时期的山东传奇戏

传奇戏是明清两代的代表戏曲形式，自明代中叶传奇戏的四大声腔（昆山腔、弋阳腔、海盐腔和余姚腔）出现之后，直至清代中叶，是传奇戏创作发展的繁荣时期。但是，总体上来看，明清时期山东传奇戏的创作成就不及杂剧。或许是因为传奇戏是用南曲演唱的戏曲形式，而山东文人不喜欢或不习惯南曲的缘故。

传奇戏的前身是元代的南曲戏文，因其内容多取材于传奇小说，故入明后改称“传奇戏”。传奇戏在内容题材、艺术风格、结构形式及所用曲调等方面，都与用北曲演唱的杂剧大不相同：

一是结构上，传奇戏不分折而分出；每本出数不定，或十几出，或几十出；没有楔子，但有“家门”，也叫“家门大意”或“自报家门”，又叫“副末出场”。杂剧则通常是一本四折加一楔子演一完整故事。

二是曲调上，传奇戏用南曲演唱，并兼唱北曲（用南曲和北曲混合组成的曲子，称为“南北合套曲”）；每出可用几种宫调组成几个套曲；但必须遵循同宫曲子联套的原则。杂剧则用北曲演唱，一般不使用南曲（明代以后也兼用南曲）；每折限用同一宫调的若干曲牌组成一套曲子。

三是演出上，传奇戏也是曲、白结合，动作称“介”；角色上场后先唱后白；每个角色都可以唱，有合唱、独唱、对唱、轮唱等。杂剧中的动作称“科”，角色上场后是先白后唱；一本四折只能由男主角或女主角主唱，称为“末本戏”或“旦本戏”；其他角色只有“白”而无“唱”。

四是角色上，传奇戏按照剧中人物的角色分为生、旦、净、末、丑五种，或分为生、旦、净、丑、外、末、贴七种①。杂剧则是按照人物的类型分为旦、末、净、杂四类。

---

①或谓传奇戏的角色是根据人物类型划分的，非。杂剧的角色确是根据人物类型划分的，因为每一类角色可以对应剧中的多个人物，比如“旦”类角色当中，又可分为正旦、小旦、外旦、帖旦、花旦、搽旦等，各对应不同的剧中人物；而传奇的角色仅仅是“角色”而已，因为每个角色只对应剧中的一个人物。

五是题材上，元杂剧的题材极为广阔，人称“元代社会的一面镜子”。而南戏只写家庭婚姻和男女爱情，题材极其狭窄；传奇戏的题材较南戏有所扩展，也涉及历史故事和时事政治等，已与杂剧不相上下。

正因为传奇与杂剧有诸多的差异，所以，在传奇戏创作的初期，大多是南方作家，北方作家很少参与。明清以来，随着南北方交流的日益频繁，尤其是某些声腔的传奇戏在演出的时候不再用地方方言、而改用官话，传奇戏开始逐渐被北方人接受。此时，一些北方作家也开始涉足传奇戏的创作。山东作家创作南戏或传奇戏，也是从明代开始。然而，能够用南曲创作传奇戏的山东作家仍然是少数。所以，在明清时期，山东传奇戏创作的数量并不多，有作品传世的作家也只有寥寥数人。但是，此期山东传奇戏的创作成就却非同小可，在全国的传奇戏舞台上也占有重要的地位。比如明代李开先的《宝剑记》，与梁辰渔的《浣纱记》、王世贞的《鸣凤记》并称为“明代三大传奇”；清代孔尚任的《桃花扇》则与洪昇的《长生殿》并称“南北双璧”，分别代表了明清两代传奇戏创作的最高成就。

（一）李开先的《宝剑记》与《断发记》

李开先是位多产作家，不仅工于诗文，而且擅长词曲。他创作的杂剧、散曲与曲论专著《词谑》，参见前文“杂剧”部分。除此之外，他还写有传奇戏《宝剑记》和《断发记》。

《宝剑记》全剧 52 出，写林冲的故事。林冲并非历史人物，而是一位出自《水浒传》的文学形象。然而，李开先写林冲，却并非是用戏曲的形式重现“水浒故事”，而是另有深意。该剧大意是说：林冲原任征西统制，能征惯战，因上本弹劾童贯而被贬官，幸蒙张叔夜提拔，回京任禁军教师。在京中，林冲因见高俅等人欺君误国，又上本弹劾童贯、高俅。童、高二人恼羞成怒，密谋以观赏宝剑为名，将林冲骗入白虎节堂，然后诬其行刺，判成死罪。林冲娘子张贞娘到冤鼓楼前击鼓自刎，幸得不死，因惊动朝廷。皇帝下旨由开封府审理此案。府尹杨清奉公守法，判林冲无罪。不料童、高二人又在皇帝面前进言，将林冲仅免死罪，刺配沧州。在去沧州的路上，高俅密令解差暗杀林冲，幸遇鲁智深搭救。到沧州后，林冲奉命看守草料场，高俅又密令刑曹唤不济暗害林冲，幸故人公孙胜因公务路过沧州，又救了林冲。林冲发配充军后，贞娘到岳庙为丈夫祈祷，偶遇高俅之子高朋。高朋垂涎贞娘美貌，意欲霸占，乃令陆谦、傅安赶赴沧州杀害林冲。林冲因雪夜天寒，外出打酒，适逢纵火行凶的陆、傅二人。林冲忍无可忍，手刃奸党，连夜投奔梁山。京城闻讯，林母自缢身亡。高朋又来逼亲，贞娘在王婆陪伴下连夜出逃，在白云庵出家；侍女锦儿代嫁，并于洞房悬梁自尽。林冲到梁山后，为十万马军总领。他启准宋江，统领五万铁甲军直逼京城，朝廷震恐，下旨招安，并将高俅父子缚至林冲军前。最终奸党授首，英雄吐气；林冲升官晋爵，夫妻团圆，一门旌奖。

从上面的介绍可以看出，从小说到戏曲，李开先对林冲故事做了本质性的改编。首先是矛盾冲突的改造。小说中林冲与高俅的矛盾纯粹是个人恩怨，先是高俅之子看上了林冲娘子，然后才设计陷害林冲，最后林冲刺配沧州、火烧草场、逼上梁山。戏曲中则把林冲、高俅的矛盾冲突纳入了忠奸斗争的范畴，是因为林冲屡次上疏弹劾权奸，才导致被发配等等。而高俅之子垂涎贞娘美貌的情节，只成了戏曲主要矛盾冲突中的一个插曲。这种改造，大大提升了作品的思想高度，将一个普通的英雄人物故事，上升为一个忠君报国的爱国故事，使作品有了更深的思想价值和社会意义。其次是故事结局的改变。小说中，林冲在上梁山之前，已经家破妻亡；上梁山之后，也未能手刃仇人，只是在梁山受招安后、没有再随宋江再回朝廷做官而已。戏曲中，林冲的妻子不仅没死，而且最后林冲还逼迫朝廷交出了奸臣，得以报仇雪恨。这种结局虽然不免“善恶有报”的因果框架，但确实验证了“邪不胜正”的古训，也确实给观众一种扬眉吐气的痛快之感。

《宝剑记》创作于嘉靖二十六年（1547 年），乃李开先在同乡前辈所作的基础上改编而成。雪蓑渔者在其《宝剑记序》中说：“是记则苍老浑成，流丽款曲，人之异态隐情，描写殆尽，音韵谐和，言辞俊美，终篇一律，有难于去取者；兼之起引散说，诗句填词，无不高妙者，足以寒奸雄之胆，而坚善良之心，才思文学，当作古今绝倡，虽《琵琶记》远避其锋，下此者毋论也。但不知作者为谁。予游东国，只闻歌之者多，而章丘尤甚，无亦章人为之耶？或曰：坦窝始之，兰谷继之，山泉翁正之①，中麓子成之也。然哉？非哉？”王世

①山泉翁，即刘澄甫，字子静，山东寿光人。正德三年（1508 年）进士，官监察御史，多有善举。著有《山泉集》。坦窝、兰谷无考。

贞《曲藻》中则直接说:“(李开先)所为南剧《宝剑》、《登坛》记,亦是改其乡先辈之作。”李开先之所以改编林冲故事,自有其良苦用心。《曲海总目提要》和《剧说》均谓《宝剑记》是“借以诋严嵩父子”。

在明初“以时文为南曲”的创作风气影响下,清代中叶的戏曲创作依然带有明显的“戏曲为政治服务”的意味,即使《宝剑记》也未能完全脱离忠孝节义的伦理框架。然而,《宝剑记》总算给当时的戏曲界带来了一丝新鲜空气,并且,或许该剧还有更直接的现实针对性(即讽刺严嵩父子)。因此,《宝剑记》才与《浣纱记》、《鸣凤记》并称为“明代三大传奇”,代表了明代前期传奇戏创作的最高成就(明代后期以《牡丹亭》等为代表)。

《断发记》全称《裴淑英断发记》,共39出,叙隋唐易代之际李德武与裴淑英的婚姻故事。本事见于《旧唐书·列女传》,复见于《新唐书·列女传》、《太平御览》等。剧情大意是说:书生李德武新娶黄门侍郎裴矩之女裴淑英为妻,李德武的妹妹亦许聘同乡王才秀。李密反隋兵败,藏于王才秀家,被人告发,王才秀自刎,李德武被发配幽州。裴矩奏过朝廷,逼女儿淑英离婚改嫁,淑英割耳明志。不久又误传李德武军中遇难,淑英仍拒不改嫁,并逃归李府。李德武因功受封,被总管尔珠招为女婿。10年后,李德武遇赦回家省亲,兄妹相见,夫妻团聚,以一夫二妻大团圆作结。李家因节孝忠贞,一门旌表。

因《断发记》原刊本不署作者姓名,只在吕天成《曲品》(卷下)等曲目类著作中标明为“章丘李开先作”,因此个别学者尚存疑义。其实,从这部戏的思想倾向和主题格调来看,与李开先的其他戏曲创作完全一样,明显带有一种文人士大夫的创作心态和思想观念,是一部典型的宣扬封建礼教的剧作。

(二)丁耀亢的传奇戏创作

丁耀亢是清代山东传奇戏创作的代表作家。有关丁耀亢的生平事迹,参见前文“小说部分”。关于丁耀亢的传奇戏创作,据其7代侄孙丁守存《〈表忠记〉传奇书后》记载,丁耀亢所作传奇共13种,今存4种,即《化人游》、《赤松游》、《西湖扇》和《表忠记》。

《化人游》共10出,是丁耀亢现在传奇戏中年代最早的一部,创作于顺治四年(1647年)作者南游之时。“化人”一词的本意是指会幻术的人,语出《列子·周穆王》:"西极之国,有化人来。入水火,贯金石。……千变万化,不可穷极。"佛教则以神、佛变形为人以化度众生者,为"化人"。该剧取佛教"化人"之意。剧本写书生何野航胸怀大志,却英雄失路,难觅知音。后来与曹植、李白、昆仑奴、东方朔、西施、张丽华等诗人、奇人、佳人,共登仙舟,开始了"化人游"。途中,何野航意外地被吞入鱼腹,历经懵懂、黑暗,幸遇仙人指点,才找到了仙舟,终归蓬莱仙境。从情节上看,该剧似乎是一出荒诞不经的闹剧。但从主人公何野航的生平遭遇——怀才不遇、英雄失路、知音难觅、误落鱼腹历经懵懂黑暗等经历来看,该剧却深刻地揭示了混乱的社会与个人理想的追求之间的尖锐矛盾。该剧与徐渭的《歌代啸》、董说的《西游补》有异曲同工之妙。丁耀亢是个才子,所以他在反映世态人情的时候也自然与众不同。何野航最终放弃了现实的追求,而归入了虚幻的仙境,表明了作者对现实的绝望。

《赤松游》是一部历史剧,分上、中、下3卷,共46出,写汉代张良椎秦、辅汉、归山的故事。本事见于《史记·留侯世家》。该剧乃作者为纪念好友王汉所作。王汉本名应骏,因慕汉代张良,改名汉,字子房,莱州掖(今山东莱州)人。明末在镇压农民起义中立下赫赫战功,最后在平定刘超之乱中被杀。丁耀亢与王汉交往密切,在王汉被杀的当年——即崇祯十六年(1643年),就着手创作《赤松游》,前后用了6年的时间,于清顺治六年(1649年)创作完成。

历史剧大多是"借古寓今",通过历史上的某人或某事来寄托作者自己的感情。丁耀亢在明清易代之际写了这样一部历史剧,自然有其深意。张良椎秦,暗示了丁耀亢对明末黑暗政治和混乱现实的深恶痛绝。张良辅汉,则流露出丁耀亢极度的矛盾心态——晚明王朝可恨、可灭,但代之而起的清朝却是异族人的朝廷。张良可以辅汉,而丁耀亢不能辅清。张良归山,则表明了作者的心志。张良辅汉灭秦后,夙愿已酬,遂功成身退,隐居归山,以此表明他是始终为韩国的。这似乎也预言了丁耀亢的未来。

《西湖扇》分上、下两卷,共32出,是一部写乱世之中才子佳人悲欢离合的爱情戏。该剧取材于时事,即浙中名妓宋娟与孝廉曹尔堪的故事,本事可见宋娟《题清风店诗并序》等,诗中所说的兵荒马乱,即指清兵南下。但剧本把故事背景拉回到了500年前的宋代,大意是说:才子顾史与友人吴玄亭、陈道东游西湖,邀钱塘名妓宋娟同行。突遇急雨,游人四散,宋家小姐宋湘仙匆忙中将自己题过诗的一柄扇子丢失,恰落入顾生手中。吴生代顾生以诗扇为礼聘于宋娟,顾、宋二人盟誓订婚。后因陈生得罪秦桧,众人四散逃亡。顾生北上桐城途中被金人掳走;宋娟在去桐城寻访顾生的途中,亦被金人掳去;而宋湘仙与母亲去扬州姨家散心的路上,也落入金兵手中。三人同在金营,却各不相识。宋娟在清风店壁上题诗,翼得顾生相救;题诗后将诗扇遗忘,恰被宋湘仙拣到。后来三人屡遭磨难,顾生科举考中探花,几经周折找到"二宋",奉旨成婚,以一夫二妻大团圆作结。该剧虽然只是一部常见的才子佳人爱情戏,但关目离奇曲折,引人入胜。加之,剧本虽然写的是"宋朝的事",但剧中出现的"镶黄旗"、"正蓝旗"等字眼,使该剧实际上成了一部穿着历史服装的现实剧,因而也就有了强烈的现实针对性。

《表忠记》全称《杨椒山表忠蚺蛇胆》,因此又名《蚺蛇胆》,分上、下两卷,共 36 出,写明代忠臣杨继盛事。杨继盛(1516—1555 年),字仲芳,号椒山,直隶容城(今属河北)人。嘉靖二十六年(1547 年)进士,官至兵部员外郎。是明代少见的一位直言敢谏的忠臣,因弹劾严嵩被害,年仅 40 岁。他用自己的生命实践了封建时代"文死谏,武死战"的最高道德教条,并因此赢得了历史的肯定。《明史 · 杨继盛传》载:"穆宗立,恤直谏诸臣,以继盛为首。赠太常少卿,谥忠愍,予祭葬,任一子官。已,又从御史郝杰言,建祠保定,名旌忠。"该剧即写杨继盛的生平事迹,从少年家贫牧牛,至科举出仕、弹劾奸臣,直至英勇就义、旌表封荫,多数关目都与史实相合。该剧突出表现了作者的忠君思想,剧中主人公杨继盛也是作者心目当中理想的官员形象。

总之,丁耀亢流传下来的传奇戏不多,但题材多样。尤为可贵的是,不管是神仙道化剧,还是才子佳人戏,抑或是忠奸斗争剧,都具有深刻的内涵,体现出极高的思想认识价值。

从艺术上来说,丁耀亢的戏曲基本上属于当行派。内容与形式和谐统一,曲词、宾白自然流畅。正如他在《赤松游题辞》中所说:"凡作曲者,以音调为正,妙在辞达其意;以粉饰为次,勿使辞掩其情。"在创作上,他既遵循传统,又强调创新;既做到了忠于生活,又做到了以情动人。也如他在《赤松游题辞》中所说:"曲曰传奇,乃人中之奇,非天外之事。""堂上之高客解颐，堂下之侍儿鼓掌。观侠则雄心血动，话别则泪眼涕流。乃制曲之本意也。”

（三）曲阜传奇戏作家及其他

在清代的山东戏曲创作领域，有一个比较特殊的群体，那就是曲阜孔氏圣裔作家。前面介绍“以济宁为中心的杂剧作家群”时已经提到孔尚任、孔传鋕、孔广林、孔昭虔等人，虽然他们不是生活在同一时代，也不是一个自觉的作家群体，但诸多的孔氏圣裔作家先后致力于被圣人称之为“小道”的戏曲创作，也是值得探讨的一个现象。在传奇戏创作方面，除孔尚任的《桃花扇》是清代传奇戏的代表作，与洪昇的《长生殿》并称为“南北双璧”之外（详见后述），孔传鋕、孔广林也有传奇戏作品传世。

孔传鋕（1678—1731 年），字振文，号西铭，曲阜人，世袭五经博士。能诗文词曲，工书画篆刻。明世宗临雍，孔传鋕入京陪祀，赐“六艺世家”匾额。有文集《补闲集》、词集《清涛词》，著有传奇《软羊脂》、《软邮筒》、《软锟铻》3 种。

孔广林除今存杂剧《女专诸》、《璇玑锦》、《松年引》3 种之外，还有传奇《斗鸡忏》1 种。

《斗鸡忏》全称《东城父老斗鸡忏》，共 4 卷 42 出，本事见于唐代陈鸿的传奇小说《东城老父传》。剧本写长安人贾昌通鸟语禽声，常以斗鸡为戏，人称“神鸡童”。后召为内廷鸡坊，甚得玄宗宠用。安史之乱后，颍川陈鸿与贾昌话旧，贾昌深表忏悔。贞元二年，贾昌百岁，驾鸡升天。据资料记载，孔广林自乾隆四十一年（1776 年）开始创作此剧，至乾隆五十九年（1794 年）才写出成稿；成稿后至嘉庆十六年（1811 年），又十四易其稿，方最后定稿。孙楷第《戏曲小说书录题解》云：“其《东城老父》传奇……凡十有四易，始写为定本，旧稿改者十之八九，其不苟如此。尤斤斤于曲律，每折皆自为注解，详引旧谱，比较前人文句而折衷之。自来曲家撰曲，未有计较毫厘，用力如是之深者。”可见孔广林对戏曲的痴迷程度和对此剧的重视之深。

此外，清代山东传奇戏还有路术淳的《玉马珮》和尤泉山人的《梦中因》传世。

路术淳（生卒年未详），号汶上樗叟，或称汶水樗叟，汶水（今山东安丘）

人。生活于康熙年间。其始家中薄有资财,因不善持家而陷于困境。曾因文字被人诬陷。著有传奇《玉马珮》。

《玉马珮》全称《玉马珮银筝记》,分上、下两卷,共44出,写洛阳书生黄损与薛琼琼、裴玉娥的爱情故事,是一部典型的才子佳人爱情戏。今只残存上卷22出,下卷22出只存目录。上卷大意是说:书生黄损欲觅佳偶,在赴京赴考途中拜访仙人陈复休,仙人赠其玉马珮。在京中,黄损于上巳节游曲江会,巧遇薛涛的孙女薛琼琼,二人一见钟情。黄损以玉马珮为聘,琼琼回赠素帕,义姑薛小娟做媒,二人成亲。不久琼琼入宫供奉,黄损相思成疾。后来,黄损应高太尉聘请,搭乘裴老的货船南下武昌,途中又遇裴玉娥,二人又私订终身。分手之际,玉娥约黄损次年正月初七在涪州相会。下卷不存,剧情不好妄臆。但从所存的上卷来看,该剧也不外乎才子佳人一见钟情的老套,并无多少新意。

尤泉山人(约乾隆年间在世),姓名不详,生平无考,掖水(今山东莱州)人。著有传奇《梦中因》。

《梦中因》共33出,系根据其叔祖的传奇《梦中巾》扩展而成。剧本写中州蒙县书生胡叠,父母双亡,收婢女采春为妾。后赴试长安,将采春托付同里书生焦鹿鸣照顾。黄生途径邯郸,结识了经略使黄良珍,被邀至府中读书。一日胡生忽觉困倦,梦见墙外花园中,黄经略之女飞香向他走来,他深为飞香美貌所动。黄经略见胡生才貌双全,欲将女儿飞香许配与他,胡生应允。后屡经变故,几番周折,最后,胡生并娶飞香、采春,又得状元及第,晋升平南将军,改日赴圣宴……正在高兴之际,忽听鹦鹉声唤,胡生猛然惊醒,眼前既无美人,也无喜报,原来是一场春梦。

该剧与“南柯一梦”、“黄粱美梦”同一机杼,明末汤显祖就写有《邯郸记》和《南柯记》,算不得新鲜。但在传奇戏创作不太景气的清代山东曲坛上,也算是独此一家了。

三、孔尚任与《桃花扇》

《桃花扇》是清代传奇戏创作的两大高峰之一,与《长生殿》并称“南北双璧”,更是清代山东传奇戏创作的鳌头。从创作顺序上来说,《桃花扇》出于《长生殿》之后——《长生殿》成书于康熙二十七年(1688年),《桃花扇》

问世于康熙三十七年(1698年)六月。但自问世以后,便与《长生殿》并行于世。

(一) 关于作者孔尚任

孔尚任(1648—1718年),字聘之,又字季重,号东塘,别号岸堂主人,自称云亭山人。山东曲阜人。孔子六十四代孙。出生于南明永历二年(即清顺治五年),卒于康熙五十七年,终年71岁。

青年时期,隐居县北石门山中,读书学习。康熙二十三年(1684年),经衍圣公孔毓圻敦请出山,为其夫人张氏治理丧事。恰巧,同年十一月十八日,康熙皇帝南巡回京时路过曲阜,要亲自祭孔。孔尚任被荐举为康熙皇帝讲解《大学》,并为康熙导游,得到康熙的褒奖,事后被任命为国子监博士。次年正月十八日,孔尚任"乘传赴京","二十八日升国子先生座",从此出仕为官。但此后的仕途并不顺心和满意。康熙三十九年(1699年)春,被莫名其妙地罢官,两年后返回曲阜老家。

孔尚任的知识范围很广,既好诗文,又精乐律,对文学艺术的各个方面都有很高的修养。他曾在《蘅皋词序》中说:"予好考历代之乐,凡古三百篇、汉魏乐府、唐诗、宋词、元曲,莫不细读其文。"①他写的诗歌,意境深远,耐人寻味。比如《北固山看大江》:

孤城铁瓮四山围,绝顶高秋坐落晖。
眼见长江趋大海,青天却似向西飞。

他写的散文,能将状物、叙事、抒情结合起来,并寄以哲理。他还给不少人的诗集作过序,在序中表现出他对文学的进步见解。其诗文集有《湖海集》、《岸堂集》、《长留集》等。其戏曲作品,除《桃花扇》之外,还有和他的朋友顾彩合撰的《小忽雷》传奇②。

同时,孔尚任还具有丰富的文物鉴赏知识,是一个金石文物收藏家。其

---

①汪蔚林编:《孔尚任诗文集》第3册,中华书局1962年,第463页。

②顾彩,字天石,别号梦鹤居士。小忽雷是我国古代西北少数民族弹拨弦鸣乐器,因其发音忽忽若雷而得名;又称龙首琵琶或二弦琵琶。民间流传甚少。北京故宫博物院收藏有唐代制作的小忽雷一件,被誉为稀世珍宝。

《小忽雷》传奇,就是他于1694年看到唐宫乐器“小忽雷”、“大忽雷”后,据段安节《乐府杂录》中有关善弹小忽雷的唐宫宫女郑中丞与梁厚本的故事有感而作。

(二)关于作品《桃花扇》

1.《桃花扇》的创作过程

一般将《桃花扇》的创作过程分为三个时期:①酝酿时期:即孔尚任出仕之前。早在家乡隐居苦读时,孔尚任就开始酝酿创作《桃花扇》,并写出了大体的轮廓。②搜集资料时期,即准备时期。康熙二十五年(1686年),孔尚任便随刑部侍郎孙在丰出使淮扬,参加疏浚黄河海口的工程。期间,开始了《桃花扇》的构思、创作工作,搜罗了许多有关南明的佚闻野史,为创作历史剧《桃花扇》提供了丰富的原始资料。(3)“惨淡经营”时期:即脱稿时间。康熙二十九年(1690年),孔尚任自淮扬回国子监后,全力投入《桃花扇》的创作,经过十年的惨淡经营,三易其稿,终于在康熙三十八年(1698年)六月将《桃花扇》写成。

2.《桃花扇》的剧情大意

《桃花扇》正剧40出,外加“试一出”、“闰一出”、“加一出”、“续一出”4出,总共44出。

“桃花扇”,本为一柄宫扇①,是侯方域送给李香君的定情之物,上面题有一首诗,故又称“诗扇”。后来李香君血溅诗扇,扇上的血迹如朵朵桃花,杨龙友又略微“添些枝叶”,遂成“桃花扇”。桃花扇既是剧中的一件经典道具,也是贯穿全剧情节的主要线索。全剧以复社文人侯方域与秦淮歌妓李香君之间的爱情故事为载体,描写了南明王朝的兴亡。

剧情大义是说:明朝末年,复社文人侯方域、陈定生(名贞慧)、吴次尾(名应箕)等人颇负时望。阉党余孽阮大铖(字集之,号圆海)刑满出狱后,想洗刷罪名,重新出仕,便想从结交侯方域入手。适侯至南京,对李香君发

①关于“桃花扇”究竟是团扇(宫扇)还是折扇(纸扇),长期以来学界一直未有定论。其实,戏曲中交代得很清楚——是宫扇。戏曲中涉及“扇”的关目,主要有三处:赠扇、画扇(寄扇)、撕扇,散见于第五、六、七出,第二十二、二十三出和第四十出。从这些具体描写中,明显看出“桃花扇”是一柄宫扇。

生爱慕。阮乃假杨文骢(字龙友)之手,出资为侯梳拢李香君,使侯、李得以结合。李知情后,严词退还妆奁,并告诫侯勿与阮交往。

不久,清兵以讨李自成为名,入关占据北京,崇祯皇帝自缢身亡。马士英在南京拥戴崇祯皇帝朱由检的堂兄弟福王朱由崧为帝,年号弘光——史称南明王朝。阮大铖因马士英的援引,得以参与朝政,乃挟私愤设计陷害侯、陈、吴一班复社文人,逮之下狱。杨文骢欲将李香君说与同乡田仰为妾,香君守节不从,以头撞地,血溅诗扇。其养母李贞丽代香君嫁与田仰。事后,杨在溅血诗扇上略点枝叶,将血迹点染为一笔折枝桃花,付香君收藏。后香君被征入宫内演《燕子笺》,又与马、阮发生正面冲突。

不久,清兵南下,南明灭亡。混乱之中,侯、李各自逃至栖霞山上的一观、一庵中,相会于道场。当二人正要互诉相思时,被张道士(瑶星)当头棒喝,侯、李二人闻言醒悟,遂抛却儿女私情,双双出家入道。

3.《桃花扇》引起的轰动与作者被罢官

《桃花扇》问世之后,立即引起轰动式的效应,受到社会各界的普遍重视。孔尚任在《桃花扇·本末》中也不无自豪地记述了《桃花扇》上演后的影响:“王公荐绅,莫不借钞,时有纸贵之誉。”“长安之演《桃花扇》者,岁无虚日。……笙歌靡丽之中,或有掩袂独坐者,则故老遗臣也。灯炧酒阑,唏嘘而散。”康熙皇帝也急于要看到这部传奇,“己卯秋夕,内侍索《桃花扇》本甚急”,而孔尚任却不知缮写本传到哪里去了,慌忙之中找到一个传抄本,“午夜进之直邸,遂入内府”。《小说考证》引《顾曲麈谈》谓:“相传圣祖最喜此曲,内廷宴集,非此不奏。”可见,《桃花扇》传奇在当时的影响是极其巨大的。

然而,次年,即康熙三十九年(1699年)春天,当《桃花扇》传奇开始由大戏班子轰轰烈烈地演出,而作者亦“颇有凌云之气”而升任户部广东司员外郎时,却突然被罢官,并且“永不叙用”。

从孔尚任的《长留集》诗中可以看出,作者是因为文字祸而被罢官的。《长留集·放歌赠刘雨峰》诗中说:“命薄忽遭文字憎,缄口金人受诽谤。”同集《容美土司田舜年遣使投诗赞予〈桃花扇〉传奇依韵却寄》诗中也说:“惊魂车马云驰恕,眨眼风涛海傍涯。解组全辞形势路,还乡稳坐太平车。《离骚》惹泪余身世,社鼓敲聋老岁华。”可见:孔尚任被罢官的原因是因为《桃花扇》的"文字"受人"诽谤"而致。

总之,孔尚任被稀里糊涂地罢了官。被罢官后的孔尚任,在北京羁留了三年,直到康熙四十一年(1702 年)冬天,才返回老家曲阜。时年 55 岁。

孔尚任回乡以后,虽然衣食无虞,但跟那些衣锦还乡的官员相比,自然显得有些清苦和寂寞。康熙五十七年(1718 年),孔尚任卒于曲阜故居,享年 71 岁。

孔尚任被罢官之后,《桃花扇》却仍然上演不衰。《桃花扇》的剧本,也是在他罢官回乡后,才由天津诗人佟蔗村帮助刻板印行的。

(三)《桃花扇》的思想内容

1.《桃花扇》的创作意图

在剧本试一出《先声》中,副末一登场,就点明了本剧的宗旨,即"借离合之情,写兴亡之感"。而在《桃花扇小引》中,作者更明确地宣布了自己的创作意图:

> 《桃花扇》一剧,皆南朝新事,父老犹有存者。场上歌舞,局外指点,知三百年之基业,隳于何人?败于何事?消于何年?歇于何地?不独令观者感慨涕零,亦可惩创人心,为末世之一救矣。

大意是说:《桃花扇》一剧的主要目的不是写侯、李的离合之情,而在于写南明王朝的兴亡。写南明王朝的兴亡,也不是为了仅仅说明南明王朝的短促命运,而是企图总结明朝三百年基业为什么会覆亡的历史经验教训,作为后人的借鉴。《桃花扇·本末》说:"南朝兴亡,遂系之桃花扇底。"也是这个意思。

2.《桃花扇》的思想内容

《桃花扇》以复社文人侯方域和秦淮歌妓李香君的爱情故事为线索,描写了南明王朝的兴亡,总结了历史的经验教训,以作为后人的借鉴。作品反映了明末黑暗动荡的社会现实,揭露了统治阶级的腐败及其内部的矛盾斗争,表达了对权奸误国、叛将投降的痛恨,歌颂了人民反奸抗敌的斗争,同时也表达了对复社文人沉迷不悟的惋惜以及对爱国将士、下层人民的同情,具有深刻的思想意义。具体可以分为以下三个方面:

（1）作品揭露了统治阶级的腐败。作品对统治阶级腐败的揭露具体体现了三个人身上：一是最高统治者福王。这位弘光皇帝朱由崧是个地地道道的昏淫浊乱的昏君。他所追求的主要目标就是“声色之乐”。他上台以后，并不是积极主张“反清复明”，而是主张“及时行乐”。可以说，正是由于这个昏君的误国误民，才最终导致了南明的灭亡。二是当权奸佞。主要是指阉党余孽马士英和阮大铖。剧中马、阮二人狼狈为奸，一方面阿谀奉承，以谄媚为能事；一方面又迫害忠良，摧残歌妓，挟私愤打击复社文人。可以说是两个地地道道的奸臣、卖国贼。正因为马、阮二人的所作所为令人切齿痛恨，所以，当清兵南下，马、阮二人准备逃跑的时候，刚出门，就被“乱民”打倒在地，抢走“妇女财帛”，并火烧他们在鸡鹅巷、裤子裆的私宅；最后还借张道士之口说出：马士英遭雷击死于台州山；阮大铖跌死在仙霞岭上。表达了人们痛恨奸佞的愿望。三是四镇武将。指高杰、黄得功、刘良佐、刘泽清。作品同样揭露了武将们的内讧以及自相残杀和叛国投敌的罪恶。整部戏正是通过这三种人，揭露了统治阶级的腐败。

（2）作品表现了一部分封建文人的生活态度和政治面貌。其中有代表性的人物是侯方域和杨文骢。

戏曲中的侯方域是一个具有正义感、忠于爱情，正直而又软弱的知识分子形象。按历史原型，侯方域（1618—1654年），字朝宗，河南商丘人，明末清初复社文人领袖之一。明末与方以智、陈贞慧、冒襄并称为“四公子”。入清后应河南乡试，中副榜，曾为清总督出谋献策。能诗文，尤长于古文，与魏禧、汪婉并称为“国初散文三大家”，代表作即《李姬传》。著有《壮悔堂文集》、《四忆堂诗集》。剧中的侯方域在继承东林党人的事业、反对阉党余孽的斗争中，表现出他政治上进步的一面。但他的斗争精神却不是很强烈，尤其是对阮大铖的斗争上，往往采取一种调和的态度。从爱情方面来说，侯方域作为一个贵公子爱上了一位秦淮歌妓，并始终如一地钟情于她，即使离别以后，也时时真诚思念，这都是值得肯定的。但在当时国家内外危机深重的时候，他却一味沉迷于声色之中，这又体现出了他的局限。作者也正是以兴亡之恨来批判儿女之情的。作品最后以侯方域、李香君双双入道作结，是带有深刻含义的。作者在这里是要强调：国已破，家已亡，连立足之地都没有了，哪里还谈得上儿女之情？从中也表露出作者对明王朝灭亡的深深惋叹。

杨文骢(字龙友),是一个介于正邪之间、周旋于清流于奸党之间的投机文人。这个人物身上存在着明显的两个方面:一方面是他的趋炎附势、为虎作伥;另一方面,他又以名士的身份结交复社名流。历史上的杨文骢是江南著名画家,而剧中的杨文骢则是一个帮闲兼帮凶的角色。

(3)作品歌颂了下层人民和爱国将士,表现了爱国的思想。这一思想则主要表现在三个人物身上:一是秦淮歌妓李香君。李香君是剧中的女主角,是一个具有进步的政治倾向、坚贞的节操以及勇于向封建压迫者斗争的歌女形象。她像一枝美丽的荷花——出污泥而不染,具有强烈的正义感、进步的政治倾向和坚贞的节操。她敬慕东林党人,所以才钟情于侯方域;她痛恨奸臣酷吏,所以敢于当面痛斥马、阮二人。正是因为她独立的人格和崇高的节操,才使得这个人物在古代戏曲中独放异彩。二是说书艺人柳敬亭。柳敬亭豪爽诙谐,见义勇为,是一位富有斗争精神和爱国热情的说书艺人。在剧中,他是仅次于李香君、侯方域的三号人物。三是爱国将军史可法。史可法是明末最为典型的一位民族英雄,也是一位忠臣。他激励将士死守扬州的场面,今天看来还是那么激动人心——"你们三千人马,一千迎敌,一千内守,一千外巡。""上阵不利,守城!""守城不利,巷战!""巷战不利,短接!""短接不利,自尽!"当扬州失守以后,他仍以"明朝三百年社稷,只靠俺一身撑持"的忠心,匆匆奔赴南京护驾;当听到"圣上也走了"以后,他"看江山换主,无可留恋",最后跳江自尽,为后世留下了一个悲壮的民族英雄的形象。

3. 关于历史真实与艺术真实的问题

《桃花扇》是一部严格的历史剧,它以严肃的笔法展示了南明王朝的兴亡。作者曾在《桃花扇·凡例》中说:

> 朝政得失,文人聚散,皆确考时地,全无假借。至于儿女钟情,宾客解嘲,虽稍有点染,亦非乌有子虚之比。

然而,历史剧总归不能等同于历史,它一要适合舞台演出,二要通过人物形象来表达出作者的情感和倾向。因此,《桃花扇》也仅仅是一部历史剧而已,不能把它当作信史来读。因为某些人物情节或时间地点,还是进行了一定的艺术加工。

4.《桃花扇》的局限性

孔尚任本身就是清王朝的官吏，而又受到清初严酷的文化专制政策的制约，《桃花扇》虽然取得了巨大的成功，但也存在时代与阶级的局限性。如敌视以李自成为首的农民起义，同情和美化崇祯帝，对清兵入关正面肯定等。作品之所以体现出明显的局限性，一方面与作者的主观因素有关，另一方面与当时的客观因素也有很大关系。

（四）《桃花扇》的艺术成就

1.“借离合之情，写兴亡之感”的结构是《桃花扇》艺术上最大的特点。全剧紧紧围绕着侯方域、李香君的悲欢离合这一条线索，描写了南明王朝的兴亡，总结了历史的经验教训，寄托了作者国家兴亡的感慨。

《媚座》总批中说：“上半之末，皆写草创争斗之状；下半之首，皆写偷安宴乐之情。争斗则朝宗分其忧，宴游则香君罹其苦。一生一旦，为全本纲领，而南朝之治乱系焉。”“离合之情”与“兴亡之感”就是这样巧妙地纠结在一起，而一把“桃花扇”就成为这段“离合”“兴亡”的历史见证。最后张道士撕破了“桃花扇”，不仅标志着侯、李爱情的结束，也标志着南明王朝的灭亡。作者在《本末》中也说：“南朝兴亡，遂系之桃花扇底。”就是说，作品的真正用意是借助“桃花扇”，来描写南明王朝的兴亡。

2. 作品达到了历史真实与艺术真实较好的结合。这是《桃花扇》艺术上的又一大特点，而这一特点主要表现在人物形象的塑造上。

作者处理历史题材的基本原则是：根据人物性格发展的必然逻辑，对原始材料进行“引发”和加工提炼，在历史真实的基础上进行合理的艺术虚构。所谓“引发”，就是对史料传说中的细小事件进行合理的铺张、虚构，以更好地塑造人物形象和突出人物性格。比如“桃花扇”的来历、李香君拒嫁田仰等情节。正因为作者在历史真实的基础上进行了精心的艺术创作，比如场次的起伏转折、情节的前后照应、角色的分配、曲白的分工等，才使得《桃花扇》成为一部优秀的传奇作品。

3. 在语言上主张“宁不通俗，不肯伤雅”，笔意疏爽，绘声绘色。

《小说考证》引《毗梨耶室随笔》谓：《桃花扇》的语言“至文辞之妙，其艳处似临风桃蕊，其哀处似著雨梨花，固是一时杰构。”

作品善于通过语言来刻画人物形象。作者在《凡例》中曾说:“凡胸中情不可说,眼前景不能见者,则借词曲以咏之。”“说白则抑扬铿锵,语句整饬”;“设科之嬉笑怒骂,如白描人物,须眉毕现”。比如《侦戏》中的【双劝酒】一曲,抒发了阮大铖的牢骚,表现了他的一副可怜相;一段说白,则暴露了他奸邪、阴险的豺狼本质:

【双劝酒】(副净扮阮大铖忧容上)前局尽翻,旧人皆散,飘零鬓斑,牢骚歌懒。又遭时流欺谩,怎能得高卧加餐。

下官阮大铖,别号圆海。词章才子,科第名家,正做着光禄吟诗,恰合着步兵爱酒。黄金肝胆,每时顾中原;白雪声名,驱驰上国。可恨身家念重,势利情多,偶投客、魏之门,便入儿孙之列。那时权飞烈焰,用着他当道豺狼;今日势败寒灰,剩了俺枯林鸮鸟。人人唾骂,处处击攻。细想起来,俺阮大铖也是读破万卷之人,什么忠佞贤奸,不能辨别?彼时既无失心之疯,又非汗邪之病,怎的主意一错,竟做了一个魏党?(跌足介)才题旧事,愧悔交加。罢了罢了!幸这京城宽广,容的杂人,新在这裤子裆里买了一所大宅,巧盖园亭,精教歌舞,但有当进朝绅,肯来纳交的,不惜物力,加倍趋迎。倘遇正人君子,怜而收之,也还不失为改过之鬼。(悄语介)若是天道好还,死灰有复燃之日。我阮胡子呵!也顾不得名节,索性要倒行逆施了。这都不在话下。

不过,话又说回来,“宁不通俗,不肯伤雅”的语言特色,也给作品带来了缺陷,这就是作品的语言给人一种“典雅有余而当行不足,谨严有余而生动不足”的印象,这也正体现了文人传奇戏在语言上的共同特征。

第九章　近现代山东文学

道光二十年(1840 年),随着鸦片战争一声炮响,中国陷入了半封建半殖民地社会,两千年的封建大门被西方文明打开,中国历史由此进入了近代史时期。与此相应,中国文学也步入了近代文学发展阶段。

近代文学,通常是指 1840 年鸦片战争至 1919 年"五四运动"前夕的中国文学,总共 80 年。而"五四运动"以后至新中国成立时期的文学,则称为现代文学。其中,近代文学是中国文学史尤为特殊的一个时期,是中国文学由传统向现代转变的变型期。

一、文学由传统向现代的转变

(一) 近代文学转变的主要体现

1. 文化传播方向的逆转。如前所述,中国文化博大精深,自汉、唐时期便开始向西方传播,唐、宋、元、明时期,西方人睁大了眼睛看东方。到了清朝末年,随着西方文明的传入,"东学西渐"的时代宣告结束,继而进入了"西学东渐"的时期。

"西学东渐"的起点,是"德先生"(科学)和"赛先生"(民主)在中国的传播。随着鸦片战争一声炮响,打破了中国士大夫心目中"天朝帝国万世长存"的迷信。尽管他们心目中还保留着"我天朝君临外国,尽有不测神威"的自信,但眼看着蛮夷的洋枪洋炮打开了天朝帝国的大门,他们的心里也不能不引起强烈的震动。同时,随着帝国主义的入侵,西方资产阶级的启蒙思想也逐渐传入中国,使中国的士大夫不得不睁开眼睛看世界。很快,国内就出现了一批启蒙思想家。魏源就是中国近代史上较早看到西方科学、文化优势的人物之一,他提出的"师夷长技以制夷"的主张,代表了当时启蒙思想的主要倾向。

受启蒙思想的影响,近代文学也出现了新的潮流。龚自珍是真正打破清中叶以来传统文学的腐朽局面、首开近代文学风气的人物,魏源、林则徐则是开启新风气的先锋。他们以文学为武器,批判社会的腐败现象,痛击帝国主义的侵略,倡导学习西文的先进技术,企图唤醒沉睡的国民。

然而,近代新思潮最先在中国东南沿海一带地区出现,继而弥漫全国。因此,近代的启蒙暨民主主义思想家和新文学思潮的代表人物,也大都出现于江浙、闽广一带。而山东作为传统文学的故土,在近代文学这一特殊时期,基本上没有出现过影响全国的人物。

2. 作家心态的变化。作家,即知识分子。在近代,知识分子由"醉心于冶游",一变而转为"慷慨论天下事"。

龚自珍在《京师乐籍说》中说:"士也者,又四民聪明喜议论者也。身心闲暇,饱暖无为,则留心古今而好议论。留心古今而好议论,则于祖宗之立法、人主之举动措治、一代之所以为号令者,俱大不便。"清代统治者一开始就大兴文字狱,对知识分子实行种种钳制,使得诸多文人"避席畏闻文字狱,著书都为稻粱谋"①,日日缠绵歌泣于歌舞床笫之间,致使朝堂学校一片寂静,万马齐喑。

动荡不安、危机四伏的年代,正是知识阶层多梦的季节。他们认为在非常时期,就可以跨越等级、破除旧例,从而一展雄才大略,大显身手。而近代就是一个非常时期,内忧外患的加剧,激发了他们的忧患意识和参与意识,故而他们又开始议论军国、臧否政治,慷慨论天下事。包世臣认为:"士者,事也。士无专事,凡民事皆士事。"②姚莹更是自负地说:"稼问农,蔬问圃,天下艰难,宜问天下之士。"③因此,《左传》中"立德、立功、立言"的三不朽之说,又成了近代知识界盛极一时的热闹话题。诗人陈际亮在给林则徐的信中,就因为世人把他看做诗人、而不以国士相待而愤愤不平。

3. 文学观念的改变。近代文学的现实性、政治性和战斗性日益加强并

---

①龚自珍:《己亥杂诗》。
②包世臣:《赵平湖政事五篇叙》,载《艺舟双揖》,北京市中国书店1983年版,第46页。
③姚莹:《复管异之书》,载《中复堂全集》,同治六年刻本。

愈加显著。

我们知道,中国文学历来讲究“文以载道”,重视文学的政治功利性,并且历来的文学也都是反映现实、反映政治的。近代文学也继承了中国文学的这一传统,但是,近代文学的现实性和战斗性却又不完全相同于以前的文学,它随着历史的发展而表现出启蒙性、改良性和革命性的特点。它是为启蒙运动而鼓吹、为改良运动而呐喊、为革命运动而摇旗的新文学,是适应历史的要求而出现的新潮流。河南大学关爱和先生就说过:“这里很少有对飘逸高寄、简澹玄远生命情趣的玩味,更多的是被忧患意识浸泡过的社会使命感、责任感的流露;这里很少有对人生短暂、时光不永、逝者如斯的叹喟,更多的是对建功立业、渴望有用于世心态的表白;这里很少再有如履薄冰、如临深渊、避害畏祸的惴惴不安,取而代之的是慷慨陈词、以不可一世之气魄评论国事。”

这一特点,从当时文人品评诗文的标准当中也可见一斑。张际亮将诗歌分成三类:志士之诗、学人之诗、才人之诗,而以志士之诗作为诗人的首先目标。管同把散文分成二类:文士之文与圣贤之文,并主张全力写圣贤之文,而以余力写文士之文。梅曾亮则将散文分为世禄之文与豪杰之文二类,而以豪杰之文为尊,世禄之文为卑。

4. 创作实践的变化。文学创作实践上的变化主要体现在新旧交替和文学界革命。

近代文学的本质性变化,是文学界革命,其主将是梁启超。首先是梁启超、谭嗣同首倡“诗界革命”,他们提出“以旧风格含新意境”的诗歌主张,并试作“新诗”。黄遵宪是诗界革命的一面旗帜,梁启超、谭嗣同则是诗界革命的主力。其次是陈荣衮、裘廷梁等提出的“语文合一”的文体革命,主张“崇白话而废文言”,提出“白话为维新之本”。梁启超也提出过“文体革命”的口号,并且身体力行,写新体散文。再次是梁启超提出的“小说界革命”,他肯定小说的社会作用,提高小说的文学地位,认为“小说乃文学之最上乘”。因而,小说界出现了古典小说研究的新评价和新风气,并出现了“四大谴责小说”。最后是戏剧界革命。19 世纪后 30 年,是京剧独立发展的时期,各方面都取得了很大的成就。其他戏曲也多能以旧形式反映新内容。

在文学界革命的推动下，近代后期的文学，已不再局限于单纯对社会腐败现象的揭露和批判，而同时走向唤起国人觉醒、鼓吹民族改革的启蒙主义文学主题；也不再局限于单纯反抗外来侵略，而同时走向学习西方、重绘民族理想的新理想主义文学主题。

面对“万家酣睡几人醒”（梁启超）、“举国睡中呼不起”（黄遵宪）、“胡为沉沉的一睡千年长”（蒋智由）的现实，他们高声大喊：“凄凉读尽支那史，几个男儿非马牛？”①“吾辈爱自由，勉励自由一杯酒。男女平权开赋就，岂甘居牛后？”②“结我团结，振我精神。二十世纪新世界，雄飞宇内畴无伦。可爱哉我国民！可爱哉我国民！”③“我皇汉民族四万万男女同胞，老年、晚年、中年、壮年、少年、幼年，其革命，其以此革命为人人应有之义务，其以此革命为日日不可缺之饮食。尔毋自暴！尔毋自弃！……嗟夫！天清地白，霹雳一声，惊数千年之睡狮而起舞。是在革命！是在独立！”④如此等等。很明显：在这些文字当中，人性的国民意识已开始取代奴性的臣民意识。

但与此同时，传统的文学仍然不甘落后。诗坛上，既有以绍基、郑珍等为代表的宋诗运动及陈三立、陈衍为代表的同光体等拟古诗派，也有以南社为中心的新诗派；文坛上，既出现了桐城派古文的复兴及章太炎取法魏晋的古文，也出现了邹容等通俗化的古文，更有白话文；文体上，既出现了“四大谴责小说”等为民主改良、民主革命服务的文学作品，也出现了传统词学即常州词派的复兴。

总之，创作实践上的变化，使近代 80 年的文学虽然显得有点乱，但最终却完成了由传统到现代的转变，使中国文学由此步入现代文学阶段。

（二）现代山东主要作家的地理分布

传统山东作家往往体现出地域性（地方性）和家族性的特点，而现代山东作家则体现出都市性和群体性的特点。

---

①蒋智由：《有感》。
②秋瑾：《勉女权歌》。
③梁启超：《少年中国说》。
④邹容：《革命军》第 7 章结论。

现代文坛上的山东作家们，不管生自何地，来自何处，他们的创作活动大都与北京、天津、上海、广州以及省内的济南、青岛等大城市密切相关。他们或者年轻时在这些城市求学读书、并步入文坛，或者“成家”后在这些城市教书、工作，或者“立业”后在这些城市定居、生活，而不再像明清时期的山东作家一样活动于自己的故乡（比如李开先、蒲松龄、冯惟敏等）。山东现代文坛上这一新的作家地理分布特点，一方面与近现代特殊的社会、政治环境有关，另一方面也与作家个人的生活经历有关。如前所述，近代以来的新思想、新潮流主要发生并发展于京、沪以及中国的沿海一带地区，这些青年才俊为了求取自己心目中的新理想、新生活，往往单枪匹马来到这些大城市闯世界，比如傅斯年 14 岁就去了天津、王统照 17 岁就来了济南……在这些城市，他们接受了刚刚萌芽于中国的新思想，参与了不同时期的民主革命活动，并开始了他们的文学创作生涯。当他们步入文坛或者在文坛成名成家之后，为了事业、为了生活、为了交流、甚至为了发表作品，他们仍然辗转于这些大城市之间，或工作、或生活，总之都是为了自己的文学创作事业。现代文学史上，山东的客籍作家特别多，大约也是因为这一原因。

山东师范学院中文系自编自印的《中国现代作家小传》（修订本），共收录现代作家 152 人，其中山东作家就有邹平人李广田，诸城人王统照、王愿坚、臧克家，益都（今青州市）人胡可，莱阳人严阵，蓬莱人曲波①、杨朔，乳山人冯德英，海阳人峻青，日照人王安友，峄县人贺敬之，沂南人苗得雨等 13 人；书中未收录、却耳熟能详的，还有聊城人傅斯年，潍县人耶林，诸城人孟超、王希坚，蓬莱人杨振声、包干夫，日照人王献唐，苍山人王思玷，蒙阴人刘一梦，莱芜人吴伯箫等。而客居山东的作家则更多，比如老舍、冯沅君、陆侃如等知名人物都曾在山东大学或齐鲁大学教过书，长期居住在济南或青岛；至于稍晚的刘知侠，虽然生于河南，长于陕西，但自从抗大毕业后，基本上一直生活、工作在山东，所以跟山东原籍的作家已没什么两样。从这些代表人物的乡里籍贯，也可以管中窥豹，大略了解现代山东作家的里籍分布情况。

二、现代山东文学的主要作家及其创作

正如山东师范大学吴义勤教授所说，对 20 世纪的中国文学来说，山东

①曲波应为山东黄县（今属龙口市）人。

文学的成就和贡献更为引人注目。无论在“五四”新文学创建之初，还是在战争年代和新中国成立之后，山东作家都以其独特的风格在整个中国文学格局中占有不可替代的地位。从“五四”时期的王统照、杨振声、王思玷，到20世纪30—40年代的李广田、臧克家、王亚平、吴伯箫、孟超、刘一梦、耶林、王希坚、包干夫、苗得雨、田仲济，再到新中国成立后的刘知侠、冯德英、王安友、李心田、萧平……他们的存在都可以说是中国20世纪文学的某种见证。他们是山东文学的建设者和参与者，没有他们，无论是20世纪的中国文学，还是20世纪的山东文学都会失色很多。①

本节只就现代山东文学史上的几位主要作家及其创作情况略作介绍。

（一）学贯中西的傅斯年

“五四运动”的烽火虽然在孔孟之乡山东烧得不怎么旺，但山东的有识之士、尤其是去外地求学的学子们，也是责无旁贷。因此，在“五四”文学革命中，也涌现出一批山东作家②。其中最有代表性的是傅斯年。

傅斯年（1896—1950年），字孟真，山东聊城人，清代著名文人傅以渐之后。曾任中央研究院历史语言研究所所长。

14岁就读于天津府立中学堂，18岁考入北京大学预科，21岁升入北京大学文科。在京读书期间，受到民主主义新思潮的影响，1918年夏与罗家伦等组织新潮社，创办《新潮》月刊，提倡新文化，影响颇广，从而成为北大学生会领袖之一。五四运动爆发时，傅斯年担任游行总指挥，风云一时。后因受胡适思想影响，反对“过急”运动，遂退出学运，回归书斋。1919年夏，傅斯年北大毕业后，先后入伦敦大学研究院、柏林大学哲学研究院，学习实验心理学、生理学、数学、物理以及爱因斯坦的相对论、勃朗克的量子论等，还对比较语言学和考据学发生兴趣。1926年冬回国，次年春出任广州中山大学教授兼文学院院长和历史系、中文系主任。从1928年11月起，长期担任中央研究院历史语言研究所所长，创办《历史语言研究所集刊》，并自任

①吴义勤：《齐鲁文学：为过去的骄傲还债》，参见 http://www.ycwb.com/gb/content/2005—05/21/content_906137.htm《华文文学巡礼·山东篇》，略有改动。

②所谓“山东作家”，是指山东籍作家，或客居山东、并在山东留有较多文学成果的山东客籍作家。

主编。1929年春，历史语言研究所从广州迁往北平，傅斯年随至北平，兼任北大教授。抗战胜利后，曾一度代理北京大学校长。1949年1月，复随历史语言研究所迁至台北，并兼台湾大学校长。1950年12月20日因脑溢血在台北病逝。代表作有《东北史纲》（第一卷）、《性命古训辨证》、《古代中国与民族》（稿本）、《古代文学史》（稿本）及论文《夷夏东西说》、《论孔子学说所以适应于秦汉以来的社会的缘故》、《评秦汉统一之由来和战国人对于世界之想象》等，后来编为《傅斯年全集》。

傅斯年是近现代著名学者兼作家，学贯东西，博学多才。在学术上，信奉传统的考证学派，主张纯客观的科学研究，注重史料的发现与考订，发表过不少古代史的研究论文。在文学上，他在《新潮》、《新青年》等进步杂志上发表过许多文章，内容比较宽泛，主要包括文学语言、社会人生及学术评论三类。形式灵活，体裁不拘，有论述文、书评、随感录、诗歌等，大都体现出强烈的批判精神和创新意识。欧阳哲生在其《傅斯年全集·序言》中说："学术是傅斯年的强项。如果说，在'文学革命'和个性解放中，他只是一位积极追随者的话，在学术方面，他已形成自己独立评判的倾向。"①确实如此。

（二）新文化运动的先驱王统照

王统照（1897—1957年）字剑三，曾化名王恂如，笔名韦佩、容庐、卢生、剑先、健先、提西、鸿蒙、息庐、默坚、霭骞等；山东诸城人。现代作家、诗人。

自幼聪颖，6岁入家塾。7岁丧父，随母亲李清习读四书、五经。12岁开始接触《新体地理》、《历史教科书》、《笔算数学》等新课本。期间，在县城读完高小。1913年，考入山东省立一中，因其才华横溢，与杨金城、路友于被誉为省立一中的"诸城三杰"。7—8月回乡度假期间，开始试写章回体小说《剑花痕》，从此开始了他一生的文学创作生涯。1916年，发表处女作——文言小说《新生活》。1918年考入北京中国大学英国文学系，被选为学报编辑。"五四运动"时，从事新文学创作，参加了火烧赵家楼的示威活动。1921年1月，与沈雁冰、郭绍虞、郑振铎等12人发起、成立新文化运动

①欧阳哲生：《傅斯年全集》第1卷，湖南教育出版社2003年版，《序言》第13页。

史上第一个文学团体——文学研究会，倡导“为人生而艺术”，标志着文学革命在中国的开始。1922 年 7 月，大学毕业后留校任教。1924 年就任中国大学教授，两年后迁居青岛。期间，仍不停地往来奔波于全国乃至世界各地，游历考察，曾去过欧洲，客居过上海。1946 年秋，被聘为山东大学文史系教授，曾任中文系系主任。1949 年以后，历任山东省文教厅副厅长、山东省文联主席、山东省文化局局长等职。1957 年 11 月 29 日，病逝于济南。

王统照是现代文学史上卓有成就的小说家、散文家和著名诗人，一生创作了大量小说、散文和诗歌，曾编辑或主编过《曙光》、《晨光》等杂志及《晨报·文学旬刊》、《文学》月刊等。其主要著作有诗集《放歌集》、《鹊华小集》，散文集《青纱帐》、《欧游散记》、《去来兮》，短篇小说集《春雨之夜》、《号声》，长篇小说《一叶》、《山雨》，以及文学评论集《炉边文谈》等。人民文学出版社、山东人民出版社等曾出版过《王统照短篇小说选》、《王统照诗选》、《王统照文集》、《王统照选集》等。

一般认为，王统照是以探讨人生问题开始步入文学创作的，早期的作品大都体现出对“美”与“爱”理想的追求。他认为人生应该是美的，而美就是爱，爱就是美。但随着生活阅历的扩大和社会认识的深入，他的目光从理想的天堂转入现实的社会，反映现实黑暗、生活不幸、人生苦闷的作品越来越多。尤其是反映农村生活的作品，笔触朴实深沉，表现出强烈的现实主义倾向。总之，抒写理想和反映现实，是其文学创作的两大主题；风格朴实，感情深沉，是其文学作品的两个主要特点。

（三）“汉园三诗人”之李广田

李广田（1906—1968 年），原名王希爵，号洗岑，笔名黎地、曦晨等。山东邹平人。因家境贫寒，从小过继给舅父，因改姓李。1923 年，到济南山东第一师范学校读书；1929 年，考入北京大学预科，开始进行文学创作；1930 年发表处女作《狱前》。1931 年入北京大学外语系，1935 年毕业后，到济南省立第一中学任教，并从此进入文学创作上的丰收时期。抗日战争爆发后，他流亡西南，辗转于河南、湖北、四川等地，先后在一些中学和大学任教。1946 年 7 月，到天津南开大学任教，随后转到清华大学任教。新中国成立后，先后出任清华大学中文系主任、云南大学校长、中国科学院云南分院文学研究所所长等职，同时仍笔耕不辍，先后出版过散文集《画廊集》（1936年）、《银狐集》（1936年）、《回声》（1943年）、《日边随笔》（1948年）、《灌木集》（1944年），诗集《汉园集》（1936年）、《春城集》（1958年），短篇小说集《欢喜团》（1943年）、《金坛子》（1946年），长篇小说《引力》（1947年），文学评论集《诗的艺术》（1943年）、《文艺书简》（1949年）等，并整理傣族长篇叙事诗《阿诗玛》。云南人民出版社、山东文艺出版社等曾整理出版过《李广田散文选》、《李广田诗选》、《李广田文集》等。

李广田是现代文坛上著名的散文家和诗人，其中尤以散文成就最高。因其经历坎坷，青年时代思想比较消沉，所以早期的散文大都流露出一种忧郁、伤感的情绪，内容也多是个人寂寞、心理忧郁及身边琐事之类，属于"乡土文学"的范畴，文风朴实自然，感情真挚忧郁。后来，随着环境的剧变和思想的变化，其后期作品的风格也出现了很大的变化，由先前的忧郁、平静，变为激烈、深沉，视野更加开阔，题材也更为多样。新中国成立以后的散文，不管是文字技巧，还是思想内容，都较前更趋洗练和成熟，还常常于诗情画意的描写中流露出哲理的意趣。其诗歌也与散文一样，饱含着浓郁的乡土气息，风格朴实无华，感情真挚深厚，即使字里行间流露出丝丝哀愁，也都能给人以积极奋进的感觉。比如《笑的种子》①：

把一粒笑的种子
深深地种在心底，
纵是块忧郁的土地，
也滋长了这一粒种子。

笑的种子发了芽，
笑的种子又开了花，
花开在颤着的树叶里，
也开在道旁的浅草里。

①《李广田文集》第2卷，山东文艺出版社1984年版，第15页。

尖塔的十字架上
开着笑的花，
飘在天空的白云里
也开着笑的花。

播种者现在何所呢，
那个流浪的小孩子？
永记得你那偶然的笑，
虽然不知道你的名字。

（四）“农民诗人”臧克家

臧克家(1905—2004年)，曾用名臧瑗望，笔名少全、克家、孙荃、何嘉等，诸城人，出身书香门第。曾祖父臧俞臣，同治十二年(1973年)举人，曾任聊城教谕；六曾祖父臧济臣(1846—1920年)，宁未斋，号涓东逸叟，同治十年(1871年)进士，官至侍讲学士；祖父臧着仪，光绪二十三年(1897年)举人，曾官大理院录事；父亲臧隆基，济南政法学堂毕业生。臧克家自幼受家学影响，打下了良好的古典文学基础。1923年夏，考入山东省立第一师范，开始接触新文学作品，并习作新诗。1925年在全国性刊物《语丝》上发表处女作《别十与天罡》。1927年，考入中央军事政治学校武汉分校，并参加北伐战争。1929年，在青岛《民国日报》上第一次发表新诗《默静在晚林中》。1930年，考入国立山东大学，得到闻一多、王统照等前辈的教诲与帮助，其诗歌创作逐渐进入丰收季节。稍后发表的新作《老马》(1932年)和出版的诗集《烙印》(1933年)和长诗《罪恶的黑手》(1934年)，使他从此蜚声诗坛。1934年大学毕业后，在山东省立临清中学任教，出版长诗《自己的写照》、诗集《运河》，并创作了散文集《乱莠集》。抗战期间，积极投身抗日爱国活动。新中国成立后，历任中国作家协会书记处书记、《诗刊》主编等。2004年2月5日，因病医治无效，在北京逝世，享年99岁。先后出版有诗集《烙印》、《运河》、《从军行》、《一颗新星》、《春风集》、《忆向阳》、《落照红》、《臧克家旧体诗稿》，长诗《罪恶的黑手》、《自己的写照》、《泥土的歌》、《宝贝儿》、《生命的零度》、《李大钊》，散文集《怀人集》、《诗与生活》，评论集《学诗断想》、《克家论诗》、《臧克家古典诗文欣赏集》等。新中国成立后，人民文学出版社、山东文艺出版社等出版过《臧克家诗选》、《臧克家文集》、《臧克家散文》等。2002 年时代文艺出版社又出版了 12 卷本的《臧克家全集》。

臧克家是现代杰出诗人和著名作家，尤以诗歌著称于世，是中国现实主义新诗的开山人之一。其诗多描写农民、吟唱农村，拓展并丰富了新诗中的“农村诗”园地，因此被誉为“农民诗人”。某些政治抒情诗往往带有强烈的哲理意味，体现出对人生更深层的思考。同时，他还推进了中国现代叙事诗的发展。从艺术上来看，臧克家的诗歌具有浓厚的古典诗歌底蕴，语言朴素精炼，节奏和谐悦耳，风格含蓄蕴藉，具有独具一格的“中国风格”。比如代表作《老马》①：

总得叫大车装个够，
它横竖不说一句话，
背上的压力往肉里扣，
它把头沉重地垂下！

这刻不知道下刻的命，
它有泪只往心里咽，
眼里飘来一道鞭影，
它抬起头来望望前面。

诗歌之外，臧克家的散文也有相当成就，虽然其“文名”往往被“诗名”所掩。特别是晚年以后，“老来意兴忽颠倒，多写散文少写诗”，其创作的散文作品更多。一般认为，臧克家的诗，很少散文化的倾向；但他的散文中却蕴涵着诗魂，在现代文坛上具有独特的品位。

（五）其他作家

如本章开篇所说，山东现代文坛上知名的作家有数十位，除上述四位

①《臧克家》，人民文学出版社 1994 年版，第 10 页。

外，再略说一二。

杨振声（1890—1956 年），字金甫，亦作今甫，曾用笔名希声，山东蓬莱人。现代作家、教育家。1915 年，考入北京大学国文系。新文化运动爆发后，他积极参与，并连续发表小说，成为新文学运动初期涌现出的重要小说家之一。1924 年从美国回国后，致力于教育事业，先后任武昌大学、北京大学、燕京大学、中山大学教授，清华大学教授兼教务长和文学院院长，1930—1932 年任国立青岛大学第一任校长。期间邀请大批学有专长的著名教授、学者赴青任教，使国立青岛大学创建后进入鼎盛时期。教学之余，仍致力于文学创作，除继续写作小说外，还创作了不少散文。代表作有中篇小说《玉君》等。其小说主要描写民间疾苦，大都直接反映各种社会现实问题。

王献唐（1896—1960 年），初名家驹，字献堂，后改名献唐，号凤生，亦作凤笙，山东日照人。曾任《山东日报》、《商务时报》编辑、山东省省立图书馆馆长、山东文物管理委员会副主任、故宫博物院铜器研究员。现代著名学者，考古学家、图书馆学家和版本目录学家，热心于山东地方文化遗产的整理和保护，在金石、版本、音韵、目录学等方面均有建树。著有《楚辞新论》、《公孙龙子悬解》、《炎黄氏族文化考》、《山东古国考》、《读诗文日记》、《中国古代货币通考》等。

吴伯箫（1906—1982 年），原名熙成，山东莱芜人。1919 年考入曲阜师范学校，积极参加“五四运动”，宣传民主与科学。1925 年夏考入北京师范大学，开始文学创作。一生致力于文学创作和教育事业，舌耕笔耘，成果丰硕，为现代著名的散文家和教育家。其散文主要收录在《羽书》、《烟尘集》、《黑与红》、《潞安风物》、《北极星》、《出发集》、《忘年》等文集中。人民文学出版社出版有《吴伯箫散文集》。

杨朔（1913—1968 年），原名杨毓瑨，字莹叔，山东蓬莱人。现代著名作家、散文家。其父杨清泉是清末秀才。杨朔自幼聪颖，经历丰富，但未受过正规教育。1927 年，去哈尔滨太古洋行作练习生、办事员。“七七事变”后，投身于抗日救亡运动。抗日战争期间写过不少通讯和中、短篇小说；解放战争时期担任新华社特派记者；抗美援朝时期创作了优秀长篇小说《三千里江山》。新中国成立后曾任中国作家协会外国文学委员会主任、保卫世界和平大会党组常委，同时创作了大量散文。其作品的基调是歌颂新时代、新生活和普通的劳动者,艺术上则继承了中国传统散文的长处,于托物寄情、物我交融之中体现出一种诗的境界。代表作有《荔枝蜜》、《雪浪花》、《蓬莱仙境》、《香山红叶》、《泰山极顶》、《茶花赋》等。

其他如刘知侠(1918—1991年)的《铁道游击队》、《红嫂》以及曲波(1923—2002年)的《林海雪原》、贺敬之的《白毛女》、冯德英的《苦菜花》等,也都是山东现代文坛上的一流作品,限于篇幅,此不多赘。

(六)客籍作家

在中国近现代文坛,由于人口流动或工作调动较为频繁,山东的客籍作家尤多。这里也略说一二。

老舍(1899—1966年),原名舒庆春,字舍予,笔名老舍,曾用笔名絜青、絜予、口青等。满洲正红旗人,出生于北京,现代著名作家。幼年贫困,2岁丧父。1913年,考入京师第三中学,数月后因经济困难退学。同年考取公费的北京师范学校。1918年毕业后,曾任小学校长、中学教员、大学教授等。1922年任南开中学国文教员,发表了第一篇短篇小说《小铃儿》。1924年赴英国,任伦敦大学东方学院中文讲师,并正式开始创作生涯。1930年回国后,任济南齐鲁大学文学院副教授,并编辑《齐鲁月刊》。1934年,来青岛国立山东大学中文系任教授。1936年辞去教职专事创作。期间创作了著名的长篇小说《骆驼祥子》及多部短篇小说集。抗战期间也是辗转各地,同时进行文学创作。新中国成立后,历任北京市文联主席、中国作家协会副主席、全国政协三届会议常务委员等职。在文学创作方面,老舍是一位全能作家,诗歌、散文、杂文、小说、戏剧,都有名篇传世。代表作有长篇小说《老张的哲学》、《骆驼祥子》、《四世同堂》、《大明湖》,短篇小说集《赶集》、《樱海集》、《蛤藻集》,话剧《茶馆》、《龙须沟》,诗集《剑北篇》,散文集《福星集》等。20世纪70年代以后,人民文学出版社等也陆续出版了《老舍小说集外集》、《老舍文艺评论集》、《老舍选集》、《老舍戏剧全集》、《老舍新诗》、《老舍散文》等。

冯沅君(1900—1974年),原名冯淑兰,河南唐河人。1922年,毕业于北京女子高等师范学校国文系,并考取北京大学研究所研究生,研习中国古典文学。1929年与文学史家陆侃如结婚。1947年应国立山东大学之聘来青岛任教，曾任山东大学副校长。现代女作家、学者、教育家，早年曾出版短篇小说集《卷葹》、《春痕》、《劫灰》等；后致力于古典文学研究，著有《宋词概论》、《张玉田年谱》、《古优解》、《古剧说汇》、《古剧四考》等，与陆侃如合著《中国文学史简编》、《中国古典文学简史》、《中国诗史》、《南戏拾遗》，与林庚合编《中国历史诗歌选》等。去世后，袁世硕尚辑有《冯沅君古典文学论文集》。

陆侃如(1903—1978 年)，原名侃，字衎庐，笔名小璧，祖籍江苏太仓，出生于江苏海门。1922 年考入北京大学中文系，1924 年毕业后又考入清华大学研究院，专攻中国古典文学。研究院毕业后，在上海中国公学任教授。1947 年来国立山东大学任教授，曾担任山东大学副校长。毕生致力于中国古代文学研究和教学工作，著述甚丰。代表著作有《屈原》、《宋玉》、《楚辞选》、《杜甫诗选》、《韩非子选注》、《中国诗史》、《中国文学史简编》等。

此外，曾在山东大学教书或在济南居住的成仿吾、游国恩、闻一多、高亨、沈从文，曾在青岛工作或居住的康有为、梁实秋、萧红、萧军等，也都为山东的现代文学作出了巨大贡献。

三、现代山东曲艺与地方戏

如前所述，山东是我国戏曲的发源地之一，早在春秋战国时期，齐、鲁二国的文艺演出活动就极为频繁。韩娥曾在齐国的雍门“鬻歌假食”，走后仍然余音绕梁，三日不绝；在“颊谷之会”上，齐人让优施为鲁国的国君和孔子跳舞，结果因语带讽刺而被杀之幕下。其后，汉代的百戏、三国时期的杂戏、魏晋南北朝时期的伎艺、唐代的参军戏、宋代的杂戏、元代的杂剧，都曾在山东广为流传。尤其是元杂剧，据元人钟嗣成《录鬼簿》及明人贾仲明《录鬼簿续编》记载，山东籍的杂剧作家有 28 人，能歌擅唱者 4 人，以至于山东的东昌府(今东平)成为元杂剧最繁荣的地区之一。至于明清时期的山东杂剧、传奇，已详前文。近代以降，随着地方戏的兴起，山东的各类文艺演出依然繁荣。从大的方面来说，主要是曲艺与地方戏。

(一) 山东曲艺

所谓民间曲艺，是指流传于民间的、以口语方言为基础、以说和唱为主要手段的一种传统表演艺术，也称为说唱艺术。说唱艺术的源头可以追溯到宋代的说话艺术，后来这种说与唱相结合的艺术形式，与各地的方言和地方曲调相结合，就形成了各地不同风格的说唱艺术。就山东来说，主要包括山东琴书、山东快书、莲花落、山东大鼓等。其曲（书）目极为丰富，据1956—1957年统计，共有中长篇书300余部，短篇书及小曲曲目1500多段①。

1. 山东琴书

山东琴书，是一种广泛流传于山东民间的说唱艺术形式，因为主要伴奏乐器是扬琴，故称"琴书"，别称"唱扬琴"、"山东扬琴"、"改良琴书"等。

山东琴书最早出现于清朝初年的鲁西南曹州（今菏泽市）一带地区，开始的时候只是一种自娱性的民间说唱形式——当地称为"庄稼耍"，所用音乐也是由当地的民间俗曲小调连缀而成，所讲唱的内容则多是改编的一些中长篇故事，比如《绣鞋记》、《梁山伯与祝英台》等。后来，为了说唱故事的需要，音乐上出现了较大变化，逐渐由地方小调演变为规范的板腔体结构，拥有了200多支曲牌，常用的就有【凤阳歌】、【上河调】、【叠断桥】、【汉口垛】、【梅花落】、【银纽丝】、【娃娃调】等10余支。

1933年，著名山东艺人邓九如应邀在天津青年会电台演出时，正式定名为"山东琴书"。此后便广泛流传于山东各地。时至今日，山东琴书大致形成了三大艺术流派：一是流行于鲁西南的"南路琴书"，其中影响较大的是茹兴礼所创的"茹派琴书"和以李若亮为代表的"李派琴书"；二是济南以东，以广饶、博兴为中心，延及胶东的"东路琴书"，其中影响较大的是以商业兴、关云霞夫妇为代表的"商派琴书"；三是流行于济南及鲁西北的"北路琴书"，其中具有代表性的是以邓九如为首的"邓派琴书"。

新中国成立以后，山东琴书逐渐流传到河北、河南、京津及长江以北乃至东北、新疆等地，艺术上又有了许多新的改进，涌现出了《梁祝下山》、《水漫金山》、《盗灵芝》、《姑娘的心愿》、《大林还家》等大量优秀书目。

2. 山东大鼓

山东大鼓又名"犁铧大鼓"、"梨花大鼓"，也是一种广泛流传于山东民

---

①郭学东：《山东曲书目概要》，中国开明文教音像出版社2002年版，第1页。

间的说唱艺术形式。因其主要伴奏乐器是一面鼓、两片梨花简（即两瓣铜片），故称“梨花大鼓”。

据曲艺界传说，山东大鼓传自明末著名艺人柳敬亭。柳敬亭（1587—1670年？），本姓曹，名永昌，字葵宇，江苏泰州人。年轻时因躲避仇人流落江湖，休于柳下，擅长说书。南明王朝灭亡后，他返回家乡，住在同乡赵富户家。时值秋收，农民疲惫，柳敬亭便于田间地头用两块耕地所用的破犁片敲着节奏，一手击案，一手敲犁，演唱小曲，农民听曲后都忘记了疲劳。有人问柳所歌何调？柳答称是“犁铧调儿”。时人皆争而习之，并且很快传遍了山东各地。也有人认为，山东大鼓最早发源于鲁西北的农村，由民间的秧歌调发展而来。其始也是农民自娱式的一种说唱形式，后来逐渐由民间艺人传习。至清朝初年始立门户，清朝末年已经广泛传播于鲁西南、鲁西北等地。其始多由男艺人演唱，后来女艺人渐多。到了晚清刘鹗的《老残游记》中，白妞、黑妞的明湖居说书，已经风靡济南。小说第2回“历山山下古帝遗踪，明湖湖边美人绝调”在说到黑妞出场时写到：

> 这姑娘（即黑妞）便立起身来，左手取了梨花简，夹在指头缝里，便丁丁当当的敲，与那弦子声音相应；右手持了鼓捶子，凝神听那弦子的节奏。忽羯鼓一声，歌喉遽发，字字清脆，声声宛转，如新莺出谷，乳燕归巢，每句七字，每段数十句，或缓或急，忽高忽低；其中转腔换调之处，百变不穷，觉一切歌曲腔调俱出其下，以为观止矣。

轮到白妞出场时又写到：

> （白妞）立在半桌后面，把梨花简丁当了几声，煞是奇怪：只是两片顽铁，到他手里，便有了五音十二律似的。又将鼓捶子轻轻的点了两下，方抬起头来，向台下一盼……便启朱唇，发皓齿，唱了几句书儿。声音初不甚大，只觉人耳有说不出来的妙境：五脏六腑里，像熨斗熨过，无一处不伏贴；三万六千个毛孔，像吃了人参果，无一个毛孔不畅快……①

①刘鹗：《老残游记（插图本）》，严薇青校点，齐鲁书社2002年版，第11—12页。

生动形象地再现了晚清时期山东大鼓的演出情况。

从曲调上来看，山东大鼓长于抒情，唱腔婉转华丽，唱词多为七字句、十字句。基本板式有慢板、中板、快二行板、平句、甩腔、紧板、煞板等。另外还有花腔，即所吸收之牌子及皮黄唱腔。代表性唱段有《黑驴段》、《草船借箭》、《王二姐摔镜架》等百余段。

山东大鼓不仅在山东民间广为流传，而且向南流传至徐州、蚌埠、开封、洛阳乃至武汉、成都等地，向北传至北京、天津及东北各地，可谓盛极一时。在山东本地，则与各地俗调、方言等结合，形成了不同风格的大鼓调，比较著名的有流传于鲁西南的东路大鼓及流传于山东半岛地区的胶东大鼓等。遗憾的是，1920 年以后，山东大鼓逐渐衰落，目前已近绝响。

3. 山东落子

山东落子也是流传于山东民间的一种曲艺形式，俗称“莲花落”或“莲花乐”，简称“落子”，以其早期曲词中多有衬字、犹如莲花落瓣而得名。又因其主要伴奏乐器为大钹、竹板，故又称“咣咣书”，或“荷叶吊板”。据记载，“莲花落”最初起源于僧家募化时所唱道情，宋代已在山东流行。但按照目前艺人推算，仅能上溯十代，大约正式形成于清代中叶。在传播过程中，以其流行地域方言、曲调的不同，又形成了三种“口”：一为“南口”，即流行于鲁西南一带的落子，风格粗犷。60 年前所唱老口，节奏缓慢，多花腔变化，讲究迂回曲折，大起大落。著名艺人有刘本春、王金山、王教增、乔玉山等。后来平口落子兴起，讲究卖词，专唱大书。著名演员有“小胡椒”李合钧、“飞天咣咣”侯教山等，近代知名艺人有侯永芝、张元秀、高庆海等。二为“北口”，即流行于黄河以北的鲁西北地区的落子。慢口重行腔变化，风格质朴。著名艺人有崔玉臣、荀春盛等。1920 年前后，荀春盛在济南唱红，其后来济的有王教端、王洪海、傅大玲、王明爱等。三为“东口”，即流行于济南以东潍坊、平度一带的落子。起初亦为慢口，后来趋向长于叙事的平口。著名艺人有“飞咣咣”季宝奎等。

从形式上看，落子为上下句的吟诵体，唱腔因人而异，但都保持着粗犷明快的风格。传统书目有《周仓偷孩子》、《黑松林》、《大关西》、《小关西》等段书 40 余段，及《四杯记》、《薛礼还家》等长篇书 10 余部。

4. 山东快书

山东快书是一种以说韵文为主、以竹板或钢板为伴奏的民间曲艺形式。因最初的快书主要是唱武松的故事——即“闲言碎语不多讲，咱说说好汉武二郎”，因此，这种曲艺形式曾一度称为“武老二”；后因伴奏乐器主要为竹板，又称为“竹板快书”；又因表演滑稽幽默，故又称“滑稽快书”。1949年6月，高元钧在上海灌唱片时，才正式定名为“山东快书”。据考证，山东快书最早出现于清代道光年间的鲁西北，由在平李长清将十余名落第举子合写的《武松传》唱词，传于其表侄傅汉章；傅汉章又借鉴山东大鼓的唱法，于道光十九年（1839年）首演于曲阜林门会（即在孔林举行的春秋庙会）。其后傅汉章便开始收徒授艺，山东快书遂兴盛于鲁中一带，先后出现了赵震、魏玉河、吴鸿钧、卢同文、卢同武、杜永春、杨凤山等著名艺人。

从形式上来看，山东快书为口语化韵诵体，以七字句为基本句式，间有散文体说白，长于叙事，风格刚健明快，质朴风趣。当代主要艺术流派有：以高元钧代表的“高派”，注重人物刻画，表演生动；以杨立德为代表的“杨派”，擅长俏口，质朴幽默；以于传宾为代表的“于派”，演出时以4叶竹板伴奏，粗犷而有气势，主要流行于农村。

山东快书来源于民间，以演唱英雄故事、颂扬英雄事迹为特色，伴奏简单，演出方便，因此备受广大民众喜爱。抗日战争时期，曾出现过杨星华歌颂新英雄人物的《大战岱崮山》、《智取袁家城子》等新作。抗美援朝时期，也出现了《一车高粱米》、《三只鸡》等优秀作品。其后，山东快书在部队、工矿、农村广泛流传，影响遍及全国。

5. 山东评书

评书是一种古老的说书艺术，著名曲艺史家张次溪在《人民首都的天桥》一文中准确地解释了“评书”的含义：“评者，论也。以古事而今说，再加以评论，（故）谓之评书。”而所谓山东评书，则是一种用山东方言讲述故事的曲艺形式，原称“评词”，今称“山东评书”，俗称“说书”或“说大书”。

从起源上来看，评书源于宋代的说话艺术，可以说是宋代说话艺术的传承和发展。到了明清时期，评书艺术得到进一步发展，出现了一批知名的说书艺人，其中最有代表性的便是以说弹词而知名的柳敬亭。进入20世纪三四十年代，评书艺术渐趋繁荣，出现了王杰魁、连阔如等一批著名评书艺人，山东评书也呈繁荣趋势。新中国成立以后，评书艺术仍然深受人民大众的喜爱，出现了袁阔成、田连元、刘兰芳等著名说书艺人。大凡60年代出生的人，基本上都是从收音机里听着刘兰芳的《岳飞传》长大的。

作为一种独特的曲艺形式，山东评书也具有自己特殊的艺术体制和结构形式。评书艺术的传承方式主要有两种：一为师徒相承、口授心传者，曲艺术语叫做“道儿活”；二是由文学名著改编而成者，曲艺术语叫做“墨刻儿”。甭管是“道儿活”还是“墨刻儿”，评书艺人手里大都有类似于“话本”的底本，曲艺术语叫“梁子”。根据“梁子”说书，则叫“匝”或“跑梁子”。

评书所讲的故事内容由大大小小的单元组成。曲艺术语称大的单元为“坨子”，如《水浒》中有关武松、宋江等人的故事，通常每人都有10回书，俗称“武十回”、“宋十回”，此即“坨子”。小单元则称为“回目”，俗称“当日书”，如“赤壁之战”中的“舌战群儒”、“智激周瑜”、“蒋干盗书”、“草船借箭”、“借东风”等，即为“回目”。“回目”之间又有“扣子”连接。所谓“扣子”，即“卖关子”，亦即高潮、悬念。“扣子”有大有小，每个“回日”里“扣子”都不止一个。大“扣子”可以贯穿到底，小“扣子”则随时出现。每一个“扣子”都有一定的吸引力，而又环环相扣，从而使得故事情节曲折多变、摇曳多姿。通常在每一“回目”要结束的时候都要拴一“扣子”，以吸引听众再来听书。

从文学理论的角度来看，山东评书非常讲究剪裁艺术。诸如“花开两朵，各表一枝”、“一张嘴难说两家话”、“剪断接说”、“有话即长，无话即短”、“无巧不成书”、“说时迟，那时快”等评书术语，都是多年艺术经验的积累和概括。其中“花开两朵，各表一枝”或“一张嘴难说两家话”，属于处理头绪和线索的剪裁方法。评书里的人物、情节、线索常常不止一个，为了便于叙述，必须分清先后顺序、轻重缓急，于是，评书艺术中便采用这种方法来解决时间错落和空间转移的问题。“剪断接说”又称“剪段截说”、“简段洁说”、“简短捷说”等，则属于省略的剪裁手法。这些都体现了评书艺术特有的艺术特色。

山东评书的演出形式非常方便，只需醒木一方、折扇一把，便可讲古论今，敷衍故事，中间夹评夹议，妙趣横生。因此，长期以来一直广泛流传于山东民间。传统的评书节日浩如烟海，经常上演的有《三国演义》、《水浒传》、

《杨家将》、《呼家将》、《岳飞传》、《说唐》、《包公案》、《三侠五义》等；新中国成立后上演的新书则有《平原枪声》、《烈火金刚》、《林海雪原》，以及傅泰臣改编的《铁道游击队》、李凤琪创作的《夜闯珊瑚岛》、王子祥创作的《铁道游击队外传》等。

除此之外，山东著名的曲艺形式还有山东平调、山东渔鼓、山东花鼓、山东柳琴、三弦平调、山东八角鼓、山东清音等，但在电影电视充斥人们日常生活的今天，这些曲艺形式已经不再流行。

（二）山东地方戏

清代中叶，由于昆山腔的渐趋衰落，作为“花部”的地方戏开始在各地兴起，出现了地方戏四大声腔。近代以后，山东各地的地方戏曲更是蓬勃发展。据统计，新中国成立以后，山东境内流行的戏曲剧种多达30余种，大致可划分为梆子腔、弦索腔、肘鼓子腔三大系统，主要剧种有吕剧、柳子戏、山东梆子、五音戏、肘鼓子戏等。

1. 吕剧

吕剧也称“吕戏”，是一种以坠琴、扬琴为主要伴奏乐器、用板腔体和山东方言演唱的地方戏曲形式，是山东民间戏曲的代表剧种，与河南的豫剧、安徽的黄梅戏、浙江的越剧等均为地方戏的代表剧种。

吕剧是由民间说唱艺术山东琴书——主要是坐腔扬琴发展演变而来，起初曾一度被称为“化装扬琴”、“琴戏”，也曾被称为“迷戏”、“蹦蹦戏”等。据考证，山东琴书分南、北、东三路。1900年，广饶县演唱东路琴书的民间艺人时殿元、谭秉伦、崔心悦等，首次把《王小赶脚》改为化装演出，是为最早的“化装扬琴”，亦即吕剧的发源。因其表演形式载歌载舞，所以很受观众欢迎，随后便陆续搬演了《后娘打孩子》、《光棍哭妻》、《小寡妇上坟》、《蓝桥会》、《洞宾戏牡丹》等节目。各地演员争相试演，流行地区逐渐扩大，遂成为国内著名的地方戏剧种。

关于“吕剧”这一名称的由来，主要有三种说法：一说是由于第一个化装演出的剧目《王小赶脚》吸取了民间跑驴的表演形式，采用驴形道具，群众遂称之为“驴戏”，因“驴”字不雅，故改称“吕戏”；又一说是群众自认为吕剧本是街坊邻舍戏——即“闾戏”，后讹“闾”为“吕”，故称“吕戏”；第三种说法是，惠民地区的群众因其主弦乐器坠琴演奏时捋上捋下而称之为“捋戏”，20 世纪 40 年代用文字记载时，以“吕”字代替，因定名为“吕剧”。

据资料记载，自 20 世纪初，化装扬琴即吕剧便开始流行于山东各地，曾先后出现了共和班、黄家班、高家班、顺和班等化装扬琴班社。在流传过程中，吕剧又吸收学习了其他一些表演形式的长处，在唱腔上逐步由曲牌连缀体转变为以唱【四平】、【二板】为主的板腔变化体，并扩充了伴奏乐器、配搭行当等。1918 年，广饶县车里村张凤辉等艺人率先组班进入济南风顺茶园演出；1921 年以后，广饶魏家村黄维范、黄维信、黄维祯等组成的黄家班，博兴艺人杨长兴、王乐堂组成的顺和班等，也相继进入济南。此后，吕剧便进入了创作和演出的全面繁荣时期。

传统的吕剧大致分两种类型：一为角色不多、故事简单的“小戏”，如《小姑贤》、《借年》、《王定保借当》、《拳打镇关西》等。虽为“小戏”，却非常流行，常演的剧目就有 90 多出。二为阵容庞大、连台演出的“本戏”，大多是根据传统的小说、鼓词和琴书改编而成，如《金鞭记》、《五女兴唐》、《孟丽君》等。

吕剧的唱腔属于板式变化体。基本板式为【四平】和【二板】。【四平腔】由四句民歌体的【凤阳歌】演变而来，【二板】则由上、下句组成，简洁明了。此外还间或使用【娃娃腔】、【莲花落】、【叠断桥】、【铺地锦】等曲牌。主要伴奏乐器有坠琴、扬琴、二胡、三弦、琵琶、唢呐等。

新中国成立以后，在山东各级政府的大力支持下，山东吕剧也得到了长足发展。1950 年，山东省文学艺术界联合会地方戏曲研究室成立，把吕剧作为戏剧改革的重点；1952 年，成立了山东省歌舞团，1953 年改名为山东省吕剧团。在曲调方面，山东吕剧进一步借鉴、吸收了五音戏、茂腔、柳琴戏等剧种的长处，在原有唱腔的基础上又创造了【反四平】、【散板】、【快板】、【二六】等新的板式，进一步丰富了吕剧的音乐表现力。在说白方面，由原先的杂用各地方言改为统一使用济南方言。在诸多艺术家的共同努力下，先后出现了《小姑贤》、《李二嫂改嫁》、《王定保借当》、《十五贯》等一批优秀剧目，并出现了郎咸芬、时克远、王俊英等一批优秀演员。

1957 年，由吕剧改编的《李二嫂改嫁》、《借年》由长春电影制片厂拍成电影；1963 年，山东省吕剧团演出的《姊妹易嫁》由香港华文影业公司拍成电影。从此,山东吕剧走出了山东,踏上了全国的戏曲舞台,并成为中国地方戏的代表剧种之一。

2. 柳子戏

柳子戏是属于弦索腔系统的一个地方戏剧种,又名"柳子腔",主要流行于山东、河南、苏北、冀南、皖北一带地区。在山东省的曲阜、泰安、临沂等地称为"弦子戏",黄河以北则称为"北调子"或"糠窝窝"。

山东柳子戏起源于元明时期流传于山东各地的地方小曲。据明代戏曲家李开先《词谑》记载:明代正德至嘉靖年间,山东一带就广泛流传着【锁南枝】、【傍妆台】、【山坡羊】、【耍孩儿】、【驻云飞】、【打枣杆】等俗曲小令,这些俗曲小令便是山东柳子戏的滥觞。清初的蒲松龄曾采用民间流行的俗曲演唱形式,创作了十四种《俚曲》,包括《墙头记》、《姑妇曲》、《慈悲曲》等,其中所用曲牌——如【耍孩儿】、【劈破玉】等,多与柳子戏相同;另有一些曲牌——如【呀呀油】、【房四娘】等,则属地方俗曲小令。因此,《聊斋俚曲》可视为柳子戏的早期形式。蒲松龄创作的戏文《闹馆》,则是柳子戏现存剧目《和先生教学》(又名《揽馆》)的蓝本。清代中叶以后,地方戏大量涌现,柳子戏也蔚然大观,曾一度作为山东地方戏的通称。所谓"东柳、西梆、南昆、北弋",就是当时颇为盛行的四大地方戏曲声调,其中"东柳"即指流行于山东、河南、河北一带的柳子戏。据资料记载,曲阜每逢春、秋丁祭,便常在孔林等处演出《大桑园》(即《齐王访无盐》)等柳子戏。

柳子戏的曲调主要由地方小曲(即俗曲小令)和柳子调两部分组成,其中地方小曲所占比重较大。流行于地方上的俗曲小令,大都回环曲折,委婉动听,音乐表现力极为丰富,能表现出人物复杂细腻的思想感情,故有"九腔十八调,七十二哎哎"之称。现存曲牌100余支,其中【山坡羊】、【锁南枝】、【驻云飞】、【黄莺儿】、【耍孩儿】,被称为"柳子戏五大曲"。从曲调上看,这些地方小曲虽然都冠以曲牌,但这些曲牌的曲调变化非常多,比如【耍孩儿】(俗称【娃娃曲】)一曲就有"越调娃娃"、"平调娃娃"、"高腔娃娃"等十几种曲调。因此,柳子戏中的地方小曲,实际上是由曲牌连缀体向板腔变化体的一种过渡形式。

柳子戏中的柳子调,保存下来的不多。柳子调的唱词多由七字的上下句格式写成,音乐上则属于板腔变化体。但是,因为柳子调的词句通俗,曲调动听，影响较大，所以群众才把这一剧种径称为“柳子戏”。

柳子戏的伴奏乐器主要有三弦、笛、笙三大件，历来有“弦似筋，笙似肉，笛似骨”之说。三者相互配合，协调和谐，形成了柳子戏独特的音乐风格与艺术特色。

柳子戏的角色分生、旦、净、丑四行，并且，角色的分工相对比较细致。其中生行包括净面文生、架子生、袖生（又称“文小生”）、武生、白胡老外等；旦行包括青衣、红衣（俗称“红衫子”）、闺门旦、老旦等；净行则包括红净（通称“红脸”）、黑脸（包括“大花脸”和“二花脸”），脸谱又分为整脸、十字脸、三块瓦、碎脸、歪脸等不同类型；丑行也有文、武之分。

因为柳子戏的表演粗犷豪放，贴近生活，所以长期以来一直广泛流传于山东民间。过去曾先后出现过“十里轰”、“盖山东”、“琉璃水眼”、张道洪、戴金枝等知名演员。新中国成立以后，郓城、曲阜等县也曾先后成立过专业柳子剧团。1959 年，中共山东省委和省人代会将郓城县工农剧社调省，成立了山东省柳了剧团。先后改编、新编过《王昭君》、《桃花扇》、《柳荫闲话》、《江姐》、《白毛女》等优秀剧目，产生过不小的影响。近年来，由于影视剧的影响，柳子戏已渐趋衰落。

3. 山东梆子

梆子腔是近代地方戏四大声腔之一。山东梆子就是一种以梆子腔为主要声腔的山东民间地方戏曲剧种，又名“高调梆子”，简称“高调”或“高梆”。其中以菏泽地区（古称曹州府）为中心的，称为“曹州梆子”；流行于济宁、汶上一带的梆子，则称为“汶上梆子”或“下路调”；以莱芜为中心的叫做“莱芜梆子”。

山东梆子出现于清代初年，直接来源于山、陕梆子。据史料记载：弋阳腔流传到北方陕西、山西一带，与当地由民歌、说唱形成的地方小戏相结合，形成了秦腔，即梆子腔（清代中叶也泛指昆曲之外的地方戏为梆子腔）。大约在清代初年，梆子腔由陕西、山西传入山东，经与山东地方方言融合，逐渐演变成为具有粗犷豪放风格的山东梆子。清代中叶以后，山东梆子渐趋繁荣，许多地方组织了职业班社，并出现了不少知名的演员。同时，一些山东梆子艺人还到附近的河南、江苏等地演出，深受当地群众的欢迎。

山东梆子的唱腔音乐属于板式变化体，基本板式有【慢板】、【二八板】、

【流水板】、【非板】四大类，以及在此基础上加花变化而成的一些辅助板式。唱词结构主要是上下句式，各种板式均以七字句和十字句为主。在板式运用方面，主要有两种形式：一为单一板式，即根据剧中情节和人物情绪，选用某种基本板式作为一个独立唱段。单一板式主要适用于情绪比较单一的唱词。二为组合板式，即通过不同板式的组合和转接，组成一套节奏变化明显、旋律对比鲜明的大段成套唱腔。组合板式的唱词通常用于表现比较复杂、强烈的感情。在演出效果方面，山东梆子的唱腔慷慨激昂、高亢健壮，富有浓郁的地方特色。男腔多以"二本嗓"（假声）为主，也有用"大本嗓"（真声）吐字、"二本嗓"甩腔的。其中生行的发音较纤细，而净行的发音则带沙音和炸音，唱腔粗犷奔放。在伴奏乐器方面，早期以大弦（即"八楞月琴"）、二弦、三弦为主，后来改以板胡、二胡为主。

在角色行当方面，山东梆子传统的角色行当有生、旦、净、末、丑五大类。后来将末行归入生行，省为生、旦、净、丑四大行。生行主要包括红脸、外脚、小生三大类，其中每一类又有许多具体的划分。比如红脸行又包括大红脸、净面大王（又称"胡子生"）、跑马生（又称"马上红脸"、"架子生"）等，外脚行又包括大外脚（俗称"老外"）、二外脚等，小生行则分为文小生、帅生、官生（也称"冠生"）、包头生、靠架生、娃娃生等。旦行则包括青衣、花旦、小旦、帅旦、闺门旦、刀马旦、泼旦、彩旦、老旦等。净行主要有大净、奸净、毛净、童净等。丑行则分为公子丑、官丑、武丑、老丑、娃娃丑等。各行有各行的特长，各类有各类的绝活。

新中国成立以后，全省仍有不少职业剧团在流动演出，业余剧团也很多。1958 年，省文化局成立"山东梆子剧目工作队"，对这一古老剧种的传统剧目和唱腔、曲牌进行了发掘整理，共记录传统剧目 440 出。同年，成立了山东省梆子剧团，通过整理传统剧目、创作现代戏，使山东梆子在唱腔、表演、音乐伴奏等方面都得到了全新的发展，先后出现了《打金枝》、《墙头记》、《程咬金招亲》、《三回船》、《龙马精神》、《前沿人家》、《老王卖瓜》、《铁马宏图》、《柳下人家》等一批优秀剧目。

其中值得说明的是莱芜梆子。莱芜梆子俗称"莱芜讴"，又称"靠山梆"或"泰山梆"，主要流行于泰山南部的莱芜、泰安、新汶等地。从渊源上来说，莱芜梆子的来源比较特殊。山东各地的梆子大都来源于梆子腔，而莱芜梆子则来源于皮黄腔。如前所说,皮黄腔为近代地方戏的四大声腔之一,流行于湖北、安徽一带。湖北人也称之为楚调,安徽人或称之为徽调。在四大徽班沿运河晋京的过程中,皮黄腔——即徽调也流传至山东境内的泰安一带,后来与当地的梆子腔互相融合,说白也完全变成了山东口音,于是便形成了别具一格的莱芜梆子。

4. 肘鼓子戏

肘鼓子戏的历史可谓源远流长,其源头可以追溯到古代祭祀仪式上的祭神乐曲。在近代地方戏盛行的时候,肘鼓子戏与柳子戏一样,曾一度作为山东地方戏的通称。顾名思义,"肘鼓子"戏乃因其演出时以肘击鼓而得名。但是,由于该曲种在山东各地流传极广,其名称的写法并不尽相同。有的地方写作"周姑子戏",相传该曲调是古代一位姓周的尼姑,将村妇在田间劳动时所唱小调加以发展而成,故有此称。还有的地方写作"妯姑子戏",是因其演出形式多为一妯一娌(或一姑一嫂)对唱,彼此问答唱和,故有此称,或称姑娘腔。在流传过程中,"肘鼓子"戏也与山东各地的方言、俗曲相结合,从而衍生出了诸多的地方戏曲。据考证,流传于山东各地的柳琴戏、五音戏、茂腔、柳腔、灯腔等地方戏曲,都是在肘鼓子戏的直接影响下产生的。其中最有代表性的是茂腔与柳腔。

茂腔是流行于胶东沿海地区(青岛、高密、日照一带)的一种地方戏曲,是在肘鼓子戏的影响下产生的地方剧种之一。大约在清朝乾隆年间,"肘鼓子"传入今青岛地区的胶州、诸城、高密一带,当地民间艺人吸取"肘鼓子"之长,将其糅进当地民间小调,形成了一种具有地方特色的新"肘鼓子",当地人称之为"本肘鼓"(即本地流行的"肘鼓子"),或称"老拐调"。"本肘鼓"只用皮鼓、手锣和梆子等打击乐器伴奏,没有弦乐器。后来,又从苏北的海州和鲁南传来了用柳琴伴奏的"肘鼓子"(也称"海冒调")。"本肘鼓"吸收了"海冒调"的某些唱法,并改用柳琴伴奏,从而形成了一种新的唱腔,当地人称之为"冒肘鼓"。再后来,"冒肘鼓"又吸取了从莒县传来的、用胡琴伴奏的"肘鼓子"唱法,改用胡琴伴奏、柳琴配合。同时还吸取了胶州秧歌、诸城秧歌等地方曲调的长处,最终形成了"冒肘鼓"板腔体系,并且在胶州、胶南、诸城、高密等地出现了许多专业戏班。后来用文字记载时,谐"冒肘鼓"原音,写成"茂肘鼓"。新中国成立后正式定名为"茂腔"。

茂腔的传统剧目有100余出，经常演出的有《东京》（即《赵美蓉观灯》）、《西京》（即《三告李彦荣》）、《南京》（即《京郎寻父》）、《北京》（即《割袍》）、《王定保借当》、《张郎休妻》等。新中国成立以后，青岛、高密、诸城、五莲、胶县、胶南等地都相继成立了专业剧团，整理改编的《锦香亭》、《罗衫记》、《花灯记》等剧目，曾多次参加国内举办的大型会演，并获得多项奖励。

柳腔与茂腔同源而异流，都是由"肘鼓子"（准确地说应该是"本肘鼓"）演变而来的地方戏剧种，只是流传地区不同、演唱风格略有差异而已。

如上所述：乾隆年间出现于胶州、高密、诸城一带的"本肘鼓"，后来发展为南、北两个支派。其中一个分支留在了本地，并发展到青岛以南的日照、五莲、胶南一带，后来演变为茂腔。另一个分支则流传到青岛以北的即墨、平度、掖县、莱阳一带，与当地民歌小调结合后，便演变成了柳腔。故有"茂柳不分家，两剧姊妹花"之说。

"本肘鼓"流传到青岛以北地区后，起初仍然保持着"本肘鼓"的原始演唱形式，只用皮鼓、手锣、梆子或竹板伴奏。大约在1910年前后，莱阳的"本肘鼓"业余爱好者郭凤鸣，率先使用当地"四弦小调"的伴奏乐器四弦胡琴（即四胡）来伴奏演出，并以唢呐帮腔，很快得到群众的认可。从此，北支"本肘鼓"便改为以四胡为主弦伴奏，并陆续吸收了二胡、月琴、笛子等为辅助伴奏。伴奏乐器的变化，也导致了"本肘鼓"唱腔和音乐结构的变化。好处是，在演员唱到尾声拖腔的时候，管弦乐器可以帮腔。正像李调元在其《剧话》中评价弦索调时所说："尾声不用人和，以弦索和之。其声悠然以长。"这样可以更好地丰富音乐的表现力。不好处是，原本无管弦乐伴奏的"本肘鼓"演员们，一旦改为有管弦乐器伴奏的定调演唱，往往与乐器协调不好。传说，刚开始的时候，演员的歌唱与乐器的伴奏很不和谐，演员只能顺着弦音强往上溜，因此当地人便戏称为"溜腔"。后来便谐音定名为"柳腔"。在流传发展过程中，柳腔艺人经常与唱梆子腔的班社同台演出，期间也吸收了梆子腔的一些表演程序和唱腔。因此，当地人也称柳腔为"梆柳"。

大约在1920年前后，柳腔重新流传回青岛，进一步扩大了影响。因为柳腔与茂腔同源，所以柳腔的传统剧目与茂腔基本相同，不少演员都能兼唱柳腔和茂腔。只是由于流行地域略有不同,柳腔曾向河北梆子、评剧等剧种移植了一部分茂腔没有的剧目,如《告扇子》、《江水记》、《秦雪梅》等。新中国成立以后,青岛等地也曾先后成立一些专业的柳腔剧团,改编、创作了《寻工夫》、《割袍》、《赵美蓉观灯》、《丹凤关》等一批剧目,多次参加过国内举办的大型文艺汇演,获得了良好的声誉。

5. 五音戏

五音戏又名"秧歌腔"、"五人戏",是一种在民间秧歌、花鼓及"肘鼓子调"的基础上发展而成的地方戏曲剧种。

据考证,五音戏起源于山东章丘、历城一带,与流行于临朐、沂源一带的"东路肘鼓子"及流行于惠民、济阳一带的"灯腔"(或称"花鼓灯腔"、"北路肘鼓子")都有历史渊源,与柳琴戏、茂腔、柳腔的关系也很密切。早期的五音戏通常由5人组班演出,所演剧目多系"三小"(小生、小旦、小丑)戏,一人兼操几件打击乐器,故称"五人戏"或"五人班"。在胶东方言中,"人"、"音"同音,故讹为"五音戏"。1935年,著名艺人邓洪山赴上海百代公司灌制唱片时,公司赠送"五音泰斗"锦旗一面。从此,"五人戏"正式定名为"五音戏"。

早期五音戏的著名演员,主要有铁笛、荀兴旺(老旦)、曹然生(花旦)、高桂芳(艺名"半碗蜜",花旦)、李德兴(艺名"跟柱子",旦)、王焕奎(艺名"自来喜",旦)等。其中邓洪山可以说是五音戏的功臣。邓洪山(1904—1996年),艺名"鲜樱桃",山东历城(今属济南市)人,出生于一个"肘鼓子戏"世家,自幼跟随父母学戏,工青衣、花旦,唱做俱佳,曾与东路梆子、莱芜梆子、化装扬琴同台演出,并吸收、借鉴了它们的长处,为丰富发展五音戏的表演艺术作出了重大贡献。同时他还到北京、天津、上海、青岛等地演出,在扩大五音戏的影响方面也立下了汗马功劳。1956年淄博市五音剧团成立后,邓洪山出任团长,培养了一大批年轻演员。当地人甚至说:"没有鲜樱桃,就没有五音戏。"

五音戏的唱腔也属于板式变化体。主要板式有【悠板】、【二不应】、【鸡刨爪】和【散板】4种,每种板式又有一些具体的变化,比如【悠板】就包括【慢板】、【慢流水】、【紧流水】,【二不应】则分紧、慢两种,【散板】则包括【哭迷子】、【鳔簧】等。此外还包括【娃娃】、【莲花落】、【逗歌】、【尼姑思凡】、

【茉莉花】、【倒推船】、【太平年】等曲牌。演唱时讲究先吐字,后行腔;用本嗓唱;女腔尾音则多用假嗓翻高,称为“云遮月”;并有“带板”、“旱地拔葱”等唱法。早期的五音戏没有弦乐伴奏,只用锣鼓家伙。新中国成立以后,始陆续增加了管弦乐器伴奏,音乐表现力得到进一步丰富。

自 1951 年开始,省文联地方戏曲研究室派专人深入五音剧团进行调查研究;随后,省文化事业管理局也进一步挖掘、整理出了一批优秀传统剧目。据统计,五音戏的传统剧目有 160 余出,故事题材主要来源于历史传说和民间故事。经常演出的剧目有《王二姐思夫》、《彩楼配》、《安安送米》、《松林会》、《双生赶船》、《王小赶脚》、《拐磨子》、《乡里妈妈》等,大都表现了不同历史时期、不同类型的妇女形象及其生活状况,因此深受女性观众的欢迎,故五音戏又有“拴老婆橛子”之称。尤其是淄博市的五音戏剧团,在团长邓洪山带领下,曾多次参加国内的大型文艺会演,该剧团所改编的“聊斋戏”《胭脂》、《二子争夫》、《姊妹易嫁》、《侠女》及新编现代戏《豆花飘香》、《石臼泉》等,均获得了多项奖励。

6. 柳琴戏

柳琴戏是一种流行于鲁南、苏北一带的地方戏曲剧种。原名“拉魂腔”,意谓此戏唱腔优美,能把人的魂拉走。新中国成立以后,因其主要伴奏乐器是弹拨乐器柳琴①,故定名柳琴戏。

柳琴戏是地地道道的乡土戏曲,它扎根于鲁南民间,土生土长,土语土调,土腔土韵,一直保持着浓厚的乡土气息。据考证,柳琴戏最早出现于清代乾隆年间鲁南地区的滕州、临沂一带,是在【溜山腔】、【拉纤号子】等地方小调的基础上,借鉴柳子戏中的【山坡羊】、【耍孩儿】等曲调融合演变而成。并很快流传到苏北、皖北一带地区,形成了南、北二路。北路活跃于滕州、临沂一带,以滕州东郭镇苏楼村的苏家班最为有名。南路主要活跃于苏北、皖北一带,也是由滕州艺人传播过去的。

柳琴戏的唱腔也为板腔变化体。主要板式有【大起板】、【慢板】、【二六板】、【八板头】、【八句压场】等,此外还有【三句撑】、【五句半】、【八句娃娃】、【十二句羊子】、【慢板落】等传统曲调。男女唱腔都用真嗓。伴奏乐器

①即电影《铁道游击队》中游击队员小坡弹奏的土琵琶,因其形似柳叶,故名。

除柳琴外，还有板胡、二胡、笛等。

柳琴戏的角色行当相对比较简单。因为早期的柳琴戏，主要是民间艺人走村串乡、赶集上会的流动演出，即使是一些专业戏班子，也大多是半耕半戏——农忙时干活，农闲时唱戏，所以，基本谈不上角色行当。即使后来有所发展，也大多是由小旦、小生、小丑扮演的“三小戏”。如果是角色比较多的剧目，通常也是采用一个演员赶扮几个角色的方法，男演员戴上髯口就演老生，摘下胡子便是小生。然而，由于柳琴戏贴近生活，具有浓厚的乡土气息，所以仍然深受群众的欢迎，过去曾有“东庄唱戏西庄看，赶集上会唱满场”之说。

新中国成立以后，柳琴戏也得到了进一步发展。据统计，柳琴戏的传统剧目有200余个，经常演出的就有《秦香莲》、《大花园》、《西岐州》、《樊梨花点兵》、《拦马》、《白罗衫》、《拾棉花》等10余种。其中临沂柳琴剧团演出的《小书房》、《打干棒》、《张郎休妻》、《卧龙求凤》，滕县柳琴剧团演出的《瑞云》(根据《聊斋志异》同名小说改编)、《山乡锣鼓》，以及二团合作演出的《匡衡进京》、《彩石峪》、《山乡锣鼓》等剧，曾多次参加国内大型戏曲会演，并荣获多种奖励。

除上述地方剧种之外，山东的地方戏曲还有二夹弦、四平调、大平调、一勾勾、化装坠子、蓝关戏、八仙戏、渔鼓戏、端公腔、枣梆等，但大都流传不广，故不多赘。

参考文献

《周易》,北京:中华书局影印阮刻《十三经注疏》本。

《诗经》,北京:中华书局影印阮刻《十三经注疏》本。

《诗集传》,〔宋〕朱熹集注,上海:上海古籍出版社 1980 年版。

《春秋·左传》,北京:中华书局影印阮刻《十三经注疏》本。

《国语集解》,〔清〕徐元诰撰,王树民、沈长云校点,北京:中华书局 2002 年版。

《战国策》,〔汉〕刘向集录,上海:上海古籍出版社 1988 年版。

《四书章句集注》,〔宋〕朱熹集注,《新编诸子集成》本,北京:中华书局 1983 年版。

《诸子集成》,北京:中华书局 1986 年据世界书局原版重印本。

《论语》,北京:中华书局影印阮刻《十三经注疏》本。

《孟子》,北京:中华书局影印阮刻《十三经注疏》本。

《庄子集释》,〔清〕郭庆藩撰,北京:中华书局 1961 年版。

《荀子简释》,梁启雄撰,北京:中华书局 1983 年版。

《百子全书》,杭州:浙江古籍出版社 1998 年据扫叶山房 1919 年石印本缩印本。

《玉函山房辑佚书》,〔清〕马国翰辑录,扬州:江苏广陵古籍刻印社 1990 年据楚南湘远堂刊影印本。

《史记》,〔汉〕司马迁撰,北京:中华书局 1964 年点校本。

《汉书》,〔汉〕班固撰,北京:中华书局 1962 年点校本。

《后汉书》,〔南朝宋〕范晔撰,北京:中华书局 1965 年点校本。

《三国志》,〔晋〕陈寿撰,北京:中华书局 1981 年点校本。

《晋书》,〔唐〕房玄龄等撰,北京:中华书局 1974 年点校本。

《宋书》,〔南朝梁〕沈约撰,北京:中华书局 1974 年点校本。

《南齐书》,〔南朝梁〕萧子显撰,北京:中华书局 1972 年点校本。

《梁书》,〔唐〕姚思廉撰,北京:中华书局 1973 年点校本。

《陈书》,〔唐〕姚思廉撰,北京:中华书局 1972 年点校本。

《魏书》,〔北齐〕魏收撰,北京:中华书局 1974 年点校本。

《北齐书》,〔唐〕李百药撰,北京:中华书局 1972 年点校本。

《周书》,〔唐〕令狐德棻等撰,北京:中华书局 1971 年点校本。

《南史》,〔唐〕李延寿等撰,北京:中华书局 1975 年点校本。

《北史》,〔唐〕李延寿等撰,北京:中华书局 1974 年点校本。

《隋书》,〔唐〕魏征等撰,北京:中华书局 1973 年点校本。

《旧唐书》,〔宋〕刘昫等撰,北京:中华书局 1975 年点校本。

《新唐书》,〔宋〕欧阳修等撰,北京:中华书局 1975 年点校本。

《旧五代史》,〔宋〕薛居正等撰,北京:中华书局 1976 年点校本。

《新五代史》,〔宋〕欧阳修撰,北京:中华书局 1974 年点校本。

《资治通鉴》,〔宋〕司马光编著,北京:中华书局 1956 年点校本。

《宋史》,〔元〕脱脱等撰,北京:中华书局 1977 年点校本。

《辽史》,〔元〕脱脱等撰,北京:中华书局 1974 年点校本。

《金史》,〔元〕脱脱等撰,北京:中华书局 1975 年点校本。

《元史》,〔明〕宋濂等撰,北京:中华书局 1976 年点校本。

《明史》,〔清〕张廷玉等撰,北京:中华书局 1974 年点校本。

《清史稿》,赵尔巽等撰,北京:中华书局 1977 年点校本。

《山东通志》,孙葆田等撰,台湾华文书局股份有限公司 1969 年影印本。

《中国地方志集成·山东府县志辑》,南京:凤凰出版社 2004 年影印本。

《山东史志资料》(1982 年第一期),济南:山东人民出版社 1982 年版。

《文选》,〔南朝梁〕萧统编、〔唐〕李善注,中华书局 1974 年影印淳熙八年尤袤刻本。

《全上古三代秦汉三国六朝文》,〔清〕严可均校辑,北京:中华书局1958年版。

《汉魏六朝百三名家集》,〔明〕张溥编集,光绪五年(1879)刻本。

《先秦汉魏晋南北朝诗》,逯钦立辑校,北京:中华书局1983年版。

《增订注释全唐诗》,陈贻焮主编,北京:文化艺术出版社2001年版。

《全唐文》,〔清〕董诰等编,北京:中华书局1983年版。

《增订注释全宋词》,朱德才主编,北京:文化艺术出版社1997年版。

《全宋诗》,傅璇琮、倪其心等主编,北京:北京大学出版社1998年版。

《全宋文》,曾枣庄、刘琳主编,上海:上海辞书出版社、合肥:安徽教育出版社2006年版。

《全辽金诗》,阎凤梧等主编,太原:山西古籍出版社1999年版。

《全金元词》,唐圭璋编,北京:中华书局1979年版。

《全元文》,李修生主编,南京:凤凰出版社2005年版。

《全元散曲》,隋树森编,北京:中华书局1964年版。

《全元戏曲》,王季思主编,北京:人民文学出版社1990—1999年版。

《文心雕龙》,〔南朝梁〕刘勰撰、黄叔琳注本,北京:人民文学出版社1983年版。

《诗品》,〔南朝梁〕钟嵘撰、陈延杰注本,北京:人民文学出版社1980年版。

《诗薮》,〔明〕胡应麟著,上海:上海古籍出版社1979年版。

《历代诗话》,〔清〕何文焕辑,北京:中华书局1981年版。

《历代诗话续编》,〔清〕丁福保辑,北京:中华书局1983年版。

《历代文话》,王水照编,上海:复旦大学出版社2008年版。

《唐才子传校笺》,傅璇琮主编,北京:中华书局1987—1997年版。

《唐诗汇评》,陈伯海主编,杭州:浙江教育出版社1995年版。

《列朝诗集小传》,〔清〕钱谦益著,上海:上海古籍出版社1983年版。

《四库全书总目》,〔清〕永瑢等著,北京:中华书局1983年版。

《四库全书总目提要》,纪昀总纂,石家庄:河北人民出版社2000年版。

《晚晴簃诗汇》(续修四库全书本),徐世昌辑,上海:上海古籍出版社1994—2002年版。

《清诗话》,王夫之等撰、丁福保编,上海:中华书局 1963 年版。

《清诗别裁集》,〔清〕沈德潜等编,杭州:浙江古籍出版社 1998 年版。

《清诗纪事初编》,邓之诚撰,上海:上海古籍出版社 1965 年版。

《碑传集》,钱仪吉辑,光绪十九年刻本。

《中国文学史》,游国恩等主编,北京:人民文学出版社 1963 年版。

《中国文学史》,袁行霈主编,北京:高等教育出版社 1999 年第 1 版、2005 年第 2 版。

《中国分体文学史》(四卷本),李伯齐等主编,青岛:青岛海洋大学出版社 1995 年版。

《中国中古文学史》,刘师古撰,北京:人民文学出版社 1984 年版。

《先秦文学史》,褚斌杰主编,北京:人民文学出版社 1998 年版。

《魏晋文学史》,徐公持编著,吉林:吉林大学出版社 1998 年版。

《南北朝文学史》,曹道衡、沈玉成著,北京:人民文学出版社 1991 年版。

《唐代文学史》(上),乔象钟、陈铁民主编,北京:人民文学出版社 1995 年版。

《唐代文学史》(下),吴庚舜、董乃斌主编,北京:人民文学出版社 1995 年版。

《宋代文学史》,孙望、常国武主编,北京:人民文学出版社 1996 年版。

《元代文学史》,邓绍基主编,北京:人民文学出版社 1991 年版。

《唐宋词史》,杨海明著,南京:江苏古籍出版社 1987 年版。

《宋诗史》,许总著,重庆:重庆出版社 1992 年版。

《中国小说史略》,鲁迅著,上海:上海古籍出版社 1998 年版。

《中国戏曲文学史》,许金榜著,北京:中国文学出版社 1994 年版。

《中国戏曲发展史纲要》,周贻白著,上海:上海古籍出版社 1979 年版。

《中国戏曲通史》,张庚、郭汉城著,北京:中国戏曲出版社 1981 年版。

《中国近代文学发展史》,郭延礼著,北京:高等教育出版社 2001 年版。

《中国现代文学史》,田仲济著,济南:山东文艺出版社 1985 年版。

《中国现代小说史》,田仲济著,济南:山东文艺出版社 1984 年版。

《山东戏曲论稿》,马建中著,北京:华艺出版社 2000 年版。

《山东曲艺史》,张军著,济南:山东文艺出版社 1997 年版。

《中国文学批评通史》,王运熙、顾易生主编,上海:上海古籍出版社 1996 年版。

《中国历代文论选》,郭绍虞编选,北京:中华书局 1963 年版。

《中国词学批评史》,方智范、邓乔彬等著,北京:中国社会科学出版社 1994 年版。

《山东文学史论》,李伯齐著,济南:齐鲁书社 2003 年版。

《山东分体文学史》(四卷本),李伯齐、许金榜等主编,济南:齐鲁书社 2005 年版。

《齐鲁文化通史》,安作璋、王志民主编,北京:中华书局 2004 年版。

《山东通史》,安作璋主编,济南:山东人民出版社 1994 年版。

《山东民间文化艺术》,徐文军、张仁玺编著. 济南:山东人民出版社 2006 年版。

《山东历代作家传略》,吕慧鹃、刘波等编,济南:山东教育出版社 1983 年版。

《中国现代作家小传》(修订本),山东师范学院中文系编,内部自印,1961 年版。

《中国现代作家传略》(上下),徐州师范学院编辑组编,成都:四川人民出版社 1981 年版。

《中国古代小说总目提要》, 朱一玄、宁稼雨等编著,北京:人民文学出版社 2005 年版。

《中国文言小说总目提要》,宁稼雨撰,济南:齐鲁书社 1996 年版。

《中国通俗小说总目提要》,江苏社科院明清小说研究中心编,北京:中国文联出版社 1990 年版。

《聊斋志异资料汇编》,朱一玄编,郑州:中州古籍出版社 1985 年版。

《聊斋志异艺术研究》,张稔穰著,济南:山东教育出版社 1995 年版。

《金瓶梅资料汇编》,朱一玄著,天津:南开大学出版社 2002 年版。

《金瓶梅资料汇编》(增订本),侯忠义编,北京:北京大学出版社 1985 年版。

《三国演义资料汇编》,朱一玄等编,天津:百花文艺出版社 1983 年版。

《水浒传资料汇编》,朱一玄等编,天津:百花文艺出版社 1981 年版。

《山东地方戏曲剧种史料汇编》,李赵璧编著,济南:山东人民出版社 1983 年版。

《山东曲书目概要》,郭学东编著,北京:中国开明文教音像出版社 2002 年版。

《中国古典戏曲论著集成》,北京:中国戏剧出版社 1980 年版。

《曲论初探》,赵景深著,上海:上海文艺出版社 1980 年版。

《中国古典名剧鉴赏辞典》,徐培均等编,上海:上海古籍出版社 1990 年版。

《古本戏曲剧目提要》,李修生主编,北京:文化艺术出版社 1997 年版。

《中国古典戏曲名著简论》,钟林斌编著,沈阳:春风文艺出版社 1979 年版。

《小说考证·附续编拾遗》,蒋瑞藻著,上海:上海古籍出版社 1984 年版。

《中国戏曲史漫话》,吴国钦著,上海:上海文艺出版社 1980 年版。

《山东地方戏曲剧种史料汇编》,李赵璧编著,济南:山东人民出版社 1983 年版。

《山海经校注》,袁珂校注,上海:上海古籍出版社 1980 年版。

《秦汉齐博士论议集》,李伯齐主编,济南:齐鲁书社 1997 年版。

《簪缨世家琅邪王氏家族》,李伯齐撰,山东文艺出版社 2004 年版。

《东方朔作品辑注》,傅春明辑注,济南:齐鲁书社 1987 年版。

《建安七子诗笺注》,郁贤皓、张采民笺注,成都:巴蜀书社 1990 年版。

《诸葛亮研究集成》,王瑞功、李希运主编,济南:齐鲁书社 1997 年版。

《鲍参军集注》,钱仲联增补辑说校,上海:上海古籍出版社 1980 年版。

《何逊集校注》(修订本),李伯齐校注,北京:中华书局 2010 年版。

《颜氏家训集解》,王利器集解,上海:上海古籍出版社 1982 年版。

《李开先集》,〔明〕李开先著,北京:中华书局 1959 年版。

《谢臻全集》,〔明〕谢榛著、朱其铠等校点,济南:齐鲁书社 2000 年版。

《海浮山堂词稿》,〔明〕冯惟敏著,上海:上海古籍出版社 1981 年版。

《边贡诗文选》,许金榜选注,济南:济南出版社 1994 年版。

《王渔洋诗文选注》,李毓芙选注,济南:齐鲁书社 1982 年版。

《蒲松龄集》,路大荒整理,上海:上海古籍出版社 1986 年版。

《丁耀亢全集》,丁耀亢撰、李增坡主编、张清吉校点,郑州:中州古籍出版社 1999 年版。

后　记

《山东文学史》是由韩寓群同志任主编，由山东师范大学地方史研究所组织编写的《山东地方史文库》专史系列中的一部。

早在20世纪80年代，山东部分学者就曾酝酿山东文学的研究问题，并提出一些设想，但终因各自忙于教学与科研课题而延宕下来。90年代，我们在山东师范大学及齐鲁书社的支持下，曾编著《山东文学史论》、《山东分体文学史》（四卷本）。此次，韩寓群同志主编的《山东地方史文库》约写《山东文学史》，我们在原有的基础上，吸收近期研究成果，编写此书。为此，有几个问题说明如下：

（一）本书是在李伯齐所著《山东文学史论》及其主持编写的《山东分体文学史》的基础上进行编写的，王勇、徐文军亦为《山东分体文学史》的作者，因而参考或采用上述两书中作者所撰写的有关内容，不再另行说明。另外，在编写过程中，还参考了前人和时贤的论著，主要参考书难以悉数列出，凡所引述，均加注明，其中也有融入所论的内容而无法单独注明者。在此谨向这些论著的作者致以深切的谢忱！

（二）《山东文学史》，顾名思义，本书所涉及的地域自然为今山东省所辖地区。而因历史变动、人口流徙，有些作家籍贯归属存在争议。作家籍贯一般指其出生地，而实际上却存在若干具体情况。山东境内居民，在中国历史上曾有两次较大规模的南迁。一次是西晋末年，一次是两宋之际。西晋永嘉之乱后，山东境内若干家族举家南迁，如琅邪王氏、颜氏、诸葛氏，高平郗氏，以及平昌伏氏等。这些家族自南迁之后在侨置地仍称原籍，在相当长的历史时期内，他们也保持着原有的生活方式和风俗习惯，并以原有的文化传统教育后代。因此,他们保持其原有籍贯,不只是一个地理称谓问题,而是在特定历史时期内的一种文化现象。而个别家族,如兰陵萧氏,自萧道成之后即落籍南兰陵,其后人亦称为南兰陵人,只有少数回到北方却未曾返还原籍,因此本书在南迁家族部分不加叙列。北宋末年,宋室南迁,山东境内又有不少流落江南者。如济南著名词人李清照、辛弃疾等。李清照老死江南,辛弃疾则侨居江西铅山。另外,也有不出生在山东,而长期寄居在山东者,如李白;或自幼生活在山东,成年之后离开者,如范仲淹。至于因为封邑、居官或游历而侨居山东的诗文作家,如曹植、苏轼等,就以"客籍作家"加以论列。再次,籍贯有争议的人物,如庄子、罗贯中。我们根据有关历史资料及近年研究成果,认定庄子为山东东明人,罗贯中为山东东平人。

(三)本书在韩寓群同志主持及安作璋先生的指导下进行编写,自先秦迄于现代,而以先秦至明清为主。全书共分九章,在李伯齐主持下,李伯齐、王勇、徐文军按照时代顺序分阶段撰写,分工合作,共同完成。李伯齐撰写前言、先秦至六朝部分,王勇撰写唐五代宋金元部分,徐文军撰写明清近现代部分,最后由李伯齐通阅整理。本书署名不分先后,惟依书中按时代编写的先后为序。

(四)本书所附照片,大部分由王玮琦同志提供,谨在此表示感谢。

限于学力和思想理论水平,错误和疏漏在所难免,敬祈读者和方家批评指正。

李伯齐

2010 年 4 月于山东师范大学

图书在版编目(CIP)数据

山东文学史/李伯齐,王勇,徐文军著.—济南:山东人民出版社,2011.10
(山东地方史文库.第二辑)
ISBN 978-7-209-05813-1

Ⅰ.①山… Ⅱ.①李… ②王… ③徐… Ⅲ.①地方文学史—山东省 Ⅳ.①I209.952

中国版本图书馆CIP数据核字(2011)第124333号

责任编辑:崔 萌
封面设计:蔡立国

山东文学史
李伯齐 王 勇 徐文军 著

山东出版集团
山东人民出版社出版发行
社 址:济南市经九路胜利大街39号 邮 编:250001
网 址:http://www.sd-book.com.cn
发行部:(0531)82098027 82098028
新华书店经销
山东临沂新华印刷物流集团有限责任公司印装

规 格 16开(169mm×239mm)
印 张 39.25
字 数 600千字 插 页10
版 次 2011年10月第1版
印 次 2011年10月第1次
ISBN 978-7-209-05813-1
定 价 168.00元

如有印装质量问题,请与印刷单位联系调换。电话:(0539)2925659